# LES AVENTURIERS DE L'OASIS PERDUE

*Paru dans Le Livre de Poche :*

LA DÉESSE HIPPOPOTAME

L'ÉNIGME DE LA MOMIE BLONDE

LE MAÎTRE D'ANUBIS

LE MAÎTRE DES DÉMONS

LA MALÉDICTION DES PHARAONS

LE MYSTÈRE DU SARCOPHAGE

L'OMBRE DE SETHOS

LA ONZIÈME PLAIE D'ÉGYPTE

LE SECRET D'AMON-RÂ

UN CROCODILE SUR UN BANC DE SABLE

LA VENGEANCE D'HATHOR

ELIZABETH PETERS

# *Les Aventuriers de l'Oasis perdue*

TRADUIT DE L'ANGLAIS PAR FRANÇOIS TRUCHAUD

LE LIVRE DE POCHE

*Titre original :*

GUARDIAN OF THE HORIZON



ISBN : 978-2-253-10106-2 - 1ère publication - LGF

POUR CHUCK

*alias* Charles E. Roberts, propriétaire de plusieurs
des plus grandes librairies au monde, à qui je dois
de nombreuses heures de conversations passionnantes,
un excellent gin, et une amitié indéfectible.

## REMERCIEMENTS

Pour nombre de détails du voyage dans le désert, je me suis inspirée de *The Lost Oases*, un livre remarquable écrit par un homme remarquable, à qui je suis redevable. Ahmed Mohammed Hassanein Bey, un Egyptien, diplômé d'Oxford, et un magnifique athlète, fut la première personne à traverser le désert de Libye – un voyage de trois mille kilomètres – avec une caravane de chameaux, de Siwa jusqu'à Darfur. Il trouva les « oasis perdues » d'Arkenet et d'Ouanet et établit leur site pour la première fois. Bien que son expédition épique ait eu lieu quinze ans après que les Emerson se furent rendus à leur « oasis perdue », les conditions étaient quasiment identiques. Son exploit fut quelque peu éclipsé par ceux d'explorateurs ultérieurs, lesquels utilisaient des véhicules à moteur au lieu de chameaux, mais il fut honoré à juste titre par la Société royale de géographie qui lui décerna la Médaille des Explorateurs.

Comme toujours, je tiens à remercier mes premiers lecteurs dévoués, Dennis Forbes de KMT, Kristen Whitbread de MPM Manor, Erika Schmid et, bien sûr, Trish Lande Grader de William Morrow, qui ont lu attentivement ce gros manuscrit dans son intégralité, m'ont prodigué des conseils et suggéré des corrections. Je suis entièrement responsable des erreurs qui pourraient subsister.

## NOTE DE L'ÉDITRICE

Alors que l'éditrice pensait approcher de la fin de sa tâche ardue, la publication des archives Emerson, de nouveaux documents furent retrouvés. Ils concernent les « années manquantes », et comprennent également diverses lettres, des coupures de journaux, des recettes de cuisine, des bordereaux, des reçus, et plusieurs articles non publiés. Il est inutile d'évoquer ici dans quelles circonstances cette découverte eut lieu. Je dirai simplement que les héritiers de Mrs Emerson ne menacent plus d'entreprendre des poursuites judiciaires et sont parvenus à un accord préliminaire avec l'éditrice qui autorise celle-ci à publier le présent volume, basé sur le journal de Mrs Emerson pour 1907-1908. L'éditrice a choisi ce volume particulier pour deux raisons : elle mourait d'envie de savoir ce qui s'était passé lorsque les Emerson retournèrent à l'Oasis perdue. Elle ne possédait jusqu'à présent qu'un seul journal pour les années 1907-1914, une période d'une grande importance dans l'histoire professionnelle, politique et sentimentale des divers membres de la famille. Cette lacune finalement comblée, je peux assurer au Lecteur que des révélations stupéfiantes restent encore à découvrir.

Comme précédemment, l'éditrice a inclus des passages pertinents du Manuscrit H, écrit par Ramsès Emerson. Il semble peu probable que Mrs Emerson ait eu connaissance de ce manuscrit, que Ramsès semble avoir abandonné peu après la naissance de ses enfants (tout parent comprendra aisément pourquoi). Un autre jeu de documents fournissait des renseignements très utiles – les lettres appelées dans ce volume « Lettre. Série C ». Elles furent trouvées dans une liasse séparée. Manifestement, elles ne sont jamais parvenues aux personnes à qui elles étaient destinées, mais elles furent conservées par Mrs Emerson après les événements auxquels elles se réfèrent, pour des raisons qui devraient être évidentes pour tout Lecteur avisé.

# 1

Lorsque nous quittâmes l'Egypte au printemps 1907, je me sentais comme un général vaincu qui bat en retraite afin de lécher ses blessures (si l'on peut me permettre cette métaphore quelque peu inélégante mais très expressive). Notre saison archéologique avait connu les vicissitudes habituelles – enlèvement, agressions meurtrières, et autres faits du même genre – auxquelles j'étais parfaitement habituée. Mais, cette année-là, nous avions connu des catastrophes d'une ampleur sans précédent.

La plus horrible avait été la mort de notre cher et vieil ami Abdullah, qui avait été le contremaître de nos fouilles durant de nombreuses années. Il était mort comme il l'aurait souhaité, dans un geste magnifique de sacrifice, mais c'était une piètre consolation pour ceux d'entre nous qui avaient appris à l'aimer. Il était difficile d'imaginer de poursuivre notre travail sans lui.

Si nous le poursuivions. Mon époux, Radcliffe Emerson, est incontestablement l'égyptologue le plus remarquable de ce siècle ou de n'importe quel autre. Dire qu'Emerson (lequel préfère qu'on l'appelle ainsi) a le caractère le plus irascible que j'aie jamais connu serait sans doute une légère exagération – mais seulement légère. Ses accès de colère sont provoqués la plupart du temps par des archéologues incompétents et d'une érudition déficiente, et durant la saison passée, il avait été – je le reconnais – soumis à rude épreuve.

Nous avions effectué des fouilles dans la Vallée des Rois à Louxor, mon site favori dans toute l'Egypte. La concession pour la Vallée appartenait à un Américain d'un certain âge tout à fait exaspérant, Mr Theodore Davis, lequel s'intéressait plus à la découverte de trésors qu'à des recherches érudites. Notre présence était tolérée, et nous étions autorisés à travailler uniquement sur les tombes de moindre intérêt. Néanmoins, nous étions là, et nous y serions revenus à l'automne s'il n'y avait eu Emerson.

Les ennuis commencèrent lorsque l'équipe de Mr Davis découvrit l'une des tombes les plus étranges et les plus mystérieuses jamais trouvées dans la Vallée. C'était un entassement de divers objets funéraires, la plupart en très mauvais état, comprenant notamment une momie, un cercueil et des morceaux d'un splendide autel en or, et si la tombe avait été étudiée comme il fallait, de nouvelles connaissances auraient été apportées sur cette période particulièrement intrigante de l'histoire de l'Egypte. Nous proposâmes en vain à Mr Davis les services de notre équipe. Abdullah, qui était encore avec nous, était le *raïs* le plus expérimenté d'Egypte, notre fils Ramsès un linguiste éprouvé et un excellent archéologue, et son ami David un copiste tout aussi talentueux. Sans parler de notre fille adoptive Nefret, dont l'expérience en matière de fouilles était complétée par une formation médicale et une connaissance approfondie des momies. Seul un idiot égotiste aurait refusé. Davis refusa. Pour lui, les fouilles étaient un amusement, et non un outil pour des recherches érudites, et il jalousait tout homme plus compétent que lui. Il ne voulait pas que quelqu'un lui prenne son jouet.

Observer Davis « éventrer la tombe » (je cite Emerson) fut déjà éprouvant. Le pire survint le jour où la momie tomba en morceaux parce que maniée sans précautions. (Elle n'aurait sans doute pas survécu, de toute façon, mais Emerson n'était pas d'humeur à le reconnaître.) Magnifique, rouge de colère, ses yeux bleus lançant des flammes, sa silhouette impressionnante dominant celle du vieil Américain rabougri, Emerson exprima ses sentiments d'une voix forte et avec ce vocabulaire fourni qui lui avait valu son sobriquet d'Abu Shitaïm, le Maître des Imprécations. Il inclut dans ses invectives M. Maspero, le distingué directeur du Service des Antiquités. De fait, Maspero n'eut pas d'autre choix que d'accéder à la demande d'un Davis courroucé, et de nous interdire totalement l'accès à la Vallée.

Il y avait beaucoup d'autres sites à Louxor. Maspero en proposa plusieurs à Emerson. Mais Emerson était dans un tel état de fureur qu'il les rejeta tous, et lorsque nous montâmes sur le bateau à Port-Saïd, nous ne savions absolument pas où nous irions travailler la saison suivante.

Ce fut une joie de retrouver notre demeure anglaise dans le Kent, et je m'attachais à voir le bon côté des choses, mais tandis que le printemps se changeait en été et que l'été s'écoulait lentement, mes efforts pour demeurer optimiste échouèrent lamentablement. Il pleuvait continuellement. Les roses furent atteintes du mildiou. Rose, notre admirable gouvernante, attrapa un mauvais rhume qui refusait de céder à tout traitement. Elle allait et venait dans la maison en reniflant d'un air morose, et Gargery, notre maître d'hôtel, me rendait folle avec sa manie de fouiner partout et ses appels du pied insistants pour qu'il lui fût permis de nous accompagner en Egypte à l'automne. Emerson boudait dans son cabinet de travail, telle une gargouille, et refusait de parler de nos projets futurs. Il savait qu'il avait eu tort mais refusait de l'admettre, et ses tentatives pour rentrer dans mes bonnes grâces n'avaient pas été très bien accueillies, je l'avoue. En règle générale, je fais bon accueil aux attentions de mon époux. Ses épais cheveux noirs et ses yeux d'un bleu brillant, son magnifique physique, et – comment énoncerai-je cela ? – l'expertise avec laquelle il s'acquitte de ses obligations maritales – me touchaient comme toujours, mais j'étais irritée par ses tentatives de me circonvenir en profitant de mes sentiments au lieu de s'abandonner à ma merci et d'implorer mon pardon.

A la fin juillet, nous étions tous d'une humeur exécrable. Il continuait de pleuvoir, Emerson continuait de bouder, Rose continuait de renifler, et les jérémiades de Gargery ne cessaient jamais.

– Oh, madame, vous avez besoin de moi, vous le savez parfaitement. Regardez ce qui s'est passé l'année dernière lorsque je n'étais pas là pour veiller sur vous – Mr Ramsès et Mr David kidnappés, vous enlevée par cet individu, le Maître du Crime, ce pauvre Abdullah tué et...

– Taisez-vous, Gargery ! m'écriai-je. Je vous ai demandé de servir le thé. Je ne vous ai pas prié de me faire la morale.

Gargery se raidit et baissa son nez camus vers moi. Je suis l'une des rares personnes à être plus petite que lui, et il en profite.

– Le thé sera prêt dans un instant, madame, dit-il, et il sortit d'un air dédaigneux.

Je crie rarement après les domestiques – en fait, Gargery est la seule personne après qui je crie. Comme maître d'hôtel, il était quelque peu une anomalie, et ses talents inhabituels, par exemple son habileté à manier un gourdin, avaient été très utiles par le passé. Toutefois, Gargery n'était plus un jeune homme, et il n'aurait certainement pas été en mesure de prévenir les catastrophes qui s'étaient abattues sur nous. Je soupirais et me frottais les yeux. Il pleuvait... ai-je besoin de le dire ? Le salon était une caverne froide et ténébreuse, éclairé par une seule lampe, et mes pensées étaient tout aussi glacées et sombres. Les paroles de Gargery avaient fait resurgir le souvenir de cette horrible journée, où, serrant Abdullah dans mes bras, je regardais avec une horreur impuissante son sang écarlate imbiber ses vêtements blancs. De son corps, il avait fait un bouclier aux balles qui m'étaient destinées.

– Est-ce que je vais mourir, Sitt ? haleta-t-il.

Lui mentir aurait été l'insulter.

– Oui, répondis-je.

Une lueur brilla dans ses yeux qui s'obscurcissaient, et encore, une dernière fois, il répéta ses mises en garde.

– Emerson. Veillez sur elle. Elle est imprudente. Elle prend des risques insensés...

Le visage d'Emerson était presque aussi livide que celui de son ami moribond, mais il parvint à faire une promesse d'une voix étranglée.

Je me m'étais pas rendu compte à quel point je tenais à Abdullah jusqu'à ce que je sois sur le point de le perdre. Je ne m'étais pas rendu compte de la profondeur de son affection pour moi jusqu'à ce que j'entende ses dernières paroles murmurées – des mots que j'ai depuis gardés pour moi. Savoir que je n'entendrais plus jamais cette voix grave et que je ne verrais plus jamais ce sévère visage barbu créait un grand vide dans mon cœur.

La porte s'ouvrit et la voix de ma fille adoptive fit remarquer :

– Bonté divine, mais il fait aussi sombre ici que dans un cachot ! Pourquoi êtes-vous assise dans le noir, tante Amelia ?

– Gargery a omis d'allumer les lampes, répondis-je en reniflant. Bon sang, je crois bien que j'ai attrapé le rhume de Rose ! Ramsès, soyez assez aimable pour vous en charger.

Mon fils actionna les interrupteurs et la lumière éclaira les trois silhouettes qui se tenaient à l'entrée de la pièce – Ramsès, David et Nefret. Les enfants étaient toujours ensemble.

Mais ce n'étaient plus des enfants. J'étais obligée de me remémorer constamment ce fait. Ramsès venait de fêter son vingtième anniversaire. Sa taille égalait le mètre quatre-vingt-dix d'Emerson et son corps, bien que moins musclé que celui de son père, lui valait des regards admiratifs de la part d'innombrables jeunes femmes (et de quelques dames plus âgées).

Certaines personnes pourraient soutenir (et elles le faisaient) que l'éducation de Ramsès avait été tout à fait inappropriée pour un jeune Anglais de bonne famille. Dès son plus jeune âge, il avait passé la moitié de l'année avec nous en Egypte, côtoyant des archéologues et des Egyptiens de toutes classes sociales. Il était essentiellement autodidacte, parce que son père était contre les collèges anglais, et parce que Ramsès était contre l'école en général. Il avait été un enfant extrêmement difficile à supporter, porté à faire des discours pompeux et à se mêler des affaires d'autres personnes, ce qui amenait souvent ces personnes à avoir envie de l'estropier ou de le tuer. Néanmoins, d'une façon ou d'une autre – je ne pouvais en revendiquer tout le mérite, bien que Dieu sait que j'avais fait de mon mieux – il était devenu en grandissant un jeune homme bien fait de sa personne, doué pour les langues, bien élevé, et taciturne. Trop taciturne, peut-être ? Je n'avais jamais imaginé qu'un jour je regretterais son abominable loquacité, mais il avait pris l'habitude de garder ses pensées pour lui et de dissimuler ses émotions derrière un masque que Nefret appelait son « visage de statue pharaonique ». Il avait été particulièrement froid ces derniers temps. J'étais préoccupée au sujet de Ramsès.

David, son meilleur ami, lui ressemblait énormément, avec son teint basané, ses cheveux noirs bouclés, et ses yeux noirs ourlés de longs cils. Nous n'étions pas certains de l'âge exact de David. Il était le petit-fils d'Abdullah, mais sa mère et son père s'étaient brouillés avec le vieil homme et David avait travaillé pour un faussaire en antiquités notoire à Louxor jusqu'à ce que nous le délivrions d'un quasi-esclavage. Cependant, j'estimais qu'il avait un ou deux ans de plus que Ramsès.

Nefret, notre fille adoptive, était le troisième membre du jeune triumvirat. Des cheveux blond-roux et non noirs, ouverte et franche au lieu d'être réservée, son frère d'adoption et elle n'auraient pu être plus différents. Son éducation avait été encore plus insolite que celle de Ramsès ou de David, car elle avait été élevée depuis sa naissance jusqu'à l'âge de treize ans dans une oasis isolée au sein du Désert Occidental, où l'ancienne religion de l'Egypte était toujours pratiquée. Nous étions allés là-bas dix ans plus tôt, en prenant des risques considérables pour nos vies, afin de retrouver ses parents, qui avaient disparu dans le désert, et nous ignorions complètement son existence jusqu'à cette nuit inoubliable où elle était apparue devant nous, portant les robes d'une grande prêtresse d'Isis, ses cheveux blond-roux et son teint rose-blanc étant la preuve indubitable de ses origines. Je me demandais souvent s'il lui arrivait de penser à ces jours étranges et à Tarek, le prince de la Montagne Sainte, qui avait mis sa vie et son trône en danger pour nous aider à l'emmener avec nous en Angleterre. Elle ne parlait jamais de lui. Peut-être devrais-je être également préoccupée à son sujet.

Je savais pourquoi les yeux noirs de David étaient aussi tristes et son visage aussi sombre. Il s'était fiancé l'hiver dernier avec Lia, la nièce d'Emerson, et il la voyait moins souvent que le cœur d'un amoureux ne l'aurait souhaité. Les parents de Lia avaient fini par accepter cette alliance avec une certaine réticence, car David était égyptien à cent pour cent, et la société anglaise à l'esprit étroit désapprouvait de telles unions. J'envisageais sérieusement d'aller dans le Yorkshire pendant quelque temps, afin de rendre visite à Walter et Evelyn, les parents de Lia, et d'avoir l'une de mes petites conversations avec eux.

Le chat de Nefret, Horus, fit de son mieux pour faire trébucher Ramsès lorsque tous trois s'avancèrent dans la pièce, mais Ramsès connaissait les vilains tours du chat, aussi l'évita-t-il avec agilité. Horus détestait tout le monde excepté Nefret, et tout le monde excepté Nefret le détestait. Cependant, il était impossible de discipliner cet animal satanique, car Nefret prenait toujours son parti. Après un regard insolent autour de lui, Horus se blottit aux pieds de Nefret.

Emerson fut le dernier à nous rejoindre. Il avait travaillé à son journal de fouilles, comme l'attestaient sa chemise tachetée d'encre et ses doigts maculés.

– Où est le thé ? demanda-t-il vivement.

– Il sera servi dans un instant. Venez vous asseoir, répondit Nefret en prenant son bras.

Elle était le point le plus lumineux de la pièce, avec ses cheveux blond-roux qui scintillaient sous les lumières et son visage souriant. Emerson adorait qu'elle soit aux petits soins avec lui (Dieu sait qu'il n'en avait guère eu de ma part ces derniers temps), et son visage austère s'adoucit tandis qu'elle le faisait asseoir dans un fauteuil confortable et approchait un coussin de ses pieds. Ramsès observa cette scène attendrissante d'un air particulièrement fermé. Il attendit que Nefret se soit perchée sur l'accoudoir du fauteuil d'Emerson pour rejoindre David sur le canapé, où ils se tinrent telles deux statues peintes et assorties. Etait-ce l'incertitude de nos projets futurs qui rendait mon fils aussi maussade que son ami éperdu d'amour ?

Je décidai de faire à nouveau un effort pour venir à bout de l'entêtement d'Emerson.

– J'ai reçu une lettre d'Annie Quibell aujourd'hui,

commençai-je. James et elle retournent au Caire prochainement afin de reprendre leurs fonctions au Musée.

– Humpf ! fit Emerson, et il remua le sucre dans son thé.

Je poursuivis.

– Elle demande quand nous irons en Egypte, et quels sont nos projets pour la saison. James lui a demandé de vous rappeler que les sites les plus intéressants seront tous pris si vous ne formulez pas votre demande très vite.

– Je ne pose jamais ma candidature à l'avance, grommela Emerson. Vous le savez parfaitement. Ainsi que Quibell.

– Sans doute était-ce possible par le passé, rétorquai-je. Mais il y a de plus en plus d'expéditions chaque année. Regardez les choses en face, Emerson. Vous devez présenter des excuses à M. Maspero si vous espérez obtenir...

Emerson posa violemment sa tasse sur la soucoupe. C'était la troisième tasse qu'il fêlait cette semaine.

– Présenter des excuses, moi ? Nom d'un chien ! Maspero a eu tort. Il était le seul qui avait l'autorité d'empêcher Davis de démolir cette foutue tombe, et il a sacrément refusé d'intervenir !

Malgré les gros mots et le volume de sa voix de baryton retentissante, il me sembla déceler une infime intonation d'hésitation. Je connaissais cette intonation. Emerson avait réfléchi, mais il était trop têtu pour reconnaître qu'il était dans son tort. Il voulait que je le force à le faire. Aussi l'obligeai-je.

– C'est bien possible, Emerson, mais de l'eau a coulé sous les ponts. Avez-vous l'intention de passer tout l'hiver dans le Kent à bouder comme Achille sous sa tente ? Et que faites-vous de nous ? Cela convient parfaitement à David. Je suis sûre qu'il préfère rester en Angleterre avec sa fiancée, mais allez-vous condamner Ramsès – sans parler de Nefret et de moi-même – à l'ennui et à l'inaction ?

Ramsès posa sa tasse et s'éclaircit la gorge.

– Euh... Excusez-moi...

Emerson l'interrompit d'un geste impétueux. Un sourire bienveillant apparut sur ses lèvres parfaitement dessinées.

– Pas un mot de plus, mon garçon. Votre mère a raison de me rappeler que j'ai des obligations envers d'autres personnes, des obligations pour lesquelles je vais sacrifier mes principes. Quel serait votre choix pour cette saison, Ramsès ? Amarna ? Beni Hassan ? Je vous laisse le soin de décider.

Il sortit sa pipe. Il avait l'air très content de lui... comme il se devait. Je lui avais fourni le prétexte qu'il attendait de ma part. C'était ce que j'avais eu l'intention de faire, mais un certain degré d'exaspération me poussa à répondre avant que Ramsès puisse le faire.

– Je crois que les Allemands ont posé leur candidature pour Amarna, Emerson. Pourquoi ne pas retourner à Thèbes, où nous avons une maison confortable et de nombreux amis ?

– Parce que j'ai juré de ne plus jamais travailler là-bas ! (Emerson modéra sa voix.) Mais si cela vous convient, Ramsès... Vous savez que votre avis compte énormément pour moi.

– Je vous remercie, Père.

Les longs cils noirs de Ramsès voilèrent ses yeux.

Nefret avait apporté plusieurs des nouveaux chatons. Comme Horus, ils étaient les descendants de deux chats égyptiens que nous avions emmenés ici avec nous des années auparavant. L'une des rares qualités d'Horus était son indulgence envers les chatons, et il supportait sans protester leurs sauts et leurs cabrioles, et lorsqu'un d'eux renversa le pot de crème fraîche, il fut le premier à laper la petite mare. Emerson, qui adore les chats (excepté Horus) trouva cette scène extrêmement amusante, et il taquinait la queue de l'un des chatons avec sa serviette lorsque Gargery apparut, apportant une petite lettre remise en main propre.

– Ça alors ! Ecoutez plutôt ! m'exclamai-je. Les Carrington nous invitent à dîner. Ou bien – quel toupet ! – ils seront ravis de venir chez nous, à notre convenance. Ha !

Emerson poussa un grognement et Ramsès haussa les sourcils. Il n'y eut aucune réaction de la part de David, lequel, probablement, ne m'avait même pas entendue. Nefret fut la seule à réagir verbalement.

– Les Carrington ? Comme c'est étrange. Nous ne les fréquentons plus depuis des années.

– Depuis que Ramsès a offert à Lady Carrington un os moisi qu'il avait pris dans le tas de compost, confirmai-je. Apparemment, ils souhaitent nous présenter leur nièce, qui leur a rendu visite.

Nefret émit un éclat de rire musical.

– Cela explique tout ! Ramsès, tu te souviens de cette jeune fille ? Elle était à la réception à laquelle nous avons assisté la semaine dernière.

– La réception à laquelle tu m'as forcé à assister ! (Les sourcils de Ramsès, qui sont très fournis, noirs et expressifs, adoptèrent un angle inquiétant.) Je ne puis dire que cette jeune femme m'ait fait une impression inoubliable.

– A l'évidence, toi, tu lui as fait une impression inoubliable, murmura Nefret.

– Ne sois pas ridicule ! fit Ramsès d'un ton sec.

Nefret m'adressa un clin d'œil et un sourire entendu, et je considérai mon fils d'un air pensif. Sa tête était penchée vers le chaton qu'il avait pris dans ses bras, mais ses pommettes saillantes étaient légèrement plus foncées que d'habitude. Une de plus, songeai-je. Il avait un visage agréable et de bonnes manières (grâce à moi), mais l'obstination des jeunes femmes qui le poursuivaient de leurs assiduités était très étrange !

– Tu te souviens certainement d'elle, insista Nefret. Des cheveux bruns, plutôt ordinaire, elle penchait la tête d'un côté et n'arrêtait pas de te faire les yeux doux ? J'ai été obligée de la détacher de toi de force. Elle s'agrippait à ton bras des deux mains...

– Puis-je sortir, Mère ?

Ramsès posa sa tasse avec un soin exagéré et se leva. Il n'attendit pas une réponse de ma part. Tenant le chaton dans ses bras, il sortit de la pièce à grandes enjambées. Au bout d'un moment, David, qui avait suivi cet échange en fronçant les sourcils, se leva pour le rejoindre.

– Vous ne devriez pas le taquiner, Nefret, la réprimandai-je. Il ne fait rien pour les encourager... n'est-ce pas ?

Le rire musical de Nefret retentit à nouveau.

– Pas celle-là ! C'était très amusant, tante Amelia, elle qui pensait qu'elle était *tellement* adorable, et le pauvre Ramsès qui ressemblait à un renard poursuivi par la meute ! Il était trop poli pour la repousser.

– Ma foi, voilà une invitation que je puis refuser

avec plaisir, déclarai-je. Si tous nos ennuis pouvaient être résolus aussi facilement ! Emerson...

– Crénom, Peabody, ce n'est pas moi qui crée des ennuis ! Il appartient à Ramsès de prendre une décision.

## Manuscrit H

Ramsès était assis au bord de son lit, la tête dans les mains. Une autre journée avait passé sans qu'il ait trouvé le courage de dire la vérité à son père.

Il leva les yeux comme on frappait légèrement à la porte.

– Entrez, bon sang ! lança Ramsès.

– Certaines personnes pourraient interpréter cela comme un accueil plutôt glacial, dit David depuis le seuil de la chambre. Préférez-vous être seul ?

– Non. Excusez-moi. Entrez et fermez la porte avant que Nefret n'ait l'idée de vous suivre.

– Vous ne pouvez pas continuer de la traiter ainsi, Ramsès. Vous l'évitez comme si elle avait la lèpre et vous répondez d'un ton cassant chaque fois qu'elle vous parle.

– Vous savez pourquoi.

David s'assit à côté de lui.

– Je sais que vous l'aimez et que vous n'osez pas le lui dire. Je ne comprends pas pourquoi vous vous taisez.

– Habituellement, vous n'êtes pas aussi obtus, David. Qu'éprouveriez-vous si une jeune fille que vous considérez comme votre petite sœur chérie se coulait auprès de vous et vous disait qu'elle vous aime à la folie ?

David sourit de son doux et charmant sourire.

– Elle l'a fait.

– Mais vous aimiez déjà Lia lorsqu'elle vous a ouvert son cœur, rétorqua Ramsès. Et sa déclaration ne constituait pas une surprise totale pour vous. Ne me dites pas qu'il n'y avait pas eu des regards de côté, des rougeurs et... oh, vous connaissez ce genre de chose. Supposons que vous n'ayez pas répondu à ses sentiments... qu'auriez-vous ressenti dans ce cas ?

– De l'embarras, reconnut David au bout d'un moment. J'aurais été désolé pour elle. Je me serais senti fautif. Horriblement gêné.

– Et c'est exactement ce que Nefret ressentirait. Pour elle, je suis un frère cadet très amusant. Vous l'avez entendue il y a quelques instants, me taquinant au sujet de cette satanée fille, se moquant de moi... (Il appuya son menton sur ses mains.) Il faut que je parte quelque temps. Loin d'elle.

– C'est difficile à ce point ? demanda David. Etre auprès d'elle ?

– C'est suffisamment difficile de la voir tous les jours, fit Ramsès d'un air abattu. Si seulement elle n'était pas aussi sacrément affectueuse ! Toujours à me donner des petites tapes, à m'étreindre, à me serrer le bras...

– Elle fait cela avec tout le monde. Y compris Gargery.

– Exactement. Cela ne signifie absolument rien, mais je puis vous affirmer que cela n'affecte pas Gargery comme cela m'affecte.

Il ne pouvait pas dire à David le pire – la jalousie

brûlante qu'il éprouvait à l'encontre de tout homme qui parlait à Nefret ou la regardait – parce que, à une certaine époque, il avait cru qu'elle commençait à avoir un penchant pour David. Il avait rêvé de tuer son meilleur ami.

Des coups autoritaires à la porte le firent se lever d'un bond.

– C'est Nefret, dit-il. Personne d'autre ne frappe de cette façon.

Il ouvrit la porte et recula.

– Tu ne devrais pas te changer pour le dîner ? demanda-t-il d'un ton mordant.

Nefret se laissa tomber dans un fauteuil.

– Et toi ? Je suis désolée de t'avoir taquiné à propos de cette pauvre fille, mais vraiment, Ramsès, tu perds ton sens de l'humour. Qu'y a-t-il ?

– Je ne sais pas ce qui te fait penser..., commença Ramsès.

Elle l'interrompit d'un mot qu'elle n'aurait pas employé devant la mère de Ramsès.

– N'essaie pas de me mentir, Ramsès Emerson ! David et toi n'arrêtez pas d'échanger des regards comme deux conspirateurs... Brutus et Cassius s'approchant lentement de César, leurs dagues tirées ! Vous mijotez quelque chose en cachette, et j'exige de savoir ce que c'est. Ne reste pas planté là comme une image taillée ! Assieds-toi... vous aussi, David... et avoue !

Elle était ravissante lorsqu'elle était en colère, joues empourprées, yeux grands ouverts, son corps svelte crispé sous l'effet de l'indignation. Une mèche de ses cheveux s'était défaite et formait une boucle sur son front de façon affolante. Ramsès joignit les mains avec force.

Puis Nefret baissa les yeux.

– Je croyais que nous étions amis, dit-elle doucement. Nous trois, tous pour un et un pour tous !

Nous trois. Amis. S'il avait eu des doutes sur ce qu'il avait l'intention de faire, ces mots les dissipèrent aussitôt. Après tout, pourquoi ne pas le lui dire ? Cela lui serait égal. L'amitié peut supporter la séparation. Une amie désire ce qui convient le mieux à son ami. Seuls les amants sont égoïstes.

– Je veux aller en Allemagne pour étudier sous la direction d'Erman, dit-il brusquement.

Le visage de Nefret s'allongea.

– Tu veux dire... tu ne viendras pas en Egypte avec nous cet automne ?

– Il est clair que je ne peux pas être dans deux endroits en même temps.

Elle lui tira la langue.

– Pourquoi ?

– J'ai besoin d'une formation classique pour les langues, d'une reconnaissance officielle. Un diplôme de Berlin me donnera cela. (Ces paroles venaient avec aisance. Il les avait répétées un grand nombre de fois, se préparant à les prononcer devant Emerson.) J'ai appris beaucoup de choses avec oncle Walter, mais Erman est l'un des meilleurs dans ce domaine, et sa méthode est différente. Il pense que je peux décrocher un doctorat en un an, étant donné mes travaux précédents. J'adore faire des fouilles, mais je ne serai jamais aussi bon que Père. La philologie est ma véritable passion.

Nefret frotta son menton arrondi en une imitation inconsciente d'Emerson lorsque celui-ci était absorbé dans ses pensées.

– Hummm. Eh bien, voilà une nouvelle des plus surprenantes, mon garçon ! Mais je ne comprends pas pourquoi tu étais aussi cachottier. C'est une ambition tout à fait légitime.

Ramsès réalisa qu'il avait espéré contre toute espérance qu'elle s'opposerait fermement à ce projet. A l'évidence, la perspective d'une longue séparation ne la troublait pas outre mesure. Les amis désirent ce qui convient le mieux à leurs amis.

– Je suis content que tu sois de mon avis, dit-il avec raideur.

Elle leva ses yeux bleus au regard franc et lui sourit.

– Si c'est ce que tu veux, alors fais-le, mon garçon ! Tu n'as pas trouvé le courage nécessaire de le dire au professeur, c'est ça ?

– En effet. La lâcheté est l'un de mes pires défauts.

Le coude de David s'enfonça dans ses côtes et le sourire de Nefret s'estompa.

– Je ne voulais pas dire cela. Tu crains de lui faire de la peine. Voilà ce que je voulais dire.

– Excuse-moi, murmura Ramsès.

– Nous ressentons tous la même chose, affirma Nefret. Parce que nous l'aimons. Mais tôt ou tard il devra accepter le fait que toi – David et moi – sommes des personnes qui ont leurs propres ambitions et leurs désirs.

– Et que désires-tu ? demanda Ramsès.

Elle haussa les épaules et sourit.

– Rien que je n'aie déjà. Un travail que j'aime, une famille, les meilleurs amis du monde... Je t'aiderai à convaincre le professeur. Tu nous manqueras, bien sûr, n'est-ce pas, David ? Mais c'est seulement pour une année.

Elle se leva.

– Laisse-moi m'en occuper. Je vais d'abord apprendre la nouvelle à tante Amelia. Ensuite ce sera nous tous contre le professeur ! Le cas échéant, je me mettrai à pleurer. Cela fait toujours de l'effet sur lui.

Il s'était levé lorsqu'elle l'avait fait. Ils se tenaient tout près l'un de l'autre, à seulement trente centimètres de distance. Elle avança la main comme pour lui donner une tape amicale sur l'épaule. Il s'écarta et dit :

– Je te remercie, mais je n'ai pas besoin que quelqu'un d'autre fasse le sale boulot à ma place. Je parlerai à Père ce soir, au dîner.

Elle laissa retomber sa main, rougit légèrement, et sortit de la chambre.

– Ramsès, commença David.

– Pas un mot, David !

– Certainement pas ! fit David d'un air indigné. Elle offrait de vous aider, à sa façon charmante et généreuse, et vous l'avez glacée avec ce regard froid et ces paroles hautaines. Qu'espériez-vous donc, que la perspective d'être séparée de vous pendant une année éveillerait miraculeusement des passions latentes ? Cela ne se passe pas ainsi.

Au bout d'un moment, il ajouta :

– Allez-y, frappez-moi si cela peut vous soulager.

Ramsès desserra ses poings et se tourna vers le secrétaire. Il ouvrit un tiroir et prit une cigarette.

– Je suis désolé, dit David. Mais si vous ne perdez pas cette habitude d'étouffer vos sentiments, un jour vous exploserez. Bon sang, Ramsès, vous avez à peine vingt ans, et de toute façon la famille refuserait d'entendre parler d'un tel mariage. Laissez-lui un peu plus de temps.

– Toujours aussi optimiste ! Vous ne comprenez pas, hein ? Mais vous ne le pouvez pas. Vous ne voulez d'elle rien de plus que ce qu'elle est capable de vous donner. Ce que je veux n'existe peut-être pas du tout.

Il tendit le paquet à David. Celui-ci prit une cigarette et s'appuya contre le secrétaire.

– Vous allez continuer avec ça ? Je ne nie pas que les femmes vous font tellement d'avances que vous devez les repousser avec un gourdin. Mais il en est qui ne sont pas comme ça. Nefret en fait partie... jusqu'à présent. Cela ne signifie pas qu'elle est incapable d'aimer.

Ramsès sentit qu'il rougissait de colère.

– Je ne suis pas égotiste à ce point, figurez-vous ! Peut-être avez-vous raison. Je l'espère. Mais ne trouvez-vous pas étrange qu'une jeune femme de vingt-trois ans n'ait jamais été amoureuse, ne serait-ce qu'une fois ? Dieu sait le nombre d'hommes qui ont été amoureux d'elle ! Elle fait la coquette avec eux, exerce ses petits artifices sur eux, se lie d'amitié avec eux, et puis elle les éconduit carrément lorsqu'ils ont assez de courage pour la demander en mariage. Tous ! Ce n'est pas normal, David. Et ne me dites pas que je ne l'aurais pas su. Nefret n'est pas du genre à dissimuler ses sentiments. Les signes sont facilement reconnaissables, particulièrement pour les yeux d'un amoureux jaloux... ce que je suis, hélas ! Après tout, nous ignorons ce qui lui est arrivé durant ces années avant que...

Il s'interrompit brusquement et David lui lança un regard intrigué.

– Les années où elle a vécu avec les missionnaires

au Soudan ? Qu'aurait-il pu se passer, alors qu'ils veillaient sur elle ?

C'était l'histoire que les Emerson avaient inventée pour expliquer les origines de Nefret lorsqu'ils l'avaient remmenée en Angleterre. Même à David, Ramsès n'avait pas dit la vérité – l'Oasis perdue avec son mélange étrange de cultures méroïtique et de l'Egypte ancienne, et le rôle de Nefret en tant que prêtresse d'une déesse païenne. A l'instar de ses parents, il avait promis de tenir secrète l'existence de cet endroit.

David se renversa en arrière, étirant ses longues jambes, le visage grave.

– Je vous assure que vous faites fausse route. Je crois que dans le cas présent je puis affirmer que je comprends Nefret mieux que vous. J'ai été contraint de faire le même passage, d'un monde à un autre, quasiment du jour au lendemain – l'esclave en haillons, battu, crasseux et mourant de faim, devenu brusquement un jeune gentleman anglais tout à fait convenable ! (Il éclata de rire.) A certains moments, j'ai cru que cela allait me tuer.

– Vous ne vous êtes jamais plaint. Je ne m'étais pas rendu compte... j'aurais dû le faire.

– Pourquoi me serais-je plaint ? Je devais me laver plus souvent que cela me plaisait et renoncer à certaines habitudes, comme cracher, parler l'arabe des rues et aller et venir à mon aise à moitié nu, mais au moins je connaissais votre monde et j'avais gardé des attaches avec le mien. Vous ne pouvez donc pas vous représenter que cela a été infiniment plus difficile pour Nefret ? Grandir dans un village indigène, totalement isolée du monde moderne... Cela a dû ressembler à la machine à voyager dans le temps de Mr Wells – passer de la Nubie primitive à l'Angleterre moderne en un clin d'œil. La seule façon pour elle d'y parvenir, c'était peut-être de refouler ses souvenirs du passé.

– Je n'avais pas pensé à cela, reconnut Ramsès.

– En effet. Vous êtes obsédé par sa... euh... sexualité, si je puis utiliser ce terme.

– C'est un terme parfaitement convenable, dit Ramsès, amusé par l'embarras de David. Je crois que vous prenez un peu trop à cœur votre statut de gentleman anglais. Peut-être avez-vous raison, mais cela ne m'aide guère. Etre loin d'elle pendant quelque temps me permettra de mettre mes sentiments en ordre.

– Peut-être tomberez-vous amoureux de quelqu'un d'autre, fit David avec entrain. Une jolie petite *Fraülein* avec des nattes blond filasse, des formes agréablement rebondies, et... Entendu, entendu, je m'en vais. Mais réfléchissez à ce que j'ai dit.

Ramsès reposa le vase qu'il avait pris pour faire semblant de menacer David, puis il s'assit au bord du lit, le menton dans les mains, et se souvint. Les paroles de David avaient fait resurgir tout cela – l'aventure la plus étrange de sa vie. Ils n'en parlaient jamais, mais il y pensait souvent. Comment aurait-il pu ne pas y penser, alors qu'il voyait Nefret tous les jours pour lui rappeler comment elle était venue vers eux ?

Les Emerson avaient fait des projets pour travailler au Soudan cet automne. La région sud de l'Egypte, depuis la deuxième cataracte jusqu'à la confluence du Nil Bleu et du Nil Blanc avait été gouvernée pendant dix ans par le Mahdi et ses successeurs – des fanatiques religieux et des rigoristes. Les Européens qui n'avaient pas réussi à s'enfuir avaient été emprisonnés ou tués, ainsi qu'un bon nombre des habitants.

Depuis des années, Emerson voulait étudier les monuments peu connus des anciennes civilisations de Nubie – ou de Kush, pour donner à cette région un autre de ses nombreux noms. Il était persuadé que les royaumes de Napata et de Méroé avaient été plus puissants et plus florissants que la plupart des égyptologues ne l'admettaient, de véritables rivaux pour l'ancienne monarchie égyptienne et non des tribus barbares. Lorsque la reconquête du Soudan par les troupes anglo-égyptiennes avait commencé en 1897, il parla à son épouse de son projet de suivre l'armée jusqu'à Napata, la première capitale du royaume de Kush. Puis était arrivé l'appel signé Willoughby Forth, un ami des Emerson, lequel avait disparu avec sa jeune épouse durant la conflagration de la révolte des Mahdistes. Emerson n'avait pas pris au sérieux ce message censé venir de Forth lui-même, qui donnait des indications pour se rendre à une oasis lointaine, remplie de trésors, dans le Désert Occidental.

Pour une fois, Emerson s'était trompé. Le message était authentique, et la carte exacte. Après que Reginald Forthright, le neveu de Forth, fut parti dans le désert à la recherche de son oncle, les Emerson avaient fait de même, accompagnés d'un mystérieux étranger, Kemit, qu'ils avaient pris à leur service. L'expédition avait été un désastre du commencement à la fin – les chameaux mourant les uns après les autres, la mère de Ramsès tombant malade, tous les chameliers à l'exception de Kemit les abandonnant dans le désert, sans eau ni moyen de transport. Ramsès avait été également malade – insolation ou prostration due à la chaleur ou bien déshydratation, supposait-il. L'un de ses derniers souvenirs du voyage avait été le spectacle de son père, les lèvres craquelées et la langue desséchée, cheminant avec obstination à travers le sable, portant son épouse dans ses bras.

Ils seraient morts sans Kemit, lequel était parti au-devant pour aller chercher des secours. Ainsi qu'ils l'apprirent lorsqu'ils arrivèrent à l'oasis isolée, entourée de falaises, le véritable nom de Kemit était Tarek, et c'était lui qui avait apporté le message de Forth en Angleterre. Ce fut un peu plus tard qu'ils découvrirent pourquoi.

Il n'oublierait jamais la première fois qu'il avait vu Nefret, revêtue des habits blancs de la Grande Prêtresse d'Isis, ses cheveux tombant sur ses épaules en une cascade dorée. Elle avait treize ans. Elle était la plus belle créature qu'il ait jamais vue. Maintenant qu'il était plus vieux, il était plus à même de mesurer tout le romantisme de cette image et son effet sur un garçon de dix ans. Il n'en continuait pas moins de penser que Nefret était la plus belle créature qu'il ait jamais vue et qu'elle était aussi courageuse et intelligente qu'elle était ravissante. Tarek était amoureux d'elle et il avait eu l'amabilité de le dire : « Car en la voyant qui ne la désirerait pas ? » Toutefois, il avait tenu la promesse qu'il avait faite au père de Nefret qui, en mourant, avait voulu qu'elle retourne dans sa véritable patrie. Comprenant qu'il ne pourrait pas l'y emmener sans aide, Tarek avait fait le long et périlleux voyage jusqu'en Angleterre afin de conduire les Emerson jusqu'à l'Oasis perdue. En agissant ainsi, il avait mis en danger sa vie et son trône. C'était un jeune homme très beau, aussi chevaleresque qu'un chevalier de légende. Cela n'aurait rien eu de surprenant si Nefret continuait de chérir son souvenir.

Qu'il aille au diable ! pensa Ramsès. Comment pourrais-je, moi ou quiconque, rivaliser avec un tel héros ? Tarek s'était également battu comme un héros, épée à la main, afin de reconquérir sa couronne. Ils avaient remboursé une partie de leur dette envers lui en l'aidant dans cette lutte, chacun à sa façon. A cette époque, Emerson était à l'apogée de sa force – non pas qu'il l'ait perdue depuis – et certains de ses hauts faits avaient égalé les exploits d'Hercule et d'Horus.

Un autre héros, songea le fils d'Emerson. Et maintenant je dois lui dire que je ne l'accompagnerai pas cette année.

La première réaction d'Emerson à l'annonce de Ramsès fut si violente qu'à ses cris Gargery, John le valet de pied, Rose, et plusieurs des femmes de chambre accoururent pour voir ce qui se passait. Nos relations avec les domestiques sont quelque peu inhabituelles, Emerson les traite comme des êtres humains et ils ont une profonde affection pour lui. Une fois qu'ils eurent appris ce qui avait causé sa colère, tous se sentirent en droit de prendre part à la discussion, en faveur d'un camp ou de l'autre. Rose, bien sûr, soutenait Ramsès, ainsi que Gargery (offrant de prendre la place de Ramsès, ce qui rendit Emerson encore plus furieux). Les femmes de chambre furent chassées par Rose avant qu'elles aient l'opportunité de dire grand-chose. Néanmoins, le consensus était clair, et Emerson fut quelque peu justifié de vociférer : « Vous êtes tous contre moi ! »

Nefret m'avait informée dans le plus grand secret

des intentions de Ramsès, aussi avais-je disposé d'un peu de temps pour m'habituer à cette perspective. Je fus quelque peu surprise par la force de ma déception initiale. J'étais tellement habituée à avoir Ramsès à mes côtés. Il était d'une grande aide pour son père.

Toutefois, une mère veut le bonheur de son enfant, et au moins la nouvelle expliquait pourquoi Ramsès avait eu un comportement aussi étrange ces derniers temps. C'est pourquoi j'avais promis à Nefret que je ferais tout mon possible pour convaincre Emerson, et, bien sûr, mes arguments finirent par l'emporter.

– Il s'attirera des ennuis tout seul là-bas, vous le savez parfaitement ! fut la dernière tentative d'Emerson pour m'influencer en faisant appel à mon instinct maternel. Il s'attire toujours des ennuis !

C'était la vérité. Néanmoins, ainsi que je le fis remarquer à Emerson, il s'attirait également des ennuis même lorsqu'il était avec nous.

## Manuscrit H

A présent que sa décision avait été acceptée et que le moment de son départ approchait, Ramsès constata qu'il lui était plus facile de s'accommoder de la présence constante de Nefret. Ce ne sera plus pour très longtemps, se disait-il. Cependant, il passait la plupart du temps dans sa chambre, soi-disant absorbé par son travail. David était parti dans le Yorkshire, radieux, parce qu'il avait finalement reçu une invitation des parents de sa bien-aimée. (Ramsès soupçonnait que sa mère y était pour quelque chose.)

Par un chaud après-midi d'août, il venait de terminer

une traduction ardue d'un texte hiératique lorsque Nefret frappa à sa porte. Elle avait respecté sa demande qu'on le laisse tranquille – pour travailler – et il fut pris de remords lorsqu'il vit son visage grave.

– Est-ce que je te dérange ? demanda-t-elle.

– Non, pas du tout. Entre.

Il s'écarta pour la laisser passer et lui désigna une chaise. Elle s'assit et joignit les mains entre ses genoux. Elle portait une culotte de cheval. Son visage était empourpré en raison de la chaleur, ses cheveux dénoués et moites étaient collés à ses tempes et à ses joues. Le col ouvert de sa chemise découvrait sa gorge délicate et offrait une suggestion affolante de rondeurs séduisantes. Ramsès retourna à son secrétaire, trois mètres plus loin, et s'y adossa.

– Il fait plutôt chaud pour une promenade à cheval, n'est-ce pas ? demanda-t-il.

Elle lui adressa une grimace.

– Pas besoin d'être Sherlock Holmes pour deviner ce que j'ai fait ! Je peux avoir une cigarette ?

Ramsès la lui alluma, puis il s'éloigna à nouveau.

– Quelque chose ne va pas, dit-il. Raconte-moi.

– Tu es sûr que je ne t'ennuie pas ? Ce n'est rien du tout, je t'assure. Je me fais probablement des idées.

– Cela m'ennuierait beaucoup plus si tu ne pensais pas que tu peux venir me trouver pour me parler de quelque chose qui te préoccupe. Excuse-moi si j'ai été...

– Ne t'excuse pas, mon garçon. Je sais pourquoi tu restes cloîtré dans ta chambre.

– Vraiment ?

– Tu n'as pas envie de te trouver en face du professeur.

– Oh !

– Ne t'en inquiète pas. Il s'en remettra.

– Je sais. Alors ?

– Ma foi, j'ai fait une promenade à cheval, comme tu l'as deviné. En revenant, je me suis arrêtée près de la pyramide de Tabirka.

Il fallut quelques secondes à Ramsès pour assimiler ce sujet inattendu. Elle expliqua, d'un ton d'impatience :

– Tabirka... le frère de Tarek, qui était venu avec lui en Angleterre. Nous l'avons enterré dans la clairière où il est mort et nous avons construit une petite pyramide...

– Je sais. Je suis surpris, c'est tout. Je ne t'avais pas entendue parler de lui ou de Tarek depuis très longtemps. Tu vas là-bas souvent ?

– De temps en temps, répondit Nefret évasivement. (Ou bien était-ce seulement sa jalousie amoureuse qui faisait paraître sa réponse évasive ?) C'est un endroit ravissant, paisible. Je peux avoir une autre cigarette ?

Ramsès s'exécuta. Elle fumait rarement.

– Il faisait très chaud et tout était calme, commença Nefret. Pas le moindre souffle de vent. Brusquement, les feuilles ont produit un violent bruissement, et j'ai entendu une voix, lointaine et caverneuse, comme si elle provenait des profondeurs du sol. Ramsès... elle s'exprimait dans la langue de la Cité Sainte.

– L'Oasis perdue ? dit Ramsès, cherchant à gagner du temps.

– Nous l'appelions la Cité de la Montagne Sainte.

Les mots et la façon dont elle les prononça avertirent Ramsès qu'il se trouvait sur un terrain dangereux. Nefret baissait la tête, les épaules crispées, comme si elle s'attendait à ce qu'il éclate de rire ou à quelque autre manifestation de scepticisme de sa part.

– Je sais, fit-il d'un air négligent. Qu'a dit la voix ?

– Je n'ai pas compris tous les mots. Je pense que c'était une salutation. (Elle leva les yeux.) Tu me crois ? Tu ne penses pas que j'ai rêvé tout ça ?

– Je ne crois pas que tu aies entendu le ka de ce pauvre Tabirka qui t'appelait depuis l'Au-delà. Ni toi, tu as trop de bons sens pour cela. Quelqu'un t'a sans doute fait une farce.

– Bien sûr ! dit Nefret avec un soupir de soulagement. C'est l'explication évidente, n'est-ce pas ? Mais tu ne peux pas savoir à quel point c'était effrayant, Ramsès. Je suis partie aussi vite que je le pouvais. Je... je n'ai pas l'habitude de m'enfuir, tu le sais.

– J'ai eu l'occasion de le constater !

Elle lui rendit son sourire avec une expression si joyeuse et reconnaissante qu'il eut l'impression d'être une immonde canaille. S'était-il comporté de façon si hargneuse qu'elle ait hésité à venir le trouver ? Cependant, c'était lui qu'elle était venue trouver, et non sa mère ou son père. C'était un signe plein d'espoir et, grâce au ciel, il avait eu le bon sens de dire les mots qu'il fallait.

Il lui tendit la main.

– Allons jeter un coup d'œil. Peut-être que cet individu rôde toujours là-bas. Ou bien il aura laissé des traces de sa présence.

– Merci, Ramsès. (Elle prit sa main et la serra.) De me croire.

Il dégagea sa main avec douceur.

– Nous allons marcher, d'accord ? Ce n'est pas très loin, et nous ferons moins de bruit à pied.

De grands ormes bordaient le sentier étroit à travers les bois. Les feuilles pendaient mollement, immobiles dans l'air chaud. Tandis qu'ils avançaient, l'ombre du sous-bois s'intensifia. Un orage couvait, des nuages s'amoncelaient dans le ciel à l'est. L'endroit dégageait une atmosphère mystérieuse, qu'épaississait la venue de l'orage. L'étrange petit monument dans la clairière était une pyramide dans le style kushite, aux côtés plus escarpés et plus petite que celles d'Egypte. Peu de personnes connaissaient son existence, et ceux qui la connaissaient pensaient qu'il s'agissait de l'une de ces fausses antiquités si prisées autrefois par la bonne société anglaise éprise d'égyptologie. Sur un côté, il y avait une petite enceinte imitant une chapelle votive. Ramsès avait lui-même gravé sur le linteau les hiéroglyphes qui indiquaient le nom du jeune défunt, ses titres, et une courte prière demandant la bienveillance des dieux. Tabirka méritait un voyage paisible vers l'Au-delà. Il avait été assassiné par le cousin de Nefret, lequel avait tenté par tous les moyens d'empêcher les Emerson de la ramener et de menacer son héritage.

Ramsès ne s'attendait pas vraiment à trouver quelqu'un ou quoi que ce fût. Nefret avait probablement rêvé tout éveillée, se mettant dans une disposition d'esprit fantasque, et elle avait mal interprété le bruit d'un animal ou d'un oiseau. Il fut pris complètement de court par l'inconnu qui se jeta violemment sur lui et le renversa lourdement sur le sol. Le souffle coupé, contusionné, Ramsès leva les yeux vers le visage brun qui se dressait au-dessus de lui. Un rictus terrifiant apparut sur ce visage, et des mains le saisirent à la gorge. Nefret hurlait et faisait pleuvoir des coups sur le dos de l'agresseur avec une branche d'arbre. Sans grand résultat, apparemment.

Ramsès recouvra suffisamment de souffle pour hurler à son tour : « Lâchez-moi ! » Il repoussa les avant-bras de l'homme, lui donna un coup de coude au menton, le souleva et le fit tomber sur le dos. Il se releva péniblement. Nefret abaissa sa branche.

– Bien joué, mon garçon, dit-elle, essoufflée.

– Merci.

Ramsès se tint en garde, prêt à frapper avec son pied si jamais son adversaire à terre montrait des signes de vouloir poursuivre le combat. L'individu se frottait la gorge, mais il continuait de sourire, et son corps maigre, seulement habillé d'un vêtement semblable à un kilt, était complètement détendu. Ramsès le considéra avec une incrédulité grandissante. Avec sa peau brune et son costume bizarre, l'individu était aussi incongru dans une forêt anglaise qu'un tigre dans un salon. Il y avait quelque chose de familier dans ses traits aquilins.

– Tarek avait raison, déclara l'inconnu. Vous êtes devenu un homme.

Nous avions accueilli un certain nombre d'invités insolites dans notre demeure, mais je n'avais jamais vu quelqu'un d'aussi extraordinaire que le jeune homme qui se trouvait dans le salon avec Ramsès et Nefret lorsque je descendis pour le thé. Nu-pieds et tête nue, le corps tout juste recouvert d'une jupe courte ou d'un kilt, il aurait pu sortir tout droit d'une peinture murale d'une tombe de l'Egypte ancienne. Je me figeai sur place, et Ramsès dit :

– Mère, puis-je vous présenter le prince Merasen ?

Il est le frère de Tarek, dont vous vous souvenez certainement.

Je suis rarement à court de mots, mais en cette occasion je fus seulement à même d'émettre un croassement inarticulé de surprise. Nefret vint rapidement vers moi et prit mon bras.

– Tante Amelia, est-ce que vous allez bien ? Asseyez-vous, je vous en prie.

– Une bonne tasse de thé chaud, bredouillai-je, les yeux grands ouverts.

Le jeune homme leva ses mains à hauteur d'épaule et s'inclina devant moi. C'était le geste que l'on voyait sur d'innombrables peintures funéraires, un geste de respect envers les dieux et les êtres supérieurs. Il était bien plus à l'aise que moi. Mais il s'attendait à me voir, ce qui n'était certainement pas mon cas !

– Ou peut-être un whisky-soda bien tassé ? dit Ramsès. (Il avait l'air quelque peu penaud.) Excusez-moi, Mère. Je n'ai pas pensé à vous prévenir.

– Tout va bien, répondis-je en prenant le verre qu'il me tendait. Veuillez prendre une chaise, Mr... euh... Est-ce qu'il parle anglais ?

– Je parle très bien, fut la réponse calme. C'est pourquoi Tarek m'a envoyé.

– Tarek vous a envoyé ? répétai-je stupidement.

– Oui, Sitt Hakim. Je suis honoré de vous voir. Il y a beaucoup de récits sur vous à la Cité Sainte. Et sur le Maître des Imprécations, et le Frère des Démons, et Dame Nefret.

« Le Maître des Imprécations » était le sobriquet égyptien d'Emerson (et parfaitement mérité, ajouterai-je), de même que Sitt Hakim, « Dame Docteur », était le mien. Nous étions connus sous ces épithètes honorifiques lorsque nous nous trouvions dans la Cité Sainte. Si ma mémoire était bonne, à cette époque Ramsès n'avait pas encore acquis son surnom de « Frère des Démons » (un hommage à ses prétendus dons surnaturels). Merasen avait probablement appris qu'on appelait Ramsès ainsi au cours de son voyage vers l'Angleterre, peut-être auprès d'Egyptiens vivant à Londres qui lui avaient indiqué comment se rendre à Armana House.

Je répondis d'un signe de la tête, sirotant mon whisky et m'efforçant de rassembler mes esprits quelque peu égarés. Le jeune homme ressemblait beaucoup à son frère, avec ses traits finement dessinés et son corps bien bâti – ou plutôt, me dis-je, à son frère tel que j'en avais gardé le souvenir. Il devait avoir dix-huit ans, le même âge que Tarek, dix ans auparavant.

– C'est bon de vous voir également, dis-je, poliment, sinon quelque peu mensongèrement. (En effet, je suspectais que sa venue annonçait des ennuis. Il était peu probable que Tarek ait envoyé un émissaire, lui faisant faire ce long et périlleux voyage, uniquement pour nous dire bonjour.) Euh... Ramsès, peut-être pourriez-vous prêter des vêtements à notre invité.

– J'ai des vêtements, des vêtements anglais. (Le garçon montra un ballot, posé à ses pieds.) Dois-je les mettre ?

C'était une question, pas une offre. Je me montrai à la hauteur de la situation, comme toute bonne hôtesse doit le faire lorsqu'elle est confrontée à une excentricité bien intentionnée. En souriant, je secouai la tête.

– Pas si vous préférez rester ainsi. Il *fait* très chaud.

Nefret, qui avait manifesté des signes croissants d'impatience, n'y tint plus.

– Tante Amelia, peut-être pourriez-vous convaincre Merasen de nous dire pourquoi il est ici. Je doute qu'il ait entrepris ce long et pénible voyage uniquement pour faire notre connaissance.

– C'est exactement ce que je pensais, convins-je. Il ne s'est pas confié à vous et à Ramsès ?

– Non, il était trop occupé à se battre avec Ramsès, répondit Nefret d'un ton caustique.

Le garçon sourit d'une manière engageante.

– Tarek avait dit que Ramsès serait un homme maintenant. Je voulais voir quelle sorte d'homme.

– Vous l'avez appris, fit Ramsès d'un ton cassant.

L'animosité manifeste et la pointe de forfanterie lui ressemblaient si peu que je le regardai avec surprise. Merasen se contenta d'arborer un sourire encore plus engageant.

– Et elle... (un petit salut de la tête dans la direction de Nefret) ... elle est encore plus belle que Tarek l'avait dit. Elle n'est pas votre épouse ?

Le visage de Ramsès devint encore plus glacial.

– Je vous l'ai dit, intervint Nefret. Nous sommes frère et sœur, par l'affection sinon par la naissance.

Se souvenant, comme je me souvenais, que les monarques de la Cité Sainte, à l'instar des pharaons égyptiens, épousaient souvent leurs sœurs ou leurs demi-sœurs, Nefret amplifia cette déclaration.

– Je ne suis l'épouse d'aucun homme, Merasen, et je ne suis pas sur le point de l'être.

– Maintenant que nous avons réglé cette question, dis-je, quel est le message, Merasen ?

– Il est pour le Maître des Imprécations.

– Mon Dieu ! murmurai-je. Ramsès, vous voulez

bien aller chercher votre père ? Vous n'avez pas besoin de mentionner l'identité de notre invité, ajoutai-je.

Ramsès sourit et sortit de la pièce, laissant la porte ouverte.

– Et vous, Nefret, poursuivis-je, vous feriez bien de prévenir Gargery avant qu'il apporte le plateau du thé. Je ne veux pas que d'autres tasses soient cassées.

– Il sait, répondit Nefret. Nous l'avons croisé dans le couloir. Il était absolument ravi.

– Cela ne me surprend pas, grommelai-je.

J'entendis le tintement de la table à thé roulante, qui arrivait à vive allure. Emerson la précéda. En voyant son aspect, je compris qu'il avait travaillé ferme, car il avait ôté autant de ses vêtements que le permettaient les convenances. Sa chemise était ouverte et les manches retroussées au-dessus des coudes, découvrant ses avant-bras musclés.

– Que signifie tout cela ? demanda-t-il vivement. Ramsès a dit...

Son regard se posa sur le prince. Celui-ci s'était levé et le saluait respectueusement.

– Ah ! fit Emerson, sans même battre des paupières. Un visiteur de l'Oasis perdue ? Asseyez-vous, mon garçon, asseyez-vous. Je suis...

– Emerson, le Maître des Imprécations, dit le garçon dans un souffle. Maintenant que je vous vois, je sais que les récits sont vrais. Vous avez transpercé le corps d'un homme avec une lance, vous en avez tué un autre avec vos mains, et vous avez affronté une centaine d'hommes, une épée à la main, afin d'aider Tarek à reconquérir son trône.

Emerson se redressa de toute sa taille, savourant l'admiration qui remplissait les yeux du jeune homme.

– Déjà un whisky-soda, Peabody ? s'enquit-il en souriant d'un air affecté.

Je lançai un regard accusateur à Ramsès. Il secoua la tête. Ramsès préférait tergiverser plutôt que de nier, aussi fus-je obligée de croire qu'il n'avait pas parlé de notre visiteur à son père.

La table à thé roulante fit son entrée en ferraillant, poussée par Gargery. Il était seul. Ou bien les femmes de chambre étaient trop timides pour se trouver en présence du visiteur, ou bien Gargery avait saisi le prétexte de servir lui-même la boisson revigorante afin d'écouter notre conversation. Je n'avais aucunement l'intention de parler du motif de la présence de notre visiteur devant Gargery, aussi le renvoyai-je en lui disant que nous ferions le service nous-mêmes. Il laissa la porte légèrement entrebâillée. Je la fermai violemment et j'entendis un glapissement étouffé.

Puis je dirigeai un regard accusateur sur mon fils.

– Vous l'avez dit à votre père.

– Non, Mère, je vous assure.

– Emerson, comment osez-vous faire semblant de ne pas être surpris ?

Emerson s'efforça de garder un visage impassible, mais il n'y parvint pas.

– Je l'ai aperçu par la fenêtre de mon bureau, admit-il avec un large sourire. J'ai failli tomber de mon fauteuil. Bien, bien. Soyez le bienvenu dans ma demeure... Comment vous appelez-vous, mon ami ? Vous pouvez arrêter les courbettes, ajouta-t-il aimablement.

Le jeune homme se redressa.

– Je suis Merasen. J'apporte au Maître des Imprécations un message de Tarek, mon frère et mon roi.

Emerson tendit la main.

– Je n'ai pas la lettre, avoua le garçon. Je l'ai perdue lorsque les marchands d'esclaves m'ont capturé. Mais je connais les mots. Je vais les dire. « Venez à moi, mes amis, vous qui m'avez sauvé autrefois. Le danger menace et vous seuls pouvez m'aider à présent. »

Crénom ! pensai-je. Je lançai un regard à Ramsès et je vis que mes sentiments se reflétaient sur son visage habituellement inexpressif. L'expression – lèvres pincées, yeux étrécis – fut fugitive. Emerson – c'était bien de lui ! – réagit avec un enthousiasme chevaleresque et aveugle.

– Certainement, certainement ! Comment pourrions-nous refuser ?

– Emerson, dis-je d'un ton mesuré. Vous pourriez au moins demander quelle sorte de danger menace Tarek avant de vous engager, ainsi que nous-mêmes, dans ce que vous aviez qualifié jadis d'aventure insensée.

– Je suis de cet avis, dit Ramsès.

– C'était tout à fait différent ! s'exclama Emerson. La fois précédente, il s'agissait de rumeurs et nous nous étions fiés à une carte à l'authenticité douteuse, et l'infâme serviteur de Reggie Forthright a empoisonné nos chameaux. Cette fois...

Nefret se leva d'un bond.

– Professeur ! Excusez-moi, mais pourrions-nous, pour une fois, nous en tenir aux faits au lieu de discuter ? Tante Amelia a posé une question pleine de bon sens. Merasen... quel est le danger qui menace Tarek ?

– C'est une maladie très étrange. Aucun de nos prêtres ne peut la soigner. Elle apparaît et repart, et à chaque fois elle laisse le malade plus faible. Tarek a été atteint par deux fois. C'est un homme robuste et la maladie mettra longtemps à le tuer, mais à présent l'enfant est malade, lui aussi. Il est l'héritier de Tarek, son fils unique. C'est pour lui que Tarek m'a envoyé vous chercher.

– Bonté divine ! s'exclama Nefret. Le petit garçon ne peut pas avoir plus de dix ans. Nous devons y aller, bien sûr.

– Nous devons en savoir un peu plus, dit Ramsès calmement. Quand avez-vous quitté la Montagne Sainte ? Assurément, vous n'avez pas traversé le désert dans la chaleur de l'été.

Je compris où il voulait en venir. Le voyage avait certainement pris des semaines, voire des mois. Il était peut-être trop tard pour Tarek et son enfant. Nefret comprit également. Son visage pâlit.

– Quelle différence cela fait-il ? demanda-t-elle avec véhémence. Il y a peut-être une chance pour que nous arrivions à temps, une chance que nous devons...

– Je ne nie pas vos paroles. (La voix de Ramsès ressembla à une pluie glacée tombant sur des flammes.) Mais nous devons connaître le plus de choses possible avant de décider ce que nous allons faire. Racontez-nous votre voyage, Merasen.

Ce fut un récit captivant, car le garçon s'exprimait avec une grande éloquence. Il avait quitté la Montagne Sainte à la saison de Peret – l'hiver – avec seulement six compagnons. C'était un bien petit groupe pour affronter les périls du désert, mais ils ne pouvaient pas être plus nombreux, car ils partaient dans le plus grand secret, bravant la loi ancestrale de la Montagne Sainte qui interdisait tout contact avec le monde extérieur sous peine de mort. Ses compagnons appartenaient à la garde royale, des hommes robustes, armés d'épées et d'arcs. Ils étaient en route depuis plusieurs jours lorsqu'ils rencontrèrent la caravane – trente hommes et autant de chameaux, escortant une colonne pitoyable de captifs attachés.

L'esclavage avait été officiellement aboli et le commerce des esclaves sévèrement réprimé – grâce à la Grande-Bretagne, cela doit être dit ! Mais, comme nous le savions tous, les caravanes continuaient de traverser le désert avec leur horrible cargaison humaine, pour rejoindre les marchés d'esclaves de Khartoum, de Wadi Halfa et des oasis égyptiennes. Les scélérats savaient que s'ils étaient pris, un châtiment implacable les attendait. Ils avaient immédiatement tiré sur le petit groupe d'étrangers.

– Mes compagnons ont été tués, dit le garçon calmement, mais ils m'ont capturé vivant.

Oui, pensai-je avec dégoût, cela n'a rien de surprenant. La plupart des esclaves étaient des femmes, des enfants et des adolescents des deux sexes. Merasen était un garçon très beau et bien bâti. Ses compagnons plus âgés n'auraient pas rapporté un prix aussi élevé, et ils pouvaient être dangereux pour leurs ravisseurs.

Comme le fut Merasen, ainsi qu'ils devaient l'apprendre à leurs dépens.

Lorsqu'ils fouillèrent les sacoches de son chameau, ils trouvèrent les bagues en or que Tarek lui avait données pour payer son voyage vers l'Angleterre, et ils le battirent pour lui faire dire où il les avait trouvées. Bien que blessé et terrifié, il eut suffisamment de présence d'esprit pour inventer un mensonge convaincant. Ses compagnons et lui étaient des chercheurs de trésors, des pilleurs de tombes anciennes. Ils avaient trouvé cette cache dans des ruines loin vers le sud, mais il n'y avait rien d'autre là-bas, ils avaient tout pris. Les marchands d'esclaves cessèrent de le battre, de peur d'abîmer ce beau et jeune garçon qui leur rapporterait une somme rondelette au marché d'esclaves, et ils ordonnèrent à l'une des femmes de la caravane de soigner ses blessures. Il simula la faiblesse et la soumission, attendant son heure jusqu'à ce que ses blessures se soient cicatrisées et qu'il en ait appris suffisamment sur l'endroit où ils se trouvaient et leur destination pour rendre une évasion possible. La femme connaissait un peu d'anglais et elle lui apprit un peu d'arabe. Ce fut elle qui lui parla des soldats anglais qui combattaient les marchands d'esclaves, et de la ville sur la Grande Rivière où ceux-ci étaient stationnés. Par un moyen ou par un autre (et il me sembla deviner l'un de ces moyens), il persuada la femme de l'aider à s'échapper en lui promettant que s'il trouvait les soldats, il reviendrait avec eux et la libérerait, elle et les autres. Elle lui rapporta tout ce qu'elle avait appris de ceux qui connaissaient la région et, par une nuit sans lune, alors qu'ils se trouvaient à moins d'une journée de route de la Grande Rivière, Merasen vola un chameau et s'enfuit, après avoir tué deux gardes.

– J'ai trouvé les soldats, dit-il. Alors j'ai tenu la promesse que j'avais faite à la femme et j'ai eu ma vengeance ainsi que ma récompense. Ils m'ont dit que j'avais été très courageux et ils m'ont donné de l'argent. Ce n'était pas suffisant. J'avais atteint la Grande Rivière, mais je me trouvais très loin au sud, dans le pays qu'ils appellent le Soudan. J'ai travaillé, oui, et j'ai volé, lorsque je pouvais le faire sans danger, mais il m'a fallu de nombreux mois pour arriver jusqu'ici. Si j'ai manqué à mon devoir envers mon roi, je le paierai de ma vie.

Le récit nous avait fascinés. Emerson avait sorti sa pipe, mais il avait été trop attentif pour l'allumer. A présent, il s'éclaircit la gorge.

– Vous n'avez pas manqué à votre devoir. Peu d'hommes auraient agi avec un tel courage et une telle sagesse.

– Tout à fait, dis-je.

Néanmoins, il était clair que mon éloge représentait peu de chose en comparaison de celui d'Emerson. A ses paroles, le visage du jeune homme, qui avait le culte des héros, s'épanouit. A l'évidence, les récits des exploits d'Emerson faisaient partie à présent du folklore de la Montagne Sainte, et je dois reconnaître qu'il aurait été inutile de les grossir au-delà des simples faits.

– Plusieurs mois, dit Nefret. Au moins cinq mois. Et il se passera un autre mois avant que nous...

– Nous en parlerons plus tard, dis-je, car le crépuscule se glissait dans la pièce. Ramsès, vous voulez bien conduire notre invité à sa chambre... une chambre... n'importe quelle chambre... et lui trouver des vêtements appropriés ? Peu m'importe lesquels, pourvu qu'il soit plus ou moins couvert pour le dîner.

– Je m'en occupe, dit Nefret en se levant. Les vêtements de David lui iront mieux que les tiens, Ramsès, et il peut prendre la chambre de David, du moins pour le moment. Cela vous convient-il, tante Amelia ?

– Oui, ma chère enfant, je vous remercie de le demander, répondis-je.

Elle prit Merasen par la main et ils sortirent.

– Père, commença Ramsès.

Emerson leva une main autoritaire.

– Pas ici. Allons dans la bibliothèque.

Laissant Gargery bouder tandis qu'il débarrassait le service à thé, nous suivîmes Emerson jusqu'à la pièce en question. Il se dirigea aussitôt vers un placard à côté de la cheminée et en sortit un lourd coffre en métal qu'il ouvrit. Après avoir fouillé dans les papiers que le coffre contenait, il prit un document jaunissant et l'étala sur le bureau.

Tous les trois, nous l'examinâmes en silence. Les indications étaient toujours lisibles – des chiffres et plusieurs symboles énigmatiques, la pictographie de l'Egypte ancienne. Nous avions utilisé une copie de cette carte pour arriver jusqu'à la Montagne Sainte dix ans auparavant. Une fois revenus avec Nefret, j'avais voulu détruire la carte. Emerson avait refusé.

– On ne sait jamais, avait-il dit. Il se peut qu'un jour...

A présent je regrettais que nous ne l'ayons pas détruite. Je me remémorais rarement les détails de ce voyage épouvantable – la chaleur et les vents de sable, la soif continuelle, et la traîtrise des hommes que nous avions engagés. Je n'avais aucune mémoire des derniers jours, puisque j'étais tombée malade et étais inconsciente. Les hommes envoyés par Tarek nous avaient trouvés et transportés pour le restant de la route. Notre départ de la Montagne Sainte avait été effectué en hâte et de nuit, mais j'avais conservé un souvenir très vivace. Regardant derrière moi, alors que nous nous éloignions au galop, craignant d'être poursuivis, j'avais vu la chaîne de montagnes entourant la

Cité qui se détachait sur les étoiles, semblable aux remparts d'un château du Moyen Age – un château embrasé, car un feu s'élevait de la partie centrale tel un volcan en éruption. Nous avions laissé Tarek alors qu'il continuait de se battre pour son trône, bien qu'il nous eut affirmé que la plus grande partie de l'opposition avait été réprimée. Nous avions passé un accord tacite pour ne jamais parler de ce lieu, mais je m'étais souvent demandé comment les choses s'étaient terminées. Ma foi, nous savions au moins que Tarek l'avait emporté.

Emerson fut le premier à parler.

– Cela prendra des semaines pour rassembler le matériel nécessaire et monter une expédition. De toute façon, nous ne pourrons sans doute pas nous mettre en route avant septembre, la chaleur dans le désert est trop élevée, tout simplement. Si nous décidons d'y aller.

Il me regarda, dans l'expectative.

– Ainsi vous avez réfléchi, n'est-ce pas ? m'enquis-je.

– Je ne suis pas complètement stupide, répliqua Emerson. Bien sûr, cela réglerait le problème de savoir où nous travaillerons cette saison.

– Incontestablement, admis-je avec un brin d'ironie. Les dangers du voyage et l'incertitude quant à ce que nous trouverons lorsque nous serons arrivés à la Montagne Sainte, en supposant que nous y arrivions, augmentent fortement la possibilité que nous n'ayons plus jamais à faire face à ce problème-là.

– Ce ne serait pas aussi dangereux, cette fois, fit Emerson d'un ton rêveur. Nous étions limités en chameaux et en hommes, et nous n'étions pas certains que la carte était exacte.

– C'est vrai, admis-je.

– Je présume que je ne pourrais pas vous persuader de...

– De ne pas vous accompagner ? Ne soyez pas ridicule, Emerson.

– Je savais que vous diriez cela. Et vous, Ramsès ? Vous êtes resté bien silencieux. Je comprendrais parfaitement que vous préfériez passer l'hiver en Allemagne, ainsi que vous...

Ramsès l'interrompit d'un mot en arabe qui fit s'écarquiller les yeux d'Emerson.

– Sapristi, mon garçon, où avez-vous appris ce mot ? s'exclama-t-il.

– Vous savez parfaitement que j'ai l'intention de venir avec vous, dit Ramsès d'un ton furieux.

– Oui, fit Emerson en s'efforçant de ne pas sourire d'un air affecté.

– Vous savez pourquoi j'ai hésité.

Le sourire d'Emerson s'estompa.

– Oui. Moi aussi, j'empêcherais Nefret de venir si je le pouvais. Mais c'est impossible. Tarek était son ami, aussi proche qu'un frère. Qui plus est, Nefret est un médecin qualifié, et elle est peut-être à même de diagnostiquer et de soigner cette mystérieuse maladie. A moins de l'enfermer à double tour, ce qui est illégal aussi bien qu'infaisable, je ne vois aucun autre moyen de lui interdire de venir. Et vous ?

Ramsès tourna les talons et alla jusqu'à la fenêtre. Il se tint là, les mains jointes derrière le dos, et contempla le crépuscule. Finalement, ses épaules crispées se détendirent, et lorsqu'il se retourna, il maîtrisait l'expression de son visage.

– Non, je ne vois aucun autre moyen. Nefret a accompagné Merasen afin de parler avec lui de Tarek, vous savez. Il va l'enflammer encore plus, surtout s'il lui parle de l'enfant.

– C'est un jeune homme tout à fait remarquable, dit Emerson. Et c'était un voyage épique. Jamais il n'aurait survécu sans ces mêmes qualités de courage et de présence d'esprit qui caractérisaient...

Ramsès l'interrompit.

– Vous croyez à son histoire ?

– Pourquoi ne devrions-nous pas le croire ? m'exclamai-je avec surprise.

Ramsès se mit à marcher de long en large.

– Nous n'avons que sa parole. Il y a un certain nombre de choses dans son récit qui m'intriguent. Il était arrivé dans le Kent depuis plusieurs jours avant que nous le trouvions... campant à proximité de la pyramide de Tabirka et attendant que l'un de nous vienne à lui.

– Peut-être hésitait-il à s'approcher de la maison, suggérai-je. Mais je reconnais que vous agresser était une façon plutôt étrange de se présenter.

– Oh, je puis comprendre cela, admit Ramsès à contre-cœur. J'aurais probablement fait quelque chose d'aussi stupide lorsque j'avais son âge, particulièrement si je m'étais trouvé dans un endroit inconnu, indécis et quelque peu effrayé. Que vous gagniez ou perdiez, vous avez la satisfaction d'affirmer votre virilité.

– Si vous voulez bien me pardonner de le dire, mon cher garçon, vous n'êtes guère en position de le critiquer, déclarai-je. A en juger par son aspect, il a seulement un ou deux ans de moins que vous, et vous n'avez pas entièrement perdu votre habitude de...

– Humpf ! fit Emerson à voix haute. Qu'est-ce qui vous fait douter de son récit, Ramsès ?

– J'ai simplement fait remarquer qu'il est impossible de vérifier son authenticité.

– Oh, bah ! fit Emerson. (Il entreprit de compter sur ses doigts tandis qu'il énumérait les points positifs.) Il ressemble à son frère. Il parle la langue. Il est au courant de notre précédente visite, et... (Il toussa avec modestie) ... de ce que nous avons fait là-bas. En détail. Comment aurait-il pu apprendre tout cela autrement ?

– Je ne mets pas en doute le fait qu'il soit venu de la Montagne Sainte, ou qu'il désire que nous nous y rendions. C'est le bien-fondé de ses dires qui n'est pas prouvé. Nous n'avons rien par écrit, pas même la prétendue lettre de Tarek.

– Votre argument est valable, convins-je. Et il y a un certain nombre d'autres points qui, à mon avis, nécessitent une explication. Nous ne sommes pas obligés de prendre une décision sur-le-champ. Je vous assure, Ramsès, que je vais tout mettre en œuvre pour procéder à un interrogatoire subtil.

– Oui, Mère, dit Ramsès.

– Ha ! fit Emerson.

– Posez cette carte, Emerson. Il est temps de nous habiller pour le dîner.

– Je suis habillé, dit Emerson en examinant sa chemise mouchetée d'encre. Allons, Peabody, vous ne vous attendez tout de même pas à ce que je m'affuble d'un smoking et d'une chemise blanche amidonnée !

Je l'emmenai. Ramsès dit qu'il rangerait la carte

dans le coffre en métal, et lorsque nous le quittâmes, il la contemplait tel un vautour observant sa future proie. Je laissai Emerson bougonner un moment avant de l'informer que non, je ne m'attendais pas à ce qu'il mette une tenue de soirée, mais qu'il pouvait au moins changer de chemise et se brosser les cheveux. Il obtempéra sans discuter davantage, tout en fredonnant gaiement et de façon discordante. Je supposai que c'était l'une de ces chansons vulgaires de music-hall qu'il affectionnait, mais personne n'aurait été à même de reconnaître la mélodie.

Je savais pourquoi il était d'aussi bonne humeur. Emerson adore l'aventure pour l'aventure, et son cerveau d'archéologue était tout excité à la perspective d'examiner à nouveau les monuments exceptionnels de l'Oasis perdue – une civilisation figée dans le temps, pour ainsi dire, car elle n'avait eu presque aucun contact avec le monde extérieur depuis le quatrième siècle, lorsque des réfugiés, après la chute de la capitale de Méroé, y avaient rejoint de précédents immigrants, issus des dernières dynasties de l'Egypte ancienne. Qui plus est, la demande de Merasen avait débarrassé Emerson de l'obligation de trouver un site de fouilles pour l'année à venir, et elle avait mis un terme au projet de Ramsès de passer l'hiver en Allemagne.

Je choisis une robe écarlate, ma couleur préférée, plutôt seyante, car, pour être sincère, j'avais besoin de me remonter le moral. Quelles que soient les précautions que nous prendrions, le voyage serait difficile et dangereux. Et que trouverions-nous au terme de ce voyage ? Un enfant mort et un roi agonisant... la fin d'une dynastie, avec des prétendants au trône grouillant comme des mouches autour des corps ? Même si nous arrivions là-bas sans incident, l'accueil que l'on nous ferait était des plus incertains. Nous aussi, nous avions enfreint la loi de la Montagne Sainte par le fait même de la quitter... et nous avions enlevé leur Grande Prêtresse vénérée.

# 2

– Qu'allons-nous faire au sujet de David ? demanda Ramsès.

Les feuilles au-delà des fenêtres de sa chambre dégouttaient d'eau. Un pâle soleil avait remplacé la pluie brumeuse du début de la matinée.

C'était la première fois que nous avions l'opportunité de parler en privé depuis l'arrivée de notre étrange visiteur. Au cours des deux derniers jours, j'étais devenue de plus en plus perplexe à son propos, et Ramsès était le seul membre de la famille qui partageait apparemment mes réserves. Le cœur généreux de Nefret avait été conquis par l'espoir de venir en aide à son vieil ami et à son enfant, et Emerson brûlait d'envie depuis des années de retourner à la Montagne Sainte.

A présent le souhait d'Emerson avait été exaucé. L'expédition était une question réglée. En fait, elle n'avait jamais fait le moindre doute. Même si les chances de succès étaient minces, la tentative devait être effectuée. Comment pourrions-nous faire moins, en tant que Britanniques ? *Noblesse oblige*, et la dette que nous avions envers Tarek n'admettait pas d'autre choix.

Cette dette était visible pour nous tous les jours. En la personne de Nefret. Si Tarek n'avait pas entrepris le long et périlleux voyage depuis la Montagne Sainte, nous ne l'aurions jamais trouvée, et son sort aurait été horrible. Les femmes de la Montagne Sainte, comme celles de l'Egypte ancienne et de Méroé, se mariaient et commençaient à avoir des enfants alors qu'elles étaient encore adolescentes. L'un des hommes qui avaient demandé sa main était le frère de Tarek, un individu tout à fait méprisable qui serait sans doute parvenu à prendre le trône de Tarek et sa vie, et Nefret, si nous n'avions pas été là pour défendre notre ami. Elle aurait vécu toute sa vie comme épouse contrainte mais impuissante d'un despote cruel, au lieu d'illuminer la nôtre.

Néanmoins, il y avait bon nombre de complications à prendre en compte, et Ramsès était manifestement la seule autre personne en mesure de les considérer de façon judicieuse.

– David est seulement l'une des nombreuses complications à prendre en compte, dis-je.

Je jetai un regard à la ronde, cherchant une surface plate où m'asseoir. Rose avait rangé la chambre ce matin, mais elle était déjà dans l'état de désordre absolu qui règne lorsque Ramsès l'occupe. Apparemment, il avait fouillé dans les tiroirs de la commode et dans la penderie afin de trouver des vêtements qu'il jugeait confortables. Ceux-ci consistaient en une chemise sans col qui avait connu des jours meilleurs et un pantalon taché que j'aurais juré avoir demandé à Rose de jeter, car les taches refusaient de partir. (J'ignorais quelles substances chimiques les avaient occasionnées et je préférais ne pas poser la question.) Les vêtements qui n'avaient pas été jugés adéquats étaient posés çà et là sur divers meubles. Le lit, les chaises et le secrétaire étaient couverts de livres et de papiers. Deux chatons se poursuivaient en grimpant et en descendant des rideaux.

– Oh... excusez-moi, dit Ramsès, remarquant mon regard perplexe.

Il s'empara des papiers entassés sur une chaise et les posa sans ménagement sur le secrétaire encombré, d'où ils tombèrent immédiatement par terre.

– Asseyez-vous, Mère. Eh bien ?

– Vous partagez mes réserves, je le sais. Examinons-les dans l'ordre.

Je sortis de ma poche une feuille de papier pliée, et un sourire apparut sur le visage sévère de Ramsès.

– L'une de vos fameuses listes ?

– Parfaitement. (Je dépliai la feuille de papier et je m'éclaircis la gorge.) Est-ce que vous vous souvenez de Merasen... je veux dire lors de notre première visite à la Montagne Sainte ?

A l'évidence, cette question ne prit pas Ramsès au dépourvu.

– Non. Mais ce n'était qu'un enfant à cette époque, le fils d'une épouse du roi de rang inférieur, et nous n'avions pas fait la connaissance de tous les membres de la famille royale. Du fait de la charmante coutume ancestrale, je veux parler de la polygamie, celle-ci était très étendue.

– Exact. Les éléments que votre père a exposés l'autre soir rendent probable, sinon absolument certain, le fait que Merasen est effectivement venu de la Montagne Sainte. La question suivante est... comment a-t-il trouvé son chemin à travers le désert sans carte ?

– Il a répondu à cela. Vous vous rappelez l'oasis qui se trouve à sept jours de marche de la Montagne Sainte – le seul point d'eau dans cette région aride ? Tarek laisse une garnison là-bas, afin de surveiller la venue éventuelle d'étrangers. Lorsque Merasen et ses compagnons sont arrivés à cette oasis, il leur suffisait de se diriger vers l'est, vers le soleil levant. Ils atteindraient le Nil tôt ou tard. Il aurait été difficile de le rater.

– Et il comptait sur nous pour le guider pour le retour, dis-je d'un air pensif. De fait, c'était une supposition plutôt dangereuse. Tarek savait que nous avions une copie de la carte, mais nous aurions très bien pu l'avoir égarée ou détruite.

– Cela valait néanmoins la peine de prendre ce risque, si Tarek se trouvait dans une situation aussi désespérée. (Ramsès se mit à marcher de long en large, les mains jointes derrière son dos.) Le récit de ce satané garçon se tient, incontestablement. De toute façon, nous n'avons pas le choix. Nous devons répondre à cet appel au secours. La question est de savoir comment nous allons nous y prendre de la façon la plus sûre possible. Moins de gens seront au courant de nos projets, et mieux ce sera. Ce qui inclut David.

– Vous préféreriez qu'il ne vienne pas avec nous ?

Ramsès s'adossa au secrétaire et se passa les doigts dans les cheveux. C'était l'un des rares signes d'agitation qu'il s'autorisait. Une petite pimbêche entichée de lui s'était pâmée devant l'« air byronien » de ces cheveux noirs ébouriffés. A mon avis, ils étaient mal coiffés, tout bonnement. Je tendis la main et les écartai de son front. Ramsès secoua la tête impatiemment, comme s'il chassait une mouche, et poursuivit.

– Je préférerais que Père et moi soyons les seuls à entreprendre ce voyage. Vous n'avez pas besoin de protester, Mère, je sais parfaitement que vous n'accepteriez jamais de rester ici. Ainsi que Nefret. Mais David, jusqu'à présent, ignore tout de cette histoire. Il viendrait, bien sûr, sans la moindre hésitation, mais il est éperdument amoureux et il s'est récemment fiancé, et si Lia apprenait à quoi il s'expose, elle serait folle d'inquiétude. Dieu sait que nos saisons de fouilles normales sont souvent tumultueuses, mais au moins nous ne recherchons pas des ennuis. Enfin... habituellement.

– Vous n'avez pas besoin de passer en revue tous ces arguments, dis-je avec un soupir. Je les ai pris en compte moi-même – de plus David ne pourrait guère contribuer au succès de l'expédition, excepté grâce à son cœur vaillant et à ses mains robustes. Connaît-il l'existence de l'Oasis perdue ?

– Pas par moi. Oncle Walter et tante Evelyn sont au courant.

– C'était inévitable, dis-je, sur la défensive. Votre oncle Walter est philologue. Dès qu'il a entendu Nefret s'exprimer dans la langue de la Montagne Sainte, il a reconnu ses liens avec l'égyptien ancien, et les soupçons d'Evelyn ont été éveillés par certaines des... euh... habitudes insolites de Nefret. Cela semblait plus sûr de leur raconter toute l'histoire et de leur faire promettre de garder le secret, ce qu'ils ont fait, autant que je sache. Comment vous proposez-vous d'empêcher David de venir avec nous, alors qu'il l'a toujours fait ?

– Est-ce que vous savez que Constable, l'éditeur, s'est mis en rapport avec lui à Londres, pour lui demander d'exécuter une série d'illustrations pour un livre de vulgarisation sur l'Egypte ?

– Vraiment ? Il n'en a jamais parlé.

– Il m'en a parlé juste avant de partir pour le Yorkshire. Il craignait que je ne le presse d'accepter, et que je renonce à mes propres projets, afin de ne pas laisser Père avec son équipe réduite de moitié.

– Emerson aurait très mal pris cela, convins-je. Hummm. Je crois que vous avez trouvé la réponse à ce dilemme-là. Ce serait une merveilleuse opportunité pour David, une chance de se faire une réputation, sans dépendre de nous. Mais cela signifierait garder secret notre véritable but.

– Nous y serons contraints, de toute façon.

Les chatons se roulaient par terre en faisant semblant de se battre. L'un d'eux poussa un petit cri de protestation et Ramsès alla les séparer. Eloignant la victime de son frère plus brutal, il poursuivit :

– Lorsque nous sommes rentrés en 98, nous avons convenu que l'existence de cet endroit devait rester ignorée, mais bien que notre histoire inventée ait été acceptée par le grand public, certaines personnes se sont demandé si nous disions toute la vérité. Des personnes qui se souvenaient de la théorie de Willy Forth à propos d'une oasis perdue dans le Désert Occidental. Des personnes comme votre ami le journaliste O'Connell, qui a appris par des officiers du camp militaire de Sanam Abu Dom que Reggie, le neveu de Forth, était parti à sa recherche. Nous ferions bien de tout mettre en œuvre pour que ces personnes ne fassent pas le rapprochement entre ce dernier voyage et notre intention de nous rendre à nouveau au Soudan. Le plus grand danger vient de Merasen lui-même.

Il s'interrompit pour recouvrer son souffle. Il avait parlé à une vitesse et avec une passion inhabituelles pour lui. Jetant un regard à ma liste, je dis d'un ton approbateur :

– Toutes mes félicitations, Ramsès. Vous avez exposé les faits presque aussi logiquement que j'aurais pu le faire.

– Je vous remercie, Mère. Bien sûr, vous aviez déjà pris en considération tous ces points.

Je lui lançai un vif regard, mais son visage était tout à fait sérieux. Il n'y avait même pas un petit frémissement aux commissures de ses lèvres.

– Effectivement. Ces points et d'autres. J'ai bien peur que votre père ne l'ait pas fait. Il est porté à ignorer les difficultés une fois qu'il s'est mis en tête d'entreprendre quelque chose. Il faudra que j'aie une petite discussion avec lui. Parlerez-vous à Nefret ?

Ramsès alla jusqu'à la fenêtre, où il se tint et regarda au-dehors.

– Votre avis aura plus de poids sur elle.

– Vous croyez ?

– Oui, répondit Ramsès sans se retourner. Elle est dans le parc en ce moment, avec Merasen. Ils pratiquent le tir à l'arc.

Ils étaient sur la pelouse, avec la moitié des domestiques qui les regardaient. Lorsque je sortis sur la terrasse, les femmes de chambre se dispersèrent dans toutes les directions, en essayant de donner l'impression qu'elles avaient eu une tâche à effectuer dans cette partie de la maison, mais Gargery tint bon.

– Un sport approprié pour une jeune personne, déclara-t-il. Si je puis me permettre, madame, cela met en valeur une jolie silhouette.

Je ne le réprimandai pas pour sa familiarité, car une expression de fierté quasi paternelle illuminait ses traits plutôt ordinaires. Nefret était effectivement très jolie avec son élégante jupe-culotte et son chemisier, ses cheveux coiffés en chignon et retenus par des rubans. Elle décocha la flèche, qui vola droit vers la cible, mais ne toucha pas le centre. Merasen lui dit quelque chose à voix basse. Elle éclata de rire et leva les yeux vers la terrasse, où Gargery applaudissait avec enthousiasme.

– Bon après-midi, tante Amelia. Je vous remercie, Gargery, mais Merasen dit que j'ai besoin de m'exercer davantage.

– J'aimerais bien le voir faire mieux, dit Gargery en regardant le critique d'un air menaçant.

Nefret tendit l'arc à Merasen. Il croisa les bras et secoua la tête.

– C'est un arc de femme.

– Arrêtez-vous un moment, Nefret, intervins-je. Vous avez très chaud, apparemment, et j'aimerais vous parler.

Elle donna l'arme à Merasen et monta les marches vers la terrasse tout en essuyant son front en sueur avec sa manche. Je me débarrassai de Gargery en lui demandant d'apporter une boisson fraîche à Nefret, et j'allai droit au but, avant qu'il ait le temps de revenir en courant. Elle parut surprise lorsque je lui fis part de l'offre faite à David par l'éditeur londonien.

– Il ne m'en avait pas parlé non plus. C'est merveilleux ! C'est exactement ce qu'il lui faut ! J'ai bien peur de ne pas avoir beaucoup réfléchi à la question, tante Amelia, mais vous avez entièrement raison. Moins de gens connaîtront nos projets, et mieux ce sera. Vous pensez que nous pouvons les garder secrets ?

– Je vais consulter Emerson sur ce point. Une fois que nous aurons établi les détails, nous tiendrons un petit conseil de guerre.

Je pris mon courage à deux mains et j'allai affronter Emerson dans sa tanière – la bibliothèque. Lorsque je lui dis ce que Ramsès et moi avions convenu de faire, il me lança un regard indigné.

– J'aurai besoin de lui, nom d'un chien ! Copier les bas-reliefs dans les temples et les tombes de la Montagne Sainte est de la plus haute importance !

– Emerson, pourriez-vous vous mettre dans la tête que ceci n'est pas une expédition archéologique, mais une mission de secours ? Nous aurons de la chance si nous arrivons là-bas, et encore plus si nous en repartons. Comment pouvez-vous songer à mettre la vie de David en danger ?

– Nous mettons en danger la vie de Ramsès et de Nefret, fit remarquer Emerson.

Il semblait néanmoins légèrement préoccupé, et son visage s'était rembruni.

– Uniquement parce qu'ils ont été informés de la situation par Merasen avant que nous puissions empêcher celui-ci de le faire. David ne sait rien. S'il a la possibilité de choisir, il préférera de beaucoup rester en Angleterre cet hiver auprès de Lia. Vous devez le convaincre que sa présence n'est pas nécessaire.

– Comment ? demanda vivement Emerson. Il sait à quel point il m'est utile.

– J'en doute fort, car vous ne lui avez jamais fait le moindre compliment !

Emerson eut l'air déconcerté, et je poursuivis avec une exaspération croissante.

– Dès que nous annoncerons la date de notre départ,

tous nos amis, dont Walter et Evelyn, nous demanderont où nous avons l'intention de travailler cet hiver et pour quelle raison nous partons beaucoup plus tôt que d'habitude. Que comptez-vous leur dire ?

– Je ne compte pas dire quoi que ce soit à quiconque, déclara Emerson d'une manière hautaine. Je ne parle jamais de mes projets à l'avance.

– Pas même à Walter ?

– Humph ! (Emerson toucha le creux de son menton, laissant une tache d'encre sur cet appendice admirablement modelé.) Je présume que vous avez quelques idées ? Vous en avez toujours.

– Naturellement. Tout le monde sait que vous êtes en colère après Maspero. Ce serait tout à fait dans votre tempérament d'annoncer que vous ne ferez pas de fouilles en Egypte cette année. On surveillera et on commentera nos mouvements, et nous devons avoir un motif valable de nous rendre au Soudan. Par exemple, un relevé des sites méroïtiques, en vue de futures fouilles.

– Cela pourrait marcher, admit Emerson. Avec la construction prochaine du barrage d'Assouan, un grand nombre de ces sites seront immergés tout le temps ou la plupart du temps. (Il posa son stylo et me sourit.) Comme toujours, Peabody, vous êtes la voix de la conscience et du bon sens. J'avoue que je n'avais pas beaucoup réfléchi à cet aspect de l'affaire.

– Vous feriez bien d'y réfléchir, répliquai-je.

Le compliment et le sourire m'avaient amadouée, mais je jugeai préférable de mettre les choses au point pendant qu'Emerson était quelque peu abattu.

– Couvrir nos traces ne sera pas facile, mais c'est indispensable. Sans quoi, nous aurons une meute de journalistes, d'archéologues et de chercheurs de trésors à nos trousses, sans parler de Walter et d'Evelyn.

Les doigts d'Emerson se crispèrent. Il avait été de mon avis uniquement pour que je parte et le laisse retourner à son travail.

– Bon sang, Peabody, votre suggestion d'effectuer des fouilles au Soudan est frappée au coin du bon sens, et je suis disposé à l'accepter. Il n'y a aucune raison pour que quelqu'un mette en doute cette assertion. Pourquoi prévoyez-vous des difficultés qui n'existent pas ?

– Deux précautions valent mieux qu'une, Emerson.

– J'aurais dû me douter que vous répondriez par un aphorisme, grommela Emerson. Oh, faites ce que vous voudrez, nom d'un chien ! Je vous laisse le soin de « couvrir nos traces », comme vous dites.

Je m'étais attendu à ce qu'il dise cela.

– J'ai fait l'une de mes petites listes, expliquai-je en sortant la feuille de papier de ma poche.

Emerson sourit à contre-cœur.

– J'avais pensé que vous le feriez.

– La première mesure à prendre, c'est de faire partir Merasen d'ici le plus tôt possible. Le fait que nous ayons eu un tel visiteur est connu des domestiques. Néanmoins, même Gargery, malgré son habitude d'écouter aux portes et de fourrer son nez partout, n'a qu'une idée très vague d'où Merasen est venu et pour quelle raison. Gargery n'est pas suffisamment expérimenté pour comprendre à quel point Merasen est étrange, par son aspect, son langage et son comportement, mais je puis vous assurer qu'il ne faudrait pas longtemps à David pour qu'il commence à se poser des questions à son sujet.

– C'est plein de bon sens, admit Emerson. Que proposez-vous que nous fassions de lui ?

– L'envoyer en Egypte et lui dire de nous attendre à Wadi Halfa.

– Seul ?

– Il a bien fait seul tout le voyage depuis le Soudan.

Emerson se renfrogna et je dis avec impatience :

– Nous lui donnerons l'argent nécessaire et des directives très précises. Plus longtemps il reste ici, et plus grand est le danger pour que quelqu'un s'intéresse à ses antécédents. Et si Kevin O'Connell se présentait ici à l'improviste, comme il est porté à le faire ? Et si Evelyn et Walter décidaient de nous rendre une petite visite ? Un seul mot de Merasen dans la langue de la Montagne Sainte, et les antennes linguistiques de Walter se mettraient à frémir.

– Humph ! fit Emerson. Je dois reconnaître que vous marquez un point. Très bien, j'emmènerai le garçon à Londres et je prendrai les dispositions nécessaires. Autre chose ?

– Vous informerez le Service des Antiquités de nos intentions... Oui, Emerson, vous le devez. Ce serait peut-être une bonne idée que vous écriviez à Mr Breasted – il est rentré à Chicago, je présume – et que vous l'interrogiez au sujet de son relevé des sites nubiens qu'il a effectué l'hiver dernier. Nous devons agir ouvertement, sans rien cacher. Je propose que nous annoncions que nous nous rendons directement à Méroé. C'est à trois cents miles au sud de Napata, où nous avons travaillé en 97, et d'où nous nous étions évaporés dans le désert, comme les journalistes l'ont écrit d'une façon si poétique. Cela devrait égarer les gens.

– Cela nous obligera également à faire un long détour ! protesta Emerson.

– En fait, nous n'avons pas besoin d'aller à Méroé, dis-je avec impatience. Du moment que les gens pensent que nous *n'allons pas* à Napata.

Merasen se montra tout à fait ravi de nous quitter. Nous n'étions pas une compagnie très réjouissante pour un gaillard plein d'entrain dont la conception de l'amusement était totalement différente de la nôtre. (Je n'avais pas jugé bon d'informer Emerson que l'une des raisons pour lesquelles je voulais éloigner Merasen d'ici avait à voir avec les femmes de chambre.) Après tout, que pouvait-il faire ici ? Nous lui avions interdit de sortir de la propriété, et la bibliothèque ne présentait aucun intérêt pour lui. Les hommes de la Montagne Sainte étaient d'excellents archers, mais il avait refusé d'une manière hautaine de nous montrer son adresse, déclarant que nous n'avions pas un arc digne de sa force. De temps en temps, Ramsès consentait avec résignation à se mesurer à la lutte avec lui, mais ces séances ne duraient pas très longtemps, car Ramsès se montrait singulièrement brutal avec lui. Après l'un de ces affrontements, qui se termina (environ trente secondes plus tard) avec Merasen courbé en deux comme un ver de terre, le souffle coupé et ahanant, Nefret fit des remontrances à Ramsès. La seule réponse de celui-ci fut un cassant « il l'avait cherché ! ». Cela n'améliora guère les relations entre Ramsès et Nefret. Pourtant, même elle ne fit aucune objection lorsque Emerson emmena le garçon à Londres pour le mettre dans un bateau à destination de Port-Saïd. Son voyage prolongé par force depuis le Soudan jusqu'au Caire, et de là vers l'Angleterre, l'avait familiarisé avec le pays et la langue, et il nous affirma qu'il s'était fait des amis en cours de route. (Je suspectai, en voyant son sourire suffisant, que la plupart de ses amis appartenaient à la gent féminine.)

– Apparemment, il prend ce retard plutôt à la légère, dit Ramsès, une fois que nous eûmes dit au revoir aux voyageurs. On se serait attendu à ce qu'il nous demande de hâter notre départ.

– Pourquoi trouves-tu toujours à redire contre lui ? demanda vivement Nefret. Nous avons promis de le rejoindre dès que ce serait humainement possible, et il sait que nous tiendrons parole.

Ramsès haussa les épaules et prit un air particulièrement énigmatique. Voyant que Nefret s'apprêtait à poursuivre sur ce sujet, je dis :

– Il a le fatalisme de son peuple... une qualité dont nous ferions peut-être bien de nous inspirer en ce moment. Ce qui s'est passé, s'est passé. Nous ne pouvons pas changer le passé. Nefret, avez-vous une idée de ce que ce mal mystérieux pourrait être ?

Ce fut au tour de Nefret de hausser les épaules.

– Merasen n'a pas été d'une grande aide lorsque je lui ai demandé de décrire les symptômes avec précision. Ce pourrait être quelque chose d'aussi simple que la malaria, ou quelque chose d'aussi mortel qu'une maladie tropicale inconnue.

– Alors, de quoi parliez-vous, tous les deux ? demandai-je, car je m'étais souvent posé la question.

– De toutes sortes de choses. (Elle détourna les yeux, évitant mon regard.) Il est très curieux au sujet de l'Angleterre.

– Et moi, dit Ramsès, j'étais très curieux au sujet de la Montagne Sainte. Les choses ont dû énormément changé en dix ans. Pourtant, je n'ai pas réussi à obtenir de lui beaucoup d'informations pratiques. Et toi ?

– Il n'y a pas eu de grands changements, répondit Nefret quelque peu sur la défensive.

– J'ai du mal à le croire, fit Ramsès en haussant ses sourcils expressifs. Lorsque nous sommes partis précipitamment, Tarek n'avait pas encore triomphé de tous ceux qui s'opposaient à lui. Son frère Nastasen était mort, mais Forthright, ton renégat de cousin, était toujours en liberté, ainsi que le vieux Grand Prêtre d'Amon, lequel avait soutenu Nastasen.

– J'ai également interrogé Merasen à leur sujet, dis-je. Il a prétendu qu'il n'avait jamais entendu parler de Reggie Forthright.

– Qu'y a-t-il de surprenant à cela ? répliqua Nefret d'un ton vif. Merasen n'avait que sept ou huit ans à cette époque. Reggie a probablement été capturé par Tarek et exécuté, comme il le méritait. Ainsi que le Grand Prêtre d'Amon. Il était le meneur des rebelles.

– C'était également une révolution sociale, insista Ramsès. Tarek voulait améliorer les conditions de vie des *rekkit*, qui n'étaient guère mieux que des esclaves. Je n'ai obtenu de Merasen qu'un air incompréhensif lorsque je l'ai interrogé sur ce point.

– Il ne m'a pas donné l'impression de s'intéresser beaucoup à une réforme sociale, fis-je remarquer. Et il est possible que les changements que Tarek espérait apporter aient été contrecarrés par le poids des traditions. Si Emerson a raison de penser que les *rekkit* étaient les premiers habitants de la Montagne Sainte, ils ont été réduits en esclavage lorsque les premiers Egyptiens sont arrivés là-bas. C'est un bien triste commentaire sur la nature humaine... les forts ne viennent pas en aide aux faibles, au contraire ils...

– Comme c'est bien dit, Mère, fit Ramsès.

Je compris la pique.

– Ma foi, nous connaîtrons la vérité lorsque nous arriverons là-bas.

– Si nous y arrivons, murmura Ramsès.

A son retour de Londres, Emerson annonça qu'il avait accompagné Merasen sur le bateau, et que le garçon semblait attendre avec plaisir ce voyage.

– Il ne manque pas d'aplomb, je dois lui rendre cette justice, fut le commentaire d'Emerson. Avant de le faire monter à bord, je l'ai emmené au British Museum et il...

– Bonté divine, pourquoi avez-vous fait cela, Emerson ? m'exclamai-je. Il me semblait que nous voulions le tenir à l'écart des gens qui pourraient se douter de ses origines !

– Oh, fit Emerson d'un air gêné. En fait, tout s'est bien passé, Peabody. La seule personne que nous avons rencontrée était Budge, et il ne distinguerait pas un Bishari d'un Bédouin.

– C'est parfaitement déraisonnable, Emerson, et vous le savez. Certes, Budge a peut-être obtenu son poste de conservateur des Antiquités égyptiennes et assyriennes en raison de ses méthodes peu orthodoxes pour obtenir des objets pour le musée, mais il s'est souvent rendu en Egypte et au Soudan. Il ne vous a pas interrogé au sujet de Merasen ? Pourquoi diable êtes-vous allé là-bas ?

– Je voulais seulement montrer au garçon quelques objets et avoir son avis, répondit Emerson, sur la défensive. Budge s'est comporté comme à son habitude, hautain et insultant. Il n'a porté aucune attention au garçon.

– Oh, vraiment ? Qu'a dit Mr Budge exactement ?

– Euh. Vous comprenez, à vrai dire, nous étions dans la salle consacrée aux objets méroïtiques, et Budge... euh...

– Vous a demandé où vous aviez l'intention de travailler cette année.

Emerson n'aime pas qu'on le pousse à bout. Mon ton accusateur fit apparaître une lueur de colère dans ses prunelles bleu saphir.

– Crénom, Peabody, vous m'aviez dit de parler ouvertement de nos projets, sans rien cacher !

– Bien, dis-je. David arrive demain, et *nous* sommes en retard pour la réunion. Pouvons-nous nous retrouver dans la bibliothèque dans une demi-heure ?

Lorsque Emerson arriva, débarrassé de ses habits de voyage et portant des vêtements chiffonnés plus confortables, nous l'attendions. Emerson me regarda, assise à son bureau, mes papiers disposés devant moi, et il se dirigea immédiatement vers la desserte où étaient placées les carafes d'alcool.

– Whisky-soda, Peabody ? demanda-t-il.

– Il est trop tôt, Emerson.

– Absolument pas, Peabody. Tenez. Je reconnais, poursuivit Emerson en s'installant dans un confortable fauteuil trop rembourré à côté du buste de Socrate, que j'ai peut-être agi de façon quelque peu irréfléchie en emmenant Merasen au British Museum. J'ai laissé la curiosité professionnelle l'emporter sur la prudence.

– Je me demande si nous avons pleinement considéré les conséquences de cette aventure, déclara Ramsès.

– Sans aucun doute vous allez nous éclairer sur ce point, fis-je remarquer.

– Laissez parler ce garçon, Peabody, dit Emerson en sortant sa pipe. Et sans l'interrompre, s'il vous plaît !

– Merci, Père. J'ai réfléchi à la question, et je suis arrivé à la conclusion que cette expédition signifiera inévitablement la fin de l'isolement de la Montagne Sainte... ou du moins le commencement de la fin. Cela devait se produire tôt ou tard. L'attrait des oasis perdues du Désert Occidental n'est jamais retombé et, dernièrement, il semble y avoir eu un regain d'intérêt. Le *Journal of the Royal Geographical Society* comportait un article pas plus tard que le mois dernier sur le « Problème Zerzura ».

– Mais la cité perdue de Zerzura est une légende ! m'exclamai-je. Je me souviens avoir lu quelque chose à son sujet dans le *Livre des perles cachées*, lequel n'est rien de plus qu'un recueil moyenâgeux de contes de fées.

– C'est un peu plus qu'une légende, Mère, comme vous le savez très bien. Les membres de la Société royale de géographie sont trop pragmatiques pour ajouter foi à des légendes, mais nombre d'entre eux sont convaincus qu'il existe des oasis inconnues dans le désert de Libye. Dans quelques années, si la technologie continue de progresser comme elle le fait, quelqu'un construira une automobile capable de traverser le désert, et cela facilitera d'autant les explorations. Quant à notre voyage... je suis prêt à prendre certains risques pour Tarek, mais je ne suis certainement pas prêt à prendre le risque de monter autre chose qu'une expédition très importante. C'est dans notre intérêt de garder secret notre but véritable, puisque nous ne voulons pas qu'une meute d'amateurs de curiosités et de chasseurs de trésors nous suivent, mais si nous allons là-bas et réussissons à en revenir, les hommes qui nous accompagneront répandront la nouvelle. Nous ne pouvons guère les emprisonner ou leur faire promettre le silence.

Il se redressa, les mains toujours dans les poches, et nous lança un regard de défi tour à tour, à moi, à Nefret qui se mordillait la lèvre, et à son père, lequel fumait tranquillement sa pipe.

– C'est la vérité, n'est-ce pas ?

– Oui, admis-je.

– Mais ce serait une catastrophe ! s'exclama Nefret. Une fois que la Montagne Sainte sera connue du monde entier, elle sera mise en coupe réglée par des chercheurs de trésors et des aventuriers.

– Et par des archéologues, ajouta Emerson en fronçant les sourcils. Des hommes comme Budge, qui dévasterait l'endroit afin de mettre la main sur des objets pour son satané musée. Sans aucun doute vous avez songé à cette petite difficulté, Peabody, et vous avez envisagé des moyens d'empêcher cela.

– J'ai quelques idées. Cependant, poursuivis-je, avant qu'Emerson puisse exprimer son scepticisme, je ne vois pas l'intérêt de les exposer *in vacuo*, pour ainsi dire. Pour le moment, nous ne savons absolument pas quelle sorte d'accueil nous recevrons ni quelle situation nous allons trouver. Nous sommes d'accord, n'est-ce pas ? que, jusqu'à ce que nous ayons atteint le point de non-retour...

– Je n'aime pas beaucoup ce mot, grommela Emerson.

– Le moment où nous entreprendrons le voyage final...

– Ce n'est guère mieux, Peabody.

– Oh, Emerson, taisez-vous ! Vous savez très bien ce que je veux dire. Jusqu'à ce que notre expédition soit prête à partir dans le désert, nous devons absolument garder les gens dans l'ignorance de notre véritable objectif. Nous en avions parlé en général, mais nous devons établir les détails – ce que nous devons faire, ce que nous devons dire... et à qui cela doit être dit – afin d'ajouter de la vraisemblance à ce qui, autrement...

– Entendu, Peabody, entendu. Prenez un autre whisky et ne me citez pas Gilbert et Sullivan.

Lorsque David arriva l'après-midi suivant, nous avions mis au point une fiction convaincante, bien que celle-ci ne prenne pas en compte tous les imprévus et que j'aie le sentiment désagréable (j'aurais appelé cela une prémonition si Emerson ne s'opposait pas formellement à ce que j'utilise ce terme) que nous n'avions pas tout envisagé.

Tout d'abord, David fut incapable de parler d'autre chose que de Lia – sa grâce, sa gentillesse, sa beauté, les années interminables qui devraient s'écouler avant qu'il puisse l'appeler sa femme. Elle n'avait pas encore dix-huit ans, et, comme il le reconnaissait bien volontiers, il n'était pas en mesure de subvenir aux besoins d'une épouse. Ce fut seulement après le dîner, alors que nous allions prendre le café au salon, qu'il nous interrogea au sujet de notre étrange visiteur, dont Gargery lui avait parlé.

– Oui, un gaillard très intéressant, dit Emerson en s'affairant avec sa pipe. Son grand-père est l'une de mes vieilles connaissances, le sheikh d'un village au Soudan, qui a envoyé le garçon en Angleterre afin de... euh... élargir son horizon et, incidemment, pour me parler de ruines très intéressantes à l'ouest de Méroé qui n'ont jamais été étudiées. C'est pourquoi j'ai décidé de consacrer cet automne à effectuer un relevé des sites archéologiques en Haute Nubie. Je n'aurai pas besoin de vous, David, aussi vous feriez bien d'accepter cette offre de Constable.

David parut abasourdi, comme on pouvait s'y attendre. Le naturel ouvert et sincère d'Emerson n'est pas fait pour le mensonge. Au lieu de progresser lentement vers sa conclusion en donnant un luxe de détails pour la corroborer, il l'avait tout simplement lancée au visage de David.

– Mais, monsieur, balbutia celui-ci. C'est... comment avez-vous... je ne comprends pas.

– C'est très simple, dit Emerson. (Ce l'était pour lui. Lorsqu'il prend une décision, il s'attend à ce que tout le monde l'accepte.) Je n'ai pas besoin de vous. Constable, si.

David regarda Ramsès en un appel silencieux, lequel déclara calmement :

– J'avais parlé à Père de l'offre de Constable, David. Il a reconnu que c'était une opportunité que vous ne deviez pas laisser passer.

– Mais vos projets..., commença David.

– N'ont rien à voir avec les vôtres, l'interrompit Ramsès. Père a l'intention de partir très prochainement, et nous achèverons la partie la plus importante du relevé en l'espace de quelques mois. J'irai en Allemagne en janvier.

Nefret prit la main de David et la serra.

– Lia sera tellement contente. Elle était en larmes lorsque je lui ai dit que vous partiez avec nous.

– Vraiment ?

L'image de Lia en larmes fit s'embuer les beaux yeux marron de David.

– Oh, elle vous aurait fait ses adieux en souriant courageusement, dit Nefret, mais elle aurait eu le cœur brisé.

J'estimai qu'elle poussait le pathos un peu trop loin, aussi dis-je d'un ton enjoué :

– Bien, voilà qui est réglé. Et si vous demandiez à Gargery de voir s'il peut obtenir une communication téléphonique pour le Yorkshire ? Ainsi vous pourrez annoncer la bonne nouvelle à Lia.

– Je ferais mieux de voir si Constable est toujours intéressé, répondit David lentement.

– Il l'est, dis-je.

David se tourna pour me regarder avec étonnement. Je venais de commettre un impair. Je m'efforçai de me rattraper.

– J'ai pris la liberté de lui téléphoner hier, expliquai-je. Mr Constable était enchanté. Je... euh... voulais être certaine que son offre tenait toujours avant que je... euh... avant que nous en discutions avec vous.

– Je vois, dit David.

– J'espère que cela ne vous contrarie pas, mon cher garçon.

– Pas du tout, tante Amelia. C'était très aimable de

votre part. (Son regard alla de moi à Ramsès.) Pouvons-nous parler un moment ?

Je vis que Ramsès s'armait de tout son courage. Il détestait mentir à son ami, mais je savais qu'il le ferait s'il y était contraint. Et il y serait contraint. David continuait d'hésiter, et c'était compréhensible. L'histoire que nous avions imaginée était la meilleure que nous avions pu trouver, mais des copistes compétents seraient indispensables pour une expédition de ce genre, et voilà que nous nous proposions de nous passer des services de l'un des meilleurs.

– Vous pensez que nous l'avons convaincu ? demanda Nefret, après que les deux garçons eurent quitté le salon ensemble.

– Convaincu ou non, il fera ce qu'on lui dit, bougonna Emerson. Bon sang, on s'attendrait à ce qu'un jeune gaillard éperdu d'amour saute sur l'occasion de rester auprès de sa fiancée, n'est-ce pas, Peabody ?

– Toujours aussi romantique, Emerson !

Quels qu'aient été les arguments de Ramsès, ils obtinrent l'issue désirée. David ne souleva plus d'objections. Il se rendit à Londres pour s'entretenir avec l'éditeur, et lorsqu'il revint, il était surexcité par sa commande – une série de portraits de rois et de reines d'Egypte, réalisés à partir de statues, et dans certains cas, de véritables momies, mais, bien sûr, « enjolivées », selon l'expression de David, afin de répondre aux goûts modernes. Ramsès, Nefret et lui examinèrent des volumes de photographies et de gravures, choisissant les représentations que David avait l'intention d'utiliser. Tous trois semblèrent y prendre un grand plaisir. De grands éclats de rire et quelques remarques osées parvenaient de la chambre de David lorsqu'ils se réunissaient là.

Peut-être était-ce l'imminence de la séparation qui les rendait si affectueux entre eux. Même Ramsès était moins distant et se soumettait aux étreintes spontanées et fraternelles de Nefret avec une grâce souriante qu'il n'avait pas montrée depuis bien longtemps. Il s'isolait par moments. De temps en temps, il faisait de longues promenades solitaires dans la campagne et revenait ruisselant de sueur et égratigné par les ronces. Je jugeai qu'il se fatiguait inutilement, et je le lui dis. Il répondit qu'il voulait être en forme pour les travaux pénibles qui nous attendaient. Si par « en forme » il entendait être mince, il y parvint certainement. Rose se tordait les mains de désespoir en le voyant et demandait à la cuisinière de lui préparer tous ses plats favoris.

Lorsque nous quittâmes l'Angleterre, il était aussi brun et aussi décharné que l'une des anciennes statues en bois conservées au Musée du Caire.

– Tu ressembles de plus en plus au comte Hesi-Rê, fit remarquer Nefret. (Elle tâta son torse d'un index fuselé.) Ouïe ! Tu donnes également la même sensation. Dur comme du bois !

– Je prends cela comme un compliment, répondit Ramsès. Le comte n'est pas mal du tout. Dois-je me laisser pousser la moustache pour accentuer la ressemblance ?

– Non, je n'aime pas les moustaches. Ni les barbes.

– Vous devrez peut-être vous y habituer, déclara Emerson qui avait suivi cet échange avec intérêt. (Il me lança un regard de défi et toucha le creux de son menton prononcé.) Dans le désert, on ne peut pas gaspiller de l'eau pour se raser.

Emerson cherche toujours une excuse pour se laisser pousser la barbe. Je refusai de répondre à ce défi. Mais je m'assurai que tous ses rasoirs se trouvaient bien dans ses malles.

Dès que nous eûmes annoncé notre départ, Walter et Evelyn accoururent du Yorkshire pour nous faire une visite d'adieu. Ils amenèrent Lia avec eux, naturellement, et David ne parla plus de nous accompagner. (L'amour – si l'on peut me permettre une métaphore poétique – enveloppe de sa chaleur le cerveau et étouffe les facultés critiques.)

Walter ne se fit pas aussi facilement entuber (un mot d'argot très expressif que m'a appris Cyrus Vandergelt). Il réussit à nous coincer, Emerson et moi, un après-midi, pendant que Nefret bavardait avec Evelyn.

– Ceci est votre premier séjour au Soudan depuis longtemps, commença-t-il.

– Euh... oui, répondit Emerson.

– A cette époque, nous voulions effectuer des fouilles à Méroé, si vous vous rappelez, intervins-je, comprenant qu'Emerson serait incapable de mentir de façon convaincante. Etant donné que le corps expéditionnaire n'était pas allé jusque-là en 97 et que le sud du Soudan était toujours entre les mains des Derviches, nous avions été contraints de porter notre choix sur Napata. Maintenant, nous avons l'opportunité d'effectuer une reconnaissance d'ensemble de la région, et on m'a dit que la situation s'était considérablement améliorée.

– Oui, je comprends. Alors vous n'avez pas l'intention de retourner à... vous savez quel endroit.

– Walter, votre imagination prend la galopade ! déclarai-je. Pourquoi diable ferions-nous une chose aussi stupide ? Il y a un grand nombre de ruines ravissantes en Nubie, y compris des pyramides, et elles disparaissent à une rapidité alarmante. Notre premier devoir est de préserver et de répertorier ces spécimens du passé. Emerson est persuadé que les vestiges de l'ancienne cité de Méroé sont enfouis sous le sable. Quelle contribution à la science serait une telle découverte !

– Je n'ai jamais entendu un tel tissu de mensonges, même de votre part, Peabody, fit Emerson, une fois que Walter se fut éloigné.

– Si vous réfléchissez bien à ce que j'ai dit, Emerson, vous devez me reconnaître le mérite de n'avoir pas dit un seul mensonge. Je ne le fais jamais, à moins que ce ne soit absolument nécessaire.

Je n'entendis pas parler de Kevin O'Connell. J'appris finalement qu'il était à l'hôpital en Suisse. Il avait fait une chute dans une montagne, où il se trouvait après avoir eu vent d'une rumeur ridicule selon laquelle on avait vu là-bas les vestiges de l'Arche du Déluge. Je ne fus pas du tout surprise. Kevin était spécialiste des malédictions anciennes et des inventions les plus saugrenues. Après avoir failli mourir de froid, il était en bonne voie de guérison, mais il ne pourrait pas reprendre son travail avant un certain temps. Je lui envoyai une jolie boîte d'abricots glacés de Fortnum & Mason.

L'un des avantages de notre itinéraire (l'un des rares avantages, devrais-je dire) était qu'il ne nous serait pas possible d'emmener un chat avec nous. Habituellement l'un ou l'autre d'entre eux, à commencer par Bastet, le chat de Ramsès, disparu mais inoublié, nous avait accompagnés en Egypte. Mais un voyage au Soudan était toujours incommode et compliqué... et la seule idée d'Horus juché sur un chameau à travers le désert pendant deux semaines confondait l'imagination. Ni Horus ni Gargery n'apprécièrent le fait de rester à Amarna House, et lorsque nous les quittâmes, ils boudaient tous les deux.

Le jour de notre départ, nous nous tînmes au bastingage du vapeur et nous dîmes au revoir de la main à ceux qui nous avaient accompagnés jusqu'au quai. La famille était venue en force, dont deux des frères de Lia. Johnny et Willie se ressemblaient comme deux gouttes d'eau, avec les traits distingués de leur père et les cheveux blonds de leur mère, mais leur caractère était tout à fait différent. Willie était un garçon sérieux et réfléchi, Johnny était aussi turbulent qu'un écolier. Ce jour-là, il fut encore plus exubérant que d'habitude, faisant le clown pour remonter le moral à tous. Car une séparation est toujours pénible. Il avait un bras passé autour des épaules de David et l'autre autour de celles de Lia. Les jumeaux avaient été constants dans leur soutien aux deux amoureux. Leur influence, autant que la mienne, avait permis de venir à bout de la réticence de leurs parents. Surprenant mon regard attendri, Johnny éleva la voix pour beugler : « Ne vous inquiétez pas, tante Amelia, nous veillerons à ce qu'ils se conduisent bien ! » Il fit une remarque à voix basse à David, lequel rougit.

Le bateau s'éloigna. David mit ses mains en porte-voix et cria à Ramsès :

– Bonne chance, mon frère !

– Bonne chance pour quoi ? demanda Nefret.

– Rien en particulier, répondit Ramsès. (Il ôta doucement les mains menues qui s'agrippaient à son bras.) Excuse-moi. Je dois défaire mes valises.

S'il nous avait été possible de nous rendre directement de Port-Saïd au Soudan, en évitant tous nos amis et nos connaissances, j'aurais été très tentée de le faire. Je n'ai rien contre les réponses évasives lorsqu'elles sont données dans une bonne intention, mais – ainsi que je l'avais appris à mes dépens – il est bigrement difficile d'éviter des lapsus. Je n'étais pas inquiète à propos de Ramsès, qui aurait pu regarder saint Pierre dans les yeux et mentir effrontément, ni même à propos de Nefret. Emerson était mon principal souci. Lorsqu'il est en colère, ce qui lui arrive souvent, il est porté à laisser échapper les déclarations les plus effroyables.

Nous comporter d'une façon aussi insolite n'aurait fait que susciter des conjectures, ce que nous devions éviter à tout prix. Quelques jours au Caire pour faire l'acquisition de notre matériel, puis quelques jours à Louxor avec notre famille égyptienne (la descendance d'Abdullah), le temps de les informer des nouvelles qu'ils étaient avides d'apprendre et de les préparer à notre départ pour le Soudan, et ensuite nous nous mettrions en route. Nous arriverions à Wadi Halfa la première semaine de septembre. Là, une quinzaine de jours devrait nous permettre de terminer nos préparatifs, et à ce moment le temps serait, sinon agréable, du moins supportable.

Ce beau plan connut son premier revers lorsque nous arrivâmes à Port-Saïd et que j'aperçus une silhouette par trop familière au milieu de la foule des porteurs, des douaniers et des vendeurs de souvenirs, lesquels rivalisaient d'efforts pour attirer l'attention des passagers qui arrivaient. Il était impossible de confondre Daoud, le neveu et le *raïs* adjoint d'Abdullah, avec quelqu'un d'autre. Son turban compliqué dominait d'une bonne tête celles des personnes autour de lui, et son visage massif et bienveillant arborait un large sourire de bienvenue. Je fus obligée de regarder à deux fois avant de reconnaître l'homme plus mince qui se tenait à ses côtés. Selim, le plus jeune fils d'Abdullah, semblait avoir grandi de plusieurs centimètres depuis le printemps dernier, et la barbe qu'il avait décidé de porter afin de se donner plus d'autorité en tant que successeur d'Abdullah avait perdu toute discipline. Elle était soigneusement taillée – Selim était bel homme et très élégant – mais elle descendait jusqu'à son sternum.

– Bon sang ! s'exclama Emerson. Que font-ils ici ? Je n'avais pas envoyé de télégramme. Et vous, Peabody ?

– Non.

Je répondis aux grands gestes de la main de Daoud.

Accoudé au bastingage, Ramsès dit :

– Les journaux du Caire publient la liste des passagers des bateaux qui arrivent. La nouvelle se répand. Je présume que vous aviez prévu cela, Mère.

Nefret émit un petit rire.

– Vous avez vu la barbe de Selim !

– Humpf ! fit Emerson en regardant avec envie l'appendice en question.

Daoud était au pied de la passerelle lorsque nous descendîmes. Il ne bousculait ni ne poussait personne, car il était le plus doux des hommes (sauf si on le provoquait), tout simplement il progressait avec une inéluctabilité puissante et s'ouvrait un passage. Aucune ombre de reproche ne ternissait le soleil de son sourire, mais une fois qu'il se fut éloigné avec Ramsès pour s'occuper des bagages et parler avec les employés des douanes, Selim posa sur moi un regard glacial.

– Pourquoi arrivez-vous ici comme des voleurs, sans nous avoir télégraphié ?

– Nous voulions vous faire une surprise, dit Nefret en prenant son bras. Selim... la barbe ! Elle est magnifique !

Selim se rengorgea, mais sa rancune était trop forte pour qu'on puisse l'écarter aussi facilement.

– Nous l'avons appris par Mohassib, qui en avait été informé par Abdul au Winter Palace, lequel avait entendu un client lire à haute voix la liste des arrivants sur le journal. Avoir de vos nouvelles par l'intermédiaire de telles personnes nous couvre de honte. Et pourquoi David n'est-il pas avec vous ? Et pourquoi ne m'avez-vous pas dit où nous allions travailler ? Et que...

– Ne me faites pas la morale, crénom ! cria Emerson. Du moins pas en public. Bon sang, on dirait votre père !

Il y eut un léger tremblement dans sa voix virile lorsqu'il prononça les derniers mots. Il s'éclaircit la gorge.

– Humpf ! Eh bien, Peabody, qu'allons-nous faire de ce jeune vaurien insubordonné ?

Je m'étais opposée à ce que nous emmenions Selim et nos autres ouvriers dévoués vers l'inconnu. Aucun d'eux, y compris Abdullah, ne nous avait accompagnés lors de notre premier voyage au Soudan. Etant donné que nous allions travailler dans ce qui était techniquement une zone de guerre, les autorités militaires avaient refusé de leur en donner l'autorisation. Cependant, la situation avait changé. Emerson et Ramsès avaient fait valoir, avec une logique déprimante, que nous serions contraints d'en emmener certains, au moins jusqu'à Méroé, afin de corroborer notre histoire selon laquelle nous avions l'intention d'effectuer un relevé des sites archéologiques. Un point qu'ils n'avaient pas soulevé, et qui était manifeste à présent, c'est que Selim n'accepterait pas que nous tentions de partir sans lui.

– Informez-le de nos projets, dis-je avec un soupir et un sourire. J'espère que cela ne vous ennuie pas d'attendre, Selim, que nous soyons dans le train. Je désire quitter cet endroit pestilentiel et retrouver le confort du *Shepheard* le plus vite possible !

Selim croisa les bras.

– L'*Amelia* est prête, Sitt. Fatima est là-bas en ce moment.

– Comment avez-vous réussi cela ? demandai-je avec une admiration sincère.

Nous avions laissé la *dahabièh* en cale sèche. Selim avait probablement rudoyé, soudoyé et menacé au moins une douzaine de personnes pour qu'elle soit en état de naviguer aussi rapidement. Tout signe d'irritation oublié, Emerson grimaça un sourire et donna une tape sur l'épaule du jeune homme d'un air approbateur. Il déteste les hôtels.

– Je suis votre *raïs*, dit Selim. Le meilleur *raïs* d'Egypte, maintenant que mon père n'est plus là. Venez. J'ai les billets pour le train.

Le trajet en train de Port-Saïd au Caire prend six heures et demie. Emerson et Ramsès ôtèrent promptement vestes, chapeaux, gilets et cravates, et après un regard d'excuse à mon adresse, Nefret défit les boutons du haut de sa robe et retroussa ses manches. Tandis que du sable se glissait dans mon col et se mélangeait à la sueur pour former une pâte gréseuse, je songeai que ce n'était qu'un faible avant-goût des désagréments qui nous attendaient lorsque nous serions plus au sud. Nous n'étions jamais venus en Egypte aussi tôt dans la saison. A présent je me rappelais pourquoi.

Tout d'abord, Selim ne se montra guère enthousiaste à la perspective de travailler au Soudan. Toutefois, lorsque je lui dis que lui et les autres n'avaient pas besoin de nous accompagner, puisque nous trouverions facilement des ouvriers sur place, sa barbe se hérissa positivement.

– Tu as entendu, Daoud ? fit-il vivement. Ils disent que nous ne devons pas venir.

– Non, non, répondit Daoud placidement. Là où le Maître des Imprécations va, nous y allons. Où va-t-il ?

Emerson se mit à parler longuement des pyramides de Méroé, de leur état catastrophique, et de la nécessité de répertorier ce qu'il en restait avant qu'elles s'écroulent définitivement. Tout cela était bien connu de Selim, et Daoud ne s'en souciait pas vraiment. Lorsque Emerson s'arrêta – après un exposé interminable – Selim hocha la tête et lissa sa barbe.

– Bien. Ce devrait être une aventure très intéressante. Nous pouvons engager des ouvriers sur place, comme vous l'avez dit, mais vous aurez besoin d'hommes compétents pour les diriger. Combien au juste ?

Il n'y avait pas assez de place pour six personnes dans une seule calèche, surtout lorsque l'une de ces six personnes était Daoud, aussi Nefret demanda-t-elle à Selim de monter avec elle dans une autre calèche.

Très peu de choses troublaient le tempérament placide de Daoud, et il avait accepté notre explication concernant l'absence de David d'un hochement de tête.

– Un homme doit gagner de l'argent pour subvenir aux besoins de son épouse. Il travaillera dur et la rendra heureuse. Quand doivent-ils se marier ? Il faut absolument qu'ils viennent en Egypte pour la cérémonie.

J'écoutai avec un sourire mais seulement d'une oreille tandis qu'il entreprenait de faire des projets pour le mariage, s'interrompant de temps en temps pour sortir la tête par la fenêtre de la calèche et annoncer la présence d'Emerson d'une voix de stentor. Cela ne gênait pas du tout Emerson, car il adore que sa présence soit connue. Il saluait continuellement de vieilles connaissances, et il en avait beaucoup au Caire. Après un échange quelque peu vulgaire avec l'une d'entre elles, il se tourna vers Ramsès.

– Au temps pour une arrivée discrète ! fit-il remarquer. La moitié de la population du Caire sait déjà que nous sommes ici, et l'autre moitié le saura avant ce soir.

Cette remarque attira l'attention de Daoud.

– La présence du Maître des Imprécations est comme le soleil qui se lève au-dessus du désert, déclara-il. Même un aveugle sent la chaleur de sa présence.

– Bah ! fit Emerson.

Nous arrivâmes sur les quais de Boulaq, où l'*Amelia* était amarrée parmi d'autres de son espèce – bien moins nombreuses que les années précédentes, hélas, car les *dahabièh* privées n'étaient plus le moyen préféré de voyager. Les vapeurs de la compagnie Cook et le chemin de fer avaient popularisé le tourisme. A mon avis, ce n'était pas un changement positif. Ce qui avait été jadis un voyage éducatif par petites étapes à travers le pays le plus fascinant du monde était devenu une excursion en coup de vent, sans donner le temps d'examiner les monuments et ne permettant que très peu de contacts avec la population locale. Les touristes de Cook se déplaçaient en troupeaux, tels des moutons stupides, bêlant et conduits par leurs guides. Ils mangeaient de la nourriture anglaise, dormaient dans des chambres meublées dans le style anglais, parlaient uniquement en anglais, se plaignaient constamment et marchandaient sans vergogne avec de pauvres diables dont le revenu journalier était de quelques pennies. Je dois avouer que je fus ravie de voir un groupe de ce genre harcelé par des colporteurs, des marchands ambulants et des âniers.

Fatima nous attendait. Il y avait des pétales de rose dans les cuvettes de lavabo.

Après une semaine passée au Caire, nous avions mené à bien la plupart de nos démarches indispensables, et nous n'avions eu aucune nouvelle de Merasen.

– Où ce garçon peut-il bien être ? demandai-je vivement, alors que nous nous apprêtions à aller faire quelques achats. (J'avais besoin d'une nouvelle ombrelle, et Emerson d'une autre paire de bottes.) J'espère qu'il ne lui est rien arrivé de fâcheux. Je vous avais dit que nous aurions dû le faire héberger par l'une de vos connaissances au Caire.

– Non, vous ne l'avez pas dit, gronda Emerson. (Il estimait qu'il n'avait pas besoin d'une autre paire de bottes.) Moins il y aura de contacts avec vos connaissances, et mieux ce sera. Voilà ce que vous avez dit !

Il avait raison. C'était ce que j'avais dit.

– Vous lui aviez dit de nous laisser un message ici, annonçant son arrivée au Caire sans accident ?

– Je lui ai dit de laisser un mot au *Shepheard*, puisque j'avais prévu que nous séjournerions là-bas. Ainsi que vous le savez, ils m'ont informé qu'il n'y avait aucun message de ce genre et qu'ils me feraient parvenir ceux qui pourraient arriver.

– Etes-vous sûr qu'il avait bien compris ? demanda Nefret d'un air inquiet.

Ramsès et elle ne venaient pas faire des achats avec nous. Elle avait fait la connaissance d'une femme très intéressante, une doctoresse originaire de Syrie, et elle espérait la convaincre de participer à un projet qui était cher au cœur généreux de Nefret – une clinique qui offrirait des soins médicaux aux infortunées prostituées du Caire. Se regardant dans le miroir, elle inclina son chapeau d'un côté, fronça les sourcils, et l'inclina de l'autre côté.

– Nous n'avons pas vraiment besoin de lui, déclara Ramsès, vautré sur le canapé. Nous avons la carte. Plusieurs cartes, en fait. C'était une excellente idée de votre part, Mère, de préconiser que chacun de nous soit muni d'une copie.

– Bonté divine, vous ne proposez pas que nous abandonnions Merasen, n'est-ce pas ? s'écria Nefret. Il est peut-être malade... blessé... perdu.

– Il est incapable de trouver son chemin de retour sans nous, dit Emerson, et son visage se rembrunit. Rejoindre le Nil sans carte est une chose. Trouver un endroit isolé au beau milieu du désert...

– Il finira bien par réapparaître, dis-je d'un ton ferme. Un message a très bien pu être égaré. Si nous n'avons aucune nouvelle de lui en arrivant à Halfa, je... euh... je prendrai des mesures.

En fait, je ne savais absolument pas comment procéder, à moins d'avoir recours à la police ou au réseau de potins égyptiens d'Emerson.

Nefret se détourna du miroir.

– Ramsès, si tu viens avec moi, habille-toi convenablement, s'il te plaît. Je veux faire bonne impression.

– Tu es déjà suffisamment impressionnante. Tu n'as pas besoin que je m'affuble d'un col dur et d'une cravate, répliqua Ramsès.

– S'il te plaît ?

Elle se mit à genoux devant Ramsès et leva les yeux vers lui, faisant des mimiques implorantes et battant des cils.

– Tu t'exerces, hein ? s'enquit-il. Oh, très bien. J'en ai pour une minute.

Lorsqu'il revint, il portait le costume de tweed que je l'avais obligé à acheter en Angleterre, un col qui lui montait jusqu'au menton, et un joli chapeau en paille régate.

– Est-ce que ça te convient ? demanda-t-il.

Nefret examina le résultat. Elle pinça les lèvres.

– Tu as l'air ridicule.

– C'est la toute dernière mode ! protesta Ramsès.

– Je sais. Mais ce chapeau ne te va pas.

Elle enleva le chapeau et passa sa main sur la tête de Ramsès, lissant ses cheveux ébouriffés.

– C'est mieux, déclara-t-elle.

– Merci. Je peux ôter le col ? Il m'étrangle.

Nefret secoua la tête en riant.

– J'apprécie l'effort, mon cher. Comme tu souffres à cause de moi !

– Tu n'en as pas la moindre idée, murmura Ramsès.

## Manuscrit H

– Cette dame n'habite pas dans un quartier très élégant, fit remarquer Ramsès, tandis que Nefret l'entraînait au cœur de la vieille ville.

– Elle n'a pas les moyens de s'offrir mieux, répondit Nefret. C'est un quartier tout à fait convenable. Je ne comprends pas pourquoi vous avez insisté pour m'accompagner, Selim et toi.

Elle jeta un regard par-dessus son épaule vers Selim. La ruelle était trop étroite pour que tous les trois marchent de front, particulièrement avec les ânes et les chameaux qui leur contestaient le droit de passer. Néanmoins, Ramsès devait admettre que Nefret avait raison. Contrairement au quartier des Volets Rouges mal famé, cette partie du Caire était tout à fait sûre. Elle était seulement pauvre, surpeuplée et sale. La moindre surface au sol était bâtie, et les vieilles maisons s'élevaient sur deux ou trois étages, se serrant les unes contre les autres de chaque côté de la ruelle. Il n'y avait pas de terrain où enterrer les ordures et personne pour les enlever, aussi restaient-elles là, tout simplement, jusqu'à ce qu'une pluie de temps en temps emporte le pire. Des tas de déjections d'âne ou de chameau ajoutaient leurs odeurs âcres à celle, douceâtre, de fruits qui pourrissaient. Jupes relevées, Nefret s'avançait précautionneusement parmi les immondices, et comme elle avait refusé courtoisement de prendre son bras, Ramsès marchait légèrement en retrait derrière elle, si bien qu'il pouvait la contempler – sa démarche, le port de sa tête, le chignon de cheveux blond-roux sur sa nuque – sans qu'elle s'en aperçoive.

David croyait qu'il avait changé d'avis concernant sa résolution d'éviter Nefret. L'éviter avait été une façon égoïste et lâche de se sortir d'une situation qui n'était la faute de personne. Il l'avait toujours su, c'est pourquoi, lorsqu'il avait dit à David qu'il avait décidé de tenir jusqu'au bout, de cultiver la patience et de savourer une amitié qui était si précieuse, sans demander davantage, il avait été en partie sincère. Cette série de clichés aux nobles accents avait produit leur effet sur David, éternel candide, et avait réussi à le convaincre que Ramsès ne se sacrifiait pas.

Il n'aurait su dire ce qui l'avertit... l'éclair d'un mouvement entrevu du coin de l'œil, l'impression fugace d'un visage. Il donna à Nefret une violente poussée et pivota sur le côté, pas suffisamment vite pour éviter une estafilade cuisante sur le bras qu'il avait levé pour protéger son visage. Se retournant, il vit le garçon devant lui, ramassé sur lui-même, ses dents blanches découvertes par un rictus. L'arme qu'il brandissait avait un éclat vicieux, et elle était considérablement plus longue qu'un poignard arabe ordinaire.

Les piétons s'écartèrent en hâte, laissant un espace dégagé pour les combattants. Selim se fraya un passage, passa près d'un âne chargé de pots, et rejoignit Nefret qui avait été violemment projetée contre la devanture d'une boutique. Cependant, il lui restait suffisamment de souffle pour jurer.

– Ne vous approchez pas, la prévint Selim en l'empoignant.

Le sourire de Merasen s'élargit.

– Je vous laisse le temps de sortir votre poignard.

– Je n'ai pas besoin d'un poignard, dit Ramsès avec exaspération.

Un coup de pied adroit fit voler l'arme de la main de Merasen. Elle atterrit sur la fange de la ruelle et Ramsès posa son pied dessus.

– Bon sang, mais que croyez-vous faire ? demanda-t-il vivement.

Merasen tint délicatement ses doigts meurtris dans sa main gauche et lança à Ramsès un regard désapprobateur.

– Ce n'était qu'un jeu. Pour voir si vous êtes aussi fort avec un poignard qu'avec vos mains. Je n'avais pas l'intention de vous blesser. C'était un accident !

Nefret écarta Selim d'une poussée.

– Tu es blessé, Ramsès ?

– Ma veste toute neuve et onéreuse a reçu le plus grand dommage, répondit Ramsès avec aigreur. Mère aura quelques mots à dire à ce sujet !

Nefret le crut sur parole. On ne voyait pas beaucoup de sang sur le tweed marron de sa manche. Ramsès saisit Merasen par le col de sa *galabièh* et le fit se relever.

– Mon doigt est brisé, gémit Merasen en montrant un doigt rigide.

– Recommence cette petite plaisanterie, mon jeune ami, et je te les brise tous les dix ! répliqua Ramsès.

– Je suis désolé, dit Merasen d'un air sincère. Ce n'était qu'un jeu.

– Au diable les jeux ! aboya Nefret. Laissez-moi examiner votre doigt... il n'est pas brisé, seulement luxé. Je veux que vous alliez immédiatement à la *daha-*

*bièh* et que vous vous présentiez au Maître des Imprécations. Je peux vous faire confiance pour que vous le fassiez ?

– Oh, oui ! fit Merasen avec un sourire béat.

– Jamais de la vie ! dit Ramsès en durcissant sa prise. Je vais vous y conduire personnellement. Nefret, continue avec Selim.

Ce dernier avait récupéré l'arme de Merasen, juste à temps pour empêcher un spectateur plein d'espoir de s'en emparer et de décamper. Elle aurait rapporté un bon prix. La lame brillait d'un gris acier, et la garde était ornée de lamelles d'or. Merasen voulut la prendre. Ramsès repoussa son bras violemment.

– Sapristi ! s'exclama-t-il. Depuis combien de temps vous promenez-vous avec ceci ? Si elle tombait entre des mains qu'il ne faut pas...

Il redoutait que ce ne fût déjà le cas. Selim avait essuyé la lame et l'examinait avec curiosité.

– Je n'ai jamais vu une arme comme celle-là, Ramsès. Trop longue pour un poignard, trop courte pour une épée, et trop richement décorée. Qui est cet homme et d'où vient-il ?

– Je ferai les présentations plus tard, répondit Ramsès. Partez avec Nefret.

– Nous devrions peut-être t'aider à conduire Merasen à la *dahabièh*, dit Nefret d'un air incertain.

– La doctoresse Sophia t'attend. Ne t'inquiète pas, Nefret, je peux m'occuper de lui tout seul. Merasen, je vous briserai le bras si vous me causez des difficultés.

Merasen n'essaya pas de se dégager de la prise de Ramsès. Il était aussi joyeux et dénué de remords qu'un petit garçon qui a lancé une boule de neige sur quelqu'un. Un corps à corps où tous les coups sont permis était peut-être une coutume de la Montagne Sainte qui m'a échappée, songea Ramsès. Pourtant, dans la plupart des civilisations qu'il connaissait, on n'attaquait pas quelqu'un sans prévenir et avec une lame affilée, à moins d'avoir l'intention de le blesser sérieusement.

Il avait demandé à Selim de garder l'épée-poignard et de ne pas la montrer, une *galabièh* étant plus commode pour la dissimuler qu'un pantalon européen. « Faites attention à ne pas vous taillader la jambe », avait-il ajouté, et Nefret avait dit en riant : « Ou autre chose ! Je confectionnerai un genre de fourreau lorsque nous serons chez la doctoresse Sophia, Selim. »

Elle avait examiné le doigt de Merasen, mais elle n'avait même pas pris la peine de regarder le bras de Ramsès. A quoi t'attendais-tu, s'était demandé Ramsès – à ce qu'elle se précipite vers toi, toute tremblante à la vue de ton sang ? La réponse était non... pas Nefret... ce n'était pas la première fois... néanmoins, elle aurait pu se montrer un peu moins nonchalante à son égard et un peu plus dure envers Merasen.

– Où séjourniez-vous ? demanda-t-il, coupant court à une description animée de l'opinion qu'avait Merasen de la ville du Caire (trop grande, très sale, et les femmes dissimulant leur visage derrière des voiles). Nous ferions aussi bien d'aller chercher vos bagages avant de partir.

Ramsès connaissait l'endroit. Il faisait partie des hôtels garnis convenables pour « indigènes ». Merasen alla chercher sa valise d'un air important et le propriétaire accueillit Ramsès obséquieusement mais sans la moindre surprise.

– Il avait dit que vous viendriez... vous ou le Maître des Imprécations, expliqua-t-il.

– Vraiment ?

– Il a dit que le Maître des Imprécations paierait la note.

Merasen revint, portant une lourde valise qu'Emerson lui avait probablement achetée à Londres. Son sourire insouciant suscita la colère de Ramsès, mais ce n'était ni le moment ni le lieu pour demander ce que Merasen avait fait avec la somme d'argent généreuse qu'Emerson lui avait donnée. Et cela ne servirait à rien de le réprimander pour les dommages qu'il avait causés du fait de ses vantardises et de ses folles dépenses. Il était trop tard maintenant.

# 3

Emerson prétendit que les bottes étaient trop étroites. A l'évidence, elles le serraient plus que l'ancienne paire, laquelle avait été malmenée et était devenue informe après plusieurs saisons d'usage sans ménagement. Le bottier lui affirma qu'elles lui allaient parfaitement et je lui rappelai que des bottes neuves sont toujours un peu raides, et nous eûmes une petite discussion.

Ensuite nous nous rendîmes chez le fabricant d'ombrelles (Emerson boitant avec ostentation). J'achète toujours mes ombrelles au même magasin. Le propriétaire s'était habitué à mes exigences, lesquelles étaient, je le reconnais, quelque peu insolites : une lourde poignée en acier et une pointe acérée. A tous égards, rien ne vaut une ombrelle solide. Elle sert de pare-soleil, de canne, et d'arme si nécessaire. Certaines personnes mal intentionnées ne s'attendent pas à être frappées par une dame avec une ombrelle. Ceci, est-il besoin de le préciser, donne à la dame l'avantage de la surprise. Un avantage supplémentaire était la crainte superstitieuse qu'inspirait cet objet à certains Egyptiens. Les récits de Daoud (certains étaient véridiques) avaient tissé une aura de magie autour de cette ombrelle, et dans certains quartiers il me suffisait de la brandir pour intimider un adversaire.

Cet après-midi-là, l'ombrelle avait une utilité plus conventionnelle, car le soleil était ardent. Emerson refusa son ombre et se tint à quelque distance pour éviter d'être blessé par les baleines, aussi étions-nous contraints de converser en criant pour nous faire entendre au-dessus de l'animation de la rue. Une bonne partie du vacarme était produite par les animaux. Il y avait quelques automobiles au Caire, mais le gros de la circulation était constitué de quadrupèdes – chevaux tirant des calèches, ânes tirant des charrettes, chameaux lourdement chargés d'absolument tout, depuis des sacs de grains jusqu'à des caisses d'emballage – les chameaux se plaignant amèrement comme c'est l'habitude de ce ruminant. Etouffée par la poussière, et fortement incommodée par les vêtements trop chauds que j'avais jugé convenables de porter, je repliai finalement mon ombrelle et piquai doucement du bout de celle-ci Emerson, lequel s'était arrêté pour bavarder avec l'un des individus les plus crasseux que j'aie jamais contemplé et qui tenait, suspendu autour de son cou, un plateau contenant des statuettes de scarabées à l'authenticité la plus douteuse que j'aie jamais vue.

– Prenons un fiacre, Emerson.

– Pour quelle raison ? demanda vivement Emerson.

Le colporteur crasseux s'inclina devant moi et me tendit l'un des scarabées. Apparemment, le bijou avait été taillé dans un morceau de calcaire par une personne dont les goûts artistiques étaient aussi déficients que sa vue. Je le lui rendis. Emerson, qui avait retiré sa veste et perdu son chapeau, me considéra plus attentivement.

– Vous avez chaud, n'est-ce pas ? Pourquoi portez-vous ces satanés vêtements trop serrés ?

– Parce que je choisis de le faire.

– Ah ! fit Emerson, percevant une certaine intonation dans ma voix. Dans ce cas...

Il tendit quelques pièces de monnaie – en échange d'une information reçue, supposai-je, puisqu'il avait refusé de prendre un scarabée – se confondit en adieux avec le colporteur, et héla un fiacre.

– Qu'avait donc à dire votre ami non lavé qui était si intéressant ? demandai-je.

Emerson écarta l'ombrelle de son chemin et s'assit sur la banquette à côté de moi.

– Il m'a demandé pourquoi nous allions au Soudan au lieu de rester dans un pays civilisé.

– Bonté divine ! Tous les mendiants du Caire sont au courant !

– Nous n'avons pas fait mystère de cette partie de notre plan, me rappela Emerson. Même si cela avait été le cas, le matériel dont nous avons fait l'acquisition aurait vendu la mèche. Particulièrement l'argent. On n'emporte pas une telle quantité de numéraire à moins de se rendre dans une région éloignée. (Il hésita un instant.) Toutefois, il m'a également demandé si nous cherchions de l'or.

– Oh mon Dieu ! dis-je avec consternation. Cela ne me plaît pas du tout, Emerson. Qu'est-ce qui lui a mis une telle idée dans la tête ?

Emerson toucha le creux de son menton.

– Des gens. « Des gens disent que... » Le genre habituel de vague conjecture. Cela ne signifie probablement rien du tout, Peabody. « Les gens » ont une imagination effrénée, surtout en ce qui nous concerne. Les archéologues ont toujours été suspects, ma chère. C'est difficile pour « les gens » de comprendre pourquoi ils perdent leur temps à chercher des tessons de n'importe quoi au lieu de trésors.

Dès notre arrivée sur l'*Amelia*, je serais allée me changer en hâte si Mahmud, le steward, ne nous avait pas arrêtés au passage pour nous informer que Ramsès avait demandé que nous le rejoignions au salon immédiatement.

– Il est déjà rentré, alors ? s'enquit Emerson. Nur Misur est avec lui ?

« Lumière d'Egypte » était le magnifique nom arabe de Nefret.

– Non, Maître des Imprécations. (Mahmud roula les yeux.) Mais quelqu'un d'autre est avec lui.

Deux autres, en fait. Daoud était passé. Il avait adopté la coutume britannique du thé et appréciait les sandwiches et les biscuits de Fatima. A sa façon polie, il s'efforçait d'avoir une conversation avec Merasen, tandis que Ramsès les observait en silence. Emerson poussa une exclamation de surprise et de soulagement lorsqu'il aperçut Merasen. Le garçon se leva immédiatement et commença à s'incliner devant nous. Ramsès fut un peu plus lent à se lever.

– Bon après-midi, Mère. Bon après-midi...

– Où l'avez-vous trouvé ? l'interrompit Emerson.

– Il ne m'a pas trouvé. C'est moi qui l'ai trouvé, déclara Merasen d'un air suffisant.

Les lèvres de Ramsès se serrèrent d'une façon quasi imperceptible. J'avais noté qu'il avait gardé sa veste, qu'il ôtait généralement dès qu'il était dans l'intimité. Les indices étaient amplement suffisants.

– Très bien, Ramsès, dis-je. Retirez votre veste. Je vois que vous l'avez déjà abîmée. Que s'est-il passé ? Et où est Nefret ?

– Elle est allée à son rendez-vous, accompagnée de Selim. (Ramsès se défit de sa veste.) Nous... euh... nous avons rencontré Merasen en cours de route, et je l'ai ramené ici. Désolé pour la veste, Mère. On peut peut-être la raccommoder.

– Mais pas votre chemise ! (La manche gauche était maculée de sang séché.) *Que s'est-il passé ?*

– C'est moi qui ai fait cela, admit Merasen. Je n'avais pas l'intention de le blesser. Ce n'était qu'un jeu. Il a levé son bras.

– Quelle étourderie de ma part ! fit Ramsès.

Le visage de Daoud se rembrunit.

– Nous n'utilisons pas de poignards ici à moins d'avoir l'intention de tuer, déclara-t-il d'un ton sévère. Fais très attention, mon garçon, sinon je te montrerai comment *nous* jouons à de tels jeux.

– Tout va bien, Daoud, dit Ramsès.

Merasen lança un regard haineux à Daoud.

L'estafilade était superficielle. Je nettoyai la plaie et mis un pansement dessus pendant que Ramsès nous faisait un récit concis de sa « rencontre » avec Merasen. Emerson écouta en silence. Son regard allait d'un jeune visage à l'autre. Merasen commença à se tortiller sous ce regard pénétrant.

– Etait-ce mal ? Dans la cité de la Montagne Sainte...

– Nous ne faisons pas ce genre de choses ici, dit

Emerson avec douceur. Pourquoi êtes-vous toujours au Caire ?

– Je n'avais plus d'argent, Maître des Imprécations. Le billet pour le train coûte beaucoup d'argent.

Il adressa à Emerson un grand sourire innocent.

– Vous aviez suffisamment d'argent pour tout le voyage jusqu'à Wadi Halfa, dit Emerson de la même voix calme. A quoi l'avez-vous dépensé ?

– Je ne l'ai pas dépensé ! On me l'a volé. Ici, au Caire. Il y a beaucoup de voleurs dans cette ville.

Assurément, il avait raison sur ce point. Cependant, cette affirmation se rangeait dans la même catégorie que les autres qu'il avait faites : vraisemblable, mais impossible à vérifier. Lorsque nous le soumîmes à un flot de questions, il déclara qu'il venait d'apprendre que nous étions à bord de l'*Amelia* et qu'il était sur le point de se présenter lorsqu'il avait vu Ramsès et Nefret quitter le bateau. Il les avait suivis... dans l'intention, comme il l'expliqua avec le plus grand sérieux, de leur faire une petite surprise. A ce moment, Nefret et Slim entrèrent. Elle répondit aux courbettes par un hochement de la tête plutôt brusque et aux salutations de Daoud par une étreinte, puis elle ôta les épingles de son chapeau et le jeta sur un fauteuil.

– J'en déduis qu'il n'y a pas eu de difficultés, sinon Merasen n'agiterait pas les bras avec une telle énergie, dit-elle. J'ai demandé à Mahmud de servir le thé. Ramsès, tu vas bien ?

– J'arbore mon pansement afin d'inspirer de la compassion, répondit Ramsès. C'était ma faute, lever ainsi mon bras pour me protéger !

– Ha ! fit Selim.

Se tournant pudiquement, il releva rapidement les

pans de sa robe et en sortit un objet qu'il tendit à Emerson. Quelqu'un, vraisemblablement Nefret, avait enveloppé la lame dans des pansements, mais la forme et le dessin de la garde m'étaient familiers.

Comme ils l'étaient pour Emerson.

– Pourquoi ne m'avez-vous pas dit que vous aviez ceci, Merasen ? s'enquit-il.

– Cela ne vous regardait pas, Maître des Imprécations, dit Merasen, répétant une phrase qu'il m'avait probablement entendue dire (à l'adresse de Gargery).

Emerson ne releva pas cette impertinence.

– Comment cette arme a-t-elle échappé à l'attention des marchands d'esclaves qui vous avaient capturé ?

– Je l'ai reprise avant de m'échapper. Elle est sacrée pour moi.

Mahmud survint avec le plateau de thé, qu'il posa sur la table basse devant moi. Il lança un regard curieux à Merasen. Je comprenais aisément pourquoi. En apparence, Merasen aurait pu passer pour un Egyptien. L'Egypte est un pays de races diverses, et Le Caire comporte des exemples de toutes ces races, depuis les Berbères à la peau claire jusqu'aux tribus du sud à la peau foncée. Le jeune homme portait une djellaba égyptienne ordinaire et des sandales en cuir rouge, mais son allure manifestait quelque chose de particulier... Le terme approprié était peut-être l'arrogance. Il était un prince dans son pays, et bien qu'il ait fait l'objet incontestablement de mépris et de mauvais traitements depuis qu'il l'avait quitté, son orgueil n'en avait pas souffert.

Il avait fait montre d'un ressentiment croissant devant nos questions et nos critiques implicites. Il se leva et nous lança un regard désapprobateur.

– Je vais dans ma cabine maintenant, annonça-t-il, et il sortit d'un air dédaigneux.

– Ma cabine, en fait, fit remarquer Ramsès. Ce garçon a une haute idée de sa personne, n'est-ce pas ?

– Il me fait penser à vous enfant, dis-je en servant le thé.

– Sapristi, Mère, je n'ai jamais été aussi mal élevé !

– Non, reconnus-je. Mais bien des fois vous m'avez toisée et avez fait une moue dédaigneuse exactement de la même façon. Il est jeune et un étranger dans un pays inconnu, et l'arrogance est parfois un moyen de dissimuler un manque d'assurance sous-jacent.

– Ne parlez pas psychologie, grommela Emerson. L'arrogance est une chose. Attaquer un ami sans prévenir est...

– Une coutume de la Montagne Sainte, dit Nefret. (Nous la regardâmes tous avec surprise. Elle rougit légèrement.) J'avais oublié. Les adolescents avaient l'habitude de se défier entre eux, avec des dagues et des épées courtes. Une sorte de duel, afin de prouver leur virilité et mettre à l'épreuve leur adresse.

– Humpf ! fit Emerson. Je présume qu'ils se vantaient également de leurs balafres, comme les étudiants des universités allemandes. Sacrés imbéciles ! (Il défit le fourreau de fortune et examina la lame.) De l'acier. Ils n'avaient que du fer la dernière fois que nous étions là-bas.

– Je suis sûre que beaucoup de choses ont changé, commençai-je.

Je faillis avaler ma langue lorsque je croisai le regard de Selim. Il était assis en équilibre au bord de son fauteuil et tenait sa tasse de thé comme une arme offensive.

– Où est *là-bas* ? demanda-t-il. M'avez-vous dit la vérité, Maître des Imprécations ?

Daoud émit un grondement de protestation.

– Le Maître des Imprécations ne ment jamais !

Emerson aurait sans doute parlé haut avec Selim, mais le regard confiant de Daoud fit apparaître une légère rougeur sur ses joues hâlées.

– Eh bien, dit-il. En fait... Peabody ?

Il ne voulait pas mentir à Daoud. Il voulait que je le fasse. Le mieux que je pouvais faire était d'avoir recours à l'histoire qu'Emerson avait racontée à David – à savoir que Merasen était le fils d'un sheikh qui gouvernait un village isolé dans la partie sud du Soudan. Cette histoire avait été acceptée par David, mais David n'avait pas vu Merasen ni cette épée peu commune et caractéristique.

– Alors ce n'est pas à Méroé que vous allez, mais à ce... village ? insista Selim. Il doit être très isolé, en effet, car je n'ai jamais vu une arme de ce genre. Est-ce que tous les habitants de ce... village attaquent un ami sans prévenir ?

Emerson perçut qu'il lui incombait de dire quelque chose, et qu'il lui était possible de répondre à cette question sans se rendre coupable d'autre chose que d'un faux-fuyant sans conséquence.

– Non, non, dit-il avec entrain. Le sheikh est un vieil ami et un homme d'honneur.

– Il n'y aura aucun danger, dit Daoud calmement. Nous serons avec eux, Selim.

Selim et lui séjournaient chez des proches, car il n'y avait pas assez de cabines sur la *dahabièh*. Après qu'ils furent partis, je tendis la main pour prendre un sandwich au concombre, mais Daoud les avait tous mangés.

– Crénom ! m'exclamai-je. Ce satané garçon a déjà causé bien des ennuis. A votre avis, combien d'autres personnes ont vu cette... maudite épée ? Nous ferons mieux de le faire partir immédiatement avant que quelqu'un connaissant les villages isolés du Soudan le dévisage. Je suppose qu'il lui faut de nouveaux vêtements et des objets de première nécessité. Ramsès, pourriez-vous...

– Il n'a besoin de rien du tout, répondit Ramsès. Sur ma suggestion, nous sommes passés à l'hôtel où il avait séjourné, et nous avons récupéré une superbe valise en veau remplie de vêtements.

– Je les lui avais achetés à Londres, grommela Emerson. Ainsi ce ne sont pas les gens chez qui il logeait qui lui ont volé son argent. Ils auraient tout pris et l'auraient probablement assommé. Quelle sorte d'endroit était cet hôtel garni ?

Ramsès me lança un regard.

– Tout à fait convenable. Ils n'auraient pas osé le voler. Il avait annoncé qu'il était un ami du Maître des Imprécations.

– Et cette information va également se répandre, dis-je avec un soupir. Plus vite il partira, et mieux ce sera. Je me demande qui d'autre connaît l'existence de l'étrange protégé des Emerson ?

## Manuscrit H

Ramsès se posait également cette question. Leur stratagème soigneusement préparé commençait à faire eau de toutes parts, et c'était Merasen qui y perçait des trous. Il avait fouillé dans la valise de Merasen, malgré les vives protestations de ce dernier, et avait trouvé plusieurs objets qui, selon Merasen, avaient été récupérés par lui lorsqu'il avait faussé compagnie aux marchands d'esclaves, notamment le fourreau de l'épée de Merasen – un objet encore plus remarquable que l'épée elle-même, avec une feuille d'or ornant de fines lamelles de bois. Il était certain que le propriétaire de l'hôtel avait également fouillé dans les bagages du garçon, et il préférait ne pas penser à ce que l'homme s'était dit à propos de ce fourreau, et à combien de personnes il en avait parlé. Ramsès n'était pas surpris que Merasen se soit vanté de ses relations avec le célèbre et redouté Maître des Imprécations, bien qu'Emerson lui ait formellement interdit de le faire, sauf en cas d'absolue nécessité. Mais c'était la seule chose qu'ils avaient espéré éviter – leurs liens avec un mystérieux jeune homme venu d'un endroit inconnu. Il n'y avait pas eu de situation critique. Merasen s'était simplement comporté comme à son habitude, avec vantardise.

Le fait était qu'il n'aimait pas beaucoup Merasen, et pas uniquement parce qu'il en avait assez de se faire agresser par lui à la moindre occasion. Il connaissait la véritable raison de son antipathie : Nefret. Merasen et elle avaient passé beaucoup de temps ensemble, seuls, s'entretenant dans une langue qu'elle parlait avec une facilité croissante. Ramsès n'avait pas été invité à se joindre à leurs conversations. Dès le commencement, le comportement de Merasen à l'égard de Nefret avait dénoté quelque chose qui avait fait grincer des dents à Ramsès, même s'il aurait été en peine de définir ce que c'était au juste. Plein de déférence, presque galant à certains moments, presque intime de façon amicale à d'autres... Ramsès se demandait s'il cesserait un jour d'être jaloux de tous les hommes à qui Nefret parlait.

Le lendemain, Emerson et lui emmenèrent Merasen (et la valise) à la gare et le mirent dans le train pour Assouan avec son billet dans sa main et ses oreilles bourdonnant des instructions d'Emerson. Ce dernier n'était pas stupide. Lui aussi avait des doutes à propos du soi-disant vol de l'argent de Merasen.

– Vous avez largement de quoi vous rendre à Wadi Halfa dans le plus grand confort. Présentez-vous chez mon ami le sheikh Nur ed-Din et attendez-nous là-bas. Si vous ne suivez pas mes instructions, Merasen...

– Vous pouvez compter sur moi, Maître des Imprécations, je le jure !

Merasen s'était remis de son accès de mauvaise humeur et était redevenu lui-même, souriant et présomptueux.

Il portait des vêtements européens et un tarbouche, et il aurait pu passer pour le jeune clerc d'un petit fonctionnaire... si on ne le regardait pas de trop près. Il tapota son ventre plat.

– J'ai la ceinture de l'argent. Si quelqu'un veut me dévaliser, il devra d'abord me tuer !

– Entendu, entendu, dit Emerson. Bon voyage.

Merasen se tourna vers Ramsès et tendit la main.

– C'est la coutume anglaise, n'est-ce pas ? Pour montrer la bonne volonté. Pour montrer que vous ne gardez pas... comment dit-on ?

– Rancune ? (Ramsès lui serra la main. Cela aurait été impoli de ne pas le faire, bien que ses sentiments fussent loin de s'être adoucis.) Bonne chance, Merasen.

En silence ils attendirent que le train ait quitté la gare.

– Bientôt l'heure du thé, dit Emerson en consultant sa montre. Nous y allons ?

– Partez sans moi, Père. J'ai une course à faire.

– Ah ! fit Emerson. (Ses sourcils fournis se rejoignirent.) J'espère que vous n'avez pas en vue quelque chose d'irréfléchi.

– Absolument pas. Je serai de retour à temps pour le dîner.

Sa « course » le conduisit au Sporting Club de Gezira. Son père refusait de s'approcher de cet endroit, parce que c'était une institution agressivement britannique au cœur du Caire, avec parcours de golf, courts de tennis, et un parc magnifiquement aménagé. Ramsès gardait sa carte de membre du Gezira et du Turf Club, un club encore plus exclusif, pour des raisons purement pratiques. La communauté étrangère, particulièrement la partie masculine, fréquentait les deux, et c'étaient de bons endroits pour recueillir le genre de commérages que sa mère n'apprendrait sans doute pas auprès de ses amies. Le Gezira admettait quelques non-Britanniques, notamment des Egyptiens de la « haute société », et Ramsès savait que, lorsque son ami de pure aristocratie séjournait au Caire, en général il jouait au golf ou au tennis au club avant d'y prendre le thé – une habitude qu'il avait prise lorsqu'il faisait ses études à Oxford.

Il n'était pas sur la terrasse lorsque Ramsès arriva, aussi Ramsès s'installa-t-il à une table et jeta-t-il un regard à la ronde. Il aurait pu se trouver dans un cottage anglais, car la pelouse était vert émeraude et les parterres éclatants des mêmes fleurs que sa mère faisait pousser en Angleterre – des roses et des zinnias, des pétunias et des soucis. Un groupe mixte faisait une partie de croquet, les hommes audacieusement en bras de chemise et bretelles, les dames en longues robes blanches et corsetées au point d'être à deux doigts d'exploser. Ramsès se demanda distraitement comment elles pouvaient marcher, et encore moins manier un maillet de croquet. Cela ne faisait aucun doute, les femmes étaient infiniment plus coriaces que les hommes. Des éclats de rire de petite fille s'élevaient. Apparemment, certaines des femmes se sentaient obligées d'avoir le fou rire à l'occasion de chaque coup, réussi ou raté. Le rire de Nefret était grave et guttural, et lorsqu'elle ratait un coup ou manquait une cible, elle ne riait pas. Elle jurait.

Finalement, il aperçut Feisal qui se dirigeait vers la terrasse. A proprement parler, il avait le droit qu'on l'appelle prince Feisal, car son père était le sheikh Bahsoor, le chef vénéré et influent d'une importante tribu bédouine, et un vieil ami d'Emerson.

Les « vieux amis » d'Emerson étaient devenus un sujet de plaisanterie au sein de la famille. Ils étaient disséminés du haut en bas du Nil, depuis Le Caire jusqu'à Khartoum, et après avoir fait la connaissance de certains des moins honorables d'entre eux, Ramsès s'était demandé quelle sorte de vie son père avait menée durant ses années de célibat. Emerson en parlait rarement... du moins avec son épouse et son fils.

Feisal était un jeune homme très beau aux traits finement dessinés, et ses vêtements provenaient manifestement de Bond Street. Il tenait une raquette de tennis à la main, et il héla Ramsès avec un plaisir sincère.

– J'avais entendu dire que vous étiez de retour, fit-il remarquer. Comment se porte votre distingué père, et votre honorée mère, et votre sœur si belle ?

Ils mirent fin à l'échange conventionnel de compliments et de questions, et ils commandèrent du thé. Ramsès aurait volontiers pris quelque chose de plus fort, mais Feisal était connu aussi bien pour sa piété que pour ses prouesses athlétiques. Il était le champion de tennis du club à titre non officiel et un excellent tireur.

– Ainsi c'est le Soudan, n'est-ce pas ? s'enquit Feisal. Pourquoi là-bas ? Je pensais que vous aviez porté votre choix sur le site de Thèbes.

Ramsès haussa les épaules.

– Mon père a eu un différend avec Maspero.

– Et il vous punit tous en vous emmenant de force à Méroé ? Ou bien recherchez-vous Zerzura ?

Ramsès parvint à dissimuler sa surprise.

– C'est un mythe, répondit-il d'un air désinvolte. La cité blanche où le roi et la reine sont endormis sur leurs trônes, et où la clé menant à de fabuleux trésors se trouve dans le bec d'un oiseau sculpté sur la grande porte. Je croyais que vous aviez abandonné cette idée fantasque depuis longtemps.

Les longs doigts aristocratiques de Feisal caressèrent le côté de sa tasse.

– La cité légendaire du petit oiseau est un conte de fées, sans aucun doute. Pourtant il y a une oasis inconnue là-bas, Ramsès. Wilkinson en parle, et Gerhard Rolfe est allé jusqu'à la lisière de la Grande Mer de Sable avant d'être contraint de rebrousser chemin vers Siwa, et... (Il s'interrompit et sourit.) Est-ce que je vous ai mortellement ennuyé lorsque je vous en ai parlé la dernière fois que nous nous sommes rencontrés ?

– Le terme *idée fixe* vient à l'esprit, dit Ramsès en lui retournant son sourire.

– Peut-être. Mais un jour je la trouverai, Ramsès, attendez et vous verrez. Sans mon père, je commencerais à la chercher dès demain. Il finira bien par m'en donner la permission, alors ne la trouvez pas avant moi !

– Jamais je ne ferais une chose pareille ! Qu'est-ce qui vous a donné l'idée que nous avions un tel projet ?

– Lui. (Feisal désigna de la main un homme assis seul à une table voisine. Celui-ci était nu-tête, ses cheveux et sa barbe grisonnaient, son visage était aussi marron qu'une noix et couturé de cicatrices.) Newbold. Il se fait appeler Newbold le Chasseur. Vous le connaissez ?

– Vaguement.

– Vous ne l'aimez pas ?

– Pas beaucoup.

Le regard distrait de l'homme croisa celui de Ramsès. Ses lèvres se retroussèrent en ce qui se voulait probablement un sourire amical. Il se leva et vint vers eux en boitant légèrement. Il était de petite taille mais puissamment bâti, avec des bras si longs d'une façon disproportionnée qu'ils ressemblaient à ceux d'un gorille.

– Puis-je me joindre à vous, messieurs ? demanda-t-il.

Il s'assit sans attendre une réponse, se renversa dans sa chaise, et leva son verre. Il ne buvait pas de thé.

– C'est bon de retrouver la civilisation, déclara-t-il.

– Combien d'éléphants avez-vous massacrés cette fois ? s'enquit Ramsès.

Newbold émit un rire tonitruant.

– Un certain nombre. Pourquoi pas ? Allons, ces animaux abondent et les dames *auront* leurs peignes et leurs brosses à cheveux en ivoire.

Des animaux pacifiques, herbivores, qui n'attaquaient pas à moins que leurs petits ne soient menacés. Contrairement aux êtres humains. Newbold était le genre de Grand Chasseur Blanc que Ramsès méprisait tout particulièrement. L'homme était très demandé parce qu'il trouvait toujours du gros gibier en quantités impressionnantes pour les groupes qu'il emmenait dans la brousse, mais un certain nombre d'histoires déplaisantes circulaient à son propos – des rumeurs selon lesquelles il abandonnait ses porteurs lorsqu'ils tombaient malades ou étaient trop faibles pour marcher, des récits d'animaux blessés qu'il laissait mourir lentement et douloureusement lorsque les poursuivre était trop dangereux... et pire. Certains affirmaient que l'ivoire qu'il rapportait ne provenait pas uniquement des éléphants qu'il avait tués. Les précédents propriétaires avaient été livrés aux marchands d'esclaves qui continuaient de sévir dans les régions écartées.

Comme tout le monde au Caire, Newbold connaissait le point de vue de Ramsès sur la chasse. Son sourire fut narquois. Il vida son verre et fit claquer ses doigts pour appeler un serveur.

– Vous vous joignez à moi pour un whisky, Mr Emerson ? Et vous, Votre Altesse... que prendrez-vous ? Une limonade ?

Feisal acquiesça de la tête.

– Ainsi vous n'avez pas trouvé les mines de diamants du roi Salomon ? Voici un autre homme qui nourrit une idée fixe, ajouta-t-il en regardant Ramsès.

– L'Afrique en regorge, dit Ramsès.

– Oh, vous pouvez rire ! grogna Newbold. L'Afrique regorge également de terres inexplorées, et certaines de ces légendes reposent nécessairement sur des faits réels. Peut-être ai-je cherché au mauvais endroit. J'ai l'intention de changer et de me rendre au Soudan.

– Il n'y a pas de diamants là-bas, dit Ramsès.

– Mais il y a d'autres choses.

Newbold commanda un troisième verre – ou peut-être était-ce son quatrième ou son cinquième. Le whisky avait commencé à l'affecter. Ses yeux brillaient et son visage était congestionné.

– Lorsque je me trouvais à Wadi Halfa, poursuivit-il, j'ai entendu une histoire très intéressante à propos d'un jeune indigène qui était arrivé du Désert Occidental avec des lingots d'or dans ses bagages. Vous ne sauriez rien à ce sujet, par hasard ? J'ai appris que vous et votre illustre famille alliez au Soudan.

– Nous avons l'intention d'effectuer des fouilles, répondit Ramsès en s'efforçant de rester calme.

Newbold éclata d'un rire injurieux.

– Comme la dernière fois où vous étiez là-bas. Où aviez-vous trouvé la fille, dans le harem d'un riche sheikh ? Elle a dû vous coûter une fortune !

La chaise de Ramsès se renversa comme il se levait. Plusieurs personnes tournèrent la tête pour le regarder avec étonnement. Feisal le retint par le bras.

– Il est ivre, Ramsès. Newbold, espèce d'idiot, surveillez vos paroles.

Newbold n'était pas ivre à ce point. Il considéra Ramsès avec un froid calcul.

– Vous ne frapperiez pas un vieux chasseur estropié qui a plus de deux fois votre âge, n'est-ce pas, mon garçon ? Même lorsqu'il offense vos notions démodées de conduite chevaleresque envers les femmes ? Le chevalier blanc en personne, hein ?

Ramsès repoussa la main de Feisal, et Newbold se leva en titubant légèrement.

– D'accord, je vous fais toutes mes excuses. Nous nous reverrons au Soudan.

– Ne vous trouvez pas sur son chemin, conseilla Feisal à Ramsès.

Newbold se dirigea d'une démarche mal assurée vers la porte du pavillon. La claudication était récente. Ramsès espérait que c'était un éléphant qui l'avait estropié.

– Vous m'imaginez disant à mon père de ne pas se trouver sur le chemin d'un individu répugnant de ce genre ?

Il avait obtenu l'information qu'il désirait... ou plutôt, l'information qu'il avait espéré *ne pas* obtenir. Son distingué père ne serait pas très content à ce sujet, pas plus que sa mère tout aussi distinguée.

– Bonté divine ! dis-je. C'est tout à fait déconcertant. Je présume que nous aurions dû nous y attendre...

Emerson mâchonnait violemment le tuyau de sa pipe. Nous savourions une petite libation avant le dîner lorsque Ramsès était rentré.

– Je ne m'y attendais certainement pas ! grommela-t-il. Vous n'avez pas demandé à cet individu abject qui lui avait parlé de Merasen ?

– Tout le monde sait qu'il traite des affaires avec les marchands d'esclaves, répondit Ramsès. J'ai supposé... Vous avez raison, Père, j'aurais dû insister. Je me suis emporté.

– Toi ? fit Nefret avec une surprise exagérée. Que diable avait-il dit pour amener à ce résultat stupéfiant ?

– Peut-être quelque chose vous concernant, ma chère enfant, dis-je. Vous feriez mieux de tout nous raconter, Ramsès.

– En fait, ce ne sont pas ses paroles elles-mêmes mais ce qu'elles sous-entendaient, déclara Ramsès. Merasen et son foutu... excusez-moi, Mère... son or, ainsi que notre intention déclarée de retourner au Soudan, ont rappelé à certains notre dernière expédition dans cette région et son résultat. L'histoire ingénieuse de Mère selon laquelle nous avions trouvé Nefret avec un groupe de missionnaires bienveillants n'a pas empêché des personnes malintentionnées de faire des commérages.

– Non, en effet, convins-je.

Je me remémorai certains de ces commérages qui étaient parvenus jusqu'à mes oreilles. Cela avait atteint le summum du mauvais goût, depuis des conjectures sur les parents de Nefret jusqu'à des sous-entendus libidineux à propos de harems et de traites des blanches.

– Mais au moins personne n'a jamais parlé d'une région inconnue abritant de fabuleux trésors, ajoutai-je.

– Ce n'est pas tout à fait exact, Mère, dit Ramsès, qui semblait résolu à voir tout en noir. Les gens qui connaissaient Willy Forth l'ont entendu parler de son rêve de trouver une civilisation oubliée, et avant que Reggie Forthright parte à la recherche de son oncle disparu, il s'était confié à la moitié des officiers en poste à Sanam Abu Dom.

– Il avait également bavardé avec Budge, dis-je.

Je me souvins avec consternation d'une conversation que j'avais eue à l'époque avec ce gentleman et plusieurs officiers.

– J'espère que vous et le jeune Ramsès n'accompagnerez pas le professeur lorsqu'il partira à la recherche de l'Oasis perdue, avait dit Budge avec un air de sollicitude hypocrite.

Il avait dit cela comme une plaisanterie – une moquerie, en fait, destinée à ridiculiser Emerson. Toutefois, Budge n'était pas stupide, même si Emerson faisait des gorges chaudes à propos de son érudition. Après avoir vu Merasen, était-il suffisamment astucieux pour tirer ses conclusions ?

Il s'ensuivit un silence atterré. Le bateau se balançait doucement au bout de ses amarres. Les couleurs du coucher de soleil s'étaient estompées et les étoiles étaient apparues – c'était du moins ce que nous supposions car un mélange de brume et de fumée planait sur la ville telle une couverture foncée.

– Très bien, dis-je en me secouant mentalement (car j'avais été sur le point de céder à des pressentiments fort désagréables). Considérons le pire scénario possible. Qui d'autre pourrait nourrir des soupçons sur notre véritable but ?

– A part Selim ? s'enquit Ramsès. Il a vu cette foutue... excusez-moi, Mère... cette épée. Le logeur de Merasen a probablement fouillé dans ses bagages, lesquels contenaient plusieurs objets très intéressants en plus de l'épée. Les marchands d'esclaves ont vu l'or, et à moins qu'ils aient réussi à le cacher avant d'être capturés, les soldats l'ont vu également.

Emerson poussa un juron venant du cœur.

– Et le prince Feisal ?

– Il ne se mêlera pas de nos affaires. Mais il est en relations suivies avec d'autres prétendus explorateurs, et vous pouvez être sûr que nos mouvements intéressent énormément un grand nombre d'entre eux.

– Mon Dieu ! dit Nefret avec effroi. Des explorateurs, des égyptologues, des marchands d'esclaves, des militaires... oncle Walter et tante Evelyn, bien sûr... sans compter les commérages sans fondement qui circulent dans le milieu des antiquités au Caire ! Qu'allons-nous faire ?

Emerson tira sur sa pipe d'un air réfléchi. Elle s'était éteinte. Il fit une grimace et la tapota pour faire tomber les cendres dans un récipient.

– La meilleure solution à présent est de voyager suffisamment vite pour distancer d'éventuels poursuivants. L'autre alternative serait d'installer notre campement près des pyramides de Méroé et de procéder à des fouilles innocemment et méticuleusement jusqu'à ce que ceux-ci se découragent et partent.

– Nous ne pouvons pas faire cela ! s'exclama Nefret. Nous avons déjà perdu bien assez de temps !

– Je présume que maintenant nous allons être contraints de nous rendre effectivement à Méroé, afin de dépister ces gens, dis-je avec un soupir. Cela signifiera encore plus de retard, lorsque nous nous transporterons, nous et notre équipement, vers le nord jusqu'à Napata.

– Ne vous inquiétez pas à ce sujet, dit Emerson. J'ai tout prévu.

Ramsès haussa les sourcils.

– Père, j'espère que vous n'avez pas l'intention de traverser le désert depuis Méroé ? La dernière fois, nous étions partis de Gebel Barkal, et la route indiquée sur la carte commence là-bas. Calculer une nouvelle route...

– J'ai tout prévu, répéta Emerson. Remettez-vous-en à moi.

– Bonté divine ! murmurai-je.

– Votre manque de confiance me blesse au vif, Peabody, dit Emerson. Dans combien de temps pouvons-nous être prêts et quitter Le Caire ?

– Si tout le monde condescend à m'aider à terminer les préparatifs, dans deux, peut-être trois jours.

– Certainement, certainement, acquiesça Emerson.

– Ha ! fis-je. Est-ce que nous emmenons Selim et Daoud avec nous ? Et que faisons-nous pour l'*Amelia* ?

– Il nous est impossible de ne pas emmener Selim, dit Ramsès. Toute tentative dans ce sens ne ferait qu'accroître sa détermination à nous accompagner. Pourquoi ne pas l'envoyer, lui et Daoud, à Louxor demain, avec pour instructions de rassembler quelques-uns de nos ouvriers et de se rendre immédiatement à Assouan ? Nous nous en tiendrons à notre histoire à propos de ruines intéressantes à l'ouest de Méroé jusqu'à ce qu'il ne soit plus possible de dissimuler notre véritable destination.

– Vous voulez dire nous rendre directement à Assouan, sans nous arrêter à Louxor ? demanda Emerson.

– Vous me le demandez, Père ?

Les sourcils noirs de Ramsès se haussèrent avec surprise.

– Vous semblez dominer la situation bien mieux que nous tous, répondit Emerson.

– Peut-être ai-je une nature plus méfiante que vous tous.

L'un des rares sourires de Ramsès adoucit son visage sévère.

– Plus méfiante que celle de votre mère ? Donnez-lui un whisky, Ramsès. Apparemment, elle a sombré dans un état de stupeur.

– Quoi ? dis-je en sursautant. Non, je vous remercie, Ramsès, nous allons dîner.

J'*avais été* plongée dans une sorte de stupeur, occasionnée par la consternation la plus totale. Car, tandis que nous parlions des personnes qui connaissaient peut-être l'existence de l'Oasis perdue, un nom s'était imprimé dans mon cerveau en lettres de feu.

Walter et Evelyn étaient au courant... ainsi qu'un autre individu. Je lui en avais parlé moi-même. Pour me rendre justice, je ne connaissais pas sa véritable identité à cette époque, car sa mascarade, il se faisait passer pour l'un de mes vieux amis, avait été parfaite. Nous avions fait sa connaissance alors qu'il tentait de voler le trésor de Dashur sous notre nez, et au fil des années il était devenu notre adversaire le plus dangereux de tous. C'était l'un des hommes les plus intelligents que j'aie jamais connus, bien renseigné sur les antiquités qu'il avait l'habitude de voler, un maître dans l'art du déguisement et un criminel de la pire espèce...

Séthos, le Maître du Crime.

Recouvrant mes esprits, je demandai à Mahmud de servir le dîner. Cela ne servirait à rien de mentionner notre ancienne Némésis à Emerson, lequel gardait d'autant plus rancune à Séthos en raison de l'attachement avoué que celui-ci portait à ma personne. Non, c'était inutile. A présent j'avais appris à l'identifier, et si jamais il avait l'audace de montrer son visage – l'un de ses nombreux visages – je le reconnaîtrais immédiatement et je le démasquerais.

Nous envoyâmes Selim et Daoud à Louxor et prîmes les dispositions nécessaires pour que l'*Amelia* nous rejoigne à sa propre allure. Rassembler notre équipement prit plus de temps que je ne l'avais escompté, même avec Emerson rudoyant les commerçants. Je n'avais pas eu à monter une expédition de cette nature depuis très longtemps. Tout, depuis les moustiquaires jusqu'aux biscuits en boîte, devait être acheté au Caire, car nous ne pouvions pas espérer trouver quoi que ce fût au sud d'Assouan, et nous devions continuer de prétendre que nous avions l'intention d'effectuer des fouilles archéologiques. Appareils photographiques et plaques photographiques, papier et tout ce qu'il faut pour écrire, instruments topographiques, médicaments – la liste était sans fin, et je n'arrêtais pas de l'allonger. Emerson avait sa propre liste, ainsi que Nefret.

Le retard avait de quoi rendre fou, même si la sagesse eût recommandé un retard encore plus long en raison de la chaleur. Mon sentiment de nécessité urgente avait été contenu jusqu'à présent par l'impossibilité d'agir plus tôt, mais maintenant que nous étions plus proches dans l'espace et dans le temps du moment de vérité, je devenais de plus en plus impatiente. Lorsqu'une tâche dangereuse ou déplaisante vous attend, on veut (moi, en tout cas) l'accomplir et s'en débarrasser au plus vite. Je commençais à avoir l'impression que nous étions englués dans une toile de conjectures qui s'agrandissait de jour en jour. Les commerçants avec qui nous traitions répandaient des commérages sur nous, et il s'avérait impossible d'éviter tous nos vieux amis qui nous rendaient visite ou nous envoyaient des invitations, nous donnant des conseils. La réputation du caractère ombrageux d'Emerson nous servit énormément avec ces derniers : ils n'avaient aucune difficulté à croire qu'il avait décidé de se rendre au Soudan plutôt que d'aller trouver M. Maspero et de lui présenter des excuses. La veille de notre départ, nous reçûmes un télégramme de Sir Reginald Wingate, le gouverneur général du Soudan, nous invitant, dans les termes les plus polis, à venir le voir à Khartoum.

– Enfer et damnation ! gronda Emerson. Il s'attend peut-être à ce que nous fassions un détour de plus de quatre cents miles pour lui faire une visite de politesse ?

– Il s'attend à ce que nous informions le gouvernement soudanais de nos projets, répondit Ramsès. Comme toutes les autres expéditions l'ont fait. Wingate s'est toujours intéressé à l'égyptologie et il exerce un contrôle strict sur leurs activités.

– Un contrôle strict ? Bah ! fit Emerson. Il a laissé Budge – non, il l'y a encouragé ! – démolir de fond en comble les pyramides de Méroé. Breasted m'a dit que certaines avaient été entièrement rasées et que d'autres étaient percées d'énormes trous.

Il froissa le télégramme et le jeta par terre.

Au temps pour Sir Reginald, pensai-je, en me demandant si nous aurions également ses agents à nos trousses.

Malgré les améliorations des moyens de transport et des communications, un voyage au Soudan restait très lent et compliqué. Entre Assouan et Khartoum, le courant rapide du Nil est interrompu par six régions de cataractes, où la navigation est périlleuse, voire impossible. Depuis Wadi Halfa, au pied de la Deuxième Cataracte, une ligne de chemin de fer traversait le désert jusqu'à Abu Hamed, puis longeait le fleuve jusqu'à Khartoum, mais il n'y avait toujours pas de voie ferrée entre Assouan et Wadi Halfa. Afin de combler cette lacune, le gouvernement avait mis en place un service régulier de bateaux à roue depuis Shellal, le terminus de la ligne Le Caire-Assouan.

C'était à Shellal, à quelques miles au sud d'Assouan, qu'Emerson avait dit à Selim de nous rejoindre, et je ne fus pas étonnée de le voir, lui et les autres, nous attendant sur le quai lorsque le train entra en gare. Ils se pressèrent autour de nous, nous étreignirent et nous saluèrent avec exubérance, et cela faisait du bien de voir leurs visages amicaux. Selim avait choisi les meilleurs de nos ouvriers, et ils étaient les plus compétents, effectivement. Ils étaient au nombre de trois – Ali, qui avait une vingtaine d'années, Ibrahim, toujours robuste et plein d'allant à quarante ans, et Hassan, le cousin de Selim. Ce dernier avait voulu en emmener davantage, mais Emerson s'y était opposé. Moins de vies seraient exposées au danger, et mieux ce serait.

Le village de Shellal comporte peu d'agréments, car les voyageurs ne s'attardent pas ici. Ou bien ils prennent le train vers le nord ou des bateaux vers le sud, ou bien ils vont visiter les temples de Philae – à présent, hélas, sous l'eau durant la plus grande partie de l'année. Selim et nos ouvriers avaient trouvé des logements qu'ils étaient ravis de quitter, car ceux-ci ne satisfaisaient pas les critères de propreté auxquels ils étaient habitués.

J'eus le pressentiment qu'ils n'approuveraient guère plus le bateau.

Les vapeurs du gouvernement sont confortables et bien entretenus, mais Emerson, fidèle à lui-même, leur préféra un bateau délabré qui appartenait à l'un de ses amis. La roue à aubes à l'arrière donnait l'impression d'être sur le point de se détacher, et le *raïs*, qui s'appelait Farah, louchait tellement que ses deux yeux semblaient fixer le bout de son nez. Lorsque je fis des remontrances, Emerson me rappela que nous avions l'intention d'éviter le plus possible tout rapport avec le gouvernement.

– Il a raison, tante Amelia, dit Nefret, tandis qu'Emerson s'éloignait avec Farah et Daoud pour surveiller le chargement de nos bagages. (Elle retira son chapeau à large bord et s'en servit pour chasser une nuée de moustiques.) Ne vous inquiétez pas. J'ai emporté des quantités d'insecticides et de désinfectants. Est-ce que nous montons à bord ?

– Seulement lorsque nous devrons le faire, répondis-je avec un léger frisson. Eh bien, Selim, que pensez-vous d'Assouan ?

– Un endroit horrible, déclara Selim promptement. Pas comme Louxor.

– C'est pur esprit de clocher, répliquai-je. (Selim, qui ne connaissait pas cette expression, me regarda en ouvrant de grands yeux.) C'est une jolie ville, avec un grand nombre de centres d'intérêt.

– Le barrage est intéressant, concéda Selim. J'ai parlé à l'un des ingénieurs, et il m'a expliqué le fonctionnement des vannes. Elles sont toutes ouvertes maintenant, parce que le fleuve commence à être en crue en juillet, mais elles seront fermées, une par une, jusqu'en hiver.

Son air de supériorité cultivée avait fait place à

l'enthousiasme qu'il montrait à propos de tout ce qui concernait la mécanique et la technique, et je savais qu'il continuerait de parler de ce satané barrage à n'en plus finir si je ne l'arrêtais pas.

– Qui était cette personne ?

– Moncrieff, répondit Selim. C'est un ami d'Emerson, et il a dit qu'il espérait vous voir tous lorsque vous seriez à Assouan. Combien de temps resterons-nous ici ?

– Emerson a l'intention de partir immédiatement, dis-je, ajoutant mentalement un autre groupe de personnes curieuses sur la liste. (Moncrieff était un homme charmant mais horriblement cancanier.) Nous ferions bien d'inspecter nos cabines et de commencer à les nettoyer. Selim...

– Je dois aider les hommes pour le chargement, dit Selim, et il s'éloigna en hâte.

Je présume qu'il est difficile de garder un quai propre et bien tenu. Celui-ci donnait l'impression que personne n'avait jamais essayé. Nefret et moi nous avançâmes précautionneusement entre des outils rouillés et des rouleaux de cordage, évitant des flaques d'huile qui luisaient d'un éclat graisseux dans la lumière du soleil, et d'autres objets que je ne mentionnerai pas, et nous rejoignîmes un endroit ombragé à côté de l'un des entrepôts. Une grande animation régnait sur le quai. On y trouvait non seulement nos hommes, mais aussi des porteurs chargés de lourds fardeaux et plusieurs personnes portant des vêtements européens qui étaient apparemment des passagers. Ou bien elles étaient trop pressées pour attendre le vapeur du gouvernement, ou bien elles avaient marchandé avec Farah pour obtenir un prix du voyage moins élevé.

Tandis qu'il observait le chargement des bagages, Ramsès prit conscience de ce que sa mère aurait appelé une horrible prémonition. Il savait ce qui l'avait causée. Il y avait trop de personnes – et le genre de personnes qu'il ne fallait pas – qui s'apprêtaient à monter à bord du bateau délabré de Farah.

La scène lui était familière : des porteurs qui trottinaient, montant et redescendant du bateau, avec leurs lourdes charges, leurs corps à moitié nus luisants de sueur. Leur teint allait du marron clair au noir foncé, et leurs traits présentaient le mélange de races que l'on trouvait dans la région – Arabe et Bagheera, Dinka et Shilluk. Il y avait aussi quelques femmes portant des plateaux de fruits et de breloques qu'elles espéraient vendre aux voyageurs. Certaines portaient la volumineuse *burka* noire, mais la plupart d'entre elles n'étaient pas voilées, leur corps recouvert – plus ou moins – de bandes de tissu léger. Une demoiselle aux seins nus, dont les cheveux étaient ornés de pièces d'or, croisa le regard de Ramsès et lui sourit. Il se garda bien de lui retourner son sourire. Pas alors que sa mère se trouvait à proximité.

Tout cela était normal. Ce qui ne l'était pas, c'était le fait que les futurs passagers n'étaient pas de la région. Un groupe de quatre personnes parlait bruyamment en allemand. Un autre homme, manifestement un Britannique, portait un uniforme militaire.

Puis la prémonition se concentra sur quelqu'un qui se frayait un passage à travers la cohue. Il recula et se baissa un peu dans l'espoir que Newbold ne le verrait pas, espérant encore plus que le chasseur n'avait pas l'intention de monter à bord. C'était espérer en vain. Newbold se dirigeait vers la passerelle. Il fut obligé de s'arrêter pour permettre à plusieurs porteurs de descendre, et Ramsès aperçut à ce moment la femme qui était avec lui.

Elle s'était arrêtée lorsque Newbold s'était arrêté, légèrement en retrait derrière lui, la tête baissée. Sa tête était recouverte d'un ample foulard qu'elle avait ramené devant son visage. Newbold tenait son bras en une prise suffisamment ferme pour froisser la fine étoffe de lin de la robe qui dissimulait son corps de la gorge jusqu'aux chevilles. Celles-ci étaient fines et brunes, enserrées de lourds anneaux en or où étaient accrochées des pièces d'or. Ses poignets et ses doigts fuselés étaient également ornés de bijoux en or.

Les porteurs prenaient leur temps, peu pressés d'aller chercher de nouveaux fardeaux. Newbold s'emporta contre leur lenteur. La femme poussa un petit cri de douleur et lâcha son foulard afin de desserrer les doigts qui lui étreignaient le bras.

Ce n'était pas une femme, mais une jeune fille – certainement pas plus de seize ans. Ramsès s'y était attendu, en voyant la finesse de ses chevilles nues et les rondeurs graciles moulées par le vent chaud sur son vêtement de lin... et parce qu'il connaissait les goûts de Newbold. Mais il ne s'était pas attendu à un visage d'une telle joliesse, ses lèvres doucement incurvées, ses yeux noirs soulignés par de longs cils et des sourcils à l'arc gracieux.

Il ne se rendit pas compte qu'il s'était avancé jusqu'à se trouver devant eux.

– Lâchez-la, dit-il.

Newbold eut un sursaut de surprise exagéré.

– Oh, c'est vous ! Est-ce que le reste de la famille est ici ?

– Je vous ai dit de la lâcher. Vous lui faites mal.

– Vraiment ? Bonté divine, ce n'était certainement pas mon intention ! Excuse-moi, Daria. Je te présente le jeune Mr Emerson, le célèbre égyptologue.

Elle le regarda de sous ses cils et sourit. Ramsès ôta son chapeau.

– *Salaam aleikhum*, Sitt.

Le sourire de Newbold s'élargit.

– Votre maman doit être fière de vos bonnes manières. Elle parle anglais. Réponds à ce gentleman, Daria.

– Bonjour, monsieur, murmura-t-elle.

– Jolie créature, n'est-ce pas ? (Newbold passa une main de propriétaire sur les cheveux noirs et lisses de la jeune fille et joua avec l'extrémité de son voile.) Je l'ai achetée à Khartoum.

Ramsès savait que l'homme le provoquait, mais il ne parvint pas tout à fait à dissimuler son dégoût. Newbold poussa un rire tonitruant.

– Ce n'était qu'une plaisanterie, dit-il en postillonnant. L'esclavage est interdit par la loi. Vous ne pensez tout de même pas que je me risquerais à enfreindre la loi, n'est-ce pas ? Son papa et moi avons passé un accord... avec son consentement, bien sûr. N'est-ce pas la vérité, Daria ? Tu voulais venir avec moi.

Son visage aussi serein que celui d'une sainte sur une icône, elle acquiesça de la tête et obéit, sans résister, à la pression de la main de Newbold qui l'entraînait vers le haut de la passerelle.

Le sourire suffisant de Newbold remplit Ramsès d'une rage impuissante. L'esclavage était interdit par la loi, mais cela n'empêchait pas les vieilles coutumes tribales, qui comprenaient les mariages arrangés et la vente de femmes par les hommes à qui elles appartenaient. La jeune fille acceptait ce fait, constata-t-il. Peut-être était-elle allée sans se plaindre vers l'*effendi* qui l'avait comblée de bijoux.

Et le père complaisant avait peut-être été l'une des histoires inventées de toutes pièces par Newbold. Les origines de la jeune fille étaient peut-être moins innocentes. Il y avait quelque chose dans sa façon de se déplacer, en ondulant des hanches, ses pieds menus se déplaçant délicatement... Et à l'évidence elle savait se servir de ses grands yeux noirs.

Cela prit le restant de la journée pour charger nos caisses à bord, aussi nous ne fûmes pas en mesure de partir avant le lendemain matin. Entre-temps, Nefret, moi et deux hommes de l'équipage que j'avais réquisitionnés avions fait disparaître la plus grande partie de la crasse dans les trois minuscules cabines qui nous avaient été assignées. Nos ouvriers devraient dormir sur le pont avec les hommes d'équipage, mais Selim m'assura que cela ne les dérangeait pas.

Ce soir-là, nous dînâmes à bord, dans ce que Farah appelait avec fierté le salon. Il était assez spacieux, bien que les fenêtres n'aient visiblement pas été lavées depuis des mois. Je sortis les serviettes de table que j'avais apportées, parce que je supposais (à juste titre) que Farah ne penserait pas à les fournir.

La plupart des autres passagers étaient présents. L'un d'eux était un gaillard assez jeune en uniforme, qui n'était pas, une fois n'est pas coutume, un vieil ami d'Emerson. Néanmoins, il nous connaissait, et après qu'il se fut présenté comme étant le capitaine

Moroney, déclarant qu'il regagnait son poste à Berber après quelques semaines de permission au Caire, il me rappela que nous nous étions déjà rencontrés.

– Vous n'avez aucune raison de vous souvenir de moi, m'dame, dit-il avec modestie. J'étais l'assistant du vétérinaire à Sanam Abu Dom, en 98. Vous avez eu l'amabilité de lui donner des conseils concernant les soins à apporter aux chameaux malades. Quelle coïncidence que nous nous rencontrions de nouveau au Soudan !

– Oui, en effet, dis-je, et je le laissai en compagnie d'Emerson.

Quatre des autres passagers, deux couples mariés, étaient des touristes, même s'ils auraient probablement réfuté cette appellation. Hommes et femmes se ressemblaient par leur apparence de façon amusante : les dames avaient des épaules presque aussi massives que celles de leurs époux, et les quatre visages étaient ridés et brunis en raison d'une exposition fréquente au soleil. *Frau* Bergenstein m'informa gaiement qu'ils s'appelaient entre eux les oiseaux sauvages, parce qu'ils « volaient » vers les coins les plus reculés du monde. Ils avaient fait l'ascension du mont Kenya, traversé le désert du Néguev à dos de chameau, descendu le Niger dans des canoës jusqu'à l'Atlantique, et recherché la tombe de la reine de Saba en Ethiopie. Je m'attendais tout à fait à ce qu'elle parle de Zerzura, mais elle ne le fit pas, aussi la laissai-je en compagnie de Ramsès, auquel elle avait roulé des yeux plutôt globuleux.

Nous nous apprêtions à nous asseoir pour le dîner lorsqu'un autre passager fit son entrée. Il avait une barbe grisonnante soigneusement égalisée et un corps presque aussi musclé que celui d'Emerson, bien qu'il ne fût pas aussi grand. Emerson poussa un juron en l'apercevant, et Ramsès délaissa *Frau* Bergenstein d'une façon fort impolie.

L'homme vint dans ma direction et s'inclina devant moi.

– Je n'ai pas eu le privilège de faire votre connaissance, Mrs Emerson, mais je connais votre époux et votre fils. Je m'appelle Newbold.

– J'ai entendu parler de vous, monsieur, dis-je avec froideur.

– Je n'en doute pas. (Il sourit et les rides aux coins de ses yeux se multiplièrent.) Mais j'espère que vous ne serez pas prédisposée contre moi en raison de ce que votre fils vous a peut-être dit à mon sujet. Mr Emerson, je suis ravi d'avoir l'opportunité d'exprimer mes regrets pour mes paroles malavisées lors de notre rencontre au Caire. J'avais... je suis confus de l'admettre... j'avais trop bu. L'ivresse n'est pas une chose habituelle chez moi. Dans ma profession, c'est un risque que l'on ne peut pas se permettre. Mais lorsque je retrouve la civilisation après des mois de privations, de temps en temps il m'arrive de fêter cet événement d'une manière quelque peu excessive. Veuillez accepter mes excuses les plus sincères.

– Cela dépend de ce que vous faites ici ! répliqua Emerson.

Je m'étais posé la même question, mais Emerson n'a pas toujours le bon sens de garder ses pensées pour lui. A mon avis, cette déclaration était inutilement provocatrice, et je m'efforçai d'atténuer son effet.

– Il repart en Afrique centrale, je présume. N'est-ce pas le cas ? Mr Newbold ? Un autre safari à organiser ?

– Exactement, Mrs Emerson. Il est encore tôt dans

l'année, mais j'attends un groupe de gentlemen qui doivent arriver dans deux mois. J'ai... euh... une affaire personnelle à régler avant d'aller les chercher au Caire.

Les lèvres serrées de Ramsès s'entrouvrirent.

– La jeune demoiselle ne dîne pas ?

– En tant que musulmane respectueuse de sa religion, elle préfère dîner dans notre cabine, déclara Newbold d'un ton doucereux. Naturellement, je respecte son désir.

Ramsès ne répondit pas. Au bout d'un moment, Newbold alla prendre place à l'autre bout de la table.

– Crénom ! s'exclama Emerson. Cet ignoble individu a une femme avec lui ? Comment est-elle, Ramsès ?

– Jeune, fut la réponse laconique.

– Jolie ? demanda Nefret.

– Oui.

– Quelle honte ! déclarai-je. Si j'avais une conversation avec elle, peut-être que...

– Ne vous mêlez pas de cela, Mère, dit Ramsès. Elle n'est pas innocente comme un enfant qui vient de naître.

– Comment le sais-tu ? demanda vivement Nefret, et ses joues s'empourprèrent. Tu la connaissais ? Tu ne l'as tout de même pas...

– Rencontrée au cours de mes fréquentes visites aux lupanars du Caire ? aboya Ramsès, son visage aussi rouge que celui de Nefret. Non. Et je n'ai pas essayé de la séduire non plus, si c'est ce que tu essaies d'insinuer.

– De grâce, parlez moins fort, Ramsès ! m'exclamai-je. Vous aussi, Nefret. Je ne comprends pas pourquoi vous montez sur vos grands chevaux, tous les deux.

Nefret, votre accusation implicite était injuste, comme vous le savez certainement. Ramsès, vous n'auriez pas dû vous mettre en colère. Vous savez qu'elle ne le pensait pas. Présentez-vous des excuses.

Comme d'habitude, Nefret fut la première à obtempérer. Elle était prompte à s'emporter et tout aussi prompte à le regretter... alors que le contraire était vrai pour Ramsès. Il se tenait la tête baissée et refusait de croiser le regard de Nefret. Elle posa sa main sur la sienne.

– Excuse-moi, Ramsès, dit-elle d'une voix douce. Mais je suis tellement révoltée par le marché abject de la prostitution et navrée pour ces pauvres femmes qui sont contraintes d'exercer ce métier ! J'ai frappé au hasard... ce n'était pas dirigé contre toi, mon garçon.

– J'implore ton pardon pour avoir été incapable de faire la distinction, répliqua Ramsès.

– Ramsès, le prévins-je.

– Tout va bien, tante Amelia, c'était de ma faute, déclara Nefret.

Elle serra légèrement la main crispée de Ramsès qui restait sur ses positions. Je ne pus m'empêcher de me demander ce que Nefret avait fait pour faire craquer l'impassibilité proverbiale de Ramsès.

## Manuscrit H

Après le dîner, sa mère convoqua un conseil de guerre de toute urgence. Ramsès avait pensé qu'il était le seul à s'interroger sur la présence d'autant de passagers insolites, mais il aurait dû savoir que sa mère se montrerait tout aussi soupçonneuse.

– L'un d'eux, ou tous, pourrait nous suivre, déclara-t-elle. Il semblerait que nous soyons obligés d'aller à Méroé, tout compte fait.

– Les intentions de Newbold ne font aucun doute pour moi, dit Emerson en mâchonnant le tuyau de sa pipe. Il nous suit, c'est évident. Que vous avait-il dit exactement ce jour-là au club, Ramsès ?

Ramsès n'avait pas le choix, et il rapporta la conversation dans son intégralité. Ses auditeurs réagirent exactement comme il s'y était attendu, mais une fois qu'Emerson eut exprimé son indignation devant les insinuations de Newbold à propos de Nefret (« Vous ne lui avez pas flanqué un coup de poing au visage ? Crénom, pour quelle raison ? »), il fut à même de reporter sa vive intelligence sur les aspects les plus dangereux des allusions de Newbold.

– Entre ce qu'il a recueilli à Wadi Halfa et ce qu'il a sans aucun doute appris au Caire, il en sait suffisamment – selon ses critères abjects – pour avoir de bonnes raisons de nous suivre. Il n'ira pas très loin, ajouta Emerson d'un air suffisant. J'ai un plan...

– J'espère que cela ne veut pas dire envoyer Mr Newbold à l'hôpital, fit son épouse en lui décochant un regard sinistre. Cela pourrait vous attirer de sérieux...

– Ayez l'amabilité de ne pas m'interrompre, Peabody, grommela Emerson. En mettant les choses au pire, je n'aurais pas le moindre remords à... euh... à immobiliser temporairement cet individu. Mais je ne pense pas que cela sera nécessaire.

– Et la jeune fille ? demanda Nefret. (Sa seule réaction à l'insulte proférée par Newbold à son sujet avait été un haussement d'épaules.) Pourquoi l'a-t-il emmenée ?

– Afin de satisfaire ses appétits immondes, répondit Emerson avec un claquement de dents.

Il avait raison seulement en partie.

Plus tard cette nuit-là Ramsès lisait dans son lit, ou essayait de le faire. La flamme de la lampe le dérangeait, oscillant au gré du mouvement du bateau. Le léger grincement d'un gond l'amena à lever les yeux, et il vit la porte de sa cabine s'entrouvrir juste assez pour permettre à une silhouette svelte et sombre de se glisser par l'entrebâillement. Il se leva d'un bond, laissant tomber son livre.

– Que faites-vous ici ?

– A votre avis ?

Elle referma la porte et vint vers lui. Elle était seulement vêtue d'une chemise de nuit, sans manches et très échancrée, et elle avait ôté ses bracelets et son foulard. Ses cheveux retombaient en cascades de jais sur ses épaules nues.

Ramsès s'empara de la chemise qu'il avait jetée sur une chaise et l'enfila rapidement.

– S'il apprend que vous êtes venue ici, il vous tuera.

Elle fit halte tout près de lui.

– C'est lui qui m'a envoyée.

Un flot de colère et de dégoût le fit suffoquer pendant quelques secondes.

– Je vois.

– Permettez-moi de rester... pendant une heure... ou deux. Ensuite je m'en irai et je lui dirai que j'ai fait de mon mieux, mais que j'ai échoué.

Il s'efforça de maîtriser sa colère. Ce n'était pas de

la faute de la jeune fille, mais en ce moment il était presque aussi furieux contre elle qu'il l'était contre Newbold.

– Laissez-moi comprendre, dit-il doucement. Il vous a dit de vous offrir à moi en échange d'informations sur nos projets. Et vous avez accepté ?

Le mépris contenu dans la voix de Ramsès fit s'empourprer violemment le visage de la jeune fille.

– Je n'avais pas le choix ! Je vous ai dit la vérité, et non l'histoire qu'il m'avait ordonné de vous raconter... que je m'étais enfuie de notre cabine parce qu'il avait bu et m'aurait battue. Je devais implorer votre protection, vous étreindre, et...

Elle semblait très jeune et désemparée, et elle était très désirable sous la chaude lumière de la lampe qui caressait ses formes menues. Newbold avait choisi exactement le genre de femme qui séduirait les instincts protecteurs de Ramsès... et les autres instincts auxquels il aurait pu céder s'il avait pris dans ses bras ce corps frêle et tremblant.

Parce qu'il luttait contre ces instincts, il parla d'une voix rauque.

– Qu'est-ce qui vous fait supposer que je ne vais pas accepter cette offre et ne rien donner en retour ? Je ne m'épanche pas avec les femmes que je mets dans mon lit.

La rougeur de son visage s'accentua.

– Je vous ai dit la vérité. Libre à vous de me croire ou non !

– Attendez, dit Ramsès, comme elle se dirigeait vers la porte. (La curiosité et la conscience mortifiante de sa cruauté avaient remplacé la colère.) Je suis désolé. Asseyez-vous... là-bas, sur cette chaise. Vous n'étiez pas obligée de me dire cela. Pourquoi l'avez-vous fait ? Asseyez-vous, je vous en prie. Je ne vous toucherai pas, c'est promis.

Il s'assit au bord du lit, aussi loin d'elle qu'il le pouvait. Elle le considéra attentivement, puis un étrange petit sourire retroussa ses lèvres et elle fit ce qu'il avait demandé.

– Vous n'êtes pas obligée de rester avec lui, dit Ramsès. Mes parents vous aideront.

– A trouver un mari respectable, ou un emploi de domestique ? (La jolie bouche se durcit. Brusquement, elle eut l'air plus vieille d'un grand nombre d'années.) J'ai mes raisons de rester avec Newbold. Il n'est pas méchant, en fait. Lorsqu'il m'a tordu le bras aujourd'hui, c'était pour attirer votre attention.

– J'avais déjà compris cela, marmonna Ramsès.

Elle poursuivit, de la même voix indifférente.

– Je vous ai dit la vérité parce que vous n'auriez pas cru le mensonge. Vous vous méfiez déjà de lui... à juste titre.

– Qui êtes-vous ? demanda vivement Ramsès. Vous n'êtes pas une villageoise. Où vous a-t-il trouvée ?

Elle se leva, en écartant ses cheveux noirs de son visage en un mouvement gracieux qui dénotait une longue pratique.

– Je suis restée suffisamment longtemps, dit-elle. Il ne mettra pas en doute le fait que vous m'ayez refusée. Il disait que vous me prendriez probablement parce que vous êtes jeune et... comment a-t-il énoncé cela ?

– Peu importe, dit Ramsès, sentant son visage le chauffer.

– Mais il considère que vous êtes faible et un

romantique naïf, comme il l'a exprimé. Aussi me croira-t-il. Vous en parlerez à vos parents ?

– Quoi ? (La question le prit au dépourvu. Ainsi Newbold le prenait pour un être faible ? Ha !) Oui, je le leur dirai. Ne partez pas tout de suite. Vous n'avez pas répondu à mes questions.

Elle se déplaça avec une grâce rapide, atteignant la porte avant qu'il puisse se lever. Elle lui lança un regard par-dessus son épaule, en fronçant légèrement les sourcils.

– Vous me désiriez, je l'ai vu. Pourquoi avez-vous refusé ? Vous aviez peur que votre mère ne l'apprenne ?

– C'est exact, dit Ramsès avec lassitude.

Ses autres raisons auraient été moins compréhensibles pour la jeune fille.

Elle franchit la porte avant qu'il puisse l'en empêcher. C'est tout aussi bien, songea-t-il avec un sourire forcé. Jusqu'ici, Newbold ne s'était pas trompé, que le diable l'emporte ! Il devait en parler à ses parents, mais cette seule perspective le faisait frissonner d'appréhension, car cela signifierait reconnaître que sa première intuition avait été fondée sur un mélange méprisable d'orgueil masculin et de désir charnel. Nefret s'en apercevrait certainement, même si ses parents ne le faisaient pas. Il sentit son visage s'empourprer et il reprit son livre, mais celui-ci ne parvint pas à chasser la jeune fille de ses pensées. Son anglais était excellent et son aspect singulier. Quelles étaient ses origines ? Elle avait du sang européen dans les veines... ou bien perse, ou circassien. Et la « véritable histoire » n'était-elle qu'un mensonge plus subtil ?

# 4

Il faut deux jours aux vapeurs du gouvernement pour couvrir la distance entre Shellal et Wadi Halfa. Il nous en fallut quatre. Cependant, la région que nous traversions était d'un grand intérêt, et le vent du nord dominant était d'une agréable fraîcheur sous un auvent de toile ombragé. Sans entrer dans des détails que la majorité de mes lecteurs trouveraient fastidieux aussi bien que superflus, je dois cependant expliquer que la région avait été appelée d'un grand nombre de noms différents au cours des siècles : le Pays de l'Arc, Kousch, la Nubie, le Soudan, pour n'en citer que quelques-uns. La civilisation méroïtique avait prospéré dans la partie sud de la Nubie après la chute du premier royaume koushite à Napata. Des ruines de toutes les périodes abondaient, car les pharaons conquérants de l'Egypte ancienne avaient été remplacés par des rois de Napata et des reines de Méroé, et par les envahisseurs grecs et romains. Le christianisme avait bâti ses églises et l'islam ses mosquées. Assis sur le pont, nous les examinions à l'aide de jumelles et Emerson grommela d'un air mécontent.

– Dans un siècle, il ne restera plus rien de ces ruines, Peabody. Ces scélérats à Assouan n'arrêtent pas d'élever le niveau de l'eau.

D'autres distractions étaient fournies par des pièces que le bateau perdait soudainement. A l'évidence, cela n'avait rien d'inhabituel, car les hommes d'équipage demeuraient imperturbables tandis qu'ils ramassaient les morceaux (ou la plupart) et les rafistolaient de nouveau. Une fois, nous nous arrêtâmes brusquement au milieu du fleuve et cela nécessita de la part de Farah une manœuvre éperdue pour éviter que nous nous échouions pendant que l'on réparait les machines. Selim, qu'il était impossible de tenir à l'écart de tout ce qui ressemblait peu ou prou à une machine, prêta son concours aux réparations. Lorsqu'il nous rejoignit, il secouait la tête en un mélange d'horreur et d'admiration.

– Je ne sais pas comment ce bateau peut flotter, déclara-t-il. Le moteur est maintenu en un seul morceau par du fil de fer et la rouille !

Même cet incident quelque peu alarmant ne fit pas monter sur le pont deux de nos compagnons de voyage. Selon notre capitaine, c'étaient des missionnaires qui se rendaient dans la partie sud du Soudan. Wingate, le gouverneur, avait judicieusement modéré l'ardeur des personnes de ce genre dans les régions de confession musulmane, car l'islam n'aime pas beaucoup les gens animés de prosélytisme. Toutefois, les habitants des régions « païennes » plus au sud étaient une proie de choix, et c'était là-bas que se rendaient ces deux-là. Nous les vîmes seulement le dernier jour, alors que nous n'étions plus qu'à quelques heures de Wadi Halfa. Ils avaient, ainsi que le capitaine Farah l'expliqua d'un air grave, l'estomac dérangé.

Ces embarras gastriques ne les avaient pas empêchés de faire montre de leur ferveur religieuse. Les cloisons entre les cabines étaient très minces et, chaque soir, prières et cantiques résonnaient et se poursuivaient si longtemps qu'Emerson était finalement amené à crier pour exiger le silence. Il était capable de crier encore plus fort qu'ils pouvaient chanter, et cela mettait un terme à ces célébrations.

Cependant, j'étais devenue tellement inquiète que je ne pouvais m'empêcher de me demander si ces personnes étaient bien ce qu'elles prétendaient être. Séthos avait un sens de l'humour étrange, et ce serait bien de lui de se déguiser en ecclésiastique. Lorsqu'ils apparurent enfin dans le salon le matin du jour où nous devions accoster, je les considérai attentivement, sans vergogne.

Il ne s'agissait pas d'un couple marié, mais d'un frère et d'une sœur – le Révérend et Miss Campbell. La femme était grande et mince et, à mon avis, presque trop belle pour une missionnaire. Elle était habillée simplement et son visage était exempt de produits de beauté, mais cela ne faisait que souligner le modelé délicat de ses pommettes et le front blanc qu'encadraient des masses de cheveux auburn. Sa voix était basse, son accent cultivé, ses manières franches et ouvertes, son sourire engageant.

A l'évidence, elle n'était pas Séthos.

Pas plus que son frère, décidai-je. Il était aussi laid qu'elle était belle, avec des sourcils blonds peu abondants et une barbiche pitoyable. Les sourcils auraient pu avoir été épilés et décolorés, et le nez couvert de protubérances le résultat du mastic et d'une couche de fard, mais la mâchoire peu marquée, seulement partiellement cachée par la barbe, et les épaules étroites, n'étaient pas celles de l'homme que j'avais connu. J'estimai qu'il était l'aînée de sa sœur d'un bon nombre d'années. Sa voix était presque aussi grêle que la sienne et, ainsi que j'avais été à même de m'en rendre compte, ni l'un ni l'autre ne chantait juste.

Tout d'abord, je fus incapable de comprendre pourquoi il emmenait cette jeune femme, à qui il était manifestement attaché, dans une région aussi isolée et dangereuse. Puis la psychologie me fournit un indice. Alors qu'elle adressait quelques mots de courtoisie à Ramsès, son frère l'interrompit immédiatement.

– Je crois savoir que vous voyagez avec nous jusqu'à Khartoum. Que pouvez-vous nous dire sur la situation dans cette région ? Les autorités seront-elles réceptives à notre œuvre pour le Seigneur ?

Emerson avait pris en grippe Mr Campbell avant même de le rencontrer, indépendamment de son aversion pour les missionnaires en règle générale. Avec le franc-parler qui le caractérise, il répondit :

– Les autorités, oui. Mais d'autres conditions seront moins favorables. Je me demande bien pour quelle raison vous mettez en danger la santé de votre sœur, voire sa vie, en l'emmenant dans une région aussi insalubre !

– Sa vie appartient à Dieu, monsieur. Elle a été appelée pour cette mission de délivrance, comme je l'ai été.

– Délivrance, bah ! fit Emerson. Comment savez-vous que c'est Dieu qui vous a appelé ?

Les yeux du Révérend Campbell, grossis par les verres de ses lunettes, prirent un éclat ardent.

– Les païens s'avancent dans les ténèbres mais ils

doivent être guidés vers la lumière. Ils croient à la magie noire et au fétichisme. J'ai entendu parler de pratiques immorales qui m'ont choqué jusqu'au plus profond de mon âme. Des concubines ! Des orgies !

– La nudité, ajouta Emerson de façon secourable. Les femmes vont et viennent la poitrine nue, et certaines sont tout à fait...

– Emerson ! m'exclamai-je.

– Nous devons rassembler notre matériel, intervint Nefret avec tact. (Elle avait regardé l'autre jeune femme avec intérêt et compassion.) Puis-je faire quelque chose pour vous, Miss Campbell, en matière de soins médicaux ? Farah a dit que vous aviez été malade. J'ai une pharmacie bien équipée et une formation adéquate.

La jeune femme répondit par des paroles de gratitude appropriées, affirmant qu'elle était presque rétablie. Mr Campbell ne semblait pas écouter. Ses yeux étaient mi-clos et ses lèvres bougeaient comme en une prière silencieuse. L'homme était un fanatique religieux. A ses yeux, sa sœur était autant une prisonnière que n'importe quelle femme musulmane, et elle ne lui appartenait pas, à lui ou à un autre homme. Elle appartenait à Dieu. Toutefois, il ne faisait pas entièrement confiance à Dieu en tant que chaperon. Il préférait mettre en danger la vie de sa sœur, plutôt que de prendre le risque qu'elle rencontre un jeune homme dont les attentions pourraient affaiblir sa ferveur religieuse.

Alors que nous bavardions, un appel parvint du pont.

– A-t-il dit crocodile ? demanda vivement Miss Campbell. Je n'en ai jamais vu !

– Dans ce cas, c'est l'occasion ou jamais, répondit

Emerson, qui cherchait un prétexte pour mettre un terme à cette conversation. Nous montons sur le pont pour jeter un coup d'œil ?

Tout le monde voulut jeter un coup d'œil. Les crocodiles avaient quasiment disparu en Egypte, et ils devenaient très rares dans cette région. Passagers et hommes d'équipage se tenaient près du bastingage. Le paysage s'était ouvert et le fleuve était large à cet endroit. Au-delà de la plaine alluviale avec ses champs verdoyants et ses palmeraies, le désert s'élevait en une succession de terrasses, jaune pâle dans la lumière du matin. Ici et là, des oueds avaient creusé leur lit dans le grès tendre. Le fleuve avait commencé à baisser, découvrant des bancs de sable jonchés de débris qui provenaient de la crue – roseaux, branchages et troncs d'arbre déracinés. Le quatuor allemand braquait des appareils photographiques, et Newbold écarta brutalement l'un des marins pour passer. Sa compagne n'était pas là. Je ne l'avais pas aperçue de tout le voyage.

– Je ne vois rien, commença Miss Campbell.

– Là-bas, dit Ramsès en montrant du doigt.

Elle poussa un petit cri d'horreur ravie et se pencha en avant comme l'un des sauriens ouvrait ses mâchoires et quittait le banc de sable pour se glisser dans l'eau. Deux autres l'imitèrent. Ramsès, qui se trouvait être à côté de la jeune fille, passa son bras autour de la taille de celle-ci.

– Faites attention !

Campbell, qui se tenait de l'autre côté, poussa une exclamation de protestation et l'arracha à la prise de Ramsès. Celui-ci s'écarta immédiatement. Je les observais, aussi ne vis-je pas ce qui se produisit à ce moment. J'entendis seulement un cri, quelque chose heurtant l'eau, et un cri de la part de ceux qui regardaient. La voix de Selim domina toutes les autres.

– Hassan ! Sauvez-le, Maître des Imprécations !

– Stoppez les machines ! beugla Emerson. (Il saisit Selim en une prise d'acier et le fit reculer.) Non, Selim ! Laissez faire... Enfer et damnation ! Ramsès... !

Ramsès enjamba le bastingage et plongea. Il commença à nager vers les bras qui s'agitaient et le visage terrifié du pauvre Hassan. Le bateau s'immobilisa dans un frémissement, mais les deux hommes étaient déjà à une certaine distance de la poupe... et au-delà, la surface de l'eau était brisée par un sillage triangulaire, avec une tête longue et horrible à son sommet.

– Lancez-leur un cordage ! criai-je, même si, bien sûr, je redoutais que cela ne serve pas à grand-chose.

Le crocodile et Ramsès convergeaient vers Hassan, ou plutôt vers l'endroit où il s'était trouvé un instant plus tôt. On ne le voyait plus à présent. Ramsès plongea pour le trouver. Et le crocodile fit de même. Du sang tacha la surface boueuse de l'eau. Miss Campbell cria et s'évanouit avec grâce dans les bras de son frère, lequel regardait fixement, paralysé par l'horreur.

Puis je me rendis compte qu'Emerson avait disparu.

A l'évidence, il n'était pas dans l'eau. Je l'aurais vu sauter. Je m'apprêtais à crier son nom lorsqu'il arriva en courant, écarta d'une poussée les spectateurs, moi y compris, et se campa sur ses jambes, les bras tendus. Il brandissait un gros pistolet.

L'eau bouillonna et s'agita, et les trois têtes réapparurent. Ramsès semblait soutenir Hassan, lequel semblait avoir perdu connaissance. Le crocodile semblait connaître des difficultés. Il se dressa à moitié hors de l'eau en faisant claquer ses mâchoires. Emerson tira. Il y eut un horrible vagissement de la part de l'animal blessé. Ramsès nageait, avec vigueur mais trop lentement, alourdi par le fardeau que représentait Hassan. Emerson visa soigneusement et tira une deuxième puis une troisième fois. Comment réussit-il à toucher cette cible qui battait l'eau furieusement, je ne saurais le dire, mais la troisième balle fut le coup de grâce. L'animal coula comme une pierre au milieu d'une tache écarlate qui s'élargissait.

– Lancez-leur un cordage, Peabody, dit Emerson, sans me regarder et en continuant de braquer son pistolet. Je veux juste m'assurer que les autres bestioles ne viennent pas prêter main-forte. Ou devrais-je dire leurs « mâchoires » ?

– Comment pouvez-vous plaisanter, monsieur ? fit Campbell d'une voix mal assurée. Vous devriez remercier Dieu pour son infinie miséricorde.

– Eh bien, voyez-vous, je ne sais pas encore dans quelle mesure il s'est montré miséricordieux, répondit Emerson avec froideur. Peabody...

– Oui, très cher. Tout de suite.

Nous les hissâmes à bord. Hassan était un poids mort. Il était évanoui et saignait abondamment. Après lui avoir jeté un rapide regard, Nefret ôta vivement sa ceinture et l'utilisa pour faire un garrot. La jambe gauche de Hassan se terminait par un moignon ensanglanté.

– Oh, mon Dieu ! m'exclamai-je. Le crocodile lui a arraché le pied.

Ramsès se laissa tomber dans une position assise, genoux levés et tête penchée.

– Oui. Comment va-t-il ?

– Daoud, Selim, portez-le dans ma cabine et étendez-le sur le lit, ordonna Nefret. Je vais l'opérer là-bas. Dépêchez-vous !

– Il a de la chance d'être en vie, déclara Emerson, la mine sévère. Lorsqu'un crocodile happe sa victime, il roule sur lui-même et l'entraîne au fond de l'eau. Ramsès, comment avez-vous fait pour persuader cet animal de lâcher Hassan ?

– Poignard, répondit Ramsès brièvement, à bout de souffle. L'ai perdu.

– Nous vous en procurerons un autre, un plus gros, le plus solide que l'on puisse trouver, dit Selim d'une voix mal assurée. (Hassan était son cousin germain.) Vous lui avez sauvé la vie.

– Pas moi, dit Ramsès. J'ai simplement... détourné l'attention de l'animal. (Il écarta de son visage ses cheveux mouillés.) Je n'avais jamais cru à ces histoires de chasseur blanc... Sans Père, Hassan et moi aurions servi de repas à ce crocodile.

– J'ai été bigrement trop lent, grommela Emerson. J'aurais dû porter ce satané pistolet à la ceinture, au lieu de le laisser dans ma valise. Mais qui aurait pu supposer... Vous n'êtes pas blessé, mon garçon ?

– Non, Père. Je vous remercie de le demander, ajouta-t-il.

– Louons Dieu, de qui découlent toutes les grâces ! s'écria le Révérend Campbell.

J'emmenai Emerson en hâte.

A Wadi Halfa, nous fûmes contraints d'effectuer le travail fastidieux de décharger et de transporter nos bagages une seconde fois. Les vapeurs sont amarrés à proximité de la gare, mais, grâce au fait qu'Emerson ait préféré un bateau qui était une semi-épave, nous avions raté le train du samedi. Il n'y en aurait pas d'autres avant jeudi.

– C'est aussi bien, déclara Emerson, en optimiste invétéré. Il va falloir un certain temps pour prendre les dispositions concernant Hassan. Nous ne pouvons nous en aller tout bonnement et l'abandonner.

– Non, c'est évident, répondis-je. Il me semble qu'il y a un hôpital ici, n'est-ce pas ? Comment est-il ?

– Je vous laisse le soin de l'imaginer, ma chère.

– Je préfère me fier au témoignage de mes yeux, Emerson, répliquai-je en m'épongeant le front.

Il y avait eu une brise agréable sur le fleuve, mais maintenant que nous étions à terre, la chaleur était tout à fait abominable.

– Le marché à Halfa est l'un des mieux achalandés du Soudan, dit Emerson. Vous voulez faire quelques achats, Peabody ?

– Moi ?

– C'est votre habitude, ma chère. N'oubliez pas que ceci est la dernière ville d'une certaine importance que nous trouverons. Kalabsha, l'arrêt pour Méroé, n'offre pas grand-chose d'autre que la gare et un hôtel.

– Et Berber ? demandai-je.

– Oh ! Ma foi, nous ne descendrons pas du train à Berber, n'est-ce pas ? Il est inutile de perdre deux ou trois jours là-bas. Nous continuerons directement vers Méroé, voilà ce qui est prévu.

– Pourquoi criez-vous ? m'enquis-je.

– Vraiment ? Non, je ne criais pas.

Il voulut ouvrir la porte de la gare et constata qu'elle était fermée à clé. Une foule s'était formée, attirée par l'arrivée du vapeur et l'espoir de gagner quelques piastres. Les gens parlaient entre eux avec excitation, puis un homme s'avança et s'inclina devant Emerson.

– Soyez le bienvenu, Maître des Imprécations. Est-ce bien vous ?

– *Aywa*, répondit Emerson. C'est bien moi et personne d'autre. *Salaam aleikhum*, Yusuf Sawar. Vous voulez bien demander à quelqu'un d'aller chercher le chef de gare ?

Peu après, l'individu en question arriva en toute hâte. C'était, bien sûr, un vieil ami d'Emerson. Tandis que celui-ci échangeait quelques salutations et lui donnait des instructions, je sentis quelqu'un toucher mon bras et je me retournai pour apercevoir Mr Newbold. Il tenait son chapeau à la main et une silhouette féminine, voilée, attendait derrière lui.

– Puis-je solliciter une faveur, Mrs Emerson ? demanda Newbold. Je dois m'occuper du transfert de nos bagages, et je n'aime pas laisser ma fille sans escorte au milieu de tous ces hommes.

– Votre quoi ? m'exclamai-je en regardant avec une curiosité non dissimulée la silhouette svelte et silencieuse. Ramsès avait dit...

– Mon Dieu ! murmura Newbold. Je crains d'avoir cédé à la tentation de taquiner votre fils. Daria est mon enfant, que j'ai retrouvée seulement tout récemment. C'est une histoire très triste, que je vous raconterai un jour. Vous voulez bien veiller sur elle, juste pendant quelques minutes ? Votre présence découragera quiconque de l'aborder grossièrement.

Il s'éloigna avant que je puisse répondre, mais, bien sûr, une seule réponse était possible. La curiosité aussi bien que la compassion exigeaient le consentement.

– C'est très aimable à vous, dit une voix douce

derrière le voile qu'elle avait ramené devant son visage.

– Vous parlez anglais ?

Une question superflue, puisque c'était manifestement le cas.

– Marchons un peu, poursuivis-je. Eloignons-nous de tous ces gens.

Il y avait un certain nombre de questions que je désirais lui poser. Pourquoi était-elle une musulmane pratiquante alors que son père était chrétien ? (Non pas qu'il ait grand-chose d'un chrétien, si les rumeurs que j'avais entendues à son sujet étaient fondées.) Quelle était cette « histoire très triste » ? Pourquoi, si la pudeur de sa tenue était le but qu'elle recherchait, portait-elle des vêtements qui mettaient en valeur, au lieu de la dissimuler, une silhouette aux rondeurs agréables et au visage ravissant ? C'était une robe coûteuse, en lin aussi magnifique que l'étoffe portée par les reines et les pharaons de jadis. Un fin foulard en soie recouvrait sa tête et la partie inférieure de son visage, et elle tintinnabulait littéralement de bijoux. Cependant, la politesse l'emporta, et alors que nous marchions, je me contentai de dire :

– Vous vous rendez à Khartoum, je présume. C'est un voyage long et pénible. Puis-je faire quelque chose pour vous afin de le rendre plus agréable ?

Elle abaissa les replis de soie qui avaient dissimulé son nez et sa bouche, et elle me regarda avec surprise. Ramsès avait été bien au-dessous de la vérité. « Jolie » ne rendait pas justice à ces traits délicats et à ces lèvres carminées. Sa peau était aussi blanche que celle d'une Européenne du sud. Les grands yeux noirs étaient habilement soulignés de khôl.

– Pourquoi me proposez-vous de faire cela ? demanda-t-elle.

– Bien, dis-je, ravie. Vous êtes directe. Cela me plaît. Allons, mais c'est parce que vous êtes une femme, jeune, et un être humain ! Même si votre... euh... père peut se montrer plein d'égards, c'est un homme, et les hommes ne comprennent pas toujours les besoins des femmes.

Ma brève hésitation devant le mot « père » ne suscita pas de commentaires. J'avais la certitude que Newbold m'avait menti à propos de cette parenté et que l'histoire qu'il avait racontée à Ramsès était la vraie. Même lui n'aurait pas eu l'audace de me présenter à sa concubine. La plupart des dames auraient refusé en des termes cinglants. De ce fait, il était injuste envers moi, naturellement.

– Vous êtes très aimable, dit-elle à nouveau. Mais je n'ai besoin de rien. Votre fils a été très aimable, lui aussi. Vous a-t-il dit que j'étais venue le trouver dans sa cabine ?

– Oui, il l'a fait, répondis-je.

Les grands yeux noirs s'agrandirent. Je pense qu'elle s'attendait à ce que cette question survienne comme un choc, ce qui aurait été certainement le cas si Ramsès ne nous avait pas dit ce qui s'était passé. Cela n'avait pas été facile pour lui. Je comprenais pourquoi, bien sûr, et maintenant que j'avais vu la jeune fille, je comprenais encore mieux. Il avait été attiré, et tenté. C'était tout à fait normal, à mon avis, et c'était d'autant plus à son honneur d'avoir résisté. Malheureusement, Nefret n'avait pas vu les choses de cette façon, et j'avais été contrainte d'insister pour qu'elle présente des excuses.

– Il avait dit qu'il le ferait, mais je me demandais s'il en aurait le courage.

– Personne ne pourrait accuser mon fils de manquer de courage, répliquai-je d'un ton quelque peu acerbe. Ni de ne pas se conduire en gentleman. Désirez-vous être délivrée de cet homme ? Je vous certifie que mon époux et mon fils, sans parler de moi-même, sont capables de s'en charger, si tel est votre souhait.

– Mère, dit une voix derrière moi. (Ramsès se déplace aussi silencieusement qu'un chat, et j'avais été trop captivée par cette conversation pour remarquer sa venue.) Veuillez m'accompagner. Père est prêt à s'en aller.

– Je ne peux pas tout de suite, expliquai-je, me retournant pour affronter un regard presque aussi sombre que celui de son père. Mr Newbold m'a demandé de rester avec... euh... la jeune demoiselle jusqu'à son retour.

Ramsès jeta un regard à la ronde. A l'évidence, c'était une foule plutôt brutale, et bruyante, tandis que des porteurs en puissance se bousculaient entre eux et criaient, rivalisant d'efforts pour attirer l'attention des passagers. Tiraillé entre sa sollicitude chevaleresque envers les femmes – que je lui avais inculquée – et son aversion manifeste pour la jeune femme, il hésita.

Celle-ci n'avait pas remis son voile en place.

– Voici vos amis, ils viennent vous chercher, dit-elle avec une moquerie évidente. Une autre... jeune demoiselle.

La jeune demoiselle en question était Miss Campbell, accompagnée, bien sûr, de son frère. Miss Campbell était boutonnée jusqu'au menton, son col blanc strict et les poignets de sa robe flétris par la chaleur, ses cheveux dissimulés par un chapeau à large bord. Elle semblait avoir atrocement chaud en comparaison de Daria, avec ses vêtements amples et son foulard léger – et sa respectabilité manifeste faisait paraître l'autre jeune fille encore moins respectable. Elles se dévisagèrent, puis, comme si un signal était passé entre elles, toutes deux se tournèrent et regardèrent Ramsès.

Mr Campbell s'éclaircit la gorge bruyamment.

– Veuillez me pardonner, Mrs Emerson, mais auriez-vous la bonté de venir avec moi et de parler à ces porteurs ? Apparemment, je ne parviens pas à me faire comprendre d'eux.

– Je vous accompagne, monsieur, dit Ramsès, l'air soulagé. Mère ?

– Voici mon... père, murmura Daria. Je vous remercie, Mrs Emerson, de m'avoir protégée, même si ce n'était pas nécessaire.

– C'était de bon cœur, répondis-je. Au revoir et bonne chance.

Miss Campbell sortit de sa poche un mouchoir blanc tout mou et essuya son visage en sueur.

– Est-elle réellement... Mon Dieu, je ne me sens pas très bien...

– Ne restez pas au soleil, dis-je en passant un bras autour de son corps qui vacillait. Vos vêtements ne conviennent pas du tout à ce climat, vous savez.

– Ils conviennent à sa position, déclara Mr Campbell.

Puis il poussa un glapissement effrayé comme sa sœur s'affaissait lourdement contre moi.

Je fus seulement à même d'empêcher la jeune femme de tomber, car elle était un poids mort.

– Ramsès ! suffoquai-je.

Après un regard prudent à Mr Campbell qui se tordait les mains mais n'intervenait pas, Ramsès prit la jeune femme dans ses bras, laquelle était devenue complètement inerte.

– Et maintenant, que dois-je faire d'elle ? demanda-t-il vivement. Il n'y a aucun endroit où la poser.

– Asseyez-vous sur cette caisse et continuez de la tenir dans vos bras, répondis-je. Mr Campbell, si vous désirez vous rendre utile, ouvrez mon ombrelle et tenez-la au-dessus de votre sœur. Au-dessus de sa tête, espèce d'idiot !

Tout en parlant, je déboutonnai le col de Miss Campbell, ôtai les épingles de son chapeau, retirai celui-ci et m'en servit pour l'éventer.

Ramsès l'avait posée aussi à plat que possible, sur ses genoux, un bras passé sous ses épaules. Sa tête était inclinée en arrière, et elle était très jolie et tout à fait attendrissante avec ses cheveux défaits qui encadraient son visage et ses lèvres entrouvertes. Je m'attendais à ce que Campbell proteste violemment, non seulement en raison de la tenue relâchée de la jeune fille mais aussi du fait de la proximité intime d'un jeune homme. Néanmoins, il exécuta mes ordres sans discuter, le visage inquiet. Peut-être, pensai-je, que cet imbécile commence à comprendre qu'il met en danger la santé de sa sœur.

Elle commençait à reprendre connaissance lorsque Nefret nous rejoignit en hâte.

– Qu'est-ce que...

– Je pense que c'est juste la chaleur, dis-je, tandis que, avec une exclamation inquiète, elle se penchait sur la jeune femme. Apportez de l'eau !

L'application de cette substance sur son visage et

sa gorge fit bientôt reprendre ses esprits à Miss Campbell. Lorsqu'elle se rendit compte de sa position, une vive rougeur apparut sur son visage blême et elle essaya faiblement de se lever.

– Mary... Mary, ma chérie ! s'écria son frère en s'efforçant de la soutenir. Seigneur, nous sommes entre vos mains. Aidez-nous, guidez-nous !

– Vous seriez plus avisé de *me* demander de l'aide, dis-je avec irritation. Je présume que vous n'avez pris aucune disposition pour vous loger ici ? Non, je ne m'attendais pas à ce que vous l'ayez fait. Emmenez votre sœur à l'hôtel du gouvernement, enlevez-lui ces vêtements trop chauds, et donnez-lui de grandes quantités d'eau, intérieurement et extérieurement. Ramsès la portera si elle ne peut pas marcher.

– Daoud, dit Ramsès d'un ton brusque.

– Oh ! fis-je. Oui, ce serait préférable.

Nous les observâmes s'éloigner avec leurs maigres bagages – deux valises et un petit sac de voyage. Daoud portait la jeune fille aussi facilement que si elle avait été un chaton. Son large visage bienveillant arborait un sourire rassurant. Lorsqu'il revint et annonça qu'ils s'étaient installés, Emerson – qui avait complètement ignoré ce petit drame – était prêt à s'en aller. Nos caisses de matériel avaient été entreposées, à l'exception de nos sacs de voyage, dont nos ouvriers avaient pris soin.

– Peabody, ma chère, je suis sûr que vous êtes impatiente de... euh... de vous changer et de prendre un bain.

– J'ai pris un bain ce matin, rétorquai-je. Si l'on peut appeler cela un bain, dans une eau boueuse versée dans une cuvette, mais cela m'étonnerait que l'hôtel du gouvernement ici dispose d'installations plus luxueuses.

Emerson m'offrit son bras.

– Qui a parlé de l'hôtel du gouvernement ?

– Oh, non, Emerson ! m'exclamai-je. Pas votre cher vieil ami Mahmud... comment s'appelait-il ?

– El Araba, répondit Emerson. Je ne comprends pas pourquoi vous protestez ainsi, très chère. Il était tout à fait hospitalier. Malheureusement, ce pauvre homme est mort voilà bien des années.

– Ecoutez, où que nous allions, allons-y ! dit Nefret avec impatience. Je veux installer Hassan confortablement, et je refuse de l'emmener à cet hôpital tant que je n'aurai pas vu à quoi il ressemble.

Wadi Halfa marque la frontière entre l'Egypte et le Soudan anglo-égyptien. Autrefois dépôt militaire animé, c'était à présent une petite ville agréable et paisible, la capitale de la *mudiria* (province) du même nom. Nous laissâmes les touristes allemands en grande discussion avec le chef de gare, et nous nous dirigeâmes à pied vers le centre de la ville, laquelle était fière de posséder un hôpital et plusieurs bâtiments gouvernementaux. Au-dessus de l'un d'eux, une construction basse en briques de boue blanchies à la chaux et ombragée par des arbres, flottaient les drapeaux britannique et égyptien. Je repris courage à cette vue.

– Le *mudir* est-il un vieil ami à vous, Emerson ? m'enquis-je avec bon espoir.

– Crénom, certainement pas ! s'exclama Emerson, aussi choqué que si j'avais donné à entendre qu'il entretenait d'excellente relations avec Satan. Les *mudir* sont tous des fonctionnaires britanniques. Le *ma'mur* local est Nur ed Din, un splendide gaillard. J'ai fait sa connaissance alors qu'il faisait de la contrebande d'armes vers Kordofan. Sa demeure est un peu plus loin.

Nous étions attendus et nous fûmes accueillis avec un enthousiasme flatteur par le *ma'mur* lui-même. Les Nubiens sont des gens très propres. Les seules exceptions que j'aie connues se trouvent être des amis d'Emerson, ce qui en dit plus sur les notions d'équipement sanitaire de mon époux que sur ses amis. La maison du *ma'mur* était spacieuse et suffisamment propre et nette pour me convenir (malgré mes appréhensions), avec des murs épais en briques de boue, certains ornés de superbes motifs peints. Ses serviteurs nous conduisirent dans un ravissant petit appartement réservé aux invités, lequel comprenait une véritable salle de bains et plusieurs chambres à coucher. Nous installâmes Hassan dans l'une d'entre elles. Il était bourré de morphine et seulement vaguement conscient de l'endroit où il se trouvait.

– Et voilà ! fit Emerson. N'est-ce pas mieux que ce satané hôtel du gouvernement ? Toute l'intimité souhaitable, comme vous voyez. (Il m'adressa un sourire entendu.) Et pas de maudits missionnaires qui braillent des cantiques !

Ramsès avait pris ses valises et était allé chercher une chambre pour lui. Il revint presque tout de suite, sans bagages.

– Vous ne devinerez jamais qui j'ai trouvé, dit-il.

– Ce n'est pas très difficile, répliqua Emerson. J'avais dit à Merasen de nous rejoindre ici et j'avais demandé au *ma'mur* de prendre soin de lui. Où est-il ?

– Il dormait. Nu et aussi innocent qu'un bébé. J'ai pris la liberté de le réveiller et de lui annoncer notre arrivée. Il sera là dans un instant, dès qu'il aura mis quelques vêtements.

Merasen se déclara ravi de nous voir. De fait, son large sourire et ses profondes inclinations de la tête confirmaient ce fait. Il était arrivé à Halfa seulement deux jours avant nous. Lorsque Emerson demanda pourquoi il lui avait fallu autant de temps, il répondit avec une franchise aux yeux grands ouverts qu'il était resté quelques jours à Assouan, « afin de voir les curiosités de la ville ». Remarquant, d'après l'expression d'Emerson, que cela n'était pas très bien accueilli, il glissa la main entre les pans de sa *galabieh* et en sortit une poignée de pièces de monnaie.

– Voici le restant de l'argent que vous m'aviez donné, Maître des Imprécations.

– Vos dépenses ont été élevées, fit Emerson d'un ton sec.

– J'ai acheté des cadeaux. (Il plongea à nouveau la main dans une poche.) Pour Nefret et la Sitt.

Deux colliers de perles, très jolis et peu coûteux.

Nefret et moi allâmes inspecter l'hôpital. Il consistait en deux bâtiments très séparés l'un de l'autre, le plus petit étant l'hôpital pour les indigènes. Je suppose que le docteur faisait de son mieux, mais nous refusâmes courtoisement son offre bienveillante de mettre un lit supplémentaire dans la salle déjà bondée. Les mouches étaient aussi grosses que des gouttes d'eau lors d'une forte averse, et la température avoisinait les quarante degrés.

Lorsque nous revînmes, je réunis les autres, y compris Selim et Daoud, pour tenir un conseil de guerre.

– La première chose à faire, c'est de prendre des dispositions pour Hassan, dis-je, tandis qu'Emerson nous servait du whisky. (Il m'avait assuré que notre hôte ne voyait aucune objection à ce que nous nous livrions à cette habitude déplorable, du moment que nous le faisions en privé.) L'hôpital est hors de question. Il doit rentrer chez lui dès qu'il sera en état de voyager, et l'un de nous doit rester auprès de lui. Je n'ai pas confiance en un inconnu, même s'il est bien intentionné, pour qu'il veille sur lui comme il faut.

– Je ne peux pas, dit Nefret d'une voix pitoyable. Vous savez que je ne peux pas, tante Amelia.

– Mais vous pouvez montrer à Ibrahim ce qu'il doit faire, dit Selim. Et lui donner des médicaments.

Parmi les médicaments, il y aurait, j'en avais la certitude, l'onguent vert confectionné par Kadija, l'épouse de Daoud, d'après une formule secrète que se transmettaient les femmes de sa famille soudanaise. Hassan aurait exigé l'onguent, même si Nefret n'en était pas venue à croire en son efficacité. Aussi cette question fut-elle réglée. Une fois Selim et Daoud partis pour en discuter avec les autres, je dis d'un ton grave :

– Nous nous retrouvons maintenant avec deux hommes en moins dans notre équipe. S'agissait-il d'un accident ?

Nefret leva les yeux.

– Hassan a dit que quelqu'un l'avait poussé. Il n'a pas vu qui. Peut-être n'était-ce pas lui qui était visé.

Ramsès était étendu de tout son long sur les coussins moelleux du canapé. Sous l'eau, il était aussi agile qu'une anguille. C'était uniquement cela, et le fait que le crocodile était occupé avec Hassan, qui lui avait évité de graves blessures, mais je suspectais qu'il ne s'était pas sorti de cet affrontement totalement indemne. Il avait refusé de me laisser l'examiner, moi ou Nefret. Toutefois, il avait accepté un pot de l'onguent vert avant d'aller dans sa cabine pour ôter ses vêtements mouillés.

– Tout le monde poussait et se bousculait, dit-il sans relever la tête. Cependant, c'est une étrange coïncidence.

– Et il y a beaucoup trop de satanés suspects, grommela Emerson. Ramsès a mentionné plusieurs groupes de personnes qui étaient peut-être au courant de notre destination ultime, et deux personnes de cet acabit se sont déjà manifestées, nom d'un chien ! Le Grand Chasseur Blanc et le militaire, en la personne de cet individu qui, par une autre étrange coïncidence, se trouvait au fort lorsque Reggie Forthright se confiait au premier venu. Les seuls que nous n'ayons pas encore rencontrés, ce sont des représentants de la communauté des égyptologues et les marchands d'esclaves !

– Vous ne pouvez tout de même vous attendre à ce que ces derniers se montrent ! fis-je remarquer.

– Ma chère, un certain nombre de personnes tout à fait respectables font des affaires en cachette avec les marchands d'esclaves.

– J'espère que vous ne suggérez pas que ces touristes allemands si athlétiques en font partie !

– Leur aspect ne me plaît pas, bougonna Emerson. Ils sont trop stéréotypés pour être vrais. Quant aux missionnaires...

– Vous soupçonnez toujours les missionnaires.

– C'est parce que des personnes soi-disant pieuses

utilisent toujours Dieu comme prétexte pour commettre des actes peu scrupuleux.

Le soir, nous dînâmes avec le *ma'mur* et, ainsi que la politesse l'exigeait, nous nous bourrâmes d'agneau, de riz, de couscous, de dattes, et de Dieu sait quoi d'autre. La satiété n'empêcha pas Emerson de profiter pleinement de notre intimité récemment retrouvée.

Le lendemain, nous allâmes visiter le marché. Ces marchés sont fascinants et très pittoresques, une fois que l'on surmonte la délicatesse exagérée des Européens à propos des carcasses ensanglantées d'animaux de boucherie couvertes de mouches, et des rues jonchées d'ordures de toutes sortes. Nos achats furent limités pour des raisons pratiques. Toute marchandise périssable, comme les fruits et les légumes, aurait pourri avant que nous ayons atteint Méroé. Nefret s'acheta quelques bandes de tissu aux couleurs vives, déclarant que, dès que nous aurions quitté la civilisation, elle avait l'intention d'adopter le costume indigène.

Alors que nous buvions du thé dans un café, sur l'invitation du propriétaire grec (un vieil ami d'Emerson), un cortège survint, se dirigeant vers la mosquée. Le personnage important montait un magnifique étalon noir et était escorté par plusieurs gardes aux uniformes criards et portant de longues lances avec des flammes or et vert qui voletaient à leur pointe. Contrairement aux gardes, qui étaient des gaillards robustes, l'homme était corpulent et avait un visage bouffi, marqué de rides profondes trahissant une vie dissipée et un tempérament irascible. A ses côtés chevauchait un homme plus jeune, aussi richement vêtu de soie et de brocart.

– Enfer et damnation ! s'exclama Emerson.

Emerson parle toujours très fort, et il ne prit pas la peine de baisser la voix. L'homme plus âgé tourna la tête. J'eus l'impression qu'il s'était rendu compte de notre présence. Son expression ne se modifia pas et il ne s'arrêta pas, mais le jeune dignitaire nous regarda avec curiosité. Il tourna la tête et continua de nous considérer tandis qu'il passait à notre hauteur et s'éloignait.

– Ah, voilà un individu que vous feriez mieux d'éviter si cela vous est possible ! fit Emerson en le saluant d'un petit geste ironique de la main.

– Encore un vieil ami à vous ? demandai-je.

– Ce serait quelque peu exagéré. La dernière fois que je l'ai rencontré, nous... euh... nous avons eu une légère divergence d'opinion à propos de... ma foi, j'ai été obligé de le frapper d'incapacité et j'ai dû quitter précipitamment le Darfour, où...

– C'était à propos d'une femme, je présume, dis-je.

– A vous entendre, on croirait que je suis un coureur de jupons ! s'insurgea Emerson. Ce n'était qu'une jeune fille, qui avait été enlevée à son jeune époux et à sa famille. Lorsqu'elle a fait appel à moi, je ne pouvais faire autrement que lui venir en aide.

– Je sais, très cher, dis-je affectueusement.

Le cœur compatissant et la nature chevaleresque d'Emerson sont immédiatement évidents pour n'importe quelle femme. Ainsi que certaines autres de ses qualités, mais je m'étais promis de ne jamais lui reprocher ce qu'il avait fait avant que nous nous connaissions.

– Qui est-ce ? demanda Nefret.

– Mahmud Dinar, le sultan du Darfour. Le gaillard

à côté de lui est son fils aîné. Il est le seul gouverneur indépendant au Soudan... une récompense pour être resté loyal durant la révolte des Derviches. Il verse un tribut assez élevé, néanmoins.

– Apparemment, il peut se le permettre, fit remarquer Nefret.

– Le commerce des esclaves paie bien, dit Emerson sèchement. Il ferme les yeux et touche sa part du gâteau. Bien, bien. Les seules personnes inscrites sur notre liste que nous n'ayons pas encore vues, ce sont un journaliste et un égyptologue !

Lorsque nous revînmes à la maison du *ma'mur*, nous trouvâmes un message du *mudir*, un certain capitaine Barkdoll, qui nous invitait à venir prendre le thé.

– Nous n'y allons pas, dit Emerson, ôtant son chapeau et défaisant les derniers boutons de sa chemise.

– Oh, mais si, nous le devons ! J'avais l'intention de lui rendre visite. Nous agissons ouvertement, sans rien dissimuler, vous vous souvenez ? Et vous pouvez être sûr que si nous ne répondons pas à son invitation, il viendra nous chercher.

Le capitaine Barkdoll était jeune et très conscient de son autorité. La raie de ses cheveux gris souris donnait l'impression d'avoir été faite à l'aide d'un rasoir, et sa moustache était si parfaite qu'elle aurait pu avoir été peinte. Etant donné qu'il n'avait pas d'hôtesse, il me demanda de verser le thé, ce que je fis, bien sûr.

– Vous n'avez pas informé le représentant du Soudan au Caire de vos intentions, professeur Emerson, commença-t-il.

Emerson remua le sucre dans son thé.

– Pourquoi devrais-je le faire ? Je n'ai pas besoin

de son autorisation pour faire des fouilles à Méroé, et je n'ai certainement pas besoin de l'assistance d'hommes comme vous.

Debout et raide comme un piquet, sa tasse dans une main et l'autre derrière son dos, Barkdoll insista.

– Je dois vous demander la liste du matériel que vous avez emporté, ainsi que vos papiers.

Ramsès, qui était également débout, regarda son père puis le jeune officier, et il laissa un léger sourire apparaître sur ses lèvres. Il savait ce qui allait suivre.

– Au diable les papiers ! répondit Emerson d'un ton aimable. Vous savez qui je suis. Tout le monde sait qui je suis.

– Est-ce que vous savez, monsieur, que l'importation de fusils et de munitions de calibre .303 est formellement interdite, et qu'il vous faut un permis pour chasser avec d'autres armes ?

Emerson leva les yeux au ciel.

– Le permis A, répliqua-t-il avec un ricanement perceptible, donne au détenteur le droit de chasser éléphant, hippopotame, rhinocéros, girafe, antilope et autres infortunés animaux qui se trouvent passer par là. Nous ne chassons pas, monsieur.

Barkdoll était, comme je l'ai dit, très jeune et pas de taille pour affronter la tactique d'Emerson.

– Dans ce cas, qu'avez-vous dans ces foutues grandes caisses en bois ? cria-t-il.

– Je crois, monsieur, fit Emerson d'un ton glacial, que vous avez oublié que des dames sont présentes.

Le jeune homme lança un regard à Nefret, qui s'efforçait de prendre un air choqué. Sur mon insistance, elle avait mis une robe très stricte et un chapeau orné de fleurs, et elle ressemblait tout à fait à ce qu'elle n'était pas – à une jeune Anglaise innocente et bien élevée.

– Je... je vous demande pardon. Je n'avais pas l'intention de...

– Comment se fait-il que vous connaissiez le contenu de nos bagages ? demanda vivement Emerson. Nous sommes citoyens britanniques, et nous n'avons pas l'habitude d'être espionnés par nos compatriotes.

– Non ! On m'a dit...

– Dans ce cas, allez à la gare et éventrez ces satanées caisses ! vociféra Emerson. Je vous tiendrai personnellement responsable de tout objet égaré ou de tout dommage survenu à nos appareils photographiques et à nos instruments topographiques !

– Vraiment, dis-je en me levant, je m'étais attendu à un accueil plus courtois de la part d'un officier britannique et d'un gentleman. Si vous voulez bien nous excuser.

Barkdoll perdit contenance.

– Naturellement, professeur Emerson, si j'ai votre parole...

– Ma parole vaut ma signature, déclara Emerson magnifiquement. Venez, Peabody.

Une fois que nous fûmes sortis, je lui demandai :

– Qu'y a-t-il dans ces caisses, Emerson ?

– Des fusils et des munitions de calibre .303, bien sûr, répondit Emerson, tout en marchant à grandes enjambées, les mains dans les poches.

Le *ma'mur* fut tout à fait ravi d'offrir son hospitalité à Hassan et Ibrahim aussi longtemps qu'ils le désireraient. Ibrahim était un homme plus âgé, paisible et d'humeur facile, ressemblant beaucoup à Daoud, son cousin issu de germain, et il écouta attentivement et intelligemment les instructions de Nefret. Nous lui laissâmes une somme conséquente pour le voyage jusqu'à Louxor, lequel aurait lieu dès que Hassan serait en état de voyager. Grâce à l'intervention rapide et énergique de Nefret, la blessure se cicatrisait sans le moindre signe d'infection, et Selim avait déjà commencé à concevoir un pied artificiel pour Hassan.

Le jeudi, nous leur fîmes nos adieux et nous nous rendîmes à la gare, où nous trouvâmes nos biens non dérangés. Tous les passagers descendus du bateau étaient là. Cela n'avait rien de surprenant ni de suspect, puisqu'ils se rendaient tous dans des endroits plus loin au sud. J'échangeai quelques paroles aimables avec le capitaine Moroney avant qu'il monte dans le train. Newbold nous salua de la tête et porta la main à son chapeau, mais il ne nous aborda pas. Il fit monter rapidement sa compagne dans l'un des wagons. Le visage de celle-ci était voilé, et son corps entièrement dissimulé par ses vêtements.

Le train était qualifié « de luxe », avec un wagon-restaurant et des wagons-lits censément à l'abri de la poussière. En comparaison de mes précédents voyages en train au Soudan, c'était effectivement le luxe. Il y avait des fenêtres vitrées dans les wagons et l'on servait une nourriture acceptable au wagon-restaurant. Après le déjeuner, nous regagnâmes notre compartiment, en emmenant Merasen avec nous. Je ne tenais pas à ce qu'il se promène d'un air conquérant dans les couloirs, souriant d'un air affecté aux femmes et éveillant l'intérêt de gens comme Newbold.

A l'est s'étendait une succession de collines arides de couleur violette, et une étendue sans fin de désert rocailleux, ondoyant sous l'effet de la chaleur. Le paysage n'avait rien de réjouissant et les wagons n'étaient pas, en fait, entièrement à l'abri de la poussière. J'appuyai ma tête sur l'épaule d'Emerson et je fermai les yeux. Je venais de m'assoupir lorsque Emerson se leva.

– Désolé, Peabody, dit-il, comme je basculais sur le côté. Je ne m'étais pas aperçu que vous dormiez. Nous sommes bientôt arrivés, aussi veuillez rassembler vos affaires.

Je me redressai et je regardai par la fenêtre. Il n'y avait rien à voir, excepté du sable, des rochers, et quelques palmiers rabougris.

– Comment ça, nous sommes bientôt arrivés ? Bientôt arrivés où ? Pas à Méroé, c'est au moins à...

– Abu Hamed, dit Emerson. Ou, pour être plus précis, la gare Numéro Dix, juste à la sortie d'Abu Hamed, où se trouvent l'embranchement et la correspondance pour Kareima.

– Kareima, marmonnai-je, l'esprit encore un peu confus après mon petit somme. Hein ? Mais pourquoi ?

Nefret me tendit une serviette de table humide. Bien qu'un brin fripée et luisante de sueur, elle avait le regard aussi vif que... ce n'était pas mon cas.

– Essuyez votre visage, tante Amelia. Ainsi nous nous rendons directement à Napata et à Gebel Barkal, au lieu de continuer vers Méroé ? Très astucieux, professeur !

– Ma foi, c'est ce que j'avais pensé, dit Emerson modestement. De cette façon, nous sèmerons des poursuivants éventuels, vous comprenez. Ils vont nous attendre à Méroé, et lorsqu'ils s'apercevront que nous ne sommes pas dans le train, nous serons déjà loin. Et si l'un de nos compagnons de voyage descend ici, nous saurons alors qui il est vraiment.

La serviette humide était très rafraîchissante. Je regardai Emerson, qui souriait d'une façon particulièrement exaspérante, puis Ramsès, dont le fin visage brun, pour une fois, trahissait ses sentiments. Ce n'était pas de la surprise. Plutôt de l'amusement. En règle générale, j'aime bien voir le visage imperturbable de Ramsès s'adoucir. Pas en ce moment, toutefois.

– Vous aviez mis Ramsès dans la confidence ! m'écriai-je d'un ton accusateur. Mais pas moi. Comment avez-vous pu, Emerson ?

– Non, Mère, protesta Ramsès. Sincèrement. Père ne m'avait rien dit. Cependant, c'était une ligne de conduite prévisible et logique... euh... comme vous, sans aucun doute... hum... Dois-je aller prévenir Selim, Daoud et les autres ?

Le train ralentissait. Je regardai avec envie la banquette, qui s'ouvrait sur une couchette moelleuse et confortable, une couchette dont je ne profiterais pas, et je mis mon chapeau.

– Vous voulez bien donner un coup de coude à Merasen, Nefret ? Bonté divine, je crois que ce garçon dormirait paisiblement au beau milieu d'une tempête de sable !

Etant donné que la ligne de chemin de fer pour Abu Hamed traversait le désert aride, à des miles du fleuve, une série de puits avait été creusée afin de fournir l'eau nécessaire. La gare Numéro Dix indiquait l'un de ces puits. Elle ne méritait pas un nom plus prestigieux. Il n'y avait rien là-bas, excepté la gare elle-même, une bâtisse en bois grisâtre dont la peinture avait été depuis longtemps flétrie par le sable et le soleil. Le train pour

Kareima n'était certainement pas un train « de luxe ». Outre la vieille locomotive, il n'y avait qu'une demi-douzaine de wagons et un fourgon à bagages... mais au moins il était là, attendant des passagers, lorsque nous arrivâmes. Les inévitables marchands ambulants proposaient bruyamment des fruits, de l'eau et du pain saupoudré de sable. Sur ma suggestion, Ramsès acheta des provisions et Nefret persuada le steward du wagon-restaurant de remplir nos gourdes de thé froid.

Le transfert de nos bagages, à présent un tas gigantesque, prit un certain temps. Quelques-uns des autres passagers mirent à profit cet arrêt forcé pour descendre du train et se dégourdir les jambes. Parmi eux, il y avait les Allemands. Ils allaient et venaient à grandes enjambées, balançant les bras comme s'ils s'apprêtaient à faire une course à pied. Plusieurs hommes en vêtements indigènes marchandaient avec les vendeurs. Ils étaient les seuls à prendre le train pour Kareima.

Alors que nous attendions, j'aperçus un cheval et son cavalier, immobiles sur la crête d'une petite dune à quelque distance. Ils constituaient les sujets les plus intéressants dans ce paysage lugubre, et valaient la peine qu'on les regarde – un tableau tout à fait romantique, le superbe coursier prêt à partir au galop, le cavalier bien droit sur sa selle. Ce dernier était trop loin pour que je puisse distinguer ses traits, mais le soleil, qui avait à présent dépassé le zénith, brillait sur ses longues tuniques et les plis du keffieh blanc qui recouvrait sa tête. Il tenait une longue lance dans une main. Comme je regardais, levant les mains pour protéger mes yeux de l'éclat du soleil, l'homme brandit sa lance et l'agita en guise de salut ou bien... ce qui semblait plus vraisemblable, comme une menace.

– Emerson, dis-je en le tirant par la manche. Regardez là-bas.

– Pas maintenant, Peabody, pas maintenant. Dépêchez-vous, vous autres, chargez ces caisses à bord. Faites attention à celle-ci, Selim, elle contient les appareils photographiques et les plaques. Oui, Peabody, qu'y a-t-il ?

Le cavalier avait disparu.

– Rien, Emerson.

Nous prîmes nos places dans le train. J'avais connu pire, même si certaines des fenêtres ne s'ouvraient pas et d'autres ne fermaient pas. Il n'y avait que deux classes – la première et la dernière. A l'exception de notre groupe, le train était presque vide, aussi étions-nous à même de prendre nos aises. Merasen annonça qu'il allait chercher un compartiment inoccupé et dormir un peu. « Réveillez-moi lorsque nous arriverons », dit-il à Selim. Celui-ci fit une moue dédaigneuse mais s'abstint de répliquer.

– Combien de temps ? demandai-je à Emerson d'un air las.

– Seulement une dizaine d'heures.

– Réveillez-moi lorsque nous arriverons, l'informai-je.

Je pensais que le sommeil serait impossible, en raison des cahots du train et de la chaleur insupportable. Je n'avais pas l'impression de dormir, mais, brusquement, entre un battement de cœur et le suivant, je fus dans un autre endroit, un endroit que je connaissais très bien. Un vent frais caressait mon visage, et le ciel présentait le bleu clair, transparent, qui précède le soleil levant. Celui-ci se trouvait derrière moi, car j'étais tournée vers l'ouest... vers les collines de Thèbes, avec les ruines majestueuses de Deir el-Bahri sur ma gauche et, devant moi, le sentier sinueux qui amenait au sommet du plateau et continuait vers la Vallée des Rois. Je commençai à gravir le sentier, comme je l'avais fait tellement de fois auparavant. C'était une rude montée et je respirais rapidement lorsque j'arrivai en haut. Et là, venant vers moi à grandes enjambées, il y avait un homme, très grand et le dos droit, à la barbe noire et au turban blanc comme la neige. Les longs pans de sa *galabieh* virevoltaient autour de lui.

– Tournez-vous, Sitt, et regardez le soleil se lever, dit-il.

Je plaquai ma main sur mon cœur. Il battait à grands coups, et ce n'était pas en raison des efforts de la montée.

– Abdullah. Est-ce réellement vous ? Vous semblez si jeune !

Il s'arrêta à quelques pas de moi et me sourit. Ses dents blanches brillèrent au sein de sa barbe noir de jais.

– Le temps n'existe pas ici, Sitt. Ceci est un rêve. Vous l'ignoriez ?

– Le rêve le plus agréable que j'aie fait depuis bien des mois, répondis-je.

Et c'était la vérité. La joie me remplissait comme de l'eau débordant d'une tasse, ne laissant pas de place pour le chagrin ou la surprise ou le doute. Je ris bruyamment et je tendis les mains vers lui. Continuant de sourire, il secoua la tête, et quelque chose me dit que je ne devais pas m'avancer plus près, ni le toucher.

– Tournez-vous, Sitt, répéta-t-il. Et nous contemplerons à nouveau le lever du soleil ensemble.

De tous les souvenirs que j'avais d'Abdullah,

celui-là était le plus fort, car, tandis que les années passaient et que sa barbe blanchissait, il trouvait la montée de plus en plus difficile. Etant Abdullah, il ne l'aurait jamais admis, aussi avais-je pris l'habitude de faire semblant d'avoir besoin de m'arrêter et de recouvrer mon souffle avant de suivre les autres vers la Vallée où nous travaillions. Voir le globe en fusion du soleil s'élever au-dessus des falaises à l'est de l'autre côté du fleuve et observer la lumière se répandre sur les champs verdoyants et l'eau parcourue de rides, les ruines des temples et les villages modernes, était une expérience inoubliable. Parfois, je m'étais dit que si l'on me permettait de revenir dans le monde des vivants, c'était l'endroit que je choisirais. (Après m'être assurée, bien sûr, qu'Emerson était là où je désirais qu'il soit, et que les enfants étaient en bonne santé.)

Je me tournai docilement et je sentis la présence d'Abdullah tout près derrière moi. Il chuchota quelque chose qui ressemblait à une invocation, et je dis :

– Etes-vous un adorateur du soleil, Abdullah ? J'avais toujours suspecté que vous étiez ni plus ni moins un païen.

– Dans ce cas, la même chose est vraie pour vous, Sitt Hakim. Mais ne parlons pas religion, c'est une perte de temps inutile. Au nom de Dieu (quel que puisse être son nom), qu'est-ce qui vous a amenée sur la route que vous suivez maintenant ? Faites demi-tour avant qu'il soit trop tard.

– Ainsi vous êtes revenu pour me mettre en garde ?

– Je le devais. Bien que cela soit également une perte de temps inutile, répondit Abdullah d'un ton maussade. Vous ne tenez aucun compte des mises en garde. Vous prenez des risques insensés.

– Ce n'était pas mon idée, répliquai-je.

Et j'éclatai de rire à nouveau. Sa réprimande et ma justification étaient si merveilleusement familières et empreints d'un tel réalisme. Je me retournai spontanément pour lui faire face. Il recula de quelques pas.

– Pourquoi riez-vous comme une petite sotte, au lieu de m'écouter ? demanda-t-il vivement en fronçant les sourcils.

– C'est parce que je suis tellement heureuse de vous voir. Vous m'avez manqué, Abdullah.

– Ah ! Hummm. (Il lissa sa barbe et s'efforça de ne pas sourire.) Le temps qui m'est accordé est presque terminé, Sitt. Si vous ne faites pas demi-tour, au moins soyez très prudente. Ne vous fiez à personne, pas même aux personnes apparemment innocentes. Des ennemis vous suivent, bien plus que vous ne le savez.

Un air chaud remplaça le vent frais d'une matinée à Louxor. Je sentis le bras d'Emerson autour de mes épaules et le coton moite de sa chemise sous ma joue. Cette vision avait été si merveilleuse que je répugnais à la voir disparaître. Vision ou rêve – ou quelque chose d'autre ? – cela avait estompé une partie de la peine causée par la mort d'Abdullah. Je souris en me souvenant de ses griefs.

– Elle sourit, dit la voix de Nefret.

– Ne la réveillez pas.

Le grognement d'Emerson était ce qui s'approchait le plus d'un chuchotement pour lui.

– La chaleur semble l'incommoder énormément, dit Ramsès, sa voix adoucie par l'inquiétude. Père, ne pourriez-vous pas la persuader de rester à Gebel Barkal, au lieu de...

– Certainement pas, dis-je, et je me redressai. Quelle heure est-il ?

Une seule lampe, à l'abat-jour craquelé, fumait avec une lueur rougeâtre et projetait des ombres sinistres sur les visages de mes compagnons.

– L'heure de manger quelque chose, répondit Emerson en éludant ma question, à savoir combien de temps encore allait prendre ce trajet cahotant. Nous vous attendions, ma chère. C'était très judicieux de votre part de penser à acheter de la nourriture.

– Je savais que cela ne vous serait pas venu à l'esprit, rétorquai-je. Selim et les autres ont été approvisionnés ?

Ramsès m'assura que c'était le cas, et nous commençâmes à manger à belles dents.

– Vous avez bien meilleure mine, tante Amelia, fit remarquer Nefret. Vous souriiez dans votre sommeil. Avez-vous rêvé de quelque chose d'agréable ?

– Quelque chose de très agréable, ma chère enfant. J'ai vu...

Ma voix se cassa, et Ramsès me tendit aussitôt une tasse de thé. Tout en buvant à petites gorgées, je réfléchis à ce que j'avais été sur le point de dire. J'étais parfaitement incapable de restituer par des mots la force de ce rêve et son effet. Ils me trouveraient stupide et sentimentale si je leur parlais d'Abdullah. Emerson me tapoterait sans doute la tête. Pour lui, c'est un geste réconfortant, mais il donne des tapes trop fortes et dérange ma coiffure.

– J'ai rêvé de Louxor, déclarai-je. De la falaise qui

domine Deir el-Bahri. L'air était magnifiquement clair et frais, et le soleil se levait.

Emerson s'éclaircit la gorge bruyamment.

– Nous retournerons là-bas sous peu, Peabody, ma bien-aimée. Je vous le promets.

Il me tapota la tête.

– Aïe ! m'exclamai-je.

Le voyage interminable s'éternisait. Je somnolais par à-coups au creux du bras robuste d'Emerson. Nefret s'était également assoupie, pelotonnée sur la banquette, sa tête posée sur les genoux de Ramsès. Celui-ci lisait, ou s'efforçait de le faire, à la faveur de la lumière ténue, mais il tournait rarement une page.

Finalement, les premières faibles rougeurs de l'aube atténuèrent l'obscurité.

– Nous y sommes ! cria Emerson dans mon oreille. Gebel Barkal !

En fait, ce n'était pas Gebel Barkal. Le grand temple montagneux des anciens Koushites se trouvait encore à plusieurs miles de distance. Cependant, le train ralentissait et j'étais tout à fait disposée à faire preuve d'indulgence envers l'imagination d'Emerson.

Ramsès referma son livre et posa doucement sa main sur l'épaule de Nefret. Elle murmura d'un air endormi et tourna la tête, son visage empourpré par le sommeil.

– Réveille-toi, lui dit Ramsès. Nous arrivons. Mère, comment vous sentez-vous ?

– Parfaitement reposée, l'assurai-je. Et maintenant, Emerson ?

– Tout est prévu, dit Emerson fièrement. Vous vous souvenez certainement de mon vieil ami...

– Pas Mustapha, Emerson ! J'espérais qu'il était mort !

– Peabody ! s'exclama Emerson avec une surprise scandalisée.

– Je voulais dire... enfin... je pensais qu'il était sans doute mort.

Ramsès avait tourné la tête, sa main levée pour dissimuler sa bouche. Il se souvenait de Mustapha et de mes commentaires caustiques sur la conception que cet individu avait d'une demeure confortable. Une tente dans le désert... une grotte dans les falaises... aurait ressemblé au *Shepheard* en comparaison de la maison que Mustapha avait mis à notre disposition.

– Oh ! fit Emerson. Ma foi, il n'est pas mort. Et il est là-bas, ponctuel. Quel homme admirable !

Les années n'avaient laissé aucune marque sur Mustapha, peut-être parce qu'il avait été déjà aussi ridé et décharné qu'il le deviendrait en vieillissant... et aussi sale. Comme auparavant, il fut *tellement* content de nous voir qu'il était difficile d'être fâché contre le vieil homme. Il y avait des larmes sincères dans ses yeux lorsqu'il étreignit Emerson et me salua. Il loua la beauté et la grâce de Nefret, regarda d'un air surpris Ramsès, lequel avait été un petit garçon de dix ans lors de leur dernière rencontre, et il se lança dans une kyrielle de compliments que je ne connaissais que trop bien.

– Vous ressemblez exactement à votre vénéré père ! Grand, beau et robuste, comblant les femmes avec votre...

– Tout à fait, dit Emerson en toussant légèrement. Eh bien, Mustapha, je vois que vous avez amené un certain nombre de gaillards vigoureux prêts à nous donner un coup de main. Voici notre *raïs*, Selim, et son cousin Daoud, et son cousin Ali.

Kareima était le terminus de la ligne. J'observai les voyageurs descendre du train. Apparemment, la ruse d'Emerson avait marché, car je ne vis pas un seul Européen. Les autres voyageurs étaient tous des gens du pays.

Durant le trajet en train, j'avais tenté à plusieurs reprises de contraindre Emerson à me dire ce qu'il avait l'intention de faire lorsque nous serions arrivés à Napata. Il s'était contenté de sourire avec une suffisance insupportable.

– Vous avez dit que vous vous en remettiez à moi, Peabody.

Je regrettais amèrement de l'avoir fait, bien que, en toute justice, je ne pense pas que j'aurais pu améliorer les dispositions prises par Emerson. La route que nous avions suivie n'était pas celle que nous avions empruntée dix ans plus tôt, lorsque nous étions arrivés par vapeur de Kerma... en d'autres termes, de la direction opposée. Cette partie de la vaste région connue sous le nom de Napata était nouvelle pour moi, et je ne puis dire que son aspect m'enchantait. Excepté la gare, il n'y avait rien à Kareima à part un certain nombre de huttes rondes appelées *tukhul*. Les branches de palmiers dont elles sont faites offrent l'hospitalité à une grande variété d'insectes et de rongeurs. Les habitants sont très généreux, et la plupart sont tout à fait disposés à quitter leur maison pour les prêter (les louer, devrais-je dire) à des visiteurs, mais il est vivement recommandé aux voyageurs intrépides qui visitent cette région d'apporter leur propre équipement, notamment des tentes.

Nous avions apporté des tentes. C'était une pensée réconfortante.

– Nous installerons notre premier campement à Gebel Barkal, annonça Emerson en se frottant le menton. C'est seulement à quelques miles d'ici. A moins que vous ne désiriez vous reposer un moment, Peabody. Mustapha a offert sa...

– Non ! m'exclamai-je. C'est... c'est très aimable de la part de Mustapha, mais je préfère partir tout de suite. Par quel moyen de transport, si je puis poser cette question ?

Mustapha nous indiqua fièrement plusieurs moyens de transport. Je refusai courtoisement de voyager dans les charrettes, qui étaient déjà remplies de nos bagages, et je refusai un chameau en faveur d'un âne à l'air maussade. Mustapha avait également amené deux chevaux, lesquels n'arrêtaient pas de piaffer et de rouler les yeux d'une façon menaçante. J'eus le sentiment que Mustapha escomptait quelque divertissement en nous regardant essayer de monter ces bêtes. Sa figure s'allongea lorsque Ramsès, qui est capable de monter tout ce qui a quatre pattes, sauta en selle et se fit obéir du cheval à l'aide de ses genoux et de ses mains. Emerson prit l'autre cheval. Il n'eut aucune difficulté, lui non plus. Même un cheval rétif se garde bien de discuter avec Emerson.

Laissant les hommes finir de charger les charrettes, nous nous mîmes en route et traversâmes le village. Peu après, la Montagne Sainte apparut à nos regards. C'était un paysage naturel impressionnant, une montagne de grès au sommet plat qui s'élevait à plus de quatre-vingt-dix mètres au-dessus de la plaine. A sa base, il y avait les ruines des temples qui s'étaient dressés à cet endroit pendant plus d'un millier d'années, érigés à la gloire d'Amon-Rê et de nombreuses autres divinités. Alors que nous nous approchions, j'aperçus du mouvement parmi les pierres éboulées.

– Que se passe-t-il ? demandai-je à Mustapha.

– Ils creusent, Sitt Hakim, répondit-il, ajoutant avec un certain mépris : Ils font des fouilles pour trouver des pierres brisées et des pots vides, comme vous. Ils n'ont pas trouvé d'or.

Emerson et Ramsès se trouvaient à quelque distance devant nous, mais j'entendis distinctement le « Enfer et damnation ! » d'Emerson. Je pense que Ramsès tenta de le retenir, mais Emerson était dans une telle colère qu'il ne lui prêta pas attention. Il lança son cheval au galop. Ce n'était pas une chose très sensée à faire, eu égard au terrain accidenté. Nous le suivîmes aussi vite que nous le pouvions, mais avant que nous l'ayons rejoint, le cheval broncha et Emerson fit un vol plané par-dessus la tête de l'animal et tomba lourdement aux pieds d'un homme qui avait surgi de derrière l'un des murs écroulés. Il portait des vêtements européens et était coiffé d'un casque en liège. Avec une exclamation d'inquiétude, il aida Emerson à se relever.

Nos pressentiments les plus affreux s'étaient concrétisés. Le pointage sur notre liste était presque complet à présent. L'homme était un satané égyptologue !

# 5

– Vous n'allez pas laver ces maudits chameaux, j'espère ? s'enquit Emerson du ton de celui qui souhaite une réponse négative mais n'y compte pas vraiment.

– Bien sûr que si ! Est-ce que vous m'avez déjà vue me soustraire à ma tâche, que ce soit envers un homme ou un animal ?

– Ces chameaux me semblent tout à fait propres, dit Emerson dans une ultime tentative pour m'en empêcher.

– Sans vouloir être impolie à l'égard de l'un de vos amis, Emerson, je refuse d'avoir confiance en toute chose, animée ou non, qui nous a été fournie par Mustapha.

– Crénom ! grommela Emerson. Eh bien, ne vous attendez pas à ce que je vous aide. Quelle sottise !

C'était seulement une protestation pour la forme. Emerson ne maltraiterait jamais un animal et ne permettrait pas qu'on le maltraite. De surcroît, il savait que je le ferais, de toute façon. Lors de mon premier séjour en Egypte, je m'étais aperçu que la plupart des petits ânes montés par les touristes souffraient de plaies et de mauvais traitements. Depuis lors, je m'étais fait un devoir de laver et de soigner tous les animaux que nous employions. Je devais rendre justice à Emerson : il s'était abstenu de mentionner le triste sort de la dernière fournée de chameaux que j'avais soignés. Je dois également me rendre justice : ce n'était pas de ma faute si quelqu'un avait mis du poison dans mes remèdes pour chameaux.

– Cela ne prendra pas très longtemps, Emerson. Je crois que j'ai attrapé le coup maintenant.

En l'occurrence, c'était une déclaration quelque peu optimiste. Je suis parvenue à la conclusion qu'il est impossible à quiconque de laver un chameau rapidement et facilement. Les chameaux ont un caractère tout à fait abominable et, je pourrais presque le croire, plus d'articulations qu'un quadrupède normal. Des cordes passées autour des pattes du chameau et autour de son cou étaient tenues par nos hommes, deux pour chaque corde, mais cela n'empêchait pas l'animal de protester avec son braillement lugubre et de lancer des ruades à tout bout de champ. Je me tenais sur un petit monticule avec un seau d'eau savonneuse et ma brosse, et je frottais toute partie du chameau qui se présentait à portée de ma main. Ramsès et Nefret, quant à eux, rinçaient la bête tout en essayant d'éviter ses coups de sabot. Tous deux étaient très doux avec les animaux, mais ainsi que Ramsès le fit remarquer, une fois ce travail terminé, même saint François d'Assise se serait cassé les dents sur un chameau. C'était une façon plutôt vulgaire d'énoncer cela, à mon avis, mais étant donné que Ramsès était trempé jusqu'à la taille et se frictionnait le tibia, je ne relevai pas ce petit écart de langage.

Nous campions sur le site des pyramides de Nuri,

depuis deux jours. C'était de l'autre côté du fleuve et à plusieurs miles en aval de Gebel Barkal. Emerson avait insisté pour que nous poursuivions notre route dès qu'il eut identifié le « satané égyptologue » (il avait employé un adjectif plus emphatique). Heureusement, il avait le souffle quelque peu coupé en raison de sa chute du cheval, aussi avais-je été en mesure de le rejoindre avant qu'il se mette à vilipender le pauvre homme, lequel, j'en avais la certitude, avait commis la seule faute de se trouver là où Emerson ne voulait pas qu'il se trouve. Je maintins cette opinion même après que Mr MacFerguson, serrant la main à tout le monde et arborant un large sourire, eut mentionné qu'il avait travaillé l'été dernier au British Museum.

– Budge, grogna Emerson.

C'était le premier mot qu'il fut à même de proférer après avoir recouvré son souffle en partie.

– Non, monsieur, MacFerguson, dit ce gentleman d'un air surpris. Puis-je vous dire, monsieur, que c'est un grand honneur de faire votre connaissance... ainsi que celle de Mrs Emerson... du jeune Mr Emerson... et de Miss Forth...

– Selim et Daoud, dis-je en montrant de la main ces deux gaillards robustes. Notre *raïs* et son assistant.

Mr MacFerguson serra de nouveau la main à tout le monde. C'était un homme à l'aspect comique, avec un pâté arrondi en guise de nez, un menton proéminent, et des oreilles qui se déployèrent et prirent des dimensions tout à fait surprenantes dès qu'il eut retiré son casque.

– Mon Dieu, c'est un plaisir tellement inattendu ! dit-il d'une petite voix guindée évoquant celle de ces tantes vieilles filles qui existent dans chaque famille.

J'ai appris que vous aviez l'intention de faire des fouilles à Méroé.

– Oh, vraiment ? fit Emerson, qui avait reçu plusieurs coups secs du bout de mon ombrelle.

– Oui, oui, la nouvelle de vos projets s'est répandue, même jusqu'à un endroit aussi éloigné que celui-ci. J'ai reçu une lettre de Mr Reisner pas plus tard que la semaine dernière.

– Ah ! dis-je. Ainsi vous êtes en relations avec le service topographique nubien de Mr Reisner, et non avec le British Museum.

– Non, non. C'est-à-dire... oui, oui, le service topographique, placé sous la direction de Mr Reisner. Mais comme c'est impoli de ma part de vous laisser ainsi en plein soleil ! Permettez-moi de vous offrir un verre de thé pendant que vous me direz de quelle manière je puis vous aider. C'est un site immense, et je serais absolument ravi de le partager avec des personnes aussi éminentes.

Emerson secoua la tête avec irritation. Puis une nouvelle idée sembla lui venir à l'esprit. Son regard alla du nez grotesque de Mr MacFerguson à ses oreilles tout autant singulières.

– Hummm, fit-il. Eh bien... je vous remercie. C'est très aimable à vous.

Tandis que MacFerguson s'affairait, disposait des sièges pour nous à l'ombre de sa tente et demandait à ses serviteurs de préparer du thé, je chuchotai à Emerson :

– Je sais ce que vous pensez, Emerson. Vous faites erreur.

– Comment savez-vous ce que je pense ? Comment

savez-vous que je fais erreur ? Ce nez est trop beau pour être vrai.

– Quoi qu'il en soit, Emerson, et qui que soit MacFerguson, il n'est pas Séthos. Premièrement, Séthos est presque aussi grand que vous, et MacFerguson est plus petit que vous de plusieurs centimètres. Deuxièmement, ses yeux sont marron foncé. Troisièmement, il a des petits doigts boudinés et de larges paumes. Il est impossible de changer la forme des mains de quelqu'un. Les mains de Séthos sont plus étroites et plus souples, avec de longs doigts fuselés.

Le regard furieux d'Emerson m'apprit que j'aurais dû omettre ce dernier critère. Je m'empressai d'ajouter :

– Et ses épaules sont bien plus étroites que les vôtres, très cher. Alors, je vous en prie, cessez de l'asticoter !

– Bah ! fit Emerson, convaincu à contre-cœur mais toujours agacé. Néanmoins, il a très bien pu être envoyé ici par Budge.

– C'est ridicule, Emerson. Sa présence ici est une pure coïncidence. Détendez-vous, très cher. Soyez aimable. Souriez. N'éveillez pas des soupçons qui, à mon avis, n'ont pas lieu d'être éveillés pour le moment.

– Humpf ! fit Emerson, de ce fait reconnaissant le bien-fondé de mes remarques.

Je ne puis dire que ses efforts pour sourire furent particulièrement convaincants, même si ce sourire laissait apparaître un certain nombre de dents. Cependant, il refusa courtoisement l'offre de MacFerguson de partager le site avec nous.

– Nous avons l'intention de nous attaquer de nouveau aux pyramides de Nuri, expliqua-t-il. Afin de terminer le travail que nous avions commencé voilà dix ans. Nous ferions mieux de nous mettre en route, n'est-ce pas, Peabody ?

La figure de MacFerguson s'allongea.

– Au moins laissez-moi vous faire visiter le chantier, professeur. Beaucoup de choses ont été faites depuis votre dernier séjour ici.

– Une autre fois, répondit Emerson.

Il lança un regard d'envie à la masse impressionnante du mont Barkal et aux ruines qui s'étendaient autour de sa base. Les ruines n'avaient jamais été mises au jour comme il le fallait, et Emerson soutenait qu'elles étaient les vestiges de temples appartenant à plusieurs périodes, lesquels remontaient jusqu'au seizième siècle avant J.-C. ou même à une date antérieure. Emerson adore les ruines de temples. Plus elles sont complexes, et mieux c'est. Je lui donnai une petite tape affectueuse sur le bras.

Mustapha, en homme de ressources, avait rassemblé une petite flottille de bateaux, et nous traversâmes le fleuve avec nos bagages. Mes tentatives pour convaincre Emerson de différer ce départ jusqu'au jour suivant reçurent lettre morte.

– Autant en finir, Peabody. Je veux que nous soyons partis dans les quarante-huit heures, avant que ce MacFerguson signale que nous sommes ici.

– Je ne parviens pas à croire qu'il soit l'un des vautours, Emerson. Nous avons modifié nos plans si soudainement que personne n'aurait pu prévoir que nous allions nous diriger vers Napata, et il est ici depuis bientôt une semaine.

– C'est ce qu'il prétend, grommela Emerson. Je n'ai jamais entendu parler de cet individu. Et vous ?

– Non, mais peut-être est-ce un nouveau venu dans ce domaine.

– Humpf ! fit Emerson.

Nous laissâmes les animaux. Mustapha nous assura que d'autres ânes et chameaux nous attendaient sur l'autre rive. Je l'espérais sincèrement. Les pyramides se trouvaient sur le plateau, à un mile et demi du fleuve, et le soleil était ardent. Cependant, Emerson avait raison. Le passage du fleuve devait être effectué tôt ou tard, et défaire et refaire nos bagages serait une perte de temps inutile.

C'était la fin de l'après-midi lorsque mon âne gravit tranquillement la côte. J'aperçus alors les pyramides au loin. Elles se découpaient, noires, sur les rouges et les cramoisis flamboyants du coucher de soleil. Une vue encore plus réconfortante fut celle des tentes en forme de pyramide plus plate. Les hommes étaient partis devant, avec les chameaux chargés de notre matériel et ce qui était apparemment la moitié de la population locale, et beaucoup de mains bénévoles avaient aidé à monter le campement.

Un rapide regard à la ronde m'apprit que Budge, ou quelqu'un de son acabit, était venu à Nuri depuis que nous y avions fait des fouilles en 98. Les pauvres pyramides étaient encore plus délabrées qu'elles ne l'avaient été à cette époque.

– Voilà, Mère ! cria Ramsès comme mon escorte et moi approchions. Est-ce que vous allez bien, Mère ?

– Elle ira très bien dès qu'elle aura pris son whisky, répondit Emerson en m'aidant à descendre de ma monture. Vous voulez bien vous en occuper, Ramsès ? Par ici, Peabody, très chère.

## Lettres de la liasse C

(Ces lettres et celles qui suivent, écrites par Nefret Forth, n'ont pas été retrouvées parmi les papiers des personnes à qui elles étaient adressées, mais dans une liasse distincte jadis en la possession de Mrs Emerson.)

*Ma chère Evelyn,*

*A mon avis, il est très improbable que vous receviez jamais cette lettre. Lorsque nous rentrerons de notre expédition projetée, vous apprendrez nos aventures de nos propres lèvres. Cependant, toute personne sensée prend en compte des éventualités même peu probables.*

*Nous retournons à l'Oasis perdue. Un visiteur inattendu nous a apporté un appel à l'aide de notre ami Tarek, dont je vous ai souvent parlé. Je n'ai pas besoin de vous expliquer pourquoi nous nous sommes sentis obligés de répondre à cet appel.*

*Je confierai ce paquet scellé à mon excellent avocat, Mr Fletcher, avec pour instructions de le remettre quand et s'il jugera approprié de le faire. (Gargery, très vraisemblablement, s'empresserait de le décacheter à la vapeur.) Il contient ce bref compte rendu et une copie de la carte dont vous avez tellement entendu parler. Emerson m'a formellement interdit de joindre la carte, en faisant valoir à sa façon bourrue que Walter pourrait être assez stupide pour se précipiter au Soudan afin de nous rechercher, et mourir de soif dans le désert. J'ai une plus grande confiance en Walter. Si jamais il décidait d'agir, ce serait après mûre délibération et beaucoup de circonspection – et le choix, à mon avis, lui appartient entièrement.*

*Je présume que vous mettrez David dans le secret. Persuadez-le si cela vous est possible que si nous ne l'avons pas emmené avec nous, c'était en raison de notre grande affection pour lui. Ne pensez surtout pas que si nous ne sommes pas revenus dans un laps de temps raisonnable, cela signifierait que nous ne sommes plus de ce monde. Mener à bien nos projets prend parfois un peu plus de temps que nous l'espérons.*

## Lettre de la liasse C

*Très chère Lia,*

*Je ne sais pas si vous recevrez un jour cette lettre. Cela semble peu probable, mais j'éprouve le besoin de l'écrire. Il y a des chances pour que nous ne revenions jamais, et je détesterais disparaître sans un mot d'amour à quelqu'un qui représente tellement de choses pour moi.*

*Tante Amelia a écrit à vos parents. Si vous ne connaissez pas déjà ma vie avant ma venue en Angleterre, et le voyage épique qui amena le professeur et tante Amelia... et Ramsès – je ne dois pas oublier Ramsès – à la Montagne Sainte, vos parents vous raconteront tout lorsqu'ils jugeront opportun de le faire.*

*Nous avons toujours été des confidentes, chère Lia, mais j'ai été muette sur ce sujet. J'avais promis de ne jamais en parler, mais ce n'était pas la seule raison de mon silence. Tandis que les mois et les années passaient, les souvenirs se sont estompés jusqu'à ce qu'ils semblent aussi irréels qu'un rêve étrange. Tante Amelia soutiendrait probablement que je ne désirais pas me rappeler. C'est possible.*

*Nous nous apprêtons à entreprendre le même voyage. Il y a toujours de grandes lacunes dans mes souvenirs, Lia, j'ignore pourquoi. Mais je me souviens de Tarek, qui était mon frère d'adoption, doux, gentil et courageux. Je l'aimais énormément. Pourtant j'avais oublié à quoi il ressemblait jusqu'à ce que son frère cadet, Merasen, soit arrivé à Amarna House, apportant un appel à l'aide de Tarek. Ce dernier et son fils, son unique héritier, sont atteints d'une étrange maladie que personne de son peuple n'est capable de soigner – ce qui n'a rien de très surprenant, lorsqu'on sait que leurs notions en médecine proviennent d'un mélange de magie et de théories peu scientifiques qui caractérisaient la médecine de l'Egypte ancienne. J'ai lu tout ce que je pouvais trouver sur les maladies tropicales et j'espère et prie pour être d'une quelconque assistance. De toute façon, nous devons faire cette tentative. Je dois la vie à Tarek, car je doute que j'aurais survécu très longtemps dans la Cité de la Montagne Sainte.*

*Je m'étais demandé, de temps en temps, ce qui s'était passé après que nous nous fûmes enfuis, laissant Tarek continuer de se battre pour reconquérir son trône. Quel avait été le sort de mon méprisable cousin Reggie Forthright, lequel avait fait tout son possible pour m'empêcher de rentrer en Angleterre afin de revendiquer mon héritage qu'il espérait s'approprier ? Tarek avait-il été à même de soulager les souffrances des gens du peuple, les rekkit réduits en esclavage et opprimés ? S'était-il marié et avait-il des enfants ?*

*Pour ce que j'en savais, la Cité de la Montagne Sainte était peut-être tombée en ruine, dévastée par une tribu ennemie ou bien détruite par quelque catastrophe naturelle imprévisible.*

*Je connais les réponses à quelques-unes de ces questions, et bientôt (inshallah) je découvrirai les autres réponses. Le voyage sera pénible et dangereux, et pourtant j'attends son aboutissement avec une impatience qu'il vous sera peut-être difficile de comprendre. Quoi qu'il arrive, je serai heureuse d'avoir tenté cela. Souvenez-vous-en, chère Lia, si jamais le pire devait se produire. Toutefois, je ne crois pas un seul instant que ce sera le cas. Tante Amelia ne permettrait jamais une telle chose.*

– Les dés sont jetés, dit Emerson d'une voix sonore. Le moment est venu.

Nous étions assis autour d'un feu de camp, allumé plus pour le bien-être que pour la chaleur, bien que le soleil se soit couché et que l'air soit déjà plus frais. La lune ne s'était pas encore levée, et les contours des tentes luisaient faiblement dans l'obscurité.

– Quels dés ? demandai-je avec humeur. Quel moment ? Nous ne serons pas prêts à partir avant plusieurs jours. Vous parlez comme l'oracle d'Amon-Rê.

– Comment savez-vous ce qu'il...

Ramsès interrompit la plainte de son père.

– Ce que Père veut dire, c'est que le moment est venu de dire la vérité à Daoud et à Selim. Jusqu'à maintenant, ils ont seulement entendu l'histoire que nous avons racontée aux hommes que nous avons engagés... à savoir que nous cherchons des ruines à l'ouest d'ici.

– Et c'est également une histoire bigrement peu convaincante, déclarai-je. Le nombre de chameaux et de chameliers que nous avons engagés est bien trop élevé pour un trajet aussi court. Les hommes se livrent déjà à des conjectures.

– Qu'ils fassent donc des conjectures tout leur soûl ! répliqua Emerson. Ils ne savent absolument rien. Crénom, vous êtes d'une humeur bien critique ce soir, Peabody ! Donnez-lui un autre whisky, Ramsès.

J'acceptai l'offre, avec l'esprit dans lequel elle était destinée.

– Vous avez raison tous les deux, admis-je après ou une deux gorgées réconfortantes. Ramsès, vous voulez bien demander à Daoud et à Selim de se joindre à nous ? Vous pourriez également voir si vous pouvez trouver Merasen. Il nous a quelque peu évités ces derniers temps.

– Il s'est lié d'amitié avec nos hommes, dit Nefret, tandis que Ramsès se dirigeait vers le petit campement que nos compagnons avaient installé. Je lui ai dit que ses manières autoritaires ne lui serviraient guère avec eux... ou avec nous... et apparemment il a pris à cœur ma semonce. Lui et le jeune Ali sont devenus très copains.

Je ne pus m'empêcher de rire. Le mot « copain » semblait tellement incongru lorsqu'il concernait Merasen.

Ramsès revint presque tout de suite avec nos deux fidèles compagnons.

– Je n'ai pas réussi à trouver Merasen, annonça-t-il.

Selim se renfrogna.

– Ali et lui sont partis ensemble. Il faut que vous

parliez au garçon, Emerson. Il s'intéresse trop aux femmes du village, et Ali est jeune et stupide.

– Nous n'aurons plus à nous inquiéter au sujet des femmes du village, répondit Emerson. C'est notre dernière nuit ici. Euh... notre dernière pour un certain temps. Selim... Daoud... mes amis... le voyage que nous allons entreprendre demain est plus long et plus dangereux que je ne vous avais amenés à le croire. Je vais vous exposer notre véritable objectif, afin que vous puissiez décider si vous nous accompagnez ou non. Le choix vous appartient entièrement.

Aussi placide et impassible qu'une statue monumentale, Daoud dit :

– Il n'y a pas de choix à faire. Là où va le Maître des Imprécations, nous le suivons, même jusque dans les feux de la Géhenne.

Emerson s'éclaircit la gorge bruyamment.

– Humpf ! Merci, mon ami. Mais vous n'avez pas encore entendu les faits.

– C'est inutile, fit Selim. (La lune s'était levée et sa froide lumière soulignait d'ombres son beau visage anguleux.) Daoud a dit la vérité. Vos paroles ne constituent pas une surprise, Emerson. Le garçon n'est pas un villageois, et l'arme qu'il porte sur lui n'est pas une épée arabe.

Sans plus de façons, Emerson se lança dans l'histoire de l'Oasis perdue. Daoud écouta avec intérêt mais sans la moindre surprise. Il faisait montre d'un émerveillement quasi enfantin à propos du monde, ce qui signifiait que rien ne le surprenait... ou que tout le surprenait. La physionomie changeante de Selim exprimait diverses émotions, mais celle qui prédominait était la joie.

– Ce sera une grande aventure ! s'exclama-t-il.

– Réfléchissez bien, Selim, dit Emerson d'une voix sépulcrale. A la fin, nos ossements pourraient bien blanchir dans le sable.

– Ou peut-être qu'il n'en sera rien, répondit la voix grave de Daoud. Nous sommes entre les mains de Dieu.

Emerson s'était exprimé dans son arabe courant et quelque peu fleuri à l'excès. A présent, je dis, en anglais :

– Nous avons un proverbe : Aide-toi et le ciel t'aidera.

Selim rejeta sa tête en arrière et éclata d'un rire tonitruant.

– Et c'est ce que nous ferons, Sitt Hakim. Comment pouvons-nous échouer, avec vous et le Maître des Imprécations pour nous guider ?

Je pouvais penser à un certain nombre de façons, mais cela ne rimait à rien de faire naître des doutes. C'est un fait bien connu que le courage repose jusqu'à un certain point sur l'incapacité à voir le danger (la stupidité, en d'autres termes) et également sur la confiance en soi.

Après avoir fait jurer le silence à Selim et Daoud, nous nous couchâmes de bonne heure. Emerson s'endormit immédiatement, mais ce n'était pas mon cas. Les mauvais pressentiments troublent rarement mon époux. Il n'y croit pas, du moins c'est ce qu'il prétend. Cette nuit-là, ils me troublaient. Cela n'avait rien d'étonnant, eu égard à ce que le lendemain apporterait. Finalement, je renonçai à la tentative d'apprivoiser le sommeil. Me levant sans bruit, je mis mon peignoir et sortis de la tente. La lune était presque pleine. Ses rayons argentés étaient suffisamment lumineux pour éclairer une silhouette familière qui se tenait aussi immobile qu'une statue à quelque distance. Il me tournait le dos et regardait vers l'ouest. Il avait certainement entendu le bruissement de mes jupes tandis que je m'approchais, pourtant il ne se retourna pas.

– Qu'y a-t-il, Ramsès ? demandai-je.

Sa voix fut aussi douce que la mienne lorsqu'il répondit. Le silence interdit de parler à haute voix.

– Je me souvenais d'une certaine nuit voilà dix ans, lorsque vous m'avez trouvé à l'extérieur de ma tente, et que je vous ai dit que j'avais entendu une voix m'appeler. Une voix que j'avais prise pour la vôtre. C'était à cet endroit même.

– Ou à proximité, admis-je prudemment, car il parlait d'une façon très étrange. Je vous en prie, ne me dites pas que cela s'est produit de nouveau ! Cette voix imaginaire était le résultat d'une suggestion post-hypnotique implantée dans votre esprit par Tarek afin de...

– Je sais pourquoi.

Son visage ressemblait à de la pierre, ses yeux enfoncés dans des puits d'ombre, ses pommettes saillantes et sa bouche ferme nettement soulignées. Brusquement effrayée, je saisis son bras et je fus ridiculement soulagée de sentir des muscles humains durs et chauds. Ramsès frissonna. L'air était froid. Puis il me regarda et dit d'un ton léger :

– Non, Mère, il ne s'est rien produit, même pas une voix spectrale surgie du passé. Je ne parvenais pas à dormir et je suis sorti pour prendre l'air. J'espère que je ne vous ai pas réveillée.

– Je ne parvenais pas à dormir, moi non plus.

– Tout ira bien, Mère.
– Je sais.
– Bonne nuit.
– Bonne nuit.

Je buvais mon thé lorsque Selim vint vers moi à grandes enjambées.

– Ali n'est pas rentré, dit-il, trop inquiet pour faire les salutations d'usage. Le garçon n'est pas au campement, non plus. A moins qu'il soit avec vous.

Je me tournai en une demande silencieuse vers Ramsès, qui partageait sa tente avec Merasen. Il secoua la tête.

– Il n'est pas entré cette nuit.

– Envoyez quelqu'un au village pour les ramener. (Les dents d'Emerson produisirent un claquement sec.) S'ils dorment après une nuit de... euh, enfin, si cela s'avère être le cas, je les ferai courir derrière les chameaux pendant un jour ou deux !

Ils n'étaient pas au village. Daoud revint pour nous apprendre qu'ils étaient allés là-bas, mais qu'ils étaient partis peu avant minuit.

– Le garçon (il avait adopté le terme méprisant utilisé par Selim pour désigner Merasen) a bu beaucoup de bière et il a fait le joli cœur après des filles. Ali avait bu, lui aussi.

Selim poussa une exclamation furieuse et se leva d'un bond.

– Il n'avait jamais fait une chose pareille ! Il connaît la Loi. Lorsqu'il rentrera, je vais le...

– Je ne crois pas que nous devrions attendre son retour, dit Ramsès d'une voix étrangement blanche. Je vais me rendre au village et commencer à le chercher à partir de là. Quelqu'un a peut-être vu dans quelle direction ils allaient.

Cela semblait être la ligne de conduite la plus judicieuse, aussi nous l'accompagnâmes tous. Nous obtînmes peu d'informations de la part des villageois. Les hommes vertueux parmi eux étaient endormis et les habitués de la taverne illicite avaient été trop ivres pour remarquer quoi que ce fût. Nous nous dispersâmes, regardant derrière chaque affleurement rocheux et le moindre tertre. Ce furent Ramsès et moi qui découvrîmes Ali, dans une petite ravine à quatre mètres seulement du chemin. Un seul regard suffisait. La mare de sang dans laquelle baignait la tête de l'infortuné Ali avait déjà séché. Ramsès me demanda de détourner les yeux tandis qu'il retournait le corps, et je ne protestai pas. La gorge d'Ali avait été tranchée. Il n'y avait aucun signe de Merasen.

– Il ne s'agit pas d'une coïncidence, dit Ramsès, lorsque nous fûmes rentrés au camp.

Selim et Daoud apprêtaient le corps d'Ali pour l'enterrement, qui devait avoir lieu avant le coucher du soleil. Les villageois avaient offert toute l'assistance possible, y compris une tombe dans le cimetière à proximité de la petite mosquée. Ces pauvres gens redoutaient d'être rendus responsables, et étaient horrifiés par la brutalité du meurtre.

– Ce n'était pas l'un des villageois, poursuivit Ramsès. Ils avaient tout à perdre et rien à gagner avec un tel acte. Et Ali est le troisième de nos hommes à nous être enlevé.

– Oui, oui, Ramsès, nous comprenons tous cela, grogna Emerson.

Il tirait des bouffées de sa pipe avec acharnement,

ce qui aurait été un signe certain de désarroi et de colère même si son visage renfrogné n'avait pas rendu ses sentiments parfaitement clairs.

– Quand je mettrai la main sur ce garçon...

– Merasen ? (Nefret se raidit.) Pourquoi supposez-vous qu'il est le coupable ? Il a peut-être été enlevé par les personnes qui ont tué Ali.

– C'est possible, dit Ramsès.

Les joues blêmes de Nefret reprirent un peu de leur couleur.

– Tu es contre lui. Tu l'as toujours été.

– Cela suffira, Nefret, dis-je d'un ton ferme.

Elle avait été bouleversée par la mort d'Ali, un adolescent doux et enjoué que nous aimions tous.

– La situation est trop grave pour des récriminations, poursuivis-je. Nous avons à présent la preuve que quelqu'un cherche à nous nuire. Qui peut être cette personne, nous l'ignorons pour le moment. Il y a un argument solide en faveur de Merasen : il ne se trouvait pas sur le bateau lorsque Hassan est tombé, ou a été poussé, par-dessus bord.

– C'est exact, dit Nefret avec empressement.

– Néanmoins, dis-je, je propose que nous examinions nos bagages et ceux de Merasen. J'aimerais savoir si quelque chose a disparu – argent, effets personnels, papiers de toute sorte.

– Bien joué, Mère, fit Ramsès.

– C'est très aimable à vous de le dire, mon cher garçon.

A première vue, la précieuse valise de Merasen et d'autres paquets ne semblaient pas avoir été dérangés. Mais lorsque nous ouvrîmes la valise en question, nous constatâmes que la plupart de ses vêtements ne s'y trouvaient plus, ainsi que l'épée et son fourreau. Ramsès s'oublia au point de jurer vertement.

– Nom d'un chien ! Moi qui croyais me montrer si intelligent en insistant pour qu'il dorme dans ma tente, mais il est clair que je ne l'ai pas été suffisamment. Il a probablement emporté ses affaires discrètement dans l'après-midi. Je me serais réveillé s'il était entré au cours de la nuit.

– Tu le soupçonnais, dit Nefret.

– Il est bien regrettable que personne d'autre ne l'ait soupçonné, dit Emerson de cette voix calme et froide qui était encore plus menaçante que ses beuglements. Ce n'est pas votre faute, mon garçon. Voyons s'il a pris autre chose.

Emerson avait déjà dépensé une partie de l'argent, afin d'engager les chameliers et leurs montures, et il avait donné un généreux bakchich à l'obligeant Mustapha. Le reste, selon ses comptes, était intact, ce qui ne me surprit pas, puisqu'il l'avait constamment gardé sur sa personne. Notre préoccupation suivante fut pour les armes. Apparemment, on n'avait pas touché aux lourdes caisses, dont Selim avait eu la charge. Néanmoins, Emerson força les couvercles.

– Tout est là, annonça-t-il. J'avais l'intention de les distribuer avant que nous partions, mais autant le faire maintenant. (Il prit l'un des fusils, une arme très lourde plus longue que mon bras, et le tendit à Ramsès.) Chargez-le. Maintenant.

– Oui, Père.

Ramsès détestait la chasse et préférait ne pas porter d'armes à feu sur lui, mais après un incident survenu quelques années plus tôt, il s'était exercé à tirer sur des cibles, déclarant à sa manière imperturbable :

« Dans certaines circonstances, la compétence dans ce domaine particulier peut s'avérer très utile. »

Je voulus prendre un autre fusil, mais Emerson repoussa ma main d'une tape.

– Ce fusil est trop lourd pour vous. Le recul vous briserait probablement l'épaule, même si vous pouviez le tenir fermement. Il en va de même pour vous, Nefret.

Nefret observait Ramsès. Celui-ci avait pris des cartouches dans une autre caisse et chargeait l'arme de façon experte.

– Je n'en veux pas, dit-elle d'une voix étranglée.

– Et les pistolets ? m'enquis-je avec bon espoir.

– Vous êtes la plus mauvaise tireuse du monde, Peabody, déclara mon époux sans la moindre aigreur. Vous n'avez jamais réussi à toucher quoi que ce soit avec votre petit pistolet... enfin, quelque chose que vous visiez.

– Je pourrais apprendre, Emerson.

– Pas avec ceux-là, répondit Emerson.

Il y avait suffisamment de fusils pour armer tous les hommes, et il en restait plusieurs. Nous laissâmes Ramsès monter la garde près des caisses et nous entreprîmes l'étape suivante de nos recherches. J'avais un horrible pressentiment à propos de ce que nous trouverions... ou plutôt, de ce que nous ne trouverions pas.

C'était la copie de la carte de Nefret qui avait disparu. Tout d'abord, elle refusa d'accepter ce fait, jetant des papiers partout sur le sol de sa tente en une recherche éperdue.

– Regardez les choses en face, ma chère enfant, dis-je en posant une main compatissante sur son épaule. Il a eu amplement l'opportunité de la prendre.

– Ainsi que d'autres, murmura Nefret, tandis

qu'elle était agenouillée, tête baissée, au milieu des papiers éparpillés.

– Nous perdons du temps, dit Emerson. Plus tôt nous nous mettrons en route, et mieux ce sera. Masud fait boire les chameaux. Je vais lui dire de se dépêcher et de commencer le chargement. Nefret, rassemblez vos affaires. Peabody, trouvez Selim et dites-lui que nous partons immédiatement après l'enterrement.

– Vous avez l'intention de continuer, alors ? demandai-je.

– Est-ce que nous avons le choix ?

A vrai dire, nous n'avions pas le choix. Il aurait été impensable d'abandonner Tarek s'il y avait la moindre chance pour que nous puissions lui venir en aide. Ainsi que Ramsès avait été le premier à le faire remarquer, Merasen n'avait pas apporté de message écrit, et son comportement depuis lors nous avait donné de bonnes raisons de mettre en doute la véracité de ses dires. Toutefois, j'avais connu des hommes qui avaient été reconnus innocents alors que des preuves encore plus solides les accusaient.

Les preuves accusant une autre personne, inconnue, s'accumulaient. Merasen n'avait pu être responsable de l'accident survenu à Hassan. Le meurtre brutal d'Ali et le vol de la carte de Nefret faisaient nécessairement partie du même complot mortel. La carte en elle-même ne serait d'aucune utilité à Merasen. Il ne savait pas se servir d'une boussole. Néanmoins, ainsi que nous l'avions compris, il ne pouvait pas trouver son chemin vers la Cité Sainte, ou servir de guide à quelqu'un d'autre, sans une telle aide. Qui que soit ce « quelqu'un d'autre », ses intentions ne pouvaient pas être honnêtes ou inoffensives, envers nous ou envers Tarek. Nous savions seulement deux choses sur lui. Il savait se servir d'une boussole et suivre les indications sur une carte, et il s'était trouvé sur le bateau se rendant à Wadi Halfa.

Les missionnaires, le Grand Chasseur Blanc, les volubiles touristes allemands, le charmant capitaine Moroney ? Ou quelqu'un d'autre, habilement déguisé en l'un des hommes d'équipage ?

Le soleil baissait lentement à l'ouest (ou, pour énoncer cela en termes scientifiques, le globe terrestre tournait lentement dans la direction opposée). A l'instar de la plupart des couchers de soleil dans les régions de sables, celui-ci embrasait l'horizon de traînées aux couleurs éclatantes, et les derniers rayons de l'astre solaire créaient un effet théâtral d'ombres et de lumière sur les formes tant des hommes que des bêtes.

C'était une scène propre à captiver l'imagination la plus romantique – la colonne des chameaux lourdement chargés, leur longues ombres encore plus grotesques que les animaux eux-mêmes, et les hommes vêtus de longues djellabas et portant une grande variété de couvre-chefs exotiques. A l'exception des grognements incessants des chameaux, il régnait un silence étrange. Nous faisions route de nuit, évitant la chaleur durant le jour, alors que la lune était pleine.

C'était le soir du lendemain de notre découverte de la trahison de Merasen. En voulant partir la nuit même, Emerson avait été optimiste. On ne peut pas presser les chameaux lorsqu'on les prépare pour une longue expédition. Il faut les laisser boire tout leur soûl et se reposer ensuite. Un chargement minutieux nécessite également du temps et de l'attention. Zerwali avait poliment fait valoir ces faits à Emerson.

Zerwali était le chef des Bédouins que nous avions engagés pour nous accompagner. La plupart de nos chameliers étaient des Nubiens, mais les Bédouins connaissent parfaitement le désert et étaient un précieux ajout à notre équipe. C'était un homme mince, au corps sec et nerveux, qui – bien sûr – avait connu Emerson autrefois. Lorsqu'il nous rejoignit ce soir-là, il portait l'habituel costume bédouin, lequel se compose d'une chemise et d'un long pantalon en calicot, ainsi que du volumineux burnous en laine qu'il portait enroulé autour de lui afin de se protéger du froid de l'air de la nuit. Il était accompagné de Masud, le Nubien, qui devait venir avec nous, et à qui nous avions loué la plus grande partie des chameaux.

Nous venions de rentrer après avoir assisté à l'enterrement de ce pauvre Ali, comme nous lui devions. Lorsque le bref service funèbre fut terminé, Selim avait été le premier à s'éloigner. Les yeux de Daoud étaient hagards, mais il n'y avait aucun signe de chagrin sur le visage de Selim, seulement une farouche détermination. Son visage arborait la même expression tandis qu'il était assis et écoutait l'échange de salutations entre Emerson et Zerwali et Masud. Finalement, ce dernier en vint au fait.

– On dit, Maître des Imprécations, que notre destination est bien plus lointaine que nous ne le croyions.

– Je vous ai engagés pour trente *marhala* (jours de marche), répliqua Emerson. Et je ne vous ai pas informés de notre destination.

Masud accueillit cette rebuffade d'un haussement d'épaules, mais il s'obstina.

– Est-ce vers le sud-ouest que nous allons ?

– Oui.

– *Wallahi*, c'est une route dangereuse, grommela Masud. Et beaucoup de caravanes ont été attaquées par les hommes sauvages des collines en cours de route. Ils ne craignent pas Dieu. Ils sont comme des oiseaux. Ils vivent au sommet des montagnes...

– Nous avons passé un accord, répondit Emerson avec un calme monumental. Si vous avez peur de le tenir...

Zerwali émit un rire moqueur.

– Oui, laissez les couards partir ! Nous sommes avec vous, Maître des Imprécations.

Masur le regarda en poussant un grognement, et Emerson dit :

– Il n'y a pas de couards ici, et je ne tolérerai aucune querelle entre vous. Partez maintenant. Nous chargerons les chameaux demain, une fois qu'ils se seront reposés.

Il n'y eut pas d'autres dissensions, mais je prévoyais des ennuis. Lorsque j'en fis part à Emerson, il fit une remarque grossière à propos des mauvais pressentiments, puis il poursuivit :

– A chaque jour suffit sa peine, comme vous aimez tellement le dire, Peabody. Nous ferons face aux difficultés lorsqu'elles se présenteront.

Les chameaux furent amenés vers midi et le chargement allait commencer lorsque Daoud dit à Emerson :

– Nous devons bénir les bagages, Emerson.

– Quoi ? Oh, crénom ! s'exclama Emerson. Mais, Daoud, il n'y a pas de saint homme...

– Je l'ai amené, répondit Daoud.

Le vieil homme ridé qui avait célébré le service funèbre pour Ali s'avança. Ses doigts serraient les perles d'ambre d'un chapelet. Avec un hochement de tête poli à l'adresse d'Emerson, il alla d'une pile de bagages à l'autre, et dit de petites prières au-dessus de chacune d'elles. Puis il se tourna vers les hommes qui s'étaient rassemblés autour de lui et leva les mains, paumes tournées vers le haut.

– Que Dieu guide vos pas. *Allah yesadded khatak.* Puisse-t-il apporter le succès à votre entreprise.

– C'était une excellente idée, Daoud, dit Ramsès.

Celui-ci, comme moi-même, avait vu les visages des hommes s'épanouir.

– Humpf, oui, bougonna Emerson. Merci, Daoud.

Il récompensa l'imam d'une façon extravagante, puis il donna l'ordre de commencer le chargement, en demandant poliment des conseils à la fois à Masud et à Zerwali. Lorsque les charges eurent été précautionneusement placées et réparties, il parcourut toute la longue file pour une dernière vérification. Il avait loué deux chameaux de monte que nous utiliserions tour à tour, et plusieurs des charges des chameaux de bât avaient été allégées afin de servir également de montures. Les hommes marcheraient la plupart du temps, montant un chameau de temps en temps pour se reposer. L'allure d'un chameau, lequel parcourt approximativement deux miles et demi par heure, n'est pas très difficile à suivre.

Emerson revint, suivi de Daoud.

– Prête, ma chère ? s'enquit mon époux.

– Aussi prête que je le serai jamais, répondis-je en changeant légèrement de position.

La nouvelle position ne présentait pas une grande

amélioration. Selon moi, il n'y a pas de position confortable sur un chameau.

– Mais d'abord, Emerson, ajoutai-je, je sais que vous ne partagez pas ma croyance en la divine Providence, néanmoins...

– Oh, bon sang, nous n'avons pas eu suffisamment de prières comme ça ? s'exclama Emerson. Très bien. Mais soyez brève.

J'inclinai la tête et je murmurai quelques mots, puis je me tournai vers Daoud.

– Désirez-vous dire une bénédiction, Daoud ?

– J'ai déjà demandé Sa miséricorde, Sitt, répondit Daoud calmement. Mais on ne prie jamais trop, n'est-ce pas ?

Sa voix sonore s'éleva au-dessus des grognements des chameaux (et de ceux d'Emerson, je regrette d'avoir à le dire).

– Glorifions Dieu, le Maître de l'Univers, le Compatissant...

D'autres voix se joignirent à la sienne dans la récitation du *Fatah*. Celle de Ramsès en faisait partie, ainsi que la mienne, je n'ai pas honte de le reconnaître. Cela faisait bonne impression sur les hommes, mais ce n'était pas pour cette raison que je le faisais.

Ce fut une longue nuit. Le soleil s'était levé depuis plusieurs heures lorsque Emerson poussa une exclamation et pointa son doigt.

– Là-bas... c'est l'affleurement rocheux où nous avions fait halte la dernière fois, après le premier jour de marche. Nous allons camper là-bas.

Je ne savais pas comment il pouvait être aussi sûr que c'était le même endroit. Il y avait un grand nombre d'affleurements rocheux, car ceci n'était pas la Grande

Mer de Sable ou le Sahara avec leurs grandes dunes ondulées, mais une région de collines rouges et noires, entrecoupées d'étendues de sable ressemblant à des mares d'or. Cependant, je ne demandais pas mieux que de descendre de ce maudit chameau. Mon amour-propre interdisait que je manifeste une quelconque faiblesse. Je fis signe à Ramsès de s'écarter comme il tendait la main pour m'aider à descendre de ma monture... et j'attendis qu'il ait tourné le dos pour me laisser glisser vers le sol avec une certaine raideur.

Les hommes se dépêchèrent de monter les tentes, car il n'y avait pas beaucoup d'ombre, et le peu d'ombre rapetisserait très vite tandis que le soleil s'élevait dans le ciel. Selim alluma un petit feu pour faire bouillir l'eau pour le thé, et nous rassemblâmes tout autour pour manger du pain, des oranges extrêmement chaudes, et du fromage de chèvre mou qui serait rance avant la fin de la journée. Dorénavant, nous devrions nous contenter des aliments de base de ceux qui voyagent dans le désert : riz et farine, cuite pour faire du pain sans levain, sucre et thé, avec une poignée de dattes de temps en temps. Les dattes n'étaient pas les fruits tendres et sucrés dont nous avions l'habitude. Les chameaux en mangeaient lorsqu'il n'y avait pas de fourrage frais disponible, et nous en mangions uniquement pour nous nourrir. J'avais emporté des aliments en conserve – tomates, bœuf et fruits – mais le poids des boîtes interdisait d'en emporter en grandes quantités.

La fatigue physique me fit m'endormir très vite, mais je me réveillai en suffoquant après ce qui semblait n'être qu'un petit somme. Il était plus tard que je ne l'avais pensé. Le soleil avait baissé à l'ouest et faisait briller un côté de la tente. Emerson était assis en tailleur près de moi et écrivait dans son carnet. La sueur coulait le long de ses joues et tombait goutte à goutte sur le papier. Il continuait néanmoins ses griffonnages aussi tranquillement que s'il avait été dans son bureau à Amarna House. Pour ma part, je me sentais comme saint Laurent sur son gril, rôtie sur le devant, derrière, et sur les côtés.

– Ah, vous êtes réveillée ? s'enquit-il lorsque je bougeai. Vous avez bien dormi ? Mon Dieu, vous semblez avoir un peu chaud. Désirez-vous boire quelque chose ?

– J'aimerais prendre un bain froid, croassai-je. Mais je me contenterai d'une gorgée d'eau et d'un linge humide.

Emerson m'apporta ce petit luxe, et après m'être épongé la figure et la gorge, je me sentis beaucoup mieux. Je regardai par le rabat ouvert de la tente et je vis que les autres s'activaient. Les rayons rouges du soleil couchant transformait le sol durci en une imitation très acceptable de l'enfer. Un vent chaud agita des mèches de cheveux devant mes yeux.

– Est-ce que vous avez dormi ? demandai-je en ôtant les épingles et en secouant la tête pour défaire mes cheveux moites.

– Il faisait trop chaud.

– Oh, vraiment ?

Emerson redressa la tête. Voyant ce que je faisais, il s'approcha de moi, releva mes cheveux et les déploya sur ses mains robustes.

– Pas maintenant, Emerson, marmonnai-je, la bouche pleine d'épingles.

– C'est simplement pour qu'ils sèchent, très chère. Le soleil va bientôt se coucher, ensuite l'air sera délicieusement frais. Une nuit parfaite pour une chevauchée au clair de lune.

– Quel poète vous êtes, Emerson !

Emerson grimaça un sourire.

– N'avalez pas vos épingles, Peabody.

Après un dîner composé de pois en conserve, de bœuf en conserve, et de pain cuit sur des pierres chaudes, nous chargeâmes à nouveau les chameaux et nous étions prêts à partir lorsque la lune se leva. L'effet est tout à fait magique. Dans l'air clair et sec du désert, la lumière de l'astre lunaire est tellement brillante qu'on y voit quasiment aussi distinctement qu'en plein jour, et les étoiles brillaient avec l'éclat de diamants. Le sol qui avait été d'un rouge maussade était à présent argenté. Je me sentais parfaitement reposée, mais Emerson n'était pas porté à la conversation, aussi fîmes-nous route côte à côte en silence pendant un moment, et je me contentai d'admirer le contour énergique de son profil et le miroitement du clair de lune dans ses cheveux noirs. Nous fîmes une halte pour nous dégourdir les jambes et boire une gorgée d'eau, puis nous repartîmes et continuâmes... et continuâmes... et...

Une main dure agrippa le haut de mon bras.

– Hé, Peabody ! dit Emerson avec une certaine frayeur. Si vous vous endormez, vous allez tomber de ce maudit chameau. Voulez-vous que je vous prenne avec moi ?

– Non, je vous remercie, répondis-je.

Cette proposition me redonna de l'énergie. S'il y a quelque chose de plus inconfortable que d'aller à dos de chameau, c'est bien d'être assise devant quelqu'un qui monte un chameau.

– Je suis parfaitement réveillée maintenant, déclarai-je. C'était un petit somme tout à fait revigorant. Je vous remercie de veiller sur moi, très cher.

– Je m'apprêtais à vous montrer quelque chose d'intéressant. Là-bas.

Ils luisaient comme s'ils étaient luminescents, blanchis jusqu'à être d'un blanc nacré par le clair de lune... un tas d'ossements éparpillés. Nous avions vu les restes de plusieurs petits animaux, gazelle, lièvre et antilope, mais ces ossements n'étaient pas ceux d'un animal de petite taille. Ils avaient été entièrement dépouillés de leur chair par des prédateurs de quelque espèce. Le clair de lune scintilla dans les orbites vides du crâne comme nous passions à proximité.

– Un chameau ?

– Pas n'importe quel chameau, répondit Emerson. L'un des nôtres. Anciennement l'un des nôtres, devrais-je dire. Le premier de la caravane à mourir.

– Ce n'est pas un bon présage, Emerson, dis-je.

Je me rappelai comment ces satanés animaux étaient morts un à un, nous laissant à bout de ressources dans le désert.

– Vous et vos présages ! C'est un bon signe. Nous sommes sur la bonne piste.

Laissant derrière nous le triste tas d'ossements, nous continuâmes d'avancer jusqu'à ce que les étoiles s'estompent et que le ciel commence à s'éclaircir. Nous progressions à une bonne allure, mieux que lors de notre première expédition, mais Emerson ne donna pas le signal de faire halte. Le soleil se leva derrière nous, envoyant nos ombres s'élancer devant nous sur le sol. Une silhouette filiforme grandit rapidement, et je vis Ramsès venu se mettre à nos côtés.

– Père. Regardez là-bas.

Tout d'abord, ce fut seulement un petit souffle jaune pâle, mais cela prit rapidement de l'ampleur, tel un nuage en mouvement.

– C'est une tempête de sable ? demandai-je avec inquiétude.

– Pire, répondit Ramsès.

– Pouvez-vous voir combien ils sont ? demanda Emerson.

– Non. Ils sont encore trop loin.

– Humpf ! fit Emerson. (Il tira violemment sur la longe de son chameau et le fit volter.) Vous savez quoi faire.

– Oui, Père.

Ramsès fit partir au trot sa monture et se dirigea vers l'arrière de la caravane.

Je n'approuve pas la cruauté envers les animaux, mais la seule façon d'obtenir l'attention d'un chameau consiste à lui donner des coups de badine. Les hommes n'eurent pas besoin d'une telle incitation. Eux aussi avaient vu le nuage qui approchait et ils savaient ce que cela annonçait. Avec des cris et des coups, ils amenèrent les bêtes récalcitrantes à former un cercle approximatif, puis ils les forcèrent à s'agenouiller.

– Tout à fait comme dans l'Ouest des premiers colons en Amérique, dis-je à Nefret. Des chameaux au lieu de chariots, mais c'est le même principe, et...

– Baissez-vous, Peabody, dit Emerson, renforçant cette suggestion d'une poussée qui fit ployer mes genoux. Et faites attention.

– Donnez-moi l'un de ces fusils ! réclamai-je.

A présent il était possible d'apercevoir des silhouettes qui approchaient au sein du nuage de poussière, les silhouettes d'hommes à dos de chameau.

– Jamais de la vie ! répondit Emerson. Selim, Daoud, mettez-vous ici, à ma droite. Prêt, Ramsès ?

Les hommes armés s'agenouillèrent derrière leurs chameaux et pointèrent leurs armes. La plupart d'entre eux avaient des fusils, et certains des Bédouins se vantaient de leur adresse au tir. Toutefois, aux dires d'Emerson, ils étaient portés à exagérer leur adresse, et beaucoup de ces fusils étaient très vieux, sinon antiques. Apparemment, nous étions surpassés en nombre, au moins à un contre dix. Je me glissai vers Emerson et sortis mon petit pistolet.

– Tirez seulement lorsque je le dirai, fit Emerson calmement. (Il répéta l'ordre en arabe.) Cela vaut également pour vous, Peabody. Visez au-dessus de leurs têtes. Tout bien réfléchi, abstenez-vous de tirer, Peabody. Prêts ? Maintenant.

Une salve quelque peu désordonnée fit trembler l'air clair.

– Encore ! ordonna Emerson.

La seconde salve les ralentit, mais le chef continua d'avancer. Il brandissait une arme – pas un fusil, mais un énorme cimeterre. Ainsi cela allait être un combat au corps à corps ! J'entendis Nefret pousser une exclamation et je vis qu'elle durcissait sa prise sur la garde de son poignard. Je me demandai si Emerson aurait la décence de m'abattre lorsque tout espoir serait perdu. Je me demandai si je pourrais me résoudre à abattre Nefret plutôt que de la laisser endurer l'horrible alternative – la capture et l'esclavage dans un harem turc. Ils ne prendraient peut-être pas la peine de me faire prisonnière, puisque, selon leurs critères, j'étais déjà d'un certain âge, mais Nefret était un butin digne d'un pacha.

A ma grande horreur, Emerson se leva brusquement. Exposé jusqu'à la taille, il leva les bras et cria quelque chose en arabe. A présent, le chef était si près que je distinguais son visage – un nez busqué, une barbe, et des dents cariées découvertes par un rictus féroce. La lame de son cimeterre étincela tandis qu'il le faisait tournoyer au-dessus de sa tête. Emerson laissa tomber son fusil sur le sol, croisa les bras, et se tint immobile.

– Tirez ! glapis-je. Ramsès, tirez immédiatement sur ce s... sur cet homme, vous m'entendez ?

Son index était crispé sur la détente et le fusil était pointé sur la poitrine de l'homme. Puis le canon se déplaça, un tout petit peu, et Ramsès tira. La balle atteignit la lame du cimeterre brandi en produisant un tintement comme celui d'un gong, et l'arme vola de la main de l'homme. Avec un hurlement de douleur et de surprise, il donna une secousse à la longe de son chameau. L'animal fit demi-tour et partit au petit trot, suivi par le reste des assaillants. Ils séloignèrent rapidement dans un nuage de sable.

– Bien joué, dit Emerson en donnant à son fils une tape dans le dos. Je vous remercie, mon garçon, de ne pas avoir tenu compte de l'ordre hystérique de votre mère.

– Oui, Père, dit Ramsès.

Il abaissa son fusil et s'assit plutôt brusquement.

– C'était un tir merveilleux, dit Selim. Et maintenant, que faisons-nous ?

– Nous attendons, répondit Emerson, toujours debout. Hé, Peabody, qu'avez-vous ? J'espère que vous n'allez pas vous évanouir !

– Non, je vais vous tuer ! Comment avez-vous osé, Emerson ? Comment avez-vous osé me causer une telle frayeur ?

Ramsès essuya son front en sueur avec sa manche.

– Je commence à croire que mon geste flamboyant était inutile.

– Non, non, c'était très habile, fit Emerson d'une voix apaisante. Ma foi, nous allons camper ici, n'est-ce pas ? Au travail, vous autres ! ajouta-t-il dans un arabe sonore. Le Maître des Imprécations vous protégera.

Un peu plus tard, Selim, qui s'était autoproclamé sentinelle, lança un appel :

– Un cavalier approche, Emerson.

– Ah ! fit Emerson. Un seul homme, Selim ?

– Oui, Maître des Imprécations. Il s'arrête. Il brandit un drapeau blanc. Est-ce que cela signifie que je ne peux pas tirer sur lui ?

– Je le crains, répondit Emerson. Mais tenez-le en respect.

– Vous avez l'intention de l'inviter à se joindre à nous pour le petit déjeuner ? m'enquis-je avec, je le crois, une pointe de sarcasme pardonnable.

– Plus tard. Pour le moment, je veux prendre mon thé. Est-il prêt ?

Je fis passer les tasses, puis j'allai rejoindre Selim. L'émissaire était le chef des pillards en personne. Il portait un fusil en bandoulière et un cimeterre était glissé dans sa large ceinture, mais ses mains étaient vides à l'exception de son drapeau de trêve de fortune. Emerson continua de boire son thé à petites gorgées. Il prenait son temps pour deux raisons : la première pour m'agacer, et la seconde, afin d'affirmer sa supériorité sur l'émissaire. Finalement, il se leva et s'étira.

– Je vous accompagne, dis-je.

– Certainement pas ! Crénom, Peabody, à quoi cela ressemblerait-il d'avoir une femme sur mes talons ?

– Ramsès, alors.

Ramsès, qui ne s'était pas levé, déclara d'une voix unie :

– Il y a une sorte de protocole dans les affaires de ce genre, Mère. Il doit y aller seul. Pas à pied, mais sans armes.

– Tout à fait exact, dit Emerson.

Il monta sur l'un des chameaux agenouillés et le fit se lever. Nous nous rassemblâmes autour de Selim et observâmes Emerson se diriger lentement vers l'homme qui attendait.

– Je n'approuve pas cela, annonçai-je. Qui sont ces gens, au fait ?

– Des Tebu, je pense, répondit Ramsès, sans quitter son père des yeux. Ou bien des Guraan.

Emerson fit s'arrêter sa monture près de l'autre homme. Je ne pouvais pas entendre ce qu'ils disaient, mais après un bref échange, le chef des pillards éclata de rire et tous deux revinrent vers nous, côte à côte.

– Mère, Nefret, dit Ramsès doucement, allez dans l'une des tentes et ne vous montrez pas.

– Pour quelle raison ? demanda vivement Nefret. Je ne me suis jamais conduite comme une femme musulmane, et je n'ai pas l'intention de commencer maintenant !

– La majorité des Tebu sont pacifiques en règle générale, mais les renégats parmi eux sont les pillards les plus dangereux du Désert Occidental. Ils pratiquent toujours l'esclavage, dit Ramsès, les lèvres serrées. Cet individu est peut-être un autre des vieux amis de Père, mais je pense qu'il est inutile d'agiter devant lui un morceau de choix aussi tentant que toi. Fais ce que je dis.

– Mais...

– Mère, emmenez-la, sinon je le ferai.

– Vous avez raison, dis-je. Venez, Nefret. Nous regarderons discrètement par un interstice de la tente.

Nous nous éloignâmes en hâte et nous nous glissâmes à l'intérieur de la tente juste avant qu'Emerson et son « invité » arrivent au campement. A la vue de ce dernier, la mine irritée de Nefret s'estompa. De taille moyenne, la peau brune comme celle d'un Nubien, et aussi maigre qu'un chien retourné à l'état sauvage, l'homme n'était pas très impressionnant physiquement, mais il retenait l'attention – il avait l'air d'un homme qui agit comme bon lui semble, sans que cela gêne sa conscience le moins du monde.

Il semblait dans une disposition d'esprit tout à fait enjouée, ses lèvres entrouvertes en un sourire sous sa barbe, mais tandis qu'il s'asseyait sur la couverture et acceptait un verre de thé, son regard parcourait le campement, comme pour évaluer notre nombre et faire l'inventaire de notre matériel. Puis son regard se posa sur Ramsès, qui était assis en tailleur près de lui.

– Votre père m'a dit que c'était vous qui avez fait sauter le cimeterre de ma main. Un tir chanceux.

– J'atteins ce que j'ai l'intention d'atteindre, répondit Ramsès en regardant l'homme de haut en bas. J'aurais pu vous loger une balle dans la tête si j'avais voulu. Vous avez été avisé de faire demi-tour comme vous l'avez fait.

Ramsès n'avait guère l'habitude de se vanter, mais, ainsi qu'il le savait, la fausse modestie est une chose que les Arabes ne comprennent pas. L'homme, qu'Emerson avait présenté comme Kemal, accueillit cette réplique d'un hochement de tête et d'un large sourire.

– C'est la vue de votre père qui m'a amené à faire demi-tour, mon garçon. On ne m'avait pas dit que c'était sa caravane.

Tous parlaient en arabe, excepté quelques mots en anglais de temps à autre entre Emerson et Ramsès.

– Qui vous a engagé ? demanda vivement Emerson.

– Un homme d'honneur ne trahit pas celui qui l'emploie, fut la réponse doucereuse. Le secret faisait partie de l'accord.

– Cela semble une partie inutile, fit Emerson, tout aussi affable. Si vous aviez l'intention de ne laisser personne en vie pour raconter ce qui s'était passé.

– Mais non, Maître des Imprécations, telle n'était pas notre intention ! (Il ouvrit ses yeux tout grands et secoua la tête.) On nous avait dit que vous aviez de l'argent... beaucoup de chameaux... des armes... d'autres trésors.

Il regarda vers les tentes... les seules cachettes possibles. Ramsès se raidit, et Emerson dit en anglais :

– Ne vous retournez pas.

Puis il dit à Kemal :

– Ainsi vous deviez avoir ces... trésors en récompense pour quoi ? Pour nous avoir tous massacrés ?

– Mais je vous l'ai dit, Maître des Imprécations... j'ignorais que c'était vous. (Il grimaça un sourire.) Si j'avais su, j'aurais exigé d'être payé d'avance.

– Et maintenant ?

Tenant son verre aussi délicatement qu'une dame

tiendrait sa tasse, Kemal finit son thé avant de répondre.

– Nous finirions par l'emporter sur vous, mais vous tueriez beaucoup d'entre nous. (Il fit une moue et eut l'air pensif.) Je me demande si le prix ne serait pas trop élevé.

– Cette conversation devient fastidieuse, dit Emerson à Ramsès. Et le temps passe. Avez-vous des suggestions ?

– Il veut un pot-de-vin.

– Naturellement. Mais la question est : se contentera-t-il d'un pot-de-vin ?

Il se tourna vers son invité et secoua la tête.

– Mon fils est jeune et fougueux. Il me dit que si vos hommes attaquent, vous serez le premier à mourir. Au nom de notre vieille amitié, je le regretterais.

– Moi aussi, fit Kemal avec une admirable franchise. (Ses yeux se tournèrent vers Ramsès, lequel soutint son regard d'un air glacial.) Hummm. Peut-être pouvons-nous parvenir à un accord.

Après quelques instants de discussion, une petite cérémonie barbare s'ensuivit. Sur la demande d'Emerson, Ramsès lui tendit son poignard. Emerson passa la lame sur sa paume et tendit le poignard à Kemal, qui fit de même. Ils joignirent leurs mains et maintinrent cette prise durant plusieurs longues secondes, tandis que leur sang mélangé tombait goutte à goutte sur le sol. Puis Kemal présenta le poignard à Ramsès. Il était clair qu'il ne lui rendait pas simplement l'arme, mais qu'il lui proposait une cérémonie identique. Sourcils haussés, Ramsès regarda son père. Emerson, qui essuyait (que le diable l'emporte !) sa main ensanglantée sur son pantalon, hocha la tête et regarda tranquillement tandis que Ramsès et le brigand devenaient également frères de sang. L'expression de dégoût à peine dissimulée sur le visage de mon fils aurait été comique si la situation n'avait pas été aussi grave.

– Au nom de Dieu le Très-Haut, dit le pillard pieusement.

Il effectua à nouveau une inspection du camp sans se presser. Je pouvais presque l'entendre compter dans sa tête. Une douzaine d'hommes armés – et Daoud, lequel n'avait pas quitté Kemal des yeux un seul instant et semblait désireux, et capable, de le tuer de ses seules mains.

– Bien, déclara finalement Kemal. Il ne reste plus qu'à sceller notre amitié par un échange de cadeaux.

Après une nouvelle discussion et la présentation d'une épaisse sacoche en cuir, Emerson accompagna son cher vieil ami jusqu'à son chameau, et Nefret et moi émergeâmes de notre cachette.

– Nous pouvons sortir sans danger maintenant ? demandai-je... avec un certain retard, puisque nous étions déjà sorties.

– Il s'en va, répondit Ramsès, qui les avait observées. Mais vous auriez pu attendre que je vous dise que la voie était libre.

– Bah ! fit Nefret en ôtant de la main du sable sur le devant de sa chemise.

Emerson revint. Il semblait un brin pensif.

– Eh bien ? demandai-je vivement. Je n'ai pas tout compris de ce qui était dit, vous parliez si vite tous les deux vers la fin, mais je vous ai vu lui remettre ce qui semblait être la plus grande partie de l'argent qui nous restait. Comment allez-vous payer les chameliers ? Ne devrions-nous pas partir immédiatement au lieu d'attendre la tombée de la nuit ? Pourquoi n'avez-vous pas insisté pour qu'il vous dise qui l'avait engagé ? Comment savez-vous que vous pouvez lui faire confiance et qu'il se contentera de ce pot-de-vin ?

Emerson s'assit, adossé au chameau le plus proche, et sortit sa pipe.

– Je vous supplie de vous taire un instant, Peabody, pendant que j'explique les nuances plus subtiles de notre entretien.

– Je n'ai absolument rien vu de subtil. Ses intentions étaient claires. On lui avait dit de nous attaquer et de nous dépouiller, sinon pire. Sa récompense aurait été de l'argent, des armes modernes, des chameaux... et Nefret.

– Et vous, dit Emerson. Il a dit « des trésors ». Au pluriel.

– Oh, bah ! m'exclamai-je. Ne me taquinez pas, Emerson. Je ne supporte pas du tout votre conception de l'humour en ce moment. Il n'obtiendrait pas un prix très élevé pour une... euh... pour une femme d'âge mûr comme moi.

– Détrompez-vous, très chère ! Il y a une personne qui serait prête à payer n'importe quel prix, y compris sa fortune, sa vie, et son honneur sacré.

La chaleur intense de ces prunelles bleu saphir fit fondre ma contrariété. Je pouvais même lui pardonner cette rhétorique ornée à l'excès. On acquiert une certaine façon de parler lorsqu'on s'exprime dans une langue compassée comme l'arabe. Et je savais qu'il pensait vraiment chacun de ces mots pompeux.

– Au moins deux personnes, fit Ramsès d'un ton désinvolte. L'intention initiale de Kemal était le vol et l'enlèvement, même si cela ne l'aurait pas gêné de tuer quelques-uns de nos hommes. Nous aurions été faits prisonniers et gardés en attendant qu'une rançon ait été versée. Les chameliers – ceux qui auraient survécu – auraient été abandonnés ici sans moyen de transport ni eau. Certains d'entre eux auraient peut-être réussi à rebrousser chemin jusqu'au fleuve.

– Auraient peut-être réussi, répéta Nefret. Cet homme est dénué de toute conscience !

– Absolument pas, dit Emerson en fumant tranquillement. Ses principes moraux sont différents des nôtres, mais il ne les enfreindra pas, si on arrive à le rendre incapable de se dégager d'une promesse. Je pense l'avoir fait. De toute façon, ajouta-t-il en souriant à Ramsès, votre geste flamboyant n'a pas du tout été inutile. Il a une considération très saine pour sa peau, et un respect très sain pour votre adresse au tir. C'était un très grand compliment de sa part de vous proposer la fraternité du sang.

– C'était un tir chanceux, répondit Ramsès d'une voix blanche. Mais la prochaine fois, s'il y a une prochaine fois, je suis bigrement certain d'être capable de lui loger une balle dans le corps.

– C'est horrible ! s'exclama Nefret.

– Infiniment moins horrible que ce qui pourrait t'arriver si tu tombais entre ses mains, répliqua Ramsès. Tu n'es pas dans cette bonne vieille Angleterre, Nefret, ni en Egypte, où ta personne est sacro-sainte.

– Allons, allons, ne vous disputez pas, intervint Emerson. Il n'y aura pas de prochaine fois. Il était tenu par l'honneur de ne pas révéler le nom de l'homme qui l'avait engagé, néanmoins il a lâché quelques allusions voilées. C'était Mahmud Dinar, le gouverneur du Darfour. Nous devions lui être livrés, et il n'aurait pas pris le risque de faire prisonniers des sujets britanniques pour demander une rançon dérisoire... ou même pour avoir Nefret, même si je pense qu'il aurait sans doute considéré qu'elle était un cadeau supplémentaire tout à fait agréable. Il veut l'or de Merasen, ou plutôt il veut savoir où se trouve l'endroit d'où l'or provenait.

– Il nous aurait interrogés, murmura Nefret. La torture ?

– Oh, oui ! répondit Emerson calmement. Et nous le lui aurions dit. (Son regard alla du visage livide de Nefret à Ramsès, lequel se tenait tête baissée et regardait fixement ses mains jointes.) Vous devez faire des excuses à Ramsès, Nefret. Il n'était pas vindicatif, il a simplement fait preuve de bon sens.

Une fois que j'eus nettoyé et mis des pansements sur les entailles des paumes de Ramsès et d'Emerson, ce dernier nous ordonna de regagner nos tentes. Bien qu'il ait exprimé son entière confiance en la parole d'honneur de son ami brigand, il prit la précaution de poster des sentinelles. Il assura la première garde lui-même. Nefret, qui avait très peu parlé, se retira sans plus de commentaires, et tandis que j'observais sa petite silhouette voûtée disparaître à l'intérieur de sa tente, je songeai que je devrais avoir une conversation avec elle si elle ne se secouait pas un peu. Nous ne pouvions pas tolérer des scrupules de conscience ou des bouderies de petite fille. Cela lui ressemblait si peu ! Je supposais qu'elle était toujours bouleversée par la conduite de Merasen – refusant d'admettre les preuves de sa trahison et nous gardant rancune parce que nous le suspections. Sa rancune, en particulier et injustement, visait Ramsès. Il avait eu tout à fait raison de la réprimander.

Le sommeil ne vint pas facilement, mais mon autodiscipline de fer l'emporta. Je n'entendis même pas Emerson rentrer. Lorsque je me réveillai, tard dans l'après-midi, il ronflait paisiblement à côté de moi. Je l'enjambai précautionneusement et je sortis, pour trouver la plupart des hommes dans le même état de somnolence. Ramsès montait la garde s'abritant derrière un chameau.

– Tout est calme ? m'enquis-je.

– Croyez-moi, Mère, si tel n'avait pas été le cas, vous vous en seriez rendu compte.

Ses yeux, plissés en raison de la lumière éblouissante, continuèrent de scruter l'horizon.

– Partagez-vous la conviction de votre père que nous pouvons nous fier à la parole de ce ruffian ?

Ramsès abaissa son fusil et se retourna, s'adossant au chameau.

– Vous n'avez pas entendu ce qu'il a dit juste avant de partir ?

– Si, mais je n'ai pas tout compris.

– C'était une mise en garde. La nouvelle s'est répandue parmi les Bédouins qu'un groupe d'*Inglizi* se dirigeait vers l'ouest avec une riche caravane. Certains d'entre eux considèrent que les infidèles sont une proie de choix.

– Je dois dire que c'est très réconfortant.

– Vous n'accepteriez pas un mensonge réconfortant.

– Non. (Je m'éclaircis la gorge.) Euh... j'ai une petite faveur à vous demander.

– Bien sûr, Mère, répondit-il distraitement, sans me regarder.

– Si jamais nous sommes attaqués et débordés par le nombre, et que tout espoir est perdu, aurez-vous l'obligeance de me tirer une balle dans la tête ?

Ces paroles obtinrent toute son attention. Il fit volte-face. Les prunelles qui étaient habituellement à demi voilées par des paupières abaissées et de longs cils étaient grandes ouvertes de consternation.

– Pour l'amour du ciel, Mère !

– Ne me dites pas que l'éventualité d'une telle situation ne vous est pas venue à l'esprit ! J'ai vu de quelle façon vous regardiez Nefret ce matin. Nefret s'en est également rendu compte, bien sûr.

– Nefret aussi, murmura-t-il. (Il se passa la main sur la bouche.) Peu vous importe qui serait la première ?

– Je sais que c'est énormément vous demander, mon cher garçon, dis-je, aucunement abusée par sa tentative de se montrer désinvolte. Mais je ne puis compter sur votre père pour qu'il le fasse. C'est un tel optimiste indécrottable qu'il pourrait attendre trop longtemps. Je suis sûre de pouvoir compter sur vous pour évaluer la situation comme il faut. Un acte prématuré serait tout autant malavisé.

– Assurément, c'est une façon de présenter les choses !

Ramsès frotta son menton couvert de poils raides. Il avait négligé de se raser ce matin. Je me rappelai d'avoir à les surveiller plus attentivement, lui et son père. Emerson laisserait certainement pousser sa satanée barbe si je n'intervenais pas.

– Vous comprenez certainement, dit Ramsès, que

si je ratais mon coup avec... avec vous et Nefret... et que j'échappais à la mort du fait des brigands, je serais obligé de retourner mon arme contre moi ? En supposant que Père ne m'ait pas donné le coup de grâce.

Sa voix était mal assurée et sa bouche se crispait nerveusement.

– Ramsès, est-ce que vous riez ?

– Non ! Ma foi... (Il contrôla les mouvements de sa bouche.) C'était une demande tellement épouvantable que je n'ai pas pu... que je n'ai pas pu la prendre au sérieux.

– Le rire peut être un mécanisme de défense, expliquai-je. J'étais sérieuse, bien sûr, mais peut-être était-ce trop demander. Aucune importance, je le ferai moi-même.

– J'essaierai, Mère. (Si je l'avais moins bien connu, j'aurais dit que ses yeux noirs étaient légèrement embués.) Je ne puis promettre davantage. Mais nous n'en viendrons pas à une telle extrémité.

– Je ne pense pas un seul instant que cela se produira. Mais j'aime bien envisager toutes les éventualités, c'est tout.

Sa main se posa sur mon épaule en une étreinte aussi dure que brève.

– Oui, je sais. Oh, voici Père.

– Ne lui parlez pas de cela.

Emerson venait vers nous à grandes enjambées. Le soleil baissait à l'ouest. Après un examen attentif du terrain, il hocha la tête d'un air satisfait.

– Vous pouvez vous reposer maintenant, Ramsès. Venez, Peabody, ne restez pas là à papoter, nous devons nous mettre en route dès que la lune se lèvera.

Notre repas plutôt morne, tomates en boîte et riz,

fut égayé par une discussion avec Masud. Il était tellement terrifié par Emerson que sa voix n'arrêtait pas de se casser en une voix de fausset, mais il s'obstina dans ses doléances, lesquelles étaient, je suis obligée de le reconnaître, légitimes. Ses hommes et lui avaient vu Emerson donner un sac rempli d'argent... leur argent. Comment seraient-ils payés ? Ils méritaient plus que ce qui leur avait été promis. Ils avaient été engagés pour conduire des chameaux, pas pour combattre des pillards.

– Vous n'avez pas eu à vous battre, n'est-ce pas ? rétorqua Emerson. Le pouvoir du Maître des Imprécations vous a protégés, comme il continuera de le faire. Vous connaissiez et avez accepté les dangers d'une expédition dans le désert. Vous aurez votre argent... plus que ce qui vous avait été promis, si vous êtes loyaux. Et si jamais vous tombez, je serai un époux pour vos veuves et un père pour vos enfants.

– Je ne suis pas certaine que c'était la chose adéquate à dire, murmurai-je.

Daoud s'éclaircit la gorge, produisant un petit grondement de tonnerre.

– La parole du Maître des Imprécations a toujours été tenue.

– *Aywa*, marmonna le pauvre diable. Oui.

– Et, ajouta Daoud, la malédiction du Maître des Imprécations poursuit un homme jusqu'à sa mort.

– Bien trouvé, dit Ramsès avec appréciation. C'est une nouvelle maxime, n'est-ce pas ?

Le visage de Daoud rayonna et Masud se recroquevilla, se tordant les mains et hochant la tête avec véhémence. Que ce fût la promesse ou la menace implicite, il avait été dompté, et bien que le reste des hommes n'aient pas l'air ravis du tout, je ne pensais pas qu'ils se rebelleraient, comme notre précédente équipe l'avait fait.

Emerson partageait mon avis.

– Ces hommes sont loyaux. Ils sont seulement un peu peureux. Allons, nous verrons bien ce que demain nous réserve. D'ici le matin, nous serons à mi-chemin entre le fleuve et la première oasis. Si nous parvenons à les emmener au-delà de cet endroit, ils seront contraints de nous accompagner ou bien de prendre le risque de se perdre dans le désert et de mourir de soif. Espérons qu'il n'y aura pas d'autres incidents fâcheux cette nuit.

– Des incidents fâcheux, en vérité ! dis-je avec sarcasme. Une nouvelle attaque, vous voulez dire !

– Les Tebu n'attaquent pas la nuit, déclara Emerson avec une certitude que j'aurais aimé partager.

En l'occurrence, ils n'attaquèrent pas. Le jour se leva, clair et lumineux, et les premiers rayons du soleil éclairèrent le repère que nous cherchions : un éboulis de pierres noires, indiqué par deux silhouettes en forme de colonne. Ainsi qu'Emerson l'avait découvert lors de notre première expédition, il s'agissait des ruines d'un petit édifice, probablement un autel, datant de l'époque méroïtique. Le désert avait été moins aride lorsque les familles de noble naissance de cette civilisation disparue s'étaient dirigées vers l'ouest. Il y avait peut-être eu de l'eau ici voilà deux mille ans, même s'il n'y avait plus la moindre trace d'un puits à présent, ni aucun signe de vie.

Le fait que la nuit se soit passée sans le moindre « incident fâcheux » avait fait renaître la confiance chez nos chameliers. J'avais appréhendé qu'ils n'éprouvent des peurs superstitieuses à la vue de ces ruines anciennes – lesquelles, comme tous le savaient, étaient hantées par des fantômes et des *afrit* – mais, ainsi que j'entendis l'un d'eux le déclarer : « Le Maître des Imprécations et la Sitt Hakim savent comment chasser les démons, et si des hommes mauvais viennent, nous pouvons nous cacher derrière les pierres. »

C'était une façon très sensée de voir les choses.

C'est pourquoi il y eut des rires de soulagement et même des bribes de chant tandis qu'ils montaient les tentes et s'occupaient des chameaux. Comme je m'y étais attendu, Emerson se défit immédiatement de sa veste et commença à errer parmi les pierres éboulées en poussant des petits jappements d'excitation tel un chien flairant des terriers de lapin. Ramsès faisait les cent pas nerveusement, tandis que Selim et moi faisions bouillir de l'eau pour le thé. J'espérais que Ramsès ne continuait pas de ruminer ma demande. Cela semblait peu probable. Mon fils n'était pas du genre à laisser son imagination partir au galop.

– Père ! dit-il brusquement. Vous voulez bien venir voir ?

– Qu'y a-t-il ? m'exclamai-je en me levant d'un bond. Oh mon Dieu, pas les Tebu à nouveau !

– Non, tout va bien, répondit Ramsès. Mais quelque chose vient par ici. Je ne distingue pas ce que c'est, j'ai le soleil dans les yeux. Et vous, Père ?

Le regard d'Emerson suivit la direction du doigt qu'il pointait.

– On dirait un animal.

– En effet, Père, dit Ramsès patiemment.

– Crénom, votre vue est meilleure que la mienne ! Si vous ne pouvez pas dire de quel animal il s'agit, comment espérez-vous que je le fasse ? Il n'avance pas très vite. Une gazelle ?

– En plein désert ?

A mon avis, le moment était mal choisi pour se livrer à de vaincs conjectures, même s'ils semblaient y prendre un grand plaisir.

– Servez-vous des jumelles, dis-je d'un ton quelque peu brusque.

– Quoi ? Oh ! fit Emerson. Où sont-elles ?

– Là où vous les avez laissées, je suppose. Ne vous inquiétez pas, je vous les apporte.

Je retournai à notre tente et trouvai les jumelles d'Emerson, sous sa veste et son chapeau, qu'il avait jetés sur le sol. Lorsque je rejoignis le groupe, les hommes, y compris Selim, continuaient de discuter. Ils étaient d'accord pour dire que l'animal était probablement un chameau, mais ils ne parvenaient pas à identifier la nature de son cavalier.

– Il a une forme étrange, dit Selim quelque peu craintivement. Cela ne ressemble pas à un homme. Est-ce qu'il a... il a vraiment deux têtes ?

Franchement ! pensai-je. Ah, les hommes ! Je portai les jumelles à mes yeux et je les mis au point. L'animal était un chameau. Il y avait deux têtes, ce qui n'avait rien de surprenant, puisqu'il y avait deux personnes. Je reconnus l'une d'elles immédiatement : Mr Newbold, le Grand Chasseur Blanc, qui ne semblait pas très grand en ce moment. Avec un bras, il tenait l'autre personne, qui gisait mollement dans son étreinte. Ses traits étaient cachés, mais j'étais certaine de savoir qui c'était.

# 6

## Manuscrit H

Ramsès ne parvenait pas à chasser l'image de son esprit : Nefret, étendue sur le sable devant lui, sa chemise devenue cramoisie avec le sang de son cœur... pas morte mais agonisant, lentement et douloureusement, parce que sa main n'avait pas été assez ferme pour faire le travail correctement. L'alternative plus sûre était une balle dans la tête, mais il doutait d'être à même de se résoudre à le faire. Il avait vu des hommes mourir de cette façon. Ce n'était pas très beau à voir.

Abattre sa mère ne serait guère plus agréable.

En mettant les choses au pire, une mort rapide était préférable à l'esclavage, surtout pour une femme... Mais était-ce bien vrai ? Ou bien était-ce l'un de ces adages séculaires que les gens débitaient sans y croire vraiment ? Comme « l'Angleterre s'attend à ce que chacun fasse son devoir » et « La mort est préférable au déshonneur ». Les femmes croyaient-elles réellement cela, ou bien était-ce quelque chose que les hommes voulaient qu'elles croient ?

Au moins il n'avait plus de doutes sur ce que sa mère éprouvait. Entendre cette personne énergique et terre à terre proposer l'impensable l'avait bouleversé. Mais il n'aurait pas dû être surpris. Sa mère était ainsi faite. Elle était capable de regarder un fait en face sans frémir, même si c'était tout à fait déplaisant.

Ce qui était bien plus que ce qu'il était capable de faire. Il ferma les yeux, comme si cela pouvait chasser l'image de Nefret. Et alors ce ne fut plus Nefret, mais la jeune fille, Daria. Son sang pénétrait dans le sable et ses grands yeux éteints regardaient fixement dans le vide, et il savait qu'il l'avait tuée... Puis il sortit brusquement d'un semi-assoupissement pour voir l'aube pâle dans le ciel à l'est et, à proximité devant lui, les noires colonnes jumelles qui avaient été leur premier repère.

Sachant que son père voudrait qu'il passe la plus grande partie de la journée à examiner les ruines pitoyables, il marcha de long en large, se dégourdissant les jambes et s'efforçant de ne pas regarder vers Nefret. Emerson avait apparemment décidé que sa vieille connaissance « se tiendrait tranquille » maintenant que l'homme avait été soudoyé, mais Ramsès n'était pas aussi confiant. Son regard se tournait continuellement vers l'est, espérant ne pas apercevoir un inquiétant nuage de sable. Ce qu'il vit finalement était plus étrange qu'inquiétant. L'animal avait beau être un chameau, qu'est-ce qu'un chameau solitaire faisait ici ?

Quand sa mère, stupéfaite, identifia la personne juchée sur le chameau, tous se mirent en garde.

– Apparemment, il est à bout de forces, ajouta-t-elle en élevant la voix pour dominer les jurons d'Emerson.

Et il tient quelqu'un devant lui sur la selle. Quelqu'un qui est évanoui ou bien... Bonté divine !

Elle s'élança impétueusement en avant. Nefret fit de même. Emerson écarta les bras et leur barra le passage.

– Restez ici, vous deux. Bon sang, qu'ai-je donc fait de mon... Donnez-moi le vôtre, Selim, et empêchez les femmes de s'approcher !

Il s'empara du fusil de Selim et se dirigea à grandes enjambées vers les cavaliers qui survenaient.

Ramsès le suivit plus lentement. Contrairement à son père, qui s'était débarrassé de ses vêtements superflus, de ses jumelles et de son fusil, il était armé, mais il ne sortit pas son pistolet de l'étui. Newbold n'était pas stupide au point de causer des ennuis à un Emerson furieux. Il tenait la jeune fille dans ses bras. Elle formait un ballot blanc et inerte, enveloppée dans des vêtements poussiéreux, à l'exception de sa tête qui était inclinée en arrière et ballottait contre son épaule.

– Crénom, que faites-vous ici ? demanda vivement Emerson.

– A votre avis ? Je vous suivais, bien sûr ! (Le visage hagard de Newbold se crispa comme s'il essayait de sourire.) Mais j'ai eu des ennuis. Je m'en suis sorti de peu. Plus d'eau. Je vous en prie...

Emerson fit un signe de tête à son fils. Ramsès rattrapa la jeune fille comme elle échappait à la prise défaillante de Newbold. Elle était aussi légère qu'un oiseau. Elle ouvrit les yeux, et une horrible impression de déjà-vu le fit frissonner. C'était le visage qu'il avait vu dans son rêve, livide, les yeux vitreux. Puis ses paupières s'abaissèrent et elle enfouit son visage contre sa poitrine.

– Portez-la à votre mère, Ramsès, ordonna Emerson. (Il tenait le lourd fusil d'une main, aussi facilement qu'il aurait tenu un pistolet.) Venez, Newbold, passez devant. Je présume que vous pouvez tenir debout, le temps de parcourir dix mètres.

Nefret se dégagea des bras de Selim et courut à la rencontre de Ramsès.

– Est-elle blessée ? Pauvre petite ! Cette brute n'avait pas le droit de l'obliger à l'accompagner pour un voyage aussi pénible que celui-là ! Porte-la dans ma tente, Ramsès.

Ramsès les quitta tandis que Nefret murmurait des paroles de réconfort à Daria tout en ôtant les vêtements dans lesquels celle-ci était emmitouflée. La jeune fille n'avait pas parlé, mais elle était éveillée et consciente. Ses grands yeux noirs le suivirent tandis qu'il sortait de la tente.

Sa mère soignait Newbold... à sa façon. Elle nettoya les contusions de son visage avec une telle énergie qu'elle provoqua un grognement de protestation, puis elle lui arracha le gobelet d'eau de la main.

– Votre blessure est superficielle. Ne buvez pas trop d'eau, vous devriez le savoir !

– Je ne suis pas habitué à ce genre de contrée, déclara Newbold. Je vous remercie, Mrs Emerson. Maintenant, puis-je m'étendre et dormir un peu ? Je suis resté sur ce chameau pendant presque vingt-quatre heures.

Ramsès était obligé d'admirer l'aplomb de cet homme. Il se comportait comme s'il était un invité. Sa désinvolture n'avait aucun effet sur Selim et Daoud. Ils se tenaient près de lui tels des gardiens de prison. L'air menaçant d'Emerson s'accentua.

– Ainsi que la... euh... jeune demoiselle, je présume. Comment va-t-elle, Ramsès ?

– Juste fatiguée et assoiffée, je pense. Nefret s'occupe d'elle.

– Très bien. Newbold, répondez à présent, ordonna Emerson. Vous pourrez vous reposer une fois que vous nous aurez dit ce que vous faites ici. Ce sera probablement un tissu de mensonges, mais je pense être à même de démêler le vrai du faux.

– Cela ne servirait à rien d'essayer de mentir sur la raison pour laquelle je suis ici, répondit Newbold calmement. Je vous ai suivis depuis Le Caire, où j'avais appris certaines choses qui m'ont amené à croire que vous étiez à la recherche de quelque chose de bien plus lucratif qu'un malheureux site archéologique. Votre départ soudain du train à Abu Hamed m'a pris au dépourvu... mais il a également confirmé mes soupçons. Vous n'auriez pas menti sur votre destination si votre but avait été celui que vous affirmiez. (Sa voix était devenue rauque.) Mrs Emerson, puis-je vous demander une autre gorgée d'eau ?

La mine sévère, elle obtempéra.

– Poursuivez, Mr Newbold.

– Nous sommes descendus du train à Berber et nous avons engagé des chameliers avec leurs chameaux. Vous aviez quitté Nuri lorsque nous sommes arrivés là-bas, mais les villageois m'ont dit obligeamment dans quelle direction vous étiez partis, et cela n'a pas été difficile de suivre votre piste, puisque vous aviez seulement quelques heures d'avance. Ensuite nous avons rencontré les ennuis que j'ai mentionnés... une bande de pillards. Ils ont tué mes hommes... ils en ont abattu certains de sang-froid alors que ceux-ci s'étaient rendus. Leur campement se trouve à un jour à dos de chameau d'ici, au sud-ouest. Il y a un puits qu'ils ont dégagé.

Sa voix lui manqua à nouveau. Il but une autre gorgée d'eau.

– Ils avaient l'intention de nous garder, Daria et moi, pour demander une rançon. Du moins, c'est ce qu'ils prétendaient. J'ai jugé plus sage de ne pas les croire. Hier, au petit matin, plusieurs heures avant l'aube, la plupart des hommes sont partis, et j'ai saisi ma chance. J'ai récupéré l'un des chameaux qu'ils m'avaient volés, et je me suis enfui avec Daria.

– Une évasion plutôt audacieuse, vous ne trouvez pas ? fit remarquer Emerson. Pourquoi n'êtes-vous pas reparti vers le fleuve au lieu d'essayer de nous retrouver ? Une aiguille dans une meule de foin, pour ainsi dire !

Newbold fixa sur lui un regard inexpressif.

– Vous avez suivi la piste des pillards, je suppose, reprit Emerson. Vous avez eu de la chance de les éviter alors qu'ils rentraient, hein ? Oh, au diable tout ça ! Trouvez-lui une couverture et un peu d'ombre, Daoud, et surveillez-le jusqu'à ce que je vienne vous remplacer.

Déjà le soleil était suffisamment haut pour se refléter sur le sol. Ramsès entendit sa mère fredonner. L'air était celui de l'une de ses chansons préférées de Gilbert et Sullivan : « Une chose est sûre... nous sommes dans de beaux draps ».

– Vous résumez parfaitement la situation, Mère, dit-il. Qu'allons-nous faire de ce salopard ?

– Le ligoter et le laisser ici, répondit Selim promptement. Nous pouvons faire des nœuds de telle façon qu'il puisse se détacher une fois que nous serons partis, et nous lui laisserons l'un des chameaux et suffisamment d'eau pour qu'il puisse arriver jusqu'au Nil.

– La jeune fille aussi ? s'enquit Ramsès.

Sa mère lui lança un regard modérément surpris, et il comprit qu'elle avait été sur le point de poser la même question. Elle ne s'était pas attendu à ce qu'il le fasse le premier. Lui non plus. Afin de dissimuler sa confusion, il prit une cigarette. C'était une indulgence qu'il se permettait rarement, parce que sa provision de cigarettes était limitée, et parce que fumer desséchait la gorge.

– J'ai bien peur que cette idée ne soit guère réalisable, dit Emerson en bourrant sa pipe. Outre l'objection que Ramsès a soulevée... et si jamais il ne parvenait pas à se libérer de ses liens ? Il mourrait d'une façon horrible et lentement, de déshydratation. Bien que je méprise cet individu, je ne veux pas avoir sa mort sur la conscience. Et s'il parvenait à se libérer suffisamment vite, il suivrait immédiatement notre piste. (Il secoua la tête avec regret.) Je vois seulement deux alternatives. Ou bien nous les emmenons ou bien nous les renvoyons avec un nombre suffisant de nos hommes pour être certains qu'ils rebroussent chemin. Eh bien, Peabody, quel est votre avis ? Je suis sûr que vous en avez un.

– J'en suis moins sûre que vous, Emerson.

Son époux eut un sursaut de surprise exagéré, et elle poursuivit, avec moins d'assurance qu'habituellement.

– Aucune de ces alternatives n'est idéale. Lui montrer la route vers la Montagne Sainte est précisément ce que nous voulions éviter et ce qu'il espérait apprendre. D'un autre côté, lui fournir une escorte conséquente signifierait nous priver d'au moins une demi-douzaine d'hommes et de chameaux. Ce qui nous laisserait dangereusement à court de main-d'œuvre.

– Il y a une troisième alternative, dit Emerson en tirant sur sa pipe d'un air pensif.

– Pas alternative, Emerson. Il ne peut y avoir que deux alternatives. La dérivation de ce mot...

– Laissez de côté votre satanée leçon de grammaire, Peabody ! Nous pourrions les emmener jusqu'à la première oasis et les laisser là-bas, avec les plus lents et les plus peureux de nos hommes.

Au bout d'un moment, Ramsès dit :

– Je pense que vous avez trouvé la seule solution possible, Père. A partir de l'oasis, nous serons escortés par les hommes de Tarek.

Et il ajouta en lui-même, ainsi nous aurons quelques morts en moins sur la conscience si quelque chose tourne mal. Si seulement ils pouvaient persuader sa mère et Nefret de rester là-bas, elles aussi.

– Nous sommes d'accord, alors ? demanda Emerson. Parfait. Reposez-vous un peu, Peabody.

– Vous aussi, Emerson.

– Bientôt, bientôt. Ramsès et moi désirons effectuer quelques fouilles, n'est-ce pas, mon garçon ? Vous aussi, Selim.

– Oui, Père, dit Ramsès.

– Oui, Maître des Imprécations, dit Selim d'un air résigné.

A partir de ce moment, Emerson modifia la routine de notre marche. Le froid glacial de la nuit et la chaleur étouffante de midi étaient tout aussi insupportables. Aussi divisa-t-il les étapes en deux parties, la première depuis environ minuit jusqu'à neuf ou dix heures du matin, la seconde depuis la fin de l'après-midi jusqu'à ce que les hommes et les chameaux soient à bout de forces, ce qui survenait habituellement vers huit heures du soir.

Tandis que nous progressions, les jours étouffants succédant aux nuits étoilées, nous apercevions quelques ossements et d'autres signes de vie le long de la piste. Les hommes étaient épuisés. De plus en plus fréquemment ils s'arrêtaient de marcher et laissaient continuer la caravane afin de dormir une demi-heure, puis ils couraient pour nous rejoindre. Nous fûmes retardés pendant plusieurs heures comme l'un d'eux ne revenait pas. Il avait « marché vers son destin », selon l'expression des hommes du désert, perdant la tête et son sens de l'orientation après des heures ininterrompues de sable et de chaleur. Finalement, Emerson le retrouva, l'homme errait au hasard à angles droits par rapport à la piste, et il le ramena.

Emerson repartait constamment en arrière, guettant des signes de poursuite. Il revint de l'une de ces reconnaissances le visage sombre, et je demandai avec appréhension :

– Avez-vous vu quelque chose de suspect ?

Emerson secoua la tête et Ramsès, qui marchait à côté de moi, dit :

– Tout va bien, alors.

– Je n'en suis pas aussi sûr, répondit Emerson. Nous avons rencontré les marchands d'esclaves et Newbold. Il nous reste encore à affronter les militaires et la communauté des égyptologues !

– Certainement pas maintenant ! protestai-je. Nous sommes trop loin du fleuve.

– Je n'en suis pas aussi sûr, répéta Emerson. Et que faites-vous de Merasen et de ses comparses, où qu'ils puissent être ?

– Ils ont la carte, dit Ramsès. Ils ne sont pas obligés de suivre notre piste.

Newbold marchait péniblement en observant un silence maussade. Nefret avait gardé Daria auprès d'elle et Emerson avait rejeté la demande de Newbold pour qu'elle lui soit rendue avec une telle éloquence que celui-ci n'avait pas insisté. La jeune fille évitait Newbold à présent, se réfugiant en hâte auprès de celui qui était le plus près d'elle lorsqu'il s'approchait. Je me demandai ce que cet individu lui avait fait. Elle avait affirmé qu'elle n'avait pas peur de lui.

Le deuxième repère de Forth, l'arbre mort, avait fini par tomber. Ses branches décolorées desséchées ressemblaient au squelette d'un monstre mythique. Alors que nous étions assis autour du feu de camp cette nuit-là, Emerson annonça :

– Nous atteindrons l'oasis dans trois jours. Je me demande ce que nous trouverons là-bas.

– De l'eau, je l'espère bien ! dis-je. Le bouchon s'est détaché de l'une des outres aujourd'hui, et plusieurs litres d'eau ont été perdus avant que quelqu'un s'en aperçoive.

– Nous avons de l'eau en abondance, répondit Emerson. Je me demandais si Tarek avait envoyé une escorte à notre rencontre.

– Il l'a certainement fait, dit Nefret vivement. Il doit être aussi impatient de nous voir que nous le sommes de le voir.

Ramsès, qui dessinait distraitement des motifs dans le sable avec un bâton, leva les yeux.

– Il a peut-être abandonné tout espoir de nous voir à présent. Il a fallu à Merasen...

Il s'interrompit brusquement, avec un claquement de dents, en voyant le geste d'avertissement d'Emerson. Newbold ne faisait pas partie du groupe – il n'en avait jamais fait partie, car nous avions fait clairement comprendre que nous ne souhaitions pas sa compagnie – mais il était assis non loin de là et écoutait notre conversation. Nous ne lui avions rien dit au sujet de notre destination finale ou des circonstances qui avaient motivé notre voyage, seulement que nous nous proposions de le laisser en sécurité et dans un confort relatif dans quelques jours. Cependant, il n'avait pas renoncé à essayer d'en apprendre plus. Après que ses tentatives pour s'insinuer dans les bonnes grâces de Selim et de Daoud eurent échoué lamentablement, il s'était mis à parler avec les chameliers. Cela avait été également un échec. Ils en savaient encore moins que lui, et ses tentatives de jovialité n'étaient guère convaincantes, car il considérait que les « indigènes » étaient des êtres inférieurs.

Le terrain commença à changer, devint plus raboteux et plus accidenté. Marcher était difficile, et les hommes se plaignaient de leurs pieds écorchés. Leurs sandales sans talon n'étaient pas faites pour une région comme celle-là. Même les Bédouins endurcis montraient des signes de nervosité. Un matin, alors que les hommes déchargeaient les chameaux, Zerwali le Bédouin vint trouver Emerson. Après les salutations d'usage, il demanda jusqu'où Emerson avait l'intention d'aller.

– Je vous ai engagés pour trente *marhala*, lui rappela Emerson. Nous marchons depuis sept jours seulement.

– Mais vous ne nous avez pas dit où nous nous rendions. Ce pays est nouveau pour moi. Nous ne venons jamais par ici.

– Nous n'avons rencontré qu'une seule bande de pillards, fit valoir Emerson. Et ainsi que vous l'avez vu, ils ont renoncé à nous attaquer dès qu'ils m'ont reconnu.

– Ce n'est pas à cause de pillards ordinaires que nous évitons d'emprunter cette piste.

Il hésita, peu disposé à admettre qu'il avait peur, puis il poursuivit :

– Voilà des années, certains des jeunes hommes de notre tribu ont entendu parler d'une riche oasis à l'ouest et ils sont partis pour la trouver. Ils ne sont jamais revenus. D'autres ont fait de même. Aucun d'eux n'est revenu. Et il y a des légendes...

– Ah, oui, les légendes habituelles, me dit Emerson. Racontées par ceux qui n'ont jamais vu les scènes terrifiantes qu'ils décrivent. (Il poursuivit en arabe.) Quelles sortes de légendes, Zerwali ?

– Elles parlent de montagnes embrasées et de pluies ardentes, ô Maître des Imprécations. D'hommes – si ce sont bien des hommes et non des *afrit* – qui font plus de deux mètres cinquante de haut, leurs flèches ne ratent jamais leur cible, et ils peuvent distancer à la course le plus rapide des étalons.

– Hummm, fit Emerson en caressant sa barbe à présent affreuse. Ecoutez, Zerwali, vous avez ma parole – la parole du Maître des Imprécations – que nous ne rencontrerons pas les dangers que vous venez de décrire. Ne me dites pas que vous avez peur... vous qui avez raillé la couardise des Nubiens !

Zerwali lui lança un regard mauvais mais s'en alla sans faire d'autres remarques.

A dire vrai, nous avions eu une chance incroyable. Nous n'avions pas perdu un seul homme ni un seul chameau, et malgré le léger incident de l'outre, nos provisions d'eau étaient largement suffisantes, même si l'eau avait un goût infect.

Le lendemain, à la fin de l'après-midi, nous passâmes devant un enchevêtrement grotesque de peau desséchée et d'ossements blancs.

– Est-ce que ce pourrait être notre dernier chameau ? demandai-je à Emerson, qui marchait à côté de moi. J'ai calculé le temps que nous avions mis la première fois, et il me semble que nous venons d'atteindre l'endroit où l'animal s'était écroulé.

– C'est possible, répondit Emerson d'un air indifférent. Mais... Hé, Peabody, où diable allez-vous ?

Il me suivit, bien sûr. Je me tins devant le tas pitoyable et je me remémorai ce jour terrible, lorsque la mort de notre dernier chameau nous avait laissés à bout de ressources, à des miles d'un point d'eau, avec peu d'espoir d'y arriver avant que la déshydratation et l'épuisement aient raison de nous. Néanmoins, mes souvenirs les plus vivaces étaient des souvenirs de courage et de loyauté... Tarek, qui ne nous avait jamais abandonnés et qui allait finalement nous sauver ; Ramsès, âgé de dix ans seulement, marchant obstinément à travers le sable sans même une plainte ; Emerson, le plus brave des hommes...

– Vous avez l'intention de dire une prière sur cette

carcasse ? s'enquit le plus brave des hommes de façon fâcheuse.

Je lui pardonnai sa petite plaisanterie. Si c'était bien une plaisanterie.

– Je me demandais seulement si les affaires que nous avions été contraint de laisser étaient toujours là.

– Hummm, fit Emerson, son intérêt ranimé à la perspective de faire des fouilles.

Nous ne trouvâmes rien, bien que nous ayons creusé tout autour des ossements.

– Ce n'est pas une grande perte, déclara Emerson. Des vêtements de rechange et quelques livres... c'était à peu près tout ce que nous avions laissé ici, n'est-ce pas ?

– Vous croyez que Tarek est revenu et les a récupérés ? Il adorait lire.

Emerson me considéra attentivement.

– Peabody, ne me dites pas que vous nous avez chargés d'une cargaison de romans de camelote pour Tarek !

– J'ai emporté des cadeaux, bien sûr, répondis-je calmement. Mr Rider Haggard a écrit plusieurs autres romans entre-temps, et j'ai également pensé que Tarek prendrait sans doute plaisir à lire *Le Prisonnier de Zenda* et *Le Mouron rouge*.

– Je n'en doute pas un seul instant ! grommela Emerson. Tarek avait un faible pour les fadaises romanesques ! Il commence à faire nuit. Nous ferions mieux de rejoindre les autres.

Il me persuada de me reposer un moment, aussi montai-je sur son chameau et il marcha à mes côtés, ses grandes enjambées soutenant sans effort l'allure de l'animal. J'avais été sur le point de lui demander quelle distance il nous restait à parcourir, mais il n'arrêtait pas de bougonner tout seul – le mot « fadaises » était souvent répété – aussi décidai-je de le découvrir toute seule. Nous avions été approximativement à une *marhala* de la première oasis lorsque le dernier chameau était mort, mais notre marche à partir de là avait été ralentie par ma fièvre et par les petites jambes de Ramsès, sans parler du manque d'eau. Lorsque nous avions fait halte ce soir-là, Emerson avait annoncé qu'il nous faudrait encore deux jours pour atteindre l'oasis, et Kemit avait répondu – oh, comme je m'en souvenais parfaitement ! – « une demi-journée pour un homme qui court ». Lorsque nous nous étions réveillés le matin suivant, Kemit n'était plus là. Bien sûr, nous nous étions remis en route, mais nous n'étions pas allés très loin lorsque même l'énergie gigantesque d'Emerson avait finalement atteint ses limites, et j'étais inconsciente quand les hommes conduits par Kemit étaient arrivés juste à temps pour nous sauver.

Ainsi donc... avec un étrange petit frisson je compris que nous nous trouvions à quelques heures à peine de notre destination. J'avais gardé peu de souvenirs de l'endroit. Lors de notre première expédition, j'étais dans le coma, lequel avait duré jusqu'à ce que nous atteignions la Montagne Sainte, et pour le voyage de retour – que l'on pourrait appeler avec plus d'exactitude une « fuite » – nous nous étions arrêtés le temps de nous reposer quelques heures et d'acquérir d'autres chameaux. L'oasis avait été un endroit agréable, avec des palmiers florissants et de l'herbe abondante. Il était facile de comprendre pourquoi les hommes du désert se battaient pour de tels endroits. Leur herbe vert émeraude était plus précieuse que des émeraudes au sein de ces étendues arides. Est-ce que nous y arriverions à la fin de cette nuit de marche ? Maintenant que nous en étions si près, j'avais du mal à contenir mon impatience. Je désirais ardemment de la verdure et de l'ombre, une eau fraîchc au lieu de ce liquide nauséabond dans les outres... et, bien sûr, il me tardait d'avoir des nouvelles de notre ami. Lorsque Emerson annonça une halte peu après midi, je protestai.

– Assurément, nous pouvons arriver à l'oasis avant le matin si nous continuons, Emerson. Je rêve de verdure et d'ombre, d'une eau fraîche au lieu de...

– Oui, oui, dit Emerson. Allons, Peabody, vous devriez avoir suffisamment de bon sens pour ne pas proposer que nous galopions allégrement vers l'oasis dans l'obscurité. Tarek laisse une garnison là-bas, dont la tâche consiste à arrêter au passage des voyageurs trop curieux... par un moyen ou un autre.

– Oh ! Vous avez raison, Emerson, admis-je avec magnanimité. Mais c'est simplement que je meurs d'envie...

– Tout autant que Nefret, déclara Emerson, tandis que les hommes commençaient à décharger les chameaux. J'ai été contraint de lui parler avec fermeté. Vous devriez essayer de faire entendre raison à cette fille. Et emmitouflez-vous dans vos couvertures, il fait un froid glacial ! Dès qu'il fera jour, Ramsès et moi partirons en reconnaissance.

A présent les hommes avaient appris à décharger efficacement. Peu après, les tentes étaient montées et nos bagages personnels placés à l'intérieur. La surexcitation me remplissait d'énergie, et j'avais envie d'une tasse de thé avant de me coucher, aussi rejoignis-je Selim près du feu qu'il avait allumé. Il avait déjà commencé à faire infuser – ou à faire mijoter – le thé. La méthode arabe pour faire du thé consiste à faire bouillir les feuilles jusqu'à ce que le liquide soit marron foncé.

– C'est presque la fin du bois à brûler, Sitt, dit-il.

– Cela n'a aucune importance, Selim. Demain, nous serons avec des amis, qui nous fourniront tout ce qu'il nous faut.

Du moins je l'espérais. Nous nous étions fondés sur l'hypothèse que, même si son messager était probablement indigne de confiance, Tarek avait réellement besoin de nous. Par égard pour notre ami, nous n'avions pas osé envisager une autre éventualité. Tarek savait que nous viendrions si nous le pouvions, mais il lui était impossible de savoir quand.

– Ah ! fit Selim. Et nous serons débarrassés de lui, n'est-ce pas ?

Il montra de la tête Newbold, qui s'approchait discrètement du feu. Celui-ci s'était laissé aller de façon tout à fait déplorable. Aucun de nous n'était présentable pour des mondanités, puisque prendre un bain était impossible, mais nous avions fait le meilleur usage des petites quantités d'eau que nous nous autorisions pour nous laver, et Ramsès s'était rasé tous les jours, sans qu'il soit nécessaire de le lui rappeler plus de trois fois. Je l'avais également rappelé à Emerson. Il avait choisi de considérer mes remarques comme des suggestions qu'il se sentait libre d'ignorer. A présent sa barbe était fournie, mais au moins il la tenait propre et bien coupée, ce que Newbold ne faisait pas.

– M'est-il permis d'avoir une tasse de thé ? demanda le chasseur. Ou bien suis-je toujours *persona non grata* ?

– Vous avez eu les mêmes commodités que nous, alors ne pleurnichez pas, répliquai-je en lui tendant une tasse.

J'avais eu l'intention d'avoir une petite conversation avec Nefret, mais elle s'était retirée avec Daria dans leur tente, et lorsque je m'en approchai, je vis que le rabat était fermé et attaché. Je comprenais ce qu'elle éprouvait certainement. Durant ces longues semaines, elle avait été inquiète au sujet du petit garçon, l'héritier de Tarek, se demandant si elle arriverait à temps pour lui venir en aide, et venir en aide à son père. Dans quelques heures elle saurait, et l'attente était insupportable. A l'évidence, elle préférait être seule, aussi ne lui imposai-je pas ma présence.

La lune était à son décours et l'air était glacial. Frissonnant, je regagnai ma tente en hâte. Je savais que je ne fermerais pas l'œil de la nuit.

Je fus réveillée brutalement par un grand cri. Otant le bras d'Emerson de ma personne, je m'emparai de mon ombrelle et je l'enjambai pour me diriger vers le rabat de la tente. Je sortis à la lumière froide qui précède l'aube.

Le campement était encerclé par des formes immobiles, noires sur le ciel pâlissant. Elles étaient plus grandes qu'aucun être humain ne pouvait l'être, leurs têtes étaient étrangement difformes, et chacune tenait une longue lance.

– Des amis ? me demanda Selim.

Il s'était levé de bonne heure afin d'allumer un feu, et son cri avait réveillé les dormeurs. Je ne pouvais guère lui reprocher d'avoir poussé ce cri alarmé, bien que, tandis que la lumière s'affermissait, je me rendais compte que la taille apparemment anormale des nouveaux venus s'expliquait par le fait qu'ils étaient juchés sur des chameaux et que leurs têtes étaient recouvertes de bonnets semblables à des casques ornés de plumes. Les lances étaient très longues, et les carquois passés en bandoulière étaient hérissés de flèches.

Emerson fut parmi les derniers à apparaître, se frottant les yeux et marmonnant des jurons, mais la scène le fit aussitôt se réveiller complètement.

– Des amis, oui, dit-il.

– Ils ne semblent pas très amicaux, fit Selim d'un air de doute.

Emerson décrivit un cercle sur lui-même pour examiner les cavaliers. Aucun d'eux n'avait bougé.

– Ils viennent incontestablement de la Montagne Sainte, dit-il en caressant sa barbe. Le couvre-chef m'est inconnu... Tarek a probablement changé les uniformes de sa garde... mais les boucliers sont les mêmes, ainsi que les arcs.

– Si ce sont des amis, dit Daoud qui avait réfléchi à la question, pourquoi ne vous saluent-ils pas ?

– Hummm, ma foi, je ne sais pas trop, admit Emerson. Ne tirez pas, bande d'idiots ! ajouta-t-il. Ramsès, vous voulez bien...

Une forte détonation l'interrompit. Zerwali et les autres Bédouins s'étaient rassemblés, leurs armes à la main. C'était Zerwali qui avait tiré. Avant que les échos du coup de feu se soient tus, il poussa un cri et s'écroula en étreignant sa gorge. Une flèche l'avait transpercée de part en part.

– Ce sont les démons dont nous vous avions parlé ! s'écria l'un des Bédouins.

– Etes-vous des hommes ou des enfants ? répliqua Emerson. Posez vos armes. Ce sont des êtres humains, comme vous, et Zerwali était un imbécile qui méritait son sort. Est-il mort, Nefret ?

– Oui. (Un seul regard avait suffi. Nefret se redressa.) Laissez-moi leur parler.

Emerson lui lança un regard sévère.

– Regagnez votre tente et habillez-vous, dit-il. Ramsès, venez avec moi.

Il utilisait rarement un ton aussi rude avec elle. Lorsqu'il le faisait, Nefret se gardait bien de désobéir. Néanmoins, son visage eut une expression de rebellion.

– Ma chère enfant, ceci est un monde d'hommes, dis-je avec une gaieté un brin forcée. (Les formes immobiles commençaient à m'énerver.) Laissez Emerson et Ramsès s'en charger. Le méroïtique de Ramsès n'est pas aussi bon que le vôtre, mais cela devrait suffire.

Avec son acuité habituelle (lorsqu'il est parfaitement éveillé), Emerson avait identifié le chef du détachement. L'homme avait davantage de plumes sur sa coiffe et portait un médaillon, ou un pectoral, au bout d'une lanière passée à son cou. Le médaillon brillait comme de l'or, ainsi que le lourd bracelet à son bras droit. A l'instar de tous les autres, il était jeune et puissamment bâti, le visage mince et anguleux, des yeux noirs au regard perçant. Emerson et Ramsès se dirigèrent lentement vers lui. Les hommes s'étaient rassemblés autour de moi, tels des poussins craintifs autour de leur mère. Les ordres d'Emerson ou, plus vraisemblablement, le sort de Zerwali les rendaient cois.

– Ainsi j'avais raison, dit Newbold, ses yeux luisant de cupidité. Même un simple soldat porte sur lui une fortune en or.

– Vous ignorez quel est son rang exact, répliquai-je. Taisez-vous !

Ramsès et Emerson se trouvaient à seulement quelques pas de distance lorsque le chef du détachement s'écria brusquement :

– C'est bien lui. C'est le Maître des Imprécations. Les Etres Supérieurs sont revenus !

Tous les chameaux s'agenouillèrent, avec une précision remarquable pour un groupe de chameaux, et les cavaliers levèrent leurs lances en guise de salut. Le chef descendit de sa monture et s'agenouilla devant Emerson.

Je ne m'étais pas rendu compte que je retenais mon souffle jusqu'à ce qu'il s'échappe de mes poumons en un soupir de soulagement retentissant.

## Manuscrit H

Le vocabulaire de méroïtique d'Emerson était limité, mais ainsi que Ramsès le lui fit remarquer, il n'était pas tenu de faire quoi que ce soit, excepté prendre un air de grand seigneur. Ramsès n'avait pas eu à traduire les paroles du chef, son geste avait été plus éloquent que ses mots, et la plupart de ces mots étaient connus d'Emerson. Il carra les épaules et accepta l'hommage d'un mouvement gracieux de la main, tout en faisant remarquer en anglais :

– Un numéro très impressionnant, non ? Il avait pour but de nous honorer.

– Zerwali n'a pas eu cette impression, dit Ramsès. Pauvre bougre.

– Un satané imbécile, le reprit Emerson qui ne supportait pas la bêtise ou l'insubordination. Il aurait pu nous valoir une pluie de flèches.

– Je crois que le chef attend que vous vous adressiez à lui, Père.

– Je vous laisse ce soin, mon garçon. Présentez-vous, demandez-lui son nom, dites-lui à quel point nous sommes enchantés de le voir, et ce genre de choses.

Ramsès ne put s'empêcher d'être quelque peu flatté par la réaction du chef du détachement lorsqu'il déclina son nom. Celui-ci s'était relevé quand Emerson lui avait fait signe qu'il pouvait le faire. Aussitôt, il s'agenouilla de nouveau. La « grande dame de la maison » – et son ombrelle – eurent droit à un respect identique, mais lorsque l'officier – il s'appelait Har – vit Nefret, il se prosterna si bas que les plumes de son casque traînèrent dans la poussière.

– Puisqu'il ne m'est pas permis de parler, fit Nefret d'un ton mordant, demande-lui des nouvelles du petit garçon.

Tout d'abord, Har ne sembla pas comprendre de quoi parlait Ramsès. Lorsque Ramsès donna des détails – l'enfant, le prince, qui avait été malade – il répéta :

– Le prince. Oui. Il va bien. Maintenant, désirez-vous venir avec nous, vous et vos serviteurs ?

A l'évidence, les hommes n'étaient pas enthousiasmés par cette perspective. A la lumière du jour, la véritable nature de leur future escorte était manifeste, mais l'aspect guerrier de cette troupe n'était guère rassurant. Toutefois, il n'y avait pas d'autre choix, ainsi que Ramsès le fit valoir à l'un des indécis.

– Vous préférez rester ici ? Les chameaux sont fatigués, ainsi que vos hommes, et les provisions d'eau s'épuisent.

C'était une question de pure forme. Ils n'auraient pas été autorisés à rester ici, même s'ils avaient été assez stupides pour choisir cette alternative. Masud partit en grommelant et rejoignit le groupe qui préparait l'enterrement de Zerwali.

Emerson leur laissa le temps de dire les prières et de boire quelques verres de thé, puis il les incita à charger les chameaux.

– De l'eau douce et de la nourriture fraîche nous attendent là-bas, et de l'ombre où vous pourrez vous reposer. Ils ont préparé un festin en notre honneur !

Ramsès ne se rappelait pas avoir entendu Har parler d'un festin, mais cela produisit l'effet recherché. Même les chameaux semblaient sentir qu'ils approchaient d'un point d'eau. Ils avançaient plus vite qu'ils ne l'avaient fait depuis des jours. Emerson guida promptement son chameau vers la tête de la caravane et se mit légèrement devant Har. Ramsès sourit en lui-même. Personne n'avait à apprendre de nouveaux tours à son père.

Il marchait à côté du chameau sur lequel se trouvaient Nefret et Daria, et il essaya de faire la conversation.

– Ce n'est plus très loin, dit-il d'une manière encourageante.

Nefret se contenta d'acquiescer, mais Daria tourna la tête et le regarda, les yeux grands ouverts.

– Qui sont ces gens ? Ils ne montent pas les chameaux comme des hommes des tribus, mais comme les soldats que les Britanniques ont formés.

– Je peux vous certifier que les Britanniques ne sont pour rien dans leur formation, répondit Ramsès. Ils vivent très loin et n'ont aucun contact avec le monde extérieur. Vous n'avez rien à craindre, Daria, je vous le promets.

Brusquement, elle se recroquevilla sur elle-même. Ramsès vit que Newbold marchait derrière lui. Le regard du chasseur était fixé sur le soldat le plus proche, l'un des plus jeunes de la troupe, lequel arborait un splendide bracelet en or. Ramsès eut l'impression de lire dans les pensées de Newbold. L'or qu'il cherchait était là, porté par un simple soldat. Il va tenter quelque chose, songea Ramsès. Mais que peut-il faire ?

S'il n'avait pas su que l'oasis était proche, il aurait pris l'apparition des palmiers et de la verdure pour un mirage. Les hommes les virent, eux aussi. Un chœur d'étonnement et de soulagement s'éleva.

– Ainsi le Maître des Imprécations avait dit la vérité ! s'exclama Masud en plissant ses yeux injectés de sang.

– Le Maître des Imprécations ne ment jamais, dit Daoud.

L'oasis était plus étendue que dans le souvenir de Ramsès – des hectares d'herbe luxuriante, avec de nombreux petits bassins et des arbres de diverses espèces. Ils s'avancèrent pendant un quart d'heure vers le cœur verdoyant de l'oasis jusqu'à ce que leur escorte fasse halte dans une clairière. A l'ombre de dattiers, il y avait un groupe de huttes, faites comme les *tukhul* des Nubiens de branches de palmiers et de briques de boue.

Ramsès rejoignit rapidement son père. Celui-ci semblait avoir quelque difficulté à comprendre ce que lui disait l'officier. Dès que Har aperçut Ramsès, il fit s'agenouiller son chameau et mit pied à terre, puis il s'inclina devant Ramsès et leva les mains.

– Elles ont été préparées pour les Etres Supérieurs, annonça-t-il en montrant les huttes. Tout ce dont vous avez besoin et que vous désirez vous sera apporté.

– Je me demande si Selim et Daoud sont mis au rang des Etres Supérieurs, dit Ramsès en observant la troupe conduire le reste de la caravane plus loin. Ainsi que Daria. (Il s'adressa à l'officier en méroïtique.) Où emmènent-ils nos gens ?

– A un endroit où ils pourront dresser leur campement. Il ne sied pas qu'ils soient à proximité des Etres Supérieurs. A présent, voulez-vous entrer ? Reposez-vous bien cette nuit, car nous repartirons demain. Des serviteurs vont venir pour satisfaire vos désirs.

– Dites-lui que nous voulons avoir Selim et Daoud avec nous, ordonna Emerson.

– Et pour Newbold ?

– Lui aussi, répondit Emerson. Je veux surveiller de près ce salopard. Il y a suffisamment de huttes pour nous loger tous.

– Vous n'allez pas le laisser emmener Daria...

– Non, fit Emerson d'une voix semblable à un bloc de pierre, roulant, qui heurte un rocher.

Il aida son épouse à descendre de sa monture et la conduisit vers la plus grande des huttes. Elle l'inspecta rapidement.

– Excellent, dit-elle joyeusement. L'un d'eux est certainement parti en avant pour annoncer notre arrivée. Il y a même des bassines d'eau pour prendre un bain !

Emerson entreprit de répartir les huttes, indiquant à Newbold l'une d'entre elles légèrement à l'écart. Nefret et Daria en partagèrent une autre, à côté des plus âgés des Emerson, et Daoud et Selim une troisième. Une demi-douzaine de serviteurs survinrent alors que Ramsès choisissait sa demeure. Ils portaient des sortes de jupes courtes et des colliers de perles, et ils étaient chargés de toutes sortes de bagages. Courbé en signe de profond respect, l'un d'eux murmura quelque chose que Ramsès traduisit.

– Il dit que si nous leur donnons nos vêtements, ils les laveront.

– Splendide ! fit Emerson. Cela devrait vous rendre heureuse, Peabody. Allons nous rafraîchir un brin, vous voulez bien ?

Il écarta le rideau masquant la porte, l'invitant à entrer.

– Tout semble parfaitement satisfaisant, concéda son épouse.

Excepté un petit détail, songea Ramsès, en observant ses parents disparaître vers une intimité relative. Tous les serviteurs étaient des hommes. Il n'avait pas aperçu une seule femme. En fait, c'était un campement militaire. A l'évidence, la garnison était relevée à intervalles réguliers, et l'on ne voulait pas que les hommes soient distraits par une compagnie féminine tandis qu'ils étaient de service. Comment pouvaient-ils laisser Daria ici, seule avec Newbold et plusieurs dizaines de soldats ?

Après avoir pris un bain réparateur bien que sommaire, je choisis les moins sales de mes vêtements et je m'assis sur un tabouret avec mon journal. Je ne l'avais pas tenu à jour depuis quelque temps, et assurément il y avait une quantité de choses à consigner par écrit. On nous avait servi un léger repas – des dattes, tellement sucrées et fraîches qu'elles auraient pu être un fruit totalement différent de ces choses durcies que nous avions mangées durant le voyage, du pain sans levain fraîchement cuit, et du vin. Les serviteurs nous avaient assuré que des mets plus raffinés et en plus grande quantité étaient préparés en ce moment.

Emerson alla jusqu'à la porte et écarta le rideau.

– Désirez-vous faire une promenade, Peabody, ou bien préférez-vous vous reposer un moment ?

– Ainsi que vous le voyez, je n'ai pas besoin de me reposer, très cher. Mais je présume que mon journal peut attendre encore un peu.

Lorsque nous sortîmes, nous trouvâmes Ramsès en grande conversation avec Selim. Il était inutile de demander où était Daoud. Des ronflements sonores parvenaient de la hutte qu'il partageait avec Selim. Les jeunes filles devaient se reposer également, car la natte au-dessus de la porte de leur hutte était abaissée. Nous décidâmes de ne pas les déranger, mais Ramsès et Selim furent ravis de se joindre à nous. Nous marchâmes plus ou moins au hasard, traversant un bosquet de dattiers et passant près d'un ruisseau d'eau claire qui s'écoulait dans un grand bassin en pierre, savourant l'ombre et l'air frais. J'entendais au loin le bêlement de chèvres et le cancanement des canards.

– C'est aussi étendu que Siwa et Kharga ! s'exclama Selim. Comment se fait-il que cet endroit soit inconnu ?

– Pas si étendu que cela, répondit Emerson. Mais suffisamment pour y élever du bétail et cultiver des terres. Ils ont un système d'irrigation tout à fait efficace, ajouta-t-il comme nous passions à proximité de plusieurs petits carrés de légumes. Cette oasis est inconnue parce que les gens qui la contrôlent veillent à ce qu'elle demeure inconnue.

Les arbres s'étaient clairsemés et des doigts de sable se glissaient dans l'herbe verdoyante.

– Nous ferions mieux de faire demi-tour, dis-je. Nefret va se demander ce que nous sommes devenus.

Nous prîmes un autre chemin pour rentrer et suivîmes un sentier fréquemment emprunté qui partait des champs pour conduire à ce qui était apparemment le village des serviteurs. Une activité fébrile y régnait. Des viandes tournaient sur des broches et des marmites mijotaient. Notre apparition inattendue sema un désarroi total parmi les cuisiniers. L'un d'eux laissa tomber une volaille rôtie dans les cendres, et les autres montrèrent une telle consternation que nous continuâmes sans nous arrêter.

Nefret faisait les cent pas dans la petite clairière lorsque nous arrivâmes.

– Où étiez-vous ? s'exclama-t-elle. Ce salopard de Newbold est parti se promener, lui aussi. Je voulais le suivre, mais j'ai eu peur de laisser Daria seule.

– Je doute fort qu'il fasse un mauvais coup ici, dit Emerson, bien que son visage se soit rembruni.

– Nous avons seulement vu les logements des serviteurs, expliquai-je avec un sourire. Je crains que le dîner ne soit servi avec un certain retard. Nous avons troublé les cuisiniers.

Néanmoins, peu de temps après, tout un cortège arriva, apportant nourriture et boisson, ainsi que des nattes où prendre place. L'air tout à fait reposé après son petit somme, Daoud attaqua le repas avec un bel appétit, et nous persuadâmes Daria de sortir de la hutte. Je proposai que nous demandions au capitaine de se joindre à nous, mais ma proposition fut rejetée à l'unanimité.

– On ne doit pas se montrer poli envers des subalternes, fit Emerson avec un grand sourire. Qu'il sollicite donc une audience !

– Newbold n'est pas revenu, dit Ramsès. A votre avis, où est-il allé ?

– Je me fiche complètement de savoir où il est allé, répondit Emerson. J'ai ses armes, et s'il croit qu'il peut soudoyer les hommes de Har, il va avoir une sacrée déconvenue !

Certains d'entre nous – je dois avouer que j'en faisais partie – mangèrent plus que nous aurions dû le faire. La volaille rôtie et le pain frais étaient si savoureux après nos repas frugaux. Le soleil avait disparu au-dessous de la cime des arbres avant que nous ayons terminé, et les serviteurs commencèrent à débarrasser les restes de la nourriture. Emerson se renversa en arrière avec un soupir de satiété et entreprit de bourrer sa pipe.

– Je devrais peut-être aller voir nos hommes, dit-il paresseusement. M'assurer qu'ils sont bien installés, et avoir une petit conversation avec Masud au sujet des *afrit*.

– Cela peut attendre, déclarai-je en étouffant un

bâillement. Nous ne serons pas à même de reprendre la route avant plusieurs jours. Cela ne me dérange pas de me reposer quelque temps. Cet endroit est tellement agréable.

Nefret ouvrit la bouche et la referma aussitôt. Je compris ce qu'elle avait eu l'intention de dire. Elle désirait repartir le plus tôt possible. La réponse rassurante du capitaine à propos de l'enfant malade ne l'avait pas entièrement convaincue.

Ramsès lui lança un regard, puis il dit :

– Loin de moi l'idée de gâcher vos projets, Mère, mais je ne suis pas sûr que l'on nous permettra de nous prélasser ici. Har a l'intention de partir demain.

– Mais les chameaux ! m'exclamai-je. Ils ont besoin d'être abreuvés et nourris.

– Nos chameaux, oui, dit Ramsès. Les leurs sont reposés et prêts. Vous croyez que Har permettra à nos hommes de se rendre à la Montagne Sainte ? Il est ici pour empêcher précisément cela.

Emerson poussa une exclamation.

– Bon sang, vous avez peut-être raison. Il est grand temps que nous parlions à Har. Hé, vous... !

Il retint par le bras l'un des infortunés serviteurs. Je craignis un instant que l'homme ne s'évanouisse, mais il reprit ses esprits assez longtemps pour écouter l'ordre d'Emerson. Ce dernier connaissait suffisamment de méroïtique pour dire : « Allez me chercher Har ». Il était particulièrement familier du mode impératif des verbes.

Lorsque Har se présenta, il n'était pas seul. Deux de ses hommes l'accompagnaient. Se débattant dans leur prise, les dents découvertes par un rictus de colère, il y avait Newbold.

– Nous l'avons surpris alors qu'il se dissimulait derrière l'une des maisons et vous écoutait parler, annonça Har en esquissant une petite courbette préliminaire. Si cet homme est votre ami, pourquoi n'était-il pas avec vous ?

– Ce n'est pas notre ami ! s'exclama Nefret avec indignation.

Har lui lança un regard de côté et détourna les yeux. Je réalisai à ce moment qu'il ne l'avait jamais regardée en face. Les femmes de la Montagne Sainte n'étaient pas tenues de rester confinées à la maison, ou de sortir voilées – à l'exception de certaines prêtresses, les suivantes de la déesse Isis, lesquelles étaient emmaillotées de la tête aux pieds lorsqu'elles apparaissaient en public. L'attitude de Har envers Nefret devait être une marque de respect.

– Pas si vite, Nefret ! dit Ramsès.

Il entreprit de traduire à notre intention ce que Har avait dit. Il n'eut pas besoin de traduire la réponse de Nefret. Emerson décocha à celle-ci un regard sévère.

– Maîtrisez-vous, Nefret. Ramsès, dites-leur de le relâcher. Il n'est pas notre ami, mais il est placé sous notre responsabilité. Si une telle notion existe en méroïtique, ajouta-t-il. Newbold, mais que faisiez-vous, crénom ?

Newbold se dégagea d'une torsion brutale. Il n'avait pas pris la peine de faire un brin de toilette, et il ressemblait à un sauvage avec sa barbe hirsute et ses longs cheveux sales.

– Je vous épargnais ma compagnie non souhaitée, répondit-il avec un ricanement. Je voulais voir à quoi ressemble cet endroit, puisque vous avez l'intention de nous laisser ici à la merci de ces barbares.

Daria, qui était, comme à son habitude, à côté de Nefret, lui murmura quelque chose à l'oreille, et Nefret s'emporta à nouveau.

– Professeur, vous n'avez tout de même pas l'intention de...

– Vous pouvez me faire confiance, je pense, répondit Emerson, pour que j'agisse comme il faut, sans vous demander conseil. Permettez-moi de vous rappeler... à vous tous... que nous avons une certaine dignité à préserver. Des chamailleries et des désaccords sont du plus mauvais effet.

Nefret baissa les yeux.

– Excusez-moi, professeur.

– Humpf ! fit Emerson. Newbold, asseyez-vous là-bas et taisez-vous. Ramsès, demandez à Har de nous faire part de ses intentions.

C'était exactement ce que Ramsès avait deviné. Nous allions reprendre la route immédiatement, sous escorte militaire, car le roi était très impatient de nous voir.

« Nous » signifiant seulement nous quatre.

– Il n'en est pas question, déclara Emerson. (Il avait allumé sa pipe... une opération qui amena le capitaine habituellement imperturbable à le regarder avec stupeur.) Je présume qu'il est tout à fait judicieux de laisser nos hommes ici. Ils seront à leur aise, et nous serons amplement escortés. Nous avions l'intention de laisser Newbold ici, de toute façon. Mais Selim et Daoud doivent venir avec nous. Ainsi que Daria, naturellement.

– Hé, pas si vite ! s'exclama Newbold. Vous ne pouvez pas...

– Je ne vois pas comment vous pourriez m'en

empêcher, dit Emerson avec une politesse exagérée. Crénom, mon vieux, il n'y a pas de femmes ici ! Du moins, je n'en ai vu aucune. Prétendez-vous que vous pourriez protéger Daria de ces barbares, comme vous aimez les appeler ? Même si elle voulait rester ?

– Puis-je parler, professeur ? s'enquit Nefret avec une douceur tout aussi exagérée. Daria m'a déjà dit...

– Laissez-la s'exprimer elle-même, dit Emerson. Eh bien, Daria ?

– Je vous en prie, ne me laissez pas ici ! Je vous en supplie !

Ses yeux noirs expressifs allèrent d'Emerson à Ramsès, et, après un long moment, son regard se posa sur moi.

– Il n'en est pas question, dis-je.

– Voilà qui est réglé, déclara Emerson. Ramsès, vous pouvez informer Har de notre décision. Ne lui posez pas la question, ajouta-t-il. Dites-le-lui.

– En utilisant le mode impératif du verbe ? s'enquit Ramsès.

– Aussi souvent que possible, répondit Emerson en lui rendant son sourire.

Les habitants de la Montagne Sainte sont des gens courtois. Har avait écouté cette discussion en silence, sans aucun signe d'impatience et sans essayer d'intervenir... ce qui aurait été une perte de temps, puisqu'il n'avait pas la moindre idée de ce dont nous parlions. Il écouta avec un silence tout aussi attentif les paroles de Ramsès, puis il acquiesça de la tête.

– Il en sera comme le Maître des Imprécations dit. Avec sa permission, nous partirons demain à l'aube.

– Cela a été plus facile que je ne m'y attendais, fis-je remarquer, une fois que Ramsès eut traduit. Nous ferions mieux de nous reposer un peu si nous devons partir aussi tôt.

– Pas encore, fit Emerson. Ramsès, dites-lui que je dois d'abord parler à nos hommes. Je veux sa parole, la parole d'un officier et... euh... d'un serviteur dévoué des dieux... qu'il ne leur sera fait aucun mal durant notre absence.

– Cela ne me concerne pas, je suppose, dit Newbold avec une vilaine grimace.

– Lui aussi, dit Emerson à regret.

Il obtint le serment qu'il avait exigé. Je reconnus le mot « Aminreh » et je compris que l'officier avait juré sur le principal dieu de la Montagne Sainte, la plus contraignante des promesses.

Lorsque nous eûmes tout réglé, l'obscurité était complète et la lune s'était levée – une lune à son décours, qui donnait peu de lumière. Selim, refusant avec indignation l'aide des serviteurs, alluma un joli petit feu et commença à faire infuser du thé... une denrée qui n'était pas comprise dans la cuisine de l'oasis. Emerson revint de sa visite à nos hommes, escorté par des soldats qui portaient des torches. Il avait refusé l'offre de Ramsès de l'accompagner, faisant valoir qu'il commençait à acquérir des rudiments de la langue et qu'il connaissait les mots pour « protéger », « en sécurité », et « promettre », ainsi que les principaux pronoms.

– Je l'ai fait promettre à nouveau, annonça-t-il, l'air très content de lui. Et je lui ai fait dire qu'il les protègerait et qu'ils seraient en sécurité.

Emerson avait le chic pour se faire comprendre, même dans une langue qu'il parlait très mal.

– Comment les hommes ont-ils réagi ? demanda Ramsès.

– Masud n'était pas particulièrement ravi, admit Emerson. (Il accepta la tasse de thé que lui présentait Selim et il la but à petites gorgées avec appréciation.) J'ai été contraint de faire ressortir le fait évident : à savoir que, même si ses hommes et lui avaient des fusils, cela ne les avancerait à rien de maîtriser la garnison, en supposant qu'ils y parviennent ! Ils ne connaissent pas la route pour rentrer chez eux. Les autres se sont montrés plus conciliants. Ils venaient de s'empiffrer du premier repas digne de ce nom qu'ils avaient eu depuis des jours, et certains étaient occupés à laver leurs vêtements. Je leur ai affirmé qu'ils seraient payés pour les jours qu'ils passeront ici, et cela a semblé les satisfaire.

– Vous-même semblez être d'excellente humeur, dis-je. (Suffisant aurait été un terme plus proche de la vérité.) Emerson, êtes-vous sûr que nous agissons bien ?

– Que voulez-vous dire ? demanda Emerson d'un air surpris.

Je baissai la voix et regardai par-dessus mon épaule vers la hutte où Daria s'était retirée, prétextant la fatigue.

– Le fait de l'emmener avec nous.

Je m'attirai trois regards indignés... non, seulement deux. Le regard fixe de Ramsès était moins accusateur que spéculatif.

– Vous ne parlez pas sérieusement, tante Amelia ! s'écria Nefret.

Emerson lui cria de parler moins fort.

– Bon sang, Peabody, nous ne pouvons pas laisser une jeune femme sans défense à la merci de...

Je lui criai de parler moins fort.

– Ne beuglez pas !

Emerson obtempéra, tout en bougonnant, et Ramsès devança la protestation de Nefret.

– Mère ne voulait absolument rien dire de la sorte. Nous devons l'emmener avec nous, il est hors de question de faire autrement. Elle exprimait simplement des doutes... des doutes que je partage... sur les véritables motifs de Daria.

Un geste péremptoire de ma part rappela à Nefret que Newbold était à proximité. Sa voix ne fut pas forte, mais elle était cinglante et caustique.

– Tu as toujours été contre elle, Ramsès. Je n'aurais jamais pensé te voir un jour aussi puritain !

Ramsès n'essaya pas de se défendre contre cette accusation injuste.

– Puis-je te rappeler, dit-il patiemment, ce qu'elle a dit la nuit où elle est venue dans ma cabine. Elle a dit qu'elle avait ses propres raisons de rester avec Newbold. Elle a repoussé mon offre de l'aider.

– Elle a changé d'avis, répliqua Nefret. Les femmes sont portées à cette faiblesse, tu sais. Peut-être était-ce ton charme qui l'a amenée à changer d'avis.

– Cela suffira amplement, Nefret, intervins-je. Je ne vois pas comment elle pourrait représenter un danger pour nous, mais je partage entièrement l'avis de Ramsès. Nous devons rester sur nos gardes. Ne faire confiance à personne, pas même à des personnes apparemment innocentes. C'est ce que Abdullah a... c'est ce que Abdullah avait coutume de dire.

– Je ne me rappelle pas qu'il ait jamais dit cela, fit remarquer Emerson.

– Il me l'a dit.

Je disais la stricte vérité. Je n'use jamais d'équivoques, à moins que cela ne soit absolument nécessaire.

# 7

Newbold ne sortit pas de sa hutte pour nous dire au revoir. Personne n'en fut déçu. Accompagnés par quelques-uns des serviteurs portant nos bagages à main, on nous conduisit à la lisière de l'oasis où attendait la caravane. Les chameaux avaient été chargés et, tandis que les étoiles pâlissaient et que le soleil commençait à apparaître à l'horizon, je constatai que les hommes de notre escorte avaient troqué leurs uniformes contre de longues robes à capuche tissées en poils de chameau. C'étaient des vêtements appropriés pour un voyage dans le désert et, dans la faible lumière, les hautes formes encapuchonnées étaient suffisamment étranges pour frapper de terreur les personnes superstitieuses. Puis j'aperçus une étrange structure semblable à un ballon sur le dos de l'un des chameaux. Cela ressemblait assez à la *basourab* où les femmes bédouines prennent place lorsqu'elles accompagnent les hommes dans leurs voyages.

– Crénom ! m'exclamai-je. Ils s'attendent à ce que nous voyageons dans ce truc ?

Har indiqua que tel était le cas. Je cédai pour le moment, car l'officier était manifestement impatient de se mettre en route, mais je n'avais pas l'intention de rester dans ce satané machin durant tout le voyage, et je savais que Nefret partageait mon avis. C'était assez confortable, bien que extrêmement étriqué pour trois personnes. Des petits tapis et des coussins formaient une surface moelleuse où s'asseoir, et les rideaux pouvaient être arrangés pour laisser entrer de l'air. Lorsqu'Emerson annonça son intention de vérifier les charges, afin de s'assurer que rien n'avait été oublié, Daoud donna un coup de coude à Selim, et ce dernier dit, quelque peu en s'excusant :

– C'est le moment de la prière, Emerson.

– Bon sang ! grommela Emerson. Entendu, faites vos prières. Ramsès, venez avec moi.

Je présentai toutes mes excuses à Selim. Il répondit avec un grand sourire que ce n'était pas nécessaire.

Je calculai qu'environ la moitié de l'escorte d'origine nous accompagnait, l'autre moitié restant probablement ici pour garder l'oasis. Emerson confirma ce fait lorsqu'il revint, et il ajouta :

– Tout semble en ordre. Attendez, Peabody, laissez-moi vous hisser.

Je n'éprouverai pas la patience du Lecteur en relatant en détail la dernière partie de notre voyage. En fait, il n'y avait pas grand-chose à voir dès que nous eûmes laissé derrière nous les palmiers et la verdure de l'oasis – du sable et un sol rocailleux, des affleurements rocheux, et de temps en temps un vautour décrivant des cercles dans le ciel vide. Un seul incident rompit la monotonie : une tempête de sable qui dura depuis le milieu de la matinée jusqu'à peu avant le coucher du soleil. Il n'était pas question de s'arrêter. Un objet immobile serait rapidement enterré. Les chameaux le savaient. Par moments, lorsque la force du vent et du sable devenait d'une violence extrême, ils avançaient à une allure de tortue, mais ils ne s'arrêtaient jamais. Tandis que les heures interminables passaient, on était amené à se représenter le sable non pas comme une force naturelle mais comme des millions d'êtres minuscules et malveillants qui attaquaient les têtes penchées des hommes et des chameaux, traversaient les rideaux de la *basourab* et pénétraient même le linge que nous avions enroulé autour de nos têtes et de nos visages. Quand le vent tomba finalement, aussi soudainement que si quelqu'un avait appuyé sur un bouton, notre chameau fit halte.

Naturellement, j'écartai immédiatement les rideaux et je passai la tête par l'ouverture. La première chose que contempla mon regard inquiet fut le visage d'Emerson. Il avait revêtu l'une des robes à capuche, laquelle l'avait protégé jusqu'à un certain point du sable cinglant, mais son visage était rouge et à vif.

– Vous allez bien, Peabody ? s'enquit-il d'une voix rauque.

– Oui, très cher. Et les autres ?

– Toujours avec nous et toujours sur leurs pieds. Cramponnez-vous, je crois que votre chameau va s'agenouiller ! Je ne peux pas blâmer cette pauvre bête.

Har revint lentement le long de la file des chameaux. Il s'informa avec sollicitude du bien-être de Nefret et du mien, puis il annonça que nous allions faire une halte. Pour une fois, j'étais tout à fait de l'avis des chameaux. Certains s'étaient déjà agenouillés.

Nous nous rassemblâmes autour du petit feu de camp que Selim avait allumé. Le cramoisi maussade du soleil était terni par une poussière fine qui tombait vers le sol.

– Nous sommes toujours dans la bonne direction ? demandai-je. Je ne parviens pas à concevoir comment il pouvait voir où nous allions, et la tempête de sable a effacé tous les repères, quels qu'ils soient.

– Il n'y a pas eu le moindre signe de vie depuis plusieurs jours, répondit Ramsès. Pas d'ossements, pas de traces, pas même un tas de crottes de chameau. Cela ne me surprendrait pas du tout que ces patrouilles soient chargées de faire disparaître de tels signes. Ils ont probablement leurs propres repères.

Dès que la poussière se fut déposée, Emerson consulta sa boussole, mais lorsqu'il vint trouver Har pour l'informer que nous nous étions écartés de notre route, il fut poliment mais fermement rabroué.

– Je le sais, Maître des Imprécations. Nous continuerons dans la bonne direction demain.

Comme d'habitude, Har et ses hommes nous laissèrent entre nous et s'installèrent dans leurs couvertures un peu plus loin. Cela chagrinait Daoud, qui était un homme sociable et désirait se faire des amis.

– Ce sont des gens étranges, annonça-t-il.

– Ce sont des gens comme nous, Daoud, dit Ramsès. Ils parlent une langue différente et leurs coutumes ne ressemblent pas aux nôtres, mais ils sont bien intentionnés.

– Ils ne prient pas, répliqua Daoud, qui avait observé scrupuleusement les moments prescrits du *fatah* lorsque c'était possible.

– Ils prient leurs propres dieux, expliqua Nefret.

– Ils n'ont pas de dieux, mais des fausses idoles, déclara Daoud.

– Sans aucun doute, c'est exact, Daoud, intervint Emerson. Mais ne le dites pas à ces hommes.

– Ce serait discourtois, répondit Daoud. Si Allah souhaite leur montrer la bonne voie, il le fera à sa manière.

– Le monde serait un endroit meilleur si tout un chacun pensait comme vous, Daoud, dis-je en lui tapotant le bras. A présent, que diriez-vous d'un cours de méroïtique ?

Sur mon insistance, nous avions essayé de le faire tous les soirs, et j'avais trompé l'ennui de ces longues heures de voyage en parlant méroïtique avec Nefret. Je dois ajouter que, bien que j'aie employé ce mot par commodité, à proprement parler la langue de la Cité Sainte n'était ni égyptienne ni méroïtique, même si elle contenait des éléments des deux. Autrefois, cela avait été la langue maternelle de Nefret, mais j'avoue que j'étais surprise de constater la rapidité avec laquelle elle avait retrouvé son ancienne facilité de parole. Le don des langues de Ramsès lui était fort utile. Je compris qu'il avait certainement commencé à étudier le méroïtique avant que nous ayons quitté l'Angleterre, et il devenait de plus en plus compétent au fil des jours. Ce qui n'était pas le cas de son père. Toutefois, ainsi que je l'ai déjà dit, en règle générale Emerson parvient toujours à se faire comprendre d'une manière ou d'une autre.

Le lendemain, nous traversâmes une région de dunes de sable. La progression était difficile pour les hommes et les chameaux, et c'était très monotone. Accroupie peu confortablement dans la *basourab*, j'étais tombée dans un demi-sommeil lorsqu'un cri d'Emerson me réveilla. Je passai la tête au-dehors.

– Vous devez absolument voir ça, Peabody ! s'exclama-t-il. Laissez-moi vous aider à descendre.

Nous étions presque arrivés au sommet de l'une des dunes les plus élevées. Le soleil se couchait. Tout d'abord, je ne vis rien d'autre que ce satané sable, mais tandis que nous montions la pente péniblement, une vision incroyable sembla surgir du sol devant nous : des tours et des parapets, noirs sur le coucher de soleil écarlate, tels les remparts d'un château fort du Moyen Age.

– Nous y sommes, dit Emerson. La Montagne Sainte.

Nous nous tînmes immobiles et regardâmes dans un silence fasciné, jusqu'à ce que Ramsès et Selim nous rejoignent. Le paysage était magique, et un brin inquiétant. Daoud, légèrement en retrait derrière les autres, exprima ses pensées à voix haute.

– Assurément, c'est le château du roi des *afrit* ! Nous allons là-bas ?

– Oui, dit Emerson.

– Ah ! dit Daoud.

Et il s'agenouilla pour se frotter le visage et les mains avec du sable au lieu d'eau. C'était le moment prescrit pour la prière, mais je soupçonnai qu'il l'aurait fait de toute façon. Après un regard de côté à Emerson, Selim fit de même. Nous attendîmes en silence tandis que les chameaux placides passaient lentement près de nous. Lorsque nos amis eurent fini leurs prières, Emerson dit :

– Nous ferions mieux de les rejoindre maintenant. Prenez mon bras, Peabody, cela va en descendant à partir d'ici.

Les montagnes avaient paru toutes proches, pourtant

nous en étions encore éloignés à une bonne journée de route, et je commençai à suspecter que Har n'était pas du tout pressé d'y arriver. Il fit dresser le campement au pied de la dernière dune importante et décréta une nuit entière de sommeil pour tout le monde. Ses hommes étaient d'une humeur plus joyeuse maintenant que leur terre natale était en vue. Ce soir-là, il y eut des rires et même quelques chants autour de leur feu. Notre groupe n'était pas aussi joyeux, malgré les efforts de Daoud pour nous remonter le moral. Faisant une entière confiance à Allah et, si je puis me permettre de le dire, à nous-mêmes, il avait décidé que les *afrit* ne représentaient aucune menace et il nous raconta plusieurs histoires dans lesquelles des démons malfaisants étaient mis en déroute par des personnes pieuses et rusées. Nefret était silencieuse et pensive, et Daria restait près d'elle. Ramsès les évitait toutes les deux. Il donnait l'impression de ruminer quelque chose, mais lorsque je lui posai la question, il nia catégoriquement que quelque chose le préoccupait.

Le lendemain, nous traversâmes les collines basses du massif qui se dressait devant nous. Au début de l'après-midi, fatigués de ne voir qu'un sol rocailleux, nous saluâmes l'apparition de la verdure... quelques pans d'herbe et un seul arbre, d'une espèce qui m'était inconnue. Nous étions à présent au pied du massif. Il formait une masse impressionnante, avec plus de cinq cents mètres de hauteur, bordé d'énormes rochers à sa base. Il aurait fallu le plus intrépide des grimpeurs pour s'attaquer à ces falaises. Il n'y avait qu'un seul chemin pour les franchir, et il nous fallut encore deux heures pour l'atteindre : une longue et lente progression autour de la paroi sud-ouest du massif. L'entrée était tout juste assez large pour admettre un seul chameau à la fois, et lorsque ma monture la franchit, l'ossature de la *basourab* racla contre les murs de cet ouvrage de pierre, grossièrement mais solidement bâti. Ce fut la dernière chose que je vis pendant quelque temps, car une obscurité crépusculaire nous enveloppa tandis que nous progressions. Le sentier faisait des tours et des détours. Au-dessus de nous, la montagne était si haute qu'elle ne laissait apercevoir qu'une fente du ciel où la nuit tombait. Des étoiles brillèrent. Des torches flamboyaient tout le long de la caravane. Les chameaux accélérèrent leur allure. Ils sentaient qu'ils approchaient de la fin du voyage, de la nourriture, de l'eau et du repos. Puis j'entendis un grondement sourd. On aurait dit la voix d'une bête énorme. Je savais ce que c'était, mais je ne reprochai pas à Daria de saisir ma main et de pousser un cri.

– Quel est cet endroit ? Que se passe-t-il ?

– Ne craignez rien. (La voix de Nefret était lointaine, étrangement déformée par les échos.) Cette entrée est secrète et bien gardée, mais nous sommes avec des amis.

Le bruit avait été provoqué par les énormes rochers qui barraient l'entrée intérieure et que l'on faisait rouler sur le côté. Nous continuâmes et arrivâmes dans un endroit dont je me souvenais parfaitement – une crevasse à ciel ouvert, qui avait été élargie afin de servir de corral pour les chameaux et d'entrepôt. Elle était brillamment éclairée par des torches et fourmillait de gens. Daria continuait d'agripper ma main, et Nefret dit avec impatience :

– Il n'y a aucune raison d'avoir peur. Venez, tante

Amelia, sortons de cet engin de torture ! Bon sang, je suis complètement ankylosée !

– Attendez un instant, ma chère enfant. Je soupçonne que ce maudit chameau s'apprête à...

Il le fit. Aussi ankylosée que Nefret, je basculai et tombai dans les bras d'Emerson, qui me serra brièvement avant de me poser par terre. Ramsès était là pour aider Nefret à descendre. Il laissa Emerson s'occuper de Daria.

– C'est bon d'être de retour, n'est-ce pas, Peabody ? fit Emerson avec un large sourire.

– Hummm, dis-je. A mon avis, Emerson, cette affirmation est quelque peu prématurée. Beaucoup de choses ont pu changer depuis notre dernier séjour ici, et ce n'est peut-être pas un changement en bien.

– Une chose au moins n'a pas changé, déclara Ramsès.

Il montra de la main plusieurs litières. Les porteurs se tenaient à côté : des hommes de petite taille, très musclés, à la peau brune et vêtus seulement d'un pagne. La tête baissée, ils attendaient passivement qu'on leur donne des ordres telles des bêtes de charge... ce qu'ils étaient, de fait. Ramsès poursuivit :

– Les *rekkit* sont toujours des esclaves.

Nous fûmes alors remis aux autorités civiles, en la personne d'un individu ventru qui portait l'élégant vêtement plissé et les riches ornements d'un fonctionnaire de haut rang. Après qu'il eut échangé quelques mots avec Har, ce dernier nous adressa une courbette et partit. J'eus l'impression très nette qu'il était soulagé d'être débarrassé de nous. Bien que tout à fait courtois, il avait évité mes tentatives pour engager une conversation avec lui, et il ne s'était montré guère plus expansif avec Ramsès. Il ne s'était pas adressé du tout à Nefret, excepté pour de brèves questions formelles concernant son bien-être.

Le haut fonctionnaire vint vers nous, s'inclina et sourit, puis il se lança dans ce que je supposai être un discours de bienvenue. Il parlait très vite, et mes facultés intellectuelles étaient émoussées par la fatigue, aussi demandai-je à Nefret de traduire.

– Il a dit : « Soyez les bienvenus à la Cité Sainte, ô Etres Supérieurs. Le roi et vos fidèles sujets vous attendent ».

– C'est très aimable, dis-je en le saluant gracieusement de la tête. Dites-lui que nous...

– Demandez-lui plutôt ce qui lui a pris d'amener ces pauvres diables ici, m'interrompit Emerson en regardant les porteurs de litière d'un air désapprobateur. Je refuse d'être porté sur les épaules d'esclaves ! En outre...

– Père, vous permettez ?

Ramsès n'attendit pas une réponse et poursuivit rapidement.

– Je propose que nous ajournions questions et griefs jusqu'à ce que nous soyons avec Tarek. J'ai le sentiment que la situation est plus complexe qu'il n'y paraît.

– Humpf ! Néanmoins, je ne monterai pas dans l'une de ces maudites litières. C'est une question de principe, ajouta Emerson avec hauteur.

Le fonctionnaire, dont le nom est sans intérêt pour le présent récit, fut contraint d'accepter cela, car faire monter de force Emerson dans l'une des litières présentait des difficultés évidentes, mais il me sembla qu'il allait fondre en larmes lorsque Nefret déclara qu'elle avait également l'intention de marcher.

– Oublie tes satanés principes pour le moment ! lui dit Ramsès, qui semblait en proie à une exaspération croissante. Ne tergiversons pas et mettons-nous en route. Mère est fatiguée et Daria ne tient plus sur ses jambes.

J'étais quelque peu surprise que Tarek ne soit pas venu nous accueillir en personne, mais Ramsès avait raison. Aussi nous partîmes, les trois femmes et le haut fonctionnaire dans les litières, et les hommes marchant derrière et à côté de nous. Les passages sinueux que nous empruntions étaient taillés dans la roche et étroits. Les contreforts de la Montagne Sainte étaient criblés de tels passages, qui traversaient les falaises, creusés durant des millénaires par des milliers d'ouvriers. Il était impossible de savoir si nous avions emprunté autrefois cette partie du labyrinthe. Les parois rocheuses se ressemblaient toutes.

Je m'attendais à ce que nous arrivions à l'air libre, avec la cité s'étendant devant nous, entourée et dissimulée du monde extérieur par les falaises tout autour. Mais le passage taillé dans la roche se changea en un couloir plus large, lequel conduisit à une série d'antichambres et, finalement, à une vaste pièce à colonnes où les porteurs firent halte et abaissèrent les litières vers le sol.

Un seul coup d'œil m'apprit que ce n'était pas la maison où nous avions habité lors de notre premier séjour. Même dix ans après, je me souvenais du moindre détail. J'y avais passé de nombreuses heures d'inquiétude. Cette pièce était aérée et fraîche, joliment meublée de coffres, de tables basses et de couches où étaient empilés des coussins brodés. Des colonnes sculptées soutenaient le plafond, et il y avait plusieurs accès fermés par des rideaux le long des murs. Les porteurs reprirent leurs litières et partirent en empruntant la porte par où nous étions arrivés. Le fonctionnaire s'apprêtait à faire de même lorsque Emerson lui barra le passage.

– Conduisez-nous à Tarek, dit-il dans son méroïtique rudimentaire.

Visiblement intimidé par la forme imposante qui se dressait devant lui, l'homme se mit à agiter les mains et à parler très vite.

– Le roi nous fera mander demain, traduisit Ramsès. Ce soir, nous devons nous reposer et nous restaurer après notre long voyage.

– C'est le bon sens même, Emerson, dis-je. Nous sommes crasseux et épuisés, et Tarek a la courtoisie de nous laisser le temps de nous reposer avant de nous accueillir.

Emerson abandonna sa posture agressive et vint immédiatement vers moi.

– Etes-vous fatiguée, Peabody ?

– Fatiguée, affamée, assoiffée, et crasseuse, Emerson.

– Oh !

Emerson se frotta le menton avec une certaine perplexité. Il ne s'était pas rasé depuis des jours, et sa barbe était affreuse, épaisse et raide. J'avais l'intention de m'en occuper, mais pour le moment je ne pensais qu'à une seule chose : à de l'eau... une eau fraîche et pure, des quantités d'eau, coulant partout sur mon corps. J'avais gardé un tendre souvenir des bains de la

Montagne Sainte... l'un de mes rares souvenirs agréables, devrais-je ajouter.

– Installons-nous et mettons-nous à notre aise, incitai-je. Où sont les servantes, à votre avis ?

– Elles attendent peut-être qu'on les appelle, répondit Nefret.

Elle frappa dans ses mains.

– Je refuse d'avoir affaire à ces suivantes de la déesse emmaillotées, grommela Emerson. Si l'une d'elles se présente, je la renverrai sur-le-champ !

Les femmes qui entrèrent sans bruit n'étaient pas dissimulées par des voiles, et elles n'étaient pas les *rekkit* de petite taille et à la peau brune qui avaient été à notre service auparavant. Nous avions eu également des servantes comme celles-là : des femmes appartenant à ce que l'on pourrait appeler la bourgeoisie, les épouses et les filles de petits fonctionnaires. Leurs bijoux étaient en cuivre, pas en or, et leurs vêtements étaient d'un lin plus grossier que ceux portés par la noblesse. Un nombre équivalent de serviteurs les suivait, et ils nous regardèrent prudemment. Nefret donna des ordres en méroïtique, et je vis que Ramsès l'observait de son regard voilé. Elle parlait avec une autorité naturelle. Son ton et son comportement avaient changé d'une façon que je ne parvenais pas tout à fait à définir.

Serviteurs et servantes se dispersèrent, et Nefret annonça :

– Je leur ai dit d'apporter nos bagages et de préparer à manger. Désirez-vous prendre un bain avant que nous mangions, tante Amelia ?

– Je pense que nous devrions tous prendre un bain, répondis-je.

– Allez-y, Père, dit Ramsès. Je crois que les serviteurs nous montrent que nos appartements se trouvent de l'autre côté de cette porte. Je vous rejoins dans un moment.

– Vous allez jeter un coup d'œil un peu partout, n'est-ce pas ? s'enquit Emerson. Hummm. Ne faites rien que je ne ferais pas, mon garçon.

– Ne faites pas ce qu'il pourrait faire, le repris-je. Nous allons de ce côté, Nefret ?

– Il y a un grand nombre de chambres ici, répondit Nefret avec la même assurance déconcertante. Venez avec moi, Daria.

Nos appartements se composaient de plusieurs petites chambres à coucher et d'une salle de bains. Daria insista pour prendre son bain avec Nefret. Elle avait à peine dit un mot depuis notre arrivée et elle était intimidée par les servantes. Nefret, qui ne souffrait pas de fausse pudeur, accepta volontiers. Pudique au contraire, j'attendis qu'elles eussent fini pour prendre mon bain. Le pur plaisir physique fit s'estomper toute pensée tandis que je laissais les femmes prendre soin de moi avec toute l'habileté dont j'avais gardé le souvenir. Elles lavèrent et séchèrent mes cheveux, frictionnèrent d'huile ma peau desséchée dès que des semaines de transpiration et de poussière eurent été enlevées, et m'enveloppèrent finalement dans des serviettes de lin. Lorsque je rejoignis Daria et Nefret, elles examinaient les vêtements qui avaient été apportés à notre intention : des robes de lin plissées et diaphanes, maintenues par de larges ceintures d'étoffe colorées.

– Bonté divine ! m'exclamai-je. Cela ne va pas du tout ! Nous devons porter des sous-vêtements propres en dessous de ces robes !

– Je n'ai pas de sous-vêtements propres, dit Nefret avec un grand sourire. Et je doute que vous en ayez, tante Amelia.

Les sacoches contenant nos vêtements et d'autres effets personnels avaient été apportées dans la chambre. Il ne m'était pas nécessaire de les ouvrir pour savoir que Nefret avait malheureusement raison.

– Voyons, vous ne pouvez pas vous présenter devant des personnes de la gent masculine dans ces vêtements transparents ! Les hommes vont nous rejoindre pour le dîner, je présume ? Oui. Hummm. Laissez-moi réfléchir...

Il fallut un bon moment pour convaincre les servantes que je parlais sérieusement, mais elles nous apportèrent finalement des robes comme les leurs. Nous mîmes le lin plissé sur celles-ci, et après avoir examiné Nefret et Daria, j'estimai que cela ferait l'affaire.

– Vous êtes restée bien silencieuse, Daria, fis-je remarquer.

– Je suis émerveillée, répondit-elle à voix basse. J'avais entendu... j'avais entendu des récits sur de tels endroits, mais je croyais que c'était seulement des histoires.

Je lui tapotai l'épaule.

– Vous vous adaptez admirablement à ces découvertes. Continuez de le faire. A présent voyons ce qu'il y a pour le dîner. J'attends avec plaisir un repas digne de ce nom.

Comme je l'avais pensé, les hommes se trouvaient déjà dans la salle de séjour, si je puis utiliser ce terme. La barbe d'Emerson était toujours aussi hirsute, mais Ramsès s'était rasé de frais et Selim avait égalisé sa barbe. Un frisson me parcourut lorsque je vis mon époux à nouveau vêtu du costume qui allait si bien à son corps robuste : un kilt de lin blanc descendant jusqu'au genou et maintenu à la taille par une ceinture ornée de gemmes. Ramsès et Selim portaient des vêtements similaires, mais Daoud, en homme pudique qu'il était, s'étaient emmitouflé dans une grande étoffe de lin... probablement un drap de lit.

Nefret frappa dans ses mains à nouveau, et les serviteurs entreprirent d'apporter des petites tables et des tabourets, deux pour chaque table, et des plats de nourriture. Daoud les huma avec appréciation.

– Mais je ne peux pas m'asseoir sur l'un de ces sièges ! protesta-t-il en montrant les petits tabourets.

– Asseyez-vous par terre, alors, suggérai-je. Les tables sont suffisamment basses. Asseyez-vous, tous, vous n'avez pas besoin d'être aussi cérémonieux.

– Il n'y a rien de cérémonieux à propos de ce costume, grommela Emerson. Ils ont refusé de me donner une chemise !

Le regard fixe de Daria – fixé, plus exactement, sur la magnifique musculature de son torse nu – parut le troubler. Il rougit violemment et se laissa tomber sur l'un des tabourets.

– Mon cher, vous êtes superbe, dis-je en prenant soin de ne pas regarder ses jambes, lesquelles étaient d'une nuance considérablement plus pâle que le reste de sa personne. Comme vous tous !

– En effet, murmura Daria.

Elle avait reporté son regard intéressé sur Ramsès. Dans ce costume seyant mais barbare, il ressemblait de façon étrange aux anciens Egyptiens représentés sur des statues et des bas-reliefs, large d'épaules et la taille mince, sa peau de la même nuance de brun roussâtre.

L'humidité de la salle de bains avait amené ses épais cheveux noirs à former des boucles, et le résultat ressemblait de façon étonnante à l'une de ces courtes perruques nubiennes que portaient les nobles du Nouveau Royaume.

Au début, nous fûmes trop affamés pour parler. Oie rôtie et légumes frais, pain encore chaud sortant du four étaient un changement bienvenu après des jours de rations congrues. Même le vin assez léger et aigre était revigorant. Daoud refusa d'y toucher jusqu'à ce que je lui explique qu'il était sans doute plus prudent de ne pas boire de l'eau ici.

– La Loi ne permet-elle pas des exceptions en cas de force majeure ? lui demandai-je.

Daoud admit qu'elle le permettait peut-être, et au bout d'un moment nous devînmes tous très joyeux. Selim, qui avait passé la plus grande partie de sa vie à travailler sur les sites de tombes et de temples de l'Egypte ancienne, était fasciné de façon compréhensible par tout ce qui se trouvait autour de nous. Il n'arrêtait pas de se lever d'un bond pour aller examiner de plus près une rangée de hiéroglyphes ou un oiseau peint, et il assaillait Emerson de questions. Celui-ci, bien sûr, était ravi de satisfaire sa curiosité. Alors que les autres riaient en écoutant l'une des histoires de Daoud (laquelle n'aurait sans doute pas été tout à fait aussi drôle sans le vin), Ramsès se leva et commença à faire le tour de la pièce. Je le rejoignis.

– Quelque chose vous préoccupe ? lui demandai-je.

– Beaucoup de choses me préoccupent. (Il lança un regard à son père et baissa la voix.) Il y a quelque chose d'anormal ici. Vous ne le percevez pas ?

– Vous aviez l'intention de faire un peu d'exploration, je crois. Avez-vous trouvé quelque chose qui vous inquiète ?

Il m'attira derrière l'une des colonnes et s'y adossa.

– Je n'ai pas eu le temps d'explorer tout l'endroit. Il est encore plus étendu que le palais où nous avions séjourné autrefois, et il comporte un dédale déconcertant de pièces taillées dans la roche tout au fond. Je soupçonne qu'il y a une entrée de derrière, comme c'était le cas dans l'autre maison, mais elle est parfaitement dissimulée, et lorsque j'ai commencé à sonder les murs, on m'a prié poliment mais énergiquement de déguerpir.

Il hésita un moment, puis il dit :

– L'entrée de devant par où nous sommes arrivés est fermée à présent par une porte massive. Celle-ci est fermée à clé ou au verrou de l'autre côté.

– Ce pourrait être pour nous protéger.

– Nous protéger de quoi ? Oh, je reconnais que cela ne signifie rien en soi, mais...

Je lui tapotais le bras.

– Votre inquiétude est peut-être le résultat de la fatigue, tout simplement, mon cher garçon. Nous avons été accueillis en invités d'honneur... ils ne nous ont même pas bandé les yeux lorsque nous avons emprunté les tunnels.

– En effet. (Son visage s'adoucit. Ce n'était pas tout à fait un sourire, mais cela s'en approchait.) Je n'avais pas l'intention de vous inquiéter, Mère. Vous devez être très fatiguée. Et si vous alliez vous coucher ?

– Toute cette nourriture et ce vin m'ont donné envie de dormir, c'est exact, avouai-je. Nous devrions tous nous retirer dans nos chambres, je crois bien. Je suis certaine que toutes nos incertitudes seront dissipées demain matin.

Emerson me lança un regard de reproche lorsque je le congédiai avec les autres hommes, mais il était trop timidc à propos de telles choses pour déclarer sa préférence en public, ou pour me prendre par la main et m'emmener dans ma chambre alors que tous les autres regardaient. Pour ma part, je n'avais pas l'intention de me mettre au lit en compagnie de cette barbe.

Les deux jeunes filles prirent l'une des chambres à coucher, et moi une autre. La pièce était fraîche et sombre, éclairée par une seule lampe. Le lit était constitué de ressorts de cuir tressé recouverts de coussinets en toile de lin. Après les surfaces sur lesquelles je m'étais étendue ces derniers temps, il me sembla aussi moelleux qu'un lit de plume. Epuisée comme je l'étais, je n'eus aucune difficulté à m'endormir, mais mon sommeil fut agité. Des fragments de rêve venaient perturber mon esprit endormi. A un moment, il me sembla voir le visage d'Abdullah, mais il ne s'attarda pas et il ne parla pas. Une autre image fut celle de Nefret, revêtue, comme la première fois où je l'avais vue, des tuniques blanches de la Grande Prêtresse d'Isis, ses cheveux défaits lui tombant aux épaules. Il y avait également des oiseaux – les oiseaux ornés de joyaux de la cité légendaire de Zerzura. Ils battaient des ailes, volaient et poussaient des cris aigus. Cela ressemblait plus à des voix humaines qu'à des chants d'oiseau.

Je me réveillai parfaitement reposée, cependant, pour apercevoir des rayons du soleil qui perçaient les ombres à travers les fenêtres hautes. Le premier grincement des ressorts de cuir fit accourir l'une des servantes. Elle m'aida à passer une robe ample et me conduisit dans la pièce voisine où l'on apportait le petit déjeuner. Peu après, Emerson me rejoignait, pareillement habillé et se frottant les yeux.

– Que ne donnerais-je pas pour une tasse de café ! grommela-t-il. J'ai rêvé que je sentais son arôme.

– Moi aussi, dis-je. (Le pouvoir de l'imagination était si fort que j'avais l'impression de sentir l'odeur du café encore maintenant.) Toutefois, il me reste du thé et du sucre, et dès que j'aurai rangé nos affaires, je montrerai aux servantes comment le faire infuser. Où sont les autres ?

– Ils arrivent.

L'une des servantes lui tendit une coupe de fruits, et une autre lui présenta un plateau en bois où étaient placés des petits gâteaux enrobés de miel.

– Urgh ! fit Emerson. Je vous assure, Peabody, je continue de sentir...

Il s'interrompit et ouvrit de grands yeux comme, avec un grand empressement, une troisième servante versait un liquide foncé et odorant dans nos tasses en terre cuite sans anse. Emerson s'empara de sa tasse et but.

– Bon sang ! m'exclamai-je, après avoir goûté la mienne. *C'est* du café ! A votre avis, où l'ont-ils trouvé ?

– Peu m'importe où ils l'ont trouvé, répondit Emerson en faisant signe à la servante de remplir sa tasse à nouveau.

Ramsès entra, suivi de Selim et de Daoud.

– Bonjour, Mère. Bonjour, Père. Mon sens olfactif doit être détraqué. Il m'a semblé sentir...

– Vous ne vous êtes pas trompé ! s'exclama Emerson, le visage radieux. Une délicate attention de la part de Tarek, je pense. Il a dû se donner énormément de mal pour l'obtenir.

Les sourcils noirs expressifs de Ramsès se haussèrent, mais il accepta la tasse que lui présentait la servante sans faire la moindre remarque.

– Il est bon, dit Daoud, aucunement surpris. Mais pas assez fort. Ni assez sucré.

– Ici, ils utilisent le miel comme édulcorant, expliquai-je. Cependant, il me reste du sucre. Je vais aller le chercher, et j'en profiterai pour réveiller Nefret et Daria.

– Elles doivent être très fatiguées pour dormir malgré ce tintamarre, déclara Emerson, dont la voix avait été la plus forte.

Il continua de boire son café à petites gorgées avec une expression de béatitude totale. Ramsès posa sa tasse.

– Mère, êtes-vous allée les voir ce matin ?

– Ma foi, non. Je ne voulais pas les déranger et...

Il se déplaça si vite que je fus obligée de trottiner pour le rejoindre. Il écarta les rideaux d'un ample mouvement du bras.

Nefret et Daria avaient disparu, ainsi que les sacoches et les paquets contenant leurs affaires personnelles. Les couvertures dérangées sur les deux lits étaient le seul signe que quelqu'un avait été là.

– L'une d'elles a dû appeler cette nuit ! m'exclamai-je. J'ai cru que c'était le cri d'un oiseau.

Nous avions fouillé toute la maison, y compris les pièces de rangement sur l'arrière taillées dans la roche, recherchant quelque indication sur la façon dont les jeunes filles avaient été emmenées. Leur disparition ne pouvait être volontaire. Nefret ne nous aurait jamais joué un tel tour, nous plongeant dans l'incertitude et l'inquiétude. Cela ne faisait aucun doute pour moi, le vin avait contenu une potion soporifique de quelque sorte.

S'il y avait une porte de derrière, nous ne la trouvâmes pas. Les servantes avaient disparu. La fureur et la frustration d'Emerson atteignirent un tel degré qu'il se jetait continuellement contre la porte en bois dans la salle de séjour. Il réussit seulement à se meurtrir l'épaule. Son attention fut finalement attirée par Selim. Celui-ci avait amené de force deux des serviteurs qu'il avait trouvés alors qu'ils essayaient de se cacher sous le lit bas dans sa chambre. Daoud saisit l'un d'eux par l'épaule et se mit à le secouer violemment, tandis qu'Emerson s'en prenait à eux dans un mélange d'anglais et d'arabe.

– Cela ne sert à rien, Père, dit Ramsès, qui était parvenu à leur poser quelques questions en méroïtique. Ils ne diront jamais qu'ils savent quelque chose même si c'est le cas. Selim, rangez votre poignard. Daoud, arrêtez de secouer ainsi ce pauvre bougre, vous allez lui rompre le cou.

– Oui, nous devons garder nos esprits ! criai-je.

– Tout à fait, Mère. (En apparence, Ramsès était le plus pondéré de nous tous. Seul un observateur avisé comme moi-même aurait remarqué le calme anormal de sa voix.) Puis-je vous suggérer de cesser de brandir cette cruche d'eau avant que vous vous donniez un coup sur la tête ? Je ne pense pas que les filles courent un danger imminent, et tant que nous n'aurons pas appris qui et quoi se trouvent derrière leur enlèvement, nous ne pouvons pas agir. La seule personne qui puisse nous aider, c'est Tarek lui-même.

Poussant un grognement inarticulé, Emerson se précipita à nouveau vers la porte et commença à la marteler avec ses poings. Le résultat fut instantané et tellement inattendu qu'Emerson bascula en avant par l'ouverture et heurta l'homme qui avait ouvert le battant à la volée. Tous deux tombèrent sur le sol. Derrière eux, j'aperçus trois autres hommes vêtus comme le premier d'une tenue militaire – sorte de kilt de lin marron assorti d'une large ceinture où était accrochée une longue dague ou une épée courte. Ils portaient des lances, et au bras gauche de chacun d'eux était passé un long bouclier ovale recouvert de peau.

Ramsès bondit vers son père et, de vive force, parvint à l'arracher à sa victime, dont il serrait la gorge.

– Père, arrêtez ! haleta-t-il. Mère, pouvez-vous lui dire de...

Il poussa une exclamation et se courba en deux comme le coude d'Emerson s'enfonçait violemment dans ses côtes.

Mon intervention ne fut pas nécessaire. Le cri de douleur de son fils avait pénétré les brumes rouges de la colère jusqu'au cœur inébranlable de l'affection paternelle.

– Bonté divine ! s'exclama Emerson. Mon cher garçon, acceptez mes profondes excuses. Je ne m'étais pas rendu compte que c'était vous. Vous n'avez rien, j'espère ?

Ramsès se contenta de secouer la tête, le souffle coupé. Mettant à profit son incapacité à parler temporaire, je fis remarquer :

– Remettez-vous, Emerson. Je pense que nous

allons recevoir une délégation. Du moins, c'était le cas, jusqu'à ce que vous jetiez à terre l'un d'eux. En vérité, je ne sais pas du tout comment ils vont réagir à...

– C'était de sa faute, fit Emerson d'un air maussade. Se jeter sur moi de cette façon.

Ramsès avait recouvré son souffle.

– Si vous vous rappelez, Père, cette procédure était tout à fait normale lorsque nous recevions un émissaire. Les personnages de haut rang étaient toujours précédés d'une escorte armée. On nous a dit que le roi nous verrait ce matin. Je pense que ce gentleman est venu pour nous conduire à lui.

Il dépassa rapidement son père et adressa plusieurs phrases à la personne dont je distinguais la forme vêtue de blanc derrière les gardes... plusieurs mètres derrière eux. L'homme était un haut dignitaire ou un prêtre, à en juger par son vêtement plissé et son large col orné de perles. Il répondit d'une voix aiguë mais garda ses distances.

– Au diable le gentleman ! gronda Emerson. Je veux savoir ce qu'ils ont fait de Nefret.

– Dans ce cas, Père, puis-je vous suggérer respectueusement que plus tôt nous serons prêts à l'accompagner, plus tôt nous serons en mesure de poser cette question ?

– Est-ce que nous emportons nos armes ? demandai-je.

– Vous n'emportez rien de la sorte, grogna Emerson.

– Je pense qu'il serait préférable de les laisser ici, dit Ramsès. Nous ne voulons pas donner à Tarek l'impression fallacieuse que nous sommes belliqueux.

– Je me sens bigrement belliqueux en ce moment,

rétorqua Emerson. Mais vous avez sans doute raison. Dites à cet individu que nous l'accompagnerons dans un moment. Peabody, et si vous alliez vous habiller ?

Les servantes avaient emporté nos vêtements et les avaient rapportés, blanchis et soigneusement pliés. Après avoir mis les vêtements appropriés, je me demandai si je devais prendre mon ombrelle. Je n'hésitai pas très longtemps. L'ombrelle était une arme, mais elle n'en avait pas l'aspect. Puis je regagnai en hâte la salle de séjour, où je trouvai Ramsès en grande conversation avec notre visiteur.

Celui-ci était un homme qui avait manifestement bien vécu. Ses joues étaient roses et rebondies, et un bourrelet de graisse enserrait son cou au-dessus du large col orné d'or et de pierres précieuses. Comme il s'inclinait devant moi et levait les deux mains en guise de salut, les manches plissées de sa robe glissèrent pour laisser apparaître de larges bracelets en or étincelant.

– Mère, puis-je vous présenter le comte Amenislo, conservateur des entrepôts royaux et Second Prophète d'Aminreh.

– Enchantée, dis-je en répondant à son salut. (Le visage rond et rose m'était vaguement familier.) Est-ce que nous ne nous sommes pas déjà rencontrés ?

– Oui, oui, dit le comte en s'inclinant à nouveau. Je parle un peu de l'anglais à vous. En bienvenue.

– Amenislo était l'un des élèves de Forth, et c'est le frère de Tarek, expliqua Ramsès. Il était encore adolescent lors de notre dernier séjour ici.

– Assez de ces politesses creuses ! s'exclama Emerson à la stupeur manifeste du comte. (Néanmoins, il comprit la phrase suivante.) Conduisez-nous à Tarek.

– Oui, oui. Nous allons. Vers le roi.

Les quatre soldats se tenaient au garde-à-vous, deux de chaque côté de la porte. Je fus soulagée de voir que la victime d'Emerson semblait indemne, bien que quelque peu échevelée. Avec une politesse teintée d'ironie, Emerson fit signe au comte de le précéder.

– Et pour Selim et Daoud ? demandai-je. Font-ils partie de l'invitation ?

– Non, répondit Ramsès. Apparemment, ils sont considérés comme des serviteurs. Nous devrons mettre les choses au point avec Tarek, mais pas cette fois.

L'escorte se mit en place derrière nous comme nous nous avancions dans un couloir dont les murs étaient joliment peints de motifs géométriques aux couleurs vives – rouge orangé, bleu, vert et jaune. Je m'attendais à ce que le couloir conduise finalement à une terrasse dominant la vallée, mais, après plusieurs tournants abrupts, nous nous retrouvâmes dans un passage similaire éclairé par des lampes suspendues aux murs. Ici il y avait des scènes de festin et de fêtes – danseuses sveltes et acrobates, musiciens, tables surchargées de nourriture... des scènes familières par leur sujet et semblables à beaucoup d'autres que l'on trouvait dans les palais égyptiens et les tombes koushites. Emerson, qui se serait normalement attardé pour examiner chaque détail, ne leur lança pas un seul regard et continua de marcher si près sur les talons d'Amenislo que le comte était contraint de trottiner d'une façon qui manquait tout à fait de dignité.

Ainsi que je commençais à le soupçonner – un soupçon qui fut confirmé par la suite – nous avions été logés dans les appartements habités d'ordinaire par des princesses ou des reines, reliés directement aux appartements du roi afin que celui-ci puisse rendre visite à ces dames sans avoir à sortir. Nous croisâmes seulement quelques personnes – des serviteurs, à en juger par leurs vêtements – qui s'aplatirent contre les murs et détournèrent le regard comme nous passions.

Un carré de lumière du soleil devant nous, là où le couloir aboutissait à une salle ouverte sur l'extérieur, indiqua que nous étions bientôt arrivés à notre destination. Amenislo fit halte.

– Inutile de nous annoncer, dit Emerson. Venez, Peabody, prenez mon bras. Nous allons faire une entrée pleine de dignité.

Un autre groupe de soldats, portant des uniformes semblables à ceux de notre escorte, s'écarta comme nous pénétrions dans la salle du trône. Ce n'était pas l'imposante salle du trône d'apparat que nous connaissions, mais une salle plus petite, plus lumineuse, moins solennelle. Des colonnes peintes en forme de papyrus soutenaient la haute voûte, et la lumière du soleil pénétrait par des ouvertures étroites qui les surmontaient. A l'autre extrémité, en face de la porte par où nous étions entrés, il y avait une estrade surélevée, avec plusieurs tentures épaisses derrière elle. Le trône était placé sur l'estrade, un fauteuil aux pieds en forme de pattes de lion et aux accoudoirs soutenus par des scarabées sculptés et des disques solaires. Il était entièrement recouvert de feuilles d'or. Disposés en demicercle devant l'estrade, il y avait trois fauteuils plus petits en bois lisse. L'homme qui occupait le trône portait sur sa lourde perruque noire un diadème orné des deux serpents uraeus de la royauté koushite. Sur un côté et légèrement derrière le trône, se tenait un homme plus jeune. Je le reconnus immédiatement, même s'il était à présent richement vêtu des habits et des ornements d'un prince. Cet homme était Merasen.

L'autre homme – le roi – n'était pas Tarek.

Bien que momentanément rendue muette de stupeur par cette découverte, je me rendis compte que j'aurais dû m'y attendre. Tarek aurait été le premier à nous accueillir s'il l'avait pu. Il était mort ou avait perdu son trône, du fait d'un usurpateur, et Merasen nous avait délibérément abusés. Même si Tarek était mort après que Merasen eut quitté la Montagne Sainte, il ne pouvait pas y avoir la moindre explication innocente pour le vol de la carte et le meurtre du pauvre Ali.

Tandis que mes compagnons comprenaient la vérité, je redoutai durant un moment d'être contrainte de retenir deux hommes fous de rage au lieu du seul Emerson. Ramsès n'avait jamais caché son aversion pour Merasen, mais l'émotion qui assombrissait ses traits était infiniment plus forte que de l'aversion. Je saisis son bras en une prise qu'il ne pourrait pas rompre sans me faire mal et je dis avec instance :

– Ramsès, non ! Maîtrisez-vous !

– Il a enlevé Nefret, répondit Ramsès. C'est pour cette raison qu'il nous a attirés ici, il voulait...

– C'est fort possible, mais se jeter sur un prince de sang royal alors que toutes les chances sont contre vous ne serait pas un acte judicieux.

– Tout à fait, dit Emerson, d'une voix semblable à de la pierre grinçant sur de la pierre. Cela m'étonne de votre part, Ramsès. Ecoutons ce qu'ils ont à dire. Vous voulez bien prendre la parole, mon cher garçon, et traduire les réponses ? Je ne veux pas perdre un seul mot.

Ramsès se reposa sur ses talons. Il respirait bruyamment. J'étais soulagée de constater qu'Emerson se montrait à la hauteur de la situation. Il préfère ne pas contrôler sa colère, car crier et intimider des gens soulage son esprit, mais lorsque le calme et la ruse sont nécessaires, il en fait montre. Habituellement.

Merasen s'avança. Aucune ombre de culpabilité ne voilait son front jeune et lisse, et son sourire affichait la candeur à laquelle il nous avait habitués.

– Je parlerai pour mon père dans votre langue, afin que vous compreniez tout. Il vous souhaite la bienvenue et vous prie de vous asseoir. Il est le Horus Mankhabale, Fils de Rê, Zekare, Seigneur des Deux Terres...

– Oui, oui, inutile de dire le reste, fit Emerson avec un geste de la main impatient.

Le roi hocha doucement la tête. C'était un bel homme, avec un front large et le corps mince et dur d'un soldat. J'aurais dit qu'il approchait de la quarantaine.

– Qu'est-il arrivé à Tarek ? demandai-je vivement. Est-il mort, alors, de cette maladie étrange, ainsi que l'enfant ?

Merasen éclata de rire et Ramsès, qui l'observait tel un chat lorgnant un oiseau, dit :

– Cette maladie étrange était un mensonge, n'est-ce pas, Merasen ? Un mensonge qui avait pour but de nous attirer ici. Tarek est-il mort... d'une autre cause, par exemple un assassinat ?

Merasen traduisit ces paroles et celles qui suivirent. C'était très étrange d'entendre la voix de baryton de l'homme plus âgé suivie de la voix plus aiguë du garçon, tel un écho flûté.

– Il n'est pas mort, fut la réponse royale, accompagnée d'un reniflement de mépris. Il s'est enfui, comme le lâche qu'il est, avec ceux, peu nombreux, qui lui étaient fidèles. Un jour, lorsque je n'aurai rien de mieux à faire, je les écraserai comme des insectes.

Aucun de nous n'avait accepté l'invitation du roi à « nous asseoir ». Emerson se tenait les bras croisés et toisait le roi. C'était un acte d'impolitesse délibéré, car des personnes de rang inférieur étaient censées s'agenouiller ou s'asseoir afin que leurs têtes ne soient pas plus hautes que celles de leurs supérieurs. Le roi semblait plus amusé qu'offensé. Si je n'avais pas su qu'il était un usurpateur et son fils un imposteur et un menteur, j'aurais dit que c'était un homme tout à fait charmant.

– Finissons-en ! dit Emerson. Je veux savoir ce que vous avez fait de Nefret. C'est nécessairement vous, ou bien ceux qui agissent sur vos ordres, qui l'avez enlevée, ainsi que son amie, venant la nuit tels des voleurs, manquant à l'honneur de votre maison et à l'hospitalité due aux étrangers.

C'était des paroles très éloquentes, à mon avis, et Merasen dut les traduire avec exactitude, car la mâchoire du roi se crispa. Sans attendre une réponse, Merasen déclara d'un air suffisant :

– La prêtresse est de nouveau en sûreté dans sa maison avec ses suivantes. Le sanctuaire de la déesse n'est plus vide.

– Et l'autre jeune fille ? demanda vivement Ramsès.

– La servante de la prêtresse est auprès d'elle. La déesse l'a acceptée.

– Vous ai-je bien compris, Merasen ? intervins-je.

Nefret a été amenée ici afin de reprendre son ancienne fonction de Grande Prêtresse d'Isis ?

– Elle a toujours été la Grande Prêtresse, ma dame, répondit Merasen. Car elle n'avait pas choisi celle qui lui succéderait. Lorsqu'elle nous a été enlevée, la déesse a déserté son sanctuaire et elle n'a pas répondu aux prières des fidèles. Maintenant la déesse va bientôt revenir, elle aussi.

– Bonté divine ! m'exclamai-je.

Je me trouvais quelque peu à court de mots, et mon attention avait été distraite par un léger mouvement derrière l'un des rideaux de l'estrade. Ils devaient dissimuler des passages ou bien des alcôves. Il y avait eu un aménagement similaire dans la grande salle du trône... et l'une des alcôves masquées par un rideau avait été occupée par la plus importante des grandes prêtresses, l'Epouse du Dieu Amon, dont le pouvoir était encore plus grand que celui du roi. Ainsi que nous l'avions découvert par la suite, à notre grande horreur et à notre consternation, celle-ci était la mère de Nefret, qui avait perdu la raison et oublié sa véritable identité. Mes tentatives pour la sauver avaient été vaines. Elle était morte de rage pure et d'un excès de bile. Celle qui lui avait succédé était-elle tapie là-bas ? Je décidai qu'il n'y avait pas de mal à poser la question.

– La Heneshem est-elle présente ? m'enquis-je, interrompant les paroles énergiques d'Emerson, qui exigeait de voir Nefret.

Il cessa de crier et me lança un regard stupéfait.

– Bon sang, Peabody, cette femme est morte. Elle...

– Une autre femme lui a certainement succédé dans cette fonction, dis-je. Il y a quelqu'un là-bas. Derrière le rideau. Je l'ai vu bouger.

Merasen me regardait également avec stupeur.

– Pourquoi cette question au sujet de la Heneshem ? Elle n'est pas là-bas, elle est dans sa demeure. Elle n'a aucun pouvoir ici. C'est mon père qui...

– J'exige de voir Nefret ! vociféra Emerson. Comment puis-je être sûr qu'elle est saine et sauve ?

– Vous la verrez bientôt. Dès qu'elle aura repris ses attributions. Qui lui ferait du mal ? Elle est la plus honorée des femmes, bien-aimée de la déesse.

Ramsès posa une main ferme sur l'épaule de son père... juste à temps, car la vive inquiétude d'Emerson pour sa fille avait été exacerbée par les références à la religion, qu'il n'approuve guère. Il se calma (je l'entendis grincer des dents, néanmoins), et Ramsès dit rapidement et à voix basse :

– Mère a raison, comme toujours. La violence aurait pour seul résultat que nous soyons molestés et emprisonnés. Nous devons nous retirer et discuter de la situation.

– Mais nous ne connaissons pas encore tous les faits ! protestai-je. J'ai beaucoup de questions à poser à Sa Majesté.

– Je n'en doute pas, dit Emerson en se forçant à rester calme. Mais si je dois entendre d'autres sottises à propos de déesses de la bouche de ce jeune freluquet perfide, je vais commettre un acte inconsidéré !

Merasen avança sa lèvre inférieure tel un enfant qui boude. Nous avions employé un certain nombre de mots qu'il ne connaissait pas et son amour-propre était piqué au vif. Le roi avait montré les signes d'une impatience croissante tandis que cette conversation se poursuivait et que Merasen ne traduisait pas. Il se leva. « Venez », dit-il en méroïtique, avec un grand geste de la main qui aurait rendu sa signification très claire même si cela n'avait pas été l'un des mots que nous connaissions tous les trois. Nous le suivîmes comme il se dirigeait à grands pas vers un passage voûté. Au-delà, il y avait une antichambre à colonnes joliment décorée et, au-delà de l'antichambre, une succession d'arcades qui donnaient sur une terrasse avec des statues de divinités.

Le soleil était haut dans le ciel, et la longue vallée de la Montagne Sainte s'étendait à droite et à gauche en contrebas du balcon où nous nous trouvions – des champs et de petits villages au fond de la vallée, de splendides demeures et des temples sur les versants. Un escalier majestueux, bordé de sphinx, descendait vers la route qui suivait la courbe des falaises, partant du quartier habité par les nobles après le palais et allant jusqu'au temple d'Amon-Rê ou, comme on l'appelait ici, Aminreh. Des obélisques aux extrémités dorées étincelaient dans la lumière du soleil, et les bas-reliefs peints sur le portail à pylônes brillaient de couleurs vives. Sur la gauche, la puissante silhouette d'un roi ou d'un dieu agrippait par les cheveux un ennemi agenouillé tandis que l'autre bras levait une longue lance. Derrière le roi se tenait une silhouette féminine plus menue qui brandissait également une arme. Je connaissais bien des scènes de ce genre, qui étaient fréquentes dans les temples égyptiens, mais ici les couleurs étaient récentes et éclatantes : les cheveux noirs du roi, le roux brunâtre de son corps, et la peau jaune plus pâle de la femme. Ses cheveux étaient également noirs. Je plissai les yeux et j'essayai de discerner les détails, car il y avait quelque chose d'inhabituel à propos de ces personnages, en particulier la femme. Elle était plus svelte qu'une reine koushite traditionnelle, ces dames étant connues pour leur extrême corpulence. Et quelle était cette arme qu'elle tenait ?

– Ce pylône est nouveau, marmonna Emerson. Du moins, les bas-reliefs le sont. Je me demande qui représente la forme féminine. Une déesse ? Pas Isis, elle n'a pas la coiffure appropriée, ni Maat, ni...

Ramsès émit un son étranglé.

– C'est Mère ! s'exclama-t-il. Vous et Mère. Vous ne voyez donc pas l'ombrelle ?

## Lettre de la liasse C

*Chère Lia,*

*Il est probable que vous ne lirez jamais cette lettre. Mais je n'aime pas les journaux intimes, ils semblent tellement impersonnels. J'ignore ce qui est arrivé aux autres. Je ne dois pas perdre de vue ce qui se passe. Je suis toute seule – à l'exception de Daria. Vous ai-je déjà parlé d'elle ? Non, bien sûr que non. Je n'arrête pas d'oublier des choses. C'est une jeune fille étrange, très jeune, très jolie – la compagne d'un homme horrible, un certain Newbold, un chasseur et un chercheur de trésors. Elle avait imploré ma protection, aussi l'avons-nous emmenée avec nous à la Montagne Sainte. Le voyage lui-même s'est plutôt bien passé, tout compte fait, et nous avons été accueillis en invités d'honneur. Ce soir-là, j'étais allée me coucher fatiguée mais soulagée et heureuse à la perspective de voir Tarek le lendemain. Je me suis réveillée le matin suivant... Comment puis-je expliquer cela ? Je m'étais endormie en tant que Nefret Forth. Je me suis réveillée le matin suivant en tant que Grande Prêtresse d'Isis. Les chambres étaient celles que j'avais occupées dix ans auparavant. Chaque ornement, chaque meuble étaient les mêmes, y compris le lit bas avec ses draps de lin et ses rideaux, où j'étais étendue. Les femmes qui entouraient mon lit portaient des robes blanches, les voiles de leur visage rejetés en arrière – les suivantes de la déesse.*

*Lia, cela a été un sentiment tout à fait affreux ! Durant un moment horrible, j'ai cru que je n'avais jamais quitté la Montagne Sainte... que les années intermédiaires n'avaient été qu'un rêve. Vous, le professeur, tante Amelia, Ramsès, tous les autres... seulement un rêve. Je me suis mise à pleurer. Je suis tellement confuse. Mais vous ne pouvez pas vous représenter l'atroce sentiment de perte, la perte de ceux que j'aimais.*

*L'une des suivantes s'est penchée vers moi, a écarté les pans de ma robe ample, et a placé sa main sur mon cœur. Ici, les suivantes sont également des médecins, et elles connaissent « la voix du cœur ». Elle a souri et a hoché la tête, et une autre jeune fille s'est approchée avec une coupe contenant un liquide.*

*D'un seul coup, j'ai été brusquement maîtresse de moi à nouveau. Vous devinez ce qui avait produit cela ? C'était la vue de mon propre corps, Lia... le corps d'une femme, et non celui d'une petite fille de treize ans dont les seins commencent à peine à se développer.*

*Je me suis redressée et j'ai repoussé la coupe de la main.*

*– Non. Comment suis-je arrivée ici ? Où sont mes amis ?*

*Les suivantes se sont rassemblées autour de moi. Je ne reconnaissais pas un seul de ces visages. Un autre signe, si j'en avais besoin, que des années avaient passé. Toutes celles que j'avais connues – Mentarit, Amenit – étaient devenues des femmes et avaient quitté le service de la déesse. La jeune fille qui tenait la coupe – elle avait un visage aux joues rebondies avec des lèvres charnues à l'expression boudeuse – l'a avancée vers moi de nouveau. J'ai repoussé sa main si fort qu'un peu du liquide a éclaboussé ses robes immaculées. J'ai été ravie de faire cela.*

*Les choses essentielles d'abord, comme dirait tante Amelia. J'avais très soif, mais je craignais qu'il n'y ait quelque drogue dans le liquide... du vin, à en juger par son aspect. « Vous, buvez d'abord », ai-je ordonné en montrant du doigt la jeune fille qui tenait la coupe. Son visage s'est rembruni comme elle obéissait, mais mon ton autoritaire avait impressionné les autres. L'une d'elles, une jeune fille au charmant visage, âgée d'environ treize ans, a osé demander :*

*– La prêtresse désire-t-elle que sa servante lui soit amenée ?*

*Elle voulait parler de Daria. J'ai repris courage en la voyant – quelqu'un appartenant à mon monde, une autre preuve de la réalité. Elle était vêtue de la chemise de nuit qu'elle portait lorsqu'elle s'était couchée et ses cheveux défaits recouvraient ses épaules. Je me levai d'un bond, me frayai un passage parmi mes suivantes, et la rejoignis.*

*– Est-ce que vous allez bien ?*

*Elle était un peu pâle, mais tout à fait calme.*

*– Elles m'ont bien traitée.*

*– Vous souvenez-vous de ce qui s'est passé ?*

*– Des hommes sont venus durant la nuit et nous ont emmenées. Vous dormiez profondément. Je me suis réveillée et j'ai voulu appeler, mais l'un d'eux a plaqué sa main sur ma bouche et m'a emportée. Que vont-ils faire de nous ?*

*Je commençais à avoir une idée très précise de ce qu'ils avaient l'intention de faire de moi. Après qu'on nous eut apporté à manger et à boire, je me soumis sans protester aux rituels que je ne connaissais que trop bien – être baignée dans plusieurs eaux, être ointe d'huile de lotus, être habillée de lin diaphane et parée des bijoux de la Grande Prêtresse... le large col orné de perles, la ceinture d'étoffe aux broderies éclatantes, les bracelets aux bras et aux chevilles, et le curieux petit bonnet aux plumes en or. Cette opération prit toute la matinée. La seule réponse que j'obtenais à mes questions incessantes sur les autres était toujours la même promesse : « Le Grand Prêtre va venir bientôt ».*

*– Il a sacrément intérêt à venir ! dis-je à Daria.*

*L'une des suivantes – celle au visage renfrogné – avait essayé de congédier Daria, en faisant remarquer que je n'avais pas besoin de servantes d'humble naissance, mais j'insistai pour la garder avec moi, et en cette affaire du moins ma parole avait eu force de loi.*

*– Elles vous traitent avec un grand respect, dit Daria en observant l'une des jeunes filles agrafer un bracelet autour de mon poignet.*

*– Apparemment, j'ai été enrôlée de force pour*

*reprendre mes anciennes attributions, répondis-je en m'efforçant de sourire. Cependant, je suis très inquiète au sujet des autres. Si c'était uniquement moi qu'ils voulaient...*

*– Mais vous détenez un certain pouvoir. Ils vous obéissent. Vous pouvez intervenir en faveur de votre famille.*

*– Je l'espère.*

*Les lourds ornements avaient été posés. Je ne me souvenais que trop bien du sentiment d'impuissance que leur simple poids suscitait : le large col pesant sur mes épaules, les bracelets alourdissant mes bras. La dernière phase m'était également familière : les longs voiles blancs transparents drapés autour de moi, sur ma tête et sur mon visage. Les membres aussi raides qu'une poupée, on me conduisit dans une pièce voisine et on me guida vers un fauteuil semblable à un trône. Personne n'essaya de retenir Daria lorsqu'elle me suivit et se plaça derrière le fauteuil. J'éprouvai un frisson de gratitude du fait de sa présence et de son sang-froid étonnant. Je ne pouvais certainement pas lui reprocher de perdre la tête.*

*Je pouvais voir à travers le voile qui recouvrait mon visage, mais pas très distinctement. L'homme qui entra dans la pièce ne fut tout d'abord qu'une silhouette confuse. Lorsqu'il s'approcha, je distinguai la forme d'un homme courbé par les années et s'appuyant sur une canne. Je me levai péniblement, à la grande consternation des suivantes, alignées en deux rangs devant mon fauteuil.*

*– Murtek ! Est-ce réellement vous ?*

*J'avais parlé en anglais. La réponse fut en méroïtique.*

*– Le Grand Prêtre Murtek, le vertueux, est parti rejoindre les dieux depuis longtemps, ma dame. Je suis Amase, Grand Prêtre d'Isis, Premier Prophète d'Osiris.*

*J'aurais dû m'y attendre. Murtek était déjà un vieil homme lorsque je l'avais connu. Je me sentis plus seule que jamais.*

*– Alors je vous ordonne de me dire pourquoi j'ai été séparée de mes amis. Où sont-ils ? Que leur est-il arrivé ?*

*– Les Etres Supérieurs ? Ils séjournent dans la maison où vous étiez avant que vos serviteurs vous aient amenée dans votre demeure. Ils sont satisfaits, ils sont honorés, ils se réjouissent.*

*Je poussai un éclat de rire hystérique. Je me représentai parfaitement leur « jubilation » lorsqu'ils avaient constaté que j'avais disparu : le professeur agitant ses poings avec colère, tante Amelia brandissant son ombrelle, et Ramsès... Il ne montrerait aucune émotion, Ramsès. Il réfléchirait et échafauderait des plans.*

*– Ont-ils été informés de l'endroit où je me trouve ?*

*– En ce moment ils sont avec le roi, ma dame.*

*– Je veux les rejoindre. Je veux voir le roi. Conduisez-moi auprès de lui immédiatement.*

*Je ne m'étais pas attendu à ce qu'on obéisse à mes ordres, et ce ne fut pas le cas. Le vieil homme me tint un long discours, émaillé de circonlocutions et d'ambiguïtés, mais je saisis le sens général. La déesse devait être ramenée dans son sanctuaire déserté... par moi et par personne d'autre. Il allait m'aider à me préparer pour la cérémonie. Celle-ci devait être par-*

*faite. Il ne pouvait y avoir la moindre erreur dans les gestes ou dans les paroles.*

*Il ne dit pas ce qui se passerait si je commettais une erreur... un châtiment divin, infligé par Isis dans l'une de ses attributions les moins plaisantes ? Je demeurai silencieuse, mon esprit s'emballant, tandis qu'il s'inclinait devant moi et sortait à reculons. J'étais parfaitement disposée à accomplir le rituel, en supposant que je puisse m'en souvenir, mais pourquoi Tarek ne m'avait-il pas tout simplement demandé de le faire ? Pourquoi n'était-il pas venu me trouver, moi sa petite sœur, son amie ?*

*– Attendez ! dis-je d'un ton sec.*

*Le vieil homme s'arrêta brusquement et je poursuivis :*

*– Le Horus Tarekenidal est mon frère. Je ferai revenir la déesse dans son sanctuaire une fois que je l'aurais vu et que je lui aurais parlé.*

*Amase leva vivement les mains.*

*– Ne prononcez plus jamais ce nom ! C'est interdit, ce nom n'existe pas. Le Horus est Mankhabale Zekare.*

*– Qu'est-il arrivé à Tarek ?*

*Le vieil homme se boucha les oreilles avec ses mains... afin d'éviter d'entendre ce nom proscrit, ou bien parce que j'avais crié à pleine gorge. Il s'en alla en boitant. Je saisis par les épaules la suivante la plus proche et je la secouai jusqu'à ce que ses voiles claquent violemment.*

*– Que lui est-il arrivé ? Est-il mort ? Répondez-moi !*

*– Pas mort, non, suffoqua-t-elle. Parti.*

*– Où ?*

*– Loin d'ici. Ma dame, je vous en prie... vous me faites mal...*

*Je la lâchai et me laissai tomber dans mon fauteuil.*

*– C'est une mauvaise nouvelle qu'il m'a apportée, Daria, dis-je. A présent bien des choses sont claires.*

*Elle s'approcha de moi.*

*– Je ne comprends pas, Nefret. Vous vous adressiez à moi ?*

*J'avais parlé en méroïtique. Je saisis sa main.*

*– Je vous en supplie, Daria, restez avec moi. Parlez-moi... en anglais. Rappelez-moi qui je suis.*

Il était un peu décevant d'observer, sur le côté droit du pylône, une silhouette masculine plus petite brandissant une croix ansée – le symbole de la vie – sous le nez d'un roi assis. Le personnage plus petit avait la mèche de cheveux sur le côté, tressée et garnie de rubans, qui indiquait la jeunesse, et son nez était considérablement plus gros que celui du roi.

Zekare semblait tout à fait ravi de l'effet de sa petite surprise. Lorsqu'il fit signe que l'audience était terminée, nous partîmes sans résister. Emerson n'arrêtait pas de marmonner :

– Nom d'un chien ! Nom d'un chien !

Une fois que nous nous fûmes engagés dans le couloir, je dis d'un air pensif :

– Je suis surprise que le nouveau roi ait laissé ce bas-relief. C'est certainement celui que Tarek avait promis de faire exécuter afin de nous honorer, et par conséquent l'image royale doit être la sienne.

Ramsès avait été quelque peu déconcerté par sa propre image – le nez était vraiment exagéré – mais il avait la réponse à ma question. Comme toujours.

– Le cartouche a été changé, Mère. C'était la méthode habituelle en Egypte, si vous vous rappelez, chaque fois qu'un monarque usurpait la représentation d'un prédécesseur. Le nom en lui-même conférait l'identité. Ce n'était même pas nécessaire de remodeler le visage.

– Hummm, oui, fit Emerson. Je commence à soupçonner ce que...

– N'en parlons pas maintenant, Père, l'interrompit Ramsès.

Il montra de la main Amenislo qui trottinait devant nous. Le regard d'Emerson étincela.

– Tout à fait, mon garçon, on ne doit pas nous entendre. A l'évidence, il a retourné sa veste. Contre son propre frère !

– Tous les membres de la haute société sont étroitement apparentés, dis-je. Je présume que le nouveau roi est cousin germain ou cousin au second degré, ou davantage, de Tarek. Il avait certainement quelque parenté avec la famille royale pour prétendre au trône.

Nous ne parlâmes plus jusqu'à ce que nous ayons regagné nos appartements.

– Ramsès, allez chercher Daoud et Selim, dit Emerson. Vous... (il tendit son index vers Amenislo qui s'inclinait et souriait) ... sortez. Allez ! Laissez-nous seuls !

– Eh bien ! m'exclamai-je. Nous sommes dans de beaux draps !

– Débarrassez-vous d'eux également, grogna Emerson en montrant les serviteurs.

– Ils ne comprennent pas l'anglais, répondis-je. Contrairement à Amenislo. Je vais leur demander de servir le repas. Je suis sûre que Daoud a faim et, à vrai dire, je me sens le ventre un peu creux.

– Comment pouvez-vous penser à manger dans un moment pareil ? demanda vivement Emerson.

– Il faut bien se sustenter ! répliquai-je. Au moins, nous savons que les filles ne sont pas en danger.

Daoud prit place pour manger avec sa placidité habituelle, mais Selim était très agité.

– Ramsès dit qu'ils ont enlevé Nur Misur pour qu'elle soit une prêtresse de leur faux dieu ! s'exclama-t-il. Qu'allons-nous faire ?

– La Sitt Hakim va échafauder un plan, répondit Daoud.

– Oui, bien sûr, dis-je en toussant légèrement. Mais nous devons réfléchir très attentivement à la façon de procéder. Ces gens prennent leur religion très au sérieux, et...

– Ne soyez pas stupide et crédule, Peabody, grommela Emerson, qui ne prend jamais la religion au sérieux. Dans cette société, comme dans toutes les autres que je connais, la religion au sein des classes dirigeantes sert uniquement de paravent pour la politique. Si le nouveau roi était suffisamment puissant, il pourrait installer sa propre Grande Prêtresse, et au diable la tradition !

– Comme il l'a fait apparemment pour le statut de l'Epouse du Dieu, que l'on appelle ici la Heneshem, dit Ramsès. Vous vous rappelez comment cela se passait en Egypte ancienne. Lorsqu'un nouveau roi montait sur le trône, il faisait adopter sa fille par l'Epouse du Dieu afin de lui succéder. La mère de Nefret était une exception et, contrairement à Nefret, elle est morte durant ses fonctions. Elle avait peut-être déjà une « fille » adoptée, qui l'a remplacée, mais qui n'a pas son pouvoir, et si l'usurpateur a imposé sa fille à la nouvelle Heneshem...

– Oui, oui, dit Emerson impatiemment. Tout cela est très intéressant, mon garçon, mais à côté de la question.

Selim poussa une exclamation.

– La mère de Nur Misur ? Vous voulez dire qu'elle était l'Epouse du Dieu ici ? Je croyais qu'elle était morte en mettant au monde Nur Misur.

– C'est ce que croit Nefret, répondis-je. Et vous ne devez jamais lui dire autre chose, Selim, jamais ! Sa mère était devenue folle, elle a renié son époux et son enfant, et elle a oublié sa véritable identité. Elle est morte, et il est inutile que Nefret apprenne la vérité. Cela la rendrait très malheureuse.

– Oui, murmura Selim en lissant sa barbe. Une mère qui renie son enfant...

– Dieu lui avait ôté la raison, dit Daoud. Elle n'était pas à blâmer. Est-ce que cela rendrait Nur Misur malheureuse de savoir cela ?

– Oui, dis-je avec un sourire affectueux. Très malheureuse.

– Alors je me tairai, dit Daoud. Pour toujours.

– Oui, acquiesça Selim. Pour toujours.

– Maintenant que vous avons réglé cette question, fit Emerson, pourrions-nous revenir à notre propos ? Zekare est peut-être suffisamment puissant pour imposer l'Epouse du Dieu, mais il a manifestement besoin de nous et de Nefret pour consolider son trône.

– Je ne parviens pas à croire que notre influence

soit aussi grande, ou sa position aussi faible ! protestai-je.

Emerson avait économisé sa provision de tabac. Il sortit sa pipe et sa blague à tabac. Il affirme que cette herbe malodorante favorise la réflexion. Je l'espérais sincèrement, car nous n'avions jamais eu un besoin aussi éperdu d'avoir les idées claires.

– C'est nécessairement le cas, dit Emerson, sans quoi nous ne serions pas ici. Il est inutile de faire remarquer que je viens de commettre une horrible faute de logique, Peabody, j'envisage simplement les probabilités. A l'évidence, nous sommes des personnages très importants, sinon ce pylône ne continuerait pas de montrer nos images. Tarek était un dirigeant populaire, particulièrement parmi le bas peuple, mais un coup d'Etat militaire a très bien pu le renverser, surtout si celui-ci était soutenu par les membres les plus réactionnaires de la noblesse et du clergé. Ces satanés bigots fourrent toujours leur nez dans les affaires de l'Etat !

C'était tout à fait injuste, et un exemple des préjugés d'Emerson à l'encontre des personnes pieuses, mais je ne relevai pas, car, dans le cas présent, ses accusations étaient peut-être fondées. Le clergé d'Aminreh, le principal dieu de la Montagne Sainte, avait soutenu le frère de Tarek dans la lutte pour la royauté, et le Grand Prêtre avait été l'un de ses ennemis les plus acharnés.

Daoud avala une bouchée de pain et me regarda.

– Avez-vous réfléchi à un plan, Sitt ?

– Bon sang, Daoud a raison ! s'écria Ramsès. Nous devrions réfléchir à ce que nous allons faire, au lieu de nous lancer dans des conjectures stériles reposant sur des informations insuffisantes !

– Que proposez-vous ? m'enquis-je, résistant à la tentation de faire remarquer qu'il était aussi porté à cette erreur que moi.

– Le plus important, c'est de trouver un moyen de communiquer avec Tarek. Il y a certainement des gens qui lui sont restés fidèles... un groupe d'opposants. Sans aucun doute, ce groupe est passé dans la clandestinité, mais nous devons trouver certains de ses membres et offrir notre soutien, en échange du leur. Nous avons des armes à feu, mais pas suffisamment. Il nous est impossible de délivrer les filles sans une aide extérieure.

– C'est le bon sens même, déclara Emerson en tirant des bouffées de sa pipe. Il est peut-être significatif que, cette fois, nos serviteurs ne comprennent aucun membre du bas peuple – les *rekkit*. La majorité d'entre eux soutiennent probablement Tarek, mais ils ne peuvent rien faire, et ce ne sera pas facile de les rencontrer. Vous vous rappelez les difficultés que nous avions eues la dernière fois pour obtenir l'autorisation de visiter leur village !

– C'est la seconde chose à faire, approuva Ramsès. Ou la première, en fait. Nous devons être libres d'aller et venir à notre guise. Cela signifie qu'il faut convaincre le nouveau régime que nous sommes de son côté. Père, pouvez-vous vous résoudre à vous montrer bien disposé envers le roi et envers Merasen ?

– Plus facilement que vous, je pense, répliqua Emerson en lui décochant un regard sévère.

– Cela ne devrait pas être trop difficile, murmurai-je d'un air pensif. Les gens qui aiment le pouvoir sont extrêmement sensibles à la flatterie.

– Je vous laisse le soin de la flatterie, dit Emerson. Ce que je vais proposer, c'est une compensation pratique : notre loyauté, manifestée en public, si nécessaire, en échange de l'autorisation de répertorier les bas-reliefs dcs temples et d'explorer les tombes.

– Toute personne qui connaît le Maître des Imprécations ne croira jamais qu'il puisse être déloyal envers un ami, ou qu'il accepte que sa fille lui soit retirée, déclara Selim, qui avait suivi la discussion d'un air renfrogné.

– Le roi ne me connaît pas, dit Emerson en essayant de prendre un air sournois.

– Il vous connaît suffisamment bien, de réputation, au moins, pour savoir que vous n'accepteriez jamais de rester ici indéfiniment, rétorquai-je. Vous devez lui demander quand nous serons autorisés à partir. Il mentira, bien sûr. Il lui est impossible de nous laisser partir, avec ou sans Nefret.

Cela provoqua un cri d'indignation unanime.

– Nous ne partirons jamais sans elle, bien sûr, dis-je impatiemment. Mais puisque nous ne pouvons pas imposer notre volonté, nous devons, pour le moment, faire semblant de croire tous les mensonges que l'usurpateur choisira de dire... particulièrement au sujet de Nefret. La Grande Prêtresse ne remplit pas ses fonctions pour la vie. Une fois qu'elle a choisi celle qui lui succédera...

– Savez-vous ce qui arrive à la Grande Prêtresse une fois qu'elle a renoncé à ses attributions ? demanda Ramsès doucement.

– Je le devine aisément. Il ne s'agit pas de cela, Ramsès. Je demanderai au roi si nous pourrons l'emmener une fois qu'elle aura désigné une autre jeune fille pour lui succéder, et il dira, oui, vous pouvez en jurer, et il mentira, et nous ferons semblant – vous avez compris ? – nous ferons semblant de le croire. J'essaie simplement de gagner du temps... suffisamment de temps pour trouver Tarek et imaginer un moyen de renverser l'usurpateur.

– Où est cet ami, ce Tarek ? demanda Selim.

– C'est une bonne question, fit Ramsès. Il doit se terrer dans un endroit qui est fortifié et/ou bien caché, sinon le roi l'aurait déjà écrasé, lui et ses partisans. On ne laisse pas une poche de rébellion couver si on peut facilement l'éradiquer. La difficulté, c'est que, lors de notre premier séjour, nous avions appris très peu de choses sur la cité et la région environnante. La plupart du temps, nous étions gardés prisonniers et surveillés de près.

– Vous pensez que Tarek sait que nous sommes ici ? demandai-je.

– Si ce n'est pas déjà fait, il l'apprendra très vite. L'usurpateur ne peut pas se servir de notre prestige sans annoncer notre présence. Toutefois, je ne compterais pas trop sur l'éventualité que Tarek soit en mesure d'arriver jusqu'à nous. Ce serait stupide de sa part de se risquer dans la cité alors que sa tête est mise à prix.

– Il nous faut plus d'informations, déclarai-je. Faisons savoir au roi que nous sollicitons une nouvelle audience. Nous lui présenterons une liste de nos demandes. Avant tout, nous exigerons de voir Nefret.

– Je partage votre inquiétude, Peabody, dit Emerson. Mais je pense que nous ne devrions pas faire le premier pas. Ce serait un manque de tact, particulièrement dans une société comme celle-ci.

Il se dirigea d'un air désinvolte vers le mur de droite et commença à examiner les bas-reliefs peints.

– Emerson, dis-je, si vous vous mettez à copier des inscriptions ou à prendre des notes, je vais... je vais...

– Vous feriez mieux de faire de même, répondit Emerson sans se retourner. Nous devons convaincre ce satané Zekare que notre fascination pour la civilisation de la Montagne Sainte est assez forte pour que nous nous rangions de son côté, du moins pour le moment.

– Vous avez raison, admis-je. Entendu, Emerson.

– Alors, quel est le plan ? demanda Daoud. Est-ce que j'ai le temps de finir mon repas ? Il y a d'autres plats ?

– Prenez tout le temps que vous voudrez, répondis-je en faisant signe aux servantes de remplir de nouveau nos assiettes en bois. Nous ne pouvons rien faire avant... demain, Emerson ? Je serai incapable de me maîtriser plus longtemps que cela !

– Mon Dieu, je ne m'attendais pas à vous voir manquer de patience à ce point, Peabody ! Et si vous faisiez l'une de vos fameuses listes ? Selim, auriez-vous la bonté de chercher nos carnets et tout ce qu'il faut pour écrire ? Je ne sais pas où ils ont rangé le restant de nos bagages, mais je suis sûr que l'une de ces ravissantes jeunes femmes vous montrera si vous le lui demandez gentiment.

Il fit un clin d'œil extrêmement vulgaire, et les lèvres de Selim esquissèrent un sourire entendu.

– Oui, Emerson. Je vais le lui demander très gentiment... avec des gestes, puisque je ne connais pas les mots.

– J'ai la certitude que les gestes feront l'affaire, dit Emerson. A présent, Peabody, libre à vous de faire des conjectures à cœur joie, puisque c'est tout ce que nous pouvons faire pour le moment. Peut-être un bref résumé incisif de la situation, pour commencer ?

– Ne me traitez pas avec condescendance, Emerson !

– Je n'oserais jamais, très chère.

– Eh bien..., dis-je. En résumé, voici les faits : Merasen a été envoyé non pas par Tarek mais par le nouveau roi, dont la position est moins stable qu'il veut nous le faire croire. Il avait promis à Merasen un rang plus élevé, peut-être même le statut d'Héritier Royal, si sa mission était couronnée de succès. Toutefois, cela semble une décision quelque peu insensible de la part du roi, de mettre ainsi en danger la vie de son fils en lui faisant faire un tel voyage.

– A moins qu'il en ait tellement qu'il lui soit possible d'en sacrifier quelques-uns, fit remarquer Ramsès cyniquement. Ce n'était peut-être pas aussi dangereux que Merasen l'a donné à entendre. Je ne doute pas que son escorte était plus importante qu'il ne l'a admis. Et il est fort possible que le roi ne mette pas toute sa confiance en lui. Je suis bigrement sûr que c'est le cas. Vous ne comprenez donc pas qu'il a certainement été élevé dans la maison de Tarek, où on lui a enseigné l'anglais... et d'autres choses ?

– Vous avez sans doute raison, dis-je. Ce garçon semble dépourvu des principes moraux les plus élémentaires. A présent il s'est allié à quelqu'un du monde extérieur... quelqu'un qui sait se servir d'une boussole et qui a monté une caravane. Le roi le sait-il, ou bien Merasen joue-t-il double jeu également avec lui ?

Selim revint en courant dans la pièce.

– Les fusils ! s'exclama-t-il. Les fusils ont disparu !

# 8

– C'est ma faute, dit Ramsès, les yeux baissés et la mâchoire crispée. J'ai insisté pour que nous ne portions pas d'armes en présence du roi.

– Non, c'est ma faute ! s'écria Selim. J'aurais dû monter la garde près des fusils.

– J'aurais dû leur jeter un sort ! beugla Emerson en agitant les poings.

Ils marchaient de long en large dans la pièce, se tordant les mains et se frappant la poitrine (au figuré, bien sûr), à l'exception de Daoud. Celui-ci était assis et attendait patiemment que quelqu'un dise quelque chose de sensé. Daoud m'était d'un grand réconfort.

– Cela ne sert à rien de pleurer ainsi. A chose faite point de remède, déclarai-je. Toutes les armes ont disparu ?

– Oui, répondit Emerson, tellement consterné qu'il ne se plaignit même pas que j'aie énoncé un aphorisme. Nous avions laissé nos fusils et nos pistolets dans nos chambres avec le reste de nos affaires personnelles. Ils ont dû les prendre la nuit dernière. Les armes restantes et la plus grande partie des munitions se trouvaient dans une seule caisse. J'avais vérifié que cette caisse se trouvait bien sur l'un des chameaux lorsque nous avons quitté l'oasis. A présent elle n'est plus ici, contrairement au reste de notre matériel – appareils photographiques, carnets, instruments topographiques.

– Parlez-vous des armes ? s'enquit Daoud.

C'était la première fois qu'il avait l'opportunité de placer un mot.

– Oui, gémit Selim. Toutes les armes. Fusils, pistolets, munitions.

– Pas toutes, fit Daoud. (Il glissa la main entre les pans de sa djellaba et en sortit un pistolet.) Le fusil est dans mon lit.

J'avais rarement vu trois hommes avoir un air aussi abasourdi – particulièrement ces trois-là.

Ramsès fut le premier à recouvrer sa voix.

– Daoud, vous êtes... vous êtes merveilleux ! Euh... dans votre lit ?

– Oui, fit Daoud d'un air surpris. C'est ce qu'on apprend aux soldats, j'ai entendu un officier le dire. « C'est votre fusil. Vous mangez avec, vous dormez avec. » Le fusil me gênait pour manger, aussi je ne l'emportais pas, mais j'ai mangé avec le pistolet et j'ai dormi avec les deux.

Emerson était bouche bée.

– Nom d'un chien ! Bien joué, Daoud ! Même si un seul fusil et un seul pistolet...

– Pourraient s'avérer très utiles, l'interrompis-je. Dans des circonstances qui sont pour le moment inconnues. Toutes mes félicitations, Daoud ! La perte des autres armes est malencontreuse, mais ainsi que Ramsès l'avait fait remarquer, nous n'aurions pas pu compter sur elles pour nous sortir de ce pétrin. Nous devons nous efforcer de faire contre mauvaise fortune bon cœur et serrer les dents, une attitude qui a fait notre réputation. Cela vous concerne également, Daoud, et Selim, bien sûr. Allez chercher les appareils photographiques et les carnets, s'il vous plaît. Nous allons suivre la ligne de conduite qu'Emerson avait suggérée si judicieusement.

Emerson retrouva un peu de son énergie.

– Par où commençons-nous ? demanda-t-il.

– Par un plan général de ce palais, répondis-je en lui adressant un clin d'œil et un signe de la tête. Y compris, bien sûr, les pièces de rangement et les quartiers des serviteurs.

Nous passâmes le restant de l'après-midi à cette tâche, prenant des notes abondantes et, de temps en temps, des photographies de n'importe quoi. Les serviteurs, qui s'étaient éclipsés précipitamment lorsque Emerson avait commencé à tempêter au sujet des armes disparues, réapparurent prudemment, et des yeux curieux suivirent le moindre de nos mouvements. Je ne manquai pas de leur sourire et de leur parler d'une manière agréable, et j'incitai mes compagnons à faire de même. L'une des jeunes femmes s'enhardit au point de nous suivre de pièce en pièce, mais, bien sûr, en se tenant à distance respectueuse.

Nos relevés furent extrêmement superficiels, puisque aucun des serviteurs n'était à même de juger de leur efficacité et que notre principal objectif n'était pas l'érudition. Certaines des pièces taillées dans la roche étaient de simples alcôves. Elles faisaient moins de deux mètres carrés de superficie et deux mètres de haut, contenaient uniquement de la poussière, et il y faisait très chaud. D'autres servaient de cuisines et de logements temporaires où dormaient les servantes.

Bien qu'aérées par un ingénieux système de puits de ventilation, et meublées, de façon pitoyable, de quelques nattes tressées et de corbeilles contenant des produits de beauté et des vêtements de rechange, elles n'étaient guère plus confortables que les pièces de rangement.

Nous regagnâmes la salle de séjour couverts de poussière, nos vêtements chiffonnés, et ruisselants de sueur.

– Bien, bien, dit Emerson en se frottant les mains. Plusieurs détails très intéressants, n'est-ce pas ? Ramsès, où en êtes-vous de ce plan ?

– Je vais demander qu'on nous apporte à boire, déclara Selim.

Et il le fit, s'adressant par gestes à la jeune femme qui nous avait observés avec le plus d'assiduité. Elle sembla n'avoir aucune difficulté à comprendre.

– Si vous voulez bien m'excuser, dis-je. J'aimerais faire un brin de toilette et ôter un peu de cette poussière.

– Revenez vite, dit Emerson. J'ai une petite surprise pour vous.

J'acceptai l'assistance de l'une des servantes, fredonnant un air plein d'entrain pendant qu'elle m'aidait à passer une robe propre et nouait une ceinture d'étoffe aux couleurs vives, rouge et bleu, autour de ma taille (j'ajoutai plusieurs épingles de sûreté le long du décolleté). Lorsque je revins dans la salle de séjour, Emerson se tenait les mains derrière le dos.

– Vous êtes ravissante, Peabody. Devinez ce que j'ai pour vous.

J'aurais souhaité être en mesure de dire la même chose à son sujet. Au moins il s'était lavé les mains, ce qui était préférable si ma supposition à propos de sa « surprise » était exacte. Cependant, je n'eus pas le cœur de la gâcher en devinant correctement. Le sourire qu'il s'était efforcé d'afficher durant tout l'après-midi commençait à laisser apparaître bien trop de dents.

– Je donne ma langue au chat, Emerson, répondis-je. Qu'est-ce que c'est ?

Je poussai un cri de joie de petite fille et je battis des mains comme Emerson sortait de derrière son dos... une bouteille de whisky.

– Je l'avais gardée pour une grande occasion, expliqua-t-il. Mais je pense que nous l'avons bien méritée ce soir. Ramsès ?

– Oui, Père, je vous remercie.

Selim et Daoud buvaient du thé. Selim avait certainement montré aux servantes comment le préparer et comment confectionner quelque chose qui ressemblait d'une façon très amusante à un plateau à thé. Les tasses ne comportaient pas d'anses et le pot était simplement cela... une cruche en terre cuite marron à la forme élégante, munie sur le bec d'un filtre en argile. Nous nous installâmes confortablement et Emerson leva sa tasse.

– A la fin couronnée de succès de notre quête ! annonça-t-il. Puis-je m'arrêter de sourire maintenant, Peabody ? J'ai l'impression que mon visage est paralysé.

– Essayez juste d'avoir l'air affable, mon cher. Vous vous êtes très bien comporté. Nous nous sommes tous très bien comportés, à mon avis. Notre petit numéro de cet après-midi devrait convaincre le roi que nous avons accepté la situation.

– Grrrr ! fit Emerson, s'oubliant un moment. Ramsès, avez-vous quelque chose à signaler ? Vous êtes resté très longtemps dans l'une de ces pièces sur l'arrière du palais.

– Celle-ci, répondit Ramsès en montrant un croquis. Il y a un banc en pierre le long d'un mur, rappelant une construction similaire dans l'une des pièces du palais où nous avions habité autrefois.

– Aha ! s'exclama Emerson. Le banc dont le dessus se soulevait pour donner accès aux passages souterrains ?

– Exactement. Malheureusement, bien qu'il y ait un creux identique sous le rebord de cette dalle, mes tentatives pour libérer le ressort ont été vaines.

Je reconnus, avec un certain regret, cette forme de parler pédantesque que Ramsès affectait dans sa jeunesse et qu'il avait presque surmontée. Il devait être encore plus inquiet que je ne m'en étais rendu compte. Pour ma part, j'avais quelque peu repris courage. Nous agissions... échafaudions des plans... prenions des mesures ! Ou peut-être était-ce le whisky.

– Buvez votre whisky, lui dis-je.

– Oui, Mère, répondit-il distraitement.

Il mangea très peu au cours du dîner. J'avais eu une idée qui, je le pensais, pourrait sans doute lui relever le moral, aussi la proposai-je.

– Lorsque nous verrons le roi, je lui demanderai de pouvoir rendre visite à Nefret. Les prêtresses sont cloîtrées, mais on me permettra peut-être de la voir, ce qui serait exclu pour un homme. Si le roi accepte – et je me montrerai très insistante – je pourrai vous informer, non seulement de sa santé et de son état d'esprit, mais aussi de l'endroit où elle se trouve.

– C'est une bonne idée, Mère, dit Ramsès, l'air, sinon réjoui, au moins légèrement moins sombre. Il est important que nous soyons en mesure de communiquer directement avec elle. Si je connais bien Nefret, elle ne se laissera pas faire. Persuadez-la de se montrer docile et dites-lui que nous faisons de grandes démonstrations de soumission afin de...

– Oui, mon cher garçon, c'est exactement ce que j'avais l'intention de lui dire.

Ramsès se consacra à son plan et Emerson et moi fîmes une petite promenade dans le jardin. C'était un endroit très agréable au crépuscule, avec des plantes grimpantes recouvrant les murs et un bassin bordé de carreaux bleus. Les fleurs de lotus s'étaient refermées en des boutons serrés, mais les feuilles vertes veloutées ondoyaient au gré d'un léger vent, répandant des gouttes cristallines aux formes aussi parfaites que des grains de mercure. Emerson est insensible à la beauté de la nature, et en cette occasion il consacra la plupart de son temps à examiner les murs. Il fut obligé de monter sur un banc en pierre afin de regarder au-delà, car les murs faisaient deux mètres cinquante de haut.

– Eh bien ? demandai-je. Y a-t-il des gardes ?

– Pas besoin de gardes. Il y a un à-pic de dix mètres, aboutissant à une ravine. Nous pourrions probablement descendre sans danger si nous avions des cordes ou quelque chose d'équivalent.

– Cela ne nous avancerait guère, à moins de savoir comment escalader l'autre versant, et où aller une fois en haut.

– Tout à fait, dit Emerson. Débarrassons-nous de ces satanées servantes, hein ?

Il le fit, avec des gestes péremptoires, puis il suggéra

de façon quelque peu explicite que les autres se retirent également.

– Emerson, dis-je comme il venait vers moi. J'espère que vous ne le prendrez pas mal, mais vraiment je ne suis pas dans une disposition d'esprit appropriée pour... euh... cela. Pas ce soir. Et pas avec cette barbe.

– Ma chère Peabody. (Il me lança un regard de reproche.) Ce n'était pas ce que j'avais en vue. Enfin... pour être sincère, j'y pense tout le temps, mais pour une fois ce n'était pas ma principale raison de vouloir être seul avec vous. Nous avons perdu Nefret. Je ne laisserai pas ces canailles vous enlever également.

Je pris ses mains qu'il me tendait.

– Mon cher Emerson. J'implore votre pardon.

– Vous l'avez. Euh... vous parliez sérieusement à propos de la barbe ?

Je le lui fis clairement comprendre.

La présence d'Emerson était un grand réconfort à tous égards, mais le sommeil ne me vint pas facilement, peut-être parce que j'essayais trop fort de m'endormir. Je voulais rêver d'Abdullah, non seulement dans l'espoir qu'il puisse avoir une suggestion utile, mais aussi parce que je commençais à redouter que cette merveilleuse vision ne se reproduise jamais... et que je ne puisse plus en tirer le réconfort qu'elle m'avait accordé.

J'étais dans cet état de mécontentement somnolent qui peut être plus fatigant que l'insomnie totale lorsqu'un léger bruit rompit le silence. Il y avait toujours au moins une lampe que l'on laissait brûler, afin d'éviter le travail fastidieux d'allumer un nouveau feu, ce qui était fait à l'ancienne façon. La lampe sur un support près du lit éclairait seulement une petite partie de la chambre et créait des ombres qui devenaient massives dans les recoins éloignés. Le bruit était venu de la porte. J'étais couchée sur le côté et tournée dans cette direction, mais le corps massif d'Emerson – allongé sur le dos, les bras croisés sur sa poitrine tel un pharaon d'autrefois – m'empêchait de voir la partie inférieure du rideau. Le bruit se reproduisit... Non, pensai-je, pas le même bruit. Le premier avait été sans doute un pas léger, le second était celui d'une respiration. C'était peut-être Ramsès, à la recherche d'intrus. Ou bien... s'agissait-il de l'intrus lui-même ? Mon cœur se mit à battre plus vite, sous le coup d'une vive émotion. Je ne bougeai pas, attendant que l'inconnu se glisse dans la chambre. S'ils s'attendaient à me trouver seule, ils avaient probablement envoyé un seul ravisseur. Je serais obligée d'enjamber Emerson et de chercher mon ombrelle, mais j'avais la certitude d'être à même de venir à bout d'un seul homme. S'ils étaient plusieurs, je devrais les repousser jusqu'à ce qu'Emerson soit complètement éveillé, ce qui prend toujours un bon moment.

Le sang guerrier des Peabody se réveillait dans mes veines, mais je me rappelai à moi-même que je ne devais pas agir à la hâte. Il était possible... pas probable, mais possible... que Tarek ait appris notre présence ici et qu'il essayait de communiquer avec nous comme il l'avait fait autrefois, secrètement et de nuit.

Qui que ce soit – ou s'ils étaient plusieurs intrus – ils... ou il... n'était pas pressé. Les secondes s'égrenaient. Le rideau fut écarté lentement et prudemment du mur de droite, et un ovale pâle apparut dans l'interstice, visible uniquement parce qu'il n'était pas aussi sombre que l'obscurité derrière lui. Un visage ! A l'évidence, c'était un visage, même si je ne pouvais pas distinguer les traits. Je sentis des yeux sur moi... des yeux qui brûlaient du fait de l'intensité de leur regard... j'entendis une autre respiration, plus forte que la première.

Emerson poussa un cri. « Peabody ! » Sa main tâtonna fébrilement, essayant de me trouver. C'était la mauvaise main. Je me trouvais de l'autre côté.

Le visage disparut, le rideau retomba. Je criai : « Crénom ! Réveillez-vous, Emerson ! » Esquivant ses bras qui s'agitaient, je bondis hors du lit et courus à la porte. J'arrivai trop tard. Rien ne bougeait dans la pièce éclairée par la lune.

– Des yeux brûlants, vraiment ! grommela Emerson. Vous avez admis que vous ne pouviez pas distinguer les traits de cet individu.

– J'ai senti les yeux, Emerson. Ramsès, puis-je avoir une autre larme de ce whisky ?

Réveillés par les cris d'Emerson et par les miens, les autres étaient accourus de leurs chambres pour nous trouver enlacés dans la salle de séjour. L'étreinte n'avait rien de sentimental. Convaincu que j'avais fait un cauchemar, Emerson s'efforçait de m'empêcher de donner de grands coups à la porte. Celle-ci était solidement fermée et ne bougeait pas, ainsi qu'il entreprit de me le démontrer.

Ramsès apporta la bouteille de whisky et nous nous assîmes pour parler de ce dernier incident.

– Vous avez rêvé, affirma Emerson. La porte est toujours verrouillée. Comment quelqu'un pourrait-il sortir par là ?

– En la verrouillant de nouveau après être sorti par

où il était entré ! aboyai-je. Je suis offusquée par votre sous-entendu, Emerson. Si vous pensez que je ne sais pas faire la différence entre un rêve et la réalité... Hummm.

Personne ne releva ma confusion momentanée. Ramsès passa ses doigts dans ses cheveux emmêlés et dit avec tact :

– Racontez à nouveau ce qui s'est passé, Mère. Dans le moindre détail.

Ce que je fis. J'estimai qu'il était préférable d'omettre l'adjectif qu'Emerson avait violemment récusé, mais je n'en démordis pas pour les yeux.

– Nous connaissons tous cette impression... celle d'être l'objet d'un regard intense, prolongé. Ce que j'ai vu était un visage réel, et une main réelle a écarté le rideau. Si Emerson ne l'avait pas fait fuir et s'il ne m'avait pas empêchée de poursuivre cet homme, j'aurais pu le rattraper !

– Dans ce cas il est bien que je vous aie empêchée de le poursuivre, dit Emerson. Vous croyez que vous auriez pu l'arrêter s'il avait l'intention de s'enfuir ? Vous n'aviez même pas votre ombrelle !

– Je n'ai pas eu le temps de la trouver.

– Oh, bah ! fit Emerson. Ils n'auraient pas envoyé un seul homme.

– Ils l'auraient fait si « ils » n'était pas le régime en place mais Tarek.

Ma syntaxe en général excellente souffrait d'une certaine contrariété devant le scepticisme affiché par Emerson. Néanmoins, tous comprirent ce que je voulais dire.

– Tarek et ses partisans se cachent quelque part, Peabody. Ce soi-disant visiteur est soi-disant parti par la porte de devant, laquelle est gardée par les hommes de Zekare.

– Soi-disant gardée, voulez-vous dire ?

Nous nous lançâmes un regard furibond, Emerson et moi.

– Ce n'était pas un rêve, dit Selim.

Il s'était mis à quatre pattes pour examiner le sol à l'extérieur de ma chambre. Il se releva et ouvrit sa main.

Blanc sur sa paume brune, il y avait un petit objet rond. Un bouton.

Lorsque nous nous installâmes autour des tables du petit déjeuner, Emerson but son café avec moins de plaisir que la veille.

– Cela prouve qu'ils ont des contacts avec le monde extérieur, déclara-t-il. Non seulement avec des endroits situés plus loin à l'ouest, mais avec des marchands qui font venir des produits de l'est.

– Nous avons une bien meilleure preuve, dis-je. La preuve d'un contact direct. Ils n'utilisent pas de boutons ici, et celui-ci provient d'une chemise d'homme. J'ai recousu un nombre suffisant des vôtres pour le savoir.

– Vous êtes absolument certaine que ce n'est pas l'un des miens ? demanda Emerson.

– Vous savez parfaitement qu'aucun bouton ne manque à vos chemises, ni à celles de Ramsès. Vous m'avez vue les examiner. De toute façon, celui que Selim a trouvé est un peu plus gros que le modèle normal. Je pense qu'il est de fabrication française ou allemande.

Emerson et Ramsès échangèrent des regards dubitatifs.

– Je ne comprends pas pourquoi vous répugnez tellement à accepter la vérité, dis-je avec exaspération. Il me semble que nous étions d'accord pour dire que, de toute évidence, Merasen avait un complice, lequel a commis les agressions sur nos hommes et l'a guidé jusqu'ici. Ce complice est toujours ici. C'est d'une logique imparable.

– La logique, bah ! fit Emerson d'un air maussade. Il ne s'agit pas nécessairement du même homme. Qui que soit cet individu !

– Le suspect le plus vraisemblable..., commençai-je.

Mais je fus interrompue par Ramsès.

– Excusez-moi, Mère, mais je ne vois pas l'utilité de faire des hypothèses à ce sujet. Ne devrions-nous pas nous préparer, si jamais le roi nous fait demander ?

– Oui, tout à fait, acquiesça Emerson. Mais nous devons avoir l'air surpris, et même peu empressés, lorsque cela se produira. Remettons-nous au travail.

Tandis que la matinée avançait sans le moindre signe du roi, je commençai à me demander si nous n'avions pas exagéré notre importance aux yeux du nouveau régime.

– Peu probable, dit Emerson, lorsque je lui fis part de mes réflexions. Le roi joue le même jeu que nous, et le premier qui approchera l'autre perdra la face. Vous voulez bien me donner ce papier à dessin, s'il vous plaît ?

Nous avions divisé nos forces, chargeant Ramsès de poursuivre son exploration des pièces sur l'arrière et espérant que nos activités fébriles retiendraient l'attention des servantes. A midi, nous avions attiré un large public, et je m'apprêtais à suggérer que nous nous arrêtions pour le déjeuner lorsqu'un remue-ménage se produisit à ce que nous avions décidé d'appeler la porte d'entrée. Celle-ci fut ouverte à la volée, et le comte Amenislo entra en trombe, si précipitamment que d'une poussée il écarta deux gardes. Sa perruque était de travers. Il se précipita sur Emerson et commença à le tirer par la manche.

– Vite ! Vite ! Venez ! Venez !

Emerson se détourna en prenant un air de dignité offusquée. Les mains grassouillettes d'Amenislo se retirèrent vivement comme si elles avaient été brûlées.

– Nous ne sommes pas aux ordres de subalternes, déclara Emerson. Nous sommes très occupés par notre travail.

Amenislo se laissa tomber à genoux et leva les mains.

– Le roi m'a envoyé vous chercher. Venez, vite ! (Il fronça les sourcils, comme s'il essayait de se rappeler un mot qu'il employait rarement.) Siplaît ?

– Je pense qu'il essaie de dire « s'il vous plaît », me dit Emerson. C'est déjà mieux. Mais devons-nous tergiverser encore un moment ? J'adore le voir dans tous ses états !

Amenislo poussa un gémissement.

– Je vais être puni...

– Cela me réjouirait encore plus d'assister à ça, fit remarquer Emerson. Oh, entendu !

Il poussa un hurlement qui fit sursauter le comte.

– Ramsès !

Ramsès arriva en courant.

– Tout va bien, mon cher garçon, dit Emerson. Je

n'avais pas l'intention de vous alarmer. Nous avons été invités à rendre visite à Sa Majesté.

Ramsès regarda avec étonnement Amenislo. Celui-ci faisait le tour de la pièce et essayait de nous pousser hors de la pièce sans oser nous toucher vraiment.

– Qu'est-ce qu'il a ? demanda Ramsès.

– Il n'arrête pas de nous dire de nous dépêcher, répondit Emerson, aussi immobile qu'une colonne.

– Oui, oui, se dépêcher, venir !

Son regard alla du visage impassible d'Emerson à celui tout aussi inexpressif du fils d'Emerson. En désespoir de cause, il essaya à nouveau le mot magique.

– Siplaît ? Siplaît !

Emerson condescendit à faire un pas vers la porte ouverte.

– N'oubliez pas votre ombrelle, Peabody, dit-il.

Je pris l'ombrelle, et le bras que m'offrait Ramsès, et nous suivîmes Emerson et le comte. Emerson marchait telle une personne suivant un cortège funèbre, à pas lents et traînants. Le comte gazouillait et mangeait ses mots.

– Il s'est produit quelque chose, dit Ramsès.

– Apparemment, répondis-je avec inquiétude.

Tourmenter Amenislo avait été très amusant, mais j'avais commencé à réfléchir à toutes les choses qui auraient pu mal tourner... pour nous. La capture de Tarek ? Quelque chose à voir avec Nefret ?

– Auriez-vous la bonté d'accélérer un peu le pas, Emerson ? dis-je.

La petite salle du trône était déserte. Il n'y avait même pas de gardes. Amenislo traversa la salle en hâte en nous faisant signe de le suivre. Alors que nous progressions à travers une succession d'antichambres et de petits couloirs, je commençai à entendre un bruit étrange... un murmure évoquant le bourdonnement amplifié d'un nid de guêpes. Ce bruit augmenta tandis que nous avancions, et atteignit son paroxysme alors que nous entrions dans la salle où le roi nous attendait.

Il n'était pas seul. Merasen était là, et d'autres qui portaient les insignes de personnes de haut rang. Plusieurs étaient revêtus du manteau plissé et blanc comme neige des prêtres. Zekare se tenait devant une large ouverture, semblable à une fenêtre ouverte avec un rebord arrivant à hauteur de la taille. Au lieu d'habits de cérémonie, il portait une chemise à manches longues et un kilt court, tous deux ornés de broderies aux couleurs vives. Une épée était glissée dans un fourreau fixé en travers de son dos.

Amenislo se jeta à terre et se prosterna. Le roi l'ignora comme s'il avait été un insecte. D'un geste autoritaire, il nous fit signe d'approcher.

L'ouverture me rappelait la Fenêtre de l'Apparition que l'on trouve dans les palais égyptiens, où le roi apparaissait à ses sujets en adoration et récompensait les hommes de mérite en leur donnant des colliers en or. Zekare s'écarta comme nous nous approchions.

En contrebas de la fenêtre, il y avait une cour, ou une place, pavée de dalles, d'où partait la route principale. La place et la rue, aussi loin que le regard pouvait porter, grouillaient de gens – des gens de toutes sortes, hommes, femmes et enfants, y compris un groupe des *rekkit* de petite taille et à la peau brune. Des mains brandissaient des pierres et des bâtons taillés en pointe, des éclats de voix retentissaient. Les mots étaient indiscernables, mais le ton était incontestablement hostile. La foule tanguait d'avant en arrière mais n'avançait pas, pour une très bonne raison : les lances et les flèches d'un détachement de soldats disposés en rangs compacts sous la fenêtre.

Lorsque nous apparûmes, la clameur inarticulée se tut. Un océan de visages se leva vers nous. (Une métaphore banale, je le reconnais, mais tout à fait adéquate.) Dans le silence, la voix de baryton du roi retentit.

– Ils sont venus, les Etres Supérieurs, ainsi que je l'avais promis. Maintenant rentrez chez vous.

Personne ne bougea. Le roi se mordit la lèvre de contrariété.

– Parlez-leur, ordonna-t-il. Dites-leur que vous êtes mes amis. Dites-leur de...

– Se disperser, dit Ramsès, avant que je puisse demander ce que ce mot signifiait.

– Certainement pas ! s'exclama Emerson. Bon sang, la nouvelle de notre présence s'est déjà répandue !

– Père, nous devons faire ce qu'il demande, dit Ramsès en hâte. Sans quoi, nous serons responsables d'un bain de sang. Il y a des femmes et des enfants dans cette foule.

– Oh, malédiction ! fit Emerson, quelque peu décontenancé. Vous avez raison, bien sûr, mon garçon. Parlez-leur. Je m'étranglerais sur les mots... même si je connaissais les mots à employer.

Ramsès se pencha par-dessus le large rebord de la fenêtre et leva les mains. Il n'était pas nécessaire de réclamer l'attention. Tous les regards étaient fixés sur lui. C'était comme si personne dans cet énorme rassemblement ne respirait.

Je ne compris pas tout ce qu'il dit, mais la teneur de ses paroles était claire. Il était le Frère des Démons... il montra d'un geste du bras le personnage extraordinaire sur le pylône, et toutes les têtes se tournèrent avec un bel ensemble vers celui-ci, puis se tournèrent de nouveau vers lui. Il était revenu avec les autres Etres Supérieurs afin d'apporter la paix et la prospérité.

– Rentrez tranquillement chez vous à présent, et personne ne sera blessé, conclut-il. Nous vous parlerons à nouveau.

– Très habile ! fis-je remarquer à Emerson. Il a soigneusement évité d'exprimer une quelconque loyauté envers le roi.

– Vraiment ? Je n'ai pas compris grand-chose à son discours.

– Il faut absolument que vous appreniez leur langue, dis-je d'un ton sévère. Ramsès, ils ne se dispersent pas. Quelle est la difficulté, à votre avis ?

– Je perçois un certain degré de scepticisme, répondit Ramsès sèchement. On peut difficilement les blâmer. Je ne ressemble pas beaucoup à cette caricature sur le pylône. Laissez-les mieux vous voir. Vous n'avez pas besoin de parler. Adressez-leur simplement un geste de la main royal et un gracieux sourire.

Il avait entièrement raison. Même ceux qui étaient suffisamment vieux pour se souvenir du « héros » âgé de dix ans avaient probablement du mal à reconnaître l'adulte. Pour ce qu'ils en savaient, il pouvait très bien être quelqu'un de leur peuple, un imposteur présenté par le roi. Mais lorsque Emerson s'avança vers la lumière éblouissante du soleil, tous les doutes furent dissipés. Il aurait été impossible d'imiter cette silhouette robuste et ces yeux bleu saphir (rendus avec exactitude sur le pylône). La foule qui retenait son souffle explosa en un grand cri, et lorsque je me penchai à la fenêtre et agitai mon ombrelle, une nouvelle acclamation s'éleva.

– Rentrez chez vous ! criai-je. Partez avec notre... euh... quel est le mot pour « bénédiction », Ramsès ?

Lentement, à contre-cœur, la foule se dispersa. La plupart des gens continuaient de lever les yeux vers la fenêtre. Certains pleuraient.

– A présent, déclara Emerson, avec un large sourire rusé, nous sommes dans une excellente position pour engager des négociations.

## Manuscrit H

Les négociations eurent lieu dans la petite salle du trône. Zekare avait convoqué tous les personnages importants, laïques et religieux – les grands prêtres d'Aminreh et d'Isis, le commandant de la Garde royale, le vizir, tout le ban et l'arrière-ban, comme la mère de Ramsès le fit remarquer plus tard. Et Merasen. Deux des hauts dignitaires étaient d'autres fils du roi, des hommes de haute taille à l'allure martiale qui semblaient plus âgés que Merasen. Tous avaient revêtu leurs plus beaux atours, les prêtres dans des tuniques plissées blanches comme la neige, le commandant coiffé d'un casque hérissé de plumes telle la queue d'un coq, et tout le monde tintant de bijoux en or et de larges cols ornés de pierres semi-précieuses.

Si le but recherché par le roi était d'impressionner les Emerson par la solidarité de sa clique, c'était plutôt raté. Les deux prêtres n'arrêtaient pas d'échanger des regards maussades – les deux clergés avaient toujours été rivaux – et le commandant ne quittait pas des yeux Emerson. Merasen allait et venait dans la salle, se pavanant et se vantant de l'exploit d'avoir ramené les Etres Supérieurs. Les deux princes plus âgés l'observaient tels des vautours.

Ramsès avait envisagé de se proposer comme interprète, ne serait-ce que pour le plaisir de remettre Merasen à sa place, mais il avait jugé plus judicieux de ne pas attirer l'attention sur sa maîtrise de la langue. Les gens sont portés à parler plus librement lorsqu'ils croient qu'on ne comprend pas ce qu'ils disent, et il voulait savoir si Merasen traduisait correctement leurs remarques, et les réponses du roi.

Emerson commença par faire un petit discours. Les Etres Supérieurs daignaient accepter l'hommage qui leur était dû. Les querelles mesquines entre des petits royaumes ne les concernaient pas. Ils recherchaient le savoir et étaient venus à la Montagne Sainte principalement afin d'exécuter des croquis et prendre des photographies. Merasen fut obligé de s'arrêter pour expliquer ce mot, mais, sinon, sa traduction était tout à fait rigoureuse. Il n'eut pas besoin de traduire la réponse du roi, laquelle consista en un hochement de tête vigoureux et en un large sourire.

Si cet individu pensait qu'il allait s'en tirer aussi facilement, il se trompait. Emerson en vint au point essentiel.

– Lorsque nous aurons terminé notre travail, nous rentrerons dans notre pays. Vous nous fournirez des chameaux et des hommes.

Cette fois, le hochement de tête fut moins vigoureux

et le sourire moins large. Merasen ajouta quelques mots en propre.

– Le roi espère que vous resterez longtemps.

– Puis-je poser quelques questions, Père ? s'enquit Ramsès.

Cela prit un moment. La traduction effectuée par Merasen des réponses du roi devenait de plus en plus inexacte, et le roi devenait de plus en plus agité. Aucun des personnages présents ne prenait une part active à cet échange, mais il y avait un certain nombre de mines renfrognées et de murmures.

La discussion prit fin brutalement lorsque le roi se leva.

– Nous reparlerons de ces questions. Vous pouvez partir maintenant.

Il sortit d'un air majestueux par l'une des portes masquées par un rideau derrière l'estrade.

– Je suppose que l'on nous congédie, fit remarquer Emerson. Qu'a-t-il dit que Merasen n'a pas pris la peine de traduire ?

– Vous avez un esprit médisant et soupçonneux, Père, répondit Ramsès. Je vous le dirai dès que nous serons entre nous.

Merasen avait quitté la salle à la suite de son père, et les autres commencèrent à se retirer, seuls ou deux par deux. Le commandant de la garde s'attarda et fit aligner ses hommes. Comme si une idée lui venait brusquement à l'esprit (ce qui était probablement le cas), Emerson s'approcha nonchalamment de lui.

– Bons, vos hommes, dit-il. Bon chef, vous.

Au lieu de s'incliner, l'homme se raidit et se mit au garde-à-vous, tel un subalterne à qui s'adresse un général.

– Je connais l'histoire, balbutia-t-il. La lance... elle a transpercé le corps et est ressortie de son dos d'une largeur de la main. Harsetef m'a raconté...

Le visage d'Emerson, qui n'avait compris que quelques mots, s'épanouit en entendant ce nom familier.

– Harsetef, oui. Mon ami. Il était présent.

– Mon ami, répéta le commandant. Vous lui avez sauvé la vie et les vies de son épouse et de son enfant.

Ramsès prit la liberté de traduire cela. Emerson eut un geste négligent de la main.

– C'était la moindre des choses. Comment se porte ce brave type ?

Alors que Ramsès essayait de trouver une traduction acceptable de cette expression idiomatique, l'un des princes revint dans la salle. Il aboya un ordre. Le commandant salua et commença à s'éloigner.

– Votre nom, mon ami ? s'enquit Emerson avec une superbe condescendance.

– Alare, Etre Supérieur.

Il salua Emerson comme il avait salué le prince, mains levées et tête inclinée.

Ramsès avait suivi cette scène avec un sentiment proche de la crainte. Son père était connu pour son tempérament fougueux et sa force physique. Il ne s'était pas vraiment rendu compte qu'Emerson était capable de tordre l'esprit d'un homme aussi efficacement que son corps.

– Bien joué, Père ! murmura-t-il, tandis qu'ils s'en retournaient vers leurs appartements.

– Diviser pour régner, mon garçon. J'ai décelé au moins quatre factions différentes dans cette salle. Si nous ne parvenons pas à les dresser les unes contre les autres, alors nous méritons de rester ici indéfiniment !

Je vais porter mes efforts sur les militaires, puisque... (Emerson toussa d'un air modeste) ... il semble que je jouisse d'un certain prestige parmi eux. Peabody...

– Le Grand Prêtre d'Isis, fut la prompte réponse. Apparemment, c'est un petit homme timide, et Nefret lui a été confiée.

– Et moi ? s'enquit Ramsès.

– Je m'en remets à vous, mon garçon. A l'évidence, les deux frères plus âgés de Merasen sont dévorés d'envie. Ce n'est qu'une suggestion, ajouta-t-il.

– Oui, Père.

Cette fois, Emerson ne lambina pas. Daoud et Selim mangeaient lorsqu'ils entrèrent dans la salle de séjour. Selim se leva d'un bond.

– Que s'est-il passé ? Est-ce que Nur Misur...

– Il ne s'agissait pas d'elle, répondit Ramsès en lui souriant. C'est une bonne nouvelle, en fait. Mère sera autorisée à la voir ce soir.

– Il me semblait bien que c'était ce qu'il avait dit, fit remarquer celle-ci. Mais j'ai eu l'impression très nette que Merasen ne rapportait pas tout de façon scrupuleuse.

Les servantes apportèrent d'autres plats... Daoud avait terminé le premier... et Ramsès raconta à Selim et Daoud ce qui s'était passé.

– On nous accorde une certaine liberté de mouvement... avec une garde d'honneur, naturellement.

– Vous n'avez pas abordé la question du village des *rekkit*, dit Emerson.

– J'ai pensé qu'il serait préférable que nous nous y rendions directement, jusqu'à ce que l'on nous en interdise l'accès.

Ramsès s'interrompit, le temps d'avaler une cuillerée de potage, puis il poursuivit.

– Vos paroles ont été très bien accueillies, Père. Je pense que Zekare va gober ça, parce qu'une loyauté désintéressée n'est pas une qualité à laquelle il croit ou à laquelle il s'attend.

– C'est une caractéristique que l'on rencontre fréquemment chez les tyrans, fit remarquer sa mère d'un ton sentencieux. Ils sont incapables de comprendre qu'un homme dont on peut acheter la loyauté est accessible à une offre supérieure.

Elle surprit le regard d'Emerson et poursuivit plus simplement.

– Les Grands Prêtres d'Aminreh et ceux d'Isis ont toujours été rivaux. Nous devrions être à même d'enfoncer un coin.

– Comme Père l'a fait avec le commandant de la garde, dit Ramsès. L'homme a manifestement une crainte respectueuse de lui. S'il est placé devant le choix d'obéir à son roi ou au grand et puissant Maître des Imprécations, il pourrait hésiter.

– Il n'hésitera plus lorsque j'en aurai terminé avec lui, affirma Emerson d'un air suffisant. Mais nous ne sommes pas encore au bout de nos efforts. Que diriez-vous d'une petite promenade ? Montrons-nous à notre public d'admirateurs. Incidemment, cela nous permettra de reconnaître le terrain.

– Qu'ont-ils dit d'autre ? demanda Selim. Est-ce qu'ils vont nous rendre Nur Misur ?

– Nous n'avons pas abordé cette question, répondit Ramsès. Un certain nombre d'équivoques subsistent. Nous avons mis fin à une émeute ce matin, mais il y a manifestement un très grand mécontentement parmi le peuple. Le roi veut que nous prenions un engagement solennel – au cours d'une grande fête publique, avec des cérémonies, des sacrifices, et Dieu sait quoi encore.

– Oui, j'avais compris cela, dit Emerson. Quand ?

– Il ne l'a pas dit.

– Raison de plus pour sortir et aller et venir, déclara Emerson. Je suis disposé à me montrer accommodant jusqu'à un certain point, mais je refuse catégoriquement de couronner cette canaille !

La porte d'entrée céda immédiatement au violent coup d'épaule d'Emerson. Les soldats de faction dans le couloir s'écartèrent pour les laisser passer, puis ils les suivirent. Quatre autres soldats les attendaient dans l'antichambre. Conduit par Emerson, le petit groupe, qui comprenait Daoud et Selim, arriva dans une pièce plus vaste, ouverte à l'air libre sur un côté, comme le *mandarah* des demeures des musulmans. Le flamboiement du soleil les éblouit.

Sur la suggestion de son père, Ramsès avait emporté un carnet à croquis et des crayons. Il s'appuya sur la balustrade et entreprit d'exécuter un plan sommaire de la zone avoisinante. Ce n'était pas une tâche facile, car la Cité de la Montagne Sainte était bâtie en partie à la verticale. Les flancs rocailleux des montagnes donnant sur la vallée avaient été taillés sur plusieurs niveaux afin de permettre la construction de temples et de maisons. Cela avait été une entreprise colossale, qui avait probablement pris des siècles... presque trente siècles, puisque les premiers émigrés étaient arrivés durant l'effondrement de la société égyptienne au dixième siècle avant J.-C. Des chemins et des escaliers sillonnaient les pentes. Nombre d'entre eux descendaient vers la grande route qui faisait le tour de cette extrémité de la vallée... un exploit technique d'une grande ampleur... taillée dans la roche solide des falaises, elle enjambait les plus petits ravins. Les Emerson se trouvaient dans la vallée où ils avaient séjourné autrefois. Ramsès eut l'impression de reconnaître le toit d'une maison. S'il parvenait à entrer dans cette maison, il connaissait l'accès aux passages souterrains dont les falaises étaient criblées. La cité visible était comme le sommet d'un iceberg, la plus grande partie étant sous terre.

– C'est ce que je pensais, déclara Emerson d'un air satisfait. Cette section n'est qu'une partie de la zone entourée par les falaises. La vallée s'étend plus loin vers le nord. Distinguez-vous quelque chose, Ramsès ?

– Difficilement, le soleil est trop éclatant. (Il s'abrita les yeux de la main.) Les falaises se referment, et ensuite... oui, elles s'ouvrent à nouveau. C'est trop loin pour apercevoir des détails. Il y a une étendue d'eau, et de la verdure au-delà du défilé, et ce qui ressemble à des vallées latérales ou à de grands ravins. Je ne vois aucun signe d'habitations.

– Je pense qu'elles sont groupées à cette extrémité, dit Emerson. Autour du palais royal et du temple. Vous pensez que Tarek pourrait se terrer quelque part dans ce secteur ? Une question pour la forme, ajouta-t-il avant que je puisse répondre. Nous aurions une vue plus précise avec des jumelles. Dommage que nous ne les ayons pas emportées !

Selim proposa d'aller les chercher. Lorsqu'il revint, sur la suggestion d'Emerson, il en donna une paire à

Ramsès. Celui-ci annonça son intention d'aller plus loin sur la route avant de les utiliser.

De grandes marches plutôt escarpées descendaient vers la route. Quatre des gardes se mirent précipitamment devant Emerson, et les quatre autres suivirent le groupe. Lorsqu'ils arrivèrent au bas de l'escalier, Emerson demanda :

– Alors, Peabody, dans quelle direction ? A droite ou à gauche ? Ou bien est-ce que nous voyons si l'on nous permet de descendre jusqu'au village ?

– A gauche, fut la réponse immédiate. Nous ne sommes jamais allés au nord du Grand Temple, et, ajouta-t-elle avec un sourire, Selim sera ravi de le voir.

C'était le moment le plus chaud de la journée, l'heure où les gens de bon sens dans les climats chauds se reposent à l'ombre. Quelques personnes seulement étaient dehors. Un groupe des *rekkit* de petite taille à la peau brune travaillait à la réfection d'un pan de la chaussée à droite de l'escalier. Aucun repos pour eux malgré la chaleur, pensa Ramsès. La chaussée devait être continuellement entretenue. Inadmissible que le porteur d'une litière trébuche et fasse brinquebaler son maître ou sa maîtresse !

Emerson fit halte brusquement.

– Colliers de perles ! cria-t-il.

Ramsès réprima une horrible envie d'éclater de rire.

– Père, je pense que vous voulez dire *meri*... ami... et non *meni*.

– Cela a attiré leur attention, fit Emerson, aucunement décontenancé.

Les travailleurs avaient lâché maillets et burins. Lorsqu'il vit leurs expressions tandis qu'ils levaient les yeux vers Emerson, Ramsès n'eut plus envie de rire. Ils baissèrent la tête et un léger murmure s'éleva.

Comprenant que son père s'apprêtait à faire un discours, Ramsès dit précipitamment :

– Nous ferions mieux de continuer, Père. Je n'aime pas la façon dont les gardes tiennent leurs lances.

– Je pensais que je pourrais leur dire quelques mots, fit Emerson. Et peut-être poser une ou deux questions sur...

– Nous ne devons pas fomenter la discorde. Pas pour le moment. (Ramsès connaissait ce froncement de sourcils féroce, et il fit appel à l'autorité suprême.) N'êtes-vous pas de cet avis, Mère ?

Sa mère se tapota le front et les joues avec un carré de lin.

– Tout à fait. Venez, Emerson. Le roi ne peut pas s'opposer à ce que nous nous montrions aux ouvriers, mais une conversation prolongée aurait probablement pour résultat un châtiment pour eux et l'emprisonnement pour nous.

Elle prit son bras et ils s'éloignèrent. Le léger murmure les suivit. C'était une seule phrase, répétée maintes et maintes fois. « Les amis. Les amis. »

Le palais royal s'étendait au long, au sommet et autour du coteau, ensemble énorme et disparate d'édifices qui avaient été ajoutés les uns aux autres durant des milliers d'années. De l'extérieur, il était impossible de se faire une idée du plan intérieur, car les salles s'étendaient loin au sein de la falaise. Les appartements des Emerson étaient situés à l'extrémité sud. La façade centrale, à laquelle on accédait par un escalier bordé de sphinx, était fortement gardée. Tous les canards et les oies du coin avaient dû être dépouillés des plumes de leur queue pour garnir les tenues de ces gardes-là. A l'évidence, plus il y avait de plumes, plus le rang était élevé.

La Fenêtre de l'Apparition et la place en contrebas se trouvaient du côté nord, faisant face au Grand Temple. Selim, qui marchait avec Ramsès, s'arrêta brusquement à la vue de ses obélisques, des mâts de drapeau aux pointes en or, et des personnages gigantesques peints sur les pylônes.

– On dirait Thèbes aux jours glorieux des pharaons, dit-il dans un souffle.

– Pas vraiment, répondit Ramsès. Cette cité n'est qu'une pâle imitation de Thèbes dans sa toute splendeur. Regardez plus attentivement les peintures.

Après un moment de stupeur, les yeux en boules de loto, Selim éclata de rire si violemment qu'il fut obligé de s'asseoir sur la chaussée.

– Je ne vois pas ce qu'il y a de si drôle, dit Emerson, qui avait examiné son image avec un sourire suffisant.

– Ramsès ! s'étrangla Selim. C'est bien Ramsès, n'est-ce pas ? Le nez... le nom...

Le nom était là, sans aucun doute, dans une inscription derrière le petit personnage peu flatteur. « Ramsès, l'Etre Supérieur, qui parle au nom du dieu, donne le souffle de vie à Sa Majesté. » Quand on y regardait de plus près, les modifications dans les cartouches royaux étaient évidentes. Elles avaient été effectuées à la hâte et plutôt maladroitement.

– Vous êtes trop malin, Selim, cela vous perdra ! fit remarquer Ramsès.

Il entreprit de traduire les inscriptions qui identifiaient son père.

– « L'Etre Supérieur, le Maître des Imprécations,

frappe les ennemis de Maat ». Ils ont transcrit « Emerson » en lettres de l'alphabet... *m* oiseau, *r*, le *s* horizontal, poulet, le signe de l'eau. Vous avez le déterminatif de la noblesse, Père.

– C'est ce que je vois, dit Emerson, ravi.

Le déterminatif, celui d'un homme marchant à grandes enjambées et tenant un long bâton, faisait plus de trente centimètres de haut. Comme l'image plus grande, il avait des yeux bleus.

– Hummm, fit son épouse, qui avait essayé de lire sa propre inscription.

– Bon sang, les hiéroglyphes sont très différents de ceux d'Egypte, non ? Ramsès, pouvez-vous les déchiffrer ?

– Pas aussi bien qu'oncle Walter, mais je m'en souviens un peu. Vous êtes l'incarnation de Sekhmet, se battant en faveur du roi avec son...

– Crénom ! s'exclama Emerson. Ne me dites pas que...

– Je n'en suis pas bien sûr, mais on dirait qu'ils ont essayé d'épeler le mot anglais selon la consonance qu'il avait pour eux, comme votre nom. (Il ajouta en grimaçant un sourire :) Le déterminatif est incontestablement un pare-soleil.

– Il faut absolument prendre des photographies ! s'écria Selim en se levant d'un bond. Et faire des copies ! *Wallahi*, David n'est pas avec nous !

– Nous ferons de notre mieux, dit Ramsès.

Même s'il ne leur serait jamais possible de montrer à quiconque copies, dessins et photographies, ces documents enrichiraient magnifiquement les archives de la famille.

– Mais pas maintenant, déclara-t-il. Père, et si nous

nous séparions ? Mère et vous, continuez, jusqu'au bout de la chaussée si cela ne représente pas une marche trop longue. Aucun de nous n'était jamais allé au-delà du temple. Quant à moi, je vais repartir dans l'autre direction.

– Afin de jeter un regard sentimental à notre ancienne demeure ? s'enquit son père. Excellente idée, mon garçon. Nous pouvons reconnaître plus de terrain de ce côté. Ne faites rien d'irréfléchi.

– Ha ! fit la mère de Ramsès d'un ton mordant. Selim, accompagnez Ramsès. Rejoignez-nous à nos appartements dans... une heure, disons ?

Les *rekkit* n'étaient plus là lorsque Ramsès et Selim repassèrent à l'endroit où ils avaient travaillé. Suivis de la moitié de leur escorte initiale – les quatre autres avaient accompagné ses parents et Daoud – ils continuèrent et longèrent la face sud des falaises. Un grand nombre de nouvelles constructions étaient en cours : des temples et des sanctuaires, à en juger par leur aspect. Des ouvriers s'activaient sur le devant d'un pylône à moitié construit et d'autres tiraient des blocs de pierre depuis une carrière en contrebas de la route. Les fouets des surveillants se levaient et s'abattaient.

Une villa spacieuse, située au-dessus d'eux, était celle que Tarek avait occupée lorsqu'il était prince héritier. Quelqu'un d'autre habitait là à présent. Deux gardes paressaient à proximité des marches. Leur précédente demeure, un peu plus loin, était manifestement abandonnée. Ramsès la reconnut d'après les statues le long de la terrasse, bien que Bastet ait perdu sa tête et que Sobek soit tombé de son socle. Les plantes en pots étaient mortes.

Il gravit les marches brisées, Selim à ses côtés et

les gardes sur ses talons. La porte d'entrée était grande ouverte. Du sable apporté par le vent et des feuilles de palmier desséchées jonchaient le sol de l'antichambre. Un rideau en lambeaux pendait de la porte au-delà.

Il se retourna et s'adressa au garde le plus proche.

– Personne ne vit ici à présent ?

– Non, Etre Supérieur. Comme vous le voyez.

– La maison n'est pas gardée ?

– A quoi bon garder une maison vide ?

Ramsès le considéra plus attentivement. Le ton insolent lui rappela Merasen. Il y avait également une ressemblance physique. Cela ne signifiait pas nécessairement qu'ils étaient apparentés. Il y avait tellement de mariages consanguins parmi la haute société, c'était même surprenant qu'ils puissent encore se reproduire, et à en juger par la quantité de plumes ornant son bonnet et la grosseur de son bracelet en or, l'homme était un officier de haut grade. Uniquement le gratin pour nous, songea Ramsès. A haute voix, il dit d'un ton sévère :

– Lorsque je pose une question, vous répondez seulement par oui ou par non.

Le léger sourire de l'homme s'estompa.

– Je... Oui, Etre Supérieur.

– Est-ce que nous entrons ? demanda Selim. Il n'y a pas de lumière, et je n'ai pas emporté de torche électrique.

– Moi non plus. Non, ce n'est pas nécessaire.

Ils continuèrent de marcher et parcoururent environ deux kilomètres. Les maisons devenaient plus rares ici, toutes étaient inoccupées, et le revêtement de la route commençait à se détériorer. Ils se dirigeaient presque plein ouest à présent tandis que la route décrivait une courbe et descendait. Les hommes qui les précédaient ralentirent le pas puis s'arrêtèrent... et la route s'arrêtait également là. Elle se terminait brusquement sur une brèche déchiquetée.

Ils étaient arrivés au défilé. En face, de l'autre côté d'un fossé de quinze mètres de long, il y avait l'autre extrémité de la route. Selim poussa une exclamation.

– Autrefois, la route franchissait ce ravin, Ramsès, vous voyez ? En contrebas, il y a les vestiges des contreforts qui soutenaient une grande arche de pierre. Quels ingénieurs ils étaient ! Mais plus maintenant. La brèche n'est pas récente et ils n'ont pas réparé le pont.

– Je doute qu'ils aient la main-d'œuvre ou la volonté nécessaires. (Ramsès sortit ses jumelles.) Vous avez raison, Selim, comme d'habitude. La plus grande partie du défilé est obstruée par d'énormes blocs de pierre taillée, les ruines du pont et des contreforts.

Il examina minutieusement les moellons, impressionné par la grosseur des blocs de pierre. A une certaine époque, les ouvriers de l'Oasis perdue avaient quasiment égalé le savoir-faire des bâtisseurs de pyramides.

– Il y a une trouée... à peine quatre mètres de large... qui a été comblée avec des blocs de pierre plus petits et plus grossiers. Si Tarek se trouve là-bas, ce n'est pas étonnant que l'usurpateur n'ait pas réussi à le débusquer.

– Mais lui-même ne peut pas sortir, fit remarquer Selim avec perspicacité. Il y a des soldats en contrebas. Beaucoup de soldats.

Et un rempart, solidement bâti, qui formait un deuxième mur en travers de la partie intérieure du défilé. Selim avait raison. Aucun des deux camps ne pouvait faire rouler les blocs de pierre qui obstruaient le défilé sans s'exposer au tir de leurs adversaires. Les parois rocheuses de chaque côté étaient abruptes, et les hommes de la Montagne Sainte étaient d'excellents archers.

Ils rebroussèrent chemin. Le soleil baissait et il y avait davantage de gens sur la route, certains à pied, plusieurs dans des litières fermées par des rideaux que portaient les robustes *rekkit*.

« L'ami », c'était le nom que les *rekkit* avaient donné à Tarek lorsque celui-ci œuvrait en secret à leur libération avant de revendiquer le trône. Il avait eu l'intention d'améliorer leur sort, leurs conditions de vie, et de leur accorder un certain degré de liberté. Ramsès était certain qu'il avait tenté de le faire. Tarek était un homme de parole, et – que Dieu lui vienne en aide ! – un idéaliste.

Un avant-goût de la liberté donne à un homme l'envie d'obtenir davantage. Ce début d'émeute avait été un signe encourageant. Les *rekkit* n'avaient jamais eu le courage de se révolter auparavant, et ils n'étaient pas les seuls à ne pas aimer le nouveau régime. Dans la foule il y avait eu des gens appartenant à d'autres catégories sociales, des artisans et des scribes. Mais, sans armes et sans chef, ils ne pouvaient rien faire. Etait-il possible de... Ne sois pas stupide, se dit Ramsès. Tu n'es pas un agitateur, tu n'en as pas la capacité.

Son père, par contre...

# 9

Les explorations de l'après-midi me firent clairement comprendre à quel point notre connaissance de la topographie de la Montagne Sainte avait été limitée. Nous n'avions pas été autorisés à reconnaître le terrain lors de notre séjour précédent, et notre départ avait été précipité et inopiné. Quel endroit étonnant c'était, et quels grandioses ouvrages d'art les hommes de jadis avaient conçus ! La majesté naturelle des falaises abruptes enserrait les vestiges d'une civilisation avancée et raffinée – de superbes villas et des jardins luxuriants, des temples imposants, et la grande route elle-même, un exploit technique considérable, car elle avait été creusée dans la face verticale de la falaise et enjambait avec majesté les ravines grâce à des ponts dont les soutènements reposaient sur d'énormes blocs de pierre taillée.

C'était, me remémorai-je, une civilisation qui reposait sur l'esclavage. Combien de vies avaient été sacrifiées afin de rendre la grande route confortable aux pieds chaussés de sandales de la classe dirigeante ?

Toutefois, les signes de décadence étaient visibles. Beaucoup de ces ravissantes demeures étaient inoccupées. Tandis que nous marchions, répondant gracieusement aux salutations respectueuses des gens que nous croisions, la route décrivit une courbe, longeant les falaises, et commença à descendre jusqu'à ce qu'elle ne soit plus qu'à dix ou quinze mètres au-dessus du fond de la vallée. Emerson ralentit le pas.

– Tiens, tiens, fit-il remarquer. Je pensais bien que nous allions rencontrer quelque chose comme cela.

« Cela » était un détachement de soldats disposés en ordre militaire en travers de la route. Emerson marchant en tête, nous continuâmes d'avancer vers eux et fîmes halte seulement lorsque nous fûmes nez à nez avec le premier rang. Emerson les héla d'un ton jovial.

– Salut à tous ! Ecartez-vous... (Il fit un grand geste de la main.) Laissez passer les Etres Supérieurs.

Il s'ensuivit une certaine agitation. Certains des hommes s'inclinèrent devant nous, d'autres échangèrent des regards inquiets, quelques-uns brandirent leurs lances d'un air hésitant. Finalement, l'un d'eux s'avança.

– Les Etres Supérieurs ne peuvent pas continuer, dit-il lentement. La route s'arrête ici.

Aucun d'eux ne protesta lorsque Emerson indiqua que nous voulions nous en assurer par nous-mêmes. Une barricade grossière avait été érigée à l'endroit où se terminait la chaussée, et c'était une précaution utile, car il y avait un à-pic vertigineux. Emerson se pencha dangereusement par-dessus la barricade et regarda en contrebas. « Tarek ? » demanda-t-il en montrant du doigt le défilé étroit qui était comblé de pierres jusqu'à une hauteur de trois mètres cinquante. Le soldat lui lança un regard soupçonneux et ne répondit pas. A en juger par la grosseur de son bracelet en or, l'homme était un officier subalterne, l'équivalent d'un lieutenant. Nous l'avions mis dans une situation délicate, et il se gardait bien de dire ce qu'il ne fallait pas.

– C'est certainement ça, me dit Emerson.

Il sortit ses jumelles et scruta longuement et tranquillement le défilé et les environs. Un murmure de curiosité et d'alarme s'éleva de la part des soldats qui l'observaient, et l'officier osa s'adresser à Emerson.

– Qu'est-ce que c'est ? Que faites-vous ?

Avec un sourire engageant, Emerson tendit les jumelles à l'officier. Celui-ci eut un mouvement de recul.

– C'est de la magie, déclara Emerson. Notre magie. Vous êtes... vous avez... Au diable cette satanée langue ! Peabody, dites-lui que la magie sera sans danger pour lui car je peux l'ouvrir et la fermer selon mon gré.

Le jeune homme n'était pas un lâche. Il était clair qu'il était persuadé qu'il prenait sa vie aussi bien que les jumelles dans ses mains, mais une fois qu'il les eut placées devant ses yeux, la fascination l'emporta sur la peur.

– C'est pour voir très loin ! s'exclama-t-il. Cela peut voir jusqu'où ?

– De nombreux miles, répondis-je. Jusqu'au ciel et vers l'autre monde. Mais uniquement pour ceux qui connaissent toute la magie. Ce serait dangereux pour vous de voir aussi loin.

Nous nous attardâmes un moment, bavardant et répondant aux questions des plus courageux. Ils avaient abandonné toute discipline militaire pour se presser autour d'Emerson, lequel se délectait de leur admiration empreinte de respect. De façon ou d'autre, je ne fus pas surprise lorsque l'un d'eux évoqua le récit du puissant jet de la lance qui avait transpercé le corps d'un homme robuste. Emerson arbora un grand sourire et tendit la main. Les soldats se bousculèrent entre eux dans leur désir de lui donner une lance.

– Emerson, dis-je, effrayée. Vous n'allez pas...

– Pour qui me prenez-vous, ma chère ? Je ne pense pas que je serais capable de renouveler cet exploit, de toute façon, admit-il. J'étais très en colère l'autre fois.

Il ramena son bras en arrière, raidit ses jambes et carra les épaules, prit une inspiration si profonde que deux boutons sautèrent de sa chemise, et il jeta la lance. Elle vola au-dessus de la brèche et tomba bruyamment sur la route de l'autre côté.

Durant plusieurs secondes, il n'y eut aucun bruit, même pas celui d'une respiration. Puis tous se mirent à pousser des cris de joie.

– Ouf ! fit Emerson.

– J'espère que vous ne vous êtes pas démis l'épaule à nouveau, fis-je remarquer. Emerson, je sais que vous vous amusez énormément, mais nous devons rentrer. Je ne veux pas donner à Zekare un prétexte pour m'empêcher de voir Nefret.

– Je n'ai pas fait cela pour me donner des airs, Peabody, dit Emerson d'un ton de reproche, une fois que nous eûmes pris congé cordialement de nos nouveaux amis.

– Je sais, très cher, répondis-je, et je lui donnai une tape sur l'épaule.

Lorsque nous arrivâmes à la maison, les autres nous attendaient, et nous entreprîmes immédiatement de comparer nos notes.

– La seule façon de descendre vers le fond de la

vallée et les baraquements de ce côté du défilé, c'est un escalier sur le côté ouest, dit Emerson. Très étroit, très escarpé. Facile à défendre.

– Il y a d'autres escaliers conduisant au palais et à la Grande Route, fit valoir Ramsès. A proximité du village.

– Le même problème, dit Emerson en regardant, les sourcils froncés, la feuille de papier sur laquelle il avait dessiné un plan sommaire. Une attaque en force à n'importe lequel de ces points est impossible.

Ramsès repoussa la feuille de papier.

– Tarek le sait certainement. Excusez-moi, je ne parviens pas à porter mon attention sur une quelconque stratégie. Vous êtes censée voir Nefret ce soir, Mère. Bon sang, pourquoi ne viennent-ils pas vous chercher ?

– Ils n'ont pas précisé l'heure. Allons, mon cher garçon, ne vous inquiétez pas. Nous n'avons aucune raison de supposer que le roi ne tiendra pas sa promesse. Ah... il me semble entendre l'escorte approcher.

## Manuscrit H

– Oui, je l'ai vue.

Sa mère était partie depuis moins d'une heure. Elle posa son ombrelle avec un soin exagéré.

– Emerson, peut-être une larme de whisky..., ajouta-t-elle.

Emerson resta figé sur place.

– Pour l'amour du ciel, Amelia, elle n'est pas... elle ne peut pas être...

– Non, Emerson, non. Je n'avais pas l'intention de vous effrayer. Merci, Ramsès. (Elle but une gorgée revigorante.) Cela pourrait être pire. Infiniment pire. Laissez-moi vous faire un récit succinct, si vous voulez bien. J'ai besoin de mettre de l'ordre dans mes idées. Je n'ai pas encore assimilé tout à fait ce que j'ai vu.

– Cessez dc tergiverser et racontez-nous ! demanda vivement Emerson, soulagé et rassuré.

En ce qui le concernait, le seul adversaire qu'il ne pouvait pas battre, c'était la mort elle-même, et si Emerson n'était pas disposé à quitter ce monde, la Sinistre Faucheuse aurait un rude combat à livrer. Ramsès aurait voulu être aussi confiant. Il avait rarement vu son imperturbable mère aussi perturbée.

– Prenez votre temps, Mère, dit-il.

Elle s'adossa aux coussins.

– Ainsi que vous le savez, je m'étais attendu à ce que l'on me conduise à la demeure de la Grande Prêtresse. Au lieu de cela, ils m'emmenèrent dans un temple plutôt petit, situé au-dessous et au sud du palais. Pas le Grand Temple. La déesse a un sanctuaire là-bas, comme vous vous en souvenez certainement. Celui-ci était un autre sanctuaire, qui lui est entièrement consacré. Toutefois, le rituel auquel nous avions assisté jadis était le même. Les suivantes dansaient et tournoyaient, et la Grande Prêtresse, ses habits brillant de fils d'or, se joignit à leur danse et prononça les invocations. Elle a déposé des offrandes de fruits et de fleurs devant la statue – une très belle statue, soit dit en passant – puis elle est partie précipitamment, escortée par ses suivantes. J'ai essayé de la suivre, mais les deux femmes qui m'avaient conduite là m'ont retenue, poliment mais tout à fait fermement. Toutes deux étaient solidement bâties, et j'ai compris qu'il était inutile de résister.

Elles m'ont emmenée, m'ont fait remonter dans la litière et m'ont accompagnée jusqu'ici.

Elle but une autre gorgée de whisky, et Ramsès dit doucement :

– Revenez un peu en arrière. Le sanctuaire se trouve à proximité du palais ? A quoi ressemblait-il ? Où étiez-vous ? Assise, debout, à quelle distance de la statue ?

Elle lui adressa un petit sourire triste.

– Mon Dieu, je n'ai pas été aussi cohérente que je le pensais, n'est-ce pas ? Bien. La statue se trouvait à une extrémité de la salle, qui était assez petite : cinq mètres sur sept, je dirais. J'étais de l'autre côté, derrière une rangée de colonnes... des colonnes en forme de lotus. On avait apporté un fauteuil pour moi. Il y avait des lampes près de la statue, mais aucune là où j'étais assise. C'était un endroit très joli, presque accueillant en comparaison du Grand Temple. La statue brillait dans la lumière des lampes. Elle était en or pâle... avec un alliage en argent assez important, à en juger par son aspect. La déesse était debout, les mains le long de son corps.

– Bien observé, dit Ramsès.

– Comme c'est aimable à vous de le dire, répliqua-t-elle vivement comme à son habitude.

Sa mère n'appréciait guère la condescendance bienveillante, surtout venant de lui.

– Continuez, l'encouragea Emerson.

– Certainement. Il y avait des portes masquées par des rideaux, de part et d'autre de la statue. J'étais quelque peu déconcertée par l'ambiance, mais je m'attendais néanmoins à ce que Nefret franchisse l'une de ces portes et vienne vers moi. Au lieu de cela, les suivantes ont surgi brusquement, agitant leurs crécelles et leurs sistres, tournoyant et chantant. Nefret a été la dernière à apparaître. Cela semblait grossier d'interrompre la cérémonie, mais lorsqu'elle est partie, sans même m'adresser un regard, je dois avouer à ma grande confusion que je... euh... que j'ai un peu perdu la tête.

– Comment savez-vous que c'était Nefret ? demanda Ramsès. Je présume que toutes les jeunes femmes étaient voilées, y compris la Grande Prêtresse.

– Vous avez raison. Mais, mon cher garçon, je n'aurais pu la confondre avec quelqu'un d'autre. Je connais sa façon de se déplacer, et ces petites mains, tellement plus claires que celles des autres jeunes femmes, et la vision momentanée de ces cheveux roux doré...

Sa voix se fit hésitante.

– Oui, très bien, dit Ramsès en hâte. Cela a dû être pénible de la voir et de ne pas pouvoir lui parler, ou même d'obtenir un simple regard complice, mais elle ne savait peut-être pas que vous étiez là.

– Ce n'est pas ce qui me préoccupe. Elle... Oh, mon Dieu ! C'est difficile à expliquer. Elle n'a pas eu un seul moment d'hésitation durant cette invocation compliquée. Chaque pas était assuré, chaque mot exact. C'était comme si quelque chose ou quelqu'un d'autre la contrôlait.

– Bon sang ! s'exclama Emerson. Que suggérez-vous ?

– Un *afrit*, peut-être, dit Daoud, toujours serviable. (Il était le seul à ne pas avoir manifesté de signes de consternation en écoutant cette description horriblement évocatrice.) Vous le chasserez, Maître des Imprécations, lorsqu'elle nous sera rendue.

– Oui, oui, certainement, marmonna Emerson.

– Ça suffit ! dit Ramsès avec colère. Tout le monde ! Réfléchissez, Mère. Comment savez-vous qu'elle a accompli la cérémonie correctement ? Des années ont passé depuis que vous l'aviez vue dans des circonstances semblables. Pour ce que vous en savez, elle a très bien pu improviser.

– C'est difficile d'improviser une danse aussi compliquée, répliqua sa mère en faisant preuve de bon sens, comme toujours. Les jeunes femmes ne se sont heurtées entre elles à aucun moment. Cependant... vous avez raison de me rappeler que nous ne devons pas céder à la superstition.

– Et Daria ? demanda Ramsès. Etait-elle présente ?

– Ma foi, non, maintenant que vous en parlez. A moins qu'elle ait été l'une des danseuses.

– C'est fort improbable. Les suivantes sont choisies parmi les jeunes filles de haute naissance de ce pays, et elles suivent une formation très rigoureuse pendant un certain temps, déclara Ramsès. Je pense qu'ils ont enlevé Daria uniquement parce qu'elle se trouvait avec Nefret, et ils ne voulaient pas laisser de témoins. Nous ne pouvons pas abandonner cette fille, Mère. Nous l'avons amenée ici, et elle est placée sous notre responsabilité.

Son père faisait les cent pas dans la pièce.

– Personne n'a l'intention de l'abandonner, Ramsès. Nous devons voir le roi à nouveau et exiger de parler à Nefret.

– Nous pouvons essayer, dit Ramsès. Mais c'est un sacré roublard. Il avait dit que Mère pourrait voir Nefret et, de fait, elle l'a vue. Il cherchera à gagner du temps, tergiversera et tardera à donner une réponse.

Sauf votre respect, Daoud, je ne crois pas aux *afrit*, mais cette histoire ne me plaît pas du tout. Il faut que nous parlions à Nefret le plus tôt possible.

Emerson cessa de faire les cent pas et lui décocha un regard perçant.

– Comment ?

– J'ai une idée.

Pour ma part, j'avais plusieurs idées, et je n'aimais pas du tout celle que Ramsès proposa. Il était le seul d'entre nous qui avait une chance de passer pour un habitant de l'Oasis perdue, et les vêtements qui nous avaient été donnés convenaient tout à fait pour le rôle qu'il espérait tenir. Mais...

– Comment comptez-vous sortir d'ici sans que personne s'en aperçoive ? demandai-je.

– Vous devrez détourner l'attention des gardes pendant que je me faufilerai près d'eux et m'éclipserai, répondit Ramsès calmement.

– Je pense que je peux m'en charger, dit Emerson en fléchissant ses mains. Et ensuite ?

– Ensuite je chercherai le temple que Mère a décrit. Il y a de fortes chances pour que les appartements de la Grande Prêtresse communiquent avec lui. Si je ne trouve pas un moyen d'entrer, il y a une autre possibilité... les passages souterrains derrière la maison que nous avons occupée autrefois. Je peux pénétrer dans la maison sans la moindre difficulté, elle est abandonnée, et je me rappelle où est l'entrée permettant d'accéder aux passages souterrains. Si je parviens à trouver la chambre souterraine où nous avons rencontré Nefret pour la première fois, il y a certainement un moyen d'accéder à ses appartements à partir de là.

– Beaucoup trop de « si » ! m'exclamai-je. Bon sang, Ramsès, votre plan est tout à fait téméraire. A l'évidence, les appartements de Nefret sont étroitement gardés, vous serez capturé ou tué si vous essayez de les rejoindre en passant par le temple. Quant à emprunter les passages souterrains, je vous l'interdis formellement. Vous pourriez vous perdre dans ce labyrinthe sans fin ! Et comment comptez-vous revenir ici ?

– Je n'ai pas l'intention de revenir. (Il vit mon visage affligé. S'agenouillant près de moi, il prit mes mains dans les siennes.) Mère, vous êtes une personne réaliste, du moins vous l'affirmez. Regardez les choses en face. L'un de nous doit être libre de ses mouvements. Tenus enfermés ainsi et surveillés de près, nous ne pouvons espérer voir Nefret ou communiquer avec Tarek. Et que faites-vous de notre mystérieux visiteur, à qui il manque à présent un bouton de chemise ? Nous avons besoin de savoir qui il est et quel rôle il joue. Je serai peut-être à même de découvrir où il se cache.

Emerson s'éclaircit la gorge bruyamment.

– Ne discutez pas avec lui, Peabody. Il a parfaitement raison. Toutefois, cela nécessite un plan minutieux.

Ramsès serra mes mains inertes et se releva.

– En effet. Nous agirons demain soir. Mère, ne me regardez pas ainsi. Ce n'est pas aussi téméraire qu'il y paraît. Le pire qui puisse se produire, c'est que je sois pris sur le fait – un délit ou un autre – et emprisonné. Le roi ne sera pas très content de vous quatre, non plus, mais s'il désire notre coopération il ne fera absolument rien de violent.

– *Inshallah !* dis-je.

– Oui, nous sommes entre Ses mains, fit remarquer

Daoud. J'irai avec vous lorsque vous partirez, Ramsès, où que vous alliez.

– Moi aussi, dit Selim.

Il fallut discuter pour les convaincre que leur présence ne ferait que représenter un plus grand danger pour Ramsès. Daoud se consola un peu quand Emerson lui promit qu'il l'aiderait à « distraire » les gardes. Confuse de ma brève faiblesse, je fis bonne contenance et j'entrepris de dresser l'une de mes petites listes. Après tout, me dis-je, cela se révélerait peut-être inutile. Demain était un autre jour. Un fait nouveau pouvait se présenter.

Ce fut Merasen qui se présenta, de bonne heure le matin suivant.

Nous finissions de prendre notre petit déjeuner et faisions des projets pour une autre promenade quand il entra. Il semblait aussi à l'aise qu'il l'avait été lorsqu'il était venu nous voir dans notre maison du Kent, et il était habillé avec une élégance extravagante, depuis son diadème jusqu'à ses sandales incrustées d'or. Poussant des exclamations ravies, il serra la main à Ramsès et à Emerson... lequel lui permit cette liberté mais avec l'expression d'un homme qui vient de saisir un poisson pourri.

– Vos appartements vous conviennent-ils ? demanda-t-il avec sollicitude. Avez-vous besoin de quoi que ce soit ?

– Oui, tout à fait, dit Ramsès, avant que son père puisse exprimer une réponse plus grossière. Parlons entre quatre-z-yeux, Merasen. Vous connaissez cette expression ?

– Oui, je l'ai souvent entendue en Angleterre, répondit Merasen en souriant.

Il prit une datte sur le plateau de fruits.

– En pure perte, manifestement ! grommela Emerson. Nous vous avons reçu comme un invité d'honneur, et vous nous avez menti et abusés. Vous avez également trahi Tarek. N'était-ce pas lui qui vous avait enseigné l'anglais ?

– J'étais l'un des enfants du palais, et j'ai été élevé avec les enfants royaux, reconnut Merasen. Tarek lui-même m'aimait bien parce que j'étais intelligent et que j'apprenais facilement. Contrairement aux autres. Mes frères... (Il rit et haussa les épaules.) Vous les avez vus. Valeureux et courageux, mais stupides. Tarek nous racontait des histoires sur vous, comme il racontait les histoires des dieux. Il nous parlait de la beauté de la Grande Prêtresse, de la force du Maître des Imprécations, et de la Sitt Hakim, qui pouvait se battre comme un homme et sourire comme une femme. Comment aurais-je pu refuser lorsque j'ai eu l'opportunité de vous connaître par moi-même ?

Le cynisme absolu de cette excuse nous laissa tous sans voix durant un moment. Puis Emerson dit :

– Et votre loyauté envers Tarek ?

– Je suis loyal envers mon père. Je ne pouvais pas être loyal envers les deux.

– Une autre hypocrisie, marmonna Emerson.

– Je n'ai rien fait de mal ! protesta Merasen. Vous vouliez revenir à la Montagne Sainte. Vous en aviez envie depuis des années, je vous ai entendu le dire. Et maintenant que vous êtes ici, vous êtes reçus avec honneur et mon père vous récompensera en vous faisant de somptueux présents.

Emerson agita sa main devant son visage, comme pour chasser une mouche particulièrement agaçante.

– Pas si vite ! commença-t-il.

– Permettez-moi de poser quelques questions, Père, l'interrompit Ramsès.

– Faites, mon garçon. J'ai l'impression de n'aboutir à rien.

Ramsès s'adressa à Merasen.

– Vous dites que vous n'avez rien fait de mal. Quelle est votre excuse pour avoir assassiné Ali ?

Les yeux de Merasen s'ouvrirent tout grands.

– Ali est mort ? Mon ami Ali ? Comment est-il mort ? Je suis affligé par cette nouvelle !

– Ce n'est pas vous qui l'avez égorgé ? insista Ramsès.

– Il était vivant lorsque je l'ai quitté. Mais très ivre.

L'affliction de Merasen avait été de courte durée. Il adressa à Ramsès un sourire d'homme à homme.

– Vous avez volé la carte de Nefret.

– Non, ce n'était pas moi. Pourquoi parlez-vous du passé ? Tout cela est terminé. Parlons de l'avenir, et de ce que je peux faire pour vous et de ce que vous pouvez faire pour moi.

– Vous savez ce que vous pouvez faire pour nous, dit Ramsès, les lèvres serrées. (Même son sang-froid maîtrisé commençait à s'effriter.) Faites en sorte que nous puissions quitter la Montagne Sainte avec Nefret. Que voulez-vous en retour ?

– Des fusils, répondit Merasen promptement et de manière inattendue.

– Vous avez volé les nôtres, dit Ramsès, visiblement pris au dépourvu.

– Il n'y en a pas assez. (Merasen tendit la main vers la dernière datte, mais Daoud fut plus rapide que lui.

Le visage de Merasen se rembrunit.) Renvoyez ces serviteurs afin que nous puissions parler entre nous.

– Ce ne sont pas des serviteurs, mais des amis, déclara Emerson. Nous n'avons pas de secrets pour eux. Dites ce que vous avez à dire.

Ainsi qu'Emerson le fit remarquer plus tard, la conversation qui s'ensuivit fut très enrichissante.

– Mon père continue de croire aux anciennes coutumes, au tranchant de l'épée et à l'adresse de l'archer, dit Merasen. Mais j'ai vu les fusils lorsque les soldats ont attaqué les marchands d'esclaves, et j'ai compris que cinquante hommes armés de fusils pouvaient s'emparer d'un royaume comme celui-ci. Je ne pouvais pas en remporter autant avec moi, même si j'avais eu assez d'or pour les acheter. Alors...

Il haussa les épaules et arbora son sourire affable.

– Alors vous nous avez attirés ici avec ce mensonge à propos de Tarek, dis-je. Mais votre but à l'origine n'était pas d'acquérir des armes, n'est-ce pas ? Cette réflexion vous est venue après coup.

– Comme une excellente idée, fit Merasen d'un air suffisant. On m'avait chargé de ramener la Grande Prêtresse au Temple d'Isis. Les gens sont agités. Lorsqu'ils la verront occuper sa place légitime, dans le temple et au palais, ils se calmeront. (Il haussa les épaules à nouveau.) C'est ce que croit mon père. Pour ma part, je crois aux fusils. Au moins cinquante.

– Cela nous prendra des mois pour partir et revenir, dit Emerson. Entre-temps, Tarek aura peut-être repris possession de la cité.

Une lueur d'émotion rapidement maîtrisée fit briller les yeux noirs du garçon. Il eut un geste désinvolte de la main.

– C'est ce que vous autres appelez une impasse. Tarek a suffisamment d'hommes pour défendre son territoire, mais c'est un faible, il ne mettra pas leurs vies en danger pour reprendre la cité.

– Et votre père n'a pas asscz d'hommes pour forcer le défilé et capturer Tarek ? demandai-je. C'est bien cela ?

Merasen se contenta de hausser les épaules et Ramsès dit :

– Vos frères... vos frères aînés... sont des hommes robustes et compétents. Pour quelle raison est-ce vous, le cadet, qui avait été élevé au-dessus d'eux ?

Apparemment, cette question manquait de tact. Merasen se leva d'un bond.

– Nous avons assez parlé. Quelle est votre décision ?

– Nous allons y réfléchir, répondit Ramsès. Vous devrez nous donner des garanties supplémentaires, Merasen. Je ne me fierais pas à votre parole même si vous juriez sur tous les dieux de la Montagne Sainte !

Merasen ne souriait plus.

– Nous nous reverrons bientôt. Et peut-être... une autre partie de lutte ?

– Quand vous voudrez, dit Ramsès.

– Bien, bien, fit Emerson, lorsque la porte se fut refermée derrière notre visiteur. A présent je sais quel est le titre de Merasen, ou ce qu'il devrait être : Menteur en Chef du Roi. Il n'est même pas capable de s'en tenir à une seule version. J'ai eu l'impression d'essayer de saisir une bourrasque de vent.

– Je me demande si nous ne sommes pas injustes envers lui, dit Ramsès lentement. Nous le jugeons d'après les critères de notre civilisation, qui n'est pas la sienne. Il se peut qu'il croit sincèrement qu'il n'a pas agi contre son propre code moral.

– Oh, allons ! s'exclama Emerson. Il n'y a pas une seule civilisation que je connaisse, y compris celle de l'Egypte ancienne, qui ne condamne le meurtre !

– Nous ne pouvons pas prouver qu'il a tué Ali, fit valoir Ramsès.

Son père lui décocha un regard sévère.

– Vous essayez de toutes vos forces d'être équitable parce que vous détestez ce garçon. C'est une qualité admirable chez un ecclésiastique, mais elle est bigrement inapplicable.

« De toute façon, poursuivit Emerson, il a confirmé notre théorie sur l'endroit où se trouve Tarek. Il tient la partie nord de la vallée, et ainsi que nous l'avons vu, aucun des deux camps ne peut forcer le défilé sans subir des pertes considérables. Des fusils entre les mains de Zekare...

– Il ne veut pas des armes pour son père, dit Ramsès d'une voix blanche. Je pense qu'il convoite le trône. Il serait peut-être en mesure de s'en emparer s'il avait notre coopération, et suffisamment d'armes modernes... et Nefret.

– Hein ? m'écriai-je.

– Il ne l'a pas dit en ces termes, mais c'était implicite lorsqu'il a parlé de la place de Nefret dans le temple et au palais. La Grande Prêtresse n'occupe pas ses fonctions pour la vie. A l'instar de ses suivantes, on la marie d'office au bout d'un certain temps. Et elle resterait ici, en tant qu'otage, pendant que nous retournerions au Soudan pour acheter ces satanées armes. Vous tenez à faire des conjectures sur ce qui lui arriverait durant notre absence ?

– Non, dit Emerson en serrant les dents. Je n'y tiens pas. Bon sang, Ramsès, il y a un instant, vous vous efforciez de prendre la défense de Merasen, et maintenant...

– Je prenais en compte toutes les possibilités, c'est tout.

– Eh bien, ne le faites pas ! aboya Emerson. Nous ne laisserons pas Nefret ici, quelles que soient les promesses qu'il pourrait nous faire.

– Toutefois, une chance s'offre à nous avec ce projet, dis-je avec optimisme. Si l'on nous permet de monter une caravane importante, nous pourrions enlever Nefret à la dernière minute et nous enfuir.

– Pour être poursuivis par les soldats, certains armés de nos fusils ? fit Ramsès d'un ton caustique. Et que faites-vous de Tarek ? Et des *rekkit* ? Excusez-moi, Mère, mais revenons-en à mon plan initial. Nous serons peut-être contraints de commencer... et de gagner... une guerre civile avant de pouvoir partir avec Nefret. Etes-vous prêts à sortir ? Un peu plus de reconnaissance du terrain me semble tout à fait approprié.

Emerson me suivit dans ma chambre.

– Peabody, très chère..., commença-t-il.

– Emerson, ce n'est qu'un enfant... il a à peine vingt ans. Vous devez lui interdire de faire ça !

– Il est le seul d'entre nous capable de le faire, dit Emerson en me prenant dans ses bras. Il est peut-être jeune par les années, mais il a fait ses preuves plus d'une fois. Enormément de choses sont en jeu, mon amour. Ne pleurez pas. Tout ira bien.

– Je ne pleure pas. Je suis simplement contrariée que Ramsès prenne une telle responsabilité.

Nous nous rendîmes directement dans le secteur du

temple, et je leur montrai le petit sanctuaire où je me trouvais la veille. C'était une version miniature – une version condensée, pourrait-on dire – des temples plus importants, avec une seule cour à colonnes, une antichambre, et la salle intérieure où la cérémonie avait eu lieu. Dans les temples égyptiens, le sanctuaire le plus secret était petit, habituellement, juste assez large pour contenir la statue de la divinité. Tel n'était pas le cas ici, comme nous l'avions observé.

– Et si nous allions là-bas et demandions à voir la Grande Prêtresse ? suggérai-je.

– Faire carrément irruption ? Cette idée me plaît, dit Emerson en touchant le creux de son menton.

Ramsès était déjà à mi-hauteur de la chaussée escarpée, avec deux des gardes lancés à sa poursuite. Ils furent obligés de courir avec acharnement pour le dépasser. Il fit halte lorsqu'ils lui bloquèrent le passage et, comme nous le rejoignions, je l'entendis les tancer vertement. Le roi ne nous avait-il pas donné la permission d'aller et venir à notre guise ? Nous avions l'intention de présenter nos hommages à la déesse et à sa prêtresse, laquelle était sa sœur et la fille du Maître des Imprécations. Comment osaient-ils s'opposer à la volonté des Etres Supérieurs ?

– Cela me rappelle la fois où nous avions insisté pour visiter le cimetière, lorsque le capitaine de la garde était tiraillé entre le fait d'enfreindre les ordres qu'il avait reçus et le fait de s'opposer à notre demande, fit remarquer Emerson, tout en écoutant avec intérêt la discussion entre Ramsès et l'officier commandant le détachement. Je me demande ce qu'est devenu Harsetef ? Je lui avais donné l'une de mes pipes en souvenir.

– Oui, très cher, je me rappelle. Ah, Ramsès ! Avez-vous eu gain de cause ?

– A force de menaces, je l'ai persuadé de nous laisser continuer jusqu'à la façade, répondit Ramsès. Il risquerait sa vie en nous permettant d'entrer.

– Une pensée agréable, dit Emerson. Peu m'importe le sort de cet individu. Harsetef, par contre...

– Cet homme et les autres font partie de la garde personnelle de Merasen, Père. Il les tient grâce à des pots-de-vin et à des promesses d'avancement. Discuter avec eux serait une perte de temps inutile. Profitons de ce que nous avons obtenu.

Nous examinâmes la façade et deux côtés du temple. Il y avait des passages couverts de chaque côté, qui se terminaient brusquement sur des murs sans ouvertures.

– Crénom ! m'exclamai-je, tandis que nous rebroussions chemin vers la façade. C'est ce que j'appréhendais. Les appartements intérieurs sont taillés dans la falaise. Vous n'avez aucune chance d'y accéder, Ramsès.

– Ce n'est pas nécessairement vrai, Mère. Levez les yeux. Non, ne regardez pas fixement ! Juste un coup d'œil désinvolte.

La paroi de la falaise au-dessus et derrière le toit du temple avait été creusée et aplanie. Il y avait plusieurs ouvertures, noires sur l'éclat doré de la roche... des ouvertures carrées, manifestement pratiquées par la main de l'homme. Je ne les avais pas remarquées la veille. Mon regard alla de ces ouvertures, à une dizaine de mètres au-dessus du toit, au visage déterminé de mon fils, et mon cœur se serra.

– Vous n'êtes pas certain que ce sont les fenêtres des appartements de la Grande Prêtresse, murmurai-je.

– Ce sont nécessairement ses fenêtres. On ne peut pas garder une femme cloîtrée pendant des années sans aucun accès à l'air et à la lumière. De toute façon, il y a quelque chose là-haut.

Il donna un coup de coude à son père, lequel avait ignoré son exhortation et regardait fixement vers les fenêtres.

– La paroi de la falaise est aussi lisse que du verre, dit Emerson d'une voix blanche.

– Pas vraiment, Père. Venez, continuons. Cela ne plaît pas du tout à notre escorte.

– Où allons-nous maintenant ? demandai-je.

– Au village. Cela ne va pas leur plaire, non plus !

Plusieurs escaliers escarpés descendaient depuis la chaussée jusqu'au fond de la vallée, où se trouvait le village des *rekkit*. Nous empruntâmes l'escalier le plus proche. Emerson, qui prenait manifestement plaisir à tourmenter nos gardes, ne leur laissa aucune chance de nous arrêter. Il écarta d'une poussée les quatre qui étaient devant nous et commença à descendre. Les marches étaient si étroites et Emerson si massif qu'une fois qu'il fut devant eux, il était impossible de le dépasser, et il ignora les demandes impératives de l'officier de faire halte. Nous le suivîmes, à la file, avec Ramsès derrière moi qui me tenait fermement par les pans de ma robe et Daoud qui fermait la marche, tandis que l'officier criait très fort et sans le moindre résultat.

Comme la plupart des villages, celui-ci s'était développé plus ou moins au hasard, avec des sentiers sinueux partant de la rue plus large qui aboutissait à une petite place, laquelle comportait un puits à la margelle en pierre et quelques arbres rachitiques. Certaines maisons étaient construites en briques de boue, d'autres en roseaux et branchages comme les *tukhul* de Nubie. L'air était humide et chaud. Le soleil atteignait ces profondeurs encaissées seulement à midi, et de nombreuses sources humidifiaient l'air.

Cependant, l'endroit avait changé depuis notre dernière visite. Des fossés d'écoulement et des talus canalisaient l'eau qui changeait autrefois les sentiers en boue nauséabonde. Ceux-ci étaient relativement exempts de végétation en putréfaction et d'immondices. On ne pouvait pas dire que l'air était pur et sans mauvaises odeurs, c'était impossible avec autant de personnes vivant dans un espace aussi resserré, mais l'amélioration était impressionnante.

Il y avait une autre différence. Très peu de gens avaient eu la témérité de se montrer lorsque nous étions venus ici la première fois. Maintenant, des visages apparaissaient aux ouvertures des fenêtres, des personnes relevaient les nattes qui masquaient les entrées des maisons et nous regardaient d'un air stupéfait. Lorsque nous atteignîmes la place du village, un petit groupe des plus courageux s'était formé, se tenant à distance respectueuse de notre escorte. C'était uniquement des femmes et des enfants, à l'exception de quelques vieillards.

Emerson les considéra avec un sourire ravi et s'éclaircit la gorge.

– Emerson, non ! Pas de discours ! le suppliai-je.

– Mais, Peabody, vous ne comprenez donc pas à quel point ceci est surprenant ? (Ses prunelles bleu saphir brillaient d'excitation.) Tarek n'a pas simplement donné à ces gens de meilleurs conditions de vie, il leur a donné la volonté et l'ambition de vivre mieux ! Il a été chassé de son trône depuis des mois, pourtant les rues sont toujours propres et les fossés d'écoulement sont entretenus. Ils le font eux-mêmes ! Ils ont acquis le courage de défier leurs oppresseurs, de se risquer à sortir afin de... Holà, pas de ça !

Se retournant avec l'agilité d'une panthère, il arracha la lance de la main de l'un des gardes. Les autres abaissèrent leurs armes et reculèrent en regardant fixement Emerson.

– C'est le moment de faire un peu de subversion, dit Emerson.

Il ramena son bras en arrière, équilibrant la lance. Celle-ci visait le capitaine, dont le visage était devenu aussi blanc que le teint de sa peau le permettait.

– Emerson, murmurai-je. Vous ne feriez pas... Vous n'allez pas... ?

– Ils ont tous entendu les récits, dit Emerson. Regardez-les. Ramsès, traduisez, s'il vous plaît.

Ce fut l'un des discours les plus éloquents d'Emerson, et Ramsès lui rendit justice, modifiant sa voix en une imitation très réussie de la voix de basse d'Emerson.

– Le Maître des Imprécations est revenu ! La malédiction des dieux s'abattra sur quiconque ne lui obéit pas. Il pourrait vous transpercer le corps avec cette arme, mais il épargne votre vie parce qu'il est aussi miséricordieux que tout-puissant. Agenouillez-vous devant lui !

Un véritable roulement de tambour de genoux heurta le sol.

Ramsès relâcha son souffle.

– Toutes mes félicitations, Père. Puis-je suggérer que nous partions, avant que l'un d'eux ait le temps de réfléchir à ce que vous venez de dire ?

– Est-ce que je peux sourire et saluer de la main ? s'enquit Emerson.

– Tout à fait. Souriez et saluez de la main autant qu vous voudrez... tandis que nous nous éloignons, lentement et avec dignité.

La plupart des gens s'étaient réfugiés précipitamment dans les maisons voisines et les échoppes lorsque l'esclandre avait éclaté, les femmes emmenant leurs enfants avec elles, les vieillards trottinant aussi vite qu'ils le pouvaient. Mais une femme avait battu en retraite seulement jusqu'au seuil de sa maison, où elle se tenait, écartant la natte sur le côté. Elle était de petite taille, comme la majorité des *rekkit*, menue et à la peau brune. Ses cheveux noirs étaient abondamment striés de fils gris et ses vêtements marron et grossiers couvraient à peine des membres aux articulations enflées par les rhumatismes. Ses bras étaient croisés sur sa poitrine. Son regard alla de moi à Ramsès, puis se posa sur Emerson. Celui-ci lui adressa l'un de ses plus larges sourires, et elle tomba à genoux, levant les mains pour le saluer.

– Nous servons le roi ! cria-t-elle. Le roi qui est notre ami !

Par hasard ou intentionnellement, elle avait employé des mots très simples. Les yeux d'Emerson étincelèrent.

– Nous le servons, nous aussi, dit-il d'une voix forte. Hum ! Ramsès, dites à cette femme...

– Pas maintenant, Père, je vous en prie. Partons.

Emerson se laissa entraîner par Ramsès. Regardant par-dessus mon épaule, je vis que la femme était toujours agenouillée et nous observait.

– Avez-vous appris ce que vous espériez apprendre ? demandai-je à mon fils.

– C'était une rencontre très instructive. (Il prit mon bras pour m'aider à gravir les marches.) Il y a encore un détail que j'aimerais vérifier, mais j'ai la certitude de connaître déjà la réponse.

– De quoi s'agit-il ? m'enquis-je.

Nous étions arrivés en haut des marches. Ramsès se retourna et contempla le village.

– Des sentiers partent du village vers le nord, conduisant jusqu'aux champs et au-delà. Autrefois, les *rekkit* pouvaient se rendre dans la vallée au nord et voir leurs proches dans les autres villages. Ainsi que nous l'avons vu, le défilé est obstrué à présent et gardé. Je soupçonne que les sentiers sont également gardés, avec l'équivalent de barrages routiers dressés à intervalles stratégiques. Pouvons-nous regagner nos appartements maintenant ? Nous devons mettre au point un certain nombre de détails.

– Vous avez toujours l'intention de partir cette nuit ? demandai-je, me retenant avec une certaine difficulté de tenter de l'en dissuader.

– Oui. J'ai l'étrange pressentiment, dit Ramsès en me souriant, que dorénavant vos allées et venues vont être encore plus limitées.

Je notai qu'il avait dit « vous ».

Son pressentiment, que je partageais, était exact. Nous dînions – oie rôtie, pain et oignons – lorsque nous eûmes de la visite. L'infortuné et grassouillet comte Amenislo entra d'un pas traînant et avec la mine de quelqu'un qui souhaiterait se trouver n'importe où sauf ici. Il délivra son message en un débit rapide de mots. Nous étions convoqués par le roi le lendemain matin. Entre-temps, il nous était interdit de quitter nos appartements.

La tentative du comte pour se retirer précipitamment fut devancée par Emerson, sans la moindre raison que je puisse voir, excepté le plaisir de mon époux à tourmenter ce pauvre homme. Saisissant Amenislo et l'obligeant à se tenir sur la pointe des pieds, il se mit à crier d'un air indigné. Nous étions aussi désireux de voir le roi qu'il l'était de nous voir. Il nous avait trompés, alors que nous avions fait seulement ce que l'on nous avait dit que nous pouvions faire. Nous allions aller le trouver maintenant, tout de suite, pour nous plaindre.

– Pas maintenant, gargouilla Amenislo. Le roi se repose. Le roi est avec ses épouses. Le roi dîne. Le roi...

– Oh, bah ! fit Emerson, lassé de ce petit jeu. Partez, misérable petit traître !

Il lui donna une poussée qui le fit chanceler et le propulsa au-delà de la porte.

– Apparemment, vous aviez raison, dis-je à Ramsès. Je me demande ce que nous avons fait au juste aujourd'hui qui a indisposé Sa Majesté.

Cela nous prit plusieurs heures pour faire nos préparatifs, si l'on pouvait appeler cela ainsi. Nous examinâmes nos bagages, cherchant tout ce qui pourrait être utile à Ramsès. Cela se résuma à un ballot tout à fait pitoyable. Ainsi que je commençais à m'y attendre de sa part, ce fut Daoud qui lui procura les objets les plus utiles – l'un des manteaux à capuche portés par les chameliers et un rouleau de corde. Il voulut donner ses armes à Ramsès, mais celui-ci refusa.

– J'ai mon poignard, dit Ramsès en lui donnant une

tape dans le dos. Et vous en aurez peut-être plus besoin que moi. Merci, Daoud. La corde est une aubaine. Qu'est-ce qui vous a donné l'idée de l'emporter ?

– La Sitt Hakim emporte toujours une corde, pour ligoter des prisonniers, expliqua Daoud. J'avais pensé que, pour un voyage aussi long et dangereux, nous aurions peut-être à ligoter de nombreux prisonniers.

Il était très tard et les lampes baissaient lorsque nous terminâmes de revoir une dernière fois les dispositions dont nous avions convenu. A l'évidence, il était impossible de parer à toute éventualité, mais au moins nous avions prévu un moyen de communiquer entre nous. Ramsès avait examiné le petit ravin en contrebas du mur du jardin et pensait qu'il était possible d'y descendre depuis le côté opposé. Les plantes grimpantes qui recouvraient le mur et pendaient des deux côtés n'étaient pas assez solides pour supporter son poids, mais il serait peut-être à même de laisser un message.

Lorsqu'il sortit de sa chambre, vêtu seulement d'un kilt lui descendant jusqu'au genou, et bouclant une ceinture pour son poignard autour de sa taille fine, la respiration me manqua. Au moins, il avait l'air du rôle. J'avais coiffé ses cheveux en une imitation très réussie de la petite perruque bouclée, et dans l'ombre il ressemblait d'une façon déconcertante – et rassurante – aux hommes de la Montagne Sainte. Il vint vers moi et, après un moment d'hésitation, il me serra dans ses bras, brièvement et maladroitement.

– Ne vous inquiétez pas, Mère. Tout se passera bien, vous le savez.

Selim et Daoud lui donnèrent une accolade dans le style arabe, puis il se tourna vers son père et tendit la main.

– Au revoir, Père.

– Pas au revoir, dit Emerson d'une voix rauque. *A bientôt.* Bonne chance, mon garçon.

Ramsès fixa son sac avec une lanière sur son dos et mit la longue djellaba, rabattant la capuche sur sa tête.

– Prêt, annonça-t-il. Allez-y, Père.

Emerson hocha la tête brusquement et se dirigea vers la porte. Comme nous l'avions déjà constaté, la porte était fermée de l'extérieur.

Nous avions répété nos mouvements, et Ramsès avait appris à Emerson ce qu'il devait dire. Celui-ci entreprit de le faire, à pleine gorge, tandis qu'il donnait de grands coups à la porte.

– A l'aide ! Au secours ! Des voleurs ! On nous attaque ! On nous assassine ! Ouvrez ! Vite !

Nous entendîmes des cris effrayés tandis que la barre était retirée. Daoud, Selim et moi commençâmes à courir dans tous les sens et à crier. La porte fut ouverte à la volée, et une demi-douzaine d'hommes firent irruption dans la pièce. Nous nous précipitâmes vers eux en agitant les bras avec une frayeur apparente (et, dans le cas de Daoud, avec une agression calculée). Du coin de l'œil, je vis une forme sombre et souple sortir de derrière la tenture et s'élancer dans le couloir.

## Manuscrit H

Tandis que Ramsès s'éloignait sans bruit, la voix furieuse de son père, amplifiée par les échos, le suivit.

– Ma fille et maintenant mon fils ! Que Anubis vous emporte ! Qu'avez-vous fait de mon fils ?

Cela avait été l'idée de sa mère d'affirmer qu'il avait

disparu, aussi mystérieusement que Nefret. Elle était toujours d'avis de prendre l'offensive. Ramsès se cacha dans une niche derrière une statue du dieu Apomatek à tête de lion alors que d'autres soldats accouraient vers le lieu du vacarme, lequel n'avait pas cessé. Lorsque la lumière incertaine des torches qu'ils portaient se fut éloignée, il se remit en route. Oui, cela avait été l'un des meilleurs stratagèmes de sa mère. Le roi pourrait même croire à cette histoire si des partisans de Tarek avaient réussi à commettre des actes de sabotage dans la cité. Ramsès ne doutait pas que Tarek avait des sympathisants partout. Et à présent il avait la certitude de savoir où trouver l'un d'eux.

Se maintenant près des ombres, il traversa les antichambres et arriva sur la terrasse. Il nota avec satisfaction que sa famille avait attiré tous les gardes, lui laissant la voie libre. Il continuait d'entendre son père, et il grimaça un sourire alors que des cris stridents de soprano se mêlaient aux beuglements de basse d'Emerson. L'air de la nuit était frais, les étoiles brillaient, et il éprouva un immense sentiment de soulagement à être seul, à même d'agir sans être gêné par les soldats du roi, ni... pour être franc... par ses parents.

La lune était un mince croissant. Il savait ce qu'il devait faire, mais il était difficile de se détourner du petit sanctuaire d'Isis qui luisait comme de la nacre à la lumière des étoiles. L'inquiétude qu'il ressentait au sujet de Nefret rongeait son esprit. Cependant, le bon sens – et les arguments énergiques de sa mère – lui avait dit que son plan initial d'escalader le mur jusqu'à ce qui était peut-être, ou peut-être pas, sa fenêtre, était aussi peu réaliste qu'un conte de fées, pour le moment en tout cas. Ses parents avaient plus de chances de communiquer avec elle, et il avait d'autres choses à faire.

Il releva les pans de sa longue djellaba et les rentra dans sa ceinture, puis il chercha à tâtons l'escalier escarpé qui descendait jusqu'au village. L'obscurité était opaque. S'il n'avait pas compté les marches auparavant, il ne se serait pas aperçu qu'il approchait du bas de l'escalier. Il fit halte avant de l'atteindre, tendit l'oreille et chercha à percer les ténèbres. L'ouïe plutôt que la vue lui apprit que le garde auquel il s'était attendu était là, couché en chien de fusil sur le sol à droite de l'escalier, profondément endormi et ronflant. Manifestement, l'homme ne s'attendait pas à des ennuis... ni à la visite inopinée d'un officier. Il bougea et marmonna lorsque Ramsès, de ses doigts légers, remonta le long d'un bras tendu jusqu'à un cou sans protection. Le laissant dans un sommeil encore plus profond, Ramsès s'éloigna le long de la route étroite.

Il avançait précautionneusement, cherchant son chemin avec ses pieds nus, suivant le plan qu'il avait mémorisé, n'osant pas utiliser sa torche électrique ou allumer une bougie. Les maisons étaient plongées dans l'obscurité et silencieuses. Puis il aborda un tournant prononcé de la rue et aperçut le signal qu'il avait à peine osé espérer – c'était seulement une bande étroite de lumière le long du rebord d'une fenêtre masquée par un rideau – mais l'heure d'éteindre sa lampe était passée depuis longtemps pour un villageois pauvre, et la maison était celle qu'il avait notée. Il gratta doucement au chambranle de la fenêtre, prêt à tourner les talons et à partir en courant s'il s'était trompé. Le rideau en lambeaux fut écarté, laissant apparaître un œil inquiet et un emmêlement de cheveux noirs striés de fils gris.

Ramsès releva la capuche de son visage.

– Ami, chuchota-t-il.

La femme éteignit la lampe avant de le faire entrer dans la maison, et elle s'assura que le rideau de la fenêtre était bien fixé avant de rallumer la lampe. Il y avait une seule pièce, avec quelques pots et quelques nattes sur le sol nu, et, dans un coin sombre, un tas de ce qui semblait être des guenilles ou bien une paillasse en décomposition. Trois autres personnes étaient présentes – un jeune garçon qui devait avoir dix ou onze ans, une jeune fille enceinte, et un homme qui se leva de la natte où il était allongé. Alors qu'il s'approchait de Ramsès en claudiquant, s'appuyant sur une béquille de fortune, Ramsès vit que le visage de l'homme était couvert d'horribles cicatrices et qu'il lui manquait un pied.

– Ami, dit l'homme, et son visage mutilé esquissa une parodie de sourire. Vous êtes venu.

Il essaya de s'agenouiller maladroitement, comme les autres le faisaient. Ramsès le saisit par les épaules.

– Les amis ne s'agenouillent pas devant des amis. Asseyez-vous, reposez-vous. Que vous est-il arrivé ?

– J'ai levé une arme contre l'usurpateur. C'est ma main qu'ils auraient dû trancher, mais je suis un potier adroit.

– Bonté divine ! murmura Ramsès. Vous avez laissé la lampe allumée. Et si je n'étais pas venu cette nuit ?

– Elle avait dit que vous viendriez.

Ce qu'il avait pris pour un tas de guenilles bougea. Un visage apparut... un visage brun et flétri, creusé d'un millier de rides. Involontairement, Ramsès fit un pas en arrière. Dans la lumière ténue et vacillante, il avait eu l'impression que c'était une momie s'extirpant de ses bandelettes.

Il s'empressa d'offrir le soutien de son bras. Une main crochue se referma sur son bras et deux yeux ternis le regardèrent. Il n'avait pas besoin de demander qui, ou plutôt ce qu'elle était : la sage-femme du village. Il y avait toujours des femmes de ce genre, guérisseuses et devineresses, des intermédiaires entre le surnaturel et des gens trop humbles pour approcher directement les grands dieux. Dans l'Europe du Moyen Age, on les avait appelées des sorcières.

– Asseyez-vous, Mère, dit-il en espérant que ce titre était adéquat. Vous aviez annoncé ma venue ?

Son rire saccadé ressembla au grincement d'un métal rouillé, mais sa voix fut plus forte qu'il ne s'y était attendu, avec une intonation d'autorité facilement reconnaissable.

– Vous ne le croyez pas. Cela importe peu. Croyez ceci, alors. Tarek a confiance en moi, je le représente dans ce village. Est-ce que les autres Etres Supérieurs vont venir ?

Ramsès résista à la tentation de faire remarquer qu'elle n'aurait pas dû avoir besoin de poser cette question.

– Ils ne peuvent pas. Pour le moment. Mais je vous promets que nous ne quitterons pas la Montagne Sainte jusqu'à ce que les *rekkit* soient libres et que Tarek ait repris possession de son trône.

– Allez-vous rester ici cette nuit ? demanda le père de la famille. Désirez-vous manger ?

– Il ne doit pas rester ici, dit la sage-femme. Ils

vont le chercher dans le village. Ils viendront demain matin.

Le don de seconde vue n'était pas nécessaire pour savoir cela, songea Ramsès. Il acquiesça de la tête.

– Tout ce que je veux, ce sont des informations. Où est Tarek ? Comment puis-je arriver jusqu'à lui ?

– Le garçon vous conduira, répondit la femme de la maison.

– Votre fils ? (Le regard éperdu qu'elle lança au garçon confirma ce fait.) Non. Ce serait trop dangereux pour lui.

– Je n'ai pas peur, fit le garçon en carrant les épaules.

– Je vois que tu es courageux, dit Ramsès en posa sa main sur l'épaule anguleuse du garçon. Mais tu es le fils unique, n'est-ce pas ? Reste ici. Dis-moi où je dois aller.

– Il vous montrera une partie du chemin, dit la sage-femme. Au-delà des gardes et vers les collines. Là-bas, vous trouverez un autre guide, l'un des hommes de Tarek qui font le guet.

– Le roi sait que vous êtes ici, dit le père. Nous lui avons fait parvenir un message et il nous a fait parvenir sa réponse, par les sentiers que nous sommes seuls à connaître. Des sentiers escarpés, dangereux, qui conviennent aux rats.

Sa bouche se crispa en prononçant le mot que les nobles méprisants employaient pour désigner leurs esclaves.

– Alors ils me conviendront, répondit Ramsès.

La mère avait préparé un petit sac contenant de la nourriture et une cruche d'eau. Le garçon le mit en bandoulière. Ses yeux brillaient d'excitation et de fierté.

Ramsès brûlait de curiosité à propos d'un certain nombre de choses – depuis combien de temps Tarek avait-il été évincé de son trône, les circonstances entourant sa chute, l'étendue et l'efficacité du réseau clandestin qui œuvrait pour son retour – mais le temps passait et ils devaient être en sécurité avant le matin. Il tenta de trouver quelque chose à dire. Il n'y avait pas de mot pour « chance » dans la langue de la Montagne Sainte.

La vieille sage-femme s'était emmitouflée dans ses guenilles. Seuls ses yeux étaient visibles.

– Que les dieux soient avec vous, marmonna-t-elle.

– Et avec vous.

– Dites au roi que nous serons prêts lorsqu'il nous fera parvenir l'ordre.

– Prêts, répéta Ramsès. Prêts pour quoi ?

Mais il savait ce qu'elle voulait dire. La révolution, un soulèvement armé. Avec des bâtons et des pierres.

– Le roi saura, répondit-elle. Partez maintenant, il est très tard.

Les heures qui suivirent portèrent un coup très rude à l'amour-propre de Ramsès. Il se faisait gloire de son adresse à l'escalade, mais il ne connaissait pas le terrain et la nuit était sombre. Humblement, il laissa le garçon guider ses pieds et ses mains d'une prise à une autre tandis que, évitant les escaliers, ils escaladaient la paroi rocheuse jusqu'au niveau de la route. Lorsqu'il jeta un coup d'œil par-dessus le parapet, il vit qu'ils avaient traversé la vallée et se trouvaient du côté est, au-dessous de la villa abandonnée où ses parents et lui avaient habité autrefois. Regardant derrière lui, il aperçut la lueur de torches qui avançaient et se déployaient au fond de la vallée. La plupart d'entre elles étaient rassemblées dans le village.

– Ta famille. Ils ne risquent rien ? chuchota-t-il.

– Non. Venez. Dépêchez-vous.

Il y avait d'autres lumières qui allaient et venaient à proximité du Grand Temple et du palais, mais la route au-dessus d'eux était sombre et non gardée.

Suivirent alors d'autres moments humiliants où il fut contraint de compter sur les bras frêles et les petites mains d'un garçon qui faisait la moitié de son âge. Après avoir traversé la route en courant, ils commencèrent à grimper de nouveau. Ramsès perdit très vite le sens de l'orientation tandis qu'ils faisaient des tours et des détours le long de la paroi de la falaise. Cela nécessitait la plus grande concentration pour trouver des prises pour les mains et des appuis pour les pieds. Il était essoufflé et en sueur, malgré le froid de l'air nocturne, lorsque son guide atteignit une étroite corniche.

– Nous nous arrêtons ici. La barque du dieu va bientôt apparaître.

Ramsès fut ravi de s'asseoir sur la première bande de terrain horizontal qu'il rencontrait de toute la nuit. La corniche s'étendait en retrait sous une saillie rocheuse et formait une grotte peu profonde. Celle-ci les cacherait aux regards et fournirait un peu d'ombre durant la chaleur de midi... bien que pas assez, probablement.

– Vous n'empruntez pas ces sentiers le jour ? demanda-t-il, détachant son sac et offrant au garçon les dattes et le pain que sa mère lui avait donnés.

– Non, sauf si nous y sommes contraints.

Une pâle lumière éclaira la corniche. Le soleil s'était levé au-dessus des hauteurs à l'est. Alors que la lumière augmentait, Ramsès fut à même de voir distinctement son compagnon pour la première fois. Celui-ci était un membre typique des *rekkit*, petit et maigre, à la peau brune et aux yeux noirs.

– Comment t'appelles-tu ? demanda Ramsès.

– Khat.

– Moi, c'est Ramsès.

Le garçon le regarda, les yeux grands ouverts.

– Non, seigneur ! Vous êtes l'Etre Supérieur, l'ami, celui qui parle aux dieux.

– Ceux qui parlent aux dieux ne sont pas toujours entendus.

Bon sang, pensa Ramsès, je commence à parler comme Mère. Il décida de changer de sujet avant de se retrouver embarqué dans une discussion philosophique. Surtout pas ! Quel dommage que son père ne soit pas avec eux.

A la réflexion, peut-être était-ce préférable qu'il ne soit pas là.

– Nous attendons ici jusqu'à la tombée de la nuit, alors ? demanda-t-il.

– Oui. Quelqu'un viendra vous chercher pour vous conduire auprès du roi.

Il se pelotonna au fond de la grotte, sa tête appuyé sur son petit sac, et il s'endormit aussitôt. Ramsès était trop énervé pour suivre son exemple. Il sortit les jumelles de son sac.

La corniche se trouvait à peu près à mi-hauteur de la falaise, à quarante mètres au-dessus de la route, et à son extrémité la plus au nord. Elle constituait un excellent point de vue, mais Ramsès était trop loin des temples et des palais des falaises sud pour distinguer des détails. Il regarda vers le nord. A l'évidence, il y avait une étendue de terre considérable là-bas, mais la brume voilait le fond de la vallée. Il devrait attendre que le soleil soit plus haut. Philosophiquement, il se glissa vers le renfoncement et s'allongea.

C'était la fin de l'après-midi lorsqu'il se réveilla. Khat était assis en tailleur à côté de lui, ses yeux noirs fixés sur son visage. Dès que Ramsès bougea, le garçon saisit sa cruche d'eau et la lui tendit. Le soleil était un brasier ardent dans le ciel à l'ouest. La lumière pénétrait dans le renfoncement, et Ramsès distingua des dessins primitifs, des inscriptions gravés dans la roche.

– Ce sont les dieux, expliqua Khat.

Il donnait l'impression d'être moins intimidé par son compagnon qu'auparavant. M'écouter ronfler et me voir transpirer l'a probablement convaincu que je n'étais qu'un être humain, réfléchit Ramsès en grimaçant. Les noms que Khat débitait rapidement, montrant chaque personnage tour à tour, n'étaient pas les mêmes que ceux que les dieux portaient en Egypte, mais Ramsès les reconnut : Isis avec sa couronne de cornes enserrant le disque solaire ; Horus à la tête de faucon ; Khepri, le scarabée sacré, gardien de l'horizon, symbolisant le soleil levant.

Une fois que le soleil fut descendu au-dessous de la falaise ouest et que la vallée fut baignée d'une douce lumière, Ramsès prit les jumelles et montra à Khat comment s'en servir. Le garçon poussa une exclamation de stupeur.

– Ce n'est qu'un instrument, dit Ramsès. Un objet en métal et en verre, fabriqué par les hommes. Montre-moi où trouver Tarek.

Un éperon rocheux cachait en partie la vue, mais l'air était clair, et il était à même de distinguer l'oued que Khat lui décrivait. L'entrée avait été fortifiée avec un ouvrage en pierre et ce qui semblait être un portail massif. Selon Khat, Tarek tenait la moitié nord de l'oasis, avec ses villages, ses champs et ses sources, mais il n'avait pas assez d'hommes pour reprendre la cité, et l'usurpateur n'en avait pas assez pour attaquer et venir à bout de lui.

Des armes modernes changeraient cette situation, songea Ramsès. Cependant, même s'ils parvenaient à procurer de telles armes à Tarek, avaient-ils le droit d'apporter le fléau de la guerre moderne en ce lieu ? La fin justifiait-elle les moyens ? Il y avait certainement une autre façon de procéder... une meilleure façon qui n'impliquait pas une bande de paysans armés uniquement de bâtons et de pierres.

– Je peux trouver mon chemin à partir d'ici, dit-il. Retourne auprès de tes parents.

Le garçon poussa un sifflement alarmé.

– Je les vois, avec le... l'instrument. Ils montent, ils cherchent. Mettez-vous à plat ventre et ne bougez pas !

Ramsès s'empara des jumelles et les régla. Les poursuivants se trouvaient à une certaine distance et encore loin en contrebas, mais ils semblaient suivre un vague sentier. Quelqu'un au village leur avait-il indiqué les sentiers secrets ? Les *rekkit* étaient fidèles à Tarek, mais il y avait des traîtres en puissance dans n'importe quel groupe, que l'on pouvait persuader de collaborer par des menaces ou des pots-de-vin.

Il rangea les jumelles dans son sac et le mit en bandoulière.

– Nous devons partir, dit-il avec instance. Rentre chez toi. Tu connais un autre chemin ?

– Oh, oui, dit le garçon calmement. Mais je ne partirai pas jusqu'à ce que l'on vienne vous chercher.

Ramsès s'apprêtait à répondre lorsqu'il entendit le fracas de pierres au-dessus d'eux. Il fit volte-face et mit le garçon derrière lui, comme un homme sautait sur la corniche. Celui-ci était tête nue, mais il portait les armes d'un soldat, un arc, un carquois et une épée courte.

Il était aussi grand que Ramsès, efflanqué comme une panthère, et son visage brun arborait un large sourire de plaisir. Ramsès saisit son poignard. Il savait qu'il disposait d'une fraction de seconde seulement pour empêcher l'homme de pousser un cri d'avertissement à ses compagnons. Puis il vit ce que l'homme tenait dans sa main tendue. Il abaissa son bras.

Dans le tumulte qui suivit le départ de Ramsès, nous nous rendîmes sur la terrasse devant le palais, où nous restâmes durant plusieurs heures à observer le déroulement des opérations. Personne n'essaya de nous faire regagner nos appartements, bien que deux des gardes, se souvenant avec un certain retard des ordres reçus, se soient postés en haut de l'escalier qui conduisait à la route. Daoud et Selim étaient restés pour veiller sur nos biens, même si Dieu sait qu'il ne restait pas grand-chose susceptible d'intéresser nos hôtes ! Naturellement, j'avais emporté mon ombrelle.

Les recherches, j'étais ravie de l'observer, étaient

quelque peu désordonnées. Cela prit un bon moment aux gardes pour descendre jusqu'au village. Ils y restèrent un certain temps. Lorsque la colonne éclairée par des torches rebroussa chemin vers le haut de l'escalier, je suggérai à Emerson de rentrer.

– Une nuit très mouvementée, fis-je remarquer lorsque nous arrivâmes dans notre chambre.

– A l'évidence, nous avons provoqué un sacré remue-ménage, convint Emerson, ôtant ses vêtements et les jetant ici et là dans la pièce à sa façon habituelle. Vous pensez qu'ils nous ont crus ?

– Ils savent qu'*ils* ne sont pour rien dans la disparition de Ramsès. Ce qui laisse seulement deux possibilités : il est parti de son plein gré, ou bien Tarek a réussi d'une façon ou d'une autre à arriver jusqu'à lui.

– J'espère bien que sa majesté illégitime est dans un état de désarroi extrême ! fit Emerson. Cette canaille ne l'a pas volé.

Il se laissa tomber sur le lit. Après avoir mis une chemise de nuit, je le rejoignis.

– Si jamais Ramsès était capturé..., commençai-je, incapable de m'empêcher d'exprimer ma plus grande peur.

Emerson me prit dans ses bras.

– Ils ont déjà fouillé le village. S'ils l'avaient découvert, nous l'aurions appris, sans aucun doute. Il avait probablement terminé son affaire là-bas et il est parti avant l'arrivée des soldats.

– J'espère de tout mon cœur qu'il avait raison à propos de la femme... que c'était bien à elle que vous avez sauvé la vie il y a longtemps, et qu'elle a montré qu'elle était disposée à nous aider.

– Quelle autre raison aurait-elle eu de faire ce petit discours ? demanda vivement Emerson. Soigneusement composé afin d'éviter toute offense, mais comprenant le mot-clé : ami. Essayez de vous reposer, mon amour. L'usurpateur aura beaucoup de choses à nous dire demain matin, et si vous n'êtes pas en mesure de répandre un peu plus de confusion et d'alarme, alors vous n'êtes pas la femme que j'estime que vous êtes !

Il va de soi que je ne fermai pas l'œil de la nuit. Ce fut un soulagement lorsque le matin arriva, permettant d'agir. Alors que nous sirotions notre café, Emerson dit :

– Dépêchez-vous de terminer votre petit déjeuner, Peabody. Nous sortons.

– Pour aller où ? demandai-je.

– Ici et là. Le moment est venu de rendre une visite de politesse aux Grands Prêtres d'Aminreh et d'Isis. Ils étaient rivaux autrefois, et ils le sont toujours, probablement. Bon sang, nous sommes dans l'ignorance d'un certain nombre de choses. Ceci... (il leva sa tasse de café) ... est la preuve qu'ils ont eu des contacts avec le monde extérieur. De même que les lames en acier des épées que portent les nobles et les officiers de grade élevé. Avec qui entretiennent-ils des relations commerciales ? Quelles autres marchandises ont-ils obtenues ? Et pourquoi diable prendre la peine d'importer du café ? Ce n'était certainement pas une attention délicate de la part de Tarek. Il n'attendait pas notre venue.

J'écartai cette dernière question, la jugeant sans importance... une erreur de ma part, comme les événements allaient le montrer.

– Aucun de nous deux ne parle leur langue couramment, Emerson.

– Je pense que je serai capable de me faire parfaitement comprendre, déclara Emerson.

La porte n'était pas fermée. Emerson s'était fait parfaitement comprendre sur *ce* point en retirant la lourde barre en bois de ses tasseaux et en l'emportant dans notre chambre. Sans regarder ni à droite ni à gauche, il écarta les gardes d'une poussée et s'éloigna à grands pas dans le couloir, suivi par moi, Selim et Daoud. Personne n'essaya de nous arrêter jusqu'à ce que nous arrivions dans la salle à ciel ouvert qui donnait sur la terrasse, où nous rencontrâmes le capitaine de nos gardes. Il nous informa que le roi désirait nous voir immédiatement.

Les yeux d'Emerson brillèrent.

– Dites-lui, attendez ! fit-il. Venez, ma dame.

– Trois impératifs d'affilée, fis-je remarquer en prenant la main qu'il m'offrait. Pouvez-vous expliquer à cette personne agitée, sans user d'impératifs, que nous avons l'intention de rendre visite aux Grands Prêtres ?

– Je n'ai pas l'intention d'expliquer quoi que ce soit, très chère. Nous allons au Grand Temple. L'une de ces fripouilles se trouve certainement là-bas.

Lorsque nous arrivâmes au niveau de la route, mon regard se tourna, non pas vers le temple mais vers les falaises escarpées au nord. Le soleil récemment levé illuminait la paroi ouest, que des ombres découpaient comme les coutures d'une couverture cousue de façon insensée. Ramsès était-il là-haut, effectuant son escalade lente et périlleuse vers la partie nord de l'oasis voilée par la brume ? Si ses espoirs de trouver une aide auprès des villageois avaient échoué, il avait peut-être trouvé refuge dans les passages souterrains au-dessous de notre précédente demeure. Je ne savais pas ce que je devais espérer. Je ne savais pas ce que je devais redouter le plus.

– Ne regardez pas dans cette direction, dit Emerson en me considérant comme je trébuchais.

Selim eut à nouveau le fou rire lorsque nous passâmes entre les grands pylônes qui comportaient nos images, mais à la vue de l'esplanade qu'il y avait au-delà, il redevint sérieux. Des colonnades, soutenues par des piliers massifs, bordaient les quatre côtés, et d'énormes torchères en bronze en flanquaient l'entrée. Les flammes qui vacillaient dans les torchères pâlissaient à la lumière du soleil. L'autel au centre empestait des restes du sacrifice du matin. Des prêtres étaient occupés à découper la carcasse du bœuf. La viande serait répartie entre les serviteurs du temple après avoir été offerte au dieu. C'était un arrangement très pratique qui satisfaisait à la fois les besoins spirituels du dieu et les besoins alimentaires de ses prêtres. Notre apparition fit cesser toute activité. Tous nous regardèrent avec stupeur, mais nous allâmes aussi loin que la colonnade intérieure le permettait avant que l'un des prêtres trouve suffisamment de courage pour nous arrêter et nous demander ce que nous voulions.

Après un certain nombre d'impératifs peu adéquats, nous parvînmes à nous souvenir de quelques substantifs appropriés et l'on nous informa que les personnes que nous voulions voir n'étaient pas dans le temple mais dans leurs demeures respectives. Apparemment, ils confiaient les rituels quotidiens à des subalternes, excepté dans des circonstances particulières. Soulagé de nous voir rebrousser chemin, le prêtre nous accompagna jusqu'au pylône et nous indiqua les demeures des Grands Prêtres.

– Ils n'enferment pas les prêtres dans des cellules en pierre, déclara Emerson en examinant les façades à colonnes et les jardins verdoyants. C'est l'ancienne maison de Murtek. Elle a été transmise à celui qui lui a succédé en tant que Grand Prêtre d'Isis.

Au lieu de gravir les marches vers la maison, il s'éloigna sur la route à pas rapides. Nous fûmes tous pris au dépourvu, y compris notre escorte. Je fus obligée de courir pour le rattraper.

– Mais que faites-vous ? demandai-je, essoufflée.

– Je mets à profit l'élément de surprise, répondit Emerson.

Il me prit par la taille et m'entraîna avec lui, retournant dans la direction d'où nous étions venus. Il passa devant le temple, puis, sans s'arrêter, il monta une rampe vers une villa imposante située sur la colline. « La maison de Tarek. » Je réussis à prononcer ces mots, bien que le bras d'Emerson me comprimât les côtes.

– A l'évidence, il n'est pas là, répondit mon époux, absolument pas essoufflé. Mais quelqu'un d'autre, oui, et je crois savoir qui. Je veux récupérer mes fusils.

Je distinguai plusieurs silhouettes sur la terrasse qui nous observaient. Alors qu'Emerson s'élançait en avant, l'une d'elles se retourna et disparut à l'intérieur de la maison. Les autres l'imitèrent promptement. En vérité, voir Emerson charger de la sorte, me tenant sous son bras tel un paquet encombrant, aurait suffi à frapper de terreur le plus courageux des hommes.

– On entre en trombe ! cria Emerson, tout en le faisant. Vous me suivez, Daoud ? Selim ?

Je n'étais jamais venue dans la maison que Tarek avait occupée lorsqu'il était prince héritier, mais l'agencement des pièces était semblable à celui des autres demeures de la noblesse. Au-delà de la terrasse, il y avait une succession d'antichambres, puis un couloir qui tournait d'abord à droite et ensuite à gauche. Emerson courait à toute allure, et j'entendais le bruit des pas lourds de Daoud derrière nous. Les serviteurs s'enfuirent devant nous. Emerson les rassembla, tel un chien qui rassemble des moutons, et les fit avancer vers une magnifique salle de réception avec des piliers et des peintures murales. Certains se serrèrent les uns contre les autres à l'autre extrémité en poussant des cris terrifiés. D'autres s'échappèrent par l'une ou l'autre des portes fermées par des rideaux le long des murs. Emerson me posa par terre.

– Regardez là-bas, me dit-il, me montrant l'une des portes et franchissant l'autre d'un bond.

La pièce où j'entrai était une chambre à coucher, luxueusement meublée mais inoccupée, à l'exception de deux serviteurs qui essayaient de s'enfoncer à travers le mur opposé. Un rapide regard à la ronde m'apprit qu'il n'y avait rien d'anormal à propos des meubles. Des vêtements soigneusement pliés sur le panneau au pied du lit ressemblaient à ceux que Merasen avait portés la veille. Emerson avait vu juste. C'était bien sa maison. Je m'apprêtais à fouiller la chambre lorsqu'un cri de triomphe m'amena à retourner en hâte dans la salle de réception. Emerson surgit au même moment, tirant à sa suite un homme qui se débattait en vain pour se dégager. L'homme portait une robe de lin et des sandales tissées, mais je le reconnus immédiatement, malgré ses traits déformés par la peur.

C'était le capitaine Moroney, l'ancien assistant du vétérinaire de l'armée.

Bien sûr, je l'avais soupçonné depuis le commencement.

# 10

– Vous ne saviez pas ! vociféra Emerson. Ne me dites pas que vous saviez !

– J'avais de forts soupçons...

– A propos de tout le monde ! (Emerson reporta son regard hostile de moi à Moroney et laissa tomber ce dernier sur le sol sans cérémonie.) Vous faites honte à votre uniforme, vous êtes un vil imposteur et un meurtrier ! Qu'avez-vous à dire pour votre défense ?

Moroney se mit sur son séant et se frictionna l'épaule. Ayant compris qu'il ne courait pas le danger imminent de mourir par strangulation, il avait recouvré son sang-froid, et son visage était celui du charmant jeune officier que j'avais connu.

– Mais pas en tant qu'assistant vétérinaire ! m'exclamai-je. Je me rappelle à présent où je vous ai vu... au déjeuner offert par le général, au cours duquel Wallis Budge a parlé de l'Oasis perdue.

– Aha ! fit Emerson. C'est ce qui vous a mis sur la piste, hein ? Vous feriez mieux de tout de me dire. Vous avez assassiné l'un de mes hommes et essayé d'en tuer un autre. Seuls des aveux complets sauveront votre peau !

Moroney se leva d'un bond.

– Monsieur, vous devez me croire ! Je suis coupable de cupidité et de tromperie, mais pas de meurtre. C'est Newbold qui a poussé votre homme, le précipitant dans les mâchoires du crocodile, et c'est Merasen qui a égorgé le jeune garçon. Il était mort lorsque je suis arrivé sur les lieux, sans quoi je vous certifie que j'aurais empêché cela.

– Il ment, grogna Daoud.

– Tout homme est innocent jusqu'à ce qu'il soit reconnu coupable, déclara Emerson avec regret. Continuez, Moroney, écoutons la suite. Soyez convaincant, ajouta-t-il en tendant une main pour faire reculer Daoud.

Moroney se mit à table. L'allusion de Budge à l'Oasis perdue au cours de ce déjeuner déjà lointain avait été l'une de ses plaisanteries grossières, mais lorsque Reggie Forthright avait raconté une histoire similaire et annoncé son intention de partir dans le désert à la recherche de son oncle disparu, cela avait stimulé l'imagination de Moroney... laquelle, malheureusement pour nous, était exceptionnellement développée pour un militaire. Notre disparition ultérieure dans le désert et notre retour par la suite avec une mystérieuse jeune Anglaise avaient été très louches, ainsi qu'il l'énonça. Cependant, il lui était impossible de confirmer ses soupçons ou d'aller plus avant. Il avait presque oublié cette affaire lorsque, par l'une de ces vilaines coïncidences dont se délecte le destin, la patrouille qu'il commandait avait intercepté une caravane de marchands d'esclaves et trouvé parmi les prisonniers un jeune homme dont l'aspect et le comportement différaient d'une manière frappante avec ceux des esclaves apeurés.

– Arrogant, dit Moroney en résumé. Je n'étais pas habitué à une telle attitude de la part des indigènes. Il exigea que je lui rende ses biens. Je découvris que ceux-ci consistaient en des bagues en or pur et en plusieurs armes inhabituelles, et je compris alors, avec un étonnement que je pourrais difficilement exprimer par des mots, que l'histoire de Forthright était vraie. Ce garçon était venu de l'Oasis perdue, où l'or était aussi commun que la boue.

– Un homme honnête en aurait immédiatement informé ses supérieurs, fis-je remarquer.

– Je pourrais faire valoir, répondit Moroney avec une certaine amertume, que j'avais servi mon pays pendant vingt ans sans rien recevoir en contrepartie, excepté la perspective d'une pension dérisoire, et que l'attrait de l'or a séduit des hommes plus riches que moi. Mais je ne cherche pas d'excuses. Je succombai à la tentation, et je trouvai en la personne du jeune Merasen un collaborateur de bonne volonté. Il avait été chargé de vous remmener à l'Oasis perdue, et il reconnut avec franchise qu'il avait peu d'espoir d'y retourner lui-même sans vous. Je fis remarquer qu'il n'avait aucun espoir d'aller où que ce soit sans mon aide, aussi parvînmes-nous à un accord. Je gardai l'or. Ce jeune sot n'avait pas compris qu'il ne lui était d'aucune utilité, car toute tentative pour l'échanger contre de l'argent aurait eu pour seul résultat de se faire tordre le cou par un commerçant malhonnête ou d'être dénoncé aux autorités par un commerçant honnête. Je fus à même de suivre ses progrès par votre intermédiaire. Dès que j'appris que vous vous rendiez au Soudan, je compris que la première partie de mon plan avait été couronnée de succès. Je donnai ma démission et je me rendis à Assouan, où je trouvai Merasen savourant les charmes douteux de cet endroit. Il m'apprit avec affabilité qu'il n'avait pas encore réussi à se procurer une copie de la carte de Forth, mais qu'il était certain de pouvoir le faire lorsqu'il vous aurait rejoints à Wadi Halfa. Aussi le mis-je sur le premier vapeur en partance, et j'ai attendu votre arrivée. J'avais déjà chargé une vieille connaissance à moi à Kareima de commencer à monter une caravane. Je connais très bien la région, puisque j'avais été en garnison là-bas pendant tellement d'années.

– Ce qui explique comment vous avez été à même de partir deux jours avant nous, dit Emerson en touchant le creux de son menton.

Moroney hocha la tête.

– Je ne croyais pas du tout que vous aviez l'intention d'aller à Méroé, c'est pourquoi j'étais prêt lorsque le train s'est arrêté à Abu Hamed. Une longue djellaba et un turban étaient un déguisement suffisant, du moment que je prenais soin de vous tourner le dos.

Il avait pris plaisir à se vanter de son ingéniosité, mais un bruit venant du dehors fit disparaître le sourire de son visage. Il eut une expression effrayée.

– J'ignore comment vous avez réussi à éviter les gardes de Merasen, mais il va être informé très vite de votre présence ici, dit-il avec une agitation croissante. Ils n'ont pas l'intention de nous laisser partir, vous savez. Je n'ai pas été autorisé à sortir de cette maison depuis que je suis arrivé, et je ne sais pas ce qu'il est advenu de mes chameliers. Merasen refuse de me le dire. Il m'a menti. Nous ne sommes pas les seuls...

– Contrôlez-vous, dis-je sèchement. Et n'essayez pas de nous abuser. Vous êtes sorti de cette maison au moins une fois. Vous avez perdu un bouton près de la porte de ma chambre.

Je sortis le bouton de ma poche et le lui montrai. Moroney resta bouche bée.

– Ce bouton n'est pas à moi. Je n'ai jamais...

– Il n'appartient pas à mon époux ni à mon fils, l'interrompis-je. Vous êtes la seule autre personne ici dont les vêtements sont munis de boutons.

– Mais... mais c'est ce que je m'apprêtais à vous dire ! bredouilla Moroney. Il y a un autre homme blanc ici !

Nos expressions sceptiques l'incitèrent à poursuivre d'une voix éperdue.

– C'est la vérité, vous devez me croire ! Merasen et lui s'entendent comme larrons en foire, il va et vient à sa guise. Merasen me congédie lorsque cet homme est ici, mais j'ai réussi à l'entrevoir... assez grand, les épaules voûtées, un menton prononcé et un nez proéminent, de grandes oreilles qui ressemblent à des ailes de chauve-souris...

Il s'interrompit, à bout de souffle, car il avait dit tout cela d'une seule traite. Emerson et moi échangeâmes des regards stupéfaits.

– C'est impossible ! m'exclamai-je.

– Ce doit être lui. (Emerson se frappa la paume du poing.) La description est trop fidèle. Crénom, je vous avais bien dit qu'il y avait quelque chose de louche chez MacFerguson ! Mais comment diable est-il arrivé jusqu'ici depuis Gebel Barkal ? Bon sang ! Cette oasis isolée commence à ressembler à Victoria Station !

Les craintes de Moroney s'avérèrent exactes. Les

bruits d'une course précipitée annoncèrent l'arrivée de Merasen, accompagné de plusieurs soldats. Son visage était congestionné de colère et il était essoufflé.

– Pourquoi êtes-vous venu ici ? demanda-t-il vivement. Le roi vous avait fait mander. Vous insultez le roi.

– Non, non, dit Emerson d'un ton calmant. Nous n'avions pas l'intention de l'insulter. Nous étions venus vous consulter, Merasen, avant de parler avec votre père, afin de savoir ce que nous devions dire s'il nous interrogeait à votre sujet.

C'était une menace plutôt directe et Merasen la prit comme telle. Il se mordit la lèvre.

– Il ne posera pas ce genre de questions. Vous ne lui direz rien. Je suis le seul qui vous aidera à quitter la Montagne Sainte !

– Bien, bien, dit Emerson. Les négociations restent ouvertes, n'est-ce pas ? Vous n'avez pas été franc avec nous. Vous ne nous aviez pas dit que notre... euh... ami était ici.

Merasen lança un regard furieux à Moroney. Celui-ci se dirigeait subrepticement vers la porte de sa chambre.

– Ce n'est pas votre ami. Il m'a obligé à vous voler. Il a tué votre serviteur.

Moroney commença à protester. Emerson le fit taire d'un geste de la main.

– Votre parole contre la sienne, Merasen. Et pour l'autre Anglais ?

Le visage juvénile de Merasen eut une expression d'étonnement sincère.

– Quel autre Anglais ?

– Peu importe, Emerson, dis-je. Il ne reconnaîtra

jamais quoi que ce soit, à moins d'être surpris la main dans le sac. Nous ferions aussi bien d'aller voir le roi.

– En effet, convint Emerson. Venez, Merasen.

– Vous ne devez pas dire au roi ce que je vous ai dit au sujet des fusils. Je veux lui faire une surprise. De toute façon, il ne vous croirait pas. (A l'évidence, Merasen avait du ressort. Il sourit.) Votre parole contre la mienne.

– Humpf ! fit Emerson. C'est ce que nous verrons.

Emerson refusa de se dépêcher. Il s'avançait à pas lents, absorbé dans ses pensées, mâchonnant le tuyau de sa pipe. Au bout d'un moment, il me dit :

– Merasen *non parle français* ?

Je compris ce qu'il voulait dire, bien que sa connaissance de cette langue fût très modeste. Lorsque son vocabulaire limité l'arrête, il choisit un mot au hasard, et il ne s'est jamais soucié d'apprendre le genre des substantifs.

– Je ne le pense pas, répondis-je.

– *Très bien.*

Ayant trouvé une phrase construite correctement, Emerson eut un sourire affecté et poursuivit :

– *Nous l'avons placé sur le grille...*

– Un quoi ? Oh !

– *Et nous le jouons comme une chat avec un souris.*

– Oui, très cher, je vois ce que vous voulez dire. Mais je vous en prie, ne parlez plus en français, cela me donne mal à la tête.

Ce matin, l'audience était privée. Le roi était seul, et manifestement très mécontent, mais les seuls signes de colère qu'il permit de lui échapper furent un regard sévère et un ordre bref.

– Asseyez-vous.

– Je vous remercie, dit Emerson, et il me conduisit vers un fauteuil.

– Renvoyez-les, fut l'ordre suivant, en montrant de la main Selim et Daoud.

– Renvoyez-le, dit Emerson, en montrant de la main Merasen.

Le garçon en resta bouche bée.

– Non. Le roi ne comprend pas...

– Oh, je pense que nous pouvons y arriver sans vous, déclara Emerson. (Il poursuivit en méroïtique.) Renvoyez-le, je les renvoie.

Une lueur d'amusement brilla dans les yeux du roi. Il fit un geste à son fils. Merasen n'osa pas désobéir. Il sortit à pas lents, en jetant un regard par-dessus son épaule. Une fois que Selim et Daoud eurent quitté la salle, Emerson s'installa confortablement dans un fauteuil.

– Bien, dit-il. Nous parlons... vous, je... un homme à un homme.

Le roi me lança un regard. Je lui fis un charmant sourire.

– Mon fils, dit Emerson. Où ?

– Je ne sais pas. Vous savez ?

Il parlait lentement et d'une voix très forte, comme les gens le font lorsqu'ils essaient de communiquer avec quelqu'un qui ne comprend pas leur langue.

– Si je le savais, je ne vous le dirais pas, espèce de salopard, dit Emerson en anglais.

– Ignorez cette question, lui conseillai-je.

– Hummm, oui, fit Emerson. Ma fille, poursuivit-il en méroïtique. Voir, parler. Maintenant.

La discussion se poursuivit un certain temps, ralentie, comme le Lecteur le comprend sans aucun doute, par la difficulté de la communication. Emerson fut contraint d'avoir recours au langage des signes et, à deux reprises, à des dessins esquissés au crayon sur l'estrade en pierre. A ma grande surprise, le roi persévérait patiemment. De temps en temps, lorsqu'ils se heurtaient à la barrière des langues infranchissable, ils me regardaient, et j'étais à même de leur fournir le mot essentiel. Il y avait incontestablement un pétillement de malice dans les yeux royaux lorsque je le faisais. Quel dommage que ce soit un traître et un usurpateur ! Le sens de l'humour est un trait de caractère attrayant. Mais, me remémorai-je, ce n'est pas toujours le signe d'une nature vertueuse.

Cela se termina avec notre accord pour apparaître lors d'une cérémonie solennelle dans cinq jours. C'était un délai plus long que je n'avais osé l'espérer. Il nous faudrait absolument trouver une issue dans cinq jours ! En échange, on me permettrait de voir et de parler avec Nefret.

– Aujourd'hui, dis-je avec fermeté.

Le roi acquiesça de la tête.

– Regagnez votre demeure. Quelqu'un viendra vous chercher. Aujourd'hui, ajouta-t-il, et, de fait, il sourit.

– Un homme tout à fait charmant, fis-je remarquer comme nous rejoignions Daoud et Selim et rebroussions chemin vers nos appartements.

– Un gredin tout à fait charmant, grogna Emerson. Je tiens à vous accompagner, Peabody.

– C'est impossible, mon cher. Contentons-nous de ce que nous avons obtenu. En l'occurrence, la barrière des langues a été très utile, n'est-ce pas ? Vous étiez incapables d'accepter des demandes précises puisque vous ne les compreniez pas, et il était incapable d'approfondir ses questions sur un certain nombre de sujets que nous aurions probablement jugées très embarrassantes.

– Mais j'ai été incapable d'approfondir *mes* questions sur un certain nombre de sujets, répliqua Emerson d'un air maussade. Est-ce qu'il sait que Merasen héberge un étranger ? Est-il au courant de la présence de l'autre homme blanc ? Qui est dans quel camp ? Qui pouvons-nous croire ?

– Chaque chose en son temps, Emerson. Avant tout, nous devons parler à Nefret et lui dire... quoi ?

Lorsque « quelqu'un » vint me chercher, nous avions réglé cette question. En l'occurrence, ce « quelqu'un » était le comte Amenislo. Je refusai la litière qu'il avait fait venir et je l'obligeai à marcher avec moi au lieu de monter dans la sienne.

– Un peu d'exercice vous fera le plus grand bien, l'informai-je en adoptant une allure qui fit trembloter les bajoues du comte et une région plus basse dans le dos. Nous n'allons pas très loin, n'est-ce pas ?

– Au sanctuaire d'Isis, haleta Amenislo. Mais ce n'est pas... convenable. Les gens... nous regardent.

Ils nous regardaient, effectivement, et cela n'avait rien de surprenant. Je répondis aux regards ébahis des passants en les saluant avec mon ombrelle, tandis que Amenislo se couvrait le visage avec sa manche afin d'éviter d'être reconnu. Je le fis trotter durant tout le trajet jusqu'à la cour du temple, où il fit halte et s'appuya contre une colonne.

– J'attends, dit-il, à bout de souffle. Continuez. Là-bas.

– Vous n'êtes pas pur rituellement ? m'enquis-je. Moi non plus, vous savez.

– Hon ! fit Amenislo.

J'eus honte de moi en voyant la sueur ruisseler sur son visage. Ce n'était pas digne de moi de tourmenter une victime aussi pitoyable. Je lui tapotai le bras.

– Si cela ne dérange pas les prêtres, cela ne me dérange pas, dis-je avec entrain.

L'un d'eux m'attendait à l'ombre du passage couvert de l'autre côté de l'esplanade. Un crâne rasé et une tunique blanche immaculée proclamaient son rang. Il s'inclina devant moi, puis il me conduisit dans la salle où la déesse brillait depuis son socle. Il prit l'une des lampes qui étaient placées sur des supports à hauteur d'épaule et il me fit signe de le suivre comme il franchissait l'une des portes masquées par un rideau.

La lampe était primitive, bien que d'une forme gracieuse, faite de quelque pierre translucide comme de l'albâtre. Elle donnait peu de lumière. Le fond du couloir taillé dans la roche où nous étions entrés était dans l'obscurité. Là, le couloir faisait un coude, d'abord sur la droite, et, après une courte distance, sur la droite à nouveau. Nous repartions dans la même direction. Puis survint un autre coude brusque, sur la gauche, et je vis de la lumière devant... une faible lueur qui brillait à travers un rideau de lin. Mon guide écarta le rideau et me fit signe d'entrer.

Plusieurs lampes brûlaient ici, éclairant une salle exiguë dont les murs étaient recouverts de tentures. Combien de portes derrière ces tentures ? me demandai-je. Combien de couloirs qui s'entrecroisaient avions-nous dépassés ? L'endroit était un satané labyrinthe, qui avait pour but de déconcerter un intrus.

Je pouvais seulement prier pour que Ramsès ait renoncé à son idée d'arriver jusqu'à Nefret en passant par le temple. S'il tentait de le faire, il serait capturé ou bien il se perdrait irrémédiablement. A l'évidence, cette salle ne faisait pas partie des appartements de la Grande Prêtresse. Elle comportait uniquement quelques tabourets et une petite table pliante.

Le prêtre était parti. J'étais seule.

Autant de gagné, pensai-je en carrant les épaules. Cela me donnera l'opportunité d'explorer les lieux. Me déplaçant le long des murs, j'écartai les tentures les unes après les autres, et je trouvai, comme je m'y attendais, d'autres ouvertures... toutes noires comme de la poix. Je m'apprêtais à prendre l'une des lampes et à franchir l'ouverture la plus proche lorsque l'une des tentures du côté opposé de la salle fut écartée. Deux des suivantes, emmaillotées de la tête aux pieds dans leurs voiles blancs, entrèrent et se postèrent de part et d'autre de la porte. Derrière elles venait Nefret.

Il est inutile de décrire l'émotion qui réduisit mon élocution normalement parfaite à des exclamations inarticulées. Je ne m'étais pas rendu compte, jusqu'à ce qu'elle se jette dans mes bras et que je sois à même de la serrer contre moi, à quel point j'avais été inquiète. Tout d'abord, elle fut tout autant incohérente. Elle s'agrippait à moi et répétait les mêmes mots d'affection et de soulagement maintes et maintes fois. Naturellement, je surmontai rapidement ma faiblesse et je l'encourageai à faire de même.

– Nous n'avons peut-être pas beaucoup de temps, dis-je. Ne le gaspillons pas. Ils ne vous ont pas fait de mal ?

– Non.

Elle s'essuya les yeux du dos de la main et m'adressa un sourire timide. Elle portait les habits de la Grande Prêtresse, mais elle avait relevé les voiles couvrant son visage.

– Le professeur... Ramsès, Selim, Daoud... ils vont bien ?

– Oui, oui, ne vous inquiétez pas pour nous. Est-ce que vous savez pourquoi ils nous ont attirés ici ? Tarek a été renversé par un usurpateur...

– Je sais. Ils veulent que je fasse revenir la déesse dans son sanctuaire.

– Afin de consolider le trône de l'usurpateur, dis-je, aussi cyniquement qu'Emerson l'aurait fait. Lequel semble quelque peu instable ! Tarek s'est retranché dans la partie nord de la Montagne Sainte, mais ni lui ni son successeur n'est à même de venir à bout de l'autre. Le nouveau roi exige que nous lui apportions notre soutien, publiquement et sans la moindre équivoque, et cela pourrait bien changer les choses en sa faveur.

L'une des suivantes tourna sa tête voilée vers la porte par où j'étais venue. Dans le couloir, quelqu'un toussa. Je dis en hâte :

– Naturellement, nous ne ferons pas une telle chose, mais il serait préférable que nous quittions la cité et rejoignions Tarek. Non, ne m'interrompez pas et écoutez-moi ! La situation n'est pas aussi désespérée qu'elle semble l'être...

– Elle ne l'est jamais, avec vous, fit Nefret en s'efforçant de sourire.

Je lui fis un sourire rassurant en retour, puis je poursuivis :

– Nous avons plusieurs projets en vue. Je présume que Daria est avec vous ? Comment va-t-elle ?

– Pas aussi bien qu'au début, répondit Nefret lentement. Ils la traitent comme une servante, et certaines des suivantes prennent plaisir à lui raconter des histoires horribles à propos de tortures et de sacrifices humains. Lorsque je leur ordonne de la laisser tranquille, elles obéissent pendant un moment, mais je ne peux pas être avec elle tout le temps, on me prépare pour la cérémonie et... Oh, tante Amelia, je commence à oublier ! Il y a des vides dans ma mémoire, plus longs et de plus en plus fréquents.

Un frisson me parcourut l'échine comme je me remémorais l'étrange précision du rituel qu'elle avait accompli en tant que Grande Prêtresse. Je saisis ses mains et les serrai.

– Vous devez tenir bon, dis-je avec instance. Ce ne sera pas très long. Ramsès a un plan... Oh, bon sang, voilà ce maudit prêtre qui vient me chercher !

Il se tenait dans l'embrasure de la porte, la lampe à la main. Les suivantes s'approchèrent de Nefret. Je brandis mon ombrelle et elles reculèrent en poussant de petits cris effrayés. Nefret éclata de rire.

– Vous êtes une bouffée d'air frais, tante Amelia... un grand vent soufflant du nord, en fait ! Quel est le plan de Ramsès, et comment puis-je l'aider ?

– Je suppose que les ouvertures dans la falaise au-dessus du toit du temple conduisent à vos appartements ? Faites seulement un signe de tête. Oui. Pouvez-vous laisser une lampe allumée devant l'une d'elles cette nuit et les nuits suivantes ? De préférence, dans une chambre qui n'est pas occupée la nuit.

– Je peux essayer. (Ses yeux s'agrandirent alors

qu'elle comprenait le sens de cette question.) Oh, non ! Il ne pourra jamais...

– Ce ne sera peut-être pas nécessaire. J'ai quelques idées de mon côté. Je ferais mieux de partir maintenant, ma chère enfant, mais vous aurez à nouveau de nos nouvelles bientôt... demain, si cela m'est possible. Faites semblant d'être soumise et accommodante, et remettez-vous-en à moi pour le reste.

Le prêtre était à mon côté, les suivantes à côté de Nefret. Elle hocha la tête et sourit, mais ses mains s'agrippèrent aux miennes jusqu'à ce que je les dégage doucement de sa prise. Je quittai la salle à la suite du prêtre et je ne me retournai pas pour regarder Nefret. Je craignais que ma détermination ne s'effondre si je le faisais.

## Manuscrit H

– Harsetef ! s'exclama Ramsès. Est-ce bien vous ?

Harsetef rangea avec respect la pipe en écume dans la petite bourse accrochée à sa ceinture et toucha de ses doigts les lèvres de Ramsès.

– Parlez moins fort. Et allongez-vous sur le sol.

– Ils arrivent, chuchota Ramsès. Ils vont trouver cet endroit.

– Non. Regardez.

En haut de la falaise vers le sud, une petite silhouette était apparue. Elle se redressa, agita les bras et cria... des insultes et des provocations, comprit Ramsès, car les poursuivants se tournèrent pour regarder dans cette direction. L'un des soldats banda son arc et décocha sa flèche. Sa cible l'esquiva avec une facilité insultante. Quelques secondes plus tard, un gros rocher dévala la pente dans un grondement de tonnerre, entraînant dans sa chute un grand nombre de pierres plus petites, une pluie de cailloux, ainsi qu'un soldat. La petite silhouette poussa un cri de défi et disparut dans une crevasse de la falaise.

– Alors c'est de cette façon que vous les combattez, murmura Ramsès en observant la petite troupe décimée tenter de trouver un chemin vers le haut de la falaise abrupte.

– L'une des façons.

A plat ventre, son menton appuyé sur ses bras croisés, Harsetef ajouta :

– Ils seront contraints de renoncer bientôt, la barque du dieu navigue vers l'ouest. A ce moment, nous partirons, vous et moi.

– Vous êtes toujours fidèle à Tarek, alors.

Harsetef tourna la tête et regarda Ramsès avec surprise.

– J'appartiens au Maître des Imprécations, je suis son homme. Je n'ai jamais oublié les dernières paroles qu'il m'a dites. « Servez le roi Tarek aussi loyalement que vous me serviriez. » Il est revenu, comme nous savions qu'il le ferait lorsqu'il entendrait nos prières.

Ainsi donc Père est à présent un demi-dieu, pensa Ramsès. Ce rôle aurait intimidé la plupart des hommes, mais sans aucun doute Emerson l'endosserait sans le moindre effort. Ce n'était pas étonnant que l'usurpateur désirât son soutien.

Leurs poursuivants battaient en retraite, lentement et avec difficulté, emportant le corps de leur compagnon. Harsetef ne semblait guère pressé. Vraisemblablement, il attendait la tombée de la nuit. Ramsès s'efforça de ne pas penser à l'escalade terrifiante qui l'attendait.

– Parlez-moi de Tarek, dit-il. Comment a-t-il perdu son trône ?

– Cela tient en peu de mots, répondit Harsetef. Lorsque vous avez quitté la Montagne Sainte, il y avait encore une certaine opposition au roi. Il s'est montré miséricordieux. Il a offert le pardon à ceux qui déposeraient leurs armes et feraient serment de fidélité.

– Peut-être s'est-il montré trop indulgent.

Harsetef secoua la tête.

– Non. Son frère était mort, il n'y avait pas d'autre roi pour qui se battre. Le vieux Grand Prêtre d'Aminreh est mort, lui aussi... non pas d'une mort violente, car on ne lève pas la main sur ceux qui ont été choisis par le dieu, mais après un an d'emprisonnement. Il était très âgé.

– Et l'homme blanc... l'Anglais aux cheveux roux qui soutenait également le frère de Tarek ?

– C'était certainement un adorateur de Set, déclara Harsetef avec le plus grand sérieux. La couleur de ses cheveux était le signe de ce dieu maléfique, et n'a-t-il pas combattu sa propre sœur, la Prêtresse de la divine Isis ?

Voilà l'utilisation qui était faite de la religion, aurait dit le père de Ramsès. L'ancien mythe racontant le meurtre du dieu bienfaisant Osiris par Set, son frère jaloux, avait été habilement dénaturé afin de répondre à une nécessité politique précise. Isis, sœur à la fois de Set et d'Osiris, avait été également l'épouse de ce dernier, qu'elle avait ramené à la vie le temps suffisant pour qu'il la féconde et lui donne un fils. Nefret était la cousine de Reggie, pas sa sœur, mais c'était un détail mineur. Ramsès crut déceler dans cette affaire l'habile main du vieux Murtek, le Grand Prêtre d'Osiris, l'un des politiciens les plus intelligents qu'il ait jamais connus.

– Ainsi l'homme de Set... euh... est mort ? demanda-t-il.

– Frappé par la main d'Osiris.

La main de Murtek, plus vraisemblablement. Ramsès se demanda comment il s'y était pris.

Murtek était également mort, de causes naturelles. L'astucieux vieil homme avait maintenu l'équilibre entre les diverses factions politiques, faisant s'opposer les prêtres d'Amon à ceux d'Osiris, et freinant les projets de réformes trop ambitieux de Tarek. Après sa mort, les ennuis avaient commencé. Son successeur était un homme faible d'un certain âge qui avait été incapable de s'opposer aux ambitions du clergé d'Amon. Tarek avait commis l'erreur fatale d'exiger un impôt de la part des habitants les plus riches, ainsi que de la part des prêtres, afin de mettre à exécution ses réformes.

Tout cela était d'une banalité déprimante. Il n'y avait pas d'armée permanente. A l'instar des chevaliers du Moyen Age, chaque noble avait sa garde personnelle, et lorsque la guerre ouverte éclata, ces hommes suivirent leur seigneur respectif. Les gardes du temple se rallièrent aux prêtres. Les seuls soldats restés fidèles à Tarek étaient des membres de sa garde, plus quelques autres. Plutôt que de les voir massacrer dans une lutte vaine, Tarek s'était réfugié avec eux dans la région nord. Depuis lors, d'autres hommes les avaient rejoints, mais leur nombre était toujours insuffisant.

– C'est également le cas des soldats de l'usurpateur,

dit Harsetef avec un sourire crispé. Il a perdu beaucoup d'hommes en essayant de pénétrer dans le défilé. Nous tenons les hauteurs et nous les défendons.

Il se leva.

– Rentre chez toi, mon garçon, dit-il à Khat.

Ramsès remercia le garçon à nouveau et lui dit d'être prudent. Après son départ, Harsetef dit avec hésitation :

– Il y a une chose qui me préoccupe. Je n'ai pas voulu en parler devant le garçon.

– De quoi s'agit-il ? demanda Ramsès en mettant son sac en bandoulière.

– On nous a dit, poursuivit Harsetef, que le Maître des Imprécations s'était montré aux côtés de l'usurpateur à la Fenêtre de l'Apparition. Que la Sitt Hakim et vous étiez avec lui. Que vous avez parlé aux gens, leur disant d'obéir à l'usurpateur.

– C'est exact, dit Ramsès.

Harsetef en faillit s'étrangler mais Ramsès poursuivit.

– Nous avons dit aux gens de rentrer chez eux. Ils se seraient fait massacrer, hommes, femmes et enfants. Allons, vous ne pensez tout de même pas que nous trahirions Tarek ? Nous échafaudons des plans et attendons le moment opportun pour agir.

– Je savais qu'il en était ainsi, fit Harsetef avec un soupir de soulagement.

Au diable la politique ! songea Ramsès. Ces gens *croient*, en leurs dieux et en nous. Nous le savions, bien sûr. Nous le savions intellectuellement, mais nous sommes trop freinés par notre rationalisme pour comprendre vraiment à quel point cette croyance peut être puissante. La foi peut déplacer des montagnes ?

Peut-être pas des montagnes, mais elle avait renversé des rois et transformé des sociétés.

La situation était plus sérieuse qu'il ne l'avait pensé, et sa disparition l'avait peut-être encore aggravée. Zekare allait-il essayer d'avancer la date de la cérémonie, et exiger une reconnaissance publique de sa légitimité ? Emerson n'accepterait jamais. Il serait capable de se lancer dans un discours virulent où il condamnerait l'usurpateur, ce qui déclencherait une guerre sanglante et, très vraisemblablement, signerait son arrêt de mort, ainsi que celui de son épouse. Ce serait une guerre limitée, seulement quelques centaines d'hommes dans chaque camp. La population de la Montagne Sainte n'avait jamais été très importante, et pour ce que Ramsès était capable d'en juger, elle diminuait lentement mais inexorablement. Néanmoins, des gens mourraient dans une guerre, et une mort inutile était une mort de trop.

Pouvaient-ils exfiltrer tout de suite ses parents – et Daoud et Selim – de la cité ? Ce serait bigrement difficile, sinon impossible, et ensuite ? Imaginer sa mère essayant d'escalader ces falaises dans l'obscurité était un véritable cauchemar. Oh, elle essaierait, bien sûr. Elle était prête à tout essayer. Ou à mourir dans cette tentative, ce qui était le scénario le plus vraisemblable. Et puis il y avait Nefret. Ils ne pouvaient pas l'abandonner. Si le reste de leur groupe s'échappait, elle serait gardée encore plus étroitement, et son importance pour l'usurpateur était au moins aussi grande que la leur... encore plus grande, si les prêtres étaient à même de la contrôler au moyen de drogues ou de menaces. Des menaces visant Daria, peut-être ? Nefret ne laisserait jamais la peur pour sa propre vie guider ses actes, mais elle céderait si une personne innocente était menacée de mort. Et pourquoi, au nom du ciel, pensait-il à Daria ? Elle n'était qu'un pion sur l'échiquier. Nefret était la Reine Blanche. Mais un pion peut devenir une reine s'il traverse tout le jeu...

Dans sa tête Ramsès avait l'impression que ses pensées étaient comme des milliers de souris courant frénétiquement dans un sens et dans l'autre, essayant de trouver un moyen de sortir de leur cage. Il leva les yeux. Une lune en forme de faucille voguait au-dessus des falaises, une lune d'argent pur, incurvée comme les cornes de la couronne de la déesse – Isis, l'épouse divine et la mère.

Il se tourna vers Harsetef.

– Je retourne là-bas.

Emerson m'attendait au bas de la rampe lorsque je sortis du sanctuaire.

– Alors ? demanda-t-il vivement.

Je lui racontai ce qui s'était passé. Son visage se rembrunit.

– Cela ne me plaît pas du tout, Peabody. Vous pensez qu'ils utilisent des drogues ?

– J'ai bien peur que ce ne soit le cas, Emerson. Elle semblait plus animée et plus confiante lorsque je l'ai quittée, mais nous devons impérativement reconsidérer la situation. Où sont Daoud et Selim ?

– Ils prennent des photographies des pylônes du temple. Et, ajouta Emerson, ils ont l'œil aux aguets.

– Cherchant à repérer un Anglais aux très grandes oreilles ?

Nous rebroussâmes chemin vers le Grand Temple, accompagnés par notre escorte. Elle était plus importante qu'auparavant. Marchant à grands pas, les mains dans les poches, Emerson dit avec humeur :

– A propos d'étrangers à la Montagne Sainte, il ne manque plus que ces satanés missionnaires et ces touristes allemands et je m'attends à ce qu'ils débarquent d'un instant à l'autre. Tous les autres sont ici. A votre avis, combien de boutons possèdent-ils entre eux tous ? Ce fameux indice ne vaut pas tripette !

Je le laissai bougonner. Ses prémisses étaient absurdes, mais se plaindre le soulageait. En fait, j'avais reconsidéré ma théorie concernant le bouton... non pas l'objet lui-même mais les circonstances entourant sa perte. Elles ne cadraient pas avec ma théorie d'une tentative d'enlèvement. Un seul homme, et non plusieurs, s'était tenu près de la porte de ma chambre et il était resté là longtemps après que les ronflements sonores d'Emerson eurent révélé sa présence à côté de moi... longtemps après que ces yeux brûlants eurent constaté sa présence bien concrète. Les profonds soupirs, la contemplation silencieuse faisaient penser à... Mais je suis sûre que mes Lecteurs avisés ont été plus rapides que moi. Je n'avais pas décidé quelles mesures prendre, mais il ne faisait aucun doute pour moi que faire part de cette idée à Emerson serait une grave erreur.

Selim était entouré d'une foule attentive. Il est toujours ravi d'attirer tous les regards, et il ne s'en privait pas. Il prenait photographie après photographie, aboyait des ordres à Daoud, qui lui servait d'assistant. Parmi le public, il y avait plusieurs prêtres au crâne rasé, une demi-douzaine de soldats, et un ensemble varié de citoyens ordinaires, dont quelques enfants et une dame dans une litière, dont la tête ornée d'une perruque noire dépassait entre les rideaux.

– Ils m'ont dit d'arrêter, annonça Selim en montrant les prêtres. J'ai fait ce que vous aviez dit, Sitt Hakim, et je les ai ignorés. Est-ce que vous l'avez vue ?

– Oui, et je lui ai parlé. Je vous raconterai plus tard. Vous avez terminé ici ?

– Une dernière photographie, répondit Selim.

Avec son sourire le plus charmant, il braqua l'appareil photographique vers la dame dans la litière.

– Je leur ai expliqué à quoi cela servait, poursuivit Selim, tandis que la dame souriait avec affectation et levait une main ornée de bagues pour ajuster sa perruque.

– Comment ? demandai-je, amusée et stupéfaite.

– A l'aide de signes et d'images tracées dans la poussière. J'ai appris quelques mots...

Il entreprit d'employer l'un d'entre eux, lançant « Magnifique ! » et souriant encore plus largement à son sujet.

– C'est étonnant de voir la façon dont les gens se comportent devant un appareil photographique, n'est-ce pas ? fit remarquer Emerson.

La dame souriait de toutes ses dents et penchait la tête d'un côté, ses yeux fixés sur Selim. Plusieurs spectateurs essayèrent de se rapprocher.

– Ils sont hypnotisés par ce satané appareil ! bougonna Emerson. Ils ne nous regardent même pas. Je me demande quels autres mots Selim a appris.

– Aucune importance, dis-je d'un ton sévère. Partons maintenant, nous devons parler de beaucoup de choses.

– Et nous avons énormément à faire, déclara Emerson. Et si nous donnions une petite réception ce soir, Peabody ?

– Vous me prenez de court, Emerson. Qui avez-vous l'intention d'inviter ?

– Tout le monde, Pcabody. Les Grands Prêtres, le capitaine de la garde, Merasen et son... euh... invité, et Sa Majesté. Le roi ne viendra pas, mais ce serait impoli de ne pas l'inclure dans les invitations. Nous inviterons également la Grande Prêtresse d'Isis et ses suivantes.

– On ne lui permettra pas de venir, Emerson.

– Nous pouvons toujours poser la question, Peabody. Dorénavant, nous nous comporterons comme si nous avions le droit de faire tout ce que nous choisissons de faire. Nous sommes parvenus à un accord à l'amiable avec Zekare, n'est-ce pas ? Nous sommes des alliés, n'est-ce pas ?

Il nous fallut un certain temps pour faire comprendre nos souhaits aux serviteurs, mais une fois qu'ils eurent compris, ils se dispersèrent pour effectuer les préparatifs nécessaires et porter les messages à nos futurs invités. Pendant que je donnais des ordres, Emerson alla se promener dans le jardin. Il revint pour m'informer qu'aucun message n'était accroché aux plantes grimpantes que nous avions abaissées depuis le mur, et qu'il n'y avait aucun signe que quelqu'un s'en soit approché.

– Je présume qu'il est trop tôt pour avoir des nouvelles de Ramsès, dis-je en m'efforçant de cacher ma déception. Mais j'aimerais vraiment que nous trouvions un moyen plus sûr de communiquer avec lui. La situation change, quasiment d'heure en heure. Nous devons... Qu'est-ce que c'est ?

L'une des servantes était entrée, apportant un grand

plateau. Daoud le lui prit poliment des mains et le posa par terre.

– Elle avait demandé si nous désirions de la nourriture... (il se frotta le ventre et montra sa bouche) ... et j'ai dit oui. De nombreuses heures se sont écoulées depuis le repas du matin, Sitt Hakim.

– Bien sûr. C'était une excellente idée, Daoud.

La jeune femme s'attarda, observant Daoud tandis qu'ils s'asseyait en tailleur devant le plateau. C'était la même qui nous avait suivis la veille, et je commençai à suspecter que ce n'était pas les sourires charmants de Selim qui l'avaient intéressée. Une attirance de ce genre est absolument inexplicable ! Daoud était bel homme, mais il était parfaitement insensible à des œillades et à des battements de cils aguichants.

Lorsque la jeune femme se fut retirée à contre-cœur, je parlai de Nefret à Selim et Daoud.

– Alors elle va bien, dit Daoud entre deux bouchées. Parfait.

– Non, ce n'est pas parfait, grogna Selim. Elle a peur et elle est seule. Nous devons la faire sortir de là-bas, Sitt Hakim.

– Je suis de cet avis, dis-je. Et nous n'avons pas une minute à perdre. Dans moins de cinq jours, nous devons nous ranger publiquement aux côtés de l'usurpateur ou bien le dénoncer publiquement. Nefret se trouve dans une position encore plus inconfortable. Je ne vois qu'une seule façon de nous sortir de ce dilemme. Nous devons, tous, nous enfuir et rejoindre Tarek.

– Oh, tout à fait ! dit Emerson avec un sarcasme excessif. C'est simple comme bonjour !

– Ce ne sera pas du tout simple, mais cela doit être

fait. L'ennui avec vous, Emerson, c'est que vous brûlez du désir de vous battre. C'est la dernière chose au monde que nous voulons. De nombreuses vies innocentes seraient perdues, dont les nôtres, peut-être. Si nous nous prononçons en faveur de Tarek, cela suffirait peut-être pour faire pencher la balance en sa faveur.

Emerson jeta sur la table le gros morceau de viande qu'il avait rongé, à la Henry VIII, et posa sur moi un regard torve.

– Je suppose que vous avez un plan ?

– Plusieurs. La plus grande difficulté, comme je vois les choses, consiste à délivrer Nefret... et Daria, bien sûr. Une fois que cela sera fait, nous pourrons nous évader tous les six.

– Nous évader, répéta Emerson lentement.

– Nous maîtrisons les gardes, nous les ligotons et les bâillonnons, et ensuite nous filons sur la Grande Route vers le défilé au nord. Audace, rapidité, et ces armes que Daoud a conservées si judicieusement devraient nous permettre de mener cette entreprise à bonne fin.

Les yeux d'Emerson lui sortirent de la tête. Il émit un étrange gargouillis. Son visage s'empourpra. Ses épaules commencèrent à se secouer. Je m'apprêtais à lui administrer une tape vigoureuse lorsque je compris qu'il n'avait pas un accès de mauvaise humeur. Il riait.

– Je ne vois pas ce qu'il y a de risible, dis-je avec indignation.

– Non, bien sûr !

Emerson essuya des larmes d'allégresse du dos de la main.

Les yeux de Selim lui sortaient de la tête également, mais pas, me sembla-t-il, d'amusement.

– Oh, Sitt ! commença-t-il.

– C'est un bon plan, dit Daoud.

– Un très bon plan, admit Emerson. Ne posez pas de question, Selim, cela ne ferait que lui inspirer des envolées de l'imagination encore plus fantasques ! Elle est à l'aise avec un dessein d'ensemble. Nous réglerons les détails au fur et à mesure.

Nous serions contraints de procéder ainsi, puisqu'il était impossible de prévoir les éventualités qui pouvaient se présenter.

En fait, je n'avais pas vraiment réfléchi à la question. (Je n'avais pas l'intention de le reconnaître devant Emerson, lequel n'y avait pas vraiment réfléchi, lui non plus.) Après tout, quel était notre principal objectif (à part sauver notre peau) ? Renverser l'usurpateur et rétablir Tarek sur son trône. Ramsès avait parlé avec faconde de fomenter une révolution et de remporter la victoire, mais le souvenir des visages confiants des villageois me hantait. Ils prendraient les armes pour nous et pour Tarek, et ils seraient massacrés. Il y avait certainement une meilleur façon de procéder.

Mon erreur la plus grave avait été mon incapacité à prévoir le péril affreux qui menaçait Nefret. Elle n'était pas menacée de mort, mais de quelque chose de pire... l'annihilation de sa personnalité et de sa volonté. L'observer exécuter parfaitement l'Invocation à Isis aurait dû m'avertir, mais, jusqu'à ce que je voie ses yeux hagards et entende sa voix mal assurée, je n'avais pas compris la gravité de la situation. Pour une fois, Ramsès avait été plus perspicace que moi. Il n'avait renoncé à son plan pour essayer d'arriver jusqu'aux appartements de Nefret en escaladant la falaise ou bien en passant par le temple qu'après que j'ai accepté de demander à Nefret de placer une lampe devant une fenêtre appropriée. Il avait promis de ne pas tenter cette voie sauf s'il trouvait un moyen sûr de le faire, mais je savais très bien que, dès qu'il serait loin de moi, il ferait exactement ce qu'il avait envie de faire... et j'avais commencé à me demander si son idée n'était pas la bonne idée, tout compte fait. Il fallait délivrer Nefret avant que nous tentions de nous échapper... avant que la volonté très forte de la jeune femme que je connaissais ne soit complètement brisée.

Les préparatifs en vue de notre réception furent bientôt terminés, et après avoir fait un brin de toilette, nous nous assîmes et attendîmes de voir qui viendrait. Il n'y avait pas eu de réponses à nos invitations. J'avais été incapable d'expliquer le concept de « RSVP » aux messagers.

J'avais estimé judicieux d'adopter les vêtements locaux, et je dois dire que le résultat était superbe. Naturellement, je portais une chemise de lin sous ma robe délicatement plissée. Sur ma demande, les servantes avaient apporté des bijoux supplémentaires : larges cols ornés de perles, bracelets en or et, dans mon cas, de lourdes boucles d'oreille. Emerson était splendide, sinon un brin embarrassé, et Selim se pavanait, fier comme un paon, en faisant jouer ses muscles. Daoud avait refusé d'apparaître en kilt et collier, mais il avait revêtu une élégante tunique en soie et un turban imposant.

– Il faut que nous prenions des photographies ! déclara Selim.

– Vous pouvez essayer si vous voulez, dit Emerson, qui n'avait manifestement pas l'intention de se faire photographier dans cette tenue. Mais la lumière diminue, et nous n'avons pas de poudre pour les flashes.

Je suggérai que nous attendions jusqu'au lendemain matin. Selim accepta avec empressement, car ce qu'il voulait en réalité, c'était une photographie de lui qu'il pourrait montrer à ses épouses.

La douce lumière bleu-gris du soir s'était glissée furtivement dans la pièce avant que les premiers invités n'arrivent. Peut-être estimaient-ils qu'il était plus sûr de venir en nombre, parce qu'ils étaient une demi-douzaine, tous des prêtres. Parmi eux, je fus ravie de le constater, il y avait les Grands Prêtres d'Isis et d'Aminreh. Sur leurs talons, presque littéralement, survint Merasen. Il me salua en anglais. Je répondis en méroïtique.

– Où est votre invité ? Et l'autre étranger ?

Mon espoir de le prendre au dépourvu échoua.

– Interrogez mon père le roi, répondit-il avec un sourire affecté.

Je commençais à détester ce sourire de petit garçon.

– Est-ce qu'il va venir ?

– Il est occupé à contenter ses épouses.

L'arrivée de nouveaux invités me sauva de l'obligation de répondre. Il y avait notamment Alare, le capitaine de la garde, le comte Amenislo, et plusieurs hauts dignitaires. Emerson s'avança pour les accueillir. Son visage arborait un sourire affable.

– Venir, s'asseoir, invita-t-il le comte en le prenant par le bras.

Nous avions préparé avec un grand soin la disposition des invités. Les petites tables pouvaient accueillir seulement deux ou trois personnes chacune. Amase, le Grand Prêtre d'Isis, était ma proie. Je l'enlevai adroitement aux prêtres qui l'entouraient et je le conduisis vers une table. Emerson avait à sa table Bakamani, le Grand Prêtre d'Aminreh, ainsi que Amenislo pour lui servir d'interprète. Les autres choisirent leurs places tout seuls, laissant Selim et Daoud à une table séparée. La conversation fut quelque peu compassée – quasi inexistante, en fait – jusqu'à ce que le vin commence à faire son effet.

Il était vraiment regrettable que nous ne puissions pas prendre de photographies, car la scène ressemblait aux tableaux de l'Egypte ancienne exécutés par des peintres romantiques : les robes amples et les perruques bouclées, l'éclat de l'or et le scintillement des pierres gemmes. Les flammes des lampes oscillaient au gré d'un léger vent et faisaient ressortir ici la forme d'un nez proéminent et là le pétillement d'yeux noirs.

Le Grand Prêtre d'Isis me rappelait mon vieil ami Murtek, qui avait occupé la même fonction. C'était un homme de petite taille, desséché et rabougri, mais sans la forte personnalité de Murtek. Il me fallut un bon moment pour l'amener à parler en toute liberté.

– La Grande Prêtresse n'est pas venue, dis-je. Je comprends. Mais pourquoi pas les suivantes ? Elles venaient nous voir lorsque nous étions ici, lors de notre premier séjour.

– Elles visitent les malades, ma dame.

– Hummm, fis-je.

Mes tentatives pour aborder d'autres sujets d'intérêt furent interrompues par des éclats de voix provenant de la table où Emerson était assis avec le Grand Prêtre d'Aminreh. Comment mon époux avait-il réussi à engager une discussion sur la religion avec son vocabulaire limité, j'étais bien incapable de le deviner. Il semblait peu probable que le timide comte ait traduit ses affirmations les plus provocantes. Pourtant il y était parvenu.

– Votre dieu, leur dieu... (il montra de la main Selim et Daoud, puis il me désigna) ... son dieu, beaucoup de dieux, tous des mensonges. Pas de dieux. Seulement des hommes. Les hommes se servent des dieux.

Il avait trouvé un adversaire qui était aussi fanatique que lui et qui avait beaucoup bu. Bakamani se leva en titubant légèrement, mais il était néanmoins impressionnant, car c'était un homme de haute taille, avec un visage semblable à une stèle en pierre rectangulaire, un long menton et une mâchoire énergique.

– Tous les dieux sont faux excepté Aminreh. Il est tous les dieux en un, il est Rê, il est Khepri, le scarabée qui s'est mis au monde lui-même, il est celui qui juge les morts et qui place la couronne sur la tête du roi.

– Qu'est-ce qu'il a dit ? demanda Emerson en poussant Amenislo du coude.

Le comte sursauta nerveusement et traduisit les paroles.

– Ha ! fit Emerson joyeusement. (Il se tourna vers moi.) Peabody, vous avez saisi les allusions ? Des bribes de divers hymnes ? J'étais injuste envers cet individu. Il n'est pas uniquement poussé par un désir de pouvoir, il croit vraiment à ces sornettes !

Le Grand Prêtre poussa Amenislo du coude.

– Qu'est-ce qu'il a dit ? aboya-t-il.

On ne peut pas arrêter Emerson lorsqu'il reçoit des encouragements de cette sorte, aussi n'intervins-je pas. Tandis que la soirée avançait, tout le monde devint très animé. Emerson et le Grand Prêtre n'arrêtaient pas de demander de traduire à un comte Amenislo de plus en plus affolé, et comme leurs voix devenaient plus fortes, le vieux prêtre d'Isis cessa de regarder nerveusement par-dessus son épaule et se montra plus expansif. Lui aussi était un croyant sincère. Il y eut de vraies larmes dans scs yeux lorsqu'il parla de faire revenir la déesse dans son sanctuaire.

– Nous aussi serons très heureux que la déesse revienne, dis-je poliment.

– Vous la connaissez, dans votre pays ?

– Certains dans notre pays vénèrent la mère divine et son fils.

– Vraiment ? Elle est douce et bienveillante, murmura le vieil homme avec un regard peu équivoque vers les deux autres qui continuaient de discuter. Pas comme d'autres dieux.

– C'est exact ! m'exclamai-je, comprenant que j'étais en grand danger de me lancer à mon tour dans un débat théologique. La Grande Prêtresse peut-elle la faire revenir ? Elle a été absente pendant longtemps.

Je fis signe à l'un des serviteurs de remplir la coupe du vieil homme. Nous étions à présent des alliés, sinon des coreligionnaires, et il ne voyait aucune raison de tenir sa langue.

– La Grande Prêtresse se souvient. Jour après jour, elle se souvient de mieux en mieux. Chaque jour nous parlons, elle et moi, seule à seul. Et lorsque la divine Isis reviendra, elle occupera sa place légitime de reine des dieux de la Montagne Sainte.

Et son Grand Prêtre, Amase, aurait la préséance sur son rival, le Grand Prêtre d'Aminreh. Ainsi qu'Emerson n'aurait pas manqué de le faire remarquer, sous le couvert de la religion il y avait la soif de pouvoir.

Merasen allait de table en table et essayait d'écouter

les conversations. Ce fut lui qui mit finalement un terme au dîner. Etant donné qu'il avait le rang le plus élevé parmi les personnes présentes, tous prirent exemple sur lui. A l'évidence, certains étaient peu disposés à s'en aller, notamment le robuste capitaine de la garde. Frustré dans ses tentatives pour parler avec Emerson, il était allé s'asseoir avec Selim et Daoud, et je ne doutais pas que ceux-ci l'avaient régalé d'un certain nombre d'histoires hautes en couleur à propos d'Emerson. C'est étonnant de constater tout ce que l'on peut communiquer avec des gestes et quelques mots seulement. La seule personne qui n'ait pas participé à l'allégresse générale était l'un des hauts dignitaires, lequel était affligé d'un gros rhume. Comme le froid de la soirée augmentait, il s'emmitoufla encore plus étroitement dans son magnifique manteau de lin, et il fut le premier à partir.

– Vous n'avez pas été d'un grand secours, dis-je à Emerson, tandis que les serviteurs commençaient à débarrasser les tables et à éponger des petites mares de vin renversé. Vous étiez censé interroger le Grand Prêtre, et non parler religion avec lui !

– Je me suis tout de suite rendu compte, répliqua Emerson avec hauteur, qu'il n'y avait aucun espoir de le corrompre ou de le persuader de se retourner contre Zekare.

– Comme c'est intelligent de votre part de l'avoir compris aussi vite !

– Epargnez-moi vos sarcasmes, Peabody. Est-ce que vous saviez que Tarek avait levé des impôts très lourds sur les temples, particulièrement celui d'Amon, et contraint de nombreux prêtres à travailler pour gagner honnêtement leur vie ? Cet individu a eu le sentiment que ses prières anxieuses avaient été entendues lorsque Zekare s'est emparé du trône et a rétabli Amon en lui donnant un pouvoir encore plus grand.

– Tout cela est très intéressant, Emerson, mais je ne vois pas en quoi cela nous aide.

– Humpf ! fit Emerson. Et vous ? Sans aucun doute, vous avez rallié le Grand Prêtre d'Isis à notre cause.

– J'ai fait des progrès considérables, en fait. C'est une bonne âme dépourvue de malice. Il m'a dit que, dès que la déesse serait revenue et que Nefret aurait choisi quelqu'un pour lui succéder, elle pourrait être avec nous.

– Il a menti, grogna Emerson.

– Je ne le pense pas. Quelqu'un d'autre lui a menti. J'ai appris quelque chose d'une importance encore plus grande. Je suis seulement étonnée de ne pas y avoir pensé auparavant.

Emerson n'était pas disposé à me donner la satisfaction de demander ce que c'était. Il se tourna vers Selim.

– Quelque chose d'important à signaler, Selim ?

– Le capitaine vous admire énormément, Emerson.

– Surtout après les mensonges que Daoud et vous lui avez dits, déclara Emerson, qui, apparemment, avait gardé un œil sur les tables durant le dîner.

Selim grimaça un sourire.

– Pas des mensonges, Emerson, et nous n'avons rien dit. Daoud est aussi bon conteur sans l'aide des mots qu'il l'est avec les mots.

Daoud eut un sourire modeste.

– Je pense, poursuivit Selim, que le capitaine serait votre homme si vous le lui demandiez.

– Cela nécessiterait plus que demander, Selim. Il faudrait que je fasse quelque chose qui... Hummm. Ma foi, Peabody...

– Non, Emerson. Je vous l'interdis formellement.

Les yeux d'Emerson se rétrécirent.

– Comment saviez-vous ce que j'allais dire ?

– Je *vous* connais. Vous songiez à affronter le roi en combat singulier... et, bien sûr, à l'emporter. Nous ne sommes pas au Moyen Age, Emerson, et même à cette époque les notions de chevalerie étaient honorées davantage en théorie que dans la pratique. En outre, il est probable qu'il manie une épée mieux que vous !

La fatigue m'avait délié la langue, sinon j'aurais fait preuve de plus de tact. Emerson carra ses puissantes épaules et me lança un regard furibond.

– Les choses en arriveront peut-être là, et si c'est le cas, j'agirai comme bon me semble. A présent venez vous coucher, vous avez bu trop de vin et cela ne vous vaut rien.

– Ce n'est pas le vin, murmurai-je en passant ma main sur mon front. Je l'ai senti venir durant toute la soirée. Des étourdissements, la fièvre...

Je m'affaissai lentement en avant, donnant largement le temps à Emerson de me saisir dans ses bras. Je ressentis un soupçon de honte lorsque je vis son expression alarmée, mais seulement un soupçon. C'était sa faute. Il ne m'avait pas écoutée.

Ramsès ne croyait pas aux signes surnaturels. Par bonheur, Harsetef y croyait.

– Si la déesse vous a parlé, vous devez obéir, convint Harsetef, une fois que Ramsès lui eut expliqué ce qu'il avait l'intention de faire. C'est un plan digne d'elle, un plan ingénieux.

– C'était également mon avis, fit Ramsès avec modestie.

– Ce sera dangereux. Mais avec Son aide, vous réussirez.

*Inshallah*, pensa Ramsès. A la volonté de Dieu. Et une petite prière à saint Jude, le patron des causes désespérées. Il aurait besoin de toute l'aide divine qu'il pourrait obtenir pour mener ce plan à bonne fin.

Ramsès aurait été incapable d'expliquer, même à lui-même, pourquoi ses pensées chaotiques étaient devenues brusquement parfaitement claires. A présent qu'il avait pris sa décision, il était en mesure de la justifier. La situation n'avait pas changé, mais sa perception de la situation, si. Leurs projets d'origine n'avaient pas pris en compte tous les faits. Les faits de la foi. Si la Grande Prêtresse disparaissait sans laisser la moindre trace dans ses appartements, et réapparaissait dans le camp de Tarek, proclamant son soutien à ce dernier, ce serait un coup d'assommoir pour l'usurpateur... et ce serait peut-être suffisant pour l'emporter sans une guerre.

Cela pouvait également exposer ses parents à un danger encore plus grand. Il se dit qu'il ne devait pas s'inquiéter à ce sujet. Les jeunes femmes étaient vulnérables, les quatre intrépides ne l'étaient pas. Ses parents avaient toujours été à même de parler ou de se battre pour se sortir de la plupart des situations sains et saufs, et ils avaient Daoud et Selim avec eux.

– Je ne serai peut-être pas capable de l'emmener avec moi ce soir, dit Ramsès.

– Vous devez d'abord reconnaître les lieux, admit Harsetef avec un hochement de tête approbateur. Je vous attendrai cette nuit, demain et la nuit suivante, et je préviendrai les autres éclaireurs. Vous pourrez retrouver votre chemin ?

– Oui, répondit Ramsès avec plus d'assurance qu'il n'en éprouvait en réalité. Vous ferez parvenir un message à Tarek ? Dites-lui que nous œuvrons pour sa cause et que nous le rejoindrons bientôt. Dites-lui de ne rien faire jusqu'à ce que nous soyons arrivés.

Harsetef l'accompagna durant une partie du trajet et le laissa blotti inconfortablement mais en sécurité dans une crevasse à environ sept mètres au-dessus de la Grande Route. Après son départ, Ramsès nota soigneusement l'endroit où il se trouvait. Il comprenait pourquoi les sentiers des *rekkit* venaient dans cette direction – très peu de maisons sur le côté est étaient habitées – mais c'était bigrement gênant pour lui, car le temple et le palais étaient situés de l'autre côté de la vallée. Il lui faudrait prendre le risque de suivre la route ou bien perdre un temps précieux... et risquer de se briser des os... en essayant de trouver un sentier le long des falaises. Cependant, il devait attendre. Il y avait beaucoup trop de lumières sur le trajet : les torchères qui brûlaient devant le temple, les torches portées par des piétons, des fenêtres éclairées par des chandelles et des lampes dans divers bâtiments. Il tua le temps en examinant la scène avec ses jumelles, et il fut intrigué de voir que, à en juger par le nombre de porteurs de torches et de litières quittant l'endroit, ses parents avaient donné une réception ce soir. Les invités qui s'en allaient étaient trop emmitouflés dans des manteaux et dcs capes pour qu'il puisse les reconnaître. Néanmoins, pour quelque raison moins obscure qu'il n'y paraissait, il reprit courage. Il aurait dû savoir que sa mère et son père ne resteraient pas les bras croisés, à attendre d'avoir de ses nouvelles. Bon sang, que mijotaient-ils à présent ?

Les lumières s'éteignirent les unes après les autres. Les flammes qui bondissaient devant le temple baissèrent et moururent dans un éclat rougeâtre. Une brume épaisse se formait au fond de la vallée, mais le ciel au-dessus était clair et les étoiles brillaient. Il jeta un dernier regard au croissant de lune, puis il entreprit de descendre vers la route.

Résistant à la tentation de se tenir dans l'ombre, Ramsès se mit à marcher d'un pas alerte, avec l'assurance d'un homme qui a une tâche importante à accomplir. Les rares personnes qu'il croisa étaient habillées comme lui, de tuniques ou de manteaux, pour se protéger de l'air de la nuit qui rafraîchissait. Le seul aspect positif était qu'il n'était pas obligé de passer devant l'entrée du palais. Elle était fortement gardée et brillamment éclairée. Jusqu'à cet instant, il n'avait pas osé penser à ce qu'il avait l'intention de faire, ni décidé de la façon dont il allait s'y prendre. Dissimulé derrière l'un des pylônes, il s'avança lentement jusqu'à ce que le petit sanctuaire d'Isis apparaisse devant lui. Quelque organe interne (sa mère aurait dit que c'était son cœur) se contracta lorsqu'il aperçut un carré de lumière au-dessus du toit du temple. Ils avaient réussi à voir

Nefret, alors, et à lui transmettre sa demande. Cela réglait la question sur la façon de procéder. Il n'avait jamais supposé qu'il lui serait possible de parvenir jusqu'aux appartements de Nefret en passant par le temple.

Il avait repéré un moyen d'accès possible, le jour où ils avaient visité le sanctuaire. La première partie ne fut pas difficile. Il y avait d'autres sanctuaires plus petits et quelques habitations, appartenant probablement aux prêtres affectés au temple, tous à des niveaux différents, et il atteignit le toit plat du temple sans aucune difficulté. A partir de là, il fallait escalader une paroi rocheuse abrupte, mais, ainsi qu'il l'avait dit à son père, la surface qui semblait lisse de loin offrait un certain nombre de prises pour les mains et d'appuis pour les pieds. Il ôta la tunique et les sandales gênantes, les mit dans son sac, prit la corde, et la déroula entre ses mains. Elle était mince et solide, et faisait au moins quinze mètres de long, davantage qu'il ne s'en était rendu compte. Daoud avait bien choisi. Il passa en bandoulière la corde à nouveau enroulée sur une épaule et sous l'autre bras, sachant qu'il serait peut-être obligé de redescendre précipitamment. Il s'accrochait à l'espoir éperdu et improbable qu'il trouverait Nefret éveillée et seule. Je dois avoir perdu la raison, pensa-t-il en levant les yeux vers la fenêtre éclairée. Elle ne sera pas seule, ces satanées suivantes ne laissent jamais la Grande Prêtresse sans surveillance, et je ne suis pas sûr de me résoudre à assommer une bande de jeunes filles sans défense, même en supposant que l'une d'elles ne se mette pas à hurler à l'aide avant que j'aie le temps de la maîtriser.

Il commença à grimper.

L'escalade n'était pas beaucoup plus difficile que la plupart qu'il avait faites en Egypte, si ce n'est que celle-ci était effectuée dans l'obscurité et dans le silence le plus absolu. Il se déplaçait prudemment, pourtant il n'était pas à même d'éviter qu'un petit morceau de roche se détache brusquement de temps à autre et tombe en contrebas. Le bruit que les pierres produisaient en heurtant le toit du temple lui faisait l'effet d'une explosion de dynamite, mais il n'y eut aucune réaction de la part des gardes devant le temple. Lorsqu'il arriva au niveau de la fenêtre, il était en sueur, crispé, et ses mains étaient en sang. Il saisit le rebord plat, ses orteils glissés dans une fissure.

Un regard par la fenêtre lui apprit que les suivantes sans défense n'avaient rien à craindre de lui. L'ouverture était barrée par deux colonnes qui faisaient partie de la roche elle-même, sculptées en forme de tiges de papyrus. Il les avait vues d'en bas, mais il ne s'était pas rendu compte à quel point les espaces entre les colonnes étaient étroits. Un enfant ou une femme très mince auraient pu se glisser entre elles. Pas lui.

Il se souleva jusqu'à ce qu'il puisse passer un bras autour de l'une des colonnes. S'il ne l'avait pas fait, il aurait probablement lâcher prise, de stupeur, lorsqu'il vit, assis entre les piliers, droit comme un piquet et immobile, un gros chat tacheté.

Ramsès le regarda fixement. Le chat soutint son regard, ses grands yeux blafards du fait de la lumière réfléchie.

Bien sûr, pensa Ramsès, j'aurais dû m'attendre à quelque chose de ce genre. Ma famille attire les situations saugrenues comme le sucre attire les mouches. C'était l'un des chats sacrés du temple d'Isis, laquelle avait acquis les autres attributs d'autres déesses, dont Bastet. Le chat portait un collier tissé et affichait une expression d'indifférence polie. Ou peut-être, étant donné qu'interpréter une expression féline est problématique, était-ce une indifférence totale.

Ramsès se garda bien d'essayer de le saisir. Les chats sacrés étaient des animaux très gros et robustes, munis de griffes acérées et de dents encore plus acérées.

– Tu montes la garde ou bien tu es simplement curieux ? chuchota-t-il.

Le chat ouvrit la bouche. C'était un bâillement, probablement pour montrer que Ramsès l'ennuyait prodigieusement, mais durant un moment incrédule, il crut que le chuchotement qui lui répondait était venu de la gorge de l'animal.

– Vous êtes fou de faire ça ! Partez vite avant que quelqu'un vienne !

Ce n'était pas Nefret... ni le chat.

– Daria ?

Son visage apparut dans l'ouverture à côté de celle que le chat remplissait. La lampe était placée sur un coffre bas sous la fenêtre, et la flamme tremblotante projetait des ombres mouvantes sur le visage de Daria, si bien qu'il semblait grimacer et se tordre. L'effet aurait dû être grotesque, comme le visage d'une sorcière, mais il n'en était rien.

– Aidez-moi. Prenez ceci, dit-il doucement.

Il lui tendit une extrémité de la corde et jura à voix basse comme le chat se retournait et essayait d'attraper avec sa patte le bout qui oscillait.

– Enroulez la corde autour de la colonne et

redonnez-la-moi, ordonna-t-il. Ne faites pas attention au chat.

Profondément offensé qu'on lui retire son jouet, le chat lança un regard réprobateur à Ramsès, puis il sauta du rebord de la fenêtre dans la pièce. Il s'éloigna d'un air dédaigneux en faisant de petits mouvements avec sa queue. Ramsès ajusta la corde. Comme il l'avait espéré, elle était assez longue pour former deux brins qui arrivaient presque jusqu'au toit.

– Vous voulez bien aller chercher Nefret ? demanda-t-il.

– Impossible. Elle se trouve dans une chambre intérieure et les suivantes dorment tout autour d'elle, comme des chatons dans un panier.

– Mais pas vous ?

– Peu leur importe ce que je fais du moment qu'elles ne me voient pas. C'est pour cette raison que j'ai pu allumer la lampe. Je leur ai dit que j'avais peur de dormir seule dans le noir. Elles ont éclaté de rire. Que faites-vous ?

– Chut ! Je vais vous emmener avec moi. Vous êtes suffisamment menue pour vous faufiler par l'une de ces ouvertures.

– Moi ? s'exclama-t-elle.

– Moins fort ! Faites ce que je vous dis, vite ! Les pieds d'abord. Je vais vous tenir.

Le chat avait décidé d'examiner une corbeille de l'autre côté de la pièce. Ses grattements attirèrent l'un de ses congénères dans la pièce. Tous deux s'attaquèrent à la corbeille. Ramsès leur adressa une excuse silencieuse. Les chats lui portaient chance, tout compte fait. Celles qui dormaient étaient habituées à de tels bruits la nuit.

Ramsès guida la jeune fille du mieux qu'il le pouvait avec une main et en lui donnant des instructions à voix basse. Elle fut obligée de se tourner sur le côté afin de faire passer ses hanches et ses épaules par l'ouverture. Lorsqu'elle fut assise sur la partie extérieure du rebord de la fenêtre, ses pieds pendillant dans le vide, elle regarda vers le bas et poussa un petit cri.

– Vous ne pouvez plus retourner à l'intérieur maintenant, chuchota Ramsès. Passez vos bras autour de mon cou et tenez-moi fermement. Je ne vous laisserai pas tomber.

Un frisson parcourut le corps de Daria. Ramsès n'avait jamais eu le vertige, mais il se représentait parfaitement la terreur qui étreignait Daria et le courage que cela exigeait pour lui obéir. Elle fut obligée de se pencher en avant, perdant l'équilibre, pour jeter ses bras par-dessus les épaules de Ramsès. Il l'attrapa par la taille et la fit descendre du rebord de la fenêtre, la tenant fermement d'un seul bras. Elle s'agrippa à lui, ses ongles s'enfoncèrent dans sa nuque, et son visage heurta sa poitrine.

– Tout va bien, je vous tiens, murmura-t-il. Cramponnez-vous, nous allons descendre immédiatement.

La descente fut un peu plus rapide qu'il ne l'aurait aimé, car il n'avait pas pensé à faire des nœuds dans la corde. En fait, il n'avait pensé à rien. Il n'osait pas penser à ce qu'il ferait ensuite. Mais il était tout à fait conscient du corps chaud et souple qui était pressé contre le sien. Daria n'avait pas émis un seul son depuis ce cri de peur involontaire.

La corde échappa à la prise de ses chevilles et de ses cuisses avant qu'ils aient atteint le toit, et il fut obligé de se laisser glisser d'une seule main pour les descendre tous deux le long de ce qui restait de corde. Les fibres rugueuses lui brûlaient la paume, mais il parvint à tomber sur ses pieds.

Elle releva la tête.

– C'est fini ?

Il répondit à cette question naïve comme il l'aurait fait avec un enfant effrayé.

– Oui. Vous avez été très courageuse. Vous pouvez me lâcher maintenant.

Il la posa sur le toit, tira sur la corde pour la dégager, puis il l'enroula.

– Pourquoi ? dit-elle doucement.

Elle se tenait immobile, les bras le long du corps, et son cœur se serra tandis qu'il comprenait finalement l'absurdité de ce qu'il venait de faire. Elle portait une robe blanche simple, sa tête était découverte, et ses délicats pieds bruns étaient nus. Ils seraient lacérés et en sang avant qu'elle ait parcouru un mile. Quant à escalader les falaises...

Il ne pouvait rien faire à ce sujet, ils devaient continuer, et il n'y avait qu'un seul endroit susceptible d'offrir un refuge assez longtemps pour lui permettre de réfléchir à un moyen de la sortir du pétrin où il l'avait mise. Il mit son sac en bandoulière.

– Venez.

Il n'y avait personne dehors à cette heure avancée de la nuit. Après s'être éloignés des endroits éclairés autour du palais et du temple, ils progressèrent dans l'ombre et marchèrent aussi vite qu'ils l'osaient. Elle le suivit sans une plainte et sans poser de questions jusqu'à ce qu'ils atteignent l'entrée de la villa abandonnée. Il ne la blâma pas d'avoir un mouvement de recul. Aucun rayon de lumière n'était visible à l'intérieur, les craquements secs auraient pu être produits par des rats ou des chauves-souris ou quelque chose de pire, et le rideau en lambeaux voletait au gré du vent tel un esprit désincarné.

– Ne craignez rien, dit-il doucement. Prenez ma main.

Il la guida, avançant à tâtons, et suivit les coudes du couloir jusqu'à ce qu'ils arrivent dans la pièce principale dont il se souvenait si bien. La lumière des étoiles pénétrait par les fenêtres hautes et l'ouverture qui amenait au jardin. La pièce dévastée avait été dépouillée de ses meubles, à l'exception de quelques coussins, criblés de trous et perdant leurs plumes. Il jeta un coup d'œil au jardin. Le bassin était tari et les plantes flétries.

– Je suis désolé, ce n'est pas très confortable, dit-il. Mais nous devrions être en sécurité, du moins pour le moment. Asseyez-vous, je vous en prie, vous devez être fatiguée. Ce sera par terre, je le crains. Je pense que les coussins sont déjà occupés par des souris.

Elle se laissa tomber en position assise. Ramsès chercha dans son sac. Elle accepta une gorgée d'eau mais secoua la tête lorsqu'il lui tendit une poignée de dattes.

– Je n'ai pas faim.

– Vous frissonnez. Tenez, mettez ceci sur vous.

Il l'emmitoufla dans le manteau et s'assit à côté d'elle.

Voir le bon côté des choses, aurait dit sa mère. Il y avait un bon côté des choses. Il savait comment trouver Tarek, et il avait réussi à emmener Daria sans laisser le moindre signe indiquant comment elle avait disparu.

Cependant, cela ne servirait à rien, à moins qu'il parvienne à la mettre à l'abri. Même dans ce cas, elle allait connaître de durs moments.

Il regarda d'un air coupable la silhouette prostrée à côté de lui. Elle avait ramené la capuche sur sa tête et elle ressemblait à un moine miniature.

– Pourquoi ? demanda-t-elle à nouveau.

– Je ne comprends pas ce que vous voulez dire, répondit Ramsès, cherchant à gagner du temps.

Il savait parfaitement ce qu'elle voulait dire.

– Pourquoi avez-vous fait cela ? Pourquoi moi ? C'est elle que vous espériez délivrer.

– Je ne pensais pas que j'avais beaucoup d'espoir de réussir, mais je devais essayer. Il y avait toujours une chance. Vous ne pensez tout de même pas que nous vous aurions abandonnée là-bas ? En fait, dit Ramsès lentement, si j'avais été contraint de faire un choix, si je n'avais pu délivrer qu'une seule de vous deux, cela aurait été vous. Nefret aurait été la première à le comprendre. Elle ne court pas un plus grand danger qu'auparavant, mais si elle s'était volatilisée de façon inexplicable, ils auraient pu...

– Me torturer pour me faire dire où elle était allée ?

Elle termina la phrase qu'il avait laissée inachevée. Elle semblait tout à fait réaliste.

– Ou menacer de vous faire du mal si elle ne se livrait pas. Ce qu'elle aurait fait.

– Oui. Je comprends. (Elle frissonna et ramena le manteau plus étroitement autour d'elle.) Que va-t-il se passer maintenant ? Nous ne pouvons pas rester ici très longtemps sans eau ni nourriture.

– C'est exact.

Soulagé de voir qu'elle considérait la situation avec

un tel calme, il lui exposa les principaux faits : la perte de sa couronne par Tarek, les demandes de l'usurpateur pour qu'ils lui apportent leur soutien, et les dispositions qu'ils avaient prises pour éviter cette obligation.

– C'est pourquoi je dois vous conduire auprès de Tarek, termina-t-il. C'est une route longue et pénible, et nous devons trouver des vêtements appropriés pour vous. Je pense que je peux y remédier.

– Comment ? Vous êtes un fugitif, vous aussi.

Il avait pensé à deux possibilités : la femme au village des *rekkit*, et le système convenu avec ses parents, consistant à laisser un message dans le petit ravin. Sa mère ne serait pas la femme qu'elle était si elle ne trouvait pas un moyen de lui faire parvenir les affaires nécessaires. Aucune de ces deux perspectives ne l'enchantait vraiment, mais il devait tenter l'une ou l'autre, et plus tôt il le ferait, mieux ce serait. Il se leva et grimaça de douleur car ses contusions lui rappelaient qu'il ne s'en était pas sorti indemne, lui non plus.

– Où allez-vous ? demanda-t-elle.

– Chercher les affaires dont nous avons besoin. Je reviendrai très vite. (Il ouvrit son sac.) Il reste de l'eau et de la nourriture.

Il y avait également une bougie, des allumettes, des feuilles de papier pliées et des crayons... ainsi qu'une petite flasque de brandy. Il griffonna un message sur l'une des feuilles de papier et la glissa dans sa ceinture.

La silhouette pelotonnée donna l'impression d'avoir rapetissé.

– Je vous en prie. Laissez-moi la bougie.

On ne pouvait voir du dehors une lumière aussi ténue.

– Entendu. Mais veillez à ce qu'elle ne se renverse pas et mette le feu aux feuilles sèches.

– Si vous ne revenez pas, je vais mourir ici.

– Cela devrait me donner une raison de plus de revenir, fit Ramsès d'un ton caustique. Excusez-moi, Daria, je ne voulais pas paraître... Si je ne reviens pas, vous feriez aussi bien de vous rendre.

Il lui laissa tout, excepté la corde, les allumettes et son poignard, qu'il avait l'intention d'utiliser si quelqu'un se trouvait sur son chemin. Il ne savait pas très bien pourquoi il était aussi en colère. L'incertitude, entre autres choses, supposait-il. Il réfléchit pendant qu'il marchait, et il était las, las de se tenir dans l'ombre, las de sa propre indécision.

La seconde possibilité semblait plus sûre, et il était impatient de communiquer avec ses parents. Ils étaient si sacrément imprévisibles. Ils pouvaient très bien partir à sa recherche s'ils n'avaient pas de ses nouvelles.

Guidé par une fenêtre fortement éclairée, la seule dans cette partie des habitations, il se dirigea vers le côté opposé du ravin, et il bénit Daoud à nouveau pour avoir pensé à la corde tandis qu'il se glissait au bas de celle-ci. Le sol inégal du canyon étroit était jonché de tessons de poterie et de nourriture en décomposition. Les serviteurs avaient probablement l'habitude de jeter les ordures par-dessus le mur. Il s'apprêtait à chercher à tâtons parmi les plantes grimpantes lorsqu'il la vit... une forme pâle qui pendillait, comme celle d'un pendu.

C'était l'une de ses chemises, glissée dans un pantalon et soigneusement épinglée pour tenir en place, avec des bottes attachées par leurs lacets aux jambes du pantalon. Après s'être remis de sa frayeur initiale, il s'aperçut qu'on avait écrit quelque chose sur le dos de la chemise. Il faisait trop sombre pour qu'il puisse lire les mots. Après l'avoir remplacé par son propre message, il se tint immobile un moment et leva les yeux vers la fenêtre éclairée, hésitant à prendre le risque de les appeler. Rarement il s'était senti aussi peu sûr de lui. Il pensa aux innombrables erreurs qu'il avait commises au cours de sa jeunesse dissipée. Etait-il en train d'en commettre une autre ? Avait-il bien agi, ou bien avait-il seulement aggravé les choses ?

Il rencontra un petit obstacle sur le chemin de retour. L'un des hommes qui gardaient l'entrée du cimetière était éveillé. Il bâillait et s'étirait. Ramsès serra la main sur son poignard, mais il se força à attendre, immobile dans l'ombre du pylône. Il y avait au moins un autre garde. On entendait ses ronflements sonores. Une échauffourée pouvait le réveiller.

Finalement, l'insomniaque s'allongea sur le sol et, au bout d'un moment, sa respiration régulière apprit à Ramsès qu'il pouvait poursuivre son chemin. Une fois à l'intérieur de la villa abandonnée, il gratta une allumette et lut le message. L'écriture ferme était celle de sa mère, et il esquissa un sourire en voyant qu'elle avait utilisé un crayon et non un stylo. Inutile d'abîmer une chemise en bon état !

« Avons encore quatre jours. Devons tous nous échapper et rejoindre Tarek. Pas de guerre ! » Suivait ce qui était manifestement une pensée après coup : « Le capitaine Moroney est ici. Dit que ce n'est pas son bouton. Soupçonnons que MacFerguson est également ici. »

Ramsès se souvenait de Moroney, mais qui diable était MacFerguson ?

Encore quatre jours. Pas de guerre. Elle pensait

exactement comme lui, ce qui était tout aussi bien. Mais « devons tous nous échapper » ? Elle aurait pu être plus explicite.

La seule lumière dans la grande pièce était la lueur pâle et nacrée qui précède l'aube. Il ne vit pas Daria tout de suite, et son cœur s'arrêta presque de battre. Puis elle sortit de derrière la colonne qui l'avait dissimulée.

– La bougie s'est éteinte, dit-elle d'une petite voix. Il faisait tellement sombre, et il y avait des bruits... J'avais peur qu'ils vous aient capturé.

Ensuite elle fut dans ses bras. Elle s'agrippait à lui, respirait bruyamment et rapidement. Elle écarta sa tête de son épaule et leva les yeux vers lui. Il vit le scintillement de larmes sur ses cils.

– Pourquoi m'avez-vous emmenée ? Etait-ce uniquement pour les raisons que vous avez dites ?

Les mots se frayèrent un passage à travers les barrières qu'il avait dressées dans son esprit.

– Je vous aime.

– Vous n'êtes pas obligé d'inventer de belles paroles, chuchota-t-elle. (Ses bras enlacèrent son cou. Ses doigts glissèrent dans ses cheveux, attirèrent son visage vers le sien.) C'est *elle* que vous aimez, je l'ai vu. Vous me désirez. Qu'y a-t-il de mal à cela ? Prenez-moi.

Il savait que, s'il l'embrassait, il ne pourrait plus s'arrêter. Il l'écarta doucement.

– Non, Daria, non. Pas ici, sur ce sol immonde, comme des animaux. Pas maintenant.

– Quand ? Combien de temps nous reste-t-il ? Une heure, un jour ? Je vous aime. Je vous aime depuis la nuit où je suis venue dans votre cabine, lorsque vous m'avez renvoyée par bonté et par pitié. Ne me repoussez pas maintenant. Demain, nous serons peut-être morts tous les deux.

Il l'embrassa.

# 11

Après qu'Emerson m'eut allongée sur mon lit, il tâta mon front d'un air inquiet et pressa sa joue contre ma poitrine. Il essayait, je présume, d'écouter les battements de mon cœur. Il en était à quelques centimètres. Je n'aurais pas eu envie de l'arrêter, mais il aurait été cruel de le laisser dans l'angoisse plus longtemps.

– Je ne suis pas malade, très cher, chuchotai-je. Ce n'est qu'une ruse.

Emerson se redressa vivement comme s'il avait été piqué par un scorpion.

– Crénom, Peabody ! commença-t-il.

– Chut ! Vous allez tout gâcher si vous ne jouez pas le jeu.

– Rrrrr ! fit Emerson.

Cela ressemblait au ronronnement amplifié d'un gros chat mais, en fait, c'était un grognement. Toutefois, la compréhension avait remplacé le ressentiment. Il se pencha vers moi et me dit d'une voix sifflante :

– Les servantes ?

– Oui. Je vous l'aurais dit plus tôt si vous aviez eu la courtoisie de m'écouter.

Emerson se frotta le menton et me considéra attentivement.

– Laissons de côté nos habituels échanges de reproches pour le moment, Peabody. Ce stratagème ne servira peut-être à rien, mais il... euh... présente des possibilités. Je vais dire aux servantes que vous êtes souffrante et demander des soins médicaux pour vous.

– Vous pouvez manifester de l'inquiétude, mais ne faites pas venir une prêtresse avant demain matin. Je n'ai pas envie qu'une foule de gens entrent et sortent d'ici cette nuit. Il y a une chance pour que Ramsès essaie de communiquer avec nous, et nous devons lui laisser un message.

Deux des jeunes femmes m'aidèrent à retirer mon costume compliqué et à passer une chemise de nuit. Elles furent obligées de me tourner d'un côté et de l'autre, puisque je faisais semblant d'être faible au point d'être incapable de même lever un bras. J'entendais Emerson vociférer dans la pièce voisine. C'était très astucieux de sa part d'exprimer des soupçons à propos de la nourriture et du vin, bien que ce fût un brin sévère pour les serviteurs, lesquels avaient peur d'être punis pour négligence, sinon pire. Je déclarai finalement que j'allais prendre mes propres remèdes et voir comment je me sentirais demain matin. Les jeunes femmes se retirèrent précipitamment.

– Voilà qui est réglé, dit Emerson en me frictionnant vigoureusement le front avec un linge humide.

– Ils sont tous partis ?

– Aussi vite qu'ils pouvaient décamper, répondit Emerson d'une voix satisfaite.

– Alors, arrêtez de faire ça. Vous m'arrachez la peau du front.

Emerson fut quelque peu surpris lorsque j'écrivis le message sur l'une des chemises de Ramsès, mais je suis d'avis de faire d'une pierre deux coups chaque fois que c'est possible. Des vêtements de rechange pouvaient être utiles. Après une brève réflexion, j'ajoutai un pantalon et une paire de bottes. Ramsès n'avait pas voulu en emporter, du fait de leur poids, lorsqu'il était parti, mais il en aurait peut-être besoin, et dans le cas contraire, cela ne faisait du tort à personne.

Aux premières lueurs de l'aube je réveillai Emerson, en plaquant ma main sur sa bouche jusqu'à ce qu'il ait cessé de se débattre et de jurer.

– Allez là-bas tout de suite, avant que les serviteurs se présentent, et voyez s'il y a un message de Ramsès, dis-je d'une voix sifflante. J'ai le plus affreux des pressentiments à son sujet. Je sais qu'il a fait quelque chose que je n'aurais pas approuvé !

– En règle générale, c'est une supposition tout à fait fondée, grommela Emerson.

Néanmoins, il alla aussitôt satisfaire ma demande. Lorsqu'il revint, il tenait à la main une feuille de papier pliée.

– Que dit-il ? demandai-je vivement.

Ramsès avait énormément de choses à dire, mais cela nous prit un bon moment pour déchiffrer son message. Dans le meilleur des cas, l'écriture de Ramsès ressemble aux enjolivures tarabiscotées de l'écriture hiératique égyptienne, et cette lettre donnait l'impression qu'il avait utilisé un bloc de pierre rugueux pour table. Je vais reproduire le message tel que j'en ai gardé le souvenir, sans indiquer les divers passages où nous interrompîmes sa lecture par des exclamations d'alarme et d'étonnement.

« Daria est avec moi, à l'endroit que vous avez bien connu autrefois. N'ai pas pu délivrer Nefret, suivantes dorment dans sa chambre. Eclaireurs de Tarek surveillent accès au défilé nord. L'un d'eux – vous vous souvenez d'Harsetef ? – viendra nous chercher, Daria et moi, et nous emmènera au camp de Tarek, mais ai besoin de chaussures et de vêtements pour elle. Pouvez-vous vous en occuper ce soir, ainsi que de la nourriture et de l'eau ? Reviendrai après la tombée de la nuit. »

– Elle a besoin de chaussures et de vêtements ? m'écriai-je. Bonté divine, Emerson ! Est-elle... Elle ne peut pas être...

– Entièrement nue ? Peabody, vous avez le chic pour porter votre attention sur le superflu ! Quoi qu'elle porte, et je suis sûr qu'elle porte quelque chose, cela ne doit pas être approprié pour une marche longue et difficile.

– Mais pourquoi l'a-t-il emmenée avec lui ?

– Parce que cela lui était possible, répondit Emerson impatiemment. Comment diable a-t-il réussi cela, je l'ignore, mais cela signifie qu'il y a un otage en moins à délivrer. Et ce message nous dit qu'il est sain et sauf et toujours libre. J'aurais pensé que c'était le point important.

– Oui, bien sûr. L'endroit que nous avons connu autrefois... Notre précédente demeure ?

– C'est ce que je pense. Il n'a pas été explicite, au cas où ce message serait tombé en de mauvaises mains.

– Bonté divine, oui ! Nous devons le détruire tout de suite.

– Gémissez, dit Emerson.

– Je vous demande pardon ?

– J'entends les serviteurs. Je présume que vous voulez poursuivre votre petit jeu ?

– C'est d'autant plus impératif maintenant, dis-je entre deux gémissements. Si Ramsès ne peut pas arriver jusqu'à Nefret, nous devons nous en charger.

– Je veux bien être pendu si je sais comment ! bougonna Emerson, et il sortit.

J'avais envisagé les possibilités évidentes. Retenir prisonnière une prêtresse et exiger le retour de Nefret en échange de sa liberté ? Prendre la place de Nefret, dissimulée sous des voiles, pendant qu'Emerson et les autres la cachaient... où ? A contre-cœur, j'en reconnus les difficultés. Pour le moment, je ne voyais pas comment les surmonter. Ah, bon, pensai-je, il va falloir que je trouve autre chose.

Tandis que j'attendais, poussant des gémissements chaque fois que je me rappelais de le faire, je réfléchis de nouveau au message de Ramsès. Il me tardait d'écouter le récit complet de ses aventures, que ces phrases concises, nécessairement brèves, esquissaient à peine, mais que l'inquiétude maternelle pouvait aisément se représenter. Il avait dû parcourir énormément de terrain au cours des deux dernières nuits... le plus souvent à la verticale. Nous pouvions supposer, estimai-je, que cette partie de son plan avait réussi, car il était peu probable qu'il aurait été à même d'aller à un rendez-vous avec les éclaireurs de Tarek sans un guide. Il était réconfortant de savoir que notre vieil ami Harsetef était toujours en vie et toujours loyal. Jusqu'ici je ne pouvais que féliciter Ramsès. Toutefois, au lieu de rejoindre Tarek, il était revenu et avait fait ce que je lui avais formellement défendu de faire. A moins qu'il ait rencontré Daria se promenant dans les rues, ce qui était improbable, il était certainement arrivé jusqu'à elle en escaladant cette falaise abrupte.

Je me promis de dire deux mots à ce garçon. S'il revenait dans le ravin cette nuit, je serais réveillée et je l'attendrais, même s'il était très tard.

Le rideau de la porte fut écarté. Emerson entra, suivi de Selim et Daoud.

– Ils voulaient voir par eux-mêmes que vous n'étiez pas vraiment malade, expliqua Emerson. Vous avez quelque peu exagéré les gémissements. Désirez-vous un café ?

– Pourquoi pas ? (Je me mis sur mon séant et arrangeai pudiquement les draps autour de ma personne avant de prendre la tasse qu'il me tendait.) Je présume que l'on a envoyé chercher la prêtresse ?

– Oui. Que comptez-vous faire d'elle, une fois qu'elle sera ici ? s'enquit Emerson.

Je lançai un regard significatif vers la porte, et il poursuivit :

– Ne vous inquiétez pas pour les serviteurs, ils ont peur de s'approcher de vous.

Selim voulut savoir ce que Ramsès avait dit exactement, aussi l'obligeai-je. Selim était un garçon perspicace, et je pensais qu'il pourrait peut-être déceler quelque chose qui m'avait échappé. Cependant, ce fut Daoud qui eut une idée qui ne m'était pas venue à l'esprit.

– Nous savons où il est. Pourquoi ne pas lui apporter les vêtements et les vivres aujourd'hui ?

– Eh bien, parce que... Parce que...

– Nous devons éviter de conduire quiconque jusqu'à sa cachette, dit Emerson en fronçant les sourcils.

– La Sitt Hakim peut trouver un moyen, déclara Daoud tranquillement.

– A l'évidence, cela ferait gagner beaucoup de temps à Ramsès et lui éviterait des efforts supplémentaires, sans parler des risques, dis-je d'un air pensif. Il pourrait emmener Daria directement jusqu'au défilé nord au lieu de faire d'abord tout ce chemin pour revenir ici.

Emerson alla jusqu'à la porte et releva le rideau.

– Ils arrivent. Crénom, c'est une véritable délégation !

Je tendis ma tasse à Selim et je m'allongeai de nouveau sur le lit, tandis qu'Emerson accueillait la délégation en question. Lorsqu'il revint, il s'efforçait de ne pas grimacer un sourire.

– Ils viennent d'apprendre la disparition de Daria, annonça-t-il. Ce pauvre Amenislo a été chargé de demander ce que nous savions à ce sujet. Le Grand Prêtre d'Isis est également là, dans un état de grande agitation. Venez, Selim et Daoud, ce devrait être très amusant.

Il fit un pas en arrière et tint poliment le rideau de côté afin de laisser entrer non pas une mais deux formes voilées.

Les rencontrer à l'improviste aurait causé une grande frayeur à une personne superstitieuse. Les voiles couvraient leur visage et descendaient jusqu'à terre, si bien qu'elles semblaient glisser plutôt que marcher. Ainsi que je pense l'avoir déjà mentionné, les prêtresses d'Isis étaient les médecins de cette société. On leur avait enseigné les méthodes que leurs lointains ancêtres avaient utilisées, le savoir ayant été transmis de génération en génération. Néanmoins, comme nous le savons tous, aucun procédé scientifique ne peut être vraiment scientifique s'il est entravé par les traditions et dénaturé par la superstition. Le plus grand succès des médecins de l'Egypte ancienne avait été la découverte que le pouls est « la voix du cœur » et qu'il peut être un indicateur général de la santé d'une personne... ce qui n'était pas un mince succès pour une civilisation ancienne, mais quelque peu limité dans ses applications. J'étais certaine de n'avoir aucune difficulté à tromper ces jeunes femmes. Cependant, lorsque l'une d'elles sortit de sous ses vêtements une petite fiole fermée par un bouchon et en versa le contenu dans un gobelet, je compris que je ferais mieux de changer de tactique. Le liquide était foncé, épais, et avait une odeur très particulière.

Je ne pris pas la peine de demander ce que c'était. Je me contentai de secouer la tête et de repousser le gobelet de la main.

– Je vais bien maintenant, dis-je. Mes remèdes ont été efficaces.

Tout d'abord, mes tentatives pour engager la conversation avec elles ne furent pas tout à fait couronnées de succès, mais je parvins à les convaincre d'ôter leurs voiles. L'une des jeunes femmes était très belle, avec des traits finement ciselés, aristocratiques, mais ses étroits yeux noirs m'observaient avec méfiance. L'autre était plus jeune, avait des joues rebondies et un joli sourire. Elle répondit en toute innocence à mes sourires affables et à mes questions amicales. Nous nous entendions très bien lorsque Emerson fit irruption dans la chambre.

– La situation devient un brin tendue, annonça-t-il. Le roi a envoyé toute une foutue troupe pour nous emmener, et ils sont bien décidés à le faire. Daoud brûle d'envie de se colleter avec eux, mais...

– Non, non, ce serait prématuré. (Je posai mes pieds sur le sol et je me levai.) Je viens avec vous.

– Je me proposais de lui dire que vous étiez souffrante. Cela pourrait s'avérer utile si nous avons besoin de remettre à plus tard la cérémonie.

– Je peux toujours avoir une rechute.

J'adressai un signe de tête bienveillant aux deux jeunes femmes qui s'étaient réfugiées derrière le lit et s'efforçaient éperdument d'ajuster leurs voiles.

– Voici un petit présent, mesdemoiselles, pour vous montrer ma gratitude, leur dis-je.

Le présent consistait en des bijoux, ce qui plaît toujours à des jeunes femmes. Etant donné que je n'avais pas emporté des bijoux de grande valeur, j'avais été obligée de dévaliser Daria. Les boucles d'oreille étaient très grosses et voyantes. Elles n'étaient pas assorties. L'une avait de longs pendants en perles dorées, l'autre des pierres rouges brillantes, sans doute du cristal plutôt que des rubis, mais le peuple de la Montagne Sainte ignorait tout de l'art de tailler des pierres précieuses, aussi firent-elles bonne impression. Je tendis une boucle d'oreille à chacune. La jolie jeune femme prit la sienne avec un murmure de remerciements. L'autre examina les pendants d'oreille et demanda :

– Où est l'autre ?

Ainsi que je l'avais soupçonné, elle était cupide et peut-être vénale. Excellent, pensai-je.

– Je vous donnerai l'autre boucle d'oreille la prochaine fois que vous viendrez, dis-je. Et davantage, bien plus, si vous amenez ma fille la Grande Prêtresse pour qu'elle me rende visite.

J'avais eu l'intention de faire cette suggestion de façon plus subtile, mais Emerson ne m'en avait pas laissé le temps. Les deux jeunes femmes sortirent sans répondre.

Le roi avait envoyé Amenislo et une douzaine de gardes, commandés par le jeune officier aux manières brutales. Le pauvre comte commençait à me faire pitié. Il n'y avait donc personne d'autre parlant anglais suffisamment bien pour servir d'interprète ? Un grand nombre de nobles plus jeunes, dont Tarek, avaient appris cette langue auprès du père de Nefret. Etaient-ils tous morts, ou bien partis en exil avec leur roi ?

Le comte fut tellement soulagé lorsque j'annonçai que nous venions tout de suite qu'il s'affaissa comme un ballon qui se dégonfle, et avec le même genre de sifflement agonisant. Je m'attardai juste le temps de prendre Selim à part pour une brève conversation chuchotée.

– De quoi s'agissait-il ? s'enquit Emerson tandis que l'on nous conduisait le long des couloirs.

– Je vous le dirai lorsque personne ne pourra nous entendre.

Je lançai un regard à Amenislo. Celui-ci s'était discrètement approché de moi. Il semblait préoccupé par quelque chose.

– Oui ? demandai-je poliment.

– La femme a disparu, chuchota Amenislo. Des appartements gardés de la Grande Prêtresse. Comment ? Etait-ce de la magie ?

J'eus un sourire énigmatique.

– Des gardes ne sont guère un obstacle pour nous, Amenislo. Sa Majesté ne le sait donc pas ?

Le comte essuya la sueur sur son visage.

– Le roi dit de ne pas en parler. Les gens ne doivent pas savoir.

– Ne comptez pas trop là-dessus, dit Emerson, qui avait écouté avec intérêt. Un grand nombre de gens savent déjà, et ils ne résisteront pas à l'envie de répandre la nouvelle.

– Et elle sera enjolivée au fur et à mesure, acquiesçai-je. Peut-être avons-nous rendu la jeune fille invisible ? Ou bien nous lui avons fourni des ailes ?

– Des ailes ? s'exclama Amenislo. (Il agita les bras.) Elle s'est envolée dans le ciel, pour rejoindre le dieu ?

– Oh, laissez-nous, Amenislo ! dis-je impatiemment.

Le comte recula de quelques pas. Je l'entendis chuchoter à l'un des gardes.

– Bien joué, Peabody, dit Emerson.

– La situation évolue plutôt favorablement, admis-je. Nous allons avoir une journée très occupée, Emerson. Je viens d'avoir une autre idée.

– Vous me glacez le sang, dit Emerson en grimaçant un sourire.

A nouveau, nous nous retrouvâmes seuls avec sa majesté illégitime, ainsi qu'Emerson l'appelait. Cette fois, il était fou de rage. Il arpentait la salle d'un pas lourd et brandissait une épée, et il se mit à crier après nous dès que notre escorte eut été congédiée.

– Que se passe-t-il ? s'enquit Emerson avec intérêt.

– Il est tellement furieux que je n'ai pas tout compris, répondis-je. Mais je crois qu'il exige de savoir ce que nous avons fait de la servante – je présume qu'il veut parler de Daria – et de Ramsès. Apparemment, il nous menace d'un certain nombre de choses très déplaisantes si nous ne lui disons pas où ils sont partis.

– Dites-lui qu'ils se sont envolés, suggéra Emerson.

Cette réponse ne fit que rendre Zekare encore plus furieux.

– Je ne m'attendais pas à ce qu'il croie cela, fis-je remarquer, comme le roi s'approchait d'Emerson d'un air menaçant.

Son épée ressemblait à celle de Merasen, en acier et non en fer, avec une garde joliment décorée. Elle semblait très acérée. Emerson, bien sûr, tint bon, même lorsque la lame nue ne fut plus qu'à deux centimètres de sa poitrine. Je levai mon ombrelle.

– Reculez, Peabody, dit Emerson du coin de la bouche. Je préfère être embroché plutôt que de mourir d'humiliation.

– Allons, restez calme et ne bougez pas. Personne n'embrochera personne.

Comme je l'avais pensé, Zekare n'avait aucunement l'intention de tuer la poule que l'on pouvait peut-être encore persuader de pondre des œufs d'or. Il abaissa lentement sa lame.

– Vous mentez, grogna-t-il.

– Pas mentir, dis-je en hâte. Nous n'avons pas assez de mots. Vous n'avez pas assez de mots. Votre fils... Amenislo... ils ont les mots. Faites-les venir pour parler pour nous.

Manifestement, cette excuse lui parut logique, mais après avoir réfléchi un moment, il secoua la tête.

– Pas Merasen. Pas Amenislo.

Ha ! pensai-je. Il n'a pas confiance en son fils et il a des doutes au sujet du comte.

– Qui ? demandai-je. Qui connaît les mots ?

Je ne voulais pas proposer moi-même le candidat évident, ou plutôt la candidate évidente... les hommes préfèrent toujours croire qu'ils pensent par eux-mêmes. Aussi attendis-je avec une expression de curiosité innocente tandis que le roi se colletait avec le problème. Finalement, il remit son épée dans son fourreau et se tourna vers moi.

– Nous allons la voir. Vous et moi.

– Maintenant ?

J'avais retenu mon souffle. Le mot sortit en un halètement.

– A la quatrième heure. Soyez prête.

Il sortit de la salle, nous laissant seuls. Emerson murmura :

– Je dois reconnaître que vous êtes particulièrement en forme aujourd'hui, Peabody. C'était sacrément brillant. Il voulait parler de Nefret, n'est-ce pas ?

– Très certainement. A moins, ajoutai-je, qu'il y ait encore un autre Européen ici. L'une des dames.

– Qui parle le méroïtique ?

– C'était juste l'une de mes petites plaisanteries, Emerson. Regagnons nos appartements. Nous avons énormément de choses à faire aujourd'hui.

Il était encore de bonne heure, mais Daoud avait persuadé son admiratrice d'apporter un plateau de nourriture. Elle se tenait là et le regardait avec une expression d'adoration stupide tandis qu'il mangeait. Selim avait été occupé par la tâche dont je l'avais chargé. Il apporta la grosse trousse de l'appareil photographique dans ma chambre et me montra son contenu. Elle avait été spécialement conçue pour contenir non seulement l'appareil lui-même mais également le trépied pliant et un certain nombre de plaques photographiques. Il avait réussi à fourrer tout le ballot dans la trousse, même les petites chaussures. Comme les autres affaires, c'étaient des vêtements que Daria avait empruntés à Nefret.

– Bravo, dis-je. Je vois que vous l'avez solidement attaché. Tout ce que nous devons faire, c'est nous approcher suffisamment afin de lancer le ballot dans la maison sans être observés. J'ai une idée sur la façon dont nous allons procéder...

Selim arbora un grand sourire.

– Je savais que vous auriez une idée, Sitt. Quand partons-nous ?

– Dès que Daoud aura fini de manger. Nous ferions bien de manger quelque chose, nous aussi. Maintenant que j'y pense, je n'ai pas pris de petit déjeuner.

Tandis que nous mangions, j'expliquai mon plan aux autres. Selim porterait l'appareil photographique et le trépied et il ferait semblant de prendre des photographies, comme il l'avait fait auparavant. Daoud l'accompagnerait, portant la trousse de l'appareil photographique. Emerson et moi montrerions des objets dignes d'intérêt et ferions semblant de donner des instructions.

– Des gens vont nous suivre et regarder, fit remarquer Selim. Comment nous approcher suffisamment pour agir sans être vus ?

– Emerson et moi fournirons une diversion, expliquai-je.

Emerson me lança un regard de travers mais demeura silencieux. Il n'était pas en mesure de faire des critiques, et il le savait. Jusqu'à présent il n'avait pas proposé une seule idée utile.

## Lettre de la liasse C

*Je n'ai pas été en mesure d'écrire beaucoup ces derniers temps. On me tient occupée tout le temps. Je passe des heures avec Amase le Grand Prêtre. Il me parle d'un ton monotone des splendeurs de la déesse et de son fils divin Har, qui correspond à Horus des Egyptiens, et il me fait répéter les mots du rituel, maintes et maintes fois, jusqu'à ce que je tombe dans une sorte d'hébétude. Parfois, il y a un autre prêtre avec lui. Celui-ci se contente de rester assis, il me regarde fixement et ne dit jamais un mot. Ce pauvre Amase est dénué de toute malice, mais je n'aime pas l'autre homme.*

*Les suivantes m'habillent et maquillent mon visage comme si j'étais une poupée, et elles me posent des questions. Elles sont très curieuses à propos du monde extérieur. Je vois bien qu'elles ne croient pas tout ce que je leur dis. Des machines qui vont plus vite qu'un chameau ne peut courir, des fils qui transportent des mots à une grande distance, des vêtements tissés par des vers ! Elles ont adoré cette histoire. On dirait des pies, elles jacassent et fourrent leur nez partout, sortent les vêtements de mes valises (il y avait des sous-vêtements en soie, qui m'ont suggéré l'histoire du ver à soie) et jouent avec les produits de beauté. Tout ce qui aurait pu me servir d'outil et d'arme avait déjà été retiré. Il ne restait pas un seul scalpel ou une sonde dans ma trousse médicale. Il va de soi que mon poi-*

*gnard et celui que j'avais prêté à Daria ont également disparu.*

*Et Daria n'est plus là. C'est Ramsès qui est venu la chercher, c'est évidemment lui, elle n'aurait pas pu partir seule. J'aurais dû m'y attendre, après que tante Amelia m'a eu demandé de placer une lampe devant la fenêtre, mais lorsqu'on m'a appris ce matin qu'elle avait disparu, j'ai eu l'impression de recevoir un coup de poignard en plein cœur. J'avais pensé que si Ramsès tentait cette horrible escalade, il le ferait pour moi. Daria ne représente rien pour lui. Elle n'avait pas le droit de m'abandonner ici.*

*Je suis injuste, n'est-ce pas, Lia ? C'est difficile d'être juste quand on a peur. Je me sentais tellement mieux hier, après avoir vu tante Amelia. Jusqu'à ce matin.*

*Je ne dois pas renoncer à me battre. Tante Amelia tiendrait bon. Elle trouvera un moyen, elle, le professeur, ces chers Daoud et Selim. Et Ramsès.*

*Pourquoi a-t-il emmené Daria ?*

– Je commence à en avoir plus qu'assez de cette maudite escorte, grommela Emerson. Je n'arrête pas de marcher sur leurs talons.

– Arrêtez-vous ici, ordonnai-je. Le portail du cimetière est tout à fait pittoresque, vous ne trouvez pas, Selim ?

– Oui, Sitt, répondit Selim.

Il installa l'appareil photographique sur le trépied. Je me demandai si l'appareil contenait une plaque photographique.

– Attendez un instant. Emerson et moi allons poser entre les pylônes.

Nous répétâmes cette manœuvre plusieurs fois, montâmes des escaliers et admirâmes des terrasses privées, où nous nous tînmes en souriant et en montrant quelque chose du doigt comme font les gens lorsqu'ils sont photographiés. Emerson ne manquait de s'arrêter et de bavarder... ou plutôt, il faisait de grands gestes et souriait... avec tous les gardes que nous croisions.

– La maison de Merasen à nouveau ? s'enquit Emerson entre ses rangées de dents.

– Notre petite incursion détournera l'attention des spectateurs, sans parler des gardes, pendant que Selim et Daoud rempliront leurs instructions, et nous aurons une autre petite conversation avec le capitaine Moroney. Nous devrions être à même de nous servir de lui, d'une manière ou d'une autre.

– Humpf ! fit Emerson.

Nous flânâmes sur la routc, regardant autour de nous tels des touristes inoffensifs et saluant de la main les passants. Certains agitèrent les bras vers nous en réponse, et j'entendis le mot « voler » répété plusieurs fois. J'en déduisis que la nouvelle de la disparition mystérieuse de Daria était déjà connue. C'est vraiment stupéfiant que les gens préfèrent croire l'impossible et le prodigieux plutôt que de faire preuve de bon sens.

A un signal convenu, Emerson et moi fîmes demi-tour, aussi promptement que des soldats, et nous repartîmes dans la direction d'où nous étions venus. On aurait pu s'attendre à ce que nos gardes soient habitués à ce genre de chose à présent, mais ils étaient très négligents. Ils poussèrent des exclamations étonnées et se bousculèrent entre eux avant de prendre une décision et de nous rejoindre. Je fus ravie d'observer qu'ils nous suivaient tous, laissant Selim et Daoud s'éloigner tranquillement avec l'appareil photographique.

– La discipline est quelque peu relâchée, haletai-je.

– Economisez votre souffle, me conseilla Emerson.

Il me saisit par la taille et se mit à courir.

Depuis notre première visite, Merasen avait augmenté le nombre de ses gardes. Les salutations enjouées d'Emerson n'eurent aucun effet sur ceux-là. Il fut obligé d'écarter d'une poussée deux d'entre eux pour passer. La grande pièce était inoccupée lorsque nous entrâmes. Emerson se dirigea aussitôt vers l'entrée de la pièce que j'avais identifiée comme étant la chambre à coucher de Merasen, et il écarta vivement le rideau.

Nous l'avions pris, sinon en flagrant délit, du moins dans une situation fort proche. Il était debout lorsque nous entrâmes, et s'efforçait de s'envelopper dans quelque vêtement. Les deux jeunes femmes ne parvenaient pas à décider si elles devaient se cacher sous les draps froissés ou bien s'enfuir précipitamment. Elles réglèrent ce dilemme en poussant des cris d'orfraie.

– Toutes mes excuses ! s'exclama Emerson. Nous cherchions notre ami le capitaine Moroney.

– Il n'est pas ici.

Merasen donnait l'impression de suffoquer. Il réussit à s'attacher la tunique autour de la taille.

– C'est ce que je vois, dit Emerson. Devons-nous nous retirer dans la salle de séjour et laisser ces dames... euh... dans l'intimité ?

Il adressa son sourire le plus engageant à ces jeunes personnes, qui cessèrent immédiatement de crier et considérèrent avec intérêt sa silhouette robuste.

Après avoir embrassé la scène d'un rapide regard, j'avais poliment tourné le dos, et je faisais semblant d'examiner les jolis bas-reliefs peints sur la colonne la plus proche lorsque Merasen sortit de sa chambre à la suite d'Emerson.

– Vous allez trop loin ! (La voix de Merasen était plus haute que d'habitude, d'un bon octave.) Je pourrais vous faire tuer pour cela !

– Je me suis excusé, répondit Emerson hypocritement.

Nous perdions du temps, aussi estimai-je qu'il était préférable d'intervenir.

– Vous proférez des menaces en l'air, Merasen, et vous le savez. Si vous voulez toujours ces armes, vous feriez mieux de coopérer avec nous. Où est le capitaine Moroney ?

– Dans un endroit où vous ne le trouverez jamais. (La couleur due au courroux commença à s'estomper du visage de Merasen.) Je l'ai bien traité, je lui ai offert de l'or pour m'apporter ce que je désirais, mais il a accepté trop vite. Je n'avais pas confiance en lui, je savais qu'il ne reviendrait pas, et je n'ai plus besoin de lui maintenant. Vous, vous reviendrez, avec les armes, parce qu'elle restera avec moi jusqu'à votre retour.

– Ah ! fit Emerson. Et ensuite ? Sera-t-elle libre de partir avec nous ?

– Elle fera comme il lui plaira. Peut-être – qui sait ? – voudra-t-elle rester... avec moi.

Les mains d'Emerson se crispèrent pour former des poings. Pour ma part, j'avais très envie de gifler le garçon pour faire disparaître ce sourire arrogant de son visage, mais je contins ma colère et je marchai sur le pied d'Emerson pour lui rappeler gentiment qu'il devait faire de même. C'était parfaitement inutile d'essayer de négocier avec Merasen. Il n'avait aucune intention de permettre à Nefret de quitter la Cité Sainte. S'il ne pouvait pas la persuader de rester – et il était suffisamment vaniteux pour nourrir cette illusion – il emploierait d'autres moyens.

– Parlons des armes, alors, dis-je. Quand pouvons-nous partir ?

– Dès que vous aurez tenu votre rôle pour la cérémonie. Votre fils doit être également présent. Envoyez-le chercher.

– Comment ? demandai-je.

Merasen fit bien comprendre que c'était notre problème et qu'il devait être réglé avant que la cérémonie ait lieu. Alors que nous partions, Emerson jeta un coup d'œil dans la chambre et dit au revoir aux demoiselles. Un duo de petits rires bêtes lui répondit.

– C'était inutile et plutôt grossier, dis-je.

– J'adore énerver cette petite crapule, répondit Emerson. Une offre habile, non ? Il pense vraiment que nous sommes assez stupides pour croire qu'il nous laissera partir une fois qu'il aura obtenu ses satanés fusils ?

– Comme la plupart des personnes vénales, il croit ce qu'il désire croire, dis-je d'un ton pensif. Emerson... et si cette histoire d'armes n'était qu'un leurre ? Cela nous prendrait des semaines pour aller les acheter et revenir avec elles. Je pense qu'il a l'intention d'agir plus tôt, que son père soit au courant ou non. Il a insisté très fort pour que nous soyons tous présents à la cérémonie.

– Humpf ! (Emerson caressa son menton merveilleusement rasé.) Peut-être ont-ils l'intention de nous assassiner, une fois que nous aurons fait le travail pour eux.

– Dieu seul le sait ! Il faut que je réfléchisse à cela. Et au sujet de ce pauvre capitaine Moroney ? Merasen l'a probablement fait jeter dans un cul de basse-fosse. Je suis sûre que sa situation est horriblement inconfortable.

– Il n'a que ce qu'il mérite ! fit Emerson d'un ton sec. C'est le cadet de mes soucis pour le moment. Pourquoi n'avez-vous pas interrogé Merasen au sujet de l'autre homme blanc ?

– Parce qu'il m'aurait regardé droit dans les yeux et aurait menti. Ah... voilà Selim et Daoud. Ils ont l'air très contents d'eux.

Nous les rejoignîmes au bas de l'escalier.

– J'ai pris de très belles photographies, annonça Selim. Dois-je ranger l'appareil dans sa trousse maintenant ?

La trousse était vide.

– Personne ne vous a vus ? demandai-je à voix basse à Daoud.

– Non, Sitt. Selim a photographié ceux qui n'étaient pas partis avec vous. Il les a fait se tenir le dos tourné à la maison.

C'était difficile pour *moi* de tourner le dos à la maison, très difficile de penser que Ramsès était si près de nous et pourtant inaccessible. J'espérais... je l'espérais sincèrement... que Daria était en sécurité avec lui.

– Nous ferions mieux de nous dépêcher, dis-je. C'est bientôt l'heure de notre rendez-vous avec le roi.

– Comment le savez-vous ?

– Ma montre, bien sûr. Je l'ai constamment gardée à l'abri de la poussière et du sable, et je n'ai pas oublié de la remonter tous les jours. (Je la sortis de ma poche.) Trois heures et demie.

– Oui, mais vous ne savez pas si sa quatrième heure correspond à nos quatre heures de l'après-midi. (Le visage d'Emerson afficha une expression pensive.) Je me demande comment ils mesurent le temps. La plupart des gens dépourvus de moyens mécaniques comptent les heures à partir du lever du soleil, et leurs heures ne font pas soixante minutes. Les Egyptiens...

Il avait ralenti le pas tandis qu'il se plongeait dans une réflexion savante. Je le tirai par la manche pour le faire avancer et je le piquai doucement du bout de mon ombrelle pour le ramener à la réalité.

– Dépêchez-vous, très cher. Je suis dans une attente fiévreuse.

La quatrième heure de Sa Majesté n'était pas nos quatre heures de l'après-midi. Cette heure survint et passa. Les ombres s'allongèrent et s'estompèrent dans la poussière. L'attente avait fait place au doute, puis au désespoir, lorsque j'entendis enfin les bruits que j'avais attendus. Je me levai d'un bond alors que le rideau était écarté par deux des inévitables et – dans le cas présent – nombreux gardes. Ils se dispersèrent dans la pièce, examinèrent les recoins et regardèrent dans les chambres voisines. Ce fut seulement lorsque leur commandant eut annoncé que le champ était libre (je traduis de façon idiomatique) que le roi entra. Au lieu de nous envoyer chercher, il était venu en personne... et il avait amené Nefret avec lui. Elle était voilée de la tête aux pieds et accompagnée par deux des suivantes, mais je la reconnus immédiatement, et il en fut de même pour Emerson. Il s'élança en avant, écarta le roi d'une poussée, et la serra dans ses bras en une étreinte vigoureuse.

– Vous allez l'étouffer, Emerson, dis-je en contrôlant ma propre émotion. Nefret, ma chère enfant, désirez-vous ôter vos voiles, si cela vous est permis ?

– Oh, excusez-moi, marmonna Emerson.

Il desserra son étreinte et écarta les voiles lui-même... faisant un bel enchevêtrement de ceux-ci, ajouterai-je. Lorsqu'il vit son visage qui lui souriait, il l'étreignit à nouveau.

Le roi observait la scène, les bras croisés.

– Elle vous est très chère, dit-il doucement.

C'était hors de propos et cela sautait aux yeux, aussi ne perdis-je pas de temps à répondre.

– Nefret, dis-je en hâte, vous avez été amenée ici pour servir d'interprète à l'intention de Sa Majesté. Essayez, si vous le pouvez, d'intercaler des questions et des réponses à *mes* questions sans qu'il s'en aperçoive. Emerson, arrêtez de l'étreindre ainsi, elle ne peut plus respirer.

– Non, professeur, ne vous arrêtez pas. Je me sens pleinement vivante pour la première fois depuis... cela fait combien de jours ? J'ai perdu le compte.

Zekare avait écouté cet échange avec une défiance grandissante. Il dit quelque chose à Nefret qui fit disparaître le sourire de bonheur de son visage.

– Il dit que nous ne devons pas parler jusqu'à ce qu'il en donne la permission.

Un geste brusque de la main congédia les gardes, et un autre indiqua que Selim et Daoud devaient également quitter la pièce. Nefret insista pour les embrasser tous les deux avant qu'ils sortent. Il ne restait plus que les suivantes, le roi, et nous-mêmes.

– Autant nous asseoir et nous mettre à notre aise, dis-je. Emerson, offrez à Sa Majesté une coupe de vin.

Sa Majesté refusa le vin.

– Un individu plutôt méfiant, non ? fit Emerson en buvant le vin lui-même.

– Il prend un très grand risque en nous permettant de parler à Nefret. (J'acceptai la coupe qu'il me présentait et je bus élégamment à petites gorgées.) C'est une indication, si nous en avions besoin, qu'il peut se fier à très peu de personnes, même à ses propres...

Le roi m'interrompit par un long discours que Nefret écouta attentivement. Elle s'était installée sur une pile de coussins. Les suivantes se tenaient debout derrière elle, semblables à des piliers de sel.

– Il veut savoir ce qui est arrivé à Daria, si c'était Ramsès qui l'a emmenée, de quelle façon il a accompli cela, et où il l'a conduite.

Nefret ajouta avec véhémence :

– Moi aussi, je veux le savoir ! Je n'arrivais pas à le croire ce matin lorsqu'on m'a dit qu'elle n'était pas dans sa chambre.

– Nous l'avons emmenée au moyen de notre magie, bien sûr, répondis-je.

J'employai le mot méroïtique pour magie. Le roi émit un grognement, et Nefret esquissa un sourire.

J'avais la conviction que le roi comprenait bien mieux l'anglais qu'il ne l'avait laissé paraître, aussi devais-je choisir mes mots avec soin. Cela fit de la conversation qui s'ensuivit une vraie gageure, mais si je puis me permettre de le dire, je m'accommode fort bien des gageures. Naturellement, je niai avoir connaissance de l'endroit où se trouvait Ramsès ou de ce qu'il faisait. Ramsès était, expliquai-je, un garçon entreprenant qui n'aimait pas qu'on le tienne enfermé. Ce commentaire hypocrite provoqua la fureur du roi, aussi poursuivis-je :

– C'est contre ma volonté qu'il a agi comme il l'a fait, mais, hélas, je n'ai jamais été capable de le contrôler. (J'ajoutai, à l'intention de Nefret :) Me répéter n'est pas très approprié du fait de votre séquestration, mais « mon cerveau foisonne de stratagèmes infinis ».

Je me flatte d'avoir obtenu plus de renseignements de Sa Majesté qu'il n'en obtint de moi. Nous avions décidé de ne pas soulever la question des agissements clandestins de Merasen, puisque nous n'étions pas certains de ce qu'il projetait de faire, ni de comment cela pouvait être utilisé à notre avantage. « Lorsque vos ennemis se battent entre eux, cela peut faire un ennemi en moins pour vous », ainsi que l'énonce Emerson. (Il affirmait que ce n'était pas un aphorisme, puisque c'était lui qui avait trouvé cette formule.) Ma question concernant le capitaine Moroney ne suscita qu'un haussement d'épaules d'indifférence. Celui-ci était une personne sans la moindre importance, et nous pouvions l'emmener avec nous, pour en faire ce que nous voulions... après la cérémonie.

– Que devons-nous faire au juste ? s'enquit Emerson.

J'avais été sur le point de poser cette question.

Le roi montra Nefret de la main.

– Elle vous dira ce que vous devez dire. Une fois que je le lui aurai dit. Vous vous tiendrez à mes côtés, à la Fenêtre de l'Apparition, devant le peuple, et vous direz que les dieux m'ont choisi pour être le roi et que toute personne qui s'oppose à moi s'attirera le courroux des dieux. Je vous comblerai d'honneurs, je vous donnerai des fonctions importantes et des colliers en or, honneur réservé aux hauts dignitaires loyaux. Les élus entreront dans le sanctuaire et la verront faire revenir la déesse dans le lieu qui lui est consacré. La déesse parlera par son intermédiaire. Il y aura un festin et de la nourriture sera donnée au peuple.

– Cela devrait être un sacré spectacle, fit remarquer Emerson, une fois que Nefret eut traduit. Quelque dommage que nous rations ça !

– Mais, professeur, commença Nefret.

– Que nous raterons *tous*, dit Emerson.

Le roi avait un dernier argument à faire valoir. Il ne mâcha pas ses mots.

– Je sais ce que Tarek projette de faire. J'ai des espions dans son camp, comme il en a dans le mien. Je serai informé si votre fils l'a rejoint. Je ne vous ferai aucun mal, sauf si vous me défiez, mais c'est un homme mort s'il ne se constitue pas prisonnier.

Il se leva, ramena les pans de son manteau autour de lui, et fit un signe à Nefret. Elle répéta les mots, d'une voix inégale et mal assurée.

– Ne perdez pas courage, ma chère enfant, dis-je. Ce n'est pas facile de tuer Ramsès. Y a-t-il un accès à vos appartements en passant par le temple ?

– Je ne veux pas aller avec lui, chuchota-t-elle.

Sa voix était grêle et faible, comme celle d'un enfant effrayé. Les traits contractés, Emerson passa ses bras autour d'elle.

– Pourquoi ne peut-elle pas rester avec nous ? demanda-t-il avec colère. Que le diable m'emporte si je vous laisse l'emmener !

– Emerson, non, dis-je. Toute résistance est vaine, et vous ne faites que rendre la situation encore plus pénible pour elle. Nefret ?

Elle prit une longue inspiration frémissante et s'écarta d'Emerson.

– Oui, tante Amelia. Tout va bien maintenant.

Elle poursuivit, sans changer de ton :

– Négatif, tante Amelia, mes souvenirs sont défectueux et chaque porte est surveillée.

– Vouloir c'est pouvoir, répondis-je. Gardez cela présent à l'esprit. Oh, j'ai failli oublier. Interrogez-le au sujet de l'autre homme blanc. Nous suspectons qu'il s'agit de l'archéologue, Mr MacFerguson.

Nefret me regarda avec stupeur.

– Comment ? Mr MacFerguson, ici ?

– Posez-lui la question.

La réponse royale ne nécessitait aucune traduction.

– Vous le connaissez. Il est votre ami.

## Manuscrit H

Le soleil était haut dans le ciel et brillait lorsque Ramsès se réveilla. Sa montre s'était arrêtée. Il avait oublié de la remonter la veille au soir.

Il se leva précautionneusement afin de ne pas déranger la jeune fille endormie, et l'emmitoufla dans la tunique qui avait été leur seule couverture pour la nuit. Il resta plus longtemps que nécessaire dans le jardin aride, cherchant vainement du regard une source possible de nourriture ou de boisson. Il y avait des nids d'oiseau dans les plantes grimpantes desséchées. Il ne prit pas la peine de chercher des œufs. La situation n'était pas désespérée à ce point.

Lorsqu'il rentra, elle était réveillée. Son regard le parcourut lentement, allant de sa tête nue à ses pieds nus. Elle repoussa la couverture et s'étira comme un chat. Ses muscles jouèrent avec souplesse sous sa peau claire. Sa réaction fut instantanée et irrépressible. Lorsqu'elle le vit, elle sourit et lui tendit les bras.

– Plus tard, dit Ramsès.

Sa gorge était sèche.

– Avec toi, c'est toujours « plus tard ».

– Pas toujours.

– Non. (Elle étira la voyelle en un long soupir et ferma les yeux.) Etait-ce agréable pour toi ? Tu as encore envie de moi ?

Il s'assit à côté d'elle et lui prit les mains.

– Tu connais la réponse à cela.

Elle ouvrit les yeux. Ils brillaient d'amusement.

– Oui, je la connais.

Il porta ses mains à ses lèvres et rit avec elle, en se demandant de quel droit il se sentait aussi heureux.

– Il faut que tu boives quelque chose, Daria. Il reste un peu d'eau. Et je veux examiner tes pieds.

Il utilisa quelques précieuses gouttes d'eau pour enlever la croûte de sang et de terre. L'une des entailles était profonde. Elle avait sans doute marché sur un caillou pointu.

– J'aurais dû te porter, dit-il avec remords, en tenant délicatement les pieds menus dans ses mains. Ou ne pas t'obliger à venir avec moi. Je ne t'ai pas vraiment donné l'opportunité de refuser, n'est-ce pas ?

– Je préfère être ici que là-bas.

– Moi aussi. Bon, cela suffit. Ces entailles doivent

être désinfectées. J'espère seulement que je n'ai pas trop tardé. Merci, mon Dieu, pour Mère et son brandy !

Et pour la chemise. Il la déchira pour en faire des pansements. Tous deux burent une gorgée d'eau et mangèrent quelques dattes, puis Ramsès tendit la main vers son pantalon.

– Je désire jeter un coup d'œil au-dehors, expliqua-t-il.

– Et tu te sens ridicule sans vêtements ? Il n'en est rien.

– C'est peut-être bizarre, mais c'est le cas, tu sais, répondit Ramsès en accueillant le compliment avec un sourire gêné. Excepté dans certaines circonstances. Je suppose que c'est une faiblesse d'homme civilisé. Je reviens tout de suite.

Emportant les jumelles, il chercha à tâtons son chemin le long des coudes du couloir obscur, franchit l'arcade à ciel ouvert, et fit halte brusquement. Son cœur battit à grands coups. L'objet gisait sur le sol, juste en deçà de la porte. Cela ressemblait à un animal mort, foncé et pelotonné.

L'inclinaison des rayons du soleil au-dehors lui apprit que c'était la fin de l'après-midi. Il avait dormi toute la journée. Il ne parvenait pas à croire à sa négligence. Il aurait dû être sur le qui-vive et tendre l'oreille, prêt à se réfugier dans les passages souterrains au premier bruit de quelqu'un qui s'approchait. En tout cas, quelqu'un était venu jusqu'ici. L'objet ne se trouvait pas là la veille au soir, sinon ils auraient trébuché dessus. Et ce n'était pas un animal.

Lorsqu'il examina le contenu du paquet, il se sentit encore plus coupable. Tout ce qu'il avait demandé était là. Comment avaient-ils fait pour lui apporter ces affaires aussi vite sans être aperçus, il était incapable de le concevoir. Se postant derrière l'une des colonnes, il scruta la vallée et déplaça les jumelles en un lent mouvement, allant d'une extrémité de la route à l'autre. Les seuls signes d'activité inhabituelle se trouvaient à proximité du petit temple d'Isis, lequel était à présent entouré de soldats. La disparition de Daria avait probablement été découverte très tôt ce matin, sinon avant. Alors, pourquoi ne la recherchaient-ils pas ?

Il referma le petit paquet et le porta à Daria. Ils furent enfin en mesure de boire tout leur soûl et de se rassasier de pain et de fromage. Ramsès songea qu'il serait dégoûté des dattes pendant longtemps. Daria semblait être une autre femme. Son regard était tendre et son rire légèrement moqueur. Ils ne parlèrent ni de son passé ni de leur avenir, seulement du moment présent. La lumière commença à s'affaiblir et les étoiles à apparaître, et ils firent l'amour comme si c'était la première et la dernière fois. Lorsqu'il la réveilla après un sommeil de courte durée, elle tendit les bras vers lui, puis elle se détourna.

– Nous devons partir maintenant ?

– Bientôt.

En silence, elle commença à s'habiller et mit le pantalon sous sa tunique sans manches. Il l'arrêta lorsqu'elle voulut enfiler les bas épais, et il lui baigna les pieds à nouveau avant de mettre des pansements sur les entailles les plus profondes. Ils ne parlèrent pas jusqu'à ce qu'elle se mette debout et glisse avec difficulté ses pieds dans les chaussures.

– Ils te font toujours mal ? demanda-t-il. Tu peux marcher ?

– Je peux marcher. (Sa voix était sèche et dure.) Tu es prêt ?

– Presque.

Il rassembla précautionneusement les preuves éparpillées de leur présence et les mit dans un sac à part. Les souris s'occuperaient des miettes de nourriture. Il enfila la djellaba à capuche et aida Daria à passer le manteau à manches longues plus léger que sa mère lui avait fait parvenir. Ses mains s'attardèrent sur les épaules de Daria, mais lorsqu'elle s'écarta, il comprit qu'elle avait raison de le faire. Ils avaient eu leurs moments d'intimité, et c'était terminé.

– Prêt, dit-il. Prends ma main.

Il rendit l'escalade aussi facile pour elle qu'il le pouvait, la hissant avec la corde sur les pentes les plus escarpées et la laissant se reposer aussi souvent que possible. Son endurance muette et essoufflée lui remémora (pourquoi ?) le jour où il avait escaladé une paroi rocheuse pour aider Nefret à en descendre alors qu'elle s'était trouvée en difficulté. Elle l'avait copieusement injurié de l'avoir fait.

Il émit un léger rire et durcit sa prise sur la taille souple de Daria.

– Tu penses à elle, dit-elle.

– Je pense à la façon de continuer à partir d'ici. Ce n'est plus très loin maintenant, ajouta-t-il pour l'encourager.

Lorsqu'il la hissa sur la corniche, ses genoux se dérobèrent sous elle, et elle serait tombée s'il ne l'avait pas retenue.

– Assieds-toi et repose-toi. Ne t'inquiète pas, il y a largement de la place.

Pas autant qu'il l'avait pensé. Ils l'attendaient, dans le renfoncement de la petite grotte.

– Tout va bien, ce sont des amis, dit-il en hâte.

Il avait reconnu la haute silhouette svelte de Harsetef. L'autre homme était encore plus grand. Ce dernier vint vers Ramsès, marchant tranquillement le long du rebord de la corniche, et il saisit les bras de Ramsès en une accolade de soldat.

– Soyez le bienvenu, dit-il d'une voix empreinte d'émotion. Soyez trois fois le bienvenu ! Vous étiez un petit garçon lorsque vous m'avez quitté, et maintenant vous êtes un homme.

Il était vêtu comme un simple soldat, sans aucun signe de son grade, mais Ramsès le reconnut immédiatement.

– Tarek ! Vous n'auriez pas dû venir ici, c'est trop dangereux.

– Je ne demande pas à mes hommes de prendre des risques que je ne prendrais pas. Vous avez pris des risques encore plus grands pour l'amener vers moi. (Il fléchit le genou devant la forme prostrée de Daria.) Ma petite sœur, que j'aimais tendrement. Vous m'êtes revenue.

– Ce n'est pas Nefret, dit Ramsès, d'une voix plus forte qu'il n'en avait eu l'intention.

Tarek devait être aveugle ou au comble de la joie pour avoir confondu les deux jeunes femmes, même dans la semi-obscurité. Et il continuait de parler comme un personnage de l'un de ces romans sentimentaux démodés dont il était devenu un fervent lecteur.

Tarek avança une main et écarta une mèche de cheveux noirs.

– Non, dit-il.

– Je n'ai pas réussi à m'approcher de Nefret. (La douleur contenue dans ce seul mot le plaça sur la défensive.) C'était impossible, elle est trop étroitement gardée. Voici Daria. Elle...

Tarek se releva.

– Je sais. Je sais tout ce qui vous est arrivé. (Il poussa un profond soupir.) J'aurais dû m'y attendre. Seul un dieu ou un grand magicien pourrait enlever la Grande Prêtresse. Partons maintenant, nous parlerons plus tard. Ce sera facile à partir d'ici, ma dame, avec nous trois pour vous aider.

Il tendit la main pour aider Daria à se mettre debout.

Toujours aussi galant, songea Ramsès.

– Avec vous deux, le reprit-il.

Daria ne le regarda pas. Elle s'était attendu à cela. Tarek ne fut pas surpris, lui non plus. Un éclat de dents blanches éclaira la teinte foncée de son visage.

– Ainsi vous retournez vers la cité ? A quoi cela vous avancera-t-il ?

– Ma mère et mon père sont toujours prisonniers, ainsi que Nefret. Une cérémonie aura lieu au Grand Temple dans quatre jours. Ils veulent que mon père prête allégeance à l'usurpateur.

– Le Maître des Imprécations ne fera jamais cela, dit Tarek calmement. Rassurez-vous, mon jeune ami, nous les délivrerons. J'ai prévu de lancer mon attaque cette nuit-là.

La faible lumière des étoiles silhouettait le corps robuste de Tarek et le port noble de sa tête. Tarek avait grossi au cours de ces dix dernières années, mais il était resté svelte et musclé.

– Ecoutez-moi, dit Ramsès avec véhémence. Si

vous attaquez, beaucoup de gens mourront, dont ma mère et mon père. L'usurpateur les tuera plutôt que de permettre qu'ils soient délivrés par vous. Il y a un autre moyen, un meilleur moyen.

Tarek tendit la main. Il continuait de sourire.

– Nous ne pouvons pas parler ici. Une fois que nous aurons franchi le défilé et serons dans mon pays, nous établirons des plans ensemble. Ensuite, si vous désirez repartir, je ne vous en empêcherai pas.

Cette proposition présentait une grande logique. Il savait très peu de choses sur la configuration du pays et sur les effectifs dont disposait Tarek, sa stratégie de défense, ses méthodes pour obtenir des informations... une douzaine d'autres choses qui s'avéreraient très utiles. Il ne comprenait même pas pourquoi il hésitait.

– Venez, dit Tarek. Cela ne nous prendra pas longtemps, je vous le promets.

C'est pour cette raison que j'hésite, pensa Ramsès. Il me parle comme si j'avais toujours dix ans. Je le mérite peut-être. Le moment est mal choisi pour des bouderies d'enfant.

– Vous avez raison, répondit-il. Partons.

Cette partie de l'escalade était encore pire que l'autre. Il fallait gravir la portion la plus abrupte des falaises, avec seulement les traces les plus infimes de ce que l'on pouvait appeler un sentier. Harsetef avait apporté une autre corde et, à certains endroits, Ramsès ravala son amour-propre et l'utilisa. Il ne protesta pas lorsque Tarek se chargea de Daria, attachant soigneusement la corde de Ramsès autour de la taille mince de celle-ci, et la tenant bien tendue tandis que Daria grimpait, lui murmurant des mots d'encouragement et de félicitations. Le soleil se levait lorsqu'ils arrivèrent en haut de la crête et furent salués par trois des éclaireurs de Tarek.

– Reposez-vous un moment, dit Tarek. La descente est plus facile.

Ramsès n'aurait aimé rien de mieux que de se laisser tomber sur le sol rocailleux, mais un mélange d'amour-propre et de curiosité le fit rester debout. En vérité, la vue était spectaculaire. Les éperons rocheux qui formaient le défilé étaient plus bas que les falaises environnantes. Les sommets s'élevaient devant et de chaque côté, semblables à des tours étranges. D'autres affleurements rocheux pointaient tout autour de la circonférence de la vallée, telles des dents dans une bouche grande ouverte. L'air était clair ce matin. Dans le lointain, perchées à flanc de coteau, il apercevait plusieurs grandes constructions qui avaient été des temples ou des maisons. D'anciennes maisons de campagne, peut-être ? Le fond de la vallée était un endroit agréable de pâturages, une coupe verdoyante au creux des rudes collines. Il distinguait même la porte massive qui bloquait l'un des oueds sur le côté... une forteresse où les défenseurs pouvaient se retrancher, si nécessaire.

Il n'était guère étonnant que l'usurpateur ait été incapable de franchir le défilé. Là où il commençait à s'élargir, du côté tenu par Tarek, il était bordé de parois rocheuses, où avaient été creusés des mâchicoulis, comme ceux d'un château fort du Moyen Age. Les attaquants qui réussiraient à aller au-delà des blocs de roche se retrouveraient pris au piège dans la gorge étroite, à la merci des arcs et des lances des défenseurs, et s'ils tentaient d'escaler les hauteurs de chaque côté, ils seraient emportés par une pluie de pierres et de flèches.

Tarek ne regardait pas vers le défilé. Campé sur ses jambes et les épaules rejetées en arrière, il contemplait le globe rouge gonflé du soleil se lever au-dessus de la montagne à l'est.

– Le dieu revient, murmura-t-il.

Quel dieu ? se demanda Ramsès. Khepri, le scarabée, le soleil levant, Atum, le soleil couchant, Rê, Harakhte de l'Horizon ?

Comme s'il avait lu dans les pensées de Ramsès, Tarek dit :

– Il a de nombreux noms, mais il est Un.

Ramsès savait que son père aurait bondi sur ce développement théologique intriguant. Tarek était-il devenu monothéiste ? Pour le moment, il s'en fichait complètement.

Lorsqu'ils arrivèrent aux baraquements sommaires qui abritaient sa garnison, Tarek portait Daria, et Ramsès s'efforçait avec lassitude de répondre aux questions de Harsetef. Est-ce que le Maître des Imprécations se souvenait de lui ? Savait-il que lui, Harsetef, avait été digne de sa confiance ? Il avait trois fils maintenant, l'aîné avait dix ans et était déjà un bon archer. Ramsès avait-il une épouse ? Des enfants ? Il se rendit compte qu'il baissait dans l'estime de Harsetef lorsqu'il reconnut qu'il n'était même pas marié et que – à sa connaissance – il n'avait pas d'enfants.

On leur donna la chambre du commandant et, avec tact, on les laissa seuls une fois qu'on leur eut apporté de la nourriture et de l'eau, des vêtements propres et, sur la demande de Ramsès, un rasoir. Les habitants de la Montagne Sainte avaient le visage entièrement rasé, et sa barbe offusquait la vue. Si, comme il le soupçonnait, il était sur le point de rencontrer les membres les plus importants du groupe de Tarek, il devait faire bonne impression. Entre le rasoir en bronze et le miroir en bronze, il n'était pas certain d'y parvenir, mais il fit de son mieux.

Daria s'était tout de suite endormie. Elle ne bougea pas lorsque Ramsès lui ôta ses chaussures et baigna ses pieds.

Il se força à prendre le repos qui lui était nécessaire, bien qu'il fût difficile de chasser de son esprit une multitude de préoccupations. Ce fut Tarek lui-même qui le réveilla en s'excusant poliment. Tandis qu'il mettait un kilt propre et des sandales, Tarek contempla la jeune fille endormie.

– Elle est courageuse et très belle, murmura-t-il. Vous avez de la chance de l'avoir.

– Je ne...

Ramsès se tut. Pourtant c'était la vérité, non ? Du point de vue de Tarek, l'arrangement était tout à fait raisonnable.

– Comment avez-vous appris son existence ? demanda-t-il.

– Deux des hommes de la troupe qui vous a escortés depuis la première oasis me sont fidèles. (Tarek écarta le rideau et lui fit signe de sortir.) Il y en a d'autres, qui sont restés à leurs postes afin de travailler de l'intérieur.

– Il faut que je sache qui ils sont.

– Et aussi d'autres choses.

La pièce où ils entrèrent servait de quartier général et comportait plusieurs tables et des chaises encombrées de papiers. Trois autres hommes étaient présents.

Tarek les présenta à Ramsès en indiquant leurs noms et leurs titres. Le Gardien des Secrets de Sa Majesté était un homme d'un certain âge au visage sévère, avec des yeux enfoncés semblables à des cailloux émoussés. Quelle qu'ait été la signification de ce titre dans l'Egypte ancienne, ce gaillard ressemblait à un espion. Les autres étaient le vizir de Tarek et le Commandant de Toutes les Armées de Sa Majesté. Un titre redondant pour une force qui ne devait probablement pas dépasser un millier d'hommes.

– Parlez-moi d'abord de mes amis, dit Tarek. Que le Maître des Imprécations et la Sitt Hakim se portent bien, je le sais, car cela m'a été rapporté. Et vous êtes toujours leur fils unique.

– Oui, répondit Ramsès.

Il eut un léger sourire en se souvenant d'une déclaration sincère de sa mère qu'il avait entendue par hasard. « Un seul est largement suffisant ! »

– Mais j'ai un ami qui est aussi proche qu'un frère pour moi et aussi cher qu'un fils pour eux, déclara-t-il. Il est égyptien et il va épouser ma cousine.

Tarek voulut savoir pourquoi le frère adoptif de Ramsès n'était pas venu avec eux. Il semblait prendre plaisir à toutes ces nouvelles, telle une vieille dame raffolant de commérages, aussi Ramsès l'obligea-t-il, et il décrivit leurs relations avec Selim, Daoud, et les autres membres de leur famille égyptienne. Lorsqu'il lui apprit la mort d'Abdullah, les yeux de Tarek brillèrent.

– Il s'est placé sur le chemin de la mort afin de sauver la dame ! Je ne savais pas cela. Il sera honoré dans l'autre monde comme un héros, il prendra place dans la barque du dieu.

– Cela devrait lui plaire, dit Ramsès. Je l'espère, Tarek.

– Et ma petite sœur ? Elle est toujours vierge ?

– Elle n'est pas mariée, répondit Ramsès après un silence quelque peu embarrassé.

– Pourquoi donc ?

Sa voix fut vive et dure, et l'expression dans ses yeux noirs rendit Ramsès étrangement mal à l'aise.

– Dans notre monde, les femmes ne se marient pas à moins de choisir de le faire. Elle n'a pas choisi de se marier.

Tarek baissa les yeux.

– Elle est toujours aussi belle, m'a-t-on dit, murmura-t-il, comme pour lui-même. Beaucoup d'hommes l'ont certainement désirée. Peut-être a-t-elle donné son cœur à quelqu'un qu'elle ne peut avoir.

Ramsès n'avait aucune intention de poursuivre sur ce sujet.

– Elle ne s'est pas confiée à moi, dit-il d'un ton sec. Parlez-moi de vous, Tarek. De votre épouse... euh... de vos épouses. De vos fils.

– Je n'ai pas de fils. Pas de vrai fils. Ma reine... Mentarit... est morte en donnant naissance au dernier, mort-né comme les autres.

Ramsès lui présenta ses condoléances, bien que cette nouvelle ne le surprît pas. Pendant des générations, les souverains de la Cité Sainte, comme les pharaons d'Egypte, avaient épousé leurs sœurs et leurs demi-sœurs. Ce qu'il fallait à la maison royale, c'était l'apport d'un sang neuf.

Tarek donna à Ramsès un aperçu rapide et précis de ses ressources et de leurs positions, avec des contributions de temps en temps de la part de son état-major.

– Notre plan consiste à franchir le défilé la nuit de la cérémonie, lorsque tous les gens seront rassemblés. Les *rekkit* se soulèveront, ainsi que beaucoup d'autres. Ils attaqueront par derrière et nous écraserons les troupes de l'usurpateur comme du grain entre deux pierres.

– Cela pourrait réussir, dit Ramsès lentement. Mais au prix de combien de vies ?

Le maître espion au visage sévère s'éclaircit la gorge.

– Des hommes meurent durant une guerre. Le Frère des Démons a-t-il un meilleur plan ?

– Non, mais le Maître des Imprécations en a un, répondit Ramsès. Laissez-moi retourner auprès de lui et de la Sitt Hakim pour leur rapporter ce que vous m'avez appris. Vous devez différer l'attaque jusque après la cérémonie. Ils ont pensé à un plan.

A plusieurs, en fait... mais il ne voulait même pas considérer certaines des idées les plus imaginatives de sa mère, encore moins les exposer à son auditoire sceptique. L'invocation du redouté Maître des Imprécations les fit taire, mais il voyait bien qu'ils n'étaient pas convaincus.

Après un long silence, Tarek hocha la tête et prit une feuille de papier.

– Nous attendrons jusqu'à demain pour connaître la réponse du Maître des Imprécations. Je vais écrire les noms de ceux qui me sont fidèles dans la cité, et où les trouver. Apprenez-les par cœur et détruisez ce papier.

Ramsès ouvrit de grands yeux. *C'était* du papier, du papier à écrire ordinaire... et Tarek tenait dans sa main un crayon... un crayon ordinaire.

– Où avez-vous eu ceci ? s'exclama-t-il.

– Il l'a apporté. Il a apporté beaucoup de choses très utiles, des remèdes pour la fièvre et les blessures, des semences de nouvelles sortes de céréales, des livres et tout ce qu'il faut pour écrire, des épées plus dures que le fer...

– Qui ?

Les yeux de Tarek s'agrandirent sous l'effet de la surprise.

– Qui ? Mais votre ami, naturellement !

## 12

Aussitôt Zekare et son entourage partis, Emerson sortit en trombe dans le jardin. Il revint les mains vides. L'absence d'un message de Ramsès n'améliora pas son humeur, qui était déjà explosive. Que Nefret nous soit enlevée l'avait profondément affecté. Moi-même, j'avais eu du mal à la laisser partir. Elle se comportait d'une façon très étrange, et le dernier regard qu'elle m'avait adressé était un regard pitoyable de supplication. Qu'avaient-ils fait pour mettre dans un tel état une jeune fille connue pour sa force de caractère ?

– Je vais faire une petite promenade dans le jardin avec vous, proposai-je. Il doit être ravissant au clair de lune.

– Ravissant, bah ! bougonna Emerson en s'asseyant avec un bruit sourd. La seule chose à propos de ce jardin qui m'intéresse, c'est ce qui ne s'y trouvait pas. Qu'est-ce que c'est ?

Cela sautait aux yeux : c'était un plateau de nourriture. L'admiratrice de Daoud avait pris l'habitude d'en apporter un à peu près toutes les heures. Celui-ci comportait des fruits, du pain, et un petit volatile de quelque sorte, dodu et agréablement rissolé. Il semblait tout à fait savoureux, mais je n'ai jamais pu me résoudre à manger des petits oiseaux.

Emerson refusa également. Il alla chercher la bouteille de whisky.

– Nous allons être obligés de commencer à nous rationner, dis-je, car la bouteille était à moitié vide.

– Notre « ami » sera peut-être en mesure de nous procurer du whisky aussi bien que du café, répondit Emerson. Il semble aimer son petit confort.

– C'est peut-être le capitaine Moroney qui a apporté le café, bien que je n'aurais jamais pensé qu'il fût un tel sybarite. Peu importe pour le moment, Emerson, nous devons rédiger un message pour Ramsès. C'est bien dommage que nous ayons été incapables de trouver un système de communication plus sûr et plus commode. Vous voulez bien apporter la lampe ?

Je pris du papier et un crayon, et je couchai par écrit un récapitulatif clair des derniers faits survenus.

– Néanmoins, nous devons lui dire davantage que cela, déclarai-je en me renfrognant. Bon sang, c'est vraiment incommode, il y a tellement de choses dont nous devons discuter, et tellement de choses que nous avons besoin de savoir ! Donnez-moi une autre feuille de papier, s'il vous plaît.

– Ne me dites pas que vous allez faire l'une de vos infernales petites listes, grommela Emerson.

Daoud s'essuya délicatement les doigts sur un carré de lin et s'assit à côté de moi. Il croyait à l'efficacité de mes petites listes.

– Pas une liste du genre habituel, répondis-je avec un sourire indulgent à mon époux. Plutôt un plan de campagne. Pour commencer, couchons par écrit les difficultés auxquelles nous sommes confrontés, et les suggestions sur la manière de les surmonter.

– Humpf ! fit Emerson. La liste va être longue, très chère.

– Pas vraiment, dis-je, tout en écrivant d'un air affairé. La principale difficulté est Nefret, bien sûr. Je n'aime pas la façon dont elle se comporte. Nous devons la faire sortir de là-bas, mais les deux manières les plus directes d'arriver jusqu'à elle, en empruntant les tunnels derrière le temple ou bien en escaladant la falaise jusqu'à sa fenêtre, sont, à mon avis, virtuellement impossibles.

– J'éliminerais le mot « virtuellement », marmonna Emerson.

– En théorie, rien n'est impossible, répliquai-je. Mais dans le cas présent, je suis portée à être d'accord avec vous, et je vais informer Ramsès de notre opinion. Est-ce que cela l'empêchera de faire quelque chose de téméraire, je l'ignore, mais on peut seulement avoir bon espoir. Je doute que les prêtresses soient de quelque utilité. Même si je réussissais à en corrompre une, elles sont bien trop nombreuses.

– Et si vous cessiez de nous dire ce que nous ne pouvons pas faire ? grommela Emerson. Dites quelque chose de positif !

– Je mettais en avant les alternatives dans l'espoir que l'un d'entre vous ferait peut-être ressortir une possibilité que j'avais négligée, expliquai-je patiemment. Puisque vous ne le pouvez pas, je continue. Et si je parvenais à persuader le roi de faire venir Nefret ici à nouveau pour lui servir d'interprète ? Nous serait-il possible de la remplacer par quelqu'un d'autre ?

– Qui ça, Daoud ? demanda vivement Emerson.

Il s'emportait de nouveau. Selim eut un petit rire et Daoud eut l'air déconcerté.

– Je ne crois pas que ce soit possible, Sitt, dit-il en se grattant la barbe.

– Je pensais à moi-même.

– Oh, sapristi, contrôlez votre imagination débridée, Peabody ! vociféra Emerson. Indépendamment du fait qu'ils ne vous laisseraient pas seules toutes les deux assez longtemps pour procéder à un échange de vêtements, ce serait troquer un otage contre un autre. C'est ce que vous avez trouvé de mieux ? Et n'écrivez pas cette suggestion ! Ramsès penserait que vous avez perdu la raison.

– Nous pourrions nous jeter sur les gardes, les tuer tous ou bien les ligoter, et nous enfuir avec Nur Misur, proposa Daoud.

– J'ai également songé à cela, dis-je. Nous sommes quatre, tous de redoutables combattants. Mais toutes les chances seraient contre nous. A mon avis, ce devrait être notre dernier recours désespéré.

Emerson leva les yeux au ciel mais s'abstint de tout commentaire, et je poursuivis.

– Notre meilleure opportunité se présentera la nuit de la cérémonie. A ce moment, Nefret se trouvera dans le sanctuaire du temple et je pense que nous ferons partie de ceux qui ont été invités à venir la voir ramener la déesse dans le lieu qui lui est consacré. Ne pourrions-nous pas trouver une façon d'interrompre la célébration du rituel, de telle sorte que les gens soient pris de panique et courent dans tous les sens ? Profitant de la confusion, nous pourrions extraire Nefret de la cohue, la déguiser en... euh... de quelque manière, et nous enfuir.

– Je pourrais tirer des coups de feu, proposa Daoud.

Emerson toucha le creux de son menton.

– Cela pourrait marcher, dit-il d'un air pensif, si nous étions tous armés. Je me demande où Merasen a entreposé les armes qu'il nous a prises ? Bon sang, j'aurais dû fouiller sa maison lorsque j'en avais l'opportunité !

– Je n'y ai pas pensé, moi non plus, admis-je. Peut-être devrions-nous lui rendre une autre visite. Toutefois, un petit problème avec ce plan, c'est l'ordre dans lequel se déroulera la cérémonie. Si nous devons faire notre déclaration publique avant que Nefret invoque la déesse, un très grand préjudice aura déjà été causé.

– Peut-être pouvons-nous persuader sa majesté infernale de modifier l'ordre de la cérémonie, dit Emerson. Ou bien... voici une idée !... nous utilisons les armes lorsque nous nous tiendrons aux côtés du roi à la Fenêtre de l'Apparition.

– Vous voulez dire l'abattre ? Nous ne pouvons pas faire cela, Emerson, pas de sang-froid.

– Non, bien sûr, admit Emerson. C'est regrettable. Ce serait un coup superbe. Je dénonce cette crapule d'une voix sonore, et il tombe raide mort à mes pieds, frappé par le dieu !

– Contrôlez votre imagination débridée, très cher, dis-je avec un sourire de sympathie. Si nous ne trouvons pas une meilleure solution, nous devrons agir au cours de la cérémonie, mais pas en assassinant qui que ce soit. Ce serait indigne de nous. Bien, j'ai couché par écrit plusieurs de nos plans, et nous pouvons seulement espérer recevoir une réponse.

Je tendis le message à Emerson. Lorsqu'il revint du jardin, je lui demandai :

– Quelle heure est-il ?

– Je n'en ai pas la moindre idée, répondit Emerson. Quelle importance cela a-t-il ?

– Je suis sur le point d'avoir une autre attaque, dis-je en regardant vers l'admiratrice de Daoud qui observait celui-ci timidement de derrière un pilier. Une attaque plus grave.

Lâchant mon crayon, je m'affaissai et je commençai à trembler violemment.

– Les prêtresses ? s'enquit Emerson.

– Manifestez un peu plus d'inquiétude, Emerson, je vous prie. (Je poussai un cri strident.) Les prêtresses, le roi, Merasen... je veux que toute la cité sache, ce soir, que j'ai été empoisonnée, ou bien que je suis peut-être sous l'emprise de la frénésie divine.

– Entendu, dit Emerson. Hé, Peabody, n'en faites pas trop, vous allez vous démettre quelque chose si vous vous contorsionnez de cette façon mélodramatique ! Daoud, faites semblant de la maintenir, vous voulez bien ?

Le roi ne vint pas, mais beaucoup d'autres personnes le firent. Inspirée par mon public grandissant, je criai et parlai en plusieurs langues (français, allemand et latin) et je fis tout un numéro, tandis que je me débattais, maintenue par les mains robustes et douces de Daoud. L'une des prêtresses tenta d'introduire de force une dose de remède entre mes lèvres. Je compris d'après l'odeur que c'était une sorte de dérivé de l'opium, et je fis tomber la coupe de sa main. C'était plutôt fatigant, et je m'apprêtais à tomber dans un coma reposant lorsque Merasen survint.

– De quoi souffre-t-elle ? demanda-t-il avec un manque d'inquiétude manifeste.

– Elle a été empoisonnée ! cria Emerson. C'est vous le responsable, espèce de jeune scélérat ?

– Pourquoi aurais-je fait cela ? rétorqua Merasen en s'éloignant d'Emerson.

Je recommençai à m'agiter violemment et à divaguer pendant qu'ils débattaient de cette question tout à fait sensée. Finalement, Emerson alla chercher la bouteille de whisky, et je le laissai m'administrer une dose tandis que mes spasmes commençaient à s'atténuer.

– Je ne fais confiance qu'à notre remède, déclara Emerson en lançant un regard furieux tout autour de la pièce. Sortez, tous. J'ai dit, tous !

Alors que les prêtresses se retiraient, je me souvins de Nefret. Redressant la tête, je criai en méroïtique :

– La déesse était avec moi ! La divine Isis m'a bénie !

Mes yeux se révulsèrent et mon corps devint tout flasque. Emerson me prit dans ses bras et me porta dans notre chambre.

– A quoi cela servait-il ? demanda-t-il à voix basse.

– Je ne voulais pas que Nefret s'inquiète à mon sujet, murmurai-je.

– Je voulais parler de l'ensemble de votre satané numéro, dit Emerson en me laissant tomber sur le lit quelque peu brusquement.

– Je suis censée avoir perdu connaissance, Emerson. Je ne peux pas continuer de converser avec vous.

– Vous essayez simplement d'éviter de répondre à ma question. Personne ne peut nous voir ou nous entendre.

– Je peux avoir une autre petite gorgée de whisky, Emerson ?

Emerson revint plus vite que je ne m'y attendais. Il me surprit en train d'examiner le contenu de ma trousse médicale.

– Je vais placer ces flacons et ces fioles sur le coffre à côté du lit, expliquai-je, mettant mes paroles à exécution. Afin de donner plus de vraisemblance à l'affirmation que je n'ai confiance qu'en mes propres remèdes.

– Dans combien de temps pensez-vous être complètement rétablie ? demanda Emerson en me tendant une coupe.

– Je ne le sais pas encore. Mais cet épisode constitue un précédent très utile, vous ne pensez pas ? Je peux toujours être victime d'une autre crise durant la cérémonie.

– Oh ! fit Emerson, acceptant – comme j'avais espéré qu'il le ferait – cette excuse pour mon petit numéro.

Je posai la coupe sur le coffre.

– Je suis un peu fatiguée après toutes ces contorsions. Vous voulez bien m'aider à retirer mes vêtements, très cher, et me donner la chemise de nuit qui est sur le tabouret ?

La chemise de nuit n'était pas sur le tabouret. Pendant qu'Emerson la cherchait, je laissai tomber quelques gouttes de véronal dans son whisky. Je détestai faire cela, mais si les événements se déroulaient comme je l'espérais, je ne voulais pas être gênée par lui. Le cher homme s'endormit presque tout de suite. Je contemplai avec affection son corps inerte. Cela ne lui ferait pas de mal d'avoir une bonne nuit de sommeil.

Je n'eus aucune difficulté à rester éveillée, bien que

la journée ait été bien remplie. Je m'étais peut-être trompée (bien que ce fût peu probable). Ma simulation d'une maladie n'avait peut-être pas abusé celui à qui elle était principalement destinée. Je ne m'attendais pas à ce qu'il vienne avant minuit, en supposant qu'il vienne effectivement, mais je me mis en position immédiatement, car je m'en remets très peu au hasard, et il était, à tout le moins, imprévisible. J'attendais depuis un certain temps lorsque j'entendis le bruit de pas légers. Ils auraient été inaudibles pour quelqu'un qui dormait, ou même pour quelqu'un qui était allongé sur le lit, à quelques mètres de distance. Il devait être nu-pieds... comme je l'étais. Je durcis ma prise sur mon ombrelle et je me rapprochai de la porte. J'avais laissé une seule lampe allumée. Dans sa lumière ténue, je vis une main écarter le rideau.

Ce fut à ce moment que je commis une légère erreur tactique. Dans mon excitation de savoir que j'avais eu raison, j'oubliai le petit discours que j'avais préparé et je saisis la main. Cela eut pour résultat qu'il prit la fuite immédiatement. Je me lançai à sa poursuite, naturellement. Il portait le costume local, une longue tunique pâle qui claquait frénétiquement tandis qu'il courait... non pas vers l'entrée principale, mais vers la porte qui conduisait aux pièces taillées dans la roche derrière nos appartements. Ce fut à ce moment que je commis ma seconde erreur. Craignant qu'il ne m'échappe, car il courait très vite, je lui crochai la jambe avec la poignée de mon ombrelle. Il tomba avec un bruit sourd et en poussant un cri. Déséquilibrée, je tombai également, sur le ventre.

J'avais sous-estimé ou bien le dosage du véronal ou bien la force de l'affection que me portait mon cher

Emerson. Une série de jurons incohérents annonça son réveil et sa découverte du fait que je ne me trouvais plus dans la chambre.

Ce fut à ce moment qu'Emerson commit sa propre erreur tactique. S'élançant impétueusement vers la porte, il s'empêtra dans le rideau. Tandis qu'il s'efforçait de s'en extirper, je saisis cette opportunité pour parler à ma proie. Il avait roulé sur le dos, mais ses tentatives pour se relever étaient faibles.

– Chut ! dis-je d'une voix sifflante. Ne parlez pas et ne bougez pas !

– Ma jambe est cassée, marmonna une voix... en anglais.

– Non, vous n'avez rien.

Je me levai et poussai le membre en question avec mon pied. Un léger cri retentit, destiné à suggérer que mon diagnostic était peut-être inexact. Cela ne parvint pas à me convaincre.

Entre-temps, Selim et Daoud étaient accourus, et Emerson s'était dépêtré du rideau. Tous trois convergèrent vers le tableau que nous formions, lequel était éclairé de façon théâtrale par les rayons de la lune filtrant par les hautes fenêtres – moi-même, debout et sur le qui-vive, mon ombrelle levée, et la forme gisant à mes pieds, étalée (plutôt gracieusement) au milieu des pans déployés de sa tunique. Mon prisonnier avait sagement décidé de reconnaître sa défaite.

– Crénom ! s'exclama Emerson. Qui... Bon sang, mais c'est cette canaille de MacFerguson !

– Les oreilles sont tout à fait caractéristiques, admis-je.

– Qu'est-ce qu'il a ?

– Apparemment, il s'est évanoui, répondis-je.

Comme toujours, j'étais d'une précision rigoureuse. « Apparemment » était le mot-clé.

– Je vous supplie de me laisser me charger de ceci, Emerson, poursuivis-je. Partez. Vous, ainsi que Daoud et Selim.

– Mais..., hésita Emerson.

– Vous pouvez lui attacher les pieds si vous voulez, concédai-je. Mais ayez la bonté de me confier l'interrogatoire. A mon avis, il sera plus sensible à l'amabilité qu'à l'intimidation.

– Vous et vos avis sont... euh..., dit Emerson. Oh, très bien, Peabody. Discuter avec vous est une perte de temps. Je vous donne dix minutes d'amabilité avant de commencer l'intimidation.

Daoud attacha les pieds de l'individu tandis que je plaçais un coussin sous sa tête. Sur ma demande, Emerson alla chercher la bouteille de whisky avant de se retirer dans notre chambre. Ensuite j'allumai l'une des lampes à huile et je me penchai vers l'homme étendu sur le sol. Ses yeux étaient ouverts. J'approchai la lampe et je les regardai attentivement.

– Un excellent déguisement, dis-je. Particulièrement les oreilles. Mais vous n'êtes pas l'homme que nous avions rencontré à Gebel Barkal, n'est-ce pas ? Ses yeux étaient marron foncé et il était plus petit de quelques centimètres.

– C'est une technique classique, déclara Séthos. (Il respirait péniblement, mais il aurait fallu plus que de l'inconfort pour empêcher Séthos de se vanter.) Vous aviez décidé que je n'étais pas MacFerguson, aussi la fois suivante où MacFerguson se présenterait, vous le jugeriez sur les apparences.

– Pas moi.

– Non, pas vous. C'était un vilain tour, Amelia, de m'amener à sortir de ma cachette en jouant sur mon tendre attachement pour vous. Allez-vous me dénoncer à Emerson ?

– Non, à moins d'y être obligée. Il voudrait vous tuer, ce qui serait une erreur.

– Et parfaitement inutile, marmonna Séthos. Nous sommes dans le même camp, Amelia. Je désire autant que vous rétablir Tarek sur son trône.

– Un tel altruisme ne vous ressemble guère, dis-je d'un air sceptique.

– Au diable l'altruisme ! Tarek et moi nous entendions à merveille. Nous avions passé un gentil petit accord, lequel marchait à notre satisfaction mutuelle. Ce nouveau type essaie de me flouer.

Son indignation était tellement sincère que cela fit apparaître un sourire sur mes lèvres.

– Ainsi vous voulez rétablir le roi légitime afin de servir vos affaires ? Je suis disposée à vous croire. Depuis combien de temps faites-vous du commerce avec Tarek ?

– Ce serait trop long à expliquer. Si vous ne voulez pas qu'Emerson découvre mon identité, vous feriez mieux de me laisser partir. (Il tâta délicatement son oreille gauche.) Elle commence à se décoller.

– Nous devons d'abord parvenir à un accord.

– Que voulez-vous de moi ?

– Nefret. La faire sortir du sanctuaire et la confier à Tarek.

– Hummm. (Séthos continuait de tripoter son oreille.) Je présume que c'était Ramsès qui a enlevé Daria ? Il a été obligé d'escalader la falaise, il n'y avait pas d'autre moyen. C'était bien de lui de tenter une acrobatie aussi insensée.

– Vous ne le feriez pas ?

– Dieu du ciel, certainement pas ! Je suis sujet au vertige. De toute façon, Nefret est gardée encore plus étroitement. Qu'a-t-il fait de... la fille ?

– Il a dit qu'il avait l'intention de la conduire auprès de Tarek. Pourquoi cette question ?

– Simple curiosité. Très bien. En supposant que je sois capable d'enlever Nefret, ce qui ne sera pas un mince exploit même pour moi...

– Oh, je suis sûre que votre ingéniosité trouvera bien un moyen.

– Je n'ai pas entièrement perdu mon temps, dit Séthos (le sous-entendu étant que j'avais perdu le mien !). Ensuite, que se passe-t-il ?

– Ensuite Emerson et moi apparaissons à la cérémonie, nous dénonçons l'usurpateur et nous le faisons prisonnier, et Tarek fait une entrée triomphale dans une cité acquise à sa cause grâce à notre éloquence et au prestige d'Emerson.

Séthos émit de petits bruits réprobateurs.

– Ce plan est susceptible de modifications selon les circonstances, ajoutai-je.

– C'est ce que je pense, en effet, dit Séthos d'une voix altérée.

La tête d'Emerson apparut entre les rideaux.

– Le temps est écoulé, Amelia.

– Encore quelques minutes, Emerson, s'il vous plaît. Il est en train de craquer.

Emerson poussa un grognement et se retira.

– Comment êtes-vous entré ici ? demandai-je.

– Vous n'avez pas trouvé l'entrée qui mène aux

passages souterrains ? De fait, j'avais pensé que votre fils si ingénieux...

– Pas de ça ! dis-je avec irritation mais doucement. Nous n'avons pas de temps à perdre. Répondez juste à mes questions. Euh... Ramsès a trouvé l'entrée, mais il a été incapable de l'ouvrir.

– Cela n'a rien de surprenant, puisqu'elle est verrouillée de l'autre côté.

Je songeai à le qualifier de plusieurs noms désobligeants, mais je m'en tins avec obstination à l'essentiel.

– Combien de tombes avez-vous pillées ?

– Une ou deux.

– Vous voulez dire cent ou deux cents. Ainsi vous connaissez votre chemin à travers les tunnels ?

– Assez bien, répondit Séthos prudemment. A quoi pensez-vous ?

Emerson écarta les rideaux brutalement.

– Ma patience est à bout, annonça-t-il. Est-ce que cette canaille a avoué ?

– Ce... euh... gentleman a accepté de nous aider, le repris-je. Il va me montrer l'entrée des régions souterraines et nous aider à délivrer Nefret. Mr MacFerguson, l'un des tunnels mène aux appartements de la Grande Prêtresse. Sans aucun doute, vous connaissez cette route ?

Séthos émit un grognement. Je considérai que c'était un oui.

– Demain, je demanderai à voir Nefret de nouveau, poursuivis-je. Et je lui dirai que si elle peut échapper à l'attention de ses suivantes assez longtemps pour entrer dans le tunnel, vous l'y attendrez.

– Oui, m'dame, dit Séthos d'une voix soumise. Et ensuite, que dois-je faire d'elle ?

– L'amener ici.

– Hein ?

Cette exclamation fut un duo entre Séthos et Emerson.

– Pas *ici*, dans cette pièce, dis-je impatiemment. Conduisez-la dans la partie du passage qui jouxte nos appartements... en lui expliquant d'abord, bien sûr, où vous allez et pourquoi. Je me chargerai de la suite. Ne discutez pas, Mr MacFerguson. Vous savez ce qui se produira si vous ne m'obéissez pas.

– Quoi ? s'enquit Emerson.

Eu égard au fait que j'étais incapable de trouver une réponse, je ne tins pas compte de la question.

– Détachez-lui les pieds, Emerson. A présent, Mr MacFerguson, passez devant nous.

Je demandai à Séthos de me montrer comment actionner le ressort. C'était le même dispositif que dans l'autre maison. Tandis que la lourde dalle de pierre se soulevait et laissait apparaître d'étroites marches de pierre en contrebas, j'ajoutai :

– Bien sûr, vous laisserez tiré le verrou de ce côté.

– Bien sûr.

Séthos enjamba prestement le bord de la dalle et ralluma la bougie qu'il avait laissée sur la marche du haut. J'avais rarement vu un spectacle plus grotesque que son visage, déformé par les ombres. Le gros nez était quelque peu écrasé.

– Tout cela ne me plaît pas du tout, annonça Emerson à voix haute. Comment savez-vous qu'il...

– Moins fort, Emerson ! Mr MacFerguson, nous vous attendrons ici demain soir à la même heure. Je suis sûre que je peux vous faire confiance pour que vous teniez parole.

– Mais certainement ! croassa Séthos en me considérant d'une façon expressive. Mrs Emerson, vous êtes la plus bienveillante et la plus indulgente des femmes. Vous m'avez convaincu du mal de mes actes. A partir de maintenant, je rentre dans le droit chemin !

J'aurais dû savoir qu'il serait incapable de résister à une dernière pitrerie. J'y mis fin en abaissant la dalle sur sa tête.

Emerson refusa de se retirer tant que je ne lui aurais pas expliqué un certain nombre de choses. Cela m'obligea à recourir à toute mon imagination, combinant habilement faits et inventions autant que faire se pouvait.

– Il n'a pas eu le temps d'expliquer comment il avait appris l'existence de l'Oasis perdue, dis-je avec faconde. Mais, ainsi que vous le savez, nous avions conscience qu'un certain nombre de personnes auraient pu l'apprendre d'un certain nombre de manières différentes. Lors de sa première venue ici, il a gagné la confiance de Tarek en se présentant comme l'un de nos amis. Cette fois, il a trouvé l'usurpateur en place et il a compris que sa position n'était plus aussi sûre. L'usurpateur ne lui fait pas confiance, et à bon droit ! Il désire autant que nous repartir vers la civilisation, et il sait que sa meilleure chance d'y parvenir est de rétablir Tarek sur son trône. C'est pourquoi je sais que je peux compter sur lui pour qu'il nous aide.

– Eh bien, je ne compte pas sur lui, déclara Emerson. Pourquoi ne pas aller chercher Nefret nous-mêmes, s'il y a un moyen d'accéder à ses appartements en passant par les tunnels ?

– Vous rappelez-vous la route que nous avions suivie, la première fois qu'elle est venue nous retrouver ?

– C'était il y a dix ans ! protesta Emerson.

– Je ne m'en souviens pas plus que vous. Bon sang, je regrette que nous ayons permis à Ramsès de partir de cette façon. Il avait passé plusieurs jours à explorer ces tunnels, et il a une mémoire d'éléphant.

– Nur Misur ne peut pas rester longtemps dans cet endroit sombre, dit Daoud. Elle aura peur.

– Elle n'arrivera jamais jusqu'ici, dit Emerson. MacFerguson est parfaitement incapable de réussir.

## Manuscrit H

La description faite par Tarek de leur « ami » était plutôt vague, bien que Tarek eût admis avec franchise que, pour lui, « tous les étrangers » excepté les Emerson se ressemblaient. Néanmoins, un horrible soupçon naquit et grandit lorsque Tarek relata plus en détail leurs rencontres. L'homme connaissait parfaitement l'aspect, les activités et l'histoire de la famille Emerson. Il avait été fasciné par la civilisation de la Cité Sainte, et lorsqu'il était revenu après son premier séjour, apportant de merveilleux présents, Tarek non seulement lui avait permis de se rendre dans tous les quartiers de la cité, y compris dans les vieux tunnels, mais il l'avait également comblé de présents.

– Vous l'avez laissé piller... je veux dire, prendre des objets funéraires dans les tombes ? demanda Ramsès avec incrédulité.

– Seulement les tombes les plus anciennes, qui avaient été oubliées et laissées à l'abandon, répondit Tarek. L'or et les joyaux sont utiles pour les vivants, mais ils n'ont aucune valeur pour les morts. Ce sont les actes d'un homme qui l'accompagnent dans l'autre monde qui lui assurent l'immortalité.

– Sans aucun doute, murmura Ramsès. Néanmoins...

– Il avait dit que les objets étaient pour le Maître des Imprécations. J'ai vu qu'ils étaient ce que le Maître des Imprécations et sa dame désiraient. Et ils ont permis d'acheter de la nourriture pour mon peuple.

La manière d'opérer n'était que trop familière. Le soupçon se changea en certitude lorsque Ramsès demanda le nom de l'homme.

– Petrie, répondit Tarek. Il m'a apporté l'un de ses livres.

Daria était réveillée lorsque Ramsès revint. Elle passait un peigne dans les longues tresses de ses cheveux. Son froncement de sourcils inquiet se changea en un sourire.

– Ils ont besoin d'être lavés – et moi aussi ! – mais je ne pense pas que je devrais le faire ici.

– Ce sont seulement des baraquements pour les soldats, dit Ramsès. Tarek t'emmènera dans sa villa, où tu auras tout le confort possible. Il a l'intention de partir bientôt.

Il s'assit à côté de Daria et prit ses pieds dans ses mains.

– Ils ont meilleur aspect. Mais tu n'auras pas à marcher, ils confectionnent une litière pour toi.

– Pour moi ? (Elle plissa les yeux.) Et toi ?

– Il faut que je rentre. (Il fit taire sa protestation naissante en posant un doigt sur ses lèvres, puis il lui caressa la joue et les tempes.) Tarek et moi avons établi un plan, et...

– Tu rentres pour elle.

– Cela fait partie du plan, oui, si cela peut être accompli.

Elle éloigna sa tête de sa main caressante, et il dit avec surprise :

– Qu'y a-t-il ?

– Je ne veux pas que tu me quittes. Et si tu ne revenais jamais ?

Elle se glissa sur ses genoux, passa ses bras autour de son cou, et leva un visage implorant vers le sien.

– Je reviendrai, c'est promis. (Il embrassa ses lèvres entrouvertes.) Mais je dois partir, trésor. Il faut que j'explique le plan à mes parents, pour qu'ils sachent quand et comment agir, et je dois les informer de la situation ici. Je viens d'apprendre quelque chose qui me préoccupe énormément.

– Il y a quelque chose que je dois te dire. Au sujet de Newcomb, et pourquoi j'ai...

– Tu n'as pas à me dire quoi que ce soit. Tout va bien.

– Tu ne comprends pas ! Laisse-moi venir avec toi. Je peux vous aider.

Le ravissant regard implorant l'émut. Néanmoins, il ressentit une certaine irritation.

– C'est impossible, tu devrais le savoir. Tarek prendra soin de toi.

Un pas traînant effectué avec tact devant la porte l'interrompit. Tarek leur demanda la permission d'entrer.

– Tu vois ? dit Ramsès. Tarek est un homme courtois et honorable. Tu es en sécurité avec lui comme tu le serais avec moi.

La réaction de Daria convainquit Ramsès une fois

de plus qu'il ne comprendrait jamais les femmes. Un léger sourire incurva les lèvres qui, seulement un instant plus tôt, avaient tremblé de façon attendrissante, et le regard qu'elle posa sur Tarek était un regard de froide évaluation. Il lui rendit son sourire et inclina la tête pour la saluer. Il formait une silhouette impressionnante avec son corps svelte et musclé, ses traits finement ciselés et ses yeux noirs au regard franc.

– Vous serez en sécurité avec moi, ma dame, lui assura-t-il.

Cela avait la solennité d'un serment.

Ramsès les observa s'éloigner sur la route qui conduisait aux villages et aux villas de la région nord. Juchée telle une reine sur la litière portée par deux des hommes de Tarek, Daria ne se retourna pas pour le regarder. Ramsès se demanda s'il la reverrait jamais. S'il s'était trompé, il serait probablement mort avant le matin.

Tarek lui avait fait des adieux émus, comme s'il s'attendait tout à fait à ce qu'un événement malheureux se produise. Ramsès déclina l'offre de Harsetef de l'accompagner, mais il accepta d'attendre que les éclaireurs de Tarek soient avertis qu'il allait franchir le défilé. Tandis qu'il grimpait vers le sommet de la falaise, le soleil couchant répandait une douce lueur sur le paysage accidenté.

Il avait eu tout le temps de réfléchir à ce que lui avait appris Tarek. Ce n'était certainement pas le distingué et vieillissant Flinders Petrie qui était venu voir Tarek. Un seul homme aurait eu l'effronterie et l'imagination d'utiliser ce nom. Quel nom utilisait-il à présent ? se demanda Ramsès. MacFerguson ? Moroney ? C'était nécessairement l'un d'eux, l'hypothèse qu'il y ait deux autres Anglais en plus de Séthos se promenant dans la Cité Sainte était grotesque. Il s'était remémoré qui était MacFerguson... ou n'était pas. Les oreilles, pensa Ramsès, ces satanées oreilles ! L'une des règles de base du déguisement, un trait physique tellement prononcé qu'il détournait le regard du reste du visage. Séthos devait être MacFerguson. Qu'il fût à présent d'intelligence avec l'usurpateur, Ramsès n'en doutait pas un seul instant. Il aurait traité avec Satan si cela représentait un profit pour lui. Si ses parents n'étaient pas au courant pour Séthos, ils devaient être prévenus avant que cette crapule ne fasse un mauvais coup.

L'urgence le poussa à entreprendre la descente immédiatement, au lieu d'attendre le crépuscule. Les rayons du soleil frappaient les contreforts à l'est avec l'intensité d'un projecteur, mais, se dit-il, son corps hâlé et le kilt en lin marron de soldat étaient presque de la même couleur que la roche, et de jour il était bien plus facile de trouver des prises pour les mains et des appuis pour les pieds. Il progressait rapidement lorsqu'il perçut un mouvement sur le flanc de la falaise en contrebas. Il fit halte pour regarder.

Comme la sienne, la silhouette de l'homme était presque indiscernable au milieu des rochers environnants. Ramsès l'aperçut seulement lorsque l'homme bougea à nouveau, se mit debout et leva l'arc qu'il tenait dans ses mains. Ramsès répondit au salut d'un geste de la main, puis il continua de descendre.

La flèche lui érafla l'avant-bras. Ce n'était qu'une blessure légère, mais cela fut suffisant pour amener sa main gauche à lâcher prise et pour lui faire perdre l'équilibre. Ses tentatives pour arrêter sa chute ne firent que la prolonger et la rendre encore plus pénible. Ce fut un soulagement lorsque sa tête heurta un rocher et que la douleur disparut.

– Il faut trouver un moyen de nous débarrasser des serviteurs, dis-je en buvant mon café à petites gorgées.

Mentalement, je remerciai Séthos pour ce petit plaisir. C'était probablement lui qui avait apporté le café. A l'évidence, c'était un homme qui aimait ses aises.

– Pourquoi ? s'enquit Daoud. Ils sont amicaux.

– Hummm, fit Emerson, qui croyait avoir compris la raison de ma suggestion. Pensez-vous que vous pourriez vous résoudre à vous montrer très amical avec cette aimable femme qui n'arrête pas de vous apporter de la nourriture ?

– Je suis très amical avec elle, répondit Daoud avec surprise.

– Hummm, fit Emerson à nouveau. Euh... voyez-vous, Daoud, il y a une chance... une toute petite chance... pour que MacFerguson soit en mesure de mettre sa promesse à exécution. Si les serviteurs ne sont pas là, Nefret ne sera pas obligée de rester seule dans cet endroit sombre. Nous pourrons l'avoir auprès de nous.

– Ah ! fit Daoud.

– Ainsi donc... euh... Si nous réussissons à convaincre Merasen et son père qu'il y a des espions parmi les serviteurs... des gens amicaux à notre égard... très amicaux... des gens qui nous aideraient à nous enfuir...

– Je lui demanderai, répondit Daoud.

Emerson s'efforçait de trouver un moyen d'expliquer le concept de la séduction à un homme qui n'avait jamais, de sa vie, pratiquer cet art, et Selim gloussait derrière sa main, lorsque Merasen et sa clique firent irruption dans la pièce. Un seul regard vers le visage de Merasen m'apprit que nous avions de sérieux ennuis. Son visage rayonnait littéralement de triomphe. Il n'attendit même pas que ses soldats aient fouillé la pièce, et il vint directement vers moi.

– Je le tiens ! s'exclama-t-il tel un coq faisant cocorico. Il est dans ma prison. Votre fils si courageux et ingénieux !

## Manuscrit H

Ramsès se réveilla avec le vague souvenir d'un rêve dans lequel il y avait eu des mains brutales, une lutte vaine et douloureuse, et l'obscurité. Et un rire. Un rire triomphant, plein d'allégresse, qui était le pire de tout.

Il faisait toujours nuit, mais il savait qu'il était éveillé parce que la douleur était réapparue. Il avait dû heurter chaque satané rocher durant sa chute... jusqu'où ? Il ne savait absolument pas où il se trouvait. L'air chaud sentait le renfermé, l'obscurité n'était brisée que par un seul rayon de lumière ténue. Tandis que ses yeux s'accoutumaient à l'obscurité, il se rendit compte qu'il était étendu contre un mur en pierre, avec de la pierre sous lui et encore plus de pierre au-dessus de lui. La lumière provenait d'une petite ouverture dans la voûte.

Il ne s'était pas agi d'un rêve. Des mains l'avaient soulevé de la surface sur laquelle il avait atterri, avaient eu raison de ses tentatives vaines pour les repousser, et l'avaient amené ici. L'emplacement de cet endroit était encore un mystère, mais il n'y avait pas le moindre doute concernant sa nature ou l'identité de l'homme responsable de sa situation. Il avait déjà entendu ce rire enfantin jovial.

– Enfer et malédiction ! s'exclama-t-il, pas très fort mais avec chaleur.

– Vous parlez anglais ! Qui êtes-vous ?

La voix le surprit tellement qu'il commit l'erreur de se redresser et de se mettre sur son séant. Une fois qu'il eut réussi cela, cela semblait parfaitement inutile de s'allonger de nouveau. Il s'adossa à la paroi et chercha à percer l'obscurité. Pas très loin, il distingua une forme humaine. La pièce – le cachot, pour l'appeler par son nom – faisait seulement trois mètres carrés.

– Plus important, qui êtes-vous ? demanda-t-il d'un ton sec. MacFerguson ?

– Qui diable est MacFerguson ?

– Peu importe. Vous devez être Moroney, alors. A moins que vous soyez Kevin O'Connell ou le révérend Campbell. Ou Richard Cœur de Lion. J'ai bien peur qu'il n'y ait pas de ménestrel !

– Si cela est censé être drôle, cela ne me fait pas rire, dit la voix avec froideur.

– Excusez-moi, dit Ramsès. Je pense que je suis encore un peu sonné. Je m'appelle Emerson... le jeune Emerson. J'ai fait votre connaissance sur le bateau parti de Halfa.

– Bonté divine, c'est réellement vous ? Je vous ai entrevu lorsqu'ils vous ont amené ici, mais je ne vous avais pas reconnu. J'ai pensé que vous étiez l'un des gars du pays. (Il se rapprocha et se mit à croupetons à côté de Ramsès.) Je suppose que vous avez le droit de divaguer un peu. On dirait que vous avez reçu une sacrée raclée.

– Ce n'était pas une raclée. Du moins, se reprit Ramsès, je ne le pense pas. Je suis tombé d'une falaise. Avec une petite aide de la part de l'un des gars du pays.

– Est-ce que je peux faire quelque chose pour vous ?

– De l'eau, si vous en avez.

– Oh, oui, nous avons toutes les douceurs habituelles. De l'eau, du pain sec une fois par jour, la plus raffinée des installations sanitaires.

Il montra de la main un pot en argile dans le coin opposé.

– Ainsi c'était vous qui avez servi de guide à Merasen jusqu'ici, dit Ramsès en acceptant un gobelet d'eau.

– Vous ne semblez pas surpris.

– Vous étiez le suspect le plus évident. Je n'ai jamais cru Merasen lorsqu'il s'est vanté d'avoir réussi à fausser compagnie aux marchands d'esclaves. Je présume que c'était l'une de vos patrouilles qui l'a délivré, lui et les autres.

– Apparemment, vous avez tout reconstitué.

– Exactement comme vous avez compris qui était Merasen et d'où il venait. Vous aviez entendu parler de la civilisation perdue de Willy Forth et vous étiez au courant de notre expédition voilà dix ans. Bien joué. Dans la meilleure tradition de l'armée.

Il perçut plus qu'il ne vit que l'autre homme grimaçait.

– Je ne vous reproche pas de me mépriser. Mais je jure devant Dieu que je ne vous voulais aucun mal, à vous et à votre famille, ni à personne d'autre. Je suis dans ce trou à rats depuis deux jours, un laps de temps suffisant pour comprendre que je suis un misérable pécheur et que je suis sur le point d'en payer les conséquences.

– Vous avez trouvé un réconfort dans la religion ? s'enquit Ramsès d'un ton sceptique.

– Ricanez si ça vous chante. Je ne m'attends pas à sortir d'ici vivant, mais je ferai tout ce que je peux pour vous aider.

Ramsès se mit debout et fit le tour du périmètre du cachot, avec raideur tout d'abord, puis plus aisément. La pièce avait été taillée dans le flanc de la montagne. Les seules interruptions dans la roche pleine étaient l'ouverture carrée dans la voûte et une porte en bois massive.

– Elle est munie d'une barre et d'une chaîne, dit Moroney en l'observant pousser contre la porte.

– Naturellement.

Ramsès leva les yeux vers l'ouverture dans la voûte. Elle faisait moins de dix centimètres de largeur. Le rayon de lumière était plus brillant à présent.

– A quelle heure de la journée apportent-ils de la nourriture et de l'eau ? demanda-t-il.

– Vers midi, à en juger par la lumière. Ils sont toujours quatre. L'un d'eux remplace la cruche d'eau et la corbeille de pain pendant que les autres m'acculent dans un coin avec la pointe de leurs lances. Maintenant que nous sommes deux...

– Nous serons acculés tous les deux dans un coin et maintenus en respect par des lances. Je ne pense pas que se faire empaler soit une manière judicieuse de sortir d'ici.

– Un seul de nous deux devrait prendre ce risque. Si vous vous mettez derrière moi...

– Ne dites pas de bêtises ! fit Ramsès d'un ton brusque.

– Quelle autre opportunité avons-nous ?

– Ce n'est pas une opportunité, c'est un double suicide, même en supposant que je vous laisse faire ça. (Il revint vers son coin d'origine et s'assit sur le sol.) Si tout le reste échoue, nous tenterons le vieux truc « A l'aide, à l'aide, il va mourir ! » Merasen n'a aucune envie de me perdre, alors qu'il peut m'utiliser comme un gourdin brandi au-dessus de la tête de mes parents. Et j'ai le sentiment qu'il n'attendra pas jusqu'à midi pour nous rendre une petite visite.

Peu après, ce pressentiment s'avéra exact, mais cela parut très long à Ramsès, car il avait eu tout le temps de se livrer à des réflexions amères sur son comportement stupide. Il n'avait fait qu'aggraver la situation. Le plan que Tarek et lui avaient mis au point échouerait si ses parents étaient dans l'impossibilité de remplir leurs rôles, et si Tarek n'avait pas de ses nouvelles avant la nuit de la cérémonie, ses conseillers, qui avaient manifestement de sérieuses réserves à propos de ce plan, parviendraient sans doute à le persuader de revenir au plan initial. Emmener Daria avait été également une erreur. Il avait agi sur une impulsion, et il savait quelle était cette impulsion. « L'amour obscurcit le cerveau et les organes de la responsabilité morale. » Maintenant, Nefret serait gardée encore plus étroitement. Et si Tarek était battu, Daria finirait comme butin de guerre pour l'un des vainqueurs.

Moroney était assis, la tête penchée, perdu dans ses propres pensées lugubres. Une autre complication dont il n'avait vraiment pas besoin... un pécheur repenti qui se complaisait dans la culpabilité et recherchait le martyre. Ramsès avait acquis la conviction que Moroney était sincère – les gens se repentaient fréquemment lorsque la mort les regardait en face – et son offre terrifiante de se faire transpercer le corps par des lances complétait le tableau. Il priait... non, il « espérait » que Moroney était toujours capable d'obéir à des ordres. Il avait expliqué en détail ce qu'il voulait que Moroney fasse, et lui avait fait promettre de ne rien faire d'autre.

Il pensa beaucoup à Daria et il se sentit encore plus coupable de trouver du plaisir dans ces souvenirs.

Des chaînes tintèrent. Moroney sursauta violemment, et Ramsès se laissa tomber à plat ventre sur le sol.

– N'oubliez pas, chuchota-t-il.

Ils portaient des torches. La lumière faisait flamboyer des étincelles cramoisies depuis la pointe des lances. Ramsès leva une main pour se protéger les yeux de la lueur éblouissante, et il eut envie de pousser un cri de satisfaction lorsqu'il aperçut Merasen, resté prudemment en retrait. Les soldats entourèrent Moroney et se disposèrent près de l'endroit où Ramsès était étendu. Les lances étaient acérées et pointées sur son corps.

Lorsque ses hommes furent en position, Merasen pénétra lentement dans le cachot. Il portait tous les atours d'un prince – tunique aux manches serrées et long kilt, diadème, épée et dague aux gardes en or – mais au lieu du sourire triomphal auquel Ramsès s'était attendu, son visage arborait une expression renfrognée. Ramsès poussa un gémissement et laissa son bras retomber mollement le long de son corps.

– Levez-vous en présence de votre prince ! ordonna

Merasen. Vous étiez dans le camp de Tarek. Vous allez me dire ce que vous avez fait, ce que vous avez dit.

Ramsès marmonna quelque chose d'inintelligible et retint son souffle jusqu'à ce que – enfin ! – Moroney dise sa tirade.

– Il souffre beaucoup, Merasen. Il est sans connaissance la plupart du temps.

– Faites quelque chose ! ordonna Merasen. Réveillez-le !

La pointe de l'une des lances piqua le côté de Ramsès, et il décida qu'il ferait mieux de réagir. Merasen semblait être de très mauvaise humeur.

– C'était vous, dit-il d'une voix faible. Espèce de sale petit rat !

Ce terme était la pire insulte dans la langue de la Cité Sainte. La lèvre supérieure de Merasen se retroussa en un grognement. Rassuré par l'apparente faiblesse de Ramsès, il écarta d'une poussée l'un des soldats et se pencha vers lui.

– Surveillez vos paroles, sinon vous le regretterez !

La lance s'enfonça plus profondément dans son côté. Il tressaillit de douleur. Merasen sourit.

– Vous ne mourrez pas rapidement, oh non ! Le Maître des Imprécations et sa dame savent que vous êtes mon prisonnier. Maintenant ils feront ce que j'ordonne.

– Ils ne vous croiront pas, Merasen, dit Ramsès, en sachant que, cette fois, il *avait* raison. Vous êtes un tel fieffé menteur qu'ils ne vous croiraient pas si vous leur disiez que les chameaux ne peuvent pas voler. Ils exigeront de me voir.

L'expression de Merasen lui apprit qu'il avait touché dans le mille. Il gémit à nouveau et dit d'une voix défaillante :

– Ma mère a des remèdes...

Merasen se tourna vivement vers Moroney.

– Vous. Veillez sur lui. S'il meurt, vous mourrez.

Il sortit à grands pas. La porte claqua et les chaînes cliquetèrent de façon appropriée.

– Ils ont oublié de nous apporter à manger, dit Moroney. Ils ont peut-être décidé de nous laisser mourir de faim.

Il semblait s'être remis de sa crise d'héroïsme. Ramsès se demanda combien de temps durerait cette disposition d'esprit. Il se redressa pour s'asseoir et se servit du bord de son kilt pour essuyer le sang qui coulait de son côté.

– Vous n'avez pas écouté. Ma vie est aussi précieuse pour Merasen que la sienne en ce moment. Je suis prêt à parier qu'il est allé trouver Mère. Ce devrait être une rencontre intéressante.

Il considéra le bord taché de son vêtement et ajouta :

– Encore un kilt bon à jeter !

Merasen revint plus tôt que je ne m'y étais attendu. Son visage était tellement renfrogné que je ressentis un brusque flot d'espoir. Nous l'avions pris au mot... ou bien Ramsès s'était échappé. Cet espoir fut de courte durée.

– Venez, dit-il en me faisant signe de le suivre. Emportez vos remèdes. Et des pansements.

Cette fois, je compris qu'il ne bluffait pas. Je me tournai en un appel muet vers Emerson. Il s'était levé et observait Merasen tel un chat que l'on empêche de se jeter sur une souris particulièrement savoureuse.

– Ne perdez pas la tête, Peabody, dit-il. Il est toujours en vie.

– Oui, et vous le maintiendrez en vie, dit Merasen. Vous ne m'aviez pas cru lorsque j'ai dit qu'il était mon prisonnier ? Maintenant vous allez le constater de vos propres yeux. Vous, Sitt Hakim. Pas le Maître des Imprécations.

– Ne perdez pas *votre* tête, Emerson, l'implorai-je. (Il avait commencé à gronder et ses poings étaient serrés.) Je reviendrai très vite. N'est-ce pas, Merasen ?

– Oh, oui, Sitt. Le Maître des Imprécations m'a traité de menteur. Je vais prouver que j'ai dit la vérité. Emportez tout ce qu'il vous faut.

Tandis que je m'affairais, j'entendis Merasen pérorer dans la pièce voisine. Il devait être très sûr de lui, car la façade de bonne volonté enfantine avait été remplacée par l'arrogance.

– Vous êtes les menteurs, déclara-t-il. Vous avez dit au roi que vous parleriez en sa faveur, mais vous ne pensiez pas ce que vous disiez. Vous avez envoyé votre fils comploter avec Tarek. Je défends le trône de mon père, c'est moi qui ai envoyé des espions dans le camp de Tarek, et maintenant vous ferez ce que je dis, sinon votre fils mourra.

– Vous ne pouvez pas avoir le beurre et l'argent du beurre, vous savez, répondit Emerson. S'il meurt, vous n'aurez plus aucune prise sur nous.

Merasen sourit.

– Je n'ai pas dit qu'il mourrait rapidement. Venez, Sitt.

– Nous l'accompagnons, dit Emerson. Jusqu'à votre demeure, en tout cas. Ceci n'est pas négociable, alors ne prenez pas la peine de discuter avec moi.

Merasen grogna mais céda. Je trouvai cela très inquiétant, et je le dis à Emerson tandis que nous marchions derrière lui.

– Ramsès doit être grièvement blessé, Emerson, sinon Merasen ne tiendrait pas à ce point à ce que je le soigne.

– Vous oubliez les talents de comédien de votre fils, répondit Emerson. Allons, Peabody, Ramsès a autant de vies qu'un chat et un esprit inventif égal au vôtre !

– C'est vrai. Merci de me rassurer, Emerson.

– En tout cas, il a eu tort d'accorder à Merasen le bénéfice du doute, déclara Emerson. Les scélérats ne sont pas toujours des scélérats, et les héros ne sont pas toujours héroïques. C'est un plaisir de rencontrer un scélérat qui est exactement ce que nous avions estimé qu'il était.

Les hommes de Merasen firent s'arrêter Emerson et les deux autres tandis que Merasen m'entraînait en haut des marches sans me laisser le temps de dire un au revoir affectueux. Les derniers mots d'Emerson ne furent pas un au revoir affectueux.

– Si vous ne la ramenez pas, Merasen, je vous retrouverai et je vous arracherai tous les membres !

Je n'avais jamais visité les prisons de la Cité Sainte, mais je savais que chaque noble avait la sienne. C'était tout à fait un système féodal, en vérité. Les cachots de Merasen étaient situés à l'arrière de la maison et sous elle. Une obscurité noire comme le Styx emplissait les couloirs étroits. Des torches furent allumées et notre escorte s'avança dans un tunnel bordé de portes massives fermées par des barres. J'eus de la compassion pour les autres infortunés prisonniers qui croupissaient derrière ces portes. Moroney devait être l'un d'eux.

Je n'eus pas à simuler mon cri d'affliction lorsque je m'agenouillai près de la forme inerte de mon fils. Il était couvert d'ecchymoses et des taches de sang maculaient son corps. Ses longs cils battirent de façon pitoyable, puis un œil s'ouvrit... et se referma en un clin d'œil évident.

– *Meine geliebte Mutter*, murmura Ramsès, doucement mais, bien sûr, avec une articulation parfaite. *Wo bist du ? Warum kommst du nicht ?*

– Que dit-il ? s'exclama Merasen. Quelle est cette langue ?

– Il parle toujours en allemand lorsqu'il est souffrant ou en proie au délire, répondis-je, reconnaissante du signe discret et les jambes flageolantes par suite du soulagement.

– *Ich bin hier, mein Sohn.* (Puis je lui demandai, toujours en allemand :) Avez-vous des os brisés ? Des étourdissements ou une vue brouillée ? Votre père et moi sommes sains et saufs. Qu'avez-vous fait de la jeune fille ?

– Parlez en anglais ! vociféra Merasen en faisant des bonds sur place d'exaspération.

Son hurlement couvrit le gloussement amusé qui avait échappé à Ramsès et son murmure de « Droit au but, comme toujours ! »

– Je l'interrogeais seulement sur ses blessures, expliquai-je d'un air indigné. Que quelqu'un me donne un bol d'eau. Merci... oh, c'est vous, capitaine Moroney ! Pardonnez-moi, j'ai omis de vous dire bonjour. J'étais inquiète au sujet de mon fils, vous comprenez.

– A juste titre, m'dame, répondit Moroney en me

faisant un clin d'œil rapide. Que puis-je faire pour vous aider ?

– Vous taire, dis-je.

Ramsès s'était remis à parler. A l'aide de phrases sans suite mais cohérentes, il me mit rapidement au courant de la situation. C'étaient des informations très utiles, en particulier le plan qu'il avait mis au point avec Tarek.

– Oui ! m'exclamai-je, m'oubliant un moment. Ce devrait être... euh... *das ist ganz praktisch.*

– Que dit-il ? glapit Merasen. Demandez-lui ce que Tarek projette de faire ! Quand attaquera-t-il ?

– Il délire à propos de son enfance, répondis-je en nettoyant le sang séché et en aspergeant d'alcool les estafilades. Je ne parviens pas à obtenir de lui un seul mot sensé, Merasen, certainement pas alors qu'il est dans un tel état ! Il faut le faire transporter dans notre maison afin que je puisse le soigner comme il faut.

Je ne m'attendais pas à ce qu'il soit assez stupide pour accepter cette proposition, mais qui n'ose rien ne gagne rien, comme je le dis toujours. Il refusa, employant plusieurs jurons anglais qu'il avait probablement appris de la bouche d'Emerson, et je dis en allemand à Ramsès :

– Je vais faire durer ceci le plus longtemps possible, mais il va bientôt m'ordonner de partir. J'ai un plan pour la délivrer... vous savez de qui je parle. Ensuite nous trouverons un moyen de communiquer que vous découvrirez.

– Arrêtez ! dit Merasen.

Il me saisit brutalement par le bras. Je vis les yeux de Ramsès briller de colère avant qu'il les referme.

– *Der andere Engländer*, marmonna-t-il. *Vorsicht. Er ist...*

– Je sais, répondis-je en anglais.

Je n'avais pas le temps de demander comment il l'avait appris, même si je brûlais de curiosité de le savoir. Merasen continuait de me tirer par le bras.

– Donnez-moi juste le temps de rassembler mes affaires, dis-je avec un sanglot. *Dein Vater* ne sait pas, ajoutai-je, caressant la joue de Ramsès comme pour lui dire un au revoir attendri. Ne lui dites pas.

– *Ja, Mutter*, répondit Ramsès.

Partagé entre son soulagement de me voir revenir saine et sauve et son inquiétude pour son fils, Emerson fut loin d'être cohérent au début. Daoud et Selim n'arrêtaient pas de me harceler de questions, eux aussi. Après les avoir tous fait taire, je leur racontai ce qui s'était passé.

– Vous êtes certaine qu'il faisait seulement semblant d'être grièvement blessé ? demanda Emerson d'un air anxieux.

– Très cher, je l'ai vu dans un état bien pire... bien pire et très souvent ! Je n'ai aucun doute qu'il était debout dès que la porte s'est refermée.

– Nous allons nous rendre dans cet endroit et l'en faire sortir ! dit Daoud impétueusement.

Emerson renifla et roula les yeux, mais je dis :

– C'est l'une des possibilités. Cependant, j'ai une autre idée.

– Vous avez bigrement trop d'idées, dit mon époux affectionné. Bon sang, Peabody, vous avez proposé une douzaine de plans différents. Ne serait-il pas temps que nous en choisissions un, une bonne fois pour toutes ?

– Nous devons faire preuve de souplesse, Emerson. Que pensez-vous de l'arrangement que Ramsès a pris avec Tarek ?

– Je suis parfaitement d'accord... en fait, j'en serai ravi... pour crier au carnage et lâcher les chiens de guerre sur ce maudit Zekare et, poursuivit Emerson d'un air modeste, je serais parfaitement à même de m'en charger. Mais je ne suis pas assez noble pour mettre en danger la vie de Ramsès au nom d'une noble cause. Merasen le ferait assassiner par pure méchanceté si jamais nous remportions la victoire. Et pour Nefret ?

– J'ai quelques idées, commençai-je. Allons, Emerson, ne vous mettez pas en colère. Vous avez raison, nous devons décider d'un plan. En désespoir de cause, et dans l'éventualité peu vraisemblable – à mon avis – que nous ne soyons pas en mesure de délivrer l'un ou l'autre, ou les deux, au préalable, nous refuserons de prendre part à la cérémonie si Ramsès et Nefret ne sont pas présents. Merasen sera obligé de montrer Ramsès, au moins.

– Avec un couteau sur la gorge, grommela Emerson.

– Nous-mêmes, nous aurons des couteaux sur la gorge de certaines personnes, très cher. Et les armes de Daoud. Avant cela, nous devons régler quelques détails. Ramsès a promis à Tarek de lui faire connaître notre réponse dans les deux jours à venir. Puisqu'il en est parfaitement incapable, nous devons nous en charger. Si Tarek n'a pas de nos nouvelles, et s'il apprend la capture de Ramsès, il pourrait très bien faire quelque chose d'irréfléchi.

Emerson acquiesça de la tête à contre-cœur.

– Vous avez raison, comme d'habitude, Peabody. La femme du village ?

– Si nous pouvons le faire sans mettre sa vie en danger, je vais écrire un message. Elle saura à qui il est destiné, et elle le transmettra. Il faut également prévenir les *rekkit* que le plan a été modifié. En aucun cas ils ne doivent prendre les armes.

Emerson toucha le creux de son menton.

– Je présume que vous n'avez pas eu l'opportunité de chercher les fusils pendant que vous étiez dans la demeure de Merasen ?

– Il m'a fait entrer et sortir précipitamment avant que cela me soit possible. J'essaierai la prochaine fois.

– Qu'est-ce qui vous fait supposer que Merasen vous permettra de revenir ?

– Il devra me laisser revenir si Ramsès continue de s'affaiblir. Bien sûr, il est fort possible que Ramsès s'évade avant cela, lui et le capitaine Moroney,

– Comment, sacré bon sang ? s'exclama Emerson. Il est enfermé à double tour et n'est pas armé.

– Pas exactement, Emerson. Je lui ai laissé une arme.

# 13

Mon optimisme reçut un rude coup lorsque nous regagnâmes nos appartements et trouvâmes une délégation qui nous attendait. Elle était conduite par Amenislo. Celui-ci nous informa que dans quelques heures nous devions commencer à nous préparer pour la cérémonie.

– Non, sûrement pas ! m'exclamai-je. La cérémonie a lieu demain !

– Vous avez dû vous tromper, Peabody, dit Emerson en caressant son menton. Je vous avais dit qu'ils ne calculent pas le temps comme nous le faisons.

Je ne crois pas que mon cerveau ait jamais fonctionné aussi rapidement qu'il le fit alors. Cette cérémonie était un événement officiel et religieux, et il était exclu de demander qu'elle soit renvoyée à plus tard. Autant demander que la date de Noël soit modifiée ! Nous ne disposions plus que d'une demi-journée pour revoir nos plans, ou bien nous serions contraints de recourir à la dernière solution de fortune, laquelle, à mon avis, avait toujours laissé à désirer.

– Et mon fils ? demandai-je vivement. Le roi sait-il

qu'il croupit dans un cachot de Merasen, qu'il est blessé et qu'il souffre ?

– Il sait, répondit Amenislo. Après la cérémonie...

– Ha ! fit Emerson. Pas après la cérémonie. Maintenant.

– Le roi n'acceptera jamais. (Le comte se tordit les mains d'un air désespéré.) Le Frère des Démons ne peut pas être avec vous. Il doit rester un prisonnier.

– Mais pas dans cet horrible cachot sombre ! m'exclamai-je. S'il pouvait être mis dans un endroit plus confortable, toujours sous bonne garde, mais avec quelqu'un pour soigner ses blessures...

Une lueur – la lueur de l'espoir, peut-être – brilla dans les yeux d'Amenislo. Je déclarai :

– Vous pouvez ordonner cela, Amenislo. Vous jouissez de la faveur du roi. S'il met en question votre acte, dites-lui que vous avez été obligé d'accepter afin d'obtenir notre coopération.

L'expression d'Amenislo indiqua qu'il n'avait pas l'intention de se présenter devant le roi pour répondre de sa conduite.

– Je vais essayer, marmonna-t-il.

– Je suis sûr que vous y parviendrez. Cela doit être fait très vite, ajoutai-je. Afin que mon esprit soit serein avant la cérémonie. Je présume que l'on nous donnera les vêtements et les ornements appropriés, et que l'on nous dira ce que nous devons faire ?

– Des servantes vont venir plus tard.

– Quand ? A quelle heure la cérémonie a-t-elle lieu ?

– Lorsque la lune se lèvera. Elles viendront avant cela. Maintenant je dois partir.

Amenislo sortit précipitamment.

– Enfer et damnation ! gronda Emerson. Je pensais que nous disposions de davantage de temps. Tarek est probablement en train de rassembler ses hommes en ce moment. Nous devons prévenir les *rekkit* immédiatement. Donnez-moi une feuille de papier, je vais écrire le message moi-même. Venez avec nous, Daoud et Selim. A partir de maintenant nous restons toujours ensemble.

Mais nous n'allâmes pas plus loin que le Grand Temple. Les gardes entouraient un prêtre au crâne rasé qui agitait les mains et criait. Emerson fit halte.

– Que se passe-t-il ?

– Il n'arrête pas de dire : « Le roi, il faut prévenir le roi ! » Et... Crénom !

– Quoi ? Quoi ? beugla Emerson.

– « Elle n'est plus là. Elle a disparu. »

Emerson tourna les talons et repartit ventre à terre vers l'escalier menant à nos appartements. Aucun des gardes ne semblait pressé d'annoncer la nouvelle au roi. Ils s'écartèrent pour laisser passer Emerson, et nous le suivîmes. Selim courait devant, me confiant à Daoud, lequel m'aidait à courir avec un tel zèle que mes pieds touchaient à peine le sol. Emerson et Selim avaient disparu lorsque Daoud et moi entrâmes en trombe dans la salle de séjour. Bien sûr, je savais où ils étaient allés.

– Posez-moi par terre, Daoud, dis-je, à bout de souffle. Faites sortir les serviteurs d'ici. Peu m'importe comment. Ensuite fermez la porte et ne laissez entrer personne.

Je m'arrêtai le temps de saisir une lampe, puis je courus vers la chambre sombre à l'arrière de nos appartements. Je fus ravie de découvrir que l'un d'eux avait eu assez de bon sens pour faire la même chose... Selim, probablement, car Emerson était dans un tel état qu'il ne parvenait même pas à trouver le mécanisme dissimulé. Il tirait sur la dalle et jurait lorsque j'arrivai. Je l'écartai d'une poussée et pressai sur la cavité qui libérait le ressort. La dalle se souleva. Au-dessous, au bas des marches, il y avait une forme pâle recroquevillée. Elle leva un visage blême vers nous.

Comme Nefret montait les marches en trébuchant, Emerson tendit les mains vers elle, la prit dans ses bras et la hissa vivement, évitant de peu de lui défoncer le crâne sur la dalle de pierre relevée. Je pris la lampe de la main tremblante de Selim. Il riait et priait et, il me semble, pleurait, tout cela en même temps.

– Là, là, dis-je en lui donnant de petites tapes sur l'épaule. Emerson, portez-la dans notre chambre. Je pense qu'elle ne dirait pas non à un gorgée de whisky revigorante. S'il en reste.

Emerson la prit dans ses bras.

– De l'air ! haleta-t-elle. De l'air et de la lumière, c'est tout ce dont j'ai besoin. Je suis restée là pendant des heures. Dans le noir.

– Cela ne peut être des heures, dis-je. Votre disparition vient seulement d'être découverte. Comment diable... euh... a-t-il réussi cela ?

– Ne la harcelez pas de questions maintenant, Peabody, grommela Emerson. Nefret, ma chère enfant, est-ce que vous allez bien ? Ils ne vous ont pas fait de mal ? Si jamais quelqu'un a osé...

– Je vais bien maintenant. (Elle s'agrippa à lui.) Ne les laissez pas m'emmener à nouveau.

– Certainement pas ! fit Emerson.

Daoud se tenait près de la porte d'entrée. Lorsqu'il

vit Nefret, il se précipita pour l'étreindre, et je fus obligée de lui rappeler ses attributions.

– Personne n'a essayé d'entrer, rapporta-t-il, une fois qu'il eut recouvré son calme.

– Ils le feront, dit Emerson. Ils ne peuvent pas nous accuser d'être responsables de sa disparition, puisque nous étions ici toute la matinée, mais ils vont regarder partout.

– Je ne veux pas retourner là-bas, dit Nefret d'une voix faible. Je vous en prie, ne m'y obligez pas !

– En aucun cas ! affirma Emerson.

– Ils vont également inspecter les passages souterrains, dis-je. Mais cela leur prendra un certain temps. Je me demande où est passé... Posez-la sur le lit, Emerson, et allez chercher le whisky.

Les habits et les voiles blancs de la Grande Prêtresse étaient chiffonnés et couverts de poussière, et ses beaux cheveux pendaient, emmêlés, sur ses épaules. Je trouvai un peigne et entrepris de défaire les nœuds. Comme toute femme le sait, cela a un effet apaisant. Nefret commença à se détendre, et après avoir bu une gorgée de whisky, les couleurs réapparurent sur son visage.

– Où est Ramsès ? fut sa première question.

– Pour le moment, il se trouve dans un cachot sous la villa de Merasen, répondis-je.

Nefret poussa une exclamation et je poursuivis :

– Mais nous avons pris les mesures qui s'imposaient.

Du moins, je l'espérais. La nouvelle de la disparition de Nefret pouvait inciter le roi à décider de garder Ramsès en lieu sûr, étroitement gardé. Personnellement, c'est ce que j'aurais fait.

– Comment avez-vous fait pour vous échapper ? demanda Selim. Nous avions perdu tout espoir.

– Tout comme moi. Cela a été tout à fait surprenant. Je vous avais dit – n'est-ce pas ? – que Amase m'emmenait tous les jours dans une pièce particulière, afin de m'enseigner les rituels ?

– Non, vous ne l'avez pas fait, répondis-je. Cela n'a pas d'importance. Continuez.

– Parfois, il y avait un autre prêtre avec lui, aux yeux caves et au visage impassible. Encore plus impassible que celui de Ramsès. Tante Amelia, comment allez-vous faire pour délivrer Ramsès et...

– Buvez une autre gorgée de whisky, dis-je. Et continuez.

– C'est le prêtre qui m'a emmenée. Il a frappé ce pauvre Amase sur la tête et il l'a ligoté avec ses propres robes. J'étais trop abasourdie pour bouger jusqu'à ce qu'il s'approche de moi, et alors j'aurais crié s'il n'avait pas plaqué sa main sur ma bouche, puis il m'a parlé en anglais. En anglais ! Je lui ai demandé qui il était, mais il s'est contenté de secouer la tête et il m'a dit qu'il allait me conduire vers vous. Les prêtres savent où se trouvent les entrées des passages souterrains. Je le savais également, autrefois, mais je ne pouvais m'y rendre. Je n'étais jamais seule.

« Il m'a emmenée dans ces horribles passages sombres pendant des heures, m'a-t-il semblé. Certains m'étaient familiers, mais je n'aurais jamais trouvé mon chemin jusqu'ici. Il m'a laissée au bas des marches pendant qu'il allait en haut et jetait un coup d'œil, mais vous n'étiez pas là. Par contre, il y avait des serviteurs. Lorsqu'il est redescendu, il a dit que je devrais attendre pendant qu'il allait vous chercher et vous prévenir. Ce que j'ai fait, puis la lampe s'est éteinte...

– Tout va bien maintenant, dis-je pour la calmer.

Mes pensées tourbillonnaient dans mon cerveau. Néanmoins, je parvins à me concentrer sur la question la plus importante.

– Nous devons trouver un moyen de vous cacher. J'ai une idée...

– Moi aussi, dit Emerson. Oui, Peabody, il m'arrive d'avoir des idées de temps à autre, et cette fois c'est la mienne que nous allons suivre.

## Manuscrit H

Une fois que la porte se fut refermée derrière sa mère, laquelle donnait tous les signes de l'inquiétude avec ses traits contractés et ses cheveux qui s'étaient défaits, Ramsès se leva d'un bond. La lame de l'objet qu'elle avait glissé sous son dos lui avait entamé la chair. Il le prit et le regarda fixement.

– Des ciseaux ? s'exclama Moroney avec stupeur.

– Les lames en sont très affilées, dit Ramsès, fort de son expérience personnelle. Et elles font quinze centimètres de long. Même si Merasen avait eu assez de bon sens pour examiner le contenu de sa trousse médicale, il ne les aurait pas identifiés comme une arme. Des ciseaux sont un ustensile de femme.

Il se baissa et ramassa plusieurs autres objets là où ils étaient tombés. Des épingles à cheveux. Une autre arme de femme.

Elles servaient également à desserrer la vis qui maintenait ensemble les lames des ciseaux. Ce qui laissait à chacun d'eux une arme semblable à une dague et une épingle à cheveux. Ramsès fut obligé de donner des explications pour les épingles à cheveux. Celles de sa mère étaient fabriquées spécialement, plus dures et plus pointues que celles qu'on trouvait communément. On pouvait les dissimuler dans une main, et elles faisaient horriblement mal si on les plantait dans le corps de quelqu'un.

– Très utile, admit Moroney en prenant la lame des ciseaux. Quand ils apporteront à manger demain...

– Demain ? Certainement pas ! Il faut que je sorte d'ici aujourd'hui, sans quoi ce sera l'enfer. Conduit par mon père, ajouta-t-il. Je sais ce que Merasen a l'intention de faire, et Père a bien l'intention de le neutraliser. Il a un caractère épouvantable.

– Nous ne pouvons pas découper cette porte avec une paire de ciseaux ! s'exclama Moroney.

– Alors nous devrons amener les gardes à l'ouvrir.

– Comment ?

– Il y a plusieurs possibilités... comme dirait ma mère. (Ramsès s'allongea sur le sol, les mains jointes sous sa tête.) J'ai la certitude qu'elle a déjà commencé à en examiner quelques-unes. Nous allons lui laisser une heure ou deux, et si rien ne se produit, nous donnerons de grands coups dans la porte et nous réclamerons à manger. Ils ne nous ont rien apporté aujourd'hui.

– Et ensuite ? demanda vivement Moroney.

– Vous voulez dire, ce que nous ferons lorsqu'ils ouvriront la porte ? Cela dépend des circonstances, et j'aviserai à ce moment-là. Si vous ne me donnez pas votre parole que vous attendrez mes ordres avant d'agir, je vous assomme !

– Vous avez ma parole. C'est le moins que je puisse faire pour me racheter.

– Parfait, dit Ramsès joyeusement. Excellent. Gardez cette pensée à l'esprit.

Il aurait dû savoir qu'il ne faudrait pas une heure à sa mère pour prendre une décision. Surtout alors qu'elle bénéficiait de l'aide d'une tierce personne. Néanmoins, il soupira de soulagement lorsqu'il entendit la voix qu'il avait espéré entendre... une voix aiguë, inutilement forte, et autoritaire.

– Ne bougez pas, dit Ramsès avec instance. Faites semblant d'avoir peur.

– Quoi ?

– Faites semblant, bon sang !

Le premier homme à entrer dans le cachot était la réponse à ses prières. Il se pencha vers Ramsès, qui gémit obligeamment.

– Soulevez-le, dit Amenislo. Vous deux. Emmenez-le dans une chambre de repos. Posez vos lances, imbéciles, vous ne pouvez pas le porter avec une seule main. Non, ne les posez pas, donnez-les à l'un des autres gardes.

Moroney était accroupi au milieu de la petite cellule, tête baissée. L'un des gardes, en un geste d'avertissement, agita une lance vers lui, mais les autres étaient occupés à exécuter les ordres d'Amenislo, lesquels étaient, à tout le moins, déroutants.

– Non, pas comme ça ! Posez vos armes par terre. Ramassez-les. Pas vous ! Vous ! Placez les torches dans la console.

Il sortit à reculons dans le couloir. Deux des hommes le suivirent, portant Ramsès. Celui-ci attendit d'être sorti du cachot, le reste des gardes remplissant l'embrasure de la porte, puis il agit. Il se dégagea d'une torsion des mains qui le tenaient et cria le nom de Moroney. Il retomba sur ses pieds, trébucha en avant comme une douleur fulgurante irradiait sa cheville, mais donna un violent coup de tête à l'homme qui avait tenu ses jambes. Encore cinq. Il se jeta sur l'homme derrière lui, et il n'y en eut plus que quatre. Non... trois. Un corps gisait à ses pieds dans une mare de sang qui s'élargissait. Le visage d'Amenislo était un masque de terreur, mais son épée était rouge jusqu'à la garde. Ramsès s'élança vers la porte du cachot. Moroney était aux prises avec un soldat. Avant que Ramsès puisse se porter à son aide, le soldat s'écroula en étreignant la lame de ciseau qui dépassait de son côté. Un autre soldat était étendu sur le sol, une lance plantée dans sa poitrine. L'homme qui tenait la lance recula devant Ramsès.

– Ne me tuez pas, Etre Supérieur, je suis un homme de Tarek !

– C'est ce que je vois. Tout va bien, Moroney ?

– Oui.

L'Anglais parcourut du regard les corps étendus sur le sol et les mares de sang. Son visage marqué d'une barbe de plusieurs jours exprimait l'incrédulité.

– Comment diable avez-vous réussi cela ? s'exclama-t-il.

– Amenislo. Son nom se trouvait sur la liste des partisans de Tarek que celui-ci m'avait fait apprendre par cœur. J'avais dit à ma mère...

– Nous n'avons pas le temps pour des discours ! s'écria le comte.

Il tremblait violemment et ruisselait de sueur, depuis le front jusqu'à son ventre rebondi.

– Venez ! Vite ! Dépêchez-vous ! les exhorta-t-il.

Ils portèrent les corps, les morts comme les vivants, dans le cachot, puis ils fermèrent la porte et replacèrent la barre. De façon inopportune, la conscience de Ramsès s'insurgea contre le fait de laisser les blessés sans soins, mais l'urgence l'emporta. Ses parents avaient besoin de lui.

– Tout s'est bien passé, dit Moroney.

Il semblait être un autre homme, alerte et sûr de lui.

– Nous ne sommes pas encore tirés d'affaire. Prenez une lance et priez pour que vous n'ayez pas besoin de vous en servir. Cependant, je me sentirais mieux si nous avions quelque chose de plus efficace. Amenislo, savez-vous où Merasen a caché les armes qu'il nous a volés ?

– Non, chevrota Amenislo en se tordant les mains. Nous n'avons pas le temps de les chercher. Nous devons partir, mais je ne sais pas où. La Sitt Hakim ne m'a pas dit ce que nous devions faire ensuite !

Ramsès ne pouvait guère blâmer Amenislo, même si en ce moment il était l'image même du poltron saisi de panique. Il avait mis sa vie en danger tous les jours en espionnant au profit de Tarek dans le camp de l'ennemi, et ces mains potelées et parfumées avaient frappé violemment lorsqu'elles avaient dû le faire. Ramsès lui donna une tape dans le dos.

– Vous avez magnifiquement agi jusqu'ici, Amenislo. Et si nous cherchions l'entrée des passages souterrains ? Toutes les demeures importantes en ont une. Savez-vous où celle-ci est située ?

Amenislo eut l'air moins abattu.

– Oui. J'étais souvent l'invité de mon frère Tarek

lorsqu'il vivait ici. C'est un bon plan. Si nous pouvons arriver jusque-là. Il y a d'autres gardes.

Ils rencontrèrent deux de ces infortunés en haut de l'escalier qui partait des cachots. Ramsès ne fut pas à même d'empêcher Amenislo d'embrocher l'un d'eux tandis que l'homme regardait d'un air surpris le comte lever son épée. Moroney eut raison de l'autre d'un coup de poing qui aurait fait honneur à Emerson. Cela sembla le ragaillardir considérablement.

– Par ici ! dit Amenislo d'une voix essoufflée. Vite ! Vite !

En fait, Ramsès espérait tomber sur Merasen. Dans son état d'esprit, il aurait été tenté d'imiter la soif de sang du comte et de passer au fil de l'épée cette petite crapule. Mais la partie privée de la maison était déserte.

– Il est au palais, il se prépare pour la cérémonie, dit Amenislo, répondant à la question de Ramsès. Suivez-moi, vite !

Ramsès le fit attendre pendant qu'il inspectait rapidement les appartements de Merasen. Il ne trouva les armes nulle part. Soit elles étaient bien cachées, soit Merasen les avait emportées avec lui au palais. Il se demanda avec inquiétude ce que Merasen avait l'intention d'en faire. Le garçon aurait manqué un éléphant dans un tunnel, selon l'expression bien connue, et ses hommes n'avaient pas eu l'opportunité de s'exercer avec les fusils. Mais si l'on tirait dans une foule importante, quelqu'un serait inévitablement touché.

Amenislo s'empara d'une lampe et les conduisit vers la partie arrière de la villa. La chambre où il les emmena ressemblait aux autres, et le mécanisme actionnant la dalle de pierre fonctionnait de la même façon que partout où il y en avait un.

– Parfait, Amenislo, jusqu'ici tout va bien. Pouvons-nous rejoindre les appartements de mes parents en empruntant ce passage ?

– Laissez un peu plus de temps à Ramsès, Emerson ! lançai-je.

– Nous ne pouvons plus attendre. (Emerson ajusta sa perruque et glissa ses bras dans les manches à plis d'une tunique.) Dans moins de quatre heures, Tarek essaiera de prendre de force le défilé et les *rekkit* se soulèveront pour l'aider. Sauf votre respect, très chère, votre plan consistant à dénoncer Zekare au cours de la cérémonie comporte un point faible et funeste. Il pourrait permettre à Tarek de remporter la victoire, mais au prix de nombreuses vies.

– Mais, Emerson, Ramsès est...

Il vint vers moi et me prit par les épaules.

– Je sais, ma chère. Je sais. Mais Ramsès serait le premier à préconiser cette ligne de conduite. J'avais hésité à la proposer auparavant à cause de Nefret. Maintenant que nous l'avons auprès de nous à nouveau, nous devons agir, quelles qu'en soient les conséquences.

– Je viens avec vous, dis-je en tendant la main vers mon ombrelle.

– Non, Peabody. Si jamais il y a eu un travail d'homme, c'est bien celui-ci. Vous devrez garder Nefret hors de la vue des serviteurs et cacher mon absence aussi longtemps que possible.

Nous étions tous réunis dans ma chambre. Nefret, vêtue d'un pantalon et d'une veste, une perruque noire recouvrant ses cheveux, était assise au bord du lit. Ce n'était pas un déguisement bien fameux, mais il avait servi à abuser nos servantes jusqu'ici. Une seule d'entre elles avait manifesté une certaine surprise en me croisant dans le jardin alors qu'elle venait juste de me voir me diriger vers les quartiers des serviteurs. Ma seule réaction avait été un sourire mystérieux.

Toutefois, nous ne serions pas à même de leur donner le change indéfiniment. Elles avaient apporté un grand choix de vêtements – et plusieurs perruques noires de styles variés – et seule leur peur de notre courroux les avait empêchées d'entrer dans la chambre et d'essayer de nous faire mettre nos costumes.

– Je ne vois pas comment nous pourrons cacher votre absence une fois que vous aurez franchi la porte d'entrée, dis-je avec irritation. Vous ne ressemblez pas à un prêtre ou à un haut dignitaire, Emerson. Vous ne tromperez personne.

– Cela faciliterait les choses si vous pouviez vous débarrasser de quelques-unes des servantes, reconnut Emerson.

Nefret parla pour la première fois depuis un bon moment.

– Dites-leur que vous n'aimez pas les vêtements qu'elles ont apportés. Envoyez-les en chercher d'autres.

– Excellente idée, dis-je. Tout va bien, ma chère enfant ?

– Oui, tante Amelia. Je suis inquiète au sujet de Ramsès.

– Vous n'avez pas à vous inquiéter, ma chérie. Je suis sûre que mon plan réussira. Amenislo a parfaitement compris mes sous-entendus.

Je parlais avec plus d'assurance que je n'en éprouvais en réalité. Ramsès m'avait dit que Amenislo était un partisan secret de Tarek, mais j'avais des doutes quant au courage physique du comte.

– Attendez un instant, Emerson, dis-je. Nefret, allez dans la salle de bains.

Je rassemblai une brassée de vêtements plus ou moins au hasard, écartai le rideau, et fourrai le tout dans les bras de l'une des femmes qui se tenaient à l'extérieur.

– Emportez-les, ils ne nous conviennent pas. Apportez-en de plus beaux.

– Vous devez être prêts, commença l'une d'elles.

– Nous serons prêts, si vous vous dépêchez. Partez immédiatement.

Cela en faisait deux en moins. Je me tins le dos contre le rideau, barrant efficacement l'accès à ma chambre, et je me demandai s'il y avait autre chose que je pouvais faire pour réduire les risques au minimum. Bon sang, Emerson avait raison, il était le seul qui était sans doute capable d'éviter une bataille sanglante... mais à quel prix pour lui ? Pendant tout ce temps, je dressais les oreilles (au figuré), espérant avoir quelque signe que mon stratagème avec Amenislo avait réussi. L'évasion de Ramsès déclencherait probablement une alerte générale.

Le signe ne fut pas celui que j'avais attendu. Ce fut la vue de Ramsès lui-même, surgissant de la porte donnant sur les chambres à l'arrière de la maison.

– Grâce au ciel ! m'écriai-je.

– Bon après-midi, Mère, dit Ramsès. Excusez-moi un moment... Ne criez pas, poursuivit-il en méroïtique à l'adresse des servantes qui le regardaient bouche bée. Sortez par cette porte, toutes. Allez !

Ramsès fit avancer certaines des jeunes femmes

aussi poliment que possible. L'homme qui suivait Ramsès, tenant une longue lance dans une main et une lame de ciseaux dans l'autre, l'aida à conduire les servantes abasourdies vers leurs quartiers.

– Bon après-midi, Mrs Emerson, dit le capitaine Moroney.

Il avait une mine affreuse, non rasé, crasseux et hirsute. Ramsès n'était pas dans un meilleur état. Son kilt de lin était déchiré et taché de sang, et les morceaux de pansements que j'avais mis précédemment sur ses blessures n'amélioraient guère son aspect.

Emerson franchit le rideau en trombe et entra en collision avec moi. Avec sa rapidité habituelle, il me retint par la taille avant que je tombe.

– Bon après-midi, Père, dit Ramsès. J'espère que je ne vous ai pas fait attendre.

– Non, marmonna Emerson. Non. Euh... vous allez bien, mon garçon ? Crénom !

Les retrouvailles de Ramsès avec les autres furent chaleureuses, mais écourtées par nécessité. La vue de Nefret le figea sur place un moment.

– Comment..., commença-t-il.

– Nous vous expliquerons plus tard, intervint Emerson. Maintenant que vous êtes ici – et il nous faudra également attendre pour avoir un récit complet de votre évasion – nous devons agir immédiatement.

Il entreprit d'expliquer son plan à Ramsès.

– C'est notre meilleur espoir d'éviter un bain de sang, déclara Ramsès. Mais le risque que vous allez prendre, Père...

– Elles sont exposées à un danger encore plus grand, répondit Emerson en nous regardant de façon explicite, Nefret et moi. Je vous prie de ne pas me sous-estimer, mon garçon. J'ai la certitude de réussir.

– Très bien, Père, dit Ramsès. Je viens avec vous.

– Oui, c'est préférable. Je me demandais si je parviendrais à me faire comprendre sans l'aide d'un interprète, ajouta Emerson. Vous autres, vous restez ici. Crénom, Selim, ne discutez pas ! Cela ne me plaît pas plus qu'à vous, mais la Sitt Hakim et moi en avons parlé, et elle reconnaît que c'est notre seule chance.

– Le plan d'Emerson repose sur la rapidité et le secret, dis-je, car l'expression de Selim était toujours rebelle. Nous ne ferions que le ralentir. C'est lui qui va courir le plus grand danger. C'est un immense soulagement de savoir que vous serez à ses côtés, Ramsès.

– Oui, Mère. Ne me jetez pas ce regard revêche, Selim. Daoud et vous aurez probablement l'occasion de vous battre. Certains des gardes royaux resteront fidèles à Zekare. La garde personnelle de Merasen également. J'espère que vous avez toujours vos armes, Daoud.

Celui-ci les montra. En silence, nous considérâmes notre piètre arsenal : un pistolet, un fusil, et une boîte de cartouches pour le fusil. Sans rien dire, Daoud les tendit à Emerson, lequel secoua la tête. Emerson ne rechigne pas à utiliser des armes à feu, mais il a toujours le sentiment qu'il peut tout aussi bien s'en passer.

– Je vais prendre le fusil, dit Ramsès d'une voix qui interdisait toute discussion.

Emerson se frotta le menton.

– Je suppose qu'il pourrait être de quelque utilité. Mais je déteste les laisser sans aucun moyen de se défendre.

– Un seul fusil ne nous aiderait pas beaucoup, et

cela pourrait faire du vilain, fis-je remarquer en fronçant les sourcils vers Selim. Nous garderons le pistolet... ou plutôt, Daoud le gardera, en le cachant comme auparavant.

– Ne la laissez pas s'en servir, dit Emerson en me montrant du doigt. Et ne tirez sur personne à moins d'y être obligé. Nous essayons d'éviter un bain de sang, pas de le provoquer. Peabody, vous savez quoi faire. S'ils viennent vous chercher, ne résistez pas, sauf s'ils vous menacent physiquement ou essaient de vous séparer. Essayez de gagner le plus de temps possible. Lorsqu'ils apprendront que je suis parti...

– Inutile de vous répéter, Emerson. Vous pouvez compter sur moi, je pense, pour trouver une stratégie appropriée, quelles que soient les circonstances. Et puis-je ajouter que votre confiance absolue en moi...

– Non, je vous supplie de ne rien ajouter, dit Emerson. (Sa voix virile trembla, et il s'éclaircit la gorge.) Je... euh...

– Haut les cœurs, Emerson ! dis-je. A mon avis, il est très improbable que Zekare donne l'ordre de nous tuer, et s'il nous fait jeter dans un cachot sombre et humide, vous viendrez nous délivrer en temps voulu.

– Tout à fait, acquiesça Emerson. Humpf ! Bon, allons-y, Ramsès. La discrétion n'est plus nécessaire à présent. Foncer à toute allure, c'est notre méthode. Euh... *à bientôt*, Peabody. Je sais que vous avez toujours votre petit pistolet. Essayez de ne pas vous tirer une balle dans le pied.

– *A bientôt*, Emerson. Essayez de ne pas vous faire tirer dessus.

– Soyez prudent, professeur, chuchota Nefret. Ramsès...

– Je veillerai sur lui, dit Ramsès avec un sourire à son père.

Des larmes remplirent les yeux de Nefret et coulèrent sur ses joues. Ramsès fit un pas vers elle.

– Oh, crénom ! fit Emerson. Venez, Ramsès, je ne supporte pas ce genre de chose.

## Manuscrit H

– La partie délicate va consister à passer près des gardes et à traverser la Grande Route jusqu'à l'escalier, dit Emerson, tandis qu'ils suivaient rapidement les tours et les détours du couloir. Vous pensez que nous sommes déguisés de façon adéquate ?

Ramsès considéra son père. Il n'avait jamais vu un déguisement aussi peu convaincant. La tunique était trop courte d'au moins trente centimètres, et Emerson ne savait pas comment marcher avec des jupes. La perruque avait été confectionnée pour un homme ayant une plus petite tête et moins de cheveux. Elle était posée de façon précaire sur le sommet de la tête d'Emerson.

– Le fusil n'arrange rien, répondit-il avec tact.

– C'est juste. Donnez-le-moi.

Inutile de discuter, pensa Ramsès. Il tendit le fusil à son père, lequel le serra contre sa poitrine et l'enveloppa dans ses manches volumineuses.

– Parfait, dit Ramsès. Attendez un instant.

Il commença à dérouler les pansements sur ses mains, sa tête et ses bras. Sa mère exagérait toujours lorsqu'elle mettait des pansements.

– Ils sont plus voyants que quelques coupures et

ecchymoses, expliqua-t-il en croisant le regard de son père.

– Hummm, oui. Euh... vous êtes sûr que tout va bien, mon garçon ?

– Oui, Père.

– Continuez de marcher, à toute allure, et ne vous arrêtez pas, conseilla Emerson comme ils approchaient du portique.

– Oui, Père, dit Ramsès, qui avait l'intention de procéder ainsi, de toute façon.

Ce fut probablement la simple incongruité de leur aspect qui leur permit de passer près des gardes sans encombre... cela, et le fait que les gens sont lents à réagir à l'inattendu. Ils continuèrent de marcher jusqu'à l'escalier qui descendait vers le village avant qu'un garde ne recouvre ses esprits et leur crie de s'arrêter. Ramsès dévala les marches à une vitesse folle, son père sur ses talons. Lorsqu'ils arrivèrent en bas, Emerson se retourna et tira quelques coups de feu d'avertissement. De la pierre vola en éclats et gicla, et quelqu'un cria.

– Cela devrait les dissuader un moment, dit Emerson. Qu'avez-vous ?

– Bon sang, les *rekkit* ont déjà éliminé les sentinelles. (Ramsès avait failli trébucher sur l'un des corps inertes.) Enlevez cette tunique et cette perruque, Père, sinon ils vont nous régler notre compte, à nous aussi ! (Il cria.) Amis ! Les amis !

Ce fut la vue d'Emerson, à présent redevenu clairement lui-même, qui amena plusieurs hommes de petite taille à sortir de leur cachette. Ramsès retint un juron en voyant ce qu'ils tenaient dans leurs mains.

– On dirait qu'ils ont martelé leurs socs de charrue pour en faire des épées, dit Emerson.

– Apparemment, ils n'avaient pas beaucoup de socs de charrue, grommela Ramsès. Les autres sont seulement armés de gourdins. Parlez, vite, et énergiquement, Père. Je traduirai lorsque ce sera nécessaire.

Emerson parlait toujours énergiquement lorsqu'ils arrivèrent sur la place du village avec leur escorte imposante. Tous les habitants surgirent des maisons, les hommes et quelques-unes des femmes armés de gourdins pitoyables et de pierres.

Emerson, qui était pressé, fit taire les cris de bienvenue en poussant l'un de ses beuglements les plus sonores.

– Parlez aux femmes, le pressa Ramsès. Ou à... Khat ! Parfait, tu es rentré sain et sauf. Où est ta mère ?

Le jeune garçon tenait dans sa main une pierre qu'il n'aurait pas pu jeter plus loin qu'une trentaine de centimètres. Privé de voix par suite de l'excitation et de la fierté d'être en des termes aussi familiers avec les Etres Supérieurs, il resta bouche bée devant Emerson, dont le visage sévère se changea en un masque de tendresse sentimentale.

– Il faut arrêter ça, dit-il à Ramsès en tapotant la tête du garçon. Où... Bon sang, qu'est-ce que c'est ?

– La sage-femme du village, répondit Ramsès, comme le paquet informe de guenilles venait vers eux d'un pas mal assuré. Parlez-lui.

Emerson prononça seulement quelques phrases avant que les mains semblables à des serres de la vieille femme écarte les guenilles de son visage.

– Oui, Maître des Imprécations. Je lis dans vos pensées. Elles sont bonnes. Parlez aux gens. Ils vous obéiront.

Emerson était crispé d'impatience, aussi fut-il bref. Il aboya phrase après phrase, que Ramsès traduisait. Si les soldats venaient, les villageois ne devaient pas résister. L'effusion de leur sang était inutile. La bataille était déjà quasiment gagnée. Sa magie, la magie du Maître des Imprécations, remporterait la victoire pour Tarek.

– Ai-je été assez clair ? s'enquit Emerson. Certains de ces gaillards semblent toujours belliqueux.

– Ils n'oseront pas vous désobéir, Père. Et si l'un d'eux est tenté de le faire, son épouse ou sa mère l'en empêchera. Les femmes sont tout à fait de votre avis. Regardez-les.

– Votre mère dit toujours que les femmes ont plus de bon sens que les hommes. Très bien, allons-y. Euh... où ?

Les champs au-delà du village étaient luxuriants et verdoyants de quelque variété d'un blé suffisamment haut pour s'y mettre à couvert lorsqu'ils aperçurent des colonnes de soldats se diriger vers le défilé. Zekare devait savoir ce que Tarek projetait de faire. Il rassemblait tous ses hommes pour repousser une attaque. Emerson n'arrêtait pas de marmonner en lui-même. Il répétait son discours et demandait continuellement à Ramsès de lui fournir les mots qu'il ne connaissait pas. Se souvenant de l'escalade pénible qui les attendait, Ramsès se risqua à faire une suggestion.

– Père, cela va prendre un certain temps pour escalader et franchir les falaises. Ne pourrions-nous pas atteindre la barrière de ce côté ?

Emerson cracha une bouchée d'herbes qu'il mâchait.

– Non, non. Ce serait une piètre psychologie... vous savez ce que je veux dire. Nous allons procéder à ma façon. J'ai pensé à tout.

– Au moins, laissez-moi marcher devant. Je connais le chemin.

Lorsque Ramsès leva prudemment la tête au-dessus du rebord de la route, il fut agréablement surpris de constater qu'il n'y avait personne en vue. L'absence de présences hostiles l'intrigua jusqu'à ce qu'ils parviennent à la corniche et trouvent un homme qui attendait pour les aider à gravir la paroi rocheuse. L'homme tomba à genoux devant Emerson.

– Le Maître des Imprécations se souvient-il de son serviteur ?

– C'est bon de vous voir, Harsetef, sacré vieux ! dit Emerson, trop essoufflé pour se rappeler ses rudiments de méroïtique. Continuons, continuons. Il n'y a pas de temps à perdre.

Avec l'aide de deux autres éclaireurs, ils firent escalader la falaise à Emerson à une vitesse record. Tandis qu'ils grimpaient, Harsetef expliqua pourquoi ils n'avaient rencontré pas un seul soldat.

– Nous avons veillé à ce que la voie soit libre. Je savais que vous viendriez aujourd'hui.

– Vous n'aviez pas appris que les hommes de Merasen m'avaient fait prisonnier ?

– Si, mais nous savions que vous vous évaderiez. Nous ne nous attendions pas à voir le Maître des Imprécations en personne ! (Les yeux de Harsetef brillèrent de la lueur redoutable du croyant.) Avec lui pour conduire l'assaut, nous ne pouvons pas perdre !

Le soleil était bas au-dessus des falaises à l'ouest lorsqu'ils arrivèrent en haut de la paroi. Emerson regarda en haut, regarda en bas, dit : « Enfer et damnation ! » et s'élança vers le bas de la pente, ses bras s'agitant comme des moulins à vent pour le maintenir en équilibre. Avant d'être arrivé en bas, il fut submergé par une foule d'hommes qui criaient et l'acclamaient. Ils le hissèrent sur leurs épaules et le portèrent pour le restant du chemin.

– Crénom ! fit Emerson. Où est... ah, bonjour, Tarek ! Que se passe-t-il ?

Tarek était habillé comme un simple soldat. Seul le diadème royal proclamait son rang. Il n'avait jamais paru plus royal ou plus beau. Un sourire de bienvenue illuminait ses traits.

– Comme vous le voyez, ô Maître des Imprécations. A présent que vous êtes ici, nous ne pouvons être défaits. Nous allons conduire la charge côte à côte, vous et moi, dès que la barque du dieu descendra en dessous des falaises.

Ramsès n'était que trop habitué à être éclipsé par son père, mais cela lui eût été agréable que Tarek salue sa présence. Les troupes de Tarek furent disposées derrière le mur qui barrait le défilé, et un regard rapide était suffisant pour expliquer la stratégie de celui-ci, si elle était digne d'être appelée ainsi. Les échelles étaient prêtes, plusieurs dizaines.

– Père, dit-il avec instance.

– Oui, oui, fit Emerson. Mettez en place l'une de ces échelles. Non, une seule.

– Disons deux, intervint Ramsès. Je vous couvrirai.

Son père lui lança un rapide regard et acquiesça à contre-cœur.

– Deux. Vous attendrez mes ordres, Tarek. Les ordres du Maître des Imprécations !

Tarek et son entourage se figèrent.

– Ha ! fit Emerson d'une voix satisfaite, et il commença à monter à l'échelle.

Ramsès monta à la seconde échelle. Se tenant sur le barreau du haut, il prit le fusil qu'il portait en bandoulière et regarda en contrebas vers l'armée adverse. C'était le reflet identique de celle de Tarek, les mêmes armes, les mêmes visages résolus, même les échelles... un rappel poignant de la nature fratricide et vaine de cette petite guerre. Tous les visages étaient tournés vers le haut et regardaient vers le même endroit.

Les derniers rayons du soleil couchant formaient un halo doré autour d'Emerson tandis qu'il se tenait sur le faîte du mur, jambes bien campées et bras levés. Il paraissait plus grand que nature. Ramsès, qui depuis toujours considérait son père comme un héros et lui vouait un véritable culte, en restait souffle et jambes coupés. De même que les soldats en contrebas.

Ce n'était pas le cas de tous, cependant. Un homme, au dernier rang, avait bandé son arc. Maudissant son manque d'attention momentané, Ramsès visa l'homme et tira, mais la flèche avait été décochée. Elle atteignit Emerson en pleine poitrine.

Emerson baissa les yeux. Avec un geste de magnifique indifférence, il arracha la flèche et la lança au loin. Une exclamation de stupeur, tel un grand vent, recouvrit une voix qui demandait discrètement :

– Euh... quel est le mot, déjà ? Pour « légitime » ?

Ramsès parvint à le prononcer, bien qu'il ait la respiration douloureusement coupée. La voix sonore d'Emerson retentit et les échos en furent répercutés par les falaises.

– Amis ! Le Maître des Imprécations parle. Abattez

ce mur, embrassez vos frères, et saluez Tarek, le roi légitime de la Montagne Sainte !

J'étais incapable de faire cesser les pleurs de Nefret.

– Nous ne les reverrons jamais, sanglotait-elle. Et c'est entièrement ma faute. C'est moi qui ai insisté pour que nous venions ici.

A l'évidence, des mesures énergiques s'imposaient. Je la saisis par les épaules.

– Arrêtez ça tout de suite ! Cela ne vous ressemble pas, Nefret. Nous avons un travail à accomplir, et je m'attends à ce que... euh... chaque femme anglaise fasse son devoir. Et redressez votre perruque.

– Oui, tante Amelia.

Elle s'essuya les yeux avec ses doigts.

– C'est mieux. Maintenant examinons la situation.

A l'insu de Ramsès et d'Emerson, Selim les avait suivis en se tenant à quelque distance. Je suis une femme aux nerfs d'acier, et j'avais accepté les risques qu'ils prenaient, mais je voulais être certaine qu'ils avaient mené à bonne fin la première partie, la plus aléatoire, du plan. Lorsque Selim revint, il souriait.

– Les gardes n'ont pas essayé de les arrêter. Ils se dirigent vers le village sans encombre. C'est étrange, Sitt Hakim, il n'y a pas de soldats dans les couloirs. Mais il y en a un grand nombre à l'extérieur de la maison.

– Je suppose que Zekare concentre ses troupes, dis-je. Ses espions l'ont certainement informé que Tarek s'apprête à lancer une attaque. Je pense... oui, je crois qu'il serait judicieux de renvoyer les servantes.

– Mais elles vont prévenir le roi, commença Nefret.

– S'il ne sait pas déjà que ses projets sont gravement compromis, il le saura bientôt, répondis-je. Montrez-vous, capitaine Moroney, et chassez les servantes de nos appartements.

La fuite éperdue des malheureuses servantes, même les couinements qu'elles poussaient, ressembla quelque peu à celle de poules poursuivies par un renard.

– Et maintenant ? s'enquit Nefret.

– Maintenant nous attendons, répondis-je en prenant place sur l'un des divans. Vous autres, vous feriez aussi bien de vous asseoir et de vous mettre à votre aise.

– Nous pourrions nous cacher lorsqu'ils viendront nous chercher, dit Nefret. Dans les passages souterrains.

– J'avais envisagé cette possibilité, bien sûr, répondis-je. Mais je ne pense pas que ce serait une solution judicieuse.

En fait, je ne supportais pas la perspective de me blottir dans le noir, dans l'ignorance du sort de ceux que j'aimais, tandis qu'Emerson et Ramsès se battaient pour sauver nos vies. Ils avaient peut-être besoin de moi. Les coups d'Etat ne sont jamais nets et propres, il y a toujours des poches de résistance, et j'avais la certitude que Zekare livrerait un dernier combat dans son palais avec les hommes qui lui restaient fidèles.

Nous attendîmes un bon moment. Cette attente ne convenait guère à Selim ni au capitaine. Ils faisaient nerveusement les cent pas dans la pièce. Toutefois, je considérais que c'était de bon augure, le signe que Zekare était trop occupé par d'autres affaires, par exemple la désertion de certains de ses soldats, pour se préoccuper de nous. Selim voulut sortir à nouveau, pour voir ce qui se passait, mais je le lui interdis. Plus nous pourrions gagner du temps, et mieux ce serait.

Nous avions laissé la porte d'entrée ouverte afin d'être prévenus si des personnes survenaient. Lorsque nous entendîmes les bruits de pas, Nefret poussa un petit cri. (Mais qu'avait donc cette fille ?) Selim bondit à mes côtés et Moroney serra les poings. Le seul qui ne bougea pas fut Daoud. En homme plein de bon sens, il attendait mes ordres.

La délégation était conduite par le Grand Prêtre d'Aminreh en personne. Je cherchai en vain Amenislo parmi les courtisans qui l'accompagnaient. C'était, je le craignais, de mauvais augure. Zekare avait-il appris sa trahison ?

Apparemment, les servantes avaient eu le bon sens d'aller se cacher au lieu de prévenir le roi. Le visage impressionnant de Bakamani revêtit une expression tout à fait ahurie lorsqu'il nous vit, Nefret et moi, assises côte à côte sur le divan, habillées pareillement d'un pantalon et d'une veste.

– Pourquoi ceci ? s'exclama-t-il. Pourquoi n'êtes-vous pas prête pour la cérémonie ? Où sont les autres ? Et qui... (il pointa un doigt accusateur vers Nefret, qui eut un léger mouvement de recul) ... qui est celle-là ?

– Mon double, répondis-je.

Nefret gloussa. C'était un pâle reflet de son rire mélodieux, mais je considérai que c'était un signe encourageant.

J'étais obligée d'admirer cet homme. Il fut rapide à comprendre une situation qui aurait déconcerté la plupart des gens bien plus longtemps. Ses yeux se rétrécirent.

– La Grande Prêtresse, dit-il d'une voix blanche.

Ainsi elle est ici. Bien. Elle va venir également. Mettez vos habits.

– Non, dis-je sans bouger.

– Si ! Faites ce que je vous dis !

– Non, répétai-je. Ecoutez, Bakamani... euh... bon sang, vous voulez bien traduire pour moi, Nefret ? Mon révérend, un affrontement est inutile. Retournez dire au roi que nous viendrons, mais que nous porterons nos propres vêtements. Les gens ne nous reconnaîtront pas si nous sommes habillées différemment. Ne le pensez-vous pas ?

J'agitai mon ombrelle d'une façon non menaçante.

– Vous viendrez ?

– Mais certainement. Nous viendrons tous.

– Où est le Maître des Imprécations ?

– En ce moment ? Je n'en ai pas la moindre idée. Sans aucun doute, il nous rejoindra en temps voulu. (Il hésita, et je poursuivis.) Vous feriez mieux de prendre ce que vous pouvez obtenir, vous savez. Si vous essayez de nous emmener de force, quelqu'un sera blessé, et je ne pense pas que le roi voudrait ça. A présent, filez et répétez à Zekare ce que j'ai dit. Nous attendrons votre retour.

Il tourna les talons, les pans de sa longue robe virevoltèrent autour de lui, et il sortit à grands pas, laissant sur place plusieurs soldats armés de lances.

– Bonté divine ! s'exclama Moroney, les yeux grands ouverts. Mrs Emerson, vous êtes vraiment la femme la plus...

– Je vous remercie, dis-je. L'emporter en semant la confusion, c'est ce que je dis toujours. J'ai considéré que Bakamani était un homme de raison plutôt que de tempérament emporté, et je ne me suis pas trompée.

Je ne serais pas parvenue à circonvenir Merasen aussi facilement, lequel n'a aucun bon sens et est doté d'un très mauvais caractère. Je me demande où est cette petite canaille ?

Nefret se leva et sortit dans le jardin. Au bout d'un moment, je la rejoignis. L'endroit était très silencieux et paisible. Les nénuphars sur la surface de l'eau repliaient leurs pétales et les plantes grimpantes bruissaient au gré du vent. Nefret regardait par-dessus le mur vers le ciel à l'ouest.

– Dans moins d'une heure ce sera le coucher du soleil, dit-elle. Combien de temps nous reste-t-il, tante Amelia ?

Son état de nervosité avait été remplacé par un état de calme anormal. Je préférais celui-ci. Néanmoins, je trouvai cela préoccupant.

– Est-ce que vous allez bien ? demandai-je.

– Oh, oui ! (Elle se retourna et tendit les mains vers moi.) Maintenant que je suis avec vous. Je souhaiterais seulement revoir le professeur et Ramsès une fois encore. Et Tarek.

– Vous les verrez, et très bientôt, dis-je avec une conviction que j'aurais aimé éprouver.

L'attaque devait commencer au coucher du soleil. Le ciel à l'ouest était veiné d'or. Si Emerson parvenait à mener son plan à bonne fin, il n'y aurait pas de combats dans le défilé et il se dépêcherait de revenir auprès de moi. S'il échouait, une bataille longue et sanglante s'ensuivrait, avec, je n'en doutais pas, Emerson au plus fort de la mêlée et Ramsès aux côtés de son père.

Vainqueur ou vaincu, et je ne doutais pas qu'il finirait par l'emporter, Emerson me rejoindrait et il me trouverait en train de remplir mon rôle. Je carrai les épaules et serrai les mains de Nefret.

– Je compte sur vous, Nefret, pour que vous obéissiez à mes ordres instantanément et avec exactitude. Ne vous inquiétez pas, j'ai tout prévu.

Lorsque Bakamani revint, la pièce avait la fraîcheur du soir et était envahie par les ombres. Il était dans un état d'agitation tout à fait inhabituel, et nous eûmes une discussion plutôt âpre portant sur les arrangements que je proposais. Finalement, je me tournai vers les hommes et dis :

– Vous êtes autorisés à nous accompagner, mais vous devez accepter de laisser vos armes ici... votre poignard, Selim, et vos ciseaux, capitaine.

– Mais, m'dame, comment pouvons-nous vous défendre sans armes ? s'écria Moroney. J'ai promis à Ramsès...

– Peu importe ce que vous lui avez promis. Il ne lui appartient pas de donner des ordres en mon nom. Faites ce que je dis.

Daoud toussa poliment.

– Sitt Hakim, commença-t-il, et sa main se glissa entre les pans de sa robe.

– Non ! dis-je précipitamment. Non, Daoud. Attendez mes ordres.

– Ah ! fit Daoud. Bien.

Ce rappel, que Daoud était en possession d'une arme dissimulée, consola un peu Selim, mais il fut lent à relâcher son poignard. Ignorant l'insistance de Bakamani pour que nous nous dépêchions, je fis s'aligner mes troupes et je les passai en revue. Je dois dire que tous me faisaient honneur. A ma requête, Moroney s'était rasé, et il portait un pantalon et une veste de tweed qui appartenaient à Ramsès. J'avais été obligée de retrousser les jambes du pantalon et la veste était trop large aux épaules, mais le résultat n'était pas mal du tout. Selim et Daoud portaient de jolies *galabieh* propres et leurs plus beaux turbans. Selim s'était affublé de plusieurs pectoraux et bracelets, auxquels il avait pris goût. Je donnai un léger coup de coude à Nefret.

– Marchez d'un pas énergique, dis-je d'une voix sifflante. Et redressez votre perruque.

Comme nous sortions de la pièce, je jetai un dernier regard vers la lumière... ou plutôt vers l'absence de lumière. Elle s'était estompée rapidement. Le soleil devait s'être couché, ou bien sur le point de le faire. L'heure ou les deux heures à venir allaient décider de notre sort.

Je puis affirmer au Lecteur que j'avais pris en compte la possibilité que Zekare nous prenne en otages et menace de nous faire assassiner si jamais les troupes victorieuses de Tarek cernaient le palais. Cependant, je ne pensais pas qu'il le ferait. Il devait savoir que même si Tarek acceptait de déposer les armes et de se rendre, une promesse donnée sous la contrainte ne tient pas. De toute façon, je n'avais aucunement l'intention de me laisser faire sans résister. J'avais la certitude que nous pouvions réussir. Il ne m'avait pas fait l'effet d'être un homme cruel ou vindicatif.

Le Lecteur conviendra, j'en suis sûre, que ma logique était irréprochable. Mais il m'aurait été impossible de prévoir ce qui se passa alors.

Lorsqu'on nous fit entrer dans la grande salle de la Fenêtre de l'Apparition, ce n'était pas Zekare qui nous attendait.

La salle était remplie de monde – courtisans, prêtres,

soldats de la garde royale. Ils furent obligés de reculer et de se serrer les uns contre les autres pour nous laisser passer et nous permettre de nous approcher du trône. Assis là, portant les habits royaux et le diadème, il y avait Merasen.

– Où est votre père ? demandai-je vivement.

– Mon père est mort. Où est le Maître des Imprécations ?

Rien ne pouvait donc ébranler l'ego monumental de ce garçon ? m'interrogeai-je. La nouvelle qui m'avait saisie d'étonnement n'avait fait apparaître aucune ombre de chagrin ou de colère sur son jeune et beau visage.

– Je l'ignore, balbutiai-je. Que voulez-vous dire, mort ? Comment ? Quand ?

– Il a été tué, répondit Merasen calmement. Par mes frères. Eux aussi sont morts, sur mon ordre, châtiés pour leur crime. Je suis le roi de la Cité Sainte. Et c'est ce que vous allez proclamer, madame, vous et celle qui est à présent la Grande Prêtresse d'Isis, lorsque la lune se lèvera.

Il fit un geste, et un prêtre s'avança, apportant les habits blancs brodés de fils d'or de la Grande Prêtresse.

– Mettez-les, Nefret, dit Merasen doucement.

Elle secoua la tête.

– Non. Je ne les porterai plus jamais.

– Ce sera la dernière fois, dit Merasen de sa voix la plus caressante. Demain, vous aurez un autre rang et de plus beaux vêtements.

Une colère légitime remplaça mon désarroi temporaire. Ramsès avait vu juste, tout compte fait. Ce jeune scélérat voulait le trône, *et* Nefret. L'amour n'intervenait pas là-dedans. Je doutai qu'il fût capable d'en éprouver pour quiconque, excepté pour lui-même. Nefret était le symbole de ce qui est rare et précieux, un trophée de victoire remporté sur nous et sur ceux qui s'opposaient à lui.

Je ne crois pas que Nefret comprenait vraiment ce qu'il entendait par là. C'était les vêtements eux-mêmes qui la terrifiaient. Pour quelle raison, je l'ignorais. Elle se tourna vers moi d'un air suppliant, le visage blême.

– Tout ira bien, Nefret, dis-je. Drapez-vous dans ces satanés voiles. Attendez, laissez-moi faire. Ainsi, Merasen, vous avez décidé que vous n'aviez pas besoin des autres Etres Supérieurs ?

Le sourire tout à fait charmant de Merasen s'élargit.

– J'étais avec vous en Angleterre, madame. J'ai vu comment vous viviez. Vous n'êtes pas des souverains ni même des nobles de ce royaume. Vous êtes mortels, et vous aussi pouvez mourir. Comme mon père.

J'entendis une exclamation et un juron étouffé de la part de Selim, juste derrière moi. Je murmurai un mot d'avertissement. Merasen poursuivit avec entrain :

– Je sais que vous n'avez pas de pouvoirs divins, mais les gens sont stupides, et ils s'inclineront devant moi si vous le leur ordonnez.

– Le Maître des Imprécations a plus d'autorité que moi.

– Alors il fera ce que je dis parce que vous êtes entre mes mains. S'il est toujours en vie, ajouta Merasen joyeusement. Vous pensez peut-être que je n'ai pas été informé qu'il avait rejoint Tarek ? Il sera au premier rang lors de l'assaut et j'ai promis or et honneurs à celui qui tuera le Maître des Imprécations. Je regrette seulement que votre fils connaisse le même sort. J'aurais aimé le tuer de mes propres mains.

Il y eut une autre remarque murmurée de Selim. Traduit approximativement, cela voulait dire : « J'aimerais bien voir ça ! »

J'ôtai la perruque de la tête de Nefret et je disposai les voiles autour d'elle en laissant son visage découvert. Elle se tenait aussi immobile qu'une statue. Je parcourus lentement l'assistance du regard, ce que je n'avais pas eu le loisir de faire auparavant. Amenislo n'était pas là, ni le Grand Prêtre d'Isis. Certaines des autres personnes présentes étaient-elles secrètement fidèles à Tarek ? C'était possible. Ramsès n'avait pas eu le temps de me donner des noms, excepté celui d'Amenislo. Le commandant de la garde soutint mon regard mais ne fit aucun geste d'encouragement. Lorsque je me tournai vers la Fenêtre de l'Apparition, j'aperçus nos fusils, tenus par six hommes de la garde personnelle de Merasen. Ce n'était pas un fait nouveau très encourageant. Ces jeunes idiots les tenaient si maladroitement que je doutais qu'ils sachent comment viser, mais s'ils tiraient dans la foule, ils toucheraient inévitablement quelqu'un. Il fallait empêcher cela.

Je levai mon ombrelle et l'agitai, traçant des motifs compliqués au-dessus de ma tête et devant moi, et je commençai à psalmodier. « *Arma virumque cano...* » Lorsque j'eus fini de réciter les deux premiers vers de *L'Enéide*, j'avais retenu l'attention de tout le monde, y compris celle des gardes qui tenaient les fusils. Parlant en méroïtique, j'expliquai que j'avais jeté un sort sur les fusils (je fus obligée d'employer le mot anglais, mais mon doigt pointé rendit la signification parfaitement claire). A présent, ils tireraient vers l'arrière et non vers l'avant, tuant ceux qui les tenaient.

– Elle ment ! cria Merasen en agitant ses poings. Ne la croyez pas !

L'un des hommes se baissa et posa précautionneusement son fusil sur le sol. Les autres les tenaient à bout de bras, se bousculaient entre eux pour éviter d'avoir des crosses braquées sur eux.

– Très habile, dit Merasen en respirant bruyamment. Mais c'est insuffisant, madame. Regardez.

Les rideaux derrière le trône s'écartèrent et deux gardes apparurent, entraînant Séthos avec eux. Il portait le faux nez et les oreilles absurdes, bien que l'une d'elles parût instable.

– J'ai votre « ami », déclara Merasen. Il sera le premier à mourir si vous ne m'obéissez pas. Donnez-moi votre parole que vous ferez ce que je dis.

Séthos me lança un regard incertain.

– Cela ne correspond pas à votre niveau habituel d'efficacité, dis-je.

– Je vous cherchais lorsqu'ils m'ont capturé.

C'était un rappel tout à fait explicite de ce que nous lui devions. A l'évidence, il avait pris le temps d'enlever les habits de prêtre et de mettre le déguisement MacFerguson avant de partir à notre recherche. De toute façon, il aurait été obligé de le faire, supposai-je, car même Séthos ne pouvait continuer de se faire passer pour un prêtre auprès de quiconque, excepté auprès d'Amase. Il n'avait certainement pas perdu son temps s'il était parvenu à suborner le Grand Prêtre d'Isis vieillissant. Je me demandai ce qu'il avait promis à Amase en échange.

– Euh... mesdames ? fit Séthos. (L'un des gardes appliquait une épée sur sa gorge.) Je crois que le... euh... nouveau monarque attend votre réponse.

– Oh, très bien, dis-je. Que voulez-vous que nous fassions, Merasen ?

Merasen se leva et vint vers nous.

– Venez, dit-il.

Et il saisit Nefret par le poignet. Je le frappai promptement sur le bras avec mon ombrelle.

– Nous vous suivrons, dis-je. Avancez !

J'avais gagné autant de temps que je pouvais. La salle s'assombrissait, éclairée par des torches et des torchères. Nous avions fait quelques pas seulement lorsqu'un homme fit irruption dans la salle et se jeta à genoux devant Merasen. Il portait le casque à plumes des gardes royaux et sa poitrine se soulevait comme celle d'un cheval essoufflé.

– Ils arrivent ! haleta-t-il. Sauvez-vous ! La bataille est perdue !

– Hourra ! criai-je en agitant mon ombrelle.

Le pied royal de Merasen faucha les jambes du messager.

– Tu mens ! hurla-t-il, les yeux lui sortant de la tête.

Il était le seul dans la salle à s'accrocher à cette conviction illusoire. Il y eut une ruée générale vers la fenêtre. Il va de soi que j'étais au premier rang, entraînant Nefret à ma suite.

Sur l'ordre de Merasen, la grande place avait été remplie de spectateurs. Beaucoup de *rekkit* étaient là. Le village avait dû être vidé, à la pointe de l'épée, afin d'assister au triomphe de Merasen. La nouvelle était déjà parvenue à l'assistance, car les gens gesticulaient et poussaient des cris, mais les lances des soldats postés devant l'escalier les empêchaient d'avancer. Pour le moment, il n'y avait aucun signe de l'armée victorieuse de Tarek.

Lorsque je me retournai, je vis que la salle se vidait à une rapidité qui tenait du prodige. Certains des prêtres retroussaient leurs robes jusqu'aux genoux afin de courir plus vite. Merasen se tenait près du corps du messager. Celui-ci avait connu le sort souvent réservé aux porteurs de mauvaises nouvelles. L'épée de Merasen lui avait fracassé le crâne. Un bon tiers des gardes avait également disparu, dont les deux qui avaient maintenu Séthos. Son regard croisa le mien depuis le côté opposé de la salle. Durant un moment, il hésita, en équilibre sur un pied comme s'il s'apprêtait à faire demi-tour et à filer, et je m'attendais tout à fait à ce qu'il effectue une retraite rapide. Puis il cria, d'une voix qui porta clairement à travers la salle : « Bon sang, Amelia, faites attention ! » et il se baissa adroitement comme une lance passait en sifflant au-dessus de sa tête et heurtait bruyamment le mur.

Tous les gardes n'avaient pas filé. Il y aurait un dernier combat, avec nous au milieu. Mon cri de : « Rendez-vous ! Posez vos armes ! » n'eut pas le moindre effet sur eux. Selim tenait une lance. Je ne lui demandai pas où il l'avait trouvée. Moroney me saisit par la taille.

– Mettez-vous derrière moi, Mrs Emerson ! cria-t-il.

– Des bêtises ! répondis-je. Veillez sur Nefret et laissez-moi passer !

Merasen se tenait immobile, son épée ensanglantée à la main. Il ne bougea pas jusqu'à ce que le commandant de la garde lui ait touché l'épaule.

– Nous attendons vos ordres, prince, dit-il. (Puis il me regarda.) Ne craignez rien, madame, personne ne vous fera du mal. Mais j'ai trahi un roi et je n'en trahirai pas un autre.

– Mais il n'est pas le roi ! criai-je. Il a tué son père et ses frères. Si cela n'est pas le fait d'un homme...

Le commandant eut l'air abasourdi, et je me rendis compte que j'avais parlé en anglais. Avant que je puisse me reprendre, j'entendis un grand vacarme dans le couloir. Celui-ci annonçait l'arrivée de Ramsès. Il écarta de son chemin deux gardes surpris et s'arrêta brusquement, s'efforçant de recouvrer son souffle. Ses cheveux noirs étaient ébouriffés et le kilt de lin qui était son seul vêtement était en lambeaux. Toutefois, il ne semblait pas avoir reçu de nouvelles blessures.

– Votre père ? m'écriai-je.

– Sain et sauf. Je suis parti devant.

Il ne perdit pas de temps à demander comment nous allions, il pouvait le voir par lui-même. Il parcourut la salle du regard. Il haussa les sourcils en apercevant Séthos, mais il continua d'économiser sa salive. Je ne doutais pas qu'il aurait énormément de choses à me raconter plus tard. Lorsque son regard se posa sur Merasen, il se renfrogna légèrement et détourna la tête, comme devant une obscénité.

– Déposez vos armes, dit-il. Tous ! Tarek se montrera clément.

Vraiment, les hommes me vexent par moments ! J'avais fait la morale au commandant (même s'il n'avait rien compris) et ordonné aux autres de se rendre, et aucun d'eux n'avait prêté la moindre attention à mes paroles. La voix posée de Ramsès occasionna un cliquetis positif d'armes jetées sur le sol, et le commandant de la garde s'inclina devant Ramsès. Je dois reconnaître que Ramsès était bien le digne fils de son père, avec le même air d'autorité et une stature presque aussi imposante. Les blessures partiellement cicatrisées faisaient forte impression. Elles laissaient supposer qu'il les avait reçues à la bataille, et les hommes admirent un combattant de valeur.

Malheureusement, Merasen ne réagit pas comme les autres le faisaient. Ses yeux se rétrécirent.

– Vous ne m'aurez pas vivant ! vociféra-t-il.

Et il recula en agitant son épée si violemment que tout le monde s'écarta prudemment.

– Cela me convient parfaitement, dit Ramsès.

– Ramsès, ne soyez pas stupide ! m'exclamai-je. Laissez-le partir. Il n'ira pas très loin.

– Autant régler cette affaire maintenant, répondit Ramsès de la même voix lointaine. Quelqu'un aurait-il la bonté de me prêter une épée ?

Ce fut le commandant lui-même qui dégaina son arme et la lui présenta, la garde en avant. Ramsès fit quelques moulinets avec l'épée pour essayer de s'y habituer. Il était un escrimeur doué, mais ceci était une sorte de lame tout à fait différente, plus courte et plus lourde qu'un fleuret. Je compris que personne ne l'arrêterait. Selim et Daoud croyaient tous deux que Ramsès pouvait réussir n'importe quoi, et Moroney l'observait avec la même fascination bouche bée que tous les autres. Ils s'étaient écartés, laissant un espace ouvert pour les combattants, et je n'aurais pas été étonnée de découvrir que certains d'entre eux faisaient déjà des paris.

Je ne savais pas quelles règles, s'il y en avait, régissaient les duels dans le pays. De toute façon, Merasen n'était pas homme à les observer. Il se rua sur Ramsès pendant que la lame de celui-ci était baissée, et seule l'agile torsion de son corps sauva Ramsès d'une grave blessure. Il leva son épée à temps pour bloquer le coup suivant, puis il porta une botte. Merasen écarta la lame. Le regard déterminé et la mâchoire crispée, Ramsès sembla incapable durant quelques secondes de faire plus que parer les assauts de Merasen. Je supposai que cela lui prenait un certain temps pour s'habituer à l'arme et au style de combat, qui semblait être un mélange de fleuret et de sabre, de coups d'estoc et de taille. Il reçut une estafilade sur le dos de la main et une autre à la hanche avant d'avoir saisi le truc, et il commença à repousser Merasen en une succession de mouvements rapides qui firent jaillir du sang des bras et de la poitrine du garçon. Selim poussait des acclamations et les spectateurs criaient des conseils aux deux adversaires sans faire de distinction lorsque Ramsès ramena son bras en arrière et l'abattit en un coup violent qui fit voler la lame de la main de Merasen. Celui-ci trébucha et tomba sur le dos, l'épée de Ramsès pointée sur sa gorge.

Les spectateurs poussèrent un rugissement ; ils étaient tous du même avis à présent, comme le public à Rome l'avait été lorsqu'ils tournaient leur pouce vers le bas, ordonnant au gladiateur victorieux d'administrer le coup de grâce. Merasen était toujours conscient. Il entendit ce qu'ils criaient, et il leva une main tremblante d'un air suppliant, trop essoufflé ou trop terrifié pour parler.

Ramsès le considéra pendant plusieurs longues secondes. Puis sa bouche se crispa, et il jeta l'épée au loin. Se tournant vers moi, il dit :

– Je ne pouvais pas faire ça, Mère. Vous redoutiez que je le fasse ?

– Mon cher garçon, commençai-je, puis je poussai un cri retentissant : Attention !

Ramsès fit volte-face. Il n'avait pas d'arme et était déséquilibré. Merasen était agenouillé, balançant son épée comme une dague et s'apprêtant à la lancer. Je n'eus pas le temps de bouger. La détonation fut si bruyante et si proche qu'elle m'assourdit à moitié. La balle atteignit Merasen à la poitrine. Il lâcha son épée et s'écroula. Je me tournai très, très lentement, pour regarder Daoud.

– Ai-je mal fait, Sitt ? demanda-t-il d'un air inquiet. Je n'ai pas attendu votre ordre.

# 14

Des acclamations venant de la place en contrebas nous firent nous précipiter à la fenêtre. D'un bout à l'autre la Grande Route était remplie d'hommes qui avançaient. Les torches qu'ils portaient faisaient danser des étincelles rouges sur la pointe de leurs lances et l'or de leurs parures, et alors que la tête du cortège arrivait dans la lumière des torchères embrasées devant le temple, j'aperçus Emerson et Tarek. Ce dernier avait tout pour attirer les regards de n'importe quelle femme, sa haute taille droite, sa tête au port altier, mais je n'avais d'yeux que pour la silhouette robuste à ses côtés. Je me penchai en avant, telle une princesse en haut de sa tour, et tendis les bras vers Emerson. Il me vit. Ses yeux m'avaient cherchée. Il poussa un beuglement que j'entendis malgré la clameur de la foule.

– Reculez ou vous allez tomber, crénom !

Comment aurais-je pu ne pas obéir ? Je m'éloignai de la fenêtre, car je voulais m'assurer que tout était en ordre avant qu'il me rejoigne. Nefret était presque complètement remise. Elle s'était débarrassée des voiles exécrés et essayait de persuader Ramsès de la laisser mettre des pansements sur ses estafilades. Moroney parlait avec Daoud, et Selim brandissait une épée qu'il avait prise à quelqu'un, « à titre de précaution ». Elle ne serait pas nécessaire. Toute résistance avait été réprimée. La seule victime – à part Merasen, dont le corps avait été emporté par deux soldats – était Séthos. Quelqu'un l'avait assommé, ou bien il s'était assommé tout seul en tombant pour éviter la lance. Je l'avais vu étendu sur le sol, mais je n'avais pas eu le temps de m'occuper de lui, prise par les événements. Lorsque je m'agenouillai près de lui je vis qu'il respirait régulièrement et que sa fausse oreille s'était décollée et était tombée.

Saisissant l'un des voiles de Nefret près de moi, je l'enroulai autour de son visage et de sa tête afin de dissimuler l'appendice défiguré. Il n'y eut pas de réaction de la part de Séthos, même lorsque l'étoffe recouvrit sa bouche.

– Restez allongé et ne bougez pas, chuchotai-je. Emerson sera ici dans un instant.

J'attendis, ma main pressée sur mon cœur qui battait à grands coups, et mon regard fixé sur la porte. Les secondes semblaient s'éterniser. Finalement, je l'entendis. On ne pouvait se méprendre sur le bruit de ces pas. Il franchit l'ouverture en trombe et vint directement vers moi.

– Vous avez la situation en main ?

– Oh, Emerson, ne pourriez-vous pas au moins dire...

Il ne le pouvait pas. Il ne le peut jamais, en public. Mais la lueur dans ses yeux bleu saphir était aussi éloquente que des mots, et son acte suivant fut encore plus éloquent. Me saisissant par la taille, il me lança en l'air, me rattrapa au vol, et me serra dans ses bras en une étreinte douloureuse.

– Encore un triomphe, hein, Peabody ? Euh... est-ce que vous allez bien, très chère ? Ramsès, mon garçon, où diable étiez-vous passé ? Selim... Daoud... bien joué, mes amis ! Nefret...

Elle courut vers lui et il la prit dans l'abri de ses bras musclés.

– Vous allez bien, n'est-ce pas ? demanda-t-il.

L'entrée de Tarek mit fin à nos retrouvailles. Tour à tour, il nous étreignit tous, même Daoud, qui n'aimait pas beaucoup ça mais se résigna, une fois que j'eus expliqué comment son action prompte et son adresse au tir avaient probablement sauvé la vie à Ramsès.

– Bien, bien, dit Emerson. Il s'en est fallu de peu pendant un moment, mais tout est bien qui finit bien, n'est-ce pas ?

Se rendant compte qu'il venait de prononcer deux aphorismes à la suite, il poursuivit en hâte :

– Si vous voulez bien nous excuser, Tarek, nous allons... Mais qui est celui-là ?

– Mr MacFerguson s'est battu courageusement à nos côtés, dis-je, en exagérant un brin. Je veillerai à ce qu'il soit soigné comme il faut, Emerson, remettez-vous-en à moi.

– Humpf ! fit Emerson. Bon sang, mais ce sont nos fusils ! Pourtant, nous n'avons pas entendu de coups de feu. Merasen a eu des scrupules à s'en servir, tout compte fait ?

Je lui expliquai ma petite ruse. Emerson poussa un rire retentissant.

– Peabody, vous êtes vraiment la femme la plus...

– Je vous remercie, très cher. Nous devrions nous

retirer et laisser Tarek à ses fonctions royales, je crois. Mais d'abord... devons-nous accomplir la cérémonie ?

Lorsque Tarek se montra à la Fenêtre de l'Apparition, les acclamations furent assourdissantes... du moins, je le pensais, jusqu'à ce qu'Emerson apparaisse à ses côtés, en tenant la couronne dans ses mains, et les cris de joie se firent encore plus forts. Emerson voulut faire un discours, mais il ne parvint pas à faire taire les gens. Aussi, après avoir salué de la main et nous êtres inclinés, nous mîmes à exécution notre intention de nous retirer. Dieu sait que nous avions droit à un peu de repos, et, pour ma part, je ne dirais pas non à un whisky bien tassé.

– Et que faisons-nous de lui ? demanda Emerson en fronçant les sourcils vers la forme inerte de Séthos.

– Je vais le faire transporter dans vos appartements, répondit Tarek. N'est-il pas votre ami ? Ses blessures sont-elles graves ?

Je fus quelque peu étonnée de découvrir que, cette fois, Séthos avait bel et bien une jambe cassée.

– C'est la dernière goutte de whisky, annonça Emerson en le servant d'une main généreuse. Buvez, ma chère, vous l'avez bien mérité. Et maintenant racontez-moi ce qui s'est passé après notre départ.

Les servantes étaient revenues. Combien d'entre elles avaient été des partisans de Tarek auparavant, je l'ignorais et je ne me souciais pas de le savoir, car toutes étaient des loyalistes à présent. Celle qui avait jeté son dévolu sur Daoud se montrait encore plus diligente. Tout en l'observant faire honneur à une oie rôtie entière, elle parla, pour la première fois, il me semble, mais si timidement que personne ne l'entendit, excepté Nefret et moi. Je demandai à Nefret de traduire.

– Elle dit qu'elle n'a jamais vu un homme aussi fort et aussi robuste capable de manger autant, rapporta Nefret d'un air solennel.

Daoud leva les yeux et Nefret poursuivit sur le même ton sérieux :

– Elle veut savoir s'il est marié.

Daoud s'étrangla sur une bouchée de cuisse d'oie. Je lui donnai de grandes tapes dans le dos.

– Dites à cette jeune femme qu'il est marié, et que son épouse est également forte et robuste, et très jalouse.

La jeune femme s'en alla tristement, et nous éclatâmes tous de rire, excepté Daoud.

Nous parlâmes jusqu'à ce que la lueur des lampes ait baissé, car chacun de nous avait un récit à faire. Etant donné que je suis une femme modeste, je laissai le capitaine Moroney relater mes actions. Je dirai qu'il me rendit justice. Lorsqu'il décrivit le combat qui avait opposé Ramsès à Merasen, Emerson secoua la tête.

– Sapristi, je suis surpris que vous ayez pris un risque aussi insensé ! A l'avenir, je vous en supplie, veuillez songer à suivre mon exemple.

– Ha ! m'exclamai-je. Qui est monté sur ce mur, sans armes et s'exposant à l'ennemi ?

– Tout s'est bien passé, fit Emerson avec contentement. C'était gagné après que j'ai eu fait mon discours.

– Ce fut gagné quand vous avez arraché cette flèche de votre corps, dit Ramsès. Je ne sais toujours pas comment diable vous avez accompli cela !

– C'était une idée de votre mère, expliqua Emerson.

(Il commença à déboutonner sa chemise d'une saleté innommable.) Sacrément inconfortable, mais eu égard au fait que j'avais l'intention de me montrer à découvert... euh...

Il décolla plusieurs bandes de pansement adhésif et retira le couvercle de la trousse de l'appareil photographique. Celle-ci était, ainsi que je l'ai expliqué, spécialement fabriquée pour nous. La flèche avait pénétré les couches extérieures de cuir et de bois et bosselé la garniture métallique.

– Vous auriez pu me le dire, fit Ramsès d'un ton de reproche. Je n'ai pas tiré assez vite. J'ai pensé que vous étiez...

– Désolé, mon garçon, dit Emerson en se frottant la poitrine.

Avant de nous retirer, j'allai jeter un coup d'œil à Séthos. J'avais mis une attelle et des pansements à sa jambe fracturée avant de nous installer pour dîner. Je le trouvai occupé à tirer vainement sur l'étoffe qui recouvrait sa bouche, aussi remplaçai-je le pansement de fortune par un plus petit qui recouvrait uniquement le nez agrémenté de protubérances et un œil... et, bien sûr, l'oreille manquante.

– A présent n'y touchez plus ! ordonnai-je. J'ai votre oreille et je vous la rendrai plus tard, mais je ne tiens pas à ce qu'Emerson vous voie sans elle. Comment vous sentez-vous ?

Il marmonna quelque chose d'inintelligible et détourna la tête. Je soulevai celle-ci et fis couler le restant de mon whisky dans sa gorge.

– C'est la fin de la bouteille, dis-je. Vous ne le méritez pas, mais l'égoïsme n'a jamais été l'un de mes défauts.

Mon ombre fuyait devant moi tandis que je grimpais, une longue caricature grisâtre de moi-même. Lorsque j'atteignis le sommet de la colline, Abdullah m'attendait.

– Eh bien, je dois dire que vous n'avez été d'aucune aide ! fis-je remarquer. Vous et vos sous-entendus énigmatiques ! Je suppose que vous vouliez parler de Daria lorsque vous m'avez avertie de ne pas me fier même à des personnes innocentes, et vous vous êtes complètement trompé à son sujet. Elle n'a rien fait pour nous nuire.

– Pas encore, déclara Abdullah en se caressant la barbe.

– Que voulez-vous dire ?

– Souvenez-vous, Sitt, qu'il y a bien des façons différentes de faire mal à quelqu'un. Mais cela ne se produira peut-être pas. L'avenir n'est pas encore né.

– Vous ne me direz rien de plus ?

Il fronça les sourcils et secoua la tête.

– A quoi cela servirait-il ? Vous n'écoutez jamais mes mises en garde. Vous tentez le Destin et tous les dieux. L'un d'eux était avec vous cette fois, Sitt. A présent rentrez à Louxor où vous êtes chez vous.

Il s'éloigna d'un pas majestueux. Je l'avais offensé, même si je ne savais pas très bien de quelle manière.

– Viendrez-vous me voir à nouveau lorsque je serai à Louxor ? criai-je.

Il fit halte mais ne se retourna pas.

– Vous n'avez pas dit que vous étiez heureuse de me voir.

– Oh, Abdullah, vous saviez que je l'étais ! Vous

nous manquez beaucoup. Vous reviendrez pour me réconforter, sinon pour m'avertir ?

Il me lança un regard par-dessus son épaule, et je vis qu'il s'efforçait de réprimer un sourire.

– Le réconfort suffira-t-il ?

– En d'autres termes, c'est tout ce que je puis espérer, répondis-je en riant. Oui, Abdullah, c'est suffisant.

Nous dormîmes jusqu'à une heure avancée le matin suivant. Je fus la première à me réveiller, et bien qu'il me revînt à l'esprit qu'il n'y avait plus aucune raison de s'inquiéter, j'éprouvai le besoin d'aller constater de mes propres yeux que tous ceux que j'aimais (et quelqu'un que je n'aimais pas) étaient effectivement sains et saufs. Je sortis du lit sans réveiller Emerson et j'allai sur la pointe des pieds de chambre en chambre. Nefret dormait paisiblement, Daoud et Selim ronflaient en chœur, et Ramsès, pour une fois, se trouvait où il était censé être. Lorsque j'écartai le rideau, il se réveilla immédiatement et se redressa.

– Tout va bien, dis-je précipitamment. Rendormez-vous. Je suis désolée d'avoir troublé votre repos.

Il comprit. L'un de ses rares sourires éclaira son visage aux traits tirés et il dit :

– Vous comptez les têtes, n'est-ce pas ? Ne vous inquiétez pas, j'allais me lever, de toute façon.

Je fus incapable de le persuader de ne pas le faire, ou de l'empêcher de me suivre lorsque j'allai jeter un coup d'œil à Séthos. Après avoir mis une attelle à sa jambe, je lui avais administré une dose de laudanum, aussi ne fus-je pas surprise qu'il ne réagisse pas tandis que je vérifiais son pouls et m'assurais que son oreille était dissimulée.

Depuis l'embrasure de la porte, Ramsès dit doucement :

– Si vous ne voulez pas que Père sache, vous feriez mieux de le faire partir d'ici.

– J'avais l'intention de m'en occuper ce matin. Comment l'avez-*vous* découvert ?

– Une déduction logique, répondit Ramsès. Mère, je ne comprends vraiment pas pourquoi vous vous montrez aussi indulgente envers ce... euh... cet homme. Voilà notre chance de le mettre hors d'état de nuire une bonne fois pour toutes.

– Nous lui devons la délivrance de Nefret, Ramsès. Et, franchement, je ne tiens pas à prendre la responsabilité de le livrer à la justice. Je préfère ne pas penser à ce qu'il pourrait faire et ferait durant ce long voyage de retour vers la civilisation.

– Hummm, fit Ramsès. Très bien, Mère, c'est votre décision, et je la respecterai.

Tarek fut notre première visite, bien qu'il eût la grande courtoisie d'attendre qu'on l'informe que nous avions pris notre petit déjeuner et étions prêts à recevoir des visiteurs. Le comte Amenislo l'accompagnait. Le Lecteur se représentera sans peine notre plaisir de les voir tous les deux, et le comte sourit avec une suffisance pardonnable lorsque nous lui exprimâmes notre admiration et nos remerciements.

– Vous m'avez complètement abusé, déclara Emerson en broyant la main d'Amenislo. Bien joué ! Où étiez-vous la nuit dernière ? Nous étions inquiets à votre sujet.

– Je me cachais dans les souterrains, répondit Amenislo.

– Très sensé, dis-je. Et ce pauvre vieux Prêtre d'Isis ? Est-il sain et sauf ?

Tarek, qui était assis avec Nefret, interrompit leur conversation à voix basse le temps de répondre.

– Comme Amenislo, il a été suffisamment avisé pour ne pas se montrer jusqu'à ce que ma victoire soit connue. Il n'a rien fait pour mériter un quelconque châtiment.

Nous fûmes extrêmement occupés pendant quelques jours, avec les cérémonies données en notre honneur et en l'honneur de tous ceux qui avaient rendu la victoire possible. Finalement, Daoud en eut assez d'être surchargé de larges colliers en or et se retira dans sa chambre, mais Selim savourait chacun de ces moments.

Nous avions convenu de rester quelques semaines de plus, et Emerson en profita amplement, se précipitant d'un temple à un palais puis à une tombe, photographiant et copiant tout ce qu'il pouvait. Il nous maintenait également occupés, mais nous parvenions à trouver du temps pour les plaisirs simples de la vie... bavarder avec des amis, anciens et nouveaux, nous promener dans les magnifiques jardins de la cité. Tarek et Nefret étaient souvent ensemble. Elle semblait presque redevenue comme auparavant, mais elle faisait de mauvais rêves de temps à autre. L'entendant crier dans son sommeil, je me précipitais dans la chambre et je la calmais comme on le fait avec un enfant qui vient de faire un cauchemar. Et, comme un enfant, elle se rendormait en ne gardant aucun souvenir de ce qui l'avait effrayée. Après deux de ces épisodes, je décidai qu'il était temps de faire nos adieux et de rentrer chez nous. A l'évidence, les mauvais souvenirs de Nefret s'estomperaient dès que nous aurions regagné la civilisation, et cela ne servait à rien de prolonger notre séjour. Je désirais rentrer avant que mon avocat, Mr Fletcher, ne fasse parvenir ma « lettre d'adieu » à Evelyn. Cela ne ferait qu'alarmer inutilement cette pauvre femme, et je voulais éviter ce genre de chose.

## Manuscrit H

Ramsès franchit le portail monumental du cimetière, sculpté de représentations des divinités mortuaires, et entreprit de gravir l'escalier. Ces lieux sacrés, autrefois interdits, leur étaient accessibles à présent. Les gardes l'avaient salué et laissé passer. C'était la première fois qu'il venait ici, mais il se rappelait ce que ses parents avaient dit : les tombes ici étaient plus récentes que les anciennes chambres mortuaires taillées dans la falaise. La tombe de Willy Forth, le père de Nefret, était ici. Cela l'intéressait de voir cet endroit, mais il ne pouvait s'empêcher de se demander pourquoi Tarek, dans son message, lui avait demandé de venir ici, et pourquoi il avait autant insisté pour qu'il n'en parle à personne. Il sourit légèrement en se souvenant de l'inscription à l'extérieur du papier plié : Privé. Confidentiel. Tarek avait probablement trouvé cela dans l'un des romans anglais qu'il lisait. L'injonction avait été répétée dans la lettre elle-même : N'en parlez à personne. Venez seul.

En temps normal, c'était le genre de message qui l'aurait mis sur ses gardes. Toutefois, il y avait très peu de personnes dans la Cité Sainte dont l'anglais fût aussi bon, et il ne parvenait pas à imaginer

MacFerguson/Séthos ou Moroney lui tendant un piège ou bien être autorisés à pénétrer dans cette enceinte sacrée.

Il montait les marches lentement, savourant le doux murmure du chant des oiseaux dans les arbres et la tranquillité absolue. Ses propres pensées n'étaient pas aussi agréables. Il aurait dû aider son père, qui travaillait frénétiquement pour répertorier autant de monuments de la Cité Sainte qu'il le pouvait au cours des derniers jours précédant leur départ. Il aurait dû être en route vers la vallée au nord, où Daria se trouvait toujours dans la villa de Tarek. Lorsqu'il avait demandé à Tarek pourquoi elle n'était pas venue, celui-ci s'était contenté de sourire avec une remarque à propos des femmes. Peut-être attendait-elle qu'il vienne la chercher en personne.

Il avait envie de le faire, et pourtant il ne le faisait pas. Il aimait Daria. Il avait l'intention de faire ce qui était approprié et ce qu'il désirait (bien qu'il ne soit pas pressé de le dire à ses parents). Alors pourquoi tardait-il ainsi ? Nefret était un mirage lointain, un rêve qu'il ne posséderait jamais. Elle avait eu un comportement étrange. C'était comme s'il y avait deux femmes en elle : l'une la jeune fille courageuse et enjouée qu'il connaissait, l'autre une étrangère distante aux yeux hagards.

Lorsqu'il arriva en haut de l'escalier et au petit sanctuaire qui le couronnait, un prêtre à l'air somnolent sortit pour lui donner des indications. Il suivit le sentier que l'homme lui avait montré. Tandis qu'il marchait, c'était l'érudit qui, en lui, l'emporta sur ses pensées moroses. C'était comme s'il avait été transporté dans le passé, plus de deux mille ans auparavant, et voyait les tombes de Méroé et de Napata dans leur beauté originelle. Les tombes se trouvaient du côté droit. Devant chacune d'elles, la falaise avait été taillée afin d'ériger une chapelle semblable à un porche, avec une pyramide miniature perchée sur son toit. Devant les chapelles, des stèles au sommet arrondi donnaient les noms et les titres des dignitaires qui reposaient à l'intérieur et, dans la majorité des cas, ceux de leurs épouses et de leurs enfants. Les couleurs des bas-reliefs peints étaient toujours éclatantes, les contours des sculptures toujours nets.

Il avait parcouru un long chemin lorsqu'il arriva devant la tombe qui devait être celle du père de Nefret. Il n'aperçut nulle part Tarek ou une autre personne. Il attendit un moment, lisant les curieuses inscriptions sur la stèle de Forth, puis il pénétra dans la petite chapelle. La lumière était froide et ténue. La première chose qu'il vit fut deux statues grandeur nature dressées contre la pierre tombale. Celle-ci n'était pas lisse et intacte, comme elle aurait dû l'être après avoir été scellée pour l'éternité après l'enterrement. Une ouverture carrée était visible entre les statues. Quelqu'un s'était introduit dans la tombe.

Les quelques secondes qu'il lui fallut pour assimiler ce fait lui coûtèrent cher. Des mains l'immobilisèrent et une corde fut passée autour de son cou, suffisamment serrée pour lui couper la respiration, obscurcissant sa vue, affaiblissant ses efforts pour se dégager. Il sentit ses genoux heurter les dalles de pierre. Ses bras furent tirés derrière son dos et ses poignets attachés avec des cordes. L'étranglement douloureux s'atténua et il entendit une voix, douce et rapide, lui dire de ne pas se débattre, promettant qu'il ne lui serait fait aucun mal, et – il se demanda s'il avait bien entendu – demandant son pardon pour ce traitement brutal. Il ne fut pas rassuré pour autant mais il avait toujours la respiration coupée, aussi n'offrit-il aucune résistance lorsque les mains le relevèrent et le poussèrent en avant. Elles le firent avancer vers la petite ouverture et au bas d'une courte volée de marches taillées dans la roche. Il y avait une lumière en bas, la lumière faible et tremblotante d'une lampe. Ses ravisseurs – ils étaient au nombre de quatre – le déposèrent doucement sur le sol.

Un grand sarcophage en granit occupait la plus grande partie de l'espace dans la petite chambre. Il était recouvert d'un drap funéraire de lin en décomposition, serti de paillettes d'or qui scintillaient dans la lumière. Les peintures murales représentaient des scènes de funérailles, décrivaient le jugement de l'âme, avec des dieux et des déesses accueillant le mort au seuil de la vie éternelle. Dans le mur à la gauche de Ramsès, il y avait une porte sculptée, avec une petite table d'offrandes placée devant. La porte faisait face à l'ouest : par elle viendrait le ka du défunt afin de se régaler de la nourriture disposée sur la table. Les offrandes étaient récentes : des fruits et du pain, une cruche contenant probablement de la bière ou du vin, une volaille rôtie.

Ramsès ne nourrissait aucune superstition à propos des momies, il en avait vu un trop grand nombre. Pourtant, lorsqu'une forme voilée surgit de derrière l'énorme coffre en pierre où gisait le corps desséché, et enveloppé de bandelettes, de Forth, un frisson le parcourut malgré lui. Puis il reconnut la vieille sage-femme et il se rendit compte qu'elle conduisait une autre personne par la main. Les cheveux de Nefret brillèrent comme l'or sur le drap funéraire. Elle ne le regarda pas, même lorsqu'il prononça son nom.

Ramsès ramena ses pieds sous lui et voulut se lever. La pointe d'une lance lui piqua la poitrine.

– Tu es un sot, dit la vieille femme. Ou bien un homme amoureux. Cela revient au même, n'est-ce pas ? Il ne lui arrivera aucun mal, à moins que tu le causes. Ne bouge pas. Parle doucement, si tu dois parler.

Elle conduisit Nefret vers le côté du sarcophage et la fit s'asseoir sur une pile de coussins. Le visage de Nefret était calme, son corps détendu, sa respiration profonde et régulière. Ramsès leva les yeux vers l'homme qui tenait la lance. Son expression était absolument terrifiée. Ce n'était guère une situation confortable où se trouver, entre la vieille sorcière et le courroux d'un frère des démons. Il doutait que l'homme oserait se servir de son arme, mais cela aurait été stupide de prendre ce risque. Il se força à parler d'une voix unie :

– Que voulez-vous, alors ?

– Le passé et le futur. Ses souvenirs du grand Père Forth. Sa vision de ce qui va se produire. Car, dans cet état, le temps est ouvert à celle qui dort. Ce n'est pas un fleuve qui s'écoule dans une direction mais seulement un étang où elle peut se déplacer à sa guise.

Malgré la peur qu'il éprouvait pour Nefret, Ramsès était fasciné. Comment cette vieille femme illettrée, primitive, avait-elle trouvé une théorie du temps identique à celle de certains penseurs modernes d'avant-garde ? Il savait ce qu'avait Nefret. C'était le même état de transe dans lequel Tarek l'avait plongé autrefois... une technique pratiquée dans de nombreuses cultures et à de nombreuses époques, appelée par de nombreux noms. Il n'avait qu'un souvenir très vague de ce qui s'était passé durant cet épisode bizarre, mais il s'était réveillé comme d'un sommeil sans rêves, sans séquelles désagréables. Son visage avait-il présenté la même expression... calme de façon inhumaine, légèrement souriant ? Il savait que ce serait la pire des folies que d'essayer de la faire sortir de sa transe. Seule la personne qui l'avait hypnotisée pouvait le faire sans danger.

La vieille femme installa Nefret plus confortablement sur les coussins, ses mains flétries aussi douces que celles d'une nurse. Elle redressa la tête penchée de Nefret et Ramsès frémit lorsque Nefret garda la pose dans laquelle elle avait été placée, semblable à une poupée articulée aux yeux de verre bleus.

La vieille femme se retourna.

– Elle est prête.

Bien que la hauteur du sarcophage ait dissimulé l'autre côté de la chambre, Ramsès avait conclu qu'il devait y avoir d'autres pièces derrière celle-là, contenant des objets funéraires et des offrandes. La vieille femme avait attendu dans l'une d'elles avec Nefret, ainsi que quelqu'un d'autre. Il apparut à présent, contournant le coin du sarcophage.

– Je suis désolé, commença-t-il.

– J'avais confiance en vous, Tarek ! Ainsi que Nefret. Pourquoi avez-vous fait cela ?

– C'était nécessaire, dit Tarek fermement mais doucement. Pardonnez-moi de vous avoir trompé et de vous avoir traité brutalement, mais vous ne m'auriez pas laissé amener Nefret ici si je vous avais dit la vérité.

C'est pour son bien, pour le vôtre, et pour le mien, que j'agis ainsi. Ecoutez et vous comprendrez. Ensuite, si vous l'exigez, je me soumettrai au châtiment que vous déciderez.

Ramsès ne doutait pas qu'il le ferait. Tarek était resté un romantique indécrottable, et l'expression implorante de son beau visage semblait sincère.

– Ne réveillez pas celle qui dort, dit la vieille femme d'un ton monotone. Le sort a été jeté. Il ne peut plus être brisé.

– Nom d'un chien ! fit Ramsès, désemparé.

C'était horrible, sinistre et macabre – la tête aux cheveux blond-roux de Nefret appuyée contre la pierre dure du cercueil qui contenait les ossements de son père, ses yeux au regard fixe.

Le pire était encore à venir. La vieille femme commença à parler en un marmonnement plaintif. Et Nefret lui répondit. Son visage avait changé. Il semblait plus rond, plus mou. Sa voix était la voix d'un enfant, grêle, douce et rapide. Tarek se rapprocha, sa tête penchée comme s'il écoutait. Nefret s'exprimait dans un mélange d'anglais et de méroïtique, entrecoupé de petits rires. Ses traits se modifiaient d'un instant à l'autre, passant du rire à la gravité puis au chagrin, de ceux d'une très jeune enfant à ceux d'une jeune fille sur le point de devenir femme. Ses yeux se remplissaient de larmes qui coulaient sur ses joues, puis elle riait à nouveau, un rire aigu de petite fille, alors que ses joues étaient encore mouillées. Ramsès ne comprenait pas tout ce qu'elle disait, mais il devenait de plus en plus évident qu'elle répondait non pas à la voix de la vieille femme, mais à celle de quelqu'un d'autre... une voix qu'elle était la seule à entendre. Elle tourna la tête, pressa sa joue contre la pierre froide. Dans le renfoncement de la fausse porte, une ombre s'accentua.

– Assez ! s'exclama Ramsès. (Il tordit ses mains et essaya de desserrer les liens.) Arrêtez ça !

– C'est bientôt terminé, dit la sage-femme calmement. Avez-vous entendu, mon prince ?

Tarek hocha la tête en silence. La vieille femme prit le visage de Nefret entre ses mains desséchées et la regarda dans les yeux, tout en chuchotant. En une fraction de seconde, le visage de Nefret redevint sans expression comme auparavant. Puis ses yeux se fermèrent et sa tête se renversa en arrière, tenue délicatement par les mains de la vieille femme.

– Elle dort maintenant. Reconduisez-la dans sa demeure avant qu'elle se réveille. Elle ne se souviendra de rien.

Ramsès libéra finalement ses mains et se leva d'un bond.

– Ne la touchez pas, Tarek. Je vais la porter.

Tarek recula et Ramsès prit Nefret dans ses bras. Elle dormait, respirant légèrement, esquissant un sourire.

– Avez-vous compris ce qu'elle a dit ? lui demanda Tarek.

– Pas tout. Bon sang, qu'avez-vous essayé de faire ? Si elle n'est pas parfaitement normale lorsqu'elle se réveillera...

– Alors vous pourrez disposer de ma vie.

Tarek le suivit en haut des marches, et ils quittèrent l'obscurité pour retrouver la lumière du jour.

– Ramsès, mon ami..., commença-t-il.

– Ne m'appelez pas ainsi !

Il serra Nefret contre lui et déplaça son poids pour que sa tête repose contre sa poitrine.

– Vous êtes mon ami, mon ami très cher, même si je ne suis pas le vôtre. Ecoutez-moi. Elle a parlé à son père, répondant à ses mots d'amour, promettant d'obéir à ses ordres. Il savait que beaucoup d'hommes la demanderaient en mariage. Elle a promis de ne jamais perdre sa virginité.

Ramsès fit halte brusquement.

– C'est insensé !

– Pourtant c'est la vérité. Ici, nous n'obligeons pas les femmes à se marier. Mais elle était bienveillante et affectueuse, et elle... elle avait un penchant pour moi. J'aurais pu gagner son cœur, Ramsès.

Pas si Forth avait son mot à dire, pensa Ramsès. Malgré l'affection de l'Anglais pour les habitants de la Cité Sainte, il n'avait pas surmonté tous les préjugés de sa classe et de sa nation. Il était impensable que sa fille épouse un « indigène ». Forth n'avait pas eu l'intention de la conditionner contre un mariage avec ce qu'il aurait appelé « quelqu'un de sa condition ». Ou bien l'avait-il fait ? Dieu seul savait ce qui s'était passé dans l'esprit tourmenté de cet homme. De toute façon, le « sort » n'avait réussi que trop bien.

– Mais vous n'avez pas essayé, dit Ramsès. Vous nous avez aidés à la remmener en Angleterre.

– J'ai obéi aux ordres de mon père Forth, répondit Tarek simplement. J'étais jeune et je croyais à ce qu'il m'avait enseigné... qu'elle n'était pas pour moi, que je grandirais en honneur en renonçant à elle.

– Ainsi il vous a berné, vous aussi, murmura Ramsès. Dois-je supposer que vous avez eu le temps de réfléchir à cela et d'estimer que vous aviez commis une erreur ?

– Je ne l'aurais jamais fait revenir ici, dit Tarek. Que ce soit par la force ou par la ruse. Mais lorsqu'elle est arrivée, sans aucune intervention de ma part, j'ai pensé que c'était peut-être un signe. Ceci – aujourd'hui – était un moyen de le découvrir. Je sais maintenant qu'elle ne m'aimera jamais.

Ils étaient arrivés en haut du grand escalier qui descendait vers la route. Tarek prit le bras de Ramsès pour lui éviter de trébucher, et Ramsès n'essaya pas d'écarter sa main.

– Il y a une dernière chose que je dois vous dire, déclara Tarek. Je vous avais plongé dans une transe voilà dix ans. La sage-femme m'avait montré comment faire. Je voulais placer un appel dans votre esprit qui vous ferait revenir ici. Savez-vous de qui était la voix que vous avez entendue ?

Ramsès hésita. C'était insensé, mais guère plus insensé que toute cette conversation.

– Oui. La sienne. Celle de Nefret.

– C'est ce que je pensais. (Tarek soupira.) Je n'avais pas placé sa voix dans votre esprit, Ramsès. Vous avez entendu ce que le dieu désirait que vous entendiez. Même si vous n'étiez qu'un enfant, le dieu savait qu'elle était la femme qui vous était destinée. Et maintenant vous êtes un homme, et tout s'est produit comme le dieu le voulait.

– J'aimerais que vous ne parliez pas de la sorte, Tarek, dit Ramsès d'un ton sec. Je ne crois pas à votre dieu, ni à votre destin, et si ce que vous avez dit est la vérité, mes chances de gagner le cœur de Nefret sont sacrément minces !

– Le sort jeté par Forth n'est pas facile à briser, répondit Tarek. Il est fort parce qu'il a été tissé par l'amour. Seul le temps peut l'affaiblir. Ne perdez pas espoir.

De mieux en mieux, songea Ramsès. J'écoute des conseils à un amoureux transi de la part du prince méroïtique d'un royaume perdu, qui croit à la magie !

– Je vous remercie, dit-il d'un air revêche.

– Vous m'avez pardonné ?

Ils descendaient l'escalier. La main de Tarek était toujours posée sur son bras.

– Je le suppose. Oui.

– Déposez-la ici. (Tarek montra un banc en pierre.) C'est ici qu'elle s'est endormie.

Ramsès s'assit en tenant Nefret dans ses bras. Elle commença à bouger. Ses cils battirent et elle ouvrit les yeux, regarda son visage.

– Que s'est-il passé ? demanda-t-elle. J'étais assise ici... Est-ce que je suis tombée ?

Elle s'exprimait comme la Nefret d'autrefois, une voix alerte et assurée.

– Tu... euh... tu t'es cogné la tête, répondit Ramsès. Tu ne te rappelles pas ?

Elle se frotta les yeux.

– Non. Je n'ai pas mal... Où est la sage-femme ?

– Elle devait rentrer au village, dit Tarek. Comment vous sentez-vous ?

– Très bien. (Elle sourit à Ramsès. Ses yeux étaient lumineux et clairs.) Je te remercie, mon garçon. Tu peux me poser par terre maintenant. (Elle se tortilla pour quitter ses genoux et s'assit à côté de lui.) Quelle magnifique journée ! Je suis contente que tu aies proposé que nous fassions une promenade.

Daria regagna la cité peu de temps avant qu'ils soient prêts à partir. Elle avait refusé l'offre de Ramsès d'aller la chercher, mais elle le fit venir dès qu'elle arriva. Il suivit la servante jusqu'à de ravissants appartements proches des leurs et il la trouva assise en tailleur sur une pile de coussins. Elle passait sensuellement un peigne dans ses cheveux soyeux. Lorsqu'il se pencha pour l'embrasser, elle détourna la tête.

– Je suis désolé de n'être pas venu te chercher, dit Ramsès, pensant que c'était le motif de sa contrariété. Tu m'avais fait dire de ne pas venir. Es-tu en colère après moi ?

– Non. Je ne suis pas en colère.

– Nous partons dans deux jours. Tu pourras être prête ?

Elle posa le peigne, prit une profonde inspiration, et le regarda dans les yeux.

– Je ne viens pas avec toi.

– Hein ?

Il eut l'impression que quelqu'un l'avait frappé violemment au creux de l'estomac. La voir avait fait resurgir les souvenirs de leur nuit passée ensemble, et lui rappelait à quel point il la désirait.

– Mais, Daria..., reprit-il. Il faut que tu viennes avec moi. Tu ne comprends pas, ma chérie, je veux... je veux t'épouser.

– Je me doutais que tu allais dire cela. Assieds-toi.

Il se laissa tomber sur les coussins à côté d'elle. Elle prit son visage dans ses mains.

– Ce que tu viens de dire est une bêtise. Non, ne parle pas. (Ses doigts effleurèrent les lèvres de Ramsès.) C'est stupide pour de nombreuses raisons. Tu sais ce que j'étais et ce que je suis. Dois-je vraiment retourner dans ton Angleterre, être une gentille petite Anglaise et t'accompagner chaque année en Egypte pour jouer à l'archéologue ? Tu es un charmant garçon et un amant merveilleux, mais je vais être une reine ici. Que pourrait demander de plus une femme ? Je suis désolée si je te fais souffrir, mais les blessures du cœur guérissent très vite.

Elle lui tapota la joue, comme elle aurait tapoté celle d'un enfant.

– Je pense qu'il vaut mieux ne plus nous revoir. *Maassalameh.*

Ramsès se leva lentement. Il ne pouvait absolument rien dire. Elle avait devancé toutes les prières qu'il aurait pu faire, contré tous les arguments, et la condescendance aimable de la description qu'elle avait faite de lui l'avait cinglé comme un coup de fouet. Il se trouvait à quelque distance dans le couloir à l'extérieur des appartements de Daria lorsqu'il s'aperçut qu'il avait oublié de lui donner les fleurs qu'il avait apportées. Il les serrait toujours dans sa main, écrasant les tiges. Il tourna les talons et revint sur ses pas, dans l'intention de les jeter sur le sol ou sur les genoux de Daria, ou peut-être même à son visage, s'il pouvait oublier pendant quelques secondes qu'il était censé être un gentleman anglais.

Il portait les confortables vêtements du pays et ses sandales en cuir souple faisaient peu de bruit. Elle ne l'aurait pas entendu venir, de toute façon. Lorsqu'il entra dans la pièce, elle était allongée face contre terre sur les coussins, son corps secoué par des sanglots.

Ramsès tomba à genoux et la prit dans ses bras. Elle s'agrippa à lui et leva vers lui son visage mouillé de larmes. Le goût salé de ses larmes ne fit que rendre ses baisers encore plus doux, mais, au bout d'un moment, les petites mains qui étaient posées sur sa poitrine se crispèrent, et elle le repoussa.

– Mon cœur est blessé, lui aussi, chuchota-t-elle. Je t'ai fait souffrir à nouveau, parce que je t'aime trop pour te faire souffrir davantage. Mais ce que j'ai dit était la vérité, mon amour. Un jour, tu trouveras une compagne plus digne de toi, et j'apprendrai à aimer Tarek, qui est bienveillant et affectueux, et je lui donnerai les fils qu'il désire. Pars à présent, je t'en prie. Je t'en supplie. Ne parle pas, ne te retourne pas.

Je rendis à Séthos une dernière visite le jour de notre départ. Je m'accordai beaucoup de temps car j'avais énormément de choses à lui dire. Il était allongé lorsque j'entrai – après, bien sûr, l'avoir fait prévenir – et son accueil fut peu orthodoxe, conformément à son caractère. Cela consistait en une bouteille, qu'il tenait dans sa main. Me la tendant, il fit remarquer :

– Puisque vous avez eu la bonté d'administrer les dernières gouttes de votre bouteille à un invalide, le moins que je puisse faire, c'est de vous fournir suffisamment de whisky pour le voyage de retour.

– Je ne voudrais pas vous en priver, dis-je.

Néanmoins, je pris la bouteille.

Séthos éclata de rire.

– Rien ne vous surprend, n'est-ce pas ? Dites merci, Amelia.

– Merci. Ainsi que vous le savez, nous partons bientôt. J'ai pensé que vous et moi devrions avoir une petite conversation.

Séthos se redressa en grimaçant pour se mettre dans

une position assise. Je plaçai quelques coussins derrière lui, et il s'y adossa avec un soupir.

– Si vous parvenez à empêcher Emerson de m'approcher, je vous dirai tout ce que vous désirez savoir. C'est un récit fascinant, ajouta-t-il avec le sourire malicieux que je connaissais si bien.

A l'évidence, il souffrait toujours, aussi ouvris-je la bouteille de whisky et je me joignis à lui pour une libation. Séthos avait un certain nombre de défauts exaspérants, mais il n'était jamais ennuyeux.

– Je suis venu ici pour la première fois voilà huit ans, après que vous avez confirmé la vérité de la théorie fantasque de Willy Forth sur une civilisation perdue. Vous vous êtes montrée très discrète, bien que vous pensiez vous confier à un vieil ami très cher, mais vous m'avez fourni suffisamment d'informations pour que je puisse commencer mes recherches, et pour m'assurer que tous les efforts que je déployais en valaient la peine. Je savais qu'il existait une carte, et j'avais une idée très précise de l'endroit où elle était conservée. Forcer le coffre-fort d'Emerson n'a présenté aucune difficulté pour mes agents. Ils ont fait une copie de la carte et ont remis l'original à sa place, sans laisser la moindre trace de leur opération.

Les rides de souffrance sur son visage furent estompées par un sourire tandis qu'il se remémorait.

– Le premier voyage a été une expérience unique, même pour un sybarite blasé comme moi. Voir la cité dans toute sa splendeur finissante, l'ombre de ce que l'Egypte ancienne avait été jadis, les temples et les palais...

Il but une gorgée de whisky et poursuivit avec son cynisme coutumier.

– Votre nom fut le mot de passe. Il me permit de dépasser la première oasis et de me trouver en présence de Tarek lui-même. Et après que je lui eus décrit... dans le plus grand détail et avec ma verve habituelle... votre aspect, vos habitudes, vos activités, et l'affection que vous portiez à votre ami très cher... moi... Tarek descendit de son trône et m'étreignit. Cela l'intéressait tout particulièrement de savoir comment se portait Nefret.

– Mais vous ne saviez pas cela ! m'exclamai-je, tiraillée entre la fascination et la colère.

– Je savais énormément de choses, en fait. Vous n'avez jamais été très loin de mon regard protecteur, chère Amelia. Reprenez un peu de whisky et ne criez pas. Tarek est toujours amoureux d'elle, vous savez.

Je reconnus son habitude exaspérante de lâcher des assertions provocatrices afin de me décontenancer.

– Combien de fois êtes-vous venu ici ?

– Celui-ci est mon quatrième voyage. Comme je l'ai dit, Tarek et moi nous entendions à merveille. J'étais ravi de lui fournir les choses qu'il désirait, aucune d'elles n'était susceptible de me causer des ennuis à l'avenir, et il était ravi de les payer avec diverses babioles qui avaient été confisquées à ses adversaires politiques défaits. Etant donné que je sais que vous vous apprêtez à me le demander, je vous dirai que j'ai vendu ces babioles, avec un énorme profit, à des clients triés sur le volet à qui je pouvais faire confiance, quant à leur discrétion et à leur cupidité. Si jamais les objets apparaissent sur le marché, le monde de l'archéologie en sera aussitôt informé, mais entre-temps il n'y aura aucun moyen de remonter jusqu'à moi.

– Cela doit cesser, vous savez.

– Je sais. En fait, lorsque je me suis mis en route cette fois, j'avais prévu que ce serait mon dernier séjour ici. J'avais l'intention de venir et de repartir avant votre arrivée, même si cela signifiait voyager à une époque de l'année bigrement inconfortable. Vous ne voulez pas savoir comment j'ai appris vos projets ?

– Vous m'espionniez, je présume, déguisé en l'une de mes femmes de chambre, dis-je avec un reniflement de dédain.

– Non, non. Je voyage beaucoup, mais même moi je ne suis pas omniprésent. J'ai appris vos projets, et l'existence du mystérieux Merasen, par l'entremise de Wallis Budge. Vous feriez mieux de ne pas le répéter à Emerson, ajouta-t-il avec un grand sourire des plus exaspérants.

– Bon sang ! murmurai-je. Mais alors, MacFerguson...

– Toujours aussi rapide, ma chère. Oui, Hamish MacFerguson est un érudit qui existe bel et bien, même si, en toute sincérité, sa contribution à l'égyptologie est des plus modestes. Il m'a été très utile. J'ai pris sa place en diverses occasions. Il travaillait au Musée lorsque Budge a mentionné par hasard la visite d'Emerson, et, bien sûr, il m'en a informé immédiatement. C'est pourquoi, comme je l'ai dit, j'ai compris que mon arrangement lucratif avec Tarek était sur le point de prendre fin. Il allait inévitablement vous parler de votre ami si généreux, et vous nieriez, bien sûr, connaître une telle personne. J'ignorais qu'il avait été chassé de son trône. Lorsque je l'ai découvert, il était trop tard pour vous faire rebrousser chemin. Soit dit en passant, ajouta-t-il en me lançant un regard de côté, je ne suis pour rien dans les accidents qui sont survenus à vos hommes. Newbold a commis le premier d'entre eux afin de vous priver d'un compagnon fidèle, et Merasen a égorgé l'autre garçon. Je ne sais pas exactement pour quelle raison. Merasen aimait la violence pour la violence. Ali avait peut-être eu vent de son intention de partir cette nuit-là.

– Comment connaissez-vous ces incidents ? demandai-je d'un air méfiant.

Séthos grimaça un sourire.

– Vous avez un esprit semblable à un poinçon, ma chère. Affilé et allant droit au but. Je l'ai appris par un membre de mon gang, qui vous a accompagnés depuis Shellal.

– Daria. Comment avez-vous pu... même vous... livrer cette jeune fille à une brute comme Newbold ?

Séthos rejeta sa tête en arrière et éclata de rire.

– Amelia, Amelia ! Vous êtes vraiment unique ! Daria était une criminelle, ma chère, et une prostituée... bien qu'une prostituée de luxe et très chère. Pourquoi vous souciez-vous d'une femme pareille ?

– Je l'aime bien.

– Je sais. (Séthos redevint sérieux.) Soyez soulagée en apprenant qu'elle n'a pas eu à subir les... euh... attentions de Newbold. Je vous dis cela en partie dans l'espoir d'entrer de nouveau dans vos bonnes grâces... (Il se rendit compte immédiatement de mon changement d'expression et révisa sa déclaration.) De sortir un peu plus de vos mauvaises grâces, alors. Ceci vous donnera une prise sur cet individu. Il est impuissant.

– Hein ? m'écriai-je.

– Un éléphant l'a... euh... vous voyez ce que je veux dire, fit Séthos avec un mauvais sourire. Ramsès sera ravi d'apprendre cela. Newbold fera tout ce que vous lui demanderez afin que cette information reste secrète. Il s'affiche toujours avec une femme dans le seul but de sauvegarder sa réputation.

– Que va devenir Daria à présent ?

– A elle de décider. J'ai promis de l'installer dans son propre établissement pour la remercier de son aide dans cette petite aventure. Elle a peut-être autre chose en vue.

– Les projets d'avenir de Daria m'intéressent moins que son passé. Que devait-elle faire au juste pour mériter cette récompense ?

– Vous surveiller, bien sûr. Newbold était mon principal souci. Je suis arrivé au Caire quelques semaines avant vous, et j'ai appris, par l'une de mes nombreuses sources illicites, qu'il posait des questions à tout le monde sur vos projets. Il avait appris l'existence de Merasen par un militaire trop bavard. S'il vous suivait, il pouvait être dangereux. Cet homme est obsédé par l'or. Daria avait pour mission de contrôler son caractère impulsif – elle est très habile pour glisser des idées dans des têtes masculines – et de vous prévenir s'il projetait une attaque directe. Précipiter votre homme dans les mâchoires du crocodile n'était pas prémédité, il a agi sur un coup de tête, conformément à sa nature, aussi était-il impossible à Daria d'éviter cela.

« Ce qui ne nous laisse plus, poursuivit-il avant que je puisse réagir, qu'un dernier sujet de discussion. La survie de la Cité Sainte. Je ne révélerai jamais l'endroit où elle se trouve – pourquoi le dirais-je à quiconque ? – mais, le temps que nous regagnions tous la civilisation, trop de personnes seront au courant. Comment vous proposez-vous de les faire taire ?

– Je ne le ferai pas. J'ai une autre idée en tête.

– Et ce n'est pas une mauvaise idée, ma foi, fit Séthos d'un ton doucereux.

– Il est impossible que vous sachiez...

– Bien sûr que si ! Voyez-vous, j'ai pris la liberté de fouiller vos bagages. (La bouche de Séthos se crispa pour réprimer un rire.) Cela a rempli de fierté mon cœur patriotique de découvrir ce bon vieil Union Jack soigneusement plié. J'ignore comment vous avez réussi à le cacher à Emerson pendant tout ce temps...

– Emerson respecte mon intimité, dis-je avec colère.

– Et vous l'aviez enveloppé dans une paire de caleçons de femme. Allons, Amelia, je vous supplie de ne pas vous emporter. Comme je l'ai dit, c'est une excellente idée. L'emplacement de la Montagne Sainte ne peut être tenu secret indéfiniment. Lorsque les premiers envahisseurs arriveront, que ce soit des pillards, des égyptologues ou bien des chercheurs de trésors, ils trouveront le drapeau britannique flottant fièrement au-dessus du palais et un représentant de la Grande-Bretagne en poste. Cela devrait leur donner à réfléchir.

– Je ne suis pas impérialiste par conviction, mais c'est le seul moyen que j'ai trouvé, admis-je. Un représentant de la Grande-Bretagne ? Pas vous !

– Bonté divine, certainement pas ! Je ne serai pas en état de voyager avant une semaine ou deux, mais je partirai dès que je le pourrai. Moroney est l'homme idéal. Personne ne l'attend en Angleterre, et il s'est pris de fascination pour la Cité Sainte. Il a également le sentiment erroné que Dieu lui a demandé de faire pénitence pour ses petits écarts de conduite en se mettant au service de son prochain. C'est un arrangement parfait. Tarek accepterait de hisser le pavillon des pirates à tête de mort et tibias croisés si vous le lui demandiez, et Moroney possède un certain nombre d'aptitudes qui devraient être très utiles ici.

– Comment puis-je savoir que vous tiendrez votre promesse de quitter ces lieux et de ne jamais y revenir ?

– Parce que, répondit Séthos, vous allez donner à Tarek une lettre postdatée dénonçant mes turpitudes et l'informant que si je ne suis pas parti lorsqu'il la lira, il a votre permission de me faire un certain nombre de choses tout à fait déplaisantes.

– Entendu.

Je finis mon whisky et glissai la bouteille dans l'une de mes poches très pratiques.

– Au revoir, dis-je.

Séthos leva son verre en guise de salut.

– *A bientôt*, Amelia.

## Manuscrit H

Les chameaux atteignirent la crête de la première grande dune. Marchant à côté de l'animal sur lequel sa mère et Nefret étaient juchées, Ramsès se retourna et regarda derrière lui.

Les contreforts de la Montagne Sainte se dressaient vers le ciel en une frange dentelée de cimes. Il se demanda s'il reverrait jamais ce paysage fantastique ou apprendrait ce qu'étaient devenus Tarek et Daria. Sa mère aurait dit que tout était pour le mieux. Daria et Tarek s'entendraient bien. L'intelligence pratique, quelque peu cynique, de Daria aiderait à guider l'idéalisme de Tarek, et celui-ci était un homme que n'importe quelle femme pouvait apprendre à aimer. Quoi que puisse être l'amour. Il n'était pas certain de le savoir, plus maintenant. Il avait aimé Daria, même si une partie de lui avait toujours su qu'il pensait comme un satané romantique lorsqu'il avait envisagé un mariage entre eux.

Les chameaux défilèrent en un cortège majestueux, et son père le rejoignit. Ils se tinrent en silence, contemplant une dernière fois la Cité Sainte.

– Nous ferions mieux d'avancer, dit Emerson d'un ton bourru. Est-ce que tout va bien, mon garçon ?

– Oui, Père.

Ils marchèrent côte à côte, près du chameau où se trouvaient les deux femmes. Les rideaux de la *basourab* étaient ouverts. Sa mère leur cria de se dépêcher, et Nefret sourit à Ramsès.

Peut-être que tout *allait* pour le mieux. « Les cœurs ne se brisent pas... » Que disait ensuite cette citation préférée de sa mère ? « Ils saignent et souffrent, se souvenant de l'amour enfui... » Mais pas éternellement.